La Comédie Humaine

人间喜剧

第一卷

［法］巴尔扎克 著　傅雷 译

高老头／夏倍上校／奥诺丽纳／禁治产／亚尔培·萨伐龙

江苏凤凰文艺出版社

*本书插图由法国插画家夏尔·于阿(1874—1965)绘制。

目　次

《人间喜剧》序一
003

《人间喜剧》序二
021

高老头
035

夏倍上校
311

奥诺丽纳
387

禁治产
505

亚尔培·萨伐龙
591

《人间喜剧》序一

郭宏安

　　奥诺雷·德·巴尔扎克是法国具有世界影响的作家，生于1799年，卒于1850年，耗尽二十年的生命写下了包括九十多本的系列小说《人间喜剧》，和大量的剧本、政论、文学评论以及杂文一类的文章。他在《人间喜剧》的前言中说："法国社会将成为历史学家，我不过是这位历史学家的书记。开列恶癖与德行的清单，收集激情的主要事实，描绘各种性格，选择社会上主要的事件，结合若干相同的性格上的特点而组成典型，在这样做的时候，我也许能够写出一部史学家忘记写的历史，即风俗史。"他又说："从来小说家就是他同时代人的秘书。"评论家几乎一致认为，他的《人间喜剧》是"一部描写19世纪法国的作品"，他要研究的是"法国史的主要统治时期"，描绘"构成这个社会的通史"的全部风俗，而这些风俗正是"史学家忘记写的历史"。巴尔扎克的这种态度，评论界称之为观察者的态度，他取得的成就，评论界也随之称为观察者的成就。

　　同时，巴尔扎克又引用斯达尔夫人的话说："小说就是一个更好的世界。"在他的卧室里，放着一尊小小的拿破仑塑像，写着这样一行字："他用剑未能完成的事业，我要用笔来完成。"所谓"更好的世界"，乃是不同于现存世界的想象世界，即不同于巴尔扎克笔下的法国社会的幻想社会；"未能完成的事业"，在拿破仑是改造法国社会，他未能完成，而在巴尔扎克，是创造一个全新的社会，他恐怕也未能完成，但是他的《人间喜剧》却可以说是人类小说史上的奇迹，因为他创造了一个世界，创造了一个道德上更完美的世界，创造了一个更具美学价值的世界，创造了一个更加一致、简明、结构严密的世界。他指出："许多杰出人物都有天赋的敏锐观察才能，却不善于用生动的形式体现自己的思想；另一些作家词句优美，却缺乏洞察力和孜孜以求的精神，以便发现和记住这一切。"在真实存在的社会的基础上，通过想象和梦幻创造一个新世界，巴尔扎克的这种态度，评论界称之为洞观者的态度，他取得的成就，评论界也随之称为洞观者的成就。

观察者？洞观者？对巴尔扎克，法国的评论界，一直有着不同的看法；至于我国的评论界，这个问题似乎还未提上日程。

说巴尔扎克是一个观察者，是自巴尔扎克小说问世以来法国评论界一直和一致的看法，或说是主流的看法也不为过。从巴尔扎克逝世后不久，特别是从泰纳开始，巴尔扎克在文学史上的地位就被确立，布尔热、法盖、布吕纳介、左拉、普鲁斯特、阿兰、巴尔德什等，相继肯定巴尔扎克创立了、或者丰富了现实主义的创作方法，是一位"独特的、以崭新的方法描写人的艺术家"，建立了迄今人们见过的"最丰富的人性文献馆"。恩格斯在1888年给英国作家哈克奈斯的信中给予了巴尔扎克高度的评价，他说："巴尔扎克，我认为他是比过去、现在和未来的一切左拉都要伟大得多的现实主义大师，他在《人间喜剧》里给我们提供了一部法国'社会'，特别是巴黎'上流社会'的卓越的现实主义历史，他用编年史的方式，几乎逐年地把资产阶级在1816年至1848年这一时期对贵族社会日甚一日的冲击描写出来,这一贵族社会在1815年以后又重整旗鼓,尽力重新恢复法国旧日生活方式的标准。……在这幅中心图画的四周,他汇集了法国社会的全部历史。我从这里,甚至在经济细节方面(如革命后动产和不动产的重新分配)所学到的东西,也要比从当时所有职业的历史学家、经济学家和统计学家那里学到的全部东西还要多。……这样,巴尔扎克就不得不违反自己的阶级同情和政治偏见;他看到了他心爱的贵族们灭亡的必然性,从而把他们描写成不配有更好命运的人;他在当时唯一能找到未来的真正的人的地方看到了这样的人——这一切我认为是现实主义的最伟大的胜利之一,是老巴尔扎克最重大的特点之一。"总之,他是一位观察细腻、不放过任何细节的观察者。当然,也有略微不同的看法,如法盖指出的那样,虽然"巴尔扎克骨子里仍然是个浪漫主义者,至少半是浪漫主义,半是现实主义;可是他创立了现实主义,并使活跃了五十年之久的浪漫主义寿终正寝"。从此,"抒情和想象的时期为观察的时期所取代"。这说明,长期以来,巴尔扎克一直被当作观察者来加以研究,在此前提下,他才被当作浪漫主义,或半浪漫主义半现实主义的一位作家,他的想象力和梦幻的倾向必须在现实主义的笼罩下才得以被关注。

然而,在巴尔扎克成名的时候,也就是他以观察者著名的同时,一位诗人就已经将巴尔扎克当作"一位创造者和一位观察者"来看待了。请注意,这位诗人将"创造者"置于"观察者"的前面,这位诗人不是别人,正是夏尔·波德莱尔。他的这一看法写在1848年发表的一篇文章《评尚弗勒里的短篇小说》中。十一年之后的1859年,他在另一篇文章中提出了一种更为成熟的看法,比较早地肯定了巴尔扎克是"一位洞观者,一位充满激情的洞观者"。洞观者？观察者？何者为先？何者为后？或者两者交融、并行而不悖？就争论者来说，观察者和洞观者并非不能兼容，分歧的焦点是何者为重，何者为轻：是写实为重创造为轻，还是创造为重写实为轻？巴尔扎克通过《人间喜剧》告诉我们的首先是社会的真实还是人生的奥秘？首先是镜中的映像还是神秘的象征？换句话说，我们对《人间喜剧》首先应做历史的理解还是哲学的领悟？这大概是在巴尔扎克研究史上首次提出的问题。

  法国文学评论家加埃唐·毕孔在《巴尔扎克和小说创作》中说："最先欢迎巴尔扎克的不是小说家，而是诗人。"他还引用德国学者恩斯特·罗伯特·库尔提乌斯的话，指出："只有那些走向巴尔扎克的神话的人才能完全地理解他。这就是为什么诗人，例如勃朗宁、波德莱尔、雨果、王尔德、霍夫曼斯塔尔，才能从他的艺术的中心出发来看懂他。"诗人对超验的、来自潜意识的东西特别敏感，库尔提乌斯提到了波德莱尔，说正是波德莱尔第一个（或之一）提出了巴尔扎克是一个洞观者还是一个观察者的问题。波德莱尔在发表于1859年的《论泰奥菲尔·戈蒂耶》的论文中说："由于巴黎人特别喜欢听人谈巴黎，大众也就在这面照见自己的镜子里自鸣得意；但是，当风俗小说没有作者高尚自然的趣味加以提高的时候，它就很可能变得平庸，甚至变得无用，因为在艺术上，实用的程度仿佛就是高雅的程度。巴尔扎克所以使这种平民的种类成为一种令人赞叹的、总是珍奇的、常常是卓越的东西，是因为他把全部身心都投入其中了。我多次感到惊讶，伟大光荣的巴尔扎克竟被看作是一位观察者。我一直觉得他最主要的优点是：他是一位洞观者，一位充满激情的洞观者。他的所有人物都具有那种激励着他本人的生命活力，他的所有故事都深深地染上了梦幻的色彩。与真实世界的戏剧向我们展示的相比，他的《人间喜剧》中的所有演员，从处在高峰的贵族到居于底层的平民，在生活中都更顽强，在斗争中都更积极和更狡猾，在苦难中都更耐心，在享乐中都更贪婪，在牺牲精神方面都更彻底。总之，在巴尔扎克的作品中，每一个人，甚至看门人，都是一个天才。所有的灵魂都是充满了意志的武器，这正是巴尔扎克本人。由于外部世界的万物都带有强烈的凸起和惊人的怪相呈现在他精神的眼睛前面，他使他的形象们抽搐起来，使他们的阴影变得更黑，使他们的光明变得更亮。他对细节异乎寻常的兴趣与一种无节制的野心有关，这也就是什么东西都看见，也把什么东西都让别人看见，就是什么东西都猜出，也把什么东西都让别人猜出。这种兴趣迫使他更有力地勾画出主要的线条，以便得到总体的远景。他有时让我想到那些蚀刻师，他们绝不满足于腐蚀，而是把雕版的刻痕变成一道道沟壑。奇迹就从这种自然的、令人吃惊的才能中产生；然而，这种才能一般却被说成是巴尔扎克的缺点。正确地说，这恰恰是他的优点。谁能够自诩有这样完美的天赋，能够采用一种肯定可以给十足的平凡铺满光明和绯红的方法？谁能做到这一点？说真的，谁做不到这一点，谁就终无所成。"

波德莱尔首先表明，他的兴趣在于巴尔扎克笔下的人物，他们是纷乱的历史和社会中最为活跃的因素。他们可以是贵族，也可以是平民；他们可能在鲍塞昂子爵夫人的舞会上周旋，也可能在伏盖公寓的餐桌上调笑；但是他们个个都具有超乎常人的品质。这种品质不是现实中人的多种品质的堆积，而是各种品质都臻于极致的浓缩、提高和升华，也就是说，"所有的灵魂都是充满了意志的武器"。波德莱尔将巴尔扎克的人物比作枪膛里压满了意志的武器，极生动地刻画出他们震慑人心的性格力量。他们已不是现实生活中的人了，他们都超越了平凡的现实生活，个个变成了"天才"；然而他们并非不食人间烟火的神灵或鬼魅，他们都在具体的情欲中煎熬，人人都变成了"怪物"；正因为如此，他们一方面让读者感到惊奇甚至害怕，一方面又让读者信以为真，承认其强大的"生命活力"。波德莱尔所列举的五个方面：生活、斗争、苦难、享乐和牺牲，看似不经意，实际上并非信手拈来，而是对巴尔扎克笔下人物的命运的高度概括，那五句"更……"显示出对现实生活的超越，又透露出其中所交织着的千丝万缕的联系。这些人物的活动是建立在细节真实的环境中的，而细节之真实甚至准确当然是观察的结果，但是他们之所以成为生气灌注的人并非仅仅得力于观察，他们更主要是一种近乎神秘的产物，即是说他们是洞观者巴尔扎克的创造物。对巴尔扎克来说，由观察到创造，并不是经过理性的分析，而是经由一种不能自已的神秘经验。这正是重视洞观与重视观察两派意见的根本分歧所在。

　　波德莱尔虽然肯定了细节对巴尔扎克的重要，但是他更欣赏的是他的"无节制的野心"，这种野心使他通过细节的勾画获得"总体的远景"。这就是说，巴尔扎克从来不停留在细节的真实准确上，而是力求对世界有一种整体的把握。在他的小说中，任何细节都不是孤立存在的，它总与其他的细节有联系，总是透露出人物的某一种情欲的消息，总是开辟了通向"统一世界"的道路。他的人物也都不是只为自身存在的，他们总是具有某一种象征的意义。波德莱尔曾经发出了这样的惊叹："啊，伏脱冷，拉斯蒂涅，皮罗多，《伊利亚特》中的英雄们知道你们的脚脖子……"在他看来，巴尔扎克的人物具有了神话的意义，他们已经摆脱了个人的、孤立的存在，成了比古代世界的英雄更为高大的现代世界的英雄。

在波德莱尔的眼中，巴尔扎克既是《人间喜剧》的创造者，又是《人间喜剧》中最伟大的演员。他早在《1846年的沙龙》一文中就曾经指出："奥诺雷·德·巴尔扎克啊，您是您从胸中掏出来的人物中最具英雄气概、最奇特、最浪漫、最有诗意的人物！"巴尔扎克的人物就是他本人，因为他全部身心都深入到人物的灵魂中去，他把激励着他自己的那股顽强而巨大的"生命活力"无保留地给了他的人物。这正是他的秘密。他进入到自己的任务群中，如同进入到超我无我的境界之中，思维语言、举手投足、音容笑貌，都若有神助——实际上，他不再指挥他的人物了，他们都有了自己的生命，有了自由，他们和他们的创造者完全融合在一起了。正是在这个意义上，波德莱尔说，巴尔扎克"是《人间喜剧》中最好奇、最滑稽、最有趣、最虚荣的人物"。

面对着"伟大的梦幻追求者，不断地'探求绝对'"的巴尔扎克，波德莱尔指出，他的所有故事都深深地染上了梦幻的色彩。巴尔扎克洞悉每一个人物，透视每一件事物，在他的"精神的眼睛"面前，世界的每一个凸起都变得更加强烈，社会的每一种怪相都变得更加惊人，也就是说，在他的"精神的眼睛"的观照之下，世界既是一个被放大了千百倍的世界，又是一个被剥去了种种表象的全然裸露的世界，本来是一个肉眼所能观察到的实在世界，现在变成了一个只有精神之眼才能看见的梦幻世界。巴尔扎克不但在梦幻中创造了一个世界，而且把自己的梦幻世界披露在世人面前，并且要求他们也具有一双能够看见这梦幻的精神之眼。唯其如此，他才能"给十足的平凡铺满光明和绯红"。然而这梦幻并非荒唐无稽之物，而是"一种文明所产生的怪物及其全部斗争、野心和疯狂"的象征，是"他把全部身心都投入其中"的那种创造：人我两忘，浑然不变。超越了现实，却具有更高的真实，既蕴涵着历史的透视，也闪烁着哲理的光辉。

综上所述，波德莱尔说巴尔扎克是一位洞观者，其含义是：一、他用想象的世界代替了存在的世界，他借用了后者的物质材料，根据他个人的神话重新加以组织，创造了一个新的世界。巴尔扎克的创造是一种诗的创造、神话的创造，也就是说，他用象征取代了现实。二、在巴尔扎克的作品的内在世界和超自然的世界之间，存在着一种神秘的、超验的联系。这种联系主要依靠直觉的洞观才能察觉，精细的观察只能提供具体的材料，并不能达到事物的内在本质。三、我们不能通过《人间喜剧》来认识法国社会，法国社会也不能印证《人间喜剧》。我们应该对《人间喜剧》进行诗的、哲学的把握，即它表现了一种超时空的人和世界的关系。

假如我们证之以巴尔扎克本人的言论，我们可以说波德莱尔的见解不同凡响，犹如空谷足音，开辟了把握《人间喜剧》的第二战场。巴尔扎克在《驴皮记》初版序言中写道："在诗人或的确是哲学家的作家那里，常常发生一些不可解释的、非常的、科学亦难以阐明的精神现象。这是一种第二视力，它使他们在各种可能出现的境况中猜出真相，或者说，这是一种我说不清楚的力量，它把他们带到他们应该去或愿意去的地方。他们通过联想创造真实，看到需要描写的对象，或者是对象走向他们，或者是他们走向对象。"这里的"第二视力"正是洞观者所独具的那种洞察力，那种通过想象直达本质的能力。这种能力绝不是那种标榜真实准确的写实作家所能具有的，只能作为一种精神现象发生在诗人身上，或者发生在确实具有哲人气质的作家身上。这种精神现象除了能使作家通过联想来"看见"或"猜出"从而创造真实之外，还具有一种强制的力量，迫使作家顺从它的指引。布吕纳吉埃是一位并不欣赏巴尔扎克的批评家，但是他注意到巴尔扎克的这一特点，他指出："不是巴尔扎克选择他的主题，而是他的主题抓住了他，强加于他。"

巴尔扎克在他的中篇小说《法西诺·卡纳》中，对此种精神现象还有更具体、更显豁的说明："在我身上，观察已变成直觉的了，它深入灵魂而不忽视形体，或更可以说，它一下子抓住外部细节，随即超越之；它安抚我并予我一种能力，使我亲历它所及的生活，使我代替了它，就像《一千零一夜》中的苦行僧，他向那些人说了几句话，就得到了他们的灵魂和肉体。"在这里，巴尔扎克实际上已经把他的观察和洞见联系了起来，中间无须经过分析，即可单刀直入，破除一切迷障，在浑然忘我的境界中直达本质。他接着写道："听着这些人说话，我可以亲历他们的生活，仿佛自己就穿着他们褴褛的衣衫，脚上就是他们那满是窟窿的鞋子，他们的欲望，他们的需求，都深入了我的心灵，我的心灵与他们的心灵融为一体。这是一个人的白日梦。"有些研究者把这段话当作巴尔扎克同情工人的证据，实在是有些过于皮相了。倘若他遇见的是一位绅士，他也会穿上他的燕尾服、漆皮鞋，带上他的手套，拿起他的包金的手杖，他的心灵也会和那绅士的心灵"融为一体"的。巴尔扎克说得明白，这是一个"白日梦"，是他的"第二视力"，是他看见的表象后面的世界。同时，他本人也并非一位旁观者，他就直接地生活在他自己所创造的白日梦中。他可以因高老头死了而嚎啕大哭，他可以在信中问他的妹妹可曾知道他小说中的一个人物跟谁结了婚。他的朋友于勒·桑多从家乡回来，告诉他说他的妹妹病了，而巴尔扎克打断他，说："原来是这样，我的朋友，那我们再回到现实中来吧，咱们说说欧也妮·葛朗台吧！"他把他的想象当成了现实！也许从未有一个作家像巴尔扎克那样，全神贯注、毫无保留地投入到艺术的想象中去。他可以仅凭着几个细节就立刻调动起无论多么遥远甚至并非亲历的种种经验，经由狂放不羁的联想创造出一个世界。他甚至不必经过思索或分析，直接地从现象到达本质。据说，不朽的杰作《高老头》是三天三夜之间写出来的，如果说他有个提纲的话，那提纲是这样写的："一个老实人——兼包客饭的公寓——六百法郎年金——被两个女儿榨光，而她们各自有五十万法郎年金——死得像条狗。"从了了数行到二十万字的小说，仅用了三天三夜工夫，我们可以想象巴尔扎克是处于怎样一种亢奋的、不能自已的状态之中，拉斯蒂涅、伏脱冷、鲍赛昂子爵夫人等等是怎样不招自来地奔赴于他的笔下。他在给韩斯卡夫人的信中说："工作的迅速使我失去了结构感，我看不清楚了，我不知道我干了些什么。"巴尔扎克不愧为一位真正的艺术家，他在创作中常常处于这种直接的、非自觉的状态之中，而自己只满足于享用这种"第二视力"的特权，并不想去问个为什么。他说得很明白："我从未试图寻求产生这种能力的原因，我拥有它，使用它，如此而已。"这正是《文心雕龙》中所说的："伊挚不能言鼎，轮扁不能语斤，其微矣乎！"

　　无论是波德莱尔所说的"洞观者"，还是巴尔扎克所说的"第二视力"，所涉及的其实是文学创作中的一种很常见的现象，即创作的直接性和非自觉性，而其结果则是创造出一种不能等同于自然真实的艺术真实。任何一位严肃的巴尔扎克研究者都不曾否认过观察和经验的重要，也不曾否认过《人间喜剧》所包含的认识价值。他们中间有些人看重"洞观者"和"第二视力"，其用意多半在强调艺术的想象和创造。他们和波德莱尔、巴尔扎克一样，在论说中带进不少神秘主义的成分，但我们不能因此就将其视为谬说，更不能因此而堵塞更全面、更深刻地把握《人间喜剧》的道路。

当我们去掉"主义"而只保留"神秘"的时刻，我们会更深刻地领会"洞观者"或"第二视力"的含义，甚至会感到某种亲切。对于我们这些习惯于把《人间喜剧》看作是法国社会的现实主义再现的论者来说，借助于这种第二视力是很有必要的，可以帮助我们突破已有的研究格局，把《人间喜剧》从"百科全书"的狭窄视野中解放出来，在不同的层次上对它进行审美的观照和哲学的领悟。

在法国，19世纪的文学，特别是小说，把现实主义，也就是表现真实作为自己最根本的任务，虽然由于语言的单维性与现实的多维性之间并无合适的关联性，这种根本的任务成为一种不可能完成的任务，于是就产生了一种手段或工具，即想象力，通过想象力将纷纭杂乱的现实组织起来，成为一种更加一致的、简明的、严密的、可靠的整体。1888年，莫泊桑在《论小说》一文中就指出："所谓真实就意味着……给予真实以其全部的幻觉。……有才能的现实主义者应该叫作魔术师才对。"19世纪的文学是现实主义获得全面胜利的文学，19世纪也是给予更好的世界一种幻觉的世纪，可以说，莫泊桑的话乃是对波德莱尔的"惊讶"给出的第一个回应，虽然并不是针对巴尔扎克的。半个世纪后的1946年，瑞士的文学批评家阿尔贝·贝甘才对波德莱尔的"惊讶"给予了全面的回答。阿尔贝·贝甘是日内瓦学派的创始者和代表人物之一，论文以想象力和介入批评著称，其代表作是《浪漫派的心灵与梦》。《洞观者巴尔扎克》是一篇长达一百多页的论文，和一系列巴尔扎克的中短篇小说的序言合为一体，收入《一读再读巴尔扎克》论文集中。据这本书的序言作者加埃唐·毕孔所言，此文乃是一篇"论战性的文章，针对的是法国评论界对巴尔扎克的传统评价和给予巴尔扎克的传统位置"。我们知道，"法国是通过现实主义和自然主义的作家来定位巴尔扎克的,这些作家自认为是巴尔扎克的弟子,他们决定了我们的小说观。他们将其看作他那个时代的法国的无可比拟的描绘者,看作忠诚于外部世界的观察者,他们根据现实主义小说的标准来判断他"。对此,阿尔贝·贝甘回答说:"现实主义者和自然主义者错了,当巴尔扎克说他与户籍竞赛、描绘他那个时代的社会、不加任何变化地把外部世界移进他所描绘的图画中时,他们只从字句上理解了他。"他指出:"当事关他的作品的真正价值或者作品出自深刻的冲动时,作者并不总是最敏锐的见证。巴尔扎克也许是唯一的作家,其有意识的意图常常甚至完全地与作品的实现背道而驰。"他的人物,哪怕是再小的人物,都有自己的命运,往往不听作者的摆布,完全按照自己的性格逻辑行事。"巴尔扎克的人物,他们的行为,他们的言语,甚至他们的生理特征,其异乎寻常的现实强度都得力于一种隐秘的热情,在点燃这些创造物之前就已经在小说家的心中燃烧了。他们如此有力地存在,是因为他们以象征的方式存在,而绝不是一种只表明自身的材料。"他笔下的社会是一个巨大的存在,萎靡,衰弱,混乱,但一听到"金钱"这个词,就浑身充满了力气,两眼放光,双手颤抖,像饿虎扑食一样,人人撕扯在一处。"正义""自由""平等"等等美好的字眼已经失去了新鲜的颜色,只有金钱的力量高高在上,俯视着芸芸众生。巴尔扎克的描绘显然可以满足一般读者的好奇心,难道他能用这样的方式栓住他的"真正的读者",也就是"具有使命感"的读者吗?阿尔贝·贝甘斩钉截铁地说:不能。人们不能从他带我们进去的世界全身而退,因为在每一页里,人们都面临着一系列的问题,人们面临深渊,感受着不安,走到了尘世的尽头;那里,生活向超出生活的地区洞开,时间在无限的边缘消失,激情的正常展开突然被超自然的影响打乱,至少有被打乱的危险。人们感到的奇怪的印象——我说的是最世俗的小说，不仅仅是那些最荒诞的故事或神秘的书——恰恰近乎那些符合我们对世界、对令人放心的标准的习惯的设定之物，同时又被一种奇特性所包围，这种奇特性中有种神圣的和恶魔的东西。真实性就在那里，坚实，具体，不可撼动地建立在已知的材料的平衡之中；各种人的面孔大白于天下；他们的举动，他们的欲望，都保持在平常的尺度内，这种平常的尺度给日常生活以令人放心的平庸。但是，这些真实的事物，完全像我们梦幻最少的时候的那种样子的事物，却好像突然从一大片阴影中、从一片黑夜的海洋中浮现出来，其汹涌的浪涛从四面八方包围着事情的不变的表面。更有甚者，这种人们以为首先是从日常生活中得之于观察的真实性仿佛不是外在的，仿佛它本身就产生于梦幻，是一片由波浪形成的土地，其不动性乃是一种错觉。从阴影中、从深夜的海洋中浮现出来的世界，才是真实的世界，而这是由巴尔扎克的幻觉决定的，即所谓"第二视力"所看到的世界。这里的"第二视力"，即巴尔扎克在《驴皮记》序言中所说的"第二视力"，就发生在巴尔扎克自己身上。

　　从实证的观点看，巴尔扎克笔下的19世纪上半叶的法国社会的图景并非那么真实，他的故事、场景、人物的音容笑貌远比实际生活中所见所闻的要夸张得多，但是读者感到真实、可信，这是为什么？阿尔贝·贝甘说，随着巴尔扎克对作家职业的掌握，他的小说中现实主义的成分多了，幻想的成分少了，但是人物的精神升华却始终是世俗的故事，是具体化的故事，"真正的神话，应该在日常生活中、在时间中、在具体体现中来创造。生活的教训同时是艺术规律的发现。但是，成为一个真正的小说家后，巴尔扎克并未否定他最初的意图。关于生活的小说充满了神秘的意思，从这种神话的无言的存在吸取了它最大的力量。幼稚的读者在阅读《高老头》或《幻灭》的时候可能想不到它们有一个神秘的背景，他们看到的正常展开的故事就建立在这个背景之上。可以肯定的是，他感到的强烈的真实性的那种印象来源于日常生活不断相伴的一种隐藏的深刻性。真实的世界所以显得真实，因为它是另一个世界的透明的表面。人们感到的是真正地在生活之中，但是如果感觉并非时时都是不可见之物的象征和展现的话，那么人们是不会有这种感觉的。因为生活并不像自然主义者粗俗地设想的那样，局限于它的直接的表面。在生活的周围，在它之上或之下，在高处，在低处，尤其是在其内部，人们看到或猜到某种超出它的东西时，生活才是生活。为了在其真正的真实中看待生活，应该具有洞观的能力，这不仅仅是为了呼唤梦想。"例如，在《人间喜剧》中，交际花，包括高等妓女、下等妓女、轻佻的年轻女工，漂亮的姑娘，巴黎歌剧院的学生等轻浮女人，其人数、其作用、其命运，都与法国当时的实际情况大相径庭，巴尔扎克并非不知道他是利用了小说家虚构的权利，而他的解释不但非常有力，而且更清楚地表明了全部《人间喜剧》的创作意图。阿尔贝·贝甘说："他（指巴尔扎克——笔者注）看到在这个特殊的世界——它形成了一个社会中的社会——中，有'喜剧'的储备，有道德美的宝藏，有认识人心的宝贵的迹象；在他看来，交际花比其他任何女人都有且更加暗示地表明感情、冲动、能力，这一切是我们每个人的生命运动的源泉。他喜欢这些人，她们投身于种种冒险，并且没有社会秩序的任何保障，在她们的生活中，有着可能的结局的异乎寻常的多样性，从最悲惨的失败到平静的安置或辉煌的成功；或胜或衰，交际花都是一个拥有命运的卓越的人。最后，摆脱了正经女人的自私自利，幸免于那些保存自己、算计大度的人的谨慎,妓女是唯一能奉献自己的人,这种奉献的确是完全的:交际花因爱情生或死,为无限的激情提供了一个榜样。"所以,阿尔贝·贝甘认为,巴尔扎克不吝笔墨地凸显交际花的队伍之庞大、人品之超拔、体貌之美丽和性格之狡诈,而巴尔扎克本人之经验却不在他的考察范围之内,因为"这种性格的材料对于作品的理解毫无用处。……我再说一遍,他(指巴尔扎克——笔者注)所经历的魅惑之心理来源不重要"。巴尔扎克关注交际花之类的女人的命运,固然与这些女人的个人的行为有关,但更为重要的,是他试图通过对这些女人的描绘达到更广阔的目的:描绘社会。他在《驴皮记》的结尾写到馥多拉,说:"如果你愿意,不妨这么说,她就是社会。"真是一针见血,鞭辟入里。

在法国学术界,还有一种流传极广的说法,即巴尔扎克"写得不好",他被指责"文笔粗糙""叙事拖拉""描写臃肿""不尚剪裁"等等。对此,阿尔贝·贝甘说:"这里,可能他们的美学所犯的最初的错误使他们步入歧途,自以为拥有一种超过巴尔扎克的艺术,实际上他们注定要远远不及他的成功。这些小说家剥夺了艺术的创造力和其他一切能力,只给它留下了忠实地模拟'现实'的能力,使艺术变成一个偶像。""剥夺"和"留下",在他看来只不过是同一种错误的两副面孔罢了,一旦艺术离开了它的自然的界限,不再把体现精神生活——在自由地驰骋想象力的形式之内——作为它唯一的目的,那么它就必然成为一种愚蠢的崇拜的对象。阿尔贝·贝甘说:"这时,无论它是倾向于脱离肉体、声称是一个完全非现实的世界的创造者而与世俗的普通存在没有任何共同的东西,还是正相反,它只愿意成为世俗世界的忠实的反映,这都不重要;在这两种情况下,具体地体现的必要性都被忽略了,或者是人们忘记了,为了再现生活，必须由精神来再创造表面的现象，或者是，为了反映不可见的深层，人们在现实的必要材料方面走得太远。如果艺术始终待在它本性的基本暧昧之中，在从事艺术、知道其相当邻近的局限的人中引起某种谦卑，那么，它就不能给予自己一种模仿的权力而不充满着骄傲。"看来，在巴尔扎克，绝对的创造，或者纯粹的模仿，都不能使精神的世界化为肉身，即得到体现，必须通过第二视力透视万象纷呈的世俗世界，才能表现不可见的深层，"世俗"与"不可见"，两者不可偏废。巴尔扎克的艺术正是适应了这种描绘现实生活又体现人间理想的要求，而这正是法国古典艺术不能满足的。阿尔贝·贝甘指出："巴尔扎克，其学习是匆忙的，不受古典的匀称的影响，例如18世纪的抽象倾向实际上在某种意义上早在福楼拜之前就发出了诅咒。他不追求'美的风格'的和谐，也不受'崇高'的篇章的诱惑，如果那样的话，他肯定会跌进晦涩难懂和虚伪的高贵的泥坑。但是，他跟随他的最好的灵感，屈服于而不是制造语言的暗示，根据叙事的变化选择他的表现。对他来说，风格绝不是先在于小说的浮夸的模式，强加在他所写的每一页上。巴尔扎克的风格不在孤立的文章中，不在一个句子中，不在句子的完美中；它是由章节的关系形成的，是由总体节奏的快慢形成的，是由语调和词汇的变化形成的，而这一切都由时间和行动来决定。"阿尔贝·贝甘为我们指出了一条公正地评价巴尔扎克的风格的路径，例如，叙事速度的快慢甚至停滞，字词语句的形象化、冲撞和分散的变化，突然进入的音乐的节奏，等等，一切的修辞手段都为了揭示出一个隐藏在纷乱的现实世界之下的更为真实的世界，所以他说："根据无数隐藏的类比关系，其网络在戏剧性和情节性之下的编织，形成了他的小说的真正的经纬。"这就意味着，我们不能根据法国古典主义的均衡、适度和崇高等因素来评价巴尔扎克的写作，或者说，繁复、芜杂、沉重等等正是巴尔扎克的风格的力量所在。意味深长的是，阿尔贝·贝甘把真正能够理解巴尔扎克的风格、真正读懂《人间喜剧》的人称为"读书人"，即"有使命感的读者"。

加埃唐·毕孔说："阿尔贝·贝甘的书的巨大意义存在于他所建立的巴尔扎克的作品的内在世界和超自然的世界之间的联系之中：他赋予洞观一种神秘和超验的含义，这种洞观首先表现为内在的世界和现实的人之间的一种关系。……他的书的全部话语都是为了说服我们，至少是对巴尔扎克来说，有关诗的创造的另一个世界和精神真实的绝对的另一个世界，两者之间是一致的。因为巴尔扎克的经验与超自然现象有关，这里的神话与其说是内在生活的象征的表述，还不如说是世俗的命运和超自然的远景的一次对照。"加埃唐·毕孔的说法至少证实了一点，阿尔贝·贝甘的书雄辩地表明，巴尔扎克远远地超越了传统批评对他的评价，他不单单是一个描绘他的时代的法国社会的圣手，不单单是一个听命于外部世界的观察者，他是一个透过现象看到本质的洞观者。

1967年，法国的巴尔扎克研究者彼埃尔·巴尔贝里斯在其巨著《巴尔扎克与世纪病》的前言中说："小说家（指巴尔扎克——笔者注）很少想象，他大量地从自己的家史中、从他往来的圈子中、从时事中、从看过的戏中、从无数读过的书中汲取素材。一个苦于寻求主题的稿件提供者在现实中所进行的这种不断地吸取，丝毫也没有损害那种著名的'洞观者'的能力，然而知道他从事实出发，人们就能更好地估量他那种直奔问题的奇才。现实主义者巴尔扎克还是洞观者巴尔扎克，这个著名的难题由此正在被解决。"由此可知，现实主义者巴尔扎克还是洞观者巴尔扎克，这是一个难题,至于它是否正在被解决,恐怕又是一个难题。至少目前在国内是如此,甚至"第二视力""洞观者"这样的说法至今尚未引起广泛的注意,如何能谈得上观察与洞观至今的对立或者结合乃至升华呢?

(作者系中国社会科学院荣誉学部委员)

《人间喜剧》序二

叶兆言

一

初读老巴尔扎克是在1974年,那一年我十七岁。那是读书无用的年代,我高中刚毕业,没有大学可以上,没有工作,对前途既不悲观也不乐观,时间多得像是百万富翁。在祖父的辅导下,我同时读了巴尔扎克的《高老头》和托尔斯泰的《战争与和平》。那个年代像我这年纪,读完《战争与和平》可不是件容易的事,实际上这部人类史上最伟大的史诗,我读到第三卷就再也读不下去。我不明白祖父说的好与了不起究竟藏在什么地方。

使我爱不释手的是《高老头》,这本书要好看得多,很轻松地就读完了,从头至尾趣味盎然。对于一个十七岁的文学少年来说,名作家巴尔扎克如此容易接受,真让人想不到。我一连读了好几本巴尔扎克的小说,有的好看,有的并不好看。差不多全是傅雷翻译的,扉页上有毛笔留下的笔迹,写着他的名字,那是他送给祖父的签名本。

巴尔扎克诱惑我的时间并不长久。我开始大量地阅读世界名著,目的不是想当作家,甚至也不是为了提高所谓的文学修养。我拼命读名著的直接原因,就是想在和别人吹小说的时候高人一等。说起来真是好笑,巴尔扎克当时只是我吹牛的资本和砝码。真正迷恋巴尔扎克是在我自己开始写小说，那已是20世纪70年代末，我从一个无知的文学少年，过渡为一个货真价实的文学青年。读了太多的20世纪小说以后，我自以为是地认定19世纪的小说已经完全过时，满脑子海明威福克纳萨特加缪，开口闭口现代派意识流新小说黑色幽默。时至今日，我最喜欢的仍然是美国小说，20世纪的美国小说生气勃勃，充满了创新意识。然而完全是出于偶然，老掉牙的巴尔扎克，突然给了我一种全新的刺激。我重读了《欧也妮·葛朗台》，让人吃惊不已的是，简单的小说中，竟然蕴藏了丰富的绝不简单的东西。

巴尔扎克最容易给人们留下某种错觉，仿佛他只会批判现实，老是在喋喋不休地谴责金钱，好像对金钱有着刻骨仇恨，虽然事实上他和同时代的人一样爱钱如命，并且让人失望地追逐功名。我第一次在巴尔扎克的小说中读到了全新的思想，这全新的思想就是人们嘴里已经谈得有些可笑的"爱"。在许多注明爱情小说的书本里，我们读到的是人的欲望，是灰姑娘的故事翻版，是市民的白日梦，甚至是偷鸡摸狗的掩饰。爱在崇高的幌子下屡屡遭到污辱。《欧也妮·葛朗台》引起了我对巴尔扎克一种新的热情。我情不自禁地又一次读了令人震惊的《高老头》，又一次读了《幻灭》，读了《贝姨》，读了《搅水女人》。傅雷的译本像高山大海一样让我深深着迷。在语言文字方面，傅雷是我受惠的恩师。巴尔扎克的语言魅力，只有通过傅译才真正体现出来。是傅雷先生为我提供了一个活生生的巴尔扎克。

在字里行间，在汪洋恣肆的语言宫殿里，在一个对理性世界充满怀疑的年代，我开始重新思索老掉了牙的爱。从表面上看，欧也妮付出的代价是爱，得到的却是不爱，"这便是欧也妮的故事，她在世等于出家，天生的贤妻良母,却既无丈夫,又无儿女,又无家庭"。作为一名极普通的女子,欧也妮的爱使人终于想起圣母玛利亚。正如高老头对女儿的爱让我们想起基督一样,在巴尔扎克的笔底下,爱是无理智,无条件。爱是一道射向无边无际世界的光束,它孤零零奔向远方,没有反射,没有回报,没有任何结果。爱永远是一种可笑幼稚的奉献。欧也妮"挟着一连串善行义举向天国前进",小说的意义根本不在于表现谁是否得到爱,也不仅是表现谁有没有付出爱。巴尔扎克在无意中探讨了爱的本义,探讨了爱的尴尬处境,探讨了爱的最后极限。高老头对女儿的爱和女儿对他的不爱,这对矛盾关系揭示了人类令人失望的事实真相,爱并不会因为无结果就失去夺目的光辉,金钱可以使爱扭曲,荣誉地位可以使爱变形,然而爱的本义却永远也不会改变。巴尔扎克对于今天的读者来说,的确有些太古老。他那高度写实力透纸背的技巧今天看来已经有点啰哩啰唆,但是我却在他的作品中读到了最具有现代小说意义的特征,读到了最古老话题的新解释。重读巴尔扎克使我获益匪浅,无论是欧也妮,还是高老头,还是于洛男爵夫人,还是伏脱冷,或者是拉斯蒂涅,或者是吕西安,我得到的理解就是,就像弗洛伊德发现情欲可以作为一种原动力一样,虽然巴尔扎克发现金钱欲的巨大作用,但是他的小说首先是爱,其次才是批判或者别的什么东西。

  对巴尔扎克的入迷使我有机会想入非非,再也没有什么比罗丹的雕像更能抓住巴尔扎克的本质。那是一个被睡眠折磨得无可奈何的大师神态,他被莫大的幻想迷惑和惊吓,蒙眬的睡眼,嘴唇紧闭,一头失魂落魄的乱发,抖动他的病体就像抖动他的那件睡衣一样。这是一架疯狂的写作机器,仿佛传说中的那个令人惊骇的独眼怪物。他以非凡的创造力建构了一个全新的世界,巴尔扎克是这个凭空创造出来的奇迹世界的君王,正如勃兰兑斯极力赞美的一样，他拥有自己的国度。就像一个真正的国家一样，有它的各部大臣，它的法官，它的将军，它的金融家、制造家、商人和农民，还有它的教士，它的城镇大夫和乡村医生，它的时髦人物，它的画家、雕刻家和设计师，它的诗人、散文作家、新闻记者，它的古老贵族和新生贵族，它的虚荣而不忠实的情人、可爱而受骗的妻子，它的天才女作家，它的外省的"蓝袜子"，它的老处女，它的女演员，它的成群结队的娼妓。

巴尔扎克所创造的世界成了后来无数作家的梦想。一个固定的文学词汇产生了，这就是"巴尔扎克式的野心"。是否具有不同凡响的创造力，成了我们检验一个好作家的唯一标准。除了令人眼花缭乱的众多人物之外，巴尔扎克小说形式的多样化，同样让后来的作家感叹不已、自愧不如。他不是仅靠一两部小说维持自己声誉的小说家，他的绝技生龙活虎般地体现在他的一系列作品中。就像一滴水也能反射出太阳的光辉一样，巴尔扎克的好小说中几乎都有震撼人心的场面，都有几个了不起的人物，它们都具有原始质朴的纯情，都以一种永不疲倦的执着和追求而不朽。

自从文学上出现了巴尔扎克以后，要想成为大作家，再也不是一桩轻而易举的事。巴尔扎克式的野心刺激着那些在文学上试图能有一番作为的人。小说作为一门独立的科学，一门独立的艺术，正在越来越博大精深，越来越趋于成熟和完整。巴尔扎克是小说史上最耀眼的一块里程碑。我常常不知不觉地陷入痴想，头昏脑涨，目瞪口呆不知所措。因为有了伟大的巴尔扎克，我们可怜兮兮的脑袋瓜里，我们那支胆战心惊的笔，还能够制造出一些什么样的小说来，我们还能怎么写，这个命题将折磨我们一辈子。

二

　　为了更好地读懂一本小说，了解作者的真实处境是必要的。文学史上给了巴尔扎克极高的评价，我总觉得这种高度赞美，和作者本人的自吹自擂多少有些关系。对于大多数读者来说，真正阅读完巴尔扎克的小说几乎是不可能的。我常常扪心自问，提醒自己不要跟着舆论瞎跑。小说就是小说，千万不要太当回事。巴尔扎克是个造假高手，是个说大话的天才，后人对他许多带有模式的定评，实际上都是他自己最先放风放出来的。最经典的例子，就是巴尔扎克借着评价司各特，为自己的文学大厦大做广告。在《人间喜剧》前言中，巴尔扎克欲擒故纵，先把司各特抬到一个惊人的高度，说"他将小说提高到了历史哲学的水平"，然后笔锋一转，指责他"没有构想出一套体系"。换句话说，司各特尽管伟大得让人五体投地，但是，因为"没有想到将他的全部作品联系起来，构成一部包罗万象的历史"，因此就不能做到"其中每一章都是一篇小说，每篇小说都标志着一个时代"。巴尔扎克想告诉我们，正是这种衔接不紧的缺陷让他豁然开朗，突然发现了"有助于编撰我的作品的体系，以及实施这套作品的可能性"。

　　《人间喜剧》的体系实在是太庞大，读者所能熟悉的，大约只能是"风俗研究"这一个部门。我至今也闹不明白巴尔扎克在"哲学研究"和"历史研究"这两大部门里说了些什么。毫无疑问，他的重要作品已都收在"风俗研究"里，我们感兴趣的也就是他的那些"风俗研究"。这就好像进入展览馆，我们实际上总是停留在一个展厅里，对另外两个展厅视而不见，甚至可以忽略不计。事实也是这样，大家喋喋不休，谈起巴尔扎克小说中的"哲学"和"历史"，通常提到的也都是"风俗研究"里的一系列作品，譬如大家经常要说的《欧也妮·葛朗台》《高老头》《夏倍上校》《家族复仇》《搅水女人》《于絮尔·弥罗埃》《贝姨》《邦斯舅舅》《幻灭》《农民》等。《人间喜剧》的构想大得有些离谱，巴尔扎克每天工作十几小时，也只完成五分之三，而没有完成的那些内容，可能都属于"哲学研究"和"历史研究"这两大部门。

1834年，巴尔扎克三十五岁，正是写作的最好年头，他授意年仅二十七岁的达文为自己刚完成一半的《19世纪风俗研究》写序。据说巴尔扎克亲自对这篇序言做了许多补充和修改，因此研究者认为这篇著名的序言，差不多就是巴尔扎克本人撰写的。在这篇文章中，达文引用了一段巴尔扎克平时常唠叨的话，对司各特的批评更加直截了当："这个伟大的苏格兰人，尽管他伟大，但他只不过陈列了许多精心雕刻的石头，在这些石头上我们看到可惊叹的形象，我们再一次瞻仰了每个时代的天才；差不多所有这些都是崇高的；但是，建筑物在哪里？在司各特的作品中，我们看到了一种惊人的分析的吸引人的效果，但是缺少综合。他的作品与小奥古斯丁街的展览馆很相像，在那里，每件物品本身都是华美的，但不与任何东西相关，不服从任何整体，一位天才的创作的才能若不与调整他的创作的能力相结合，就不是完全的。只有观察和描绘是不够的，一个作家在描绘和观察时必须有一个目的。"

作家的野心是想通过自己的作品，在文学史上获得一席之地。要让作品在流沙上像一棵树那样耸立，按照巴尔扎克的观点，你必须是"司各特身兼建筑师"。很长时间里，我对巴尔扎克的话坚信不疑，而且相信，一个人想成为作家，最好的典范便是像巴尔扎克一样辛勤劳作，扎扎实实地去建筑属于自己的文学大厦，而不应该是小心翼翼地装潢每一个房间。如果说我今天仍然像过去一样坚信不疑，仍然像过去那样毫无保留地崇拜巴尔扎克，显然是没有说老实话。无论是我的阅读经验，还是写作经验，都让自己的文学观点有了多多少少的变化。司各特先生向读者陈列了许多精心雕刻的石头，批评他的巴尔扎克也没有能够避免重蹈覆辙。说句不客气的话，文学大约也就只能如此了。事实上，真正的读者在阅读的时候，对文学大厦本身并没有太大的兴趣，有兴趣的只是那些想借助巴尔扎克说事的哲学家、政治家和经济学家，当然还有某些吃文学评论饭的评论家。多年以来，巴尔扎克一直是被文学以外的颂扬声包围，对于普通读者来说，有没有文学大厦这个空架子并不重要，人们走进展览馆，目的还是要看到那些精美的物品，这才是人们来到展览馆的真实目的。

见大不见小，不一定完全错，但至少有些片面。正是从巴尔扎克开始，对作家的要求突然提高了，作家头衔一下子变得神圣起来，头上顿时就有了光环。巴尔扎克提高了文学的品位，但是也带来了一系列严重后果。大家都用评价巴尔扎克作品的方式评价文学作品，于是阅读成了一种经验，成了一门学术，成了验证能否直接接受教育的方法，成了寻找自己适用资料的搜索。阅读本身已经不太重要了，重要的只是评价，重要的只是排名，重要的只是是否获得答案。读者成了街头评头论足的老大妈，人人都是能说会道的评论家。读者不用再走进展览馆，只要远远地站在外面看个大概就行了，大家不去欣赏展览馆里那些精美的物品，而是一本正经地站在大街上评价建筑物，比较谁的房子高，谁的房子大。我们总是很容易被一些似是而非的观点左右。一些名声远扬的高大建筑物，有时候是一些皇帝的新衣，很可能根本就不存在。我想巴尔扎克的高明之处，也许就在于用自己的野心勃勃，先把我们彻底地搞糊涂。他大约知道阅读既是一件有趣的活儿，同时又是一件辛苦的差事，我们不可能把他的王国游览完，因此索性放开胆子来吹牛。很显然,巴尔扎克比任何人都清楚,他的大厦永远也不会真正地完工。他向读者许诺着自己的大厦如何富丽堂皇,然而我们见到更多的只是一些蓝图,只是一些房子的轮廓。巴尔扎克知道,有时候,有些蓝图和轮廓就已经足够了。

不管怎么说,我们都要感谢作者的狂妄野心。正是这种不切实际的野心,激发了无穷无尽的创造力,是野心让巴尔扎克像着魔一样地写个不停。按照我的想法,巴尔扎克更像堂吉诃德骑士,他的那些匠心独具的写作理论也像。后来的人给了巴尔扎克太多的评价,他获得的荣誉无人可比,但是,我并不觉得他只是为了获得这些荣誉才写作。一个人可能为写作而着魔,也可能为荣誉而着魔,这两者之间是有着本质区别的。有时候,两者看上去差不多,却绝对不是一回事。我更愿意相信是写作本身的魔力吸引住了巴尔扎克,一个人真正投身于写作的时候,荣誉已经变得不重要。

伟大的巴尔扎克的幸运在于,他生前并没有被荣誉伤害,不是不愿意,是因为没有这样的机会。对于巴尔扎克来说,荣誉更多的是可望而不可即,野心始终只是野心而已。在荣誉的辉煌面前,他更像是个被打入冷宫的怨妇。巴尔扎克总是不能被人真正理解,虽然死后的声誉与日俱增,但是在生前,他也就是个能写和会说大话的家伙。他的不温不火的知名度,恰好可以让他源源不断地工作下去。为了生存,为了还债,为了追求心爱的女人,为了证明自己,他都必须得写。巴尔扎克永远处于不得不写的状态之中,一根胡萝卜总是在鼻子前面晃悠,这就是他必须面对和应该获得的现实。

三

对于我来说，巴尔扎克的意义，不仅在于创造了丰富的文学世界，还在于他作为一个作家的工作方式。这种工作方式用戈蒂耶的话来说，就是绞尽脑汁，凭借超人的意志，"加上勇士的气魄和教士一般深居简出的生活"。在巴尔扎克的野心勃勃后面，我所感受到的是一种深深的沮丧，换句话说，与其说是野心在鼓舞，还不如说是沮丧在激励。正是这种失意的沮丧让他喋喋不休，没完没了地为自己的作品做出解释。巴尔扎克在小说的序言中，一次次从后台直接蹿到前台，明白无误地表达着自己的创作思想，在小说中也一再借助人物的对话，直截了当地表明他的文学观点。被读者理解从来就不是一件容易的事情。处于沮丧中的巴尔扎克把自己交给了未来，在和达文的谈话中，他信心十足地说：但是，要记得，在今日要活在文学里，不是天才的问题，而是时间的问题。在你能与读者中持有健全的见解而善于判断你的大胆的事业的人成为知音之前，你必须久饮痛苦之杯；你必须容忍别人的嘲笑，忍受不公正；因为有见识的人的无记名投票（通过这种投票你的名声才能受到推崇）是一张张地投来的。信心是一回事，实际情况又是另一回事。指望"无记名投票"并不是一件靠得住的事情，在巴尔扎克时代，达文为他受到的不公待遇大声疾呼。在达文眼里，巴尔扎克作为最优秀的作家，却没有享受应该得到的最优秀待遇。持有健全见解的读者都不知跑哪去了，这个时代竟然变得如此急功近利，根本就不允许作家有巴尔扎克那样远大的追求。大家的眼睛都虎视眈眈地盯在巴尔扎克作品的瑕疵上面，这样做的结果注定了巴尔扎克只能默默无闻地工作，像头畜生一样，"既无奖励亦无报酬"，悄悄地攀登奥林匹亚的顶峰。幸运的作家写一本书火爆一本书，写一本书快活一辈子，巴尔扎克写一本书刚够抵债,因此他不得不寄希望在未来的一天,自己能一下子"收获二十年被忽略的劳动的奖赏"。

"久饮痛苦之杯",最后修得正果,这并不是巴尔扎克故事中最精彩的乐章。他的伟大意义在于认准了一个目标,一条道走到黑,不管是否能够实现都没有放弃,是野心也罢,是信心也罢,反正他没有被沮丧击败,没有被社会的流言打倒。巴尔扎克的故事给人的启发恰巧就是,前途是光明的,道路是黑暗的。但是,即使前途是黑暗的,也没有什么大不了。最后是否成功并不重要,我更愿意相信"活在今日的文学里"是个"时间问题",不过是一种自我安慰,因为并不是所有在黑暗中摸索的写作者,都有巴尔扎克那样的幸运,并不是什么人都能攀登到文学的顶峰上去。不以成败论英雄,一个人生前不能得到的东西,身后显然也就不重要了。现实世界里,并不是什么人都能收获到自己被忽略的劳动的奖赏。今天的时代远比巴尔扎克时代更急功近利,我们从事文学事业,很可能只是久饮痛苦之杯,根本没有好的果实可以收获,然而这并不足以证明就该就此放弃。

四

过去一百年,伴随着傅雷走过,不太平的岁月远比太平的居多。平心而论,在这个时代能幸存于战火,苟且偷安于动乱,已属非常幸运。

熟悉傅雷的人会告诉我们,他生性耿直倔强,言辞激烈。在中学未结束时,他就发表了第一篇小说,是不是唯一的一篇还有待于考证,但是文学的魔力开始在血液里兴风作浪,意味着他终身必然和只能是与文字为伍。

从此以后,傅雷的所作所为,更像一个标准的文人,始终是有骨气的文弱书生。天下大乱,战火纷飞,血雨腥风,他没有投笔从戎,而是有意无意地远离暴力和政治。大家都知道，傅雷曾在法国留学四年，出国时只有十九岁，等到学成归国，在抵达上海的当天，正赶上震惊中外的"九一八"，这又是个国难当头的日子。六年以后，抗战全面爆发，和当时很多爱国的文化人一样，他曾携家去广西避难当义民，因为交通混乱，受阻于梧州达三月之久，最后不得不返回上海。又过了两年，到1939年，傅雷历经艰险，赴昆明国立艺专任教，差一点与闻一多先生成为同事。

傅雷没在战时的大后方留下来，他与国立艺专的校长意见不合，犯起了牛脾气，又回到上海的孤岛。接下来，以纯粹个人的形式进行着抗战，在孤岛期间，为了不与日本人照面，傅雷闭门不出，"东不至黄浦江，北不至白渡桥"，整日埋头翻译。

不幸有时候也能成为一种动力。面对牵涉到整个民族命运的国难，个人事业遇到巨大不幸和挫折，傅雷都是选择用译笔来表达他的立场。两耳不闻窗外事，一心只译圣贤书。一个有品质的文人，个人行为上究竟应该如何特行独立，在困难面前应该如何选择，他都为我们做出了表率。

对于大多数读者来说，没有了翻译家，世界文学将是一段十足的空话。没有翻译家，即使我们像伟大的歌德那样，信心百倍地宣布世界文学的时代已经到来，语言障碍的高山挡在面前，我们还是看不到山那边的无限风光。

傅雷把毕生的精力都放在了文学翻译上。傅雷的翻译最后得到大家欢迎不容置疑，我们完全可以这么说，巴尔扎克真该好好地感谢这位中国知音，正是因为有了傅雷的出色翻译，法国大作家的心血才货真价实地成为中国的畅销书，从书店的架子上走向千家万户。不止一个人翻译过巴尔扎克的作品，然而傅雷的译本最为我们熟悉，最容易被大家接受，是众所周知的品牌。当然，傅雷也更应该感谢巴尔扎克，毕竟原创的意义更为重大，没有原创一切都将无从说起，傅雷的人生中如果没有了巴尔扎克，关于他的种种评价，就不得不重新撰写。

傅雷先生曾翻译过一段很短很经典的话，意思是说，人不过是一株芦苇，是自然界最脆弱的生物，人正是因为有了思想，所以也是最强大的生物。一滴水，一缕水汽，都有可能致人于死地，但是人还是比压倒他的世界万物高出一等，因为人类明白世界万物在哪些地方会胜过自己。

很长时间内，我并不太明白这句话的意思，话说得太哲学了，有那么一些绕人，到底想说明什么呢。傅雷是个有才华的人，除了翻译方面的特殊贡献，他对音乐的爱好，对美术的见解，都达到了相当高的水准。说傅雷的这一生可歌可泣并不为过，他是一株芦苇，是一株有思想的芦苇，但是我们以傅雷为例，是不是也可以反问一句，人同时会不会又是一些没有思想的芦苇，因为世界上许多最反人类的坏事，都是人这个高等动物自己干出来的。

过去一百年，世界上无休止的战争和运动，成了几辈人的噩梦。时至今日，我们只能庆幸，那个噩梦时代终于结束了，同时也不得不感叹，恰恰是在那个不太好的年代，忍辱负重的傅雷以自己的不懈努力，给后人留下丰厚的精神遗产。这或许也解释了一个古老的真理：痛苦的结晶往往才是最美好的。

不知道如今还有没有人能像傅雷那样，把自己的全身心都投入到翻译文学作品中去，时代已经改变，文化人面对的问题已完全不同。懂外语的人越来越多，国家与国家之间的交往越来越密切，我们，无论是西方的欧美，还是东方的华夏，正在相对地变得越来越文明，越来越远离战争和政治运动，越来越讲究双赢。

我不止一次讲过巴尔扎克对自己的影响。其实，说到巴尔扎克的影响，还不如直截了当说傅雷的培养更好，很长时间内，我一直是把傅雷译本当作自己的语文教材，傅雷实际上就是我的语文老师。

描述中国现代文学的发展，不但要研究作家原创的作品，还要研究翻译文学的语言。现代汉语的发展壮大，文学语言的日趋成熟，是由这两种力量同时推动的，而傅雷恰恰是翻译文学领域中最突出的一位，他不仅向我们推销了外国文学，还把第一流的汉语范本展现在了读者面前，直接影响了很多有志于从事文学创作的人。

一个不懂外语的人，冒冒失失谈论翻译是很可笑。法国的纪德翻译莎士比亚，把"静得连一只老鼠的声音都没有"，译成了"静得连一只猫的声音都没有"。为此，傅雷与施蛰存曾有过一番认真的讨论，傅雷认为这个绝对不是错译，而是"达意"和"传神"。英法两国人形容安静有不同的习惯，重点不在究竟有没有老鼠和猫，就像中国人说起鸦雀无声，鸦和雀都是虚拟，我们说"静得连一根针掉在地上都能听见"，绝不是真有那么好的听力，死抠字面无疑会闹笑话。

有什么样的翻译，就有什么样的读者，同样，有什么样的读者，也会有什么样的翻译。也许读者根本不在乎傅雷的那些努力，对于翻译作品，匆匆地看上一遍，知道一个大概已经足够，明白几个洋人的名字和故事便算完事。世界文学名著已成为最好的文化装饰，成了客厅中高大书架上的品味摆设，并不是所有的人都会喜欢傅雷的翻译，过犹不及，过分地钻牛角尖，弄不好也会走火入魔。然而有人喜欢的就是这种书呆子气，譬如我，就是傅雷译本的坚定拥护者和受惠者，他译文中特有的那种节奏，那种语感，那种遣词造句的风格，都曾经深深地影响过我。

傅雷把太多的精力花在了达意和传神上，文字方面的精益求精让读者获益匪浅，我正是以一种感恩的心情在怀念他。傅雷活着的时候，"美文"这个词还不流行，因为在老派的人看来，"文"这个字本来就含有"美"的成分，天生就应该是美，只不过是随着文字的普及，随着文化的泛滥，文已经越来越不美丽，越来越不讲究，基于这样的现实，强调傅雷的译著为"美文"并不过分。

傅雷的远去意味着一个文学时代的结束，在文化和文明缺失的昨天，他的浩瀚译著曾像沙漠中的绿洲一样，滋润了一代又一代的文学青年。一位法国学者谈到莫扎特，曾说过他的音乐不像自己的生活，更像他的灵魂。莫扎特的生活是不幸的，他的音乐却充满了欢乐。傅雷的译文也不像他的生活，他留下的文字美丽清新，充满了智慧，充满了爱，将永远留在我们的记忆之中。

人间喜剧 I

高老头
Le Père Goriot

LA COMÉDIE HUMAINE

重译本序

　　以效果而论，翻译应当像临画一样，所求的不在形似而在神似。以实际工作论，翻译比临画更难。临画与原画，素材相同（颜色，画布或纸或绢），法则相同（色彩学，解剖学，透视学）。译本与原作，文字既不侔，规则又大异。各种文字各有特色，各有无可模仿的优点，各有无法补救的缺陷，同时又各有不能侵犯的戒律。像英、法，英、德那样接近的语言，尚且有许多难以互译的地方；中西文字的扞格远过于此，要求传神达意，铢两悉称，自非死抓字典，按照原文句法拼凑堆砌所能济事。

　　各国的翻译文学，虽优劣不一，但从无法文式的英国译本[1]，也没有英文式的法国译本。假如破坏本国文字的结构与特性，就能传达异国文字的特性而获致原作的精神，那么翻译真是太容易了。不幸那种理论非但是

---

[1]《哈姆雷特》第一幕第一场有句：Not a mouse stirring，法国标准英法对照本《莎翁全集》译为：Pas un chato。岂法国莎士比亚学者不识 mouse 一字而误鼠为猫乎？此为译书不能照字面死译的最显著的例子。

刻舟求剑，而且结果是削足适履，两败俱伤[1]。两国文字词类的不同，句法构造的不同，文法与习惯的不同，修辞格律的不同，俗语的不同，即反映民族思想方式的不同，感觉深浅的不同，观点角度的不同，风俗传统信仰的不同，社会背景的不同，表现方法的不同。以甲国文字传达乙国文字所包含的那些特点，必须像伯乐相马，要"得其精而忘其粗，在其内而忘其外"。而即使是最优秀的译文，其韵味较之原文仍不免过或不及。翻译时只能尽量缩短这个距离，过则求其勿太过，不及则求其勿过于不及。

倘若认为译文标准不应当如是平易，则不妨假定理想的译文仿佛是原作者的中文写作。那么原文的意义与精神，译文的流畅与完整，都可以兼筹并顾，不至于再有以辞害意，或以意害辞的弊病了。

用这个尺度来衡量我的翻译，当然是眼高手低，还没有脱离学徒阶段。《高老头》初译（一九四四）对原作意义虽无大误[2]，但对话生硬死板，文气淤塞不畅，新文艺习气既刮除未尽，节奏韵味也没有照顾周到，更不必说作品的浑成了。这次以三阅月的工夫重译一遍，几经改削，仍未满意。艺术的境界无穷，个人的才能有限：心长力绌，唯有投笔兴叹而已。

译者
一九五一年九月

---

[1] 六年前，友人某君受苏联友人之托，以中国诗人李、杜等小传译成俄文。译稿中颇多中文化的俄文，为苏友指摘。某君以保持中国情调为辩，苏友谓此等文句既非俄文，尚何原作情调可言？以上为某君当时面述，录之为"削足适履，两败俱伤"二语作佐证。

[2] 误译的事，有时即译者本人亦觉得莫名其妙。例如近译《贝姨》，书印出后，忽发现原文的蓝衣服译作绿衣服，不但正文错了，译者附注也跟着错了。这种文字上的色盲，真使译者为之大惊失"色"。

1

伏盖公寓

　　一个夫家姓伏盖,娘家姓龚弗冷的老妇人,四十年来在巴黎开着一所兼包客饭的公寓,坐落在拉丁区与圣·玛梭城关之间的圣·日内维新街上。大家称为伏盖家的这所寄宿舍,男女老少,一律招留,从来没有为了风化问题受过飞短流长的攻击。可是三十年间也不曾有姑娘们寄宿,而且非要家庭给的生活费少得可怜,才能使一个青年男子住到这儿来。话虽如此,一八一九年上,正当这幕惨剧开场的时候,公寓里的确住着一个可怜的少女。虽然惨剧这个字眼被近来多愁善感、颂赞痛苦的文学用得那么滥、那么歪曲,以致无人相信,这儿可是不得不用。并非在真正的字义上说,这个故事有什么戏剧意味;但我这部书完成之后,京城内外也许有人会掉几滴眼泪。出了巴黎是不是还有人懂得这件作品,确是疑问。书中有许多考证与本地风光,只有住在蒙玛脱岗和蒙罗越高地中间的人能够领会。这个著名的盆地,墙上的石灰老是在剥落,阳沟内全是漆黑的泥浆;到处是真苦难,空欢喜,而且那么忙乱,不知要怎么重大的事故才能在那儿轰动一下。然而也有些东零西碎的痛苦,因为罪恶与德行混在一块而变得伟大庄严,使自私自利的人也要定一定神,生出一点同情心;可是他们的感触不过是一刹那的事,像匆匆忙忙吞下的一颗美果。文明好比一辆大车,和印度的神车一样[1],碰到一颗比较不容易粉碎的心,略微耽搁了一下,马上把它压碎了,又浩浩荡荡地继续前进。你们读者大概也是如此:雪白的手捧了这本书,埋在软绵绵的安乐椅里,想道:"也许这部小说能够让我消遣一下。"读完高老头隐秘的痛史以后,你依旧胃口很好地用晚餐,把你的无动于衷推给作者负责,说作者夸张,渲染过分。殊不知这惨剧既非杜撰,亦非小说。一切都是真情实事[2],真实到每个人都能在自己身上或者心里发现剧中的要素。

公寓的屋子是伏盖太太的产业,坐落在圣·日内维新街下段,正当地面从一个斜坡向弩箭街低下去的地方。坡度陡峭,马匹很少上下,因此挤在华·特·葛拉斯军医院和先贤祠之间的那些小街道格外清静。两座大建筑罩下一片黄黄的色调,改变了周围的气息;穹窿阴沉严肃,使一切都暗淡无光。街面上石板干燥,阳沟内没有污泥,没有水,沿着墙根生满了草。一到这个地方,连最没心事的人也会像所有的过路人一样无端端地不快活。一辆车子的声音在此简直是件大事;屋子死沉沉的,墙垣全带几分牢狱气息。一个迷路的巴黎人[3]在这一带只看见些公寓或者私塾,苦难或者烦恼,垂死的老人或是想作乐而不得不用功的青年。巴黎城中没有一个区域更丑恶,更没有人知道的了。特别是圣·日内维新街,仿佛一个古铜

---

[1] 印度每年逢 Vichnou 神纪念日,将神像置于车上游行,善男信女奉之若狂,甚至有攀附神车或置身轮下之举,以为如此则来世可托生于较高的阶级(Caste)。

[2] 原文是用的英文 All is true,且用斜体字。莎士比亚的悲剧《亨利八世》原名"All is true",巴尔扎克大概是借用此句。

[3] 真正的巴黎人是指住在塞纳河右岸的人。公寓所在地乃系左岸。迷路云云谓右岸的人偶尔漫步到左岸去的意思。

La Comédie Humaine

一个迷路的巴黎人在这一带只看见些公寓或者私塾,苦难或者烦恼……

框子，跟这个故事再合适没有。为求读者了解起见，尽量用上灰黑的色彩和沉闷的描写也不嫌过分，正如游客参观初期基督徒墓窟的时候，走下一级级的石梯，日光随之暗淡，向导的声音越来越空洞。这个比喻的确是贴切的。谁又能说，枯萎的心灵和空无一物的骷髅，究竟哪一样看上去更可怕呢？

公寓侧面靠街，前面靠小花园，屋子跟圣·日内维新街成直角。屋子正面和小园之间有条中间微凹的小石子路，大约宽两米；前面有一条平行的沙子铺的小路，两旁有风吕草、夹竹桃和石榴树，种在蓝白二色的大陶盆内。小路靠街的一头有扇小门，上面钉一块招牌，写着：伏盖宿舍；下面还有一行："本店兼包客饭，男女宾客，一律欢迎。"临街的栅门上装着一个声音刺耳的门铃。白天你在栅门上张望，可以看到小路那一头的墙上，画着一个模仿青色大理石的神龛，大概是本区画家的手笔。神龛内画着一个爱神像：浑身斑驳的釉彩，一班喜欢象征的鉴赏家可能认作爱情病的标记，那是在邻近的街坊上就可医治的[1]。神像座子上模糊的铭文，令人想起雕像的年代，伏尔泰[2]在一七七七年上回到巴黎大受欢迎的年代。那两句铭文是[3]：

不论你是谁，她总是你的师傅，
现在是，曾经是，或者将来是。

---

[1] 指附近圣·雅各城关的加波桑医院。

[2] 此处原译为"服尔德"，遵从通用译法改为"伏尔泰"。因年代原因，傅雷原译本多处专有名词的用法和现在通用的不一致。为便于读者理解，进行了审慎的修改。后文此种情形不再一一加注以免影响阅读。——编者注

[3] 伏尔泰为梅仲官堡园中的爱神像所作的铭文。

天快黑的时候，栅门换上板门。小园的宽度正好等于屋子正面的长度。园子两旁，一边是临街的墙，一边是和邻居分界的墙；大片的常春藤把那座界墙统统遮盖了，在巴黎城中格外显得清幽，引人注目。各处墙上都覆满果树和葡萄藤，瘦小而灰土密布的果实成为伏盖太太年年发愁的对象，也是和房客谈天的资料。沿着侧面的两堵墙各有一条狭小的走道，走道尽处是一片菩提树荫。伏盖太太虽是龚弗冷出身，菩提树三字老是念别音的，房客们用文法来纠正她也没用。两条走道之间，一大块方地上种着朝鲜蓟，左右是修成圆锥形的果树，四周又围着些莴苣、旱芹、酸菜。菩提树荫下有一张绿漆圆桌，周围放几个凳子。逢着大暑天，一班有钱喝咖啡的主顾，在热得可以孵化鸡蛋的天气到这儿来品尝咖啡。

　　四层楼外加阁楼的屋子用的材料是粗沙石，粉的那种黄颜色差不多使巴黎所有的屋子不堪入目。每层楼上开着五扇窗子，全是小块的玻璃；细木条子的遮阳撑起来高高低低，参差不一。屋子侧面有两扇窗，楼下的两扇装有铁栅和铁丝网。正屋之后是一个二十尺宽的院子：猪啊，鸭啊，兔子啊，和和气气地混在一块儿；院子底上有所堆木柴的棚子。棚子和厨房的后窗之间挂一口凉橱，下面淌着洗碗池流出来的脏水。靠圣·日内维新街有扇小门，厨娘为了避免瘟疫不得不冲洗院子的时候，就把垃圾打这扇门里扫到街上。

　　房屋的分配本是预备开公寓的。底层第一间有两扇临街的窗子取光，通往园子的是一扇落地长窗。客厅侧面通到饭厅，饭厅和厨房中间是楼梯道，楼梯的踏级是用木板和彩色地砖拼成的。一眼望去，客室的景象再凄凉没有：几张沙发和椅子，上面包的马鬃布满是一条条忽而暗淡忽而发光的纹缕。正中放一张黑地白纹的云石面圆桌，桌上摆一套白瓷小酒杯，金线已经剥落一大半,这种酒杯现在还到处看得到。房内地板很糟,四周的护壁板只有半人高,其余的地位糊着上油的花纸,画着《忒勒玛科斯》[1]主要的几幕,一些有名的人物都着彩色。两扇有铁丝网的窗子之间的壁上,画着卡吕普索款待尤利西斯的儿子的盛宴[2]。四十年来这幅画老是给年轻的房客当作说笑的引子,把他们为了穷而不得不将就的饭食取笑一番,表示自己的身份比处境高出许多。石砌的壁炉架上有两瓶藏在玻璃罩下的旧纸花,中间放一座恶俗的半蓝不蓝的云石摆钟。壁炉内部很干净,可见除了重大事件,难得生火。

这间屋子有股说不出的味道,应当叫作"公寓味道"。那是一种闭塞的、霉烂的、酸腐的气味,叫人发冷,吸在鼻子里潮腻腻的,直往衣服里钻;那是刚吃过饭的饭厅的气味,酒菜和碗盏的气味,救济院的气味。老老少少的房客特有的气味,跟他们伤风的气味合凑成的令人作呕的成分,倘能加以分析,也许这味道还能形容。话得说回来,这间客室虽然教你恶心,同隔壁的饭厅相比,你还觉得客室很体面、芬芳,好比女太太们的上房呢。

饭厅全部装着护壁,漆的颜色已经无从分辨,只有一块块油迹画出奇奇怪怪的形状。几口黏手的食器柜上摆着暗淡无光的破裂的水瓶,刻花的金属垫子,好几堆都奈窑的蓝边厚瓷盆。屋角有口小橱,分成许多标着号码的格子,存放寄膳客人满是污迹和酒痕的饭巾。在此有的是销毁不了的家具,没处安插而扔在这儿,跟那些文明的残骸留在痼疾救济院里一样。你可以看到一个晴雨表,下雨的时候有一个教士出现;还有些令人倒胃的

---

[1]《忒勒玛科斯》系十七世纪费奈隆的名著。
[2] 即《忒勒玛科斯》中的情节。

版画，配着黑漆描金的框子；一口镶铜的贝壳座钟；一只绿色火炉；几盏灰尘跟油混在一块儿的挂灯；一张铺有漆布的长桌，油腻之厚，足够爱淘气的医院实习生用手指在上面刻画姓名；几张断腿折臂的椅子；几块可怜的小脚毯，草辫老在散开而始终没有分离；还有些破烂的脚炉，洞眼碎裂，铰链零落，木座子像炭一样焦黑。这些家具的古旧，龟裂，腐烂，摇动，虫蛀，残缺，老弱无能，奄奄一息，倘使详细描写，势必长篇累牍，妨碍读者对本书的兴趣，恐非性急的人所能原谅。红色的地砖，因为擦洗或上色之故，画满了高高低低的沟槽。总之，这儿是一派毫无诗意的贫穷，那种锱铢必较的、浓缩的、百孔千疮的贫穷；即使还没有泥浆，却已有了污迹；即使还没有破洞，还不曾褴褛，却快要崩溃腐朽，变成垃圾。

  这间屋子最有光彩的时间是早上七点左右，伏盖太太的猫赶在主人之前，先行出现，它跳上食器柜，把好几罐盖着碟子的牛奶闻嗅一番，呼啊呼啊地做它的早课。不久寡妇出现了，网纱做的便帽下面，露出一圈歪歪斜斜的假头发，懒洋洋地趿着愁眉苦脸的软鞋。她的憔悴而多肉的脸，中央耸起一个鹦鹉嘴般的鼻子，滚圆的小手，像教堂的耗子[1]一般胖胖的身材，膨脖饱满而颠颠耸耸的乳房，一切都跟这寒酸气十足而暗里蹲着冒险家的饭厅调和。她闻着室内暖烘烘的臭味，一点不觉得难受。她的面貌像秋季初霜一样新鲜，眼睛四周布满皱纹，表情可以从舞女那样的满面笑容，一变而为债主那样的竖起眉毛，板起脸孔。总之她整个的人品足以说明公寓的内容，正如公寓可以暗示她的人品。监狱少不了牢头禁卒，你想

---

[1] 教堂的耗子原是一句俗语，指过分虔诚的人；因巴尔扎克以动物比人的用法在本书中特别显著，故改按字面译。

象中绝不能有此无彼。这个小妇人的没有血色的肥胖，便是这种生活的结果，好像传染病是医院气息的产物。罩裙底下露出毛线编成的衬裙，罩裙又是用旧衣衫改的，棉絮从开裂的布缝中钻出来；这些衣衫就是客室、饭厅和小园的缩影，同时也泄露了厨房的内容与房客的流品。她一出场，舞台面就完全了。五十岁左右的伏盖太太跟一切经过忧患的女人一样。无精打采的眼睛，假惺惺的神气像一个会假装恼怒，以便敲竹杠的媒婆，而且她也存心不择手段地讨便宜：倘若世界上还有什么乔治或毕希葛吕可以出卖，她是决计要出卖的[1]。房客们却说她骨子里是个好人，他们听见她同他们一样咳嗽，哼哼，便相信她真穷。伏盖先生当初是怎么样的人，她从无一字提及。他怎样丢了家私的呢？她回答说是遭了厄运。他对她不好，只留给她一双眼睛好落眼泪，这所屋子好过活，还给了她不必同情别人灾祸的权利，因为她说，她什么苦难都受尽了。

一听见女主人急促的脚声，胖子厨娘西尔维赶紧打点房客们的中饭。一般寄饭客人通常只包每月三十法郎的一顿晚饭。

这个故事开始的时代，寄宿的房客共有七位。二层楼上是全屋最好的两套房间，伏盖太太住了小的一套，另外一套住着古的太太，她过世的丈夫在共和政府时代当过军需官。和她同住的是一个年纪轻轻的少女，维多莉·泰伊番小姐，把古的太太当作母亲一般。这两位女客的膳宿费每年一千八百法郎。三层楼上的两套房间，分别住着一个姓波阿莱的老人，和一个年纪四十上下、戴假头发、鬓角染黑的男子，自称为退休的商人，叫作伏脱冷先生。四层楼上有四个房间：老姑娘米旭诺小姐住了一间；从前

---

[1] 乔治与毕希葛吕均系法国大革命时代人物，以阴谋推翻拿破仑而被处死刑。

做粗细面条和淀粉买卖，大家叫作高老头的，住了另外一间；其余两间预备租给候鸟[1]，像高老头和米旭诺小姐般只能付四十五法郎一月膳宿费的穷学生，可是伏盖太太除非没有办法，不大乐意招留这种人，因为他们面包吃得太多。

那时代，两个房间中的一个，住着一位从安古兰末乡下到巴黎来读法律的青年，欧也纳·特·拉斯蒂涅。人口众多的老家省吃俭用，熬出他每年一千二百法郎的生活费。他是那种因家境清寒而不得不用功的青年，从小就懂得父母的期望，自己在那里打点美妙的前程，考虑学业的影响，把学科迎合社会未来的动向，以便捷足先登，榨取社会。倘没有他的有趣的观察，没有他在巴黎交际场中无孔不入的本领，我们这故事就要缺乏真实的色彩；没有问题，这点真实性完全要归功于他敏锐的头脑，归功于他有种欲望，想刺探一桩惨事的秘密；而这惨事是制造的人和身受的人一致讳莫如深的。

四层楼的顶上有一间晾衣服的阁楼，还有做粗活的男仆克利斯朵夫和胖子厨娘西尔维的两间卧房。

除了七个寄宿的房客，伏盖太太旺季淡季统扯总有八个法科或医科的大学生，和两三个住在近段的熟客，包一顿晚饭。可以容纳一二十人的饭厅，晚餐时坐到十八个人；中饭只有七个房客，团团一桌的情景颇有家庭风味。每个房客跟着软鞋下楼，对包饭客人的衣着神气、隔夜的事故，毫无顾忌地议论一番。这七位房客好比伏盖太太特别宠爱的孩子，她按照膳宿费的数目，对各人定下照顾和尊敬的分寸，像天文家一般不差毫厘。这

---

[1] 指短时期的过路客人。此语为作者以动物比人的又一例。

批萍水相逢的人心里都有同样的打算。三层楼的两位房客只付七十二法郎一月。这等便宜的价钱（唯有古的太太的房饭钱是例外），只能在圣玛赛城关，在产科医院和流民习艺所中间的那个地段找到。这一点，证明那些房客明里暗里全受着贫穷的压迫，因此这座屋子内部的悲惨景象，在住户们破烂的衣着上照样暴露。男人们穿着说不出颜色的大褂、像高等住宅区扔在街头巷尾的靴子、快要磨破的衬衫、有名无实的衣服。女人们穿着暗淡陈旧、染过而又褪色的服装，戴着补过的旧花边、用得发亮的手套、老是暗黄色的领围、经纬散率的围巾。衣服虽是这样，人却差不多个个生得很结实，抵抗过人世的风波；冷冷的狠巴巴的脸，好像用旧而不再流通的银币一般模糊；干瘪的嘴巴配着一副尖利的牙齿。你看到他们会体会到那些已经演过的和正在搬演的戏剧——并非在脚灯和布景前面上演的，而是一些活生生的，或是无声无息的、冰冷的、把人的心搅得发热的、连续不断的戏剧。

老姑娘米旭诺，疲倦的眼睛上面戴着一个油腻的绿绸眼罩，扣在脑袋上的铜丝连怜悯之神也要为之大吃一惊。身体只剩一把骨头，穗子零零落落像眼泪一般的披肩，仿佛披在一副枯骨上面。当初她一定也俊俏过来，现在怎么会形销骨立的呢？为了荒唐胡闹吗？有什么伤心事吗？过分的贪心吗？是不是谈爱情谈得太多了？有没有做过花粉生意？还是单单是个娼妓？她是否因为年轻的时候骄奢过度，而受到老年时路人侧目的报应？惨白的眼睛教人发冷，干瘪的脸孔带点儿凶相。尖利的声音好似丛林中冬天将临时的蝉鸣。她自称服侍过一个被儿女们当作没有钱而丢在一边的患膀胱炎的老人。老人给她一千法郎的终身年金，至今他的承继人常常为此跟她争执，说她坏话。虽然她的面貌被情欲摧残得很厉害，肌肤之间却还有些白皙与细腻的遗迹，足见她身上还保存一点儿残余的美。

波阿莱先生差不多是架机器。他走在植物园的小道上像一个灰色的影子：戴着软绵绵的旧鸭舌帽，有气无力地抓着一根手杖，象牙球柄已经发黄了；褪色的大褂遮不了空荡荡的扎脚裤，只见衣摆在那里扯来扯去；套着蓝袜子，两条腿摇摇晃晃像喝醉了酒；上身露出腌臜的白背心，枯草似的粗纱颈围，跟绕在火鸡式脖子上别扭的领带，乱糟糟地搅在一起。看他那副模样，大家都心里思忖，这个幽灵是否跟在意大利大街上溜达的哥儿们同样属于泼辣放肆的白种民族？什么工作使他这样干瘪缩小的？什么情欲把他生满小球刺儿的脸变成了黑沉沉的猪肝色？这张脸画成漫画，简直不像是真的。他当过什么差事呢？说不定做过司法部的职员，经手过刽子手们送来的账单——执行逆伦犯所用的蒙面黑纱、刑台下铺的糠[1]、刑架上挂铡刀的绳子等等的账单。也许他当过屠宰场收款员，或卫生处副稽查之类。总之，这家伙好比社会大磨坊里的一匹驴子，做了傀儡而始终不知道牵线的是谁，也仿佛多少公众的灾殃或丑事的轴心；总括一句，他是我们见了要说一声"究竟这等人也少不得"的人。这些被精神的或肉体的痛苦磨得色如死灰的脸相，巴黎的漂亮人物是不知道的。巴黎真是一片海洋，丢下探海锤也没法测量这海洋的深度。不论花多少心血到里面去搜寻去描写，不管海洋的探险家如何众多如何热心，都会随时找到一片处女地，一个新的洞穴，或是几朵鲜花，几颗明珠，一些妖魔鬼怪，一些闻所未闻、文学家想不到去探访的事。伏盖公寓便是这些奇怪的魔窟之一。

其中有两张脸跟多数房客和包饭的主顾成为显著的对比。维多莉·泰

---

[1] 法国刑法规定，凡逆伦犯押赴刑场时，面上须蒙以黑纱以为识别。刑台下铺糠乃预备吸收尸身之血。

伊番小姐虽则皮色苍白，带点儿病态，像害干血痨的姑娘；虽则经常的忧郁，局促的态度，寒酸和娇弱的外貌，使她脱不了这幅画面的基本色调——痛苦，可是她的脸究竟不是老年人的脸，动作和声音究竟是轻灵活泼的。这个不幸的青年人仿佛一株新近移植的灌木，因为水土不宜而叶子萎黄了。黄里带红的脸色，灰黄的头发，过分纤瘦的腰身，颇有近代诗人在中世纪小雕像上发现的那种妩媚；灰中带黑的眼睛表现她有基督徒式的温柔与隐忍。朴素而经济的装束勾勒出年轻人的身材。她的好看是由于五官四肢配搭得巧。只要心情快乐，她可能非常动人；女人要有幸福才有诗意，正如穿扮齐整才显得漂亮。要是舞会的欢情把这张苍白的脸染上一些粉红的色调，要是讲究的生活使这已经微微低陷的面颊重新丰满而泛起红晕，要是爱情使这双忧郁的眼睛恢复光彩，维多莉大可跟最美的姑娘们见个高低。她只缺少教女人返老还童的东西：衣衫和情书。她的故事足够写一本书。她的父亲自以为有不认亲生女儿的理由，不让她留在身边，只给六百法郎一年，又改变他财产的性质，以便全部传给儿子。维多莉的母亲在悲苦绝望之中死在远亲古的太太家里，古的太太便把孤儿当作亲女一样抚养长大。共和政府军需官的寡妇，不幸除了丈夫的预赠年金和公家的抚恤金以外一无所有，可能一朝丢下这个既无经验又无资财的少女，任凭社会摆布。好心的太太每星期带维多莉去望弥撒，每半个月去忏悔一次，让她将来至少能做一个虔诚的姑娘。这办法的确不错。有了宗教的热情，这个弃女将来也能有一条出路。她爱她的父亲，每年回家去转达母亲临终时对父亲的宽恕；每年父亲总是闭门不纳。能居间斡旋的只有她的哥哥，而哥哥四年之中没有来探望过她一次，也没有帮助过她什么。她求上帝使父亲开眼，使哥哥软心，毫无怨恨地为他们祈福。古的太太和伏盖太太只恨字典上咒骂的字眼太少,不够形容这种野蛮的行为。她们咒骂混账的百万富翁的时候,总听到维多莉说些柔和的话,好似受伤的野鸽,痛苦的叫喊仍然吐露着爱。

欧也纳·特·拉斯蒂涅纯粹是南方型的脸:白皮肤,黑头发,蓝眼睛。风度,举动,姿势,都显出他是大家子弟,幼年的教育只许他有高雅的习惯。虽然衣着朴素,平日尽穿隔年的旧衣服,有时也能装扮得风度翩翩的上街。平常他只穿一件旧大褂,粗背心;蹩脚的旧黑领带扣得马马虎虎,像一般大学生一样;裤子也跟上装差不多,靴子已经换过底皮。

在两个青年和其余的房客之间,那四十上下、鬓角染色的伏脱冷,正好是个中间人物。人家看到他那种人都会喊一声"好家伙!"肩头很宽,胸部很发达,肌肉暴突,方方的手非常厚实,手指中节生着一簇簇茶红色的浓毛。没有到年纪就打皱的脸似乎是性格冷酷的标记;但是看他软和亲热的态度,又不像冷酷的人。他的低中音嗓子,跟他嘻嘻哈哈的快活脾气刚刚配合,绝对不讨厌。他很殷勤,老堆着笑脸。什么锁钥坏了,他立刻拆下来,粗枝大叶地修理,上油,锉一阵磨一阵,装配起来,说:"这一套我是懂的。"而且他什么都懂:帆船,海洋,法国,外国,买卖,人物,时事,法律,旅馆,监狱。要是有人过于抱怨诉苦,他立刻凑上来帮忙。好几次他借钱给伏盖太太和某些房客,但受惠的人死也不敢赖他的债,因为他尽管外表随和,自有一道深沉而坚决的目光教人害怕。看那唾口水的功架,就可知道他头脑冷静的程度:要解决什么尴尬局面的话,一定是杀人不眨眼的。

像严厉的法官一样,他的眼睛似乎能看透所有的问题、所有的心地、所有的感情。他的日常生活是中饭后出门,回来用晚饭,整个黄昏都在外边,到半夜前后回来,用伏盖太太给他的百宝钥匙开大门。百宝钥匙这种优待只有他一个人享受。他待寡妇也再好没有,叫她妈妈,搂着她的腰——可惜这种奉承对方体会得不够。老妈妈还以为这是轻而易举的事,殊不知唯有伏脱冷一个人才有那么长的胳膊,够得着她粗大的腰身。他另外一个特点是饭后喝一杯葛洛丽亚[1],每个月很阔绰地花十五法郎。那班青年人固然卷在巴黎生活的旋涡内一无所见,那班老年人也固然对一切与己无关的事漠不关心,但即使不像他们那么肤浅的人,也不会注意到伏脱冷形迹可疑。旁人的事,他都能知道或者猜到;他的心思或营生,却没有一个人看得透。虽然他把亲热的态度、快活的性情,当作墙壁一般挡在他跟旁人之间,但他不时流露的性格颇有些可怕的深度。往往他发一阵可以跟尤维纳利斯[2]相比的牢骚,专爱挖苦法律,鞭挞上流社会,攻击它的矛盾,似乎他对社会抱着仇恨,心底里密不透风地藏着什么秘密事儿。

泰伊番小姐暗中偷觑的目光和私下的念头,离不了这个中年人跟那个大学生。一个是精力充沛,一个是长得俊美,她无意之间受到他们吸引。可是那两位好似一个也没有想到她,虽说天道无常,她可能一变而为陪嫁富裕的对象。并且,那些人也不愿意推敲旁人自称为的苦难是真是假。除了漠不关心之外,他们还因为彼此境况不同而提防人家。他们知道没有力量减轻旁人的痛苦,而且平时叹苦经叹得太多了,互相劝慰的话也早已说尽。像老夫妻一样地无话可谈,他们之间的关系只有机械的生活,等于没有上油的齿轮在那里互相推动。他们可以在路上遇到一个瞎子而头也不回

---

[1] 羼有酒精的咖啡或红茶。

[2] 公元一世纪时以讽刺尖刻著名的拉丁诗人。

地走过,也可以无动于衷地听人家讲一桩苦难,甚至把死亡看作一个悲惨局面的解决;饱经忧患的结果,大家对最惨痛的苦难都冷了心。这些伤心人中最幸福的还算伏盖太太,高高在上地管着这所私人救济院。唯有伏盖太太觉得那个小园是一座笑盈盈的树林;事实上,静寂和寒冷,干燥和潮湿,使园子像大草原一样广漠无垠。唯有为她,这所黄黄的、阴沉沉的、到处是账台的铜绿味的屋子,才充满愉快。这些牢房是属于她的。她喂养那批终身做苦役的囚犯,他们尊重她的威权。以她所定的价目,这些可怜虫在巴黎哪儿还能找到充足而卫生的饭食,以及即使不能安排得高雅舒适、至少可以收拾得干干净净的房间?哪怕她做出极不公道的事来,人家也只能忍受,不敢叫屈。

整个社会的分子在这样一个集团内当然应有尽有,不过是具体而微罢了。像学校或交际场中一样,饭桌上十八个客人中间有一个专受白眼的可怜虫,老给人家打哈哈的出气筒。欧也纳·特·拉斯蒂涅住到第二年开头,发觉在这个还得住上两年的环境中,最堪注目的便是那个出气筒,从前做面条生意的高里奥老头。要是画家来处理这个对象,一定会像史家一样把画面上的光线集中在他头上。半含仇恨的轻蔑,带着轻视的虐待,对苦难毫不留情的态度,为什么加之于一个最老的房客身上呢?难道他有什么可笑的或是古怪的地方,比恶习更不容易原谅吗?这些问题牵涉到社会上许多暴行。也许人的天性就喜欢教那些为了谦卑,为了懦弱,或者为了满不在乎而忍受一切的人,忍受一切。我们不是都喜欢把什么人或物做牺牲品,来证明我们的力量吗?最幼弱的生物像儿童,就会在大冷天按人家的门铃,或者提着脚尖在崭新的建筑物上涂写自己的名字。

六十九岁的高老头,在一八一三年上结束了买卖,住到伏盖太太这儿来。他先住古的太太的那套房间，每年付一千二百法郎膳宿费，那气派仿佛多五个路易少五个路易[1]都无所谓。伏盖太太预收了一笔补偿费，把那三间屋子整新了一番，添置一些起码家具，例如黄布窗帘、羊毛绒面的安乐椅、几张胶画，以及连乡村酒店都不要的糊壁纸。高老头那时还被尊称为高里奥先生，也许房东看他那种满不在乎的阔气，以为他是个不知市面的冤大头。高里奥搬来的时候箱笼充实，里外服装，被褥行头，都很讲究，表示这位告老的商人很会享福。十八件二号荷兰细布衬衫，教伏盖太太叹赏不置，面条商还在纱颈围上扣着两支大金刚钻别针，中间系一条小链子，愈加显出衬衣料子的细洁。他平时穿一套宝蓝衣服，每天换一件雪白的细格布背心，下面鼓起一个滚圆的大肚子在那儿翕动，把一件挂有各色坠子的粗金链子，震动得一蹦一跳。鼻烟匣也是金的，里面有一个装满头发的小圆匣子，仿佛他还有风流艳事呢。听到房东太太说他风流，他嘴边立刻浮起笑容，好似一个小财主听见旁人称赞他的爱物。他的柜子（他把这个名词跟穷人一样念别了音）装满许多家用的银器。伏盖寡妇殷勤地帮他整东西时，不由得眼睛发亮，什么勺子、羹匙、食器、油瓶、汤碗、盘子、镀金的早餐用具，以及美丑不一、有相当分量、他舍不得放手的东西。这些礼物使他回想起家庭生活中的大事。他抓起一个盘，跟一个盖上有两只大鸽亲嘴的小钵，对伏盖太太说：

"这是内人在我们结婚的第一周年送我的。好心的女人为此花掉了做姑娘时候的积蓄。噢，太太，要我动手翻土都可以，这些东西我绝不放手。谢天谢地！这一辈子总可以天天早上用这个钵喝咖啡；我不用发愁，有现

---

[1] 路易为法国旧时金币，合二十至二十四法郎，随时代而异。

成饭吃的日子还长哩。"

末了,伏盖太太那双喜鹊眼还瞥见一沓公债票,约略加起来,高里奥这个好人每年有八千到一万法郎的进款。从那天起,龚弗冷家的姑奶奶,年纪四十八而只承认三十九的伏盖太太,打起主意来了。虽然高里奥的里眼角向外翻转,又是虚肿又是往下掉,他常常要用手去抹,她觉得这副相貌还体面,讨人喜欢。他的多肉而突出的腿肚子,跟他的方鼻子一样暗示他具备伏盖寡妇所重视的若干优点;而那张满月似的,又天真又痴骏的脸,也从旁证实。伏盖寡妇理想中的汉子应当精壮结实,能把全副精神花在感情方面。每天早晨,综合理工学院[1]的理发匠来替高里奥把头发扑粉,梳成鸽翅式,在他的低额角上留出五个尖角,十分好看。虽然有点儿土气,他穿扮得十分整齐,倒起烟来老是一大堆,吸进鼻孔的神气表示他从来不愁烟壶里会缺少玛古巴[2]。所以高里奥搬进伏盖太太家的那一天,她晚上睡觉的时候便盘算怎样离开伏盖的坟墓,到高里奥身上去再生;她把这个念头放在欲火上烧烤,仿佛烤一只涂满油脂的竹鸡。再醮,把公寓出盘,跟这位布尔乔亚的精华结合,成为本区中一个显要的太太,替穷人募捐,星期日逛旭阿西、梭阿西、香蒂伊[3];随心所欲地上戏院,坐包厢,无须再等房客在七月中弄几张作家的赠券送她;总而言之,她做着一般巴黎小市民的黄金梦。她有一个铜子一个铜子积起来的四万法郎,对谁也没有提过。当然,她觉得以财产而论,自己还是一个出色的对象。

"至于其他,我还怕比不上这家伙?!"想到这儿她在床上翻了个身,

---

[1] 法国有名的最高学府之一,校址在先贤祠附近,离伏盖公寓甚近。

[2] 当时最著名的一种鼻烟。

[3] 旭阿西、梭阿西、香蒂伊,均巴黎近郊名胜。

高老头那时还被尊称为高里奥先生。

仿佛有心表现一下美妙的身段，所以胖子西尔维每天早上看见褥子上有个陷下去的窝。

从这天起，约莫有三个月，伏盖寡妇利用高里奥先生的理发匠，在装扮上花了点心血，推说公寓里来往的客人都很体面，自己不能不修饰得和他们相称。她想出种种玩意儿要调整房客，声言从今以后只招待在各方面看来都是最体面的人。遇到生客上门，她便宣传说高里奥先生，巴黎最有名望最有地位的商界巨头，特别选中她的公寓。她分发传单，上面大书特书"伏盖宿舍"，后面写着："拉丁区最悠久最知名的包饭公寓。风景优美，可以远眺高勃冷盆地（那是要在四层楼上远眺的），园亭幽雅，菩提树夹道成荫。"另外还提到环境清静、空气新鲜的话。

这份传单替她招来了特·朗倍梅尼伯爵夫人，三十六岁，丈夫是一个死在战场上的将军；她以殉职军人的寡妇身份，等公家结算抚恤金。伏盖太太把饭菜弄得很精美，客厅里生火有六个月之久，传单上的诺言都严格履行，甚至花了她的血本。伯爵夫人称伏盖太太为亲爱的朋友，说预备把特·伏曼朗男爵夫人和上校毕各阿梭伯爵的寡妇，她的两个朋友，介绍到这儿来；她们住在玛莱区[1]一家比伏盖公寓贵得多的宿舍里，租期快要满了。一朝陆军部各司署把手续办完之后，这些太太都是很有钱的。

"可是，"她说，"衙门里的公事老不结束。"

两个寡妇晚饭之后一齐上楼，到伏盖太太房里谈天，喝着果子酒，嚼着房东留备自用的糖果。特·朗倍梅尼夫人大为赞成房东太太对高里奥的看法，认为确是高见，据说她一进门就猜到房东太太的心思，觉得高里奥

---

[1] 从十七世纪起，玛莱区即为巴黎高等住宅区。

是个十全十美的男人。

"啊！亲爱的太太，"伏盖寡妇对她说，"他一点毛病都没有，保养得挺好，还能给一个女人许多快乐哩。"

伯爵夫人对伏盖太太的装束很热心地贡献意见，认为还不能跟她的抱负配合。"你得武装起来。"她说。仔细计算一番之后，两个寡妇一同上王宫市场的木廊[1]买了一顶饰有羽毛的帽子和一顶便帽。伯爵夫人又带她的朋友上小耶纳德铺子挑了一件衣衫和一条披肩。武装买齐，扎束定当之后，寡妇真像煨牛肉饭店的招牌[2]。她却觉得自己大为改观，添加了不少风韵，便很感激伯爵夫人，虽是生性吝啬，也硬要伯爵夫人接受一顶二十法郎的帽子；实际是打算托她去探探高里奥，替自己吹嘘一番。朗倍梅尼夫人很乐意当这个差事，跟老面条商做了一次密谈，想笼络他，把他勾引过来派自己的用场；可是种种的诱惑，对方即使不曾明白拒绝，至少是怕羞得厉害；他的伧俗把她气走了。

"我的宝贝，"她对她的朋友说，"你在这个家伙身上什么都挤不出来的！他那疑神疑鬼的态度简直可笑；这是个吝啬鬼、笨蛋、蠢货，只能讨人厌。"

高里奥先生和朗倍梅尼太太会面的经过，甚至使伯爵夫人从此不愿再同他住在一幢楼里。第二天她走了，把六个月的膳宿费都忘了，留下的破衣服只值五法郎。伏盖太太拼命寻访，总没法在巴黎打听到一些关于特·朗倍梅尼伯爵夫人的消息。她常常提起这件倒霉事儿，埋怨自己过于相信人家，其实她的疑心病比猫还要重；但她像许多人一样，老是提防亲

---

[1] 一八二八年以前王宫市场内有一条走廊，都是板屋，开着小铺子，廊子的名字叫作木廊。
[2] 饭店当时开在中学街，招牌上画一头牛，戴着帽子和披肩；旁边有一株树，树旁坐着一个女人。

近的人而遇到第一个陌生人就上当。这种古怪的，也是实在的现象，很容易在一个人的心里找到根源。也许有些人，在共同生活的人身上再也得不到什么；把自己心灵的空虚暴露之后，暗中觉得受着旁人严厉的批判；而那些得不到的恭维，他们又偏偏极感需要，或者自己素来没有的优点，竭力想显得具备；因此他们希望争取陌生人的敬重或感情，顾不得将来是否会落空。更有一等人，天生势利，对朋友或亲近的人绝对不行方便，因为那是他们的义务，没有报酬的；不比替陌生人效劳，可以让自尊心满足一下；所以在感情圈内同他们离得越近的人，他们越不爱；离得越远，他们越殷勤。伏盖太太显然兼有上面两种性格，骨子里都是鄙陋的、虚伪的、恶劣的。

"我要是在这儿，"伏脱冷说，"包你不会吃这个亏！我会揭破那个女骗子的面皮，教她当场出彩。那种嘴脸我是一望而知的。"

像所有心路不宽的人一样，伏盖太太从来不能站在事情之外推究它的原因。她喜欢把自己的错处推在别人头上。受了那次损失，她认为老实的面条商是罪魁祸首；并且据她自己说，从此死了心。当她承认一切的挑引和搔首弄姿都归无用之后，她马上猜到了原因，以为这个房客像她所说的另有所欢。事实证明她那个美丽动人的希望只是一场空梦，在这家伙身上是什么都挤不出来的，正如伯爵夫人那句一针见血的话——她倒像是个内行呢。伏盖太太此后敌视的程度，当然远过于先前友谊的程度。仇恨的原因并非为了她的爱情，而是为了希望的破灭。个人向感情的高峰攀登，可能中途休息；从怨恨的险坡往下走，就难得留步了。然而高里奥先生是她的房客，寡妇不能不捺着受伤的自尊心不让爆发，把失望以后的长吁短叹藏起来，把报复的念头闷在肚里，好似修士受了院长的气，逢到小人要发泄感情，不问是好感是恶感，总是不断地玩小手段的。那寡妇凭着女人的狡狯，想出许多暗中捉弄的方法，折磨她的仇人。她先取消公寓里添加出来的几项小节目。

"用不着什么小黄瓜跟糟鱼了。都是上当的东西！"她恢复旧章的那天早晨，这样吩咐西尔维。

可是高里奥先生自奉菲薄，正如一般白手成家的人，早年不得已的俭省已经成为习惯。素羹，或是肉汤，加上一盘蔬菜，一向是，而且永远就该是，他最称心的晚餐。因此伏盖太太要折磨她的房客极不容易，他简直无所谓嗜好，也就没法跟他为难。遇到这样一个无懈可击的人，她觉得无可奈何，只能瞧不起他，把她对高里奥的敌意感染别的房客；而他们为了好玩，竟然帮着她出气。

第一年将尽，寡妇对他十分猜疑，甚至在心里思忖：这个富有七八千法郎进款的商人，银器和饰物的精美不下于富翁的外室，为什么住到这儿来，只付一笔在他财产比例上极小的膳宿费？这第一年的大半时期，高里奥先生每星期总有一两次在外面吃晚饭；随后，不知不觉改为一个月两次。高里奥大爷那些甜蜜的约会，对伏盖太太的利益配合得太好了；所以他在家用餐的习惯越来越正常，伏盖太太不能不生气。这种改变被认为一方面由于他的财产慢慢减少，同时也由于他故意跟房东为难。小人许多最可鄙的习惯中间，有一桩是以为别人跟他们一样小气。不幸，第二年年终，高里奥先生竟证实了关于他的谰言，要求搬上三楼，膳宿费减为九百法郎。他需要极度撙节，甚至整整一冬屋里没有生火。伏盖寡妇要他先付后住，高里奥答应了，从此她便管他叫高老头。

关于他降级的原因，大家议论纷纷，可是始终猜不透！像那假伯爵夫人所说的，高老头是一个城府很深的家伙。一般头脑空空如也，并且因为只会胡扯而随便乱说的人，自有一套逻辑，认为不提自己私事的人绝没有什么好事。在他们眼中，那么体面的富商一变而为骗子，风流人物一变而为老混蛋了。一忽儿，照那个时代搬入公寓的伏脱冷的说法，高老头是做交易所的，送完了自己的钱，还在那里靠公债做些小小的投机，这句话，在伏脱冷嘴里用的是有声有色的金融上的术语。一忽儿，他是个起码赌鬼，天天晚上去碰运气，赢他十来个法郎。一忽儿，他又是特务警察雇用的密探；但伏脱冷认为他还不够狡猾当这个差事。又有一说，高老头是个放印子钱的守财奴，再不然是一个追同号奖券的人[1]。总之，大家把他当作恶劣的嗜好、无耻、低能所能产生的最神秘的人物。不过无论他的行为或恶劣的嗜好如何要不得，人家对他的敌意还不至于把他撵出门外：他从没欠过房饭钱。况且他也有他的用处，每个人快乐的或恶劣的心绪，都可用打趣或咕噜的方式借他来发泄。最近似而被众人一致认可的意见，是伏盖太太的那种说法。这个保养得那么好，一点毛病都没有，还能给一个女人许多快乐的人，据她说，实在是个古怪的好色鬼。伏盖寡妇的这种坏话，有下面的事实做根据。

那个晦气星伯爵夫人白吃白住了半年，溜掉以后几个月，伏盖太太一天早上起身之前，听见楼梯上有绸衣窸窣的声音，一个年轻的女人轻轻巧巧地溜进高里奥房里，打开房门的方式又像有暗号似的。胖子西尔维立即上来报告女主人，说有个漂亮得不像良家妇女的姑娘，装扮得神仙似的，穿着一双毫无灰土的薄底呢靴，像鳗鱼一样从街上一直溜进厨房，问高里

---

[1] 买奖券时每次买同样的号码而增加本钱，叫作追同号奖券。

奥先生的房间在哪儿。伏盖太太带着厨娘去凑在门上偷听,耳朵里掠到几句温柔的话;两人会面的时间也有好一会儿。高里奥送女客出门,胖子西尔维马上抓起菜篮,装作上菜市的模样去跟踪这对情人。

她回来对女主人说:"太太,高里奥先生一定钱多得作怪,才撑得起那样的场面。你真想不到吊刑街转角,有一辆漂亮马车等在那里,我看她上去的。"

吃晚饭的时候,伏盖太太去拉了一下窗帘,把射着高里奥眼睛的那道阳光遮掉[1]。

"高里奥先生,你阳光高照,艳福不浅呢,"她说话之间暗指他早晨的来客,"吓!你眼力真好,她漂亮得很啊。"

"那是我的女儿呐。"他回答时那种骄傲的神气,房客都以为是老人故意遮面子。

一个月以后,又有一个女客来拜访高里奥先生。他女儿第一次来是穿的晨装,这次是晚餐以后,穿得像要出去应酬的模样。房客在客厅里聊天,瞥见一个美丽的金发女子,瘦瘦的身腰,极有丰韵,那种高雅大方的气度绝不可能是高老头的女儿。

"哎呀!竟有两个!"胖子西尔维说。她完全认不出是同一个人。

过了几天,另外一个女儿,高大,结实,深色皮肤,黑头发,配着炯炯有神的眼睛,跑来见高里奥先生。

"哎呀!竟有三个!"西尔维说。

这第二个女儿初次也是早上来的,隔了几天又在黄昏时穿了跳舞衣衫,

---

[1] 本书中所说的晚餐,约在下午四点左右。公寓每日只开两餐。

坐了车来。

"哎呀！竟有四个！"伏盖太太和西尔维一齐嚷着。她们在这位阔太太身上一点没有看出她上次早晨穿扮朴素的影子。

那时高里奥还付着一千二百法郎的膳宿费。伏盖太太觉得一个富翁养四五个情妇是挺平常的，把情妇充作女儿也很巧妙。他把她们叫到公寓里来，她也并不生气。可是那些女客既然说明了高里奥对她冷淡的原因，她在第二年年初便唤他作老雄猫。等到他降级到九百法郎之后，有一次她看见这些女客之中的一个下楼，就恶狠狠地问他打算把她的公寓当作什么地方。高老头回答说这位太太是他的大女儿。

"你女儿有两三打吗？"伏盖太太尖刻地说。

"我只有两个。"高老头答话的口气非常柔和，正如一个落难的人，什么贫穷的委屈都受得了。

快满第三年的时候，高老头还要节省开支，搬上四层楼，每个月的房饭钱只有四十五法郎了，他戒掉了鼻烟，打发了理发匠，头上也不再扑粉。高老头第一次不扑粉下楼，房东太太大吃一惊，直叫起来；他的头发原是灰中带绿的腌臜颜色。他的面貌被暗中的忧患磨得一天比一天难看，似乎成了饭桌上最忧郁的一张脸。如今是毫无疑问了：高老头是一个老色鬼。要不是医生本领高强，他的眼睛早就保不住，因为治他那种病的药品是有副作用的。他的头发所以颜色那么丑恶，也是由于他纵欲无度和服用那些使他继续纵欲的药物之故。可怜虫的精神与身体的情形，使那些无稽之谈显得凿凿有据。漂亮的被褥衣物用旧了，他买十四铜子一码的棉布来代替。金刚钻、金烟匣、金链条、饰物，一样一样地不见了。他脱下宝蓝大褂跟那些华丽的服装，不分冬夏，只穿一件栗色粗呢大褂、羊毛背心、灰色毛料长裤。他越来越瘦,腿肚子掉了下去;从前因心满意足而肥胖的脸,不知打了多少皱裥;脑门上有了沟槽,牙床骨突了出来。他住到圣·日内维新街的第四年上,完全变了样。六十二岁时的面条商,看上去不满四十,又胖又肥的小财主,仿佛不久才荒唐过来,雄赳赳气昂昂,教路人看了也痛快,笑容也颇有青春气息;如今忽然像七十老翁,龙龙钟钟,摇摇晃晃,面如死灰。当初那么生气勃勃的蓝眼睛,变了黯淡的铁灰色,转成苍白,眼泪水也不淌了,殷红的眼眶好似在流血。有些人觉得他可憎,有些人觉得他可怜。一班年轻的医学生注意到他下唇低垂,量了量他面角的顶尖,再三戏弄他而什么话都探不出来之后,说他害着甲状腺肿大。[1]

有一天黄昏,吃过饭,伏盖太太挖苦他说:"啊,喂!她们不来看你了吗,你那些女儿?"口气之间显然怀疑他做父亲的身份。高老头一听之下,浑身发抖,仿佛给房东太太刺了一针。

"有时候来的。"他声音抖动地回答。

"哎啊!有时你还看到她们!"那班大学生齐声嚷着,"真了不起,高老头!"

老人并没听见他的答话所引起的嘲笑,又恢复了迷迷糊糊的神气。光从表面上观察的人以为他老态龙钟;倘使对他彻底认识了,也许大家会觉得他的身心交瘁是个大大的疑案;可是认识他真是谈何容易。要打听高里奥是否做过面条生意,有多少财产,都不是难事;无奈那般注意他的老年

---

[1] 面角为生理学名词。侧面从耳孔至齿槽(鼻孔与口唇交接处)之水平线,正面从眼窝上部(即额角最突出处)至齿槽之垂直线,二线相遇所成之角,称为面角。人类之面角大,近于直角;兽类之面角小,近于锐角。面角的顶尖乃指眼窝上部。甲状腺肿大之生理现象往往为眼球暴突,精神现象为感觉迟钝,智力衰退。

人从来不走出本区的街坊,老躲在公寓里像牡蛎黏着岩石;至于旁人,巴黎生活特有的诱惑,使他们一走出圣·日内维新街便忘记了他们所调侃的可怜老头。头脑狭窄的人和漠不关心的年轻人,一致认为以高老头那种寒碜,那种蠢头蠢脑,根本谈不上有什么财产或本领。至于他称为女儿的那些婆娘,大家都接受伏盖太太的意见。像她那种每天晚上以嚼舌为事的老太婆,对什么事都爱乱猜,结果自有一套严密的逻辑,她说:

"要是高老头真有那么有钱的女儿,像来看他的那些女客,他绝不会住在我四层楼上,每月只付四十五法郎的房饭钱,也不会穿得像穷人一样地上街了。"

没有一件事情可以推翻这个结论。所以到一八一九年十一月底,这幕惨剧爆发的时期,公寓里每个人都对可怜的老头儿有了极其肯定的意见。他压根儿不曾有过什么妻儿子女;荒淫的结果使他变成了一条蜗牛,一个人形的软体动物,据一个包饭客人,博物院职员说,应当列入"鸭舌帽类"。跟高老头比较起来,波阿莱竟是鹰扬威武,大有绅士气派了。波阿莱会说话,会理论,会对答;虽然他的说话、理论、对答,只是用不同的字眼重复旁人的话;但他究竟参加谈话,他是活的,还像有知觉的;不比高老头,照那博物院职员的说法,在寒暑表上永远指着零度。

欧也纳·特·拉斯蒂涅过了暑假回来,他的心情正和一班英俊有为的青年或是因家境艰难而暂时显得高卓的人一样。寄寓巴黎的第一年,法科学生考初级文凭的作业并不多,尽可享受巴黎的繁华。要知道每个戏院的戏码,摸出巴黎迷宫的线索,学会规矩、谈吐,把京城里特有的娱乐搅上瘾,走遍好好坏坏的地方,选听有趣的课程,背得出各个博物院的宝藏……一个大学生绝不嫌时间太多。他会对无聊的小事情入迷,觉得伟大得了不得。他有他的大人物,例如法兰西学院的什么教授,拿了薪水吸引群众的人。他系着领带,对喜歌剧院楼厅里的妇女搔首弄姿。一样一样地入门以后,他就脱了壳,扩大眼界,终于体会到社会的各阶层是怎样交错起来的。大太阳的日子,在天野大道上辐辏成行的车马,他刚会欣赏,跟着就眼红了。

欧也纳得了文学士和法学士学位,回乡过暑假的时节,已经不知不觉经过这些学习。童年的幻象、内地人的观念,完全消灭了。见识改换,雄心奋发之下,他看清了老家的情形。父亲、母亲、两个兄弟、两个妹妹和一个除了养老金外别无财产的姑母,统统住在拉斯蒂涅家小小的田地上。年收三千法郎左右的田,进款并没把握,因为葡萄的行情跟着酒市上落,可是每年总得凑出一千二百法郎给他。家里一向为了疼他而瞒起的常年窘迫的景象;他把小时候觉得那么美丽的妹妹,和他认为美的典型的巴黎妇女所作的比较;压在他肩上的这个大家庭的渺茫的前途;眼见任何微末的农作物都珍藏起来的俭省的习惯;用榨床上的残渣剩滓制造的家常饮料,总之,在此无须一一列举的许多琐事,使他对于权位的欲望与出人头地的志愿,加强了十倍。像一切有志气的人,他发愿一切都要靠自己的本领去挣。但他的性格明明是南方人的性格:临到实行就狐疑不决,主意动摇了,仿佛青年人在汪洋大海中间,既不知向哪方面驶去,也不知把帆挂成怎样的角度。先是他想没头没脑地用功,后来又感到应酬交际的必要,发觉女子对社会生活影响极大,突然想投身上流社会,去征服几个可以做他后台的妇女。一个有热情有才气的青年,加上倜傥风流的仪表,和很容易教女人着迷的那种健壮的美,还愁找不到那样的女子吗?他一边在田野里散步,一边不断转着这些念头。从前他同妹妹们出来闲逛完全无忧无虑,如今她们觉得他大大地变了。他的姑母特·玛西阿太太，当年也曾入宫觐见，认识一批名门贵族的领袖。野心勃勃的青年忽然记起姑母时常讲给他听的回忆中，有不少机会好让他到社会上去显露头角，这一点至少跟他在法学院的成就同样重要；他便盘问姑母，那些还能拉到关系的人是怎么样的亲戚。老姑太太把家谱上的各支各脉想了一想，认为在所有自私的阔亲戚中间，特·鲍赛昂子爵夫人大概最容易相与。她用老派的体裁写了封信交给欧也纳，说如果能接近这位子爵夫人，她自会帮他找到其余的亲戚。回到巴黎几天之后，拉斯蒂涅把姑母的信寄给特·鲍赛昂夫人，夫人寄来一张第二天的跳舞会的请帖，代替复信。

以上是一八一九年十一月底公寓里的大概情形。过了几天，欧也纳参加了特·鲍赛昂太太的舞会，清早两点左右回家。为了补偿损失的光阴，勇气十足的大学生一边跳舞一边发愿回去开夜车。他预备第一次在这个万籁无声的区域中熬夜，自以为精力充沛，其实只是见到豪华的场面的冲动。那晚他没有在伏盖太太家用餐，同居的人可能以为他要天亮回来，好像他有几次赴柏拉杜舞会[1]或奥迪安舞会，丝袜上溅满污泥、漆皮鞋走了样地回家。克利斯朵夫闩上大门之前，开出门来向街上瞧了瞧。拉斯蒂涅恰好在这时赶回，悄悄地上楼，跟在他后面上楼的克利斯朵夫却闹出许多响声。欧也纳进了卧房，卸了装，换上软鞋，披了一件破大褂，点起泥炭，急匆匆地准备用功。克利斯朵夫笨重的脚声还没有完，把青年人轻微的响动盖过了。

欧也纳没有开始读书，先出神地想了一会儿。他看出特·鲍赛昂子爵

---

[1] 柏拉杜为舞厅名字，坐落最高法院对面，一八五五年时拆毁。

夫人是当令的阔太太之一，她的府第被认为是圣·日耳曼区[1]最愉快的地方。以门第与财产而论，她也是贵族社会的一个领袖。靠了特·玛西阿姑母的力量，这个穷学生居然受到鲍府的优待，可还不知道这优待的作用多大。能够在那些金碧辉煌的客厅中露面，就等于一纸阀阅世家的证书。一朝踏进了这个比任何社会都不容易进去的地方，可以到处通行无阻。盛会中的鬓光钗影看得他眼睛都花了；他和子爵夫人仅仅寒暄了几句，便在那般争先恐后赴此晚会的巴黎女神中，发现了一个教青年人一见倾心的女子。阿娜斯大齐·特·雷斯多伯爵夫人生得端正、高大，被称为巴黎身腰最好看的美人之一。一对漆黑的大眼睛，美丽的手，有样的脚，举动之间流露出热情的火焰；这样一个女人，照特·龙格罗侯爵的说法，是一匹纯血种的马。泼辣的气息并没影响她的美，身腰丰满圆浑而并不肥胖。纯血种的马、贵种的美人，这些成语已经开始代替天上的安琪儿、仙女般的脸庞，以及新派公子哥儿早已唾弃不用的关于爱情的老神话。在拉斯蒂涅心目中，阿娜斯大齐·特·雷斯多夫人干脆就是一个迷人的女子。他想法在她的扇子上登记了两次[2]，并且在第一次四组舞时就有机会对她说：

"以后在哪儿跟你见面呢，太太？"说话之间那股热情冲动的劲儿，正是女人们最喜欢的。

"森林[3]啊，喜剧院啊，我家里啊，到处都可以。"她回答。

于是这南方的冒险家，在一场四组舞或华尔兹舞中间可能接触的范围内，竭力和这个动人心魄的伯爵夫人周旋。一经说明他是特·鲍赛昂太

---

[1] 当时第一流贵族的住宅区。
[2] 当时舞会习惯，凡男子要求妇女同舞，必先预约，由女子在扇子上登记，依次轮值。
[3] 森林为近郊布洛涅森林的简称，巴黎上流社会游乐胜地。

La Comédie Humaine

阿娜斯大齐·特·雷思多夫人干脆就是一个迷人的女子。

太的表弟，他心目中的那位贵妇人立刻邀请他，说随时可以上她家去玩儿。她对他最后一次的微笑，使他觉得登门拜访之举是少不了的了。宾客之中有的是当时出名放肆的男人，什么摩冷古、龙格罗、玛克辛·特·脱拉伊、特·玛赛、阿瞿达-宾多、王特奈斯，都是自命不凡、烜赫一时之辈，尽跟最风雅的妇女们厮混，例如勃朗同爵士夫人、特·朗日公爵夫人、特·甘尔迦罗哀伯爵夫人、特·赛里齐夫人、特·加里里阿诺公爵夫人、法洛伯爵夫人、特·朗蒂夫人、特·哀格勒蒙侯爵夫人、菲尔米阿尼夫人、特·李斯多曼侯爵夫人、特·埃斯巴侯爵夫人、特·莫弗利原士公爵夫人、葛朗里欧夫人。在这等场合，年轻人闹出不通世面的笑话是最糟糕的。拉斯蒂涅遇到的幸而不是一个嘲笑他愚昧无知的人，而是特·朗日公爵夫人的情人，特·蒙脱里伏侯爵，一位淳朴如儿童的将军，告诉他特·雷斯多伯爵夫人住在海尔特街。

年纪轻轻，渴想踏进上流社会，饥荒似的想弄一个女人，眼见高门大户已有两处打通了路子：在圣·日耳曼区能够跨进特·鲍赛昂子爵夫人的府第，在昂丹大道[1]能够在特·雷斯多伯爵夫人家出入！一眼之间望到一连串的巴黎沙龙，自以为相当英俊，足够博取女人的欢心而得到她的帮助与庇护！也自认为雄心勃勃，尽可像江湖卖技的汉子似的，走在绳索上四平八稳，飞起大腿做一番精彩表演，把一个迷人的女子当作一个最好的平衡棒，支持他的重心！脑中转着这些念头，那女人仿佛就巍巍然站在他的炭火旁边，站在法典与贫穷之间；在这种情形之下，谁又能不像欧也纳一样沉思遐想，探索自己的前途，谁又能不用成功的幻想点缀前途？他正在

---

[1] 当时新贵的住宅区海尔特街即在此区域内。

胡思乱想，觉得将来的幸福十拿九稳，甚至自以为已经在特·雷斯多太太身旁了；不料静悄悄的夜里忽然哼……的一声叹息，欧也纳听了几乎以为是病人的痰厥。他轻轻开了门，走入甬道，瞥见高老头房门底下有一线灯光；他怕邻居病了，凑上锁孔张望，不料老人干的事非常可疑，欧也纳觉得为了公众安全，应当把自称为的面条商深更半夜干的勾当看个明白。原来高老头把一张桌子仰倒着，在桌子横档上缚了一个镀金的盘和一件好似汤钵一类的东西，另外用根粗绳绞着那些镂刻精工的器物，拼命拉紧，似乎要绞成金条。老人不声不响，用筋脉隆起的胳膊，靠绳索帮忙，扭着镀金的银器，像捏面粉一般。

"呦！好家伙！"拉斯蒂涅私下想着，挺起身子站了一会儿。"他是一个贼还是一个窝赃的？是不是为了遮人耳目，故意装疯作傻，过着叫花子般的生活？"

大学生又把眼睛凑上锁孔，只见高老头解开绳索，拿起银块，在桌上铺了一条毯子，把银块放在上面卷滚，非常利落地搓成一根条子。条子快搓成的时候，欧也纳心上想："难道他力气跟波兰王奥古斯德一样大吗？"

高老头伤心地瞧了瞧他的作品，掉下几滴眼泪，吹灭蜡烛，躺上床去，叹了一口气。

欧也纳私忖道："他疯了。"

"可怜的孩子！"高老头忽然叫了一声。

听到这一句，拉斯蒂涅认为这件事还是不声张为妙，觉得不该冒冒失失断定邻居是坏人。他正要回房，又听见一种难以形容的声音，大概是几个穿布底鞋的人上楼梯。欧也纳侧耳细听，果然有两个人不同的呼吸，既没有开门声，也没有脚步声，忽然三楼伏脱冷的屋内漏出一道微光。

"一所公寓里竟有这么些怪事！"他一边想一边走下几级听着，居然还有洋钱的声音。一忽儿，灯光灭了，没有开门的声音，却又听到两个人的呼吸。他们慢慢地下楼，声音也就跟着低下去。

"谁啊？"伏盖太太打开卧房的窗子问。

"是我回来喔，伏盖妈妈。"伏脱冷大声回答。

"真怪！"欧也纳回到房内想，"克利斯朵夫明明把大门上了闩。在巴黎真要通宵不睡才弄得清周围的事。"

这些小事打断了他关于爱情的幻想，他开始用功了。可是，他先是猜疑高老头，心思乱了，而打扰得更厉害的是特·雷斯多太太的面貌不时出现，仿佛一个预告幸运的使者；结果他上床睡熟了。年轻人发狠要在夜里读书，十有九夜是睡觉完事的。要熬夜，一定要过二十岁。

第二天早上，巴黎浓雾蔽天，罩住全城，连最准时的人也弄错了时间。生意上的约会全失误了，中午十二点，大家还当是八点。九点半，伏盖太太在床上还没动弹。克利斯朵夫和胖子西尔维也起迟了，正在消消停停地喝他们的咖啡，里面羼着从房客的牛奶上撩起来的一层乳脂。西尔维把牛乳放在火上尽煮，教伏盖太太看不出他们揩油的痕迹。

克利斯朵夫把第一块烤面包浸在咖啡里，说道："喂，西尔维，你知道，伏脱冷先生是个好人；昨晚又有两个客人来看他。太太要有什么疑心，你一个字都别提。"

"他有没有给你什么？"

"五法郎，算本月份的赏钱，意思叫我不要声张。"

西尔维回答："除了他跟古的太太舍得花钱以外，旁的都想把新年里右手给的，左手拿回去！"

"哼！他们给的也是天晓得！"克利斯朵夫接着说，"一块起码洋钱，五法郎！高老头自己擦皮鞋擦了两年了。波阿莱那小气鬼根本不用鞋油，大概他宁可吞在肚里，舍不得搽他的破靴子。至于那瘦小的大学生，他只给两法郎。两法郎还不够我买鞋刷，临了他还卖掉他的旧衣服。真是没出息的地方！"

西尔维一小口一小口喝着咖啡："话得说回来，咱们这个还算这一区的好差事哩。哎，克利斯朵夫，关于伏脱冷先生，人家有没有对你说过什么？"

"怎么没有！前几天街上有位先生和我说：你们那里住着一位鬓角染黑的胖子是不是？——我回答说：不，先生。他并没有染鬓角。他那样爱寻快活的人，才没有这个闲工夫呢。我把这个告诉了伏脱冷先生，他说：伙计，你对付得好！以后就这样说吧。顶讨厌是给人家知道我们的缺点，娶起亲来不麻烦吗？"

"也有人在菜市上哄我，要知道我有没有看见他穿衬衫。你想好笑不好笑！"西尔维忽然转过话头，"呦！华·特·葛拉斯已经敲九点三刻了，还没一个人动弹。"

"啊，喂！他们都出去啦。古的太太同她的小姑娘八点钟就上圣·丹蒂安拜老天爷去了。高老头挟着一个小包上街了。大学生要十点钟上完课才回来。我打扫楼梯的时候看他们出去的；我还给高老头的小包裹撞了一下，硬得像铁。这老头儿究竟在干什么呢？旁人耍弄他，当作陀螺一样，人倒是挺好的，比他们都强。他不给什么钱，可是我替他送信去的地方，那班太太酒钱给得很阔气，穿也穿得漂亮。"

"是他所说的那些女儿吗，嗯？统共有一打吧？"

"我一向只去过两家，就是到这儿来过的两个。"

"太太起来了,一忽儿就要叫叫嚷嚷的,我该上去了。你当心着牛奶,克利斯朵夫,仔细那猫儿。"

西尔维走进女主人的屋子。

"怎么?西尔维,已经十点差一刻了,你让我睡得像死人一样!真是从来没有的事!"

"那是浓雾作怪,浓得用刀劈也劈不开。"

"中饭怎么了[1]?"

"噢!那些房客都见了鬼,一太早就滚出去了。"

"说话要清楚,西尔维。应该说一大早。"

"哦!太太,你要我怎么说都可以。包你十点钟有饭吃。米旭诺跟波阿莱还没动弹。只有他们俩在家,睡得像猪一样……"

"西尔维,你把他们两个放在一块儿讲,好像……"

"好像什么?"西尔维大声痴笑起来,"两个不是一双吗?"

"真怪,西尔维,昨夜克利斯朵夫把大门上了闩,怎么伏脱冷先生还能进来?"

"不是的,太太。他听见伏脱冷先生回来,下去开门的。你当作……"

"把短袄给我,快快去弄饭。剩下的羊肉再加些番薯;饭后点心用煮熟梨子,挑两个小钱[2]一个的。"

过了一会儿,伏盖太太下楼了,她的猫刚刚一脚掀开罩盆,急匆匆地舐着牛奶。

---

[1] 当时中饭比现在吃得早,大概在十一点左右(见皮尔南著:《一八三〇年代法国的日常生活》),但伏盖公寓的习惯,中饭比一般更早。

[2] 所谓小钱是法国的一种旧铜币,价值等于一个铜子(Sou)的四分之一。

"咪斯蒂格里!"她叫了一声,猫逃了,又回来在她腿边厮磨。"好,好,你拍马屁,你这老畜生!"

她接着又叫:"西尔维!西尔维!"

"哎,哎,什么事呀,太太!"

"你瞧,猫喝掉了多少!"

"都是混账的克利斯朵夫不好,我早告诉他摆桌子,他到哪儿去了?不用急,太太;那份牛奶倒在高老头的咖啡里吧。让我冲些水,他不会发觉的。他对什么都不在意,连吃什么都不知道。"

"他上哪儿去了,这怪物?"伏盖太太摆着盘子问。

"谁知道?大概在跟魔鬼打交道吧。"

"我睡得太多了。"伏盖太太说。

"可是太太,你新鲜得像一朵玫瑰……"

这时门铃一响,伏脱冷大声唱着,走进客厅:

> 我久已走遍了世界,
> 人家到处看见我呀……

"哦!哦!你早,伏盖妈妈。"他招呼了房东,又亲热地拥抱她。

"喂,放手呀。"

"干吗不说放肆呀!"他回答,"说啊,说我放肆啊!哦,哦,我来帮你摆桌子。你看我多好!……

> 勾搭褐发和金发的姑娘,

爱一阵呀叹一声……

"我才看见一桩怪事……

……全是偶然……"[1]

寡妇道："什么事？"

"高老头八点半在太子街，拿了一套镀金餐具，走进一家收买旧食器旧肩章的银匠铺，卖了一笔好价钱。亏他不吃这行饭的人，绞出来的条子倒很像样呢。"

"真的？"

"当然真的。我有个伙计出远门，送他上了邮车回来，我看到高老头，就想瞧瞧是怎么回事。他回到本区格莱街上，走进放印子钱的高勃萨克家；你知道高勃萨克是个了不起的坏蛋，会把他老子的背脊梁雕成骰子的家伙！真是个犹太人、阿拉伯人、希腊人、波希米人，哼，你休想抢到他的钱，他把洋钱都存在银行里。"

"那么高老头去干什么？"

"干什么？吃尽当光！"伏脱冷回答，"这糊涂虫不惜倾家荡产去爱那些婊子……"

"他来了！"西尔维叫着。

"克利斯朵夫，你上来。"高老头招呼用人。

---

[1] 以上是尼古拉的喜歌剧《育公特》（1814）中的唱词。

克利斯朵夫跟着高老头上楼，一忽儿下来了。

"你上哪儿去？"伏盖太太问。

"替高里奥先生跑一趟。"

"什么东西呀？"伏脱冷说着，从克利斯朵夫手中抢过一个信封，念道，"送阿娜斯大齐·特·雷斯多伯爵夫人。"他把信还给克利斯朵夫，问："送哪儿呢？"

"海尔特街。他吩咐一定要面交伯爵夫人。"

"里面是什么东西？"伏脱冷把信照着亮处说，"钞票？不是的。"他把信封拆开一点："哦，是一张债务清讫的借票。嘿！这老妖精倒有义气！"他伸出大手摸了摸克利斯朵夫的头发，把他的身体像骰子般骨碌碌地转了几下，"去吧，坏东西，你又好挣几个酒钱了。"

刀叉杯盘已经摆好。西尔维正在煮牛奶。伏盖太太生着火炉，伏脱冷在旁帮忙，嘴里哼着：

我久已走遍了世界，
　　人家到处看见我呀……

一切准备停当，古的太太和泰伊番小姐回来了。

"这么早到哪儿去啦，漂亮的太太？"伏盖太太问。

"我们在圣·丹蒂安教堂祈祷。今儿不是要去泰伊番先生家吗？可怜的孩子浑身哆嗦，像一张树叶。"古的太太说着坐在火炉前面，鞋子搁在火门口冒起烟来。

"来烤火吧，维多莉。"伏盖太太说。

"小姐，"伏脱冷端了一把椅子给她，"求上帝使你父亲回心转意固然不错，可是不够。还得有个朋友去教这个丑八怪把头脑醒醒。听说这蛮子手头有三百万，偏偏不肯给你一分陪嫁。这年月，一个美人儿是少不得陪嫁的。"

"可怜的孩子，"伏盖太太接口道，"你那魔王老子不怕报应吗？"

一听这几句，维多莉眼睛湿了；伏盖太太看见古的太太对她摆摆手，就不出声了。

军需官的寡妇接着说："只要我能见到他的面，和他说话，把他妻子的遗书交给他，也就罢了。我从来不敢冒险从邮局寄去；他认得我的笔迹……"

"哦！那些无辜的女人，遭着灾殃，受着欺侮[1]，"伏脱冷这么嚷着，忽然停下，说，"你现在就是落到这个田地！过几天让我来管这笔账，包你称心满意。"

"哦！先生，"维多莉一边说，一边对伏脱冷又畏怯又热烈地望了一眼，伏脱冷却毫不动心，"倘若你有方法见到家父，请你告诉他，说我把父亲的慈爱和母亲的名誉，看得比世界上所有的财宝都贵重。如果你能把他的铁石心肠劝转一些，我要在上帝面前为你祈祷，我一定感激不尽……"

"我久已走遍了世界……"伏脱冷用讽刺的口吻唱着。

这时高里奥、米旭诺小姐、波阿莱都下楼了，也许都闻到了肉汁的味道，那是西尔维做来浇在隔夜的羊肉上的。七个同居的人正在互相问好，围着桌子坐下，时钟敲了十点，大学生的脚步也在门外响了。

---

[1] 一八一一年有出戏就用这个题目，一八三〇年还上演。

"哎,行啦,欧也纳先生,"西尔维说,"今儿你可以跟大家一块儿吃饭了。"

大学生招呼了同居,在高老头身旁坐下。

"我今天有桩意想不到的奇遇。"他说着夹了好些羊肉,割了一块面包——伏盖太太老在那里估计面包的大小。

"奇遇!"波阿莱叫道。

"哎!你大惊小怪干什么,老糊涂?"伏脱冷对波阿莱说,"难道他老人家不配吗?"

泰伊番小姐怯生生地对大学生瞧了一眼。

伏盖太太说道:"把你的奇遇讲给我们听吧。"

"昨天我去赴特·鲍赛昂子爵夫人的舞会,她是我的表姊,有一所华丽的住宅,每间屋子都铺满了绫罗绸缎。她举行一个盛大的跳舞会,把我乐得像一个皇帝……"

"像黄雀。"伏脱冷打断了他的话。

"先生,"欧也纳气恼地问,"你这是什么意思?"

"我说黄雀,因为黄雀比皇帝快活得多。"

应声虫波阿莱说:"不错,我宁可做一只无忧无虑的黄雀,不要做皇帝,因为……"

"总之,"大学生截住了波阿莱的话,"我同舞会里最漂亮的一位太太跳舞,一位千娇百媚的伯爵夫人,真的,我从没见过那样的美人儿。她头上插着桃花,胸部又是最好看的花球,都是喷香的鲜花。啊唷!真要你们亲眼看见才行。一个女人跳舞跳上了劲,真是难画难描。唉!哪知今儿早上九点,我看见这位神仙似的伯爵夫人在格莱街上走。哦!我的心跳啦,以为……"

"以为她上这儿来，嗯？"伏脱冷对大学生深深地瞧了一眼，"其实她是去找放印子钱的高勃萨克老头。要是你在巴黎妇女的心窝里掏一下，包你先发现债主，后看见情夫。你的伯爵夫人叫作阿娜斯大齐·特·雷斯多，住在海尔特街。"

一听见这个名字，大学生瞪着伏脱冷。高老头猛地抬起头来，把他们俩瞧了一眼，又明亮又焦急的目光教大家看了奇怪。

"克利斯朵夫走晚了一步，她到过那儿了。"高里奥不胜懊恼地自言自语。

"我猜着了。"伏脱冷咬着伏盖太太的耳朵。

高老头糊里糊涂地吃着东西，根本不知道吃的什么；愣头傻脑、心不在焉到这个程度，他还从来不曾有过。

欧也纳问："伏脱冷先生，她的名字谁告诉你的？"

伏脱冷回答："哎！哎！既然高老头会知道，干吗我不能知道？"

"什么！高里奥先生？"大学生叫起来。

"真的？昨天晚上她很漂亮吗？"可怜的老人问。

"谁？"

"特·雷斯多太太。"

"你瞧这老东西眼睛多亮。"伏盖太太对伏脱冷说。

"他难道养着那个女人吗？"米旭诺小姐低声问大学生。

"哦！是的，她漂亮得了不得，"欧也纳回答高老头，高老头不胜艳羡地望着他，"要没有特·鲍赛昂太太，那位神仙般的伯爵夫人竟可以算全场的王后了；年轻人的眼睛只盯住她一个，我在她的登记表上已经是第十二名，没有一次四组舞没有她，旁的女人都气坏了。昨天她的确是最得意的人。常言道：天下之美，莫过于满帆的巨舶、飞奔的骏马、婆娑起舞的美女，真是一点不错。"

"昨天在爵府的高堂上，今儿早晨在债主的脚底下，这便是巴黎女人的本相，"伏脱冷说，"丈夫要供给不起她们挥霍，她们就出卖自己。要不就破开母亲的肚子，搜搜刮刮地拿去摆架子，总而言之，她们什么千奇百怪的事都做得出。唉，有的是，有的是！"

高老头听了大学生的话，眉飞色舞，像晴天的太阳，听到伏脱冷刻毒的议论，立刻沉下了脸。

伏盖太太道："你还没说出你的奇遇呢。你刚才有没有跟她说话？她要不要跟你补习法律？"

欧也纳道："她没有看见我；可是九点钟在格莱街上碰到一个巴黎顶美的美人儿，清早两点才跳完舞回家的女子，不古怪吗？只有巴黎才会碰到这等怪事。"

"吓！比这个更怪的事还多咧。"伏脱冷嚷道。

泰伊番小姐并没留神他们的话，只想着等会儿要去尝试的事。古的太太向她递了个眼色，教她去换衣服。她们俩一走，高老头也跟着走了。

"喂，瞧见没有？"伏盖太太对伏脱冷和其余的房客说，"他明明是给那些婆娘弄穷的。"

大学生叫道："我无论如何不相信美丽的伯爵夫人是高老头的情妇。"

"我们并没要你相信啊，"伏脱冷截住了他的话，"你年纪太轻，还没熟悉巴黎。慢慢你会知道自有一班所谓痴情汉……"

米旭诺小姐听了这一句，会心地瞧了瞧伏脱冷，仿佛战马听见了号角。

"哎！哎！"伏脱冷停了一下，深深地瞪了她一眼，"咱们不是都有过一点儿小小的痴情吗？……"

老姑娘低下眼睛，好似女修士见到裸体雕像。

伏脱冷又道："再说，那些人啊，一朝有了一个念头就抓住不放。他们只认定一口井喝水，往往还是臭水；为了要喝这臭水，他们肯出卖老婆、孩子，或者把自己的灵魂卖给魔鬼。在某些人，这口井是赌场，是交易所，是收藏古画，搜集昆虫，或者迷上音乐；在另外一些人，也许是做得一手好菜的女人。世界上所有的女人，他们都不在乎，一心一意只要满足自己疯魔的那个。往往那女的根本不爱他们，凶悍泼辣，教他们付很高的代价换一点儿小小的满足。唉！唉！那些傻瓜可没有厌倦的时候，他们会把最后一床被窝送进长生库，换几个最后的钱去孝敬她。高老头便是这等人。伯爵夫人剥削他，因为他不会声张；这就叫作上流社会！可怜的老头儿只想着她。一出痴情的范围，你们亲眼看到，他简直是个蠢笨的畜生。提到他那一门，他眼睛就发亮，像金刚钻。这个秘密是容易猜到的。今儿早上他把镀金盘子送进银匠铺，我又看他上格莱街高勃萨克老头家。再看他的下文。回到这儿，他教克利斯朵夫送信给特·雷斯多太太，咱们都看见信封上的地址，里面是一张债务清讫的借票。要是伯爵夫人也去过那放债的家里，显见情形是紧急得很了。高老头很慷慨地替她还债。用不到多少联想，咱们就看清楚了。告诉你，年轻的大学生，当你的伯爵夫人嬉笑跳舞，搔首弄姿，把她的桃花一摇一摆，尖尖的手指拈着裙角的时候，她是像俗语所说的，大脚套在小鞋里，正想着她的或是她情人的，到了期付不出的借票。"

欧也纳叫道："你们这么一说，我非把事情弄清楚不可了。明儿我就上特·雷斯多太太家。"

"对，"波阿莱接口道，"明儿就得上特·雷斯多太太家。"

"说不定你会碰到高老头放了情分在那边收账呢！"

欧也纳不胜厌恶地说："那么你们的巴黎竟是一个垃圾坑了。"

"而且是一个古怪的垃圾坑，"伏脱冷接着说，"凡是浑身污泥而坐在车上的都是正人君子，浑身污泥而搬着两条腿走的都是小人流氓。扒窃一件随便什么东西，你就给牵到法院广场上去展览，大家拿你当把戏看。偷上一百万，交际场中就说你大贤大德。你们花三千万养着宪兵队和司法人员来维持这种道德。妙极了！"

"怎么，"伏盖太太插嘴道，"高老头把他的镀金餐具熔掉了？"

"盖上有两只小鸽的是不是？"欧也纳问。

"是呀。"

"大概那是他心爱的东西，"欧也纳说，"他毁掉那只碗跟盘的时候，他哭了。我无意中看到的。"

"那是他看作性命一般的呢。"寡妇回答。

"你们瞧这家伙多痴情！"伏脱冷叫道，"那女人有本领迷得他心眼儿都痒了。"

大学生上楼了，伏脱冷出门了。过了一会儿，古的太太和维多莉坐上西尔维叫来的马车。波阿莱搀着米旭诺小姐，上植物园去消磨一天之中最舒服的两个钟点。

"哎哟！他们这不像结了婚？"胖子西尔维说，"今儿他们第一次一块儿出去。两口儿都是又干又硬，碰起来一定会爆出火星，像打火石一样呢。"

"米旭诺小姐真要当心她的披肩才好，"伏盖太太笑道，"要不就会像艾绒一样烧起来的。"

四点钟,高里奥回来了,在两盏冒烟的油灯下看见维多莉红着眼睛。伏盖太太听她们讲着白天去看泰伊番先生一无结果的情形。他因为给女儿和这个老太太纠缠不清,终于答应接见,好跟她们说个明白。

"好太太,"古的太太对伏盖太太说,"你想得到吗,他对维多莉连坐也不教坐,让她从头至尾站在那里。对我,他并没动火,可是冷冷地对我说,以后不必再劳驾上他的门;说小姐(不说他的女儿)越跟他麻烦(一年一次就说麻烦,这魔王!)越惹他厌;又说维多莉的母亲当初并没有陪嫁,所以她不能有什么要求;反正是许多狠心的话,把可怜的姑娘哭得泪人儿似的。她扑在父亲脚下,勇敢地说,她的苦苦哀求只是为了母亲,她愿意服从父亲的意旨,一点不敢抱怨,但求他把亡母的遗嘱读一遍。于是她呈上信去,说着世界上最温柔最诚心的话,不知她从哪儿学来的,一定是上帝的启示吧,因为可怜的孩子说得那么至情至性,把我听的人都哭昏了。哪想到老昏君铰着指甲,拿起可怜的泰伊番太太浸透眼泪的信,往壁炉里一扔,说道:好!他想扶起跪在地上的女儿,一看见她捧着他的手要亲吻,马上缩了回去。你看他多恶!他那脓包儿子跑进来,对他的亲妹妹理都不理。"

"难道他们是野兽吗?"高里奥插了一句。

"后来,"古的太太并没留意高老头的慨叹,"父子俩对我点点头走了,说有要事。这便是我们今天拜访的经过。至少,他见过了女儿。我不懂他怎么会不认她,父女相像得跟两滴水一样。"

包饭的和寄宿的客人陆续来了,彼此问好,说些无聊的废话。在巴黎某些社会中,这种废话,加上古怪的发音和手势,就算诙谐,主要是荒唐

包饭的和寄宿的客人陆续来了,彼此问好,说些无聊的废话。

胡闹。这一类的俗语常常在变化，作为根据的笑料不到一个月就听不见了。什么政治事件、刑事案子、街上的小调、戏子的插科打诨，都可以做这种游戏的材料，把思想、言语，当作羽毛球一般拍来拍去。一种新发明的玩意儿叫作狄奥喇嘛（diorama），比透景像真画（panorama）把光学的幻景更推进一步；某些画室用这个字打哈哈，无论说什么，字尾总添上一个喇嘛（rama）。有一个年轻的画家在伏盖公寓包饭，把这笑料带了来。

"啊，喂！波阿莱先生，"博物院管事说，"你的健康喇嘛怎么啦？"不等他回答，又对古的太太和维多莉说："太太们，你们心里难受，是不是？"

"快开饭了吗？"荷拉斯·皮安训问。他是医科学生，拉斯蒂涅的朋友。"我的宝贝胃儿快要掉到脚底下去了。"

"天冷得要冰喇嘛！"伏脱冷叫着，"让一让啊，高老头。该死！你的脚把火门全占了。"

皮安训道："大名鼎鼎的伏脱冷先生，干吗你说冷得要冰喇嘛？那是不对的。应该说冷得要命喇嘛。"

"不，"博物院管事说，"应当说冷得要冰喇嘛，意思是说我的脚冷。"

"啊！啊！原来如此！"

"嘿！拉斯蒂涅侯爵大人阁下，胡扯法学博士来了，"皮安训一边嚷一边抱着欧也纳的脖子，教他透不过气来，"哦！嗨！诸位，哦！嗨！"

米旭诺小姐轻轻地进来，一言不发对众人点点头，坐在三位太太旁边。

"我一看见她就打寒噤，这只老蝙蝠，"皮安训指着米旭诺低声对伏脱冷说，"我研究迦尔的骨相学[1]，发觉她有犹大的反骨。"

---

[1] 迦尔（1758—1828），为德国医生，首创骨相学。

"你先生认识犹大吗?"伏脱冷问。

"谁没有碰到过犹大?"皮安训回答,"我敢打赌,这个没有血色的老姑娘,就像那些长条的虫,梁木都会给它们蛀空的。"

伏脱冷理着鬓角,说道:"这就叫作,孩子啊,那蔷薇,就像所有的蔷薇,只开了一个早晨。"

看见克利斯朵夫恭恭敬敬端了汤盆出来,波阿莱叫道:"啊!啊!出色的喇嘛汤来了。"

"对不起,先生,"伏盖太太道,"那是蔬菜汤。"

所有的青年人都大声笑了。

"输了,波阿莱!"

"波阿莱莱莱输了!"

"给伏盖妈妈记上两分。"伏脱冷道。

博物院管事问:"可有人注意到今儿早上的雾吗?"

皮安训道:"那是一场狂雾,惨雾,绿雾,忧郁的、闷塞的、高里奥式的雾。"

"高里奥喇嘛的雾,"画家道,"因为浑浑沌沌,什么都瞧不见。"

"喂,葛里奥脱老爷,提到你啦。"

高老头坐在桌子横头,靠近端菜的门。他抬起头来,把饭巾下面的面包凑近鼻子去闻,那是他偶然流露的生意上的老习惯。

"呦!"伏盖太太带着尖刻的口气,粗大的嗓子盖住了羹匙、盘子和谈话的声音,"是不是面包不行?"

"不是的,太太。那用的是哀当卜面粉,头等货色。"

"你凭什么知道的?"欧也纳问。

"凭那种白,凭那种味道。"

"凭你鼻子里的味道,既然你闻着嗅着,"伏盖太太说,"你省俭到极点,有朝一日单靠厨房的气味就能过活的。"

博物院管事道:"那你不妨去领一张发明执照,倒好发一笔财哩。"

画家说:"别理他。他这么做,不过是教人相信他做过面条生意。"

"那么,"博物院管事又追问一句,"你的鼻子竟是一个提炼食物精华的蒸馏瓶了。"

"蒸——什么?"皮安训问。

"蒸饼。"

"蒸笼。"

"蒸汽。"

"蒸鱼。"

"蒸包子。"

"蒸茄子。"

"蒸黄瓜。"

"蒸黄瓜喇嘛。"

这八句回答从室内四面八方传来,像连珠炮似的,把大家笑得不可开交,高老头愈加目瞪口呆地望着众人,好像要想法懂一种外国话似的。

"蒸什么?"他问身旁的伏脱冷。

"蒸猪脚,朋友!"伏脱冷一边回答,一边往高里奥头上拍了一下,把他帽子压下去蒙住了眼睛。

可怜的老人被这下出其不意的攻击骇呆了,半晌不动。克利斯朵夫以为他已经喝过汤,拿走了他的汤盆。等到高老头掀起帽子,拿汤匙往身边掏的时候，一下碰到了桌子，引得众人哄堂大笑。

"先生，"老头儿说，"你真缺德，要是你敢再来捺我帽子……"

"那么老头儿，怎么样？"伏脱冷截住了他的话。

"那么，你总有一天要受大大的报应……"

"进地狱是不是？"画家问，"还是进那个关坏孩子的黑房？"

"喂，小姐，"伏脱冷招呼维多莉，"你怎么不吃东西？爸爸还是不肯让步吗？"

"简直是魔王。"古的太太说。

"总得要他讲个理才好。"伏脱冷说。

"可是，"跟皮安训坐得很近的欧也纳插嘴，"小姐大可为吃饭问题告一状，因为她不吃东西。嗨！嗨！你们瞧高老头打量维多莉小姐的神气。"

老人忘了吃饭，只顾端详可怜的女孩子；她脸上显出真正的痛苦，一个横遭遗弃的孝女的痛苦。

"好朋友，"欧也纳低声对皮安训说，"咱们把高老头看错了。他既不是一个蠢货，也不是毫无生气的人。拿你的骨相学来试一试吧，再告诉我你的意见。昨夜我看见他扭一个镀金盘子，像蜡做的一样轻便；此刻他脸上的神气，表示他颇有点了不起的感情。我觉得他的生活太神秘了，值得研究一下。你别笑，皮安训，我说的是正经话。"

"不消说，"皮安训回答，"用医学的眼光看，这家伙是有格局的；我可以把他解剖，只要他愿意。"

"不，只要你量一量他的脑壳。"

"行，就怕他的傻气会传染。"

2

两处访问

第二天,拉斯蒂涅穿得非常漂亮,下午三点光景出发到特·雷斯多太太家去了,一路上痴心妄想,希望无穷。因为有这种希望,青年人的生活才那么兴奋,激动。他们不考虑阻碍与危险,到处只看见成功;单凭幻想,把自己的生活变作一首诗;计划受到打击,他们便伤心苦恼,其实那些计划只不过是空中楼阁,漫无限制的野心。要不是他们无知、胆小,社会的秩序也没法维持了。欧也纳担着一百二十分的心,提防街上的泥土,一边走一边盘算,跟特·雷斯多太太说些什么话,准备好他的聪明才智,想好一番敏捷的对答,端整了一套巧妙的措辞,像泰勒朗式[1]警辟的句子,以便遇到求爱的机会拿来应用,而能有求爱的机会就能建筑他的前程。不幸大学生还是被泥土沾污了,只能在王宫市场叫人上鞋油,刷裤子。他把以防万一的一枚银币找换时想道:"我要是有钱,就可以坐在车上,舒舒服服地思索了。"

他终于到了海尔特街,向门上说要见特·雷斯多伯爵夫人。人家看他

---

[1] 泰勒朗(1754—1838),法国著名外交家。

走过院子，大门外没有车马的声音，便轻蔑地瞧了他一眼；他存着终有一朝扬眉吐气的心，咬咬牙齿忍受了。院中停着一辆华丽的两轮车，披挂齐整的马在那儿跺脚。他看了挥金如土的奢华，暗示巴黎享乐生活的场面，已经自惭形秽，再加下人们的白眼，自然更难堪了。他马上心绪恶劣。满以为心窍大开、才思涌发的头脑，忽然闭塞了，神志也不清了。当差进去通报，欧也纳站在穿堂内一扇窗下，提着一只脚，肘子搁在窗子的拉手上，茫然望着窗外的院子。他觉得等了很久；要不是他有南方人的固执脾气，坚持下去会产生奇迹的那股劲儿，他早已跑掉了。

"先生，"当差出来说，"太太在上房里忙得很，没有给我回音；请先生到客厅里去等一会儿，已经有客在那里了。"

仆役能在一言半语之间批判主人或非难主人，拉斯蒂涅一边暗暗佩服这种可怕的本领，一边胸有成竹，推开当差走出来的门，想教那班豪仆看看他是认得府里的人物的，不料他莽莽撞撞走进一间摆油灯、酒架、烘干浴巾的器具的屋子，屋子通到一条黑洞洞的走廊和一座暗梯。他听到下人们在穿堂里匿笑，更慌了手脚。

"先生，客厅在这儿。"当差那种假装的恭敬似乎多加了一点讽刺的意味。

欧也纳性急慌忙退出来，撞在浴缸上，幸而帽子抓在手中，不曾掉在缸里。长廊尽头亮着一盏小灯，那边忽然开出一扇门，拉斯蒂涅听见特·雷斯多太太和高老头的声音，还带着一声亲吻。他跟着当差穿过饭厅，走进第一间客厅，发现一扇面临院子的窗，便去站在那儿。他想看看清楚，这个高老头是否真是他的高老头。他心跳得厉害，又想起伏脱冷那番可怕的议论。当差还在第二客室门口等他，忽然里面走出一个漂亮青年，不耐烦地说：

"我走了，莫利斯。告诉伯爵夫人，说我等了半个多钟点。"

这个放肆的男人——当然有他放肆的权利喽——哼着一支意大利歌曲的花腔，往欧也纳这边的窗子走过来，为了端详生客，也为了眺望院子。

"爵爷还是再等一会儿吧，太太事情已经完了。"莫利斯退往穿堂时说。

这时高老头从小扶梯的出口，靠近大门那边出现了。他提起雨伞准备撑开，没有注意大门开处，一个戴勋章的青年赶着一辆轻便马车直冲进来。高老头赶紧倒退一步，险些儿给撞翻。马被雨伞的绸盖吓了一下，向阶沿冲过去的时候，微微往斜刺里歪了一些。青年人怒气冲冲地回过头来，瞧了瞧高老头，在他没有出大门之前，对他点点头；那种礼貌就像对付一个有时要去求教的债主，又像对付一个不得不表敬意、而一转背就要为之脸红的下流坯。高老头亲热地答礼，好似很高兴。这些小节目都在一眨眼之间过去了。欧也纳全神贯注地瞧着，不觉得身边还有旁人，忽然听见伯爵夫人含嗔带怨的声音：

"哎，玛克辛，你走啦？"伯爵夫人也没留意到楼下有车子进来。拉斯蒂涅转过身子，瞧见她娇滴滴地穿着件白开司棉外扣粉红结的梳妆衣，头上随便挽着一个髻，正是巴黎妇女的晨装。她身上发出一阵阵的香味，两眼水汪汪的，大概才洗过澡；经过一番调理，她愈加娇艳了。年轻人是把什么都看在眼里的，他们的精神是和女人的光彩融成一片的，好似植物在空气中吸取养料一般。欧也纳无须接触，已经感觉到这位太太的手鲜嫩无比；微微敞开的梳妆衣有时露出一点儿粉红的胸脯，他的眼睛就在这上面打转。伯爵夫人用不到鲸鱼骨绑腰，一根带子就表现出柔软的腰肢；她的脖子教人疼爱，套着软底鞋的脚非常好看。玛克辛捧着她的手亲吻，欧也纳才瞧见了玛克辛,伯爵夫人才瞧见了欧也纳。

"啊!是你,拉斯蒂涅先生,我很高兴看到你。"她说话时那副神气,聪明人看了马上会服从的。

玛克辛望望欧也纳,又望望伯爵夫人,那态度分明是叫不识趣的生客走开。——"喂,亲爱的,把这小子打发掉吧。"傲慢无礼的玛克辛的眼神,等于这句简单明了的话。伯爵夫人窥探玛克辛的脸色,唯命是听的表情无意中泄漏了一个女人的全部心事。

拉斯蒂涅心里恨死了这个青年。先是玛克辛一头烫得很好的金黄头发,使他觉得自己的头发多么难看。其次,玛克辛的靴子又讲究又干净,不像他的沾了一层薄泥,虽然走路极其小心。最后,玛克辛穿着一件紧贴腰肢的外氅,像一个美丽的女人;欧也纳却在下午两点半已经穿上黑衣服了。从夏朗德省来的聪明的孩子,当然觉得这个高大细挑、淡色眼睛、白皮肤的花花公子,会引诱没有父母的子弟倾家的人,靠了衣着占着上风。特·雷斯多太太不等欧也纳回答,便飞鸟似的走进另外一间客厅,衣裾招展,像一只蝴蝶。玛克辛跟着她,怒火中烧的欧也纳跟着玛克辛和伯爵夫人。在大客厅中间,和壁炉架离开几尺远的地方,三个人又碰在一块儿了。大学生明知要妨碍那讨厌的玛克辛,却顾不得特·雷斯多太太会不会生气,存心要跟这花花公子捣乱。他忽然记起在特·鲍赛昂太太的舞会里见过这青年,猜到他同伯爵夫人的关系。他凭着那种不是闯祸便是成功的少年人的胆气,私忖道:"这是我的情敌,非打倒不可。"

啊!这冒失鬼!他不知道这位玛克辛·特·脱拉伊伯爵专门挑拨人家侮辱他,然后先下手为强,一枪把敌人打死。欧也纳虽是打猎的能手,但靶子棚里二十二个木人,还不能打倒二十个。

年轻的伯爵往壁炉旁边的长椅里倒下身子,拿起火钳,把柴火乱搅一阵,动作那么粗暴,那么烦躁,把阿娜斯大齐那张好看的脸马上变得难看了。她转身向着欧也纳,冷冷地带着质问意味瞪了他一眼,意思是说:"干吗你还不走?"那在有教养的人是会立刻当作逐客令的。

欧也纳赔着笑脸,说道:"太太,我急于要拜见你,是为了……"

他突然停住,客厅的门开了。那位赶轻便马车的先生忽然出现,光着头,也不招呼伯爵夫人,只是不大放心地瞧瞧欧也纳,跟玛克辛握了握手,说了声"你好",语气的亲热弄得欧也纳莫名其妙。内地青年完全不知道三角式的生活多么有意思。

伯爵夫人指着她的丈夫对大学生说:"这是特·雷斯多先生。"

欧也纳深深鞠了一躬。

"这一位,"她把欧也纳介绍给伯爵,"是特·拉斯蒂涅先生,因玛西阿家的关系,跟特·鲍赛昂太太是亲戚,我在她家上次的舞会里认识的。"

"因玛西阿家的关系,跟特·鲍赛昂太太是亲戚",伯爵夫人因为要显出主妇的高傲,表示她府上的宾客没有一个无名小卒,而说得特别着重的两句话,发生了奇妙的作用,伯爵立刻放下那副冷淡的矜持的神气,招呼大学生道:

"久仰久仰。"

连玛克辛·特·脱拉伊伯爵也不安地瞧了瞧欧也纳,不像先前那么目中无人了。一个姓氏的力量竟像魔术棒一样,不但周围的人为之改容,便是大学生自己也头脑清醒,早先预备好的聪明机变都恢复过来了。巴黎上流社会的气氛对他原是漆黑一团,如今他灵机一动,忽然看清楚了。什么伏盖公寓,什么高老头,早已给忘得干干净净。

"我以为玛西阿一族已经没有人了。"特·雷斯多伯爵对欧也纳说。

"是的,先生。先伯祖特·拉斯蒂涅骑士,娶的是玛西阿家最后一位小姐。他们只生一个女儿,嫁给特·格拉朗蒲元帅,便是特·鲍赛昂太太的外祖父。我们一支是小房,先伯祖是海军中将,因为尽忠王事,把什么都丢了,就此家道中落。革命政府清算东印度公司的时候,竟不承认我们股东的权利。"

"令伯祖是不是在一七八九年前带领报复号的?"

"正是。"

"那么他该认得先祖了。当时先祖是伏维克号的舰长。"

玛克辛对特·雷斯多太太微微耸了耸肩膀,仿佛说:"倘使他跟这家伙大谈海军,咱们可完啦。"阿娜斯大齐懂得这意思,拿出女人的看家本领,对他笑着说:

"你来,玛克辛,我有事请教你。你们两位尽管驾着伏维克号和报复号并排儿出海吧。"说罢她站起身子,向玛克辛做了个俏皮的暗号,玛克辛便跟着她往上房走去。这蹊跷的一对刚走到门口,伯爵忽然打断了跟欧也纳的谈话,很不高兴地叫道:

"阿娜斯大齐,你别走。你明明知道……"

"我就来,我就来,"她抢着回答,"我托玛克辛的事,一下子就说完的。"

她很快地回来了。凡是要自由行动的女子都不能不看准丈夫的性格,知道做到哪一步还不至于丧失丈夫的信任,也从来不在小事情上闹别扭。就跟这些女子一样,伯爵夫人一听丈夫的声音,知道这时候不能太太平平在内客室耽下去。而这番挫折的确是从欧也纳来的。因此伯爵夫人恨恨地对玛克辛指着大学生。玛克辛含讥带讽向伯爵夫妇和欧也纳说:

"哎，你们谈正事，我不打搅了；再见吧。"说完他走了。

"别走啊，玛克辛！"伯爵嚷道。

"回头来吃饭吧。"伯爵夫人丢下欧也纳和伯爵，跟着玛克辛走进第一客室，耽搁了半晌，以为伯爵可能打发欧也纳走的。

拉斯蒂涅听见他们俩一忽儿笑，一忽儿谈话，一忽儿寂静无声，便在伯爵面前卖弄才华，或是恭维他，或是逗他高谈阔论，有心拖延时间，好再见伯爵夫人，弄清她同高老头的关系。欧也纳怎么都想不过来，这个爱上玛克辛而能摆布丈夫的女子，怎么会同老面条商来往。他想摸清底细，拿到一点儿把柄去控制这个标准的巴黎女人。

"阿娜斯大齐！"伯爵又叫起太太来了。

"算了吧，可怜的玛克辛，"她对那青年说，"没有法儿了，晚上见……"

"希望你，娜齐，"他咬着她耳朵，"把这小子打发掉。你梳妆衣敞开一下，他眼睛就红得像一团火；他会对你谈情说爱，连累你，临了教我不得不打死他。"

"你疯了吗，玛克辛？这些大学生可不是挺好的避雷针吗？当然我会教特·雷斯多对他头痛的。"

玛克辛大声笑着出去了，伯爵夫人靠着窗口看他上车，拉起缰绳，扬起鞭子，直到大门关上了她才回来。

"喂，亲爱的，"伯爵对她说，"这位先生家里的庄园就在夏朗德河上，离凡端伊不远。他的伯祖还认得我的祖父呢。"

"好极了，大家都是熟人。"伯爵夫人心不在焉地回答。

"还不止这一点呢。"欧也纳低声说。

"怎么？"她不耐烦地问。

"刚才我看见从这儿出去一位先生，和我住在一所公寓里，而且是隔壁房间，高里奥老头……"

一听到"老头"这个俏皮字儿，正在拨火的伯爵好似烫了手，把钳子往火里一扔，站起身子说：

"先生，你可以称呼一声高里奥先生吧！"

看见丈夫烦躁，伯爵夫人脸上白一阵红一阵，狼狈不堪。她强作镇静，极力装着自然的声音说："怎么会认识一个我们最敬爱的……"她顿住了，瞧着钢琴，仿佛心血来潮想起了什么，说道："你喜欢音乐吗，先生？"

"喜欢得很。"欧也纳脸色通红，心慌意乱，迷迷糊糊地觉得自己闯了祸。

"你会唱歌吗？"她说着，走到钢琴前面，使劲按着所有的键子，从最低音的 do 到最高音的 fa，啦啦啦地响成一片。

"不会，太太。"

伯爵在屋里踱来踱去。

"可惜！不会唱歌在交际场中就少了一件本领。——Ca a-ro，Ca-a-ro，Ca-a-a-ro，non dubita-re[1]。"伯爵夫人唱着。

欧也纳说出高老头的名字，也等于挥动了一下魔术棒，同那一句"跟特·鲍赛昂太太是亲戚"的魔术棒，作用正相反。他好比走进一个收藏家的屋子，靠了有力的介绍才得进门，不料粗心大意撞了一下摆满小雕像的古董橱，把三四个不曾十分粘牢的头撞翻了。他恨不得钻入地下。特·雷

---

[1] 意大利作曲家契玛洛沙（1749—1801）的歌剧《秘密结婚》中的唱词。

斯多太太冷冷地板着脸，神情淡漠的眼睛故意躲开闯祸的大学生。

大学生道："太太，你和特·雷斯多先生有事，请接受我的敬意，允许我……"

伯爵夫人赶紧做一个手势打断了欧也纳："以后你每次光临我们总是挺欢迎的。"

欧也纳对主人夫妇深深地行了礼，虽然再三辞谢，还是被特·雷斯多先生一直送到穿堂。

"以后这位先生来，再不许通报！"伯爵吩咐莫利斯。

欧也纳跨下石级，发觉在下雨了。

"哼！"他心里想，"我跑来闹了一个笑话，既不知道原因，也不知道范围；除此以外还得糟蹋我的衣服帽子。真应该乖乖地啃我的法律，一心一意做个严厉的法官。要体体面面地到交际场中混，先得办起两轮马车、雪亮的靴子、必不可少的行头、金链条，从早起就戴上六法郎一副的麂皮手套，晚上又是黄手套，我够得上这个资格吗？混账的高老头，去你的吧！"

走到大门口，一个马夫赶着一辆出租马车，大概才送了新婚夫妇回家，正想瞒着老板找几个外快；看见欧也纳没有雨伞，穿着黑衣服，白背心，又是白手套，上过油的靴子，便向他招招手。欧也纳憋着一肚子无名火，只想往已经掉下去的窟窿里钻，仿佛可以找到幸运的出路似的。他对马夫点点头，也不管袋里只剩一法郎零两个铜子，径自上了车。车厢里零零落落散着橘花和扎花的铜丝，证明新郎新娘才离开不久。

"先生上哪儿去呢？"车夫问。他已经脱下白手套[1]。

---

[1] 喜事车子的马夫通常穿一套特殊的礼服，还戴白手套。

欧也纳私下想："管他！既然花了钱，至少得利用一下！"便高声回答："鲍赛昂府。"

"哪一个鲍赛昂府？"

一句话把欧也纳问住了。初出茅庐的漂亮哥儿不知道有两个鲍赛昂府，也不知道把他置之脑后的亲戚有那么多。

"特·鲍赛昂子爵，在……"

"葛勒南街，"马夫侧了侧脑袋，接口说，"你知道，还有特·鲍赛昂伯爵和侯爵的府第，在圣·陶米尼葛街。"他一边吊起踏脚，一边补充。

"我知道。"欧也纳沉着脸回答。他把帽子往前座的垫子上一丢，想道："今天大家都拿我打哈哈！吓……这次胡闹一下把我的钱弄光了。可是至少，我有了十足的贵族排场去拜访我那所谓的表姊了。高老头起码花了我十法郎，这老混蛋！真的，我要把今天的倒霉事儿告诉特·鲍赛昂太太，说不定会引她发笑呢。这老东西同那漂亮女人的该死的关系，她一定知道。与其碰那无耻女人的钉子——恐怕还得花一大笔钱，还不如去讨好我表姊。子爵夫人的姓名已经有那样的威力，她本人的权势更可想而知。还是走上面的门路吧。一个人想打天堂的主意，就该看准上帝下手！"

他思潮起伏，不知转着多少念头，上面的话只是一个简单的提纲。他望着雨景，镇静了些，胆气也恢复了些。他自忖虽然花掉了本月份仅存的十法郎，衣服鞋帽究竟保住了。一听马夫喊了声："对不住，开门哪！"他不由得大为得意。金镶边大红制服的门丁，把大门拉得咕咕地直叫，拉斯蒂涅心满意足，眼看车子穿过门洞，绕进院子，在阶前玻璃棚下停住。马夫穿着大红滚边的蓝大褂，放下踏脚。欧也纳下车听见游廊里一阵匿笑。三四名当差在那里笑这辆恶俗的喜事车子。他们的笑声提醒了大学生，因

La Comédie Humaine

"一个人想打天堂的主意,就该看准上帝下手!"

为眼前就有现成的车马好比较。院中有一辆巴黎最华丽的轿车，套着两匹精壮的牲口，耳边插着蔷薇花，咬着嚼子，马夫头发扑着粉，打着领带，拉着缰绳，好像怕牲口逃走似的。昂丹大道的雷斯多太太府上，停着一个二十六岁男子的轻巧两轮车，圣·日耳曼区又摆着一位爵爷的烜赫的仪仗，一副三万法郎还办不起来的车马。

"又是谁在这儿呢？该死！表姊一定也有她的玛克辛！"欧也纳到这时才明白，巴黎难得碰到没有主顾的女人，纵然流着血汗也征服不了那样一个王后。

他跨上台阶，心已经凉了一半。玻璃门迎着他打开了；那些当差都一本正经，像挨过一顿痛打的骡子。他上次参加的跳舞会，是在楼下大厅内举行的。在接到请柬和舞会之间，他来不及拜访表姊，所以不曾进入特·鲍赛昂太太的上房，今天还是第一遭瞻仰到那些精雅绝伦、别出心裁的布置；一个杰出的女子的心灵和生活习惯，都可以在布置上面看出来。有了特·雷斯多太太的客厅做比较，对鲍府的研究也就更有意思。下午四点半，子爵夫人可以见客了。再早五分钟，她就不会招待表弟。完全不懂巴黎规矩的欧也纳，走上一座金漆栏杆、大红毯子、两旁供满鲜花的大楼梯，进入特·鲍赛昂太太的上房；至于她的小史，巴黎交际场中交头接耳说得一天一个样子的许多故事之中的一页，他可完全不知道。

三年以来，子爵夫人和葡萄牙一个最有名最有钱的贵族，特·阿瞿达－宾多侯爵有来往。那种天真无邪的交情，对当事人真是兴味浓厚，受不了第三者打扰。特·鲍赛昂子爵本人也以身作则，不管心里如何，面上总尊重这蹊跷的友谊。在他们订交的初期，凡是下午两点来拜访子爵夫人的宾客，总碰到特·阿瞿达－宾多侯爵在座。特·鲍赛昂太太为了体统关系，不能闭门谢客，可是对一般的来客十分冷淡，目不转睛地老瞧着墙壁上面的嵌线，结果大家都懂得她在那里受罪。直到巴黎城中知道了两点至四点之间的访问要打搅特·鲍赛昂太太，她才得到清静。她上意大利剧院或者歌剧院，必定由特·鲍赛昂和特·阿瞿达－宾多两位先生陪着；老于世故的特·鲍赛昂先生，把太太和葡萄牙人安顿停当之后，就托故走开。最近特·阿瞿达先生要同洛希斐特家的一位小姐结婚了，整个上流社会中只剩特·鲍赛昂太太一个人不曾知道。有几个女朋友向她隐隐约约提过几次；她只是打哈哈，以为朋友们妒忌她的幸福，想破坏。可是教堂的婚约公告[1]马上就得颁布。这位葡萄牙美男子，那天特意来，想对子爵夫人宣布婚事，却始终不敢吐出一个负心字儿。为什么？因为天下的难事莫过于对一个女子下这么一个哀的美敦书。有些男人觉得在决斗场上给人拿着剑直指胸脯倒还好受，不像一个哭哭啼啼了两小时，再晕过去要人施救的女子难于应付。那时特·阿瞿达侯爵如坐针毡，一心要溜，打算回去写信来告诉她；男女之间一刀两断的手续，书面总比口头好办。听见当差通报欧也纳·特·拉斯蒂涅先生来了，特·阿瞿达侯爵快乐得直跳。一个真有爱情的女人猜疑起来，比寻欢作乐、更换口味还要心思灵巧。一朝到了被遗弃的关头，她对于一个姿势的意义，能够一猜就中，连马在春天的空气中嗅到刺激爱情的气息，也没有那么快。特·鲍赛昂太太一眼就觑破了那个不由自主的表情，微妙的，可是天真得可怕的表情。

欧也纳不知道在巴黎不论拜访什么人，必须先到主人的亲友那里，把丈夫的、妻子的或儿女的历史打听明白，免得闹出笑话来，要像波兰俗语

---

[1] 西俗凡教徒结婚前一个月，教堂必前后颁布三次公告，征询大众对当事人之人品私德有无指摘。

所说的，把五头牛套上你的车！就是说直要九牛二虎之力，才能拔出你的泥脚。在谈话中出乱子，在法国还没有名称，大概因为谣言非常普遍，大家认为不会再发生冒失的事。在特·雷斯多家闹了乱子以后——主人也不给他时间把五头牛套上车——也只有欧也纳才会莽莽撞撞闯进鲍赛昂家再去闯祸。所不同的是，他在前者家里教特·雷斯多太太和特·脱拉伊先生发窘，在这儿却是替特·阿瞿达解了围。

一间小巧玲珑的客室，只有灰和粉红两种颜色，陈设精美而没有一点富贵气。欧也纳一进客室，葡萄牙人便向特·鲍赛昂太太说了声"再会"，急急地抢着往门边走。

"那么晚上见，"特·鲍赛昂太太回头向侯爵望了一眼，"我们不是要上意大利剧院吗？"

"不能奉陪了。"他的手已经抓着门钮。

特·鲍赛昂太太站起身子，叫他走回来，根本没有注意欧也纳。欧也纳站在那儿，给华丽的排场弄得迷迷糊糊，以为进了天方夜谭的世界；他面对着这个连瞧也不瞧他的太太，不知道怎么办。子爵夫人举起右手食指做了个美妙的动作，指着面前的位置要侯爵站过来。这姿态有股热情的威势，侯爵不得不放下门钮走回来。欧也纳望着他，心里非常羡慕。

他私下想："这便是轿车中的人物！哼！竟要骏马前驱，健仆后随，挥金如流水，才能博得巴黎女子的青睐吗？"奢侈的欲望像魔鬼般咬着他的心，攫取财富的狂热煽动他的头脑，黄金的饥渴使他喉干舌燥。他每季有一百三十法郎生活费；而父亲、母亲、兄弟、妹妹、姑母，统共每月花不到两百法郎。他把自己的境况和理想中的目标很快地比较了一下，心里愈加发慌了。

"为什么你不能上意大利剧院呢?"子爵夫人笑着问。

"为了正经事!今晚英国大使馆请客。"

"你可以先走一步啊。"

一个男人一开始欺骗,必然会接二连三地扯谎。特·阿瞿达先生笑着说:"你非要我先走不可吗?"

"当然。"

"哎,我就是要你说这一句呀。"他回答时那种媚眼,换了别的女人会被他骗过的。

他抓起子爵夫人的手亲了一下,走了。

欧也纳用手掠了掠头发,弓着身子预备行礼,以为特·鲍赛昂太太这一下总该想到他了。不料她身子往前一扑,冲入回廊,跑到窗前瞧特·阿瞿达先生上车;她侧耳留神,只听见跟班的小厮传令给马夫道:"上洛希斐特公馆。"

这几个字,加上特·阿瞿达坐在车厢里如释重负的神气,对子爵夫人不啻闪电和雷击。她回身进来,心惊肉跳。

上流社会中最可怕的祸事就是这个。她走进卧室,坐下来拈起一张美丽的信纸,写道:

> 只要你在洛希斐特家吃饭而不是在英国使馆,你非和我解释清楚不可。我等着你。

有几个字母因为手指发抖而写走了样,她改了改,签上一个C字,那是她的姓名克莱尔·特·勃艮第的缩写。然后她打铃叫人。

"雅各,"她吩咐当差,"你七点半上洛希斐特公馆去见特·阿瞿达侯爵。他在的话,把这条子交给他,不用等回音;要是不在,原信带回。"

"太太,客厅里还有人等着。"

"啊,不错!"她说完推门进去。

欧也纳已经觉得很不自在,终于瞧见子爵夫人的时候,她情绪激动的语气又搅乱了他的心。她说:

"对不起,先生,我刚才要写个字条,现在可以奉陪了。"其实她自己也不知道说些什么,她心里正想着:"啊!他要娶洛希斐特小姐。可是他身子自由吗?今晚上这件亲事就得毁掉,否则我……噢!事情明天就解决了,急什么!"

"表姊……"欧也纳才叫了一声。

"唔?"子爵夫人傲慢的目光教大学生打了一个寒噤。欧也纳懂得了这个"唔"。三小时以来他长了多少见识;一听见这一声,马上警惕起来,红着脸改口道:"太太。"他犹豫了一会儿又说:"请原谅,我真需要人家提拔,便是拉上一点儿远亲的关系也有用处。"

特·鲍赛昂太太微微一笑,笑得很凄凉;她已经感觉到在她周围酝酿的厄运。

"如果你知道我家庭的处境,"他接着说,"你一定乐意做神话中的仙女,替孩子们打破难关。"

她笑道:"哦,表弟,要我怎样帮忙呢?"

"我也说不上。恢复我们久已疏远的亲戚关系,在我已经是大大的幸运了。你使我心慌意乱,简直不知道我刚才说了些什么。我在巴黎只认识你一个人。噢!我要向你请教,求你当我是个可怜的孩子,愿意绕在你裙下，为你出生入死。"

"你能为我杀人么？"

"杀两个都可以。"欧也纳回答。

"孩子！真的，你是个孩子，"她咽住了眼泪，"你才会真诚地爱，你！"

"噢！"他甩了甩脑袋。

子爵夫人听了大学生这句野心勃勃的回答，不禁对他大为关切。这是南方青年第一次用心计。在特·雷斯多太太的蓝客厅和特·鲍赛昂太太的粉红客厅之间，他读完了三年的巴黎法。这部法典虽则没有人提过，却构成一部高等社会判例，一朝学成而善于运用的话，无论什么目的都可以达到。

"噢！我要说的话想起来了，在你的舞会里我认识了特·雷斯多太太，我刚才看了她来着。"

"那你大大地打搅她了。"特·鲍赛昂太太笑着说。

"唉！是呀，我一窍不通，你要不帮忙，我会教所有的人跟我作对。我看，在巴黎极难碰到一个年轻、美貌、有钱、风雅，而又没有主顾的女子；我需要这样一位女子，把你们解释得多么巧妙的人生开导我；而到处都有一个脱拉伊先生。我这番来向你请教一个谜的谜底，求你告诉我，我所闹的乱子究竟是什么性质。我在那边提起了一个老头儿……"

"特·朗日公爵夫人来了。"雅各进来通报，打断了大学生的话，大学生做了一个大为气恼的姿势。

"你要想成功，"子爵夫人低声嘱咐他，"第一先不要这样富于表情。"

"喂！你好，亲爱的。"她起身迎接公爵夫人，握着她的手，感情洋溢，便是对亲姊妹也不过如此。公爵夫人也做出种种亲热的样子。

"这不是一对好朋友吗，"拉斯蒂涅心里想，"从此我可以有两个保护人了；这两位想必口味相仿，表姊关切我，这客人一定也会关切我的。"

"你真好，想到来看我，亲爱的安多纳德！"特·鲍赛昂太太说。

"我看见特·阿瞿达先生进了洛希斐特公馆，便想到你是一个人在家了。"

公爵夫人说出这些不祥的话，特·鲍赛昂太太既不咬嘴唇，也不脸红，而是目光镇静，额角反倒开朗起来。

"要是我知道你有客……"公爵夫人转身望着欧也纳，补上一句。

子爵夫人说："这位是我的表弟欧也纳·特·拉斯蒂涅先生。你有没有蒙脱里伏将军的消息？昨天赛里齐告诉我，大家都看不见他了，今天他到过府上没有？"

大家知道公爵夫人热恋特·蒙脱里伏先生，最近被遗弃了；她听了这句问话十分刺心，红着脸回答：

"昨天他在爱丽舍宫。"

"值班吗？[1]"特·鲍赛昂太太问。

"格拉拉，你想必知道，"公爵夫人放出狡狯的目光，"特·阿瞿达先生和洛希斐特小姐的婚约，明天就要由教堂公布了！"

这个打击可太凶了。子爵夫人不禁脸色发白，笑着回答：

"哦，又是那些傻瓜造的谣言。干吗特·阿瞿达先生要把葡萄牙一个最美的姓送给洛希斐特呢？洛希斐特家封爵还不过是昨天的事。"

"可是人家说贝尔德有二十万法郎利息的陪嫁呢。"

"特·阿瞿达先生是大富翁，绝不会存这种心思。"

---

[1] 爱丽舍宫当时是路易十八的侄子特·裴里公爵的府第。蒙脱里伏将军属于王家禁卫军，所以说"值班"。

"可是,亲爱的,洛希斐特小姐着实可爱呢。"

"是吗?"

"还有,他今天在那边吃饭,婚约的条件已经谈妥;你消息这样不灵,好不奇怪!"

"哎,你究竟闹了什么乱子呢,先生?"特·鲍赛昂太太转过话头说,"这可怜的孩子刚踏进社会,我们才说的话,他一句也不懂。亲爱的安多纳德,请你照应照应他。我们的事,明儿再谈,明儿一切都正式揭晓,你要帮我忙也更有把握了。"

公爵夫人傲慢地瞧了欧也纳一眼,那种眼风能把一个人从头到脚瞧尽,把他缩小,化为乌有。

"太太,我无意之间得罪了特·雷斯多太太。无意之间这四个字便是我的罪名。"大学生灵机一动,发觉眼前两位太太亲切的谈话藏着狠毒的讽刺,他接着说:"对那些故意伤害你们的人,你们会照常接见,说不定还怕他们;一个伤了人而不知伤到什么程度的家伙,你们当他是傻瓜,当他是什么都不会利用的笨蛋,谁都瞧不起他。"

特·鲍赛昂太太眼睛水汪汪地瞟了他一下。伟大的心灵往往用这种眼光表示他们的感激和尊严。刚才公爵夫人用拍卖行估价员式的眼风打量欧也纳,伤了他的心,现在特·鲍赛昂太太的眼神在他的伤口上涂了止痛的油膏。

欧也纳接着说:"你们才想不到呢,我才博得了特·雷斯多伯爵的欢心,因为,"他又谦恭又狡狯地转向公爵夫人,"不瞒你说,太太,我还不过是个可怜的大学生,又穷又孤独……"

"别说这个话,先生。哭诉是谁都不爱听的,我们女人又何尝爱听。"

"好吧！我只有二十二岁，应当忍受这个年纪上的苦难，何况我现在正在忏悔；哪里还有比这儿更美丽的忏悔室呢？我们在教士前面忏悔的罪孽，就是在这儿犯的。"

公爵夫人听了这段亵渎宗教的议论，把脸一沉，很想把这种粗俗的谈吐指斥一番，她对子爵夫人说："这位先生才……"

特·鲍赛昂太太觉得表弟和公爵夫人都很好笑，也就老实不客气笑了出来。

"对啦，他才到巴黎来，正在找一个女教师，教他懂得一点儿风雅。"

"公爵夫人，"欧也纳接着说，"我们想找门路，把所爱的对象摸清根底，不是挺自然的吗？"（呸！他心里想，这几句话简直像理发匠说的。）

公爵夫人说："我想特·雷斯多太太是特·脱拉伊先生的女弟子吧。"

大学生说："我完全不知道，太太，因此糊里糊涂闯了进去，把他们岔开了。幸而我跟她丈夫混得不坏，那位太太也还客气，直到我说出我认识一个刚从他们后楼梯下去，在一条甬道底上跟伯爵夫人拥抱的人。"

"谁呀？"两位太太同时问。

"住在圣·玛梭区的一个老头儿，像我这穷学生一样一个月只有四十法郎的生活费，被大家取笑的可怜虫，叫作高里奥老头。"

"哦呀！你这个孩子，"子爵夫人嚷道，"特·雷斯多太太便是高里奥家的小姐啊。"

"面条商的女儿，"公爵夫人接口说，"她跟一个糕饼师的女儿同一天入宫觐见。你不记得吗，格拉拉？王上笑开了，用拉丁文说了句关于面粉的妙语，说那些女子，怎么说的，那些女子……"

"其为面粉也无异。"欧也纳替她说了出来。

"对啦。"公爵夫人说。

"啊!原来是她的父亲。"大学生做了个不胜厌恶的姿势。

"可不是!这家伙有两个女儿,他都喜欢得要命,可是两个女儿差不多已经不认他了。"

"那小的一个,"子爵夫人望着特·朗日太太说,"不是嫁给一个姓名像德国人的银行家,叫作特·纽沁根男爵吗?她名字叫但斐纳,头发淡黄,在歌剧院有个侧面的包厢,也上喜剧院,常常高声大笑引人家注意,是不是?"

公爵夫人笑道:"哎,亲爱的,真佩服你。干吗你对那些人这样留神呢?真要像特·雷斯多一样爱得发疯,才会跟阿娜斯大齐在面粉里打滚。嘿!他可没有学会生意经。他太太落在特·脱拉伊手里,早晚要倒霉的。"

"她们不认父亲!"欧也纳重复了一句。

"哎!是啊,"子爵夫人接着说,"不承认她们的亲爸爸,好爸爸。听说他给了每个女儿五六十万,让她们攀一门好亲事,舒舒服服地过日子。他自己只留下八千到一万法郎的进款,以为女儿永远是女儿,一朝嫁了人,他等于有了两个家,可以受到敬重、奉承。哪知不到两年,两个女婿把他赶出他们的圈子,当他是个要不得的下流东西……"

欧也纳冒出几颗眼泪。他最近还在家中体味到骨肉之爱、天伦之乐!他还没有失掉青年人的信仰,而且在巴黎文明的战场上还是第一天登台。真实的感情是极有感染力的:三个人都一声不出,愣了一会儿。

"唉!天哪,"特·朗日太太说,"这一类的事真是该死,可是我们天天看得到。总该有个原因吧?告诉我,亲爱的,你有没有想过,什么叫女婿?——女婿是我们替他白养女儿的男人。我们把女儿当作心肝宝贝,抚养长大，我们和她有着成千成万的联系。十七岁以前，她是全家的快乐天使，像拉马丁所说的洁白的灵魂，然后变作家庭的瘟神。女婿从我们手里把她抢走，拿她的爱情当作一把刀，把我们的天使心中所有拴着娘家的感情，活生生地一齐斩断。昨天女儿还是我们的性命，我们也还是女儿的性命；明天她便变作我们的仇敌。这种悲剧不是天天有吗？这里，又是媳妇对那个为儿子牺牲一切的公公肆无忌惮；那里，又是女婿把丈母撵出门外。我听见人家都在问，今日社会里究竟有些什么惨剧；唉，且不说我们的婚姻都变成了糊涂婚姻；关于女婿的惨剧不是可怕到极点吗？我完全明白那老面条商的遭遇，记得这个福里奥……"

"是高里奥，太太。"

"是啊，这莫里奥在大革命时代当过他本区的区长；那次有名的饥荒，他完全知道底细；当时面粉的售价比进价高出十倍，他从此发了财。那时他囤足面粉；光是我祖母的总管就卖给他一大批。当然，高里奥像所有那些人一样，是跟公安委员会分肥的。我记得总管还安慰祖母，说她尽可以太太平平地住在葛朗维里哀，她的麦子就是一张出色的公民证。至于把麦子卖给刽子手们[1]的洛里奥，只有一桩痴情，就是溺爱女儿。他把大女儿高高地供在特·雷斯多家里，把老二接种接在特·纽沁根男爵身上，纽沁根是个加入保王党的有钱的银行家。你们明白，在帝政时代，两个女婿看到家里有个老革命党并不讨厌；既然是拿破仑当权，那还可以将就。可是波旁家复辟之后，那老头儿就教特·雷斯多先生头疼了，尤其那个银行

---

[1] 大革命时代的公安委员会是逮捕并处决反革命犯的机构，在保王党人口中就变了"刽子手"。公安委员会当时也严禁囤货，保王党人却说它同商人分肥。

家。两个女儿或许始终爱着父亲,想在父亲跟丈夫之间委曲求全;她们在没有外客的时候招待高里奥,想出种种借口表示她们的体贴。'爸爸,你来呀。没有人打搅,我们舒服多了!'诸如此类的话。我相信,亲爱的,凡是真实的感情都有眼睛,都有聪明,所以那个大革命时代的可怜虫伤心死了。他看出女儿们觉得他丢了她们的脸;也看出要是她们爱丈夫,他却妨害了女婿,非牺牲不可。他便自己牺牲了,因为他是父亲,他自动退了出来。看到女儿因此高兴,他明白他做得很对。这小小的罪过实在是父女同谋的。我们到处都看到这种情形。在女儿的客厅里,陶里奥老头不是一个油脂的污迹吗?他在那儿感到拘束,闷得发慌。这个父亲的遭遇,便是一个最美的女子对付一个最心爱的男人也能碰到,如果她的爱情使他厌烦,他会走开,做出种种卑鄙的事来躲开她。所有的感情都会落到这个田地的。我们的心是一座宝库,一下子倒空了,就会破产。一个人把情感统统拿了出来,就像把钱统统花光了一样得不到人家原谅。这个父亲把什么都给了。二十年间他给了他的心血,他的慈爱;又在一天之间给了他的财产。柠檬榨干了,那些女儿把剩下的皮扔在街上。"

"社会真卑鄙。"子爵夫人低着眼睛,拉着披肩上的经纬。特·朗日太太讲这个故事的时候,有些话刺了她的心。

"不是卑鄙!"公爵夫人回答,"社会就是那么一套。我这句话不过表示我看透了社会。实际我也跟你一般想法,"她紧紧握着子爵夫人的手,"社会是一个泥坑,我们得站在高地上。"

她起身亲了一下特·鲍赛昂太太的前额,说:"亲爱的,你这一下真漂亮。血色好极了。"然后她对欧也纳略微点点头,走了。

欧也纳想起那夜高老头扭绞镀金盘子的情形,说道:

"高老头真伟大!"

特·鲍赛昂太太没有听见,她想得出神了。两人半天没有出声,可怜的大学生愣在那儿,既不敢走,又不敢留,也不敢开口。

"社会又卑鄙又残忍,"子爵夫人终于说,"只要我们碰到一桩灾难,总有一个朋友来告诉我们,拿把短刀掏我们的心窝,教我们欣赏刀柄。冷一句热二句,挖苦,奚落,一齐来了。啊!我可是要抵抗的。"她抬起头来,那种庄严的姿势恰好显出她贵妇人的身份,高傲的眼睛射出闪电似的光芒。——"啊!"她一眼瞧见了欧也纳,"你在这里!"

"是的,还没有走。"他不胜惶恐地回答。

"哎,拉斯蒂涅先生,你得以牙还牙对付这个社会。你想成功吗?我帮你。你可以测量出来,女人堕落到什么田地,男人虚荣到什么田地。虽然人生这部书我已经读得烂熟,可是还有一些篇章不曾寓目。现在我全明白了。你越没有心肝,越高升得快。你得不留情地打击人家,教人家怕你。只能把男男女女当作驿马,把它们骑得筋疲力尽,到了站上丢下来;这样你就能达到欲望的最高峰。不是吗,你要没有一个女人关切,你在这儿便一文不值。这女人还得年轻,有钱,漂亮。倘使你有什么真情,必须像宝贝一样藏起,永远别给人家猜到,要不就完啦,你不但做不成刽子手,反过来要被人家开刀了。有朝一日你动了爱情,千万要守秘密!没有弄清楚对方的底细,绝不能掏出你的心来。你现在还没有得到爱情;可是为保住将来的爱情,先得学会提防人家。听我说,米盖尔……(她不知不觉说错了名字)[1],女儿遗弃父亲,巴望父亲早死,还不算可怕呢。那两姊妹也彼

---

[1] 米盖尔是她的情人阿瞿达侯爵的名字。

此忌妒得厉害。雷斯多是旧家出身，他的太太进过宫了，贵族社会也承认她了；可是她的有钱的妹妹，美丽的但斐纳·特·纽沁根夫人，银行家太太，却难过死了；忌妒咬着她的心，她跟姊姊貌合神离，比路人还不如；姊姊已经不是她的姊姊；两个人你不认我，我不认你，正如不认她们的父亲一样。特·纽沁根太太只消能进我的客厅，便是把圣·拉查街到葛勒南街一路上的灰土舐个干净也是愿意的。她以为特·玛赛能够帮她达到这个目的，便甘心情愿做他奴隶，把他缠得头痛。哪知特·玛赛干脆不把她放在心上。你要能把她介绍到我这儿来，你便是她的心肝宝贝。以后你能爱她就爱她，要不就利用她一下也好。我可以接见她一两次，逢到盛大的晚会，宾客众多的时候；可是绝不单独招待她。我看见她打个招呼就够了。你说出了高老头的名字，你把伯爵夫人家的大门关上了。是的，朋友，你尽管上雷斯多家二十次，她会二十次不在家。你被他们撵出门外了。好吧，你叫高老头替你介绍特·纽沁根太太吧。那位漂亮太太可以做你的幌子。一朝她把你另眼相看了，所有的女人都会一窝蜂地来追你。跟她竞争的对手、她的朋友、她的最知己的朋友，都想把你抢过去了。有些女人，只喜欢别的女子挑中的男人，好像那般中产阶级的妇女，以为戴上我们的帽子就有了我们的风度。所以那时你就能走红。在巴黎，走红就是万事亨通，就是拿到权势的宝钥。倘若女人觉得你有才气，有能耐，男人就会相信，只消你自己不露马脚。那时你多大的欲望都不成问题可以实现，你哪儿都走得进去。那时你会明白，社会不过是傻子跟骗子的集团。你别做傻子，也别做骗子。我把我的姓氏借给你，好比一根阿里阿德涅的线，引你进这座迷宫[1]。别把我的姓污辱了,"她扭了扭脖子,气概非凡地对大学生瞧了一眼,"清清白白地还给我。好,去吧,我不留你了,我们做女人的也有我们的仗要打。"

"要不要一个死心塌地的人替你去点炸药?"欧也纳打断了她的话。

"那又怎么样?"她问。

他拍拍胸脯,表姊对他笑了笑,他也笑了笑,走了。那时已经五点;他肚子饿了,只怕赶不上晚饭。这一担心,使他感到在巴黎平步青云、找到了门路的快乐。得意之下,他马上给自己的许多思想包围了。像他那种年龄的青年,一受委屈就会气得发疯,对整个社会抡着拳头,又想报复,又失掉了自信。拉斯蒂涅那时正为了"你把伯爵夫人家的大门关上了"那句话发急,心上想:"我要去试一试!如果特·鲍赛昂太太的话不错,如果我真的碰在门上,那么……哼!特·雷斯多夫人不论上哪一家的沙龙,都要碰到我。我要学击剑,放枪,把她的玛克辛打死!——可是钱呢?"他忽然问自己,"哪儿去弄钱呢?"特·雷斯多伯爵夫人家里铺张的财富,忽然在眼前亮起来。他在那儿见到一个高里奥小姐心爱的奢华,金碧辉煌的屋子,显而易见的贵重器物,暴发户的恶俗排场,像人家的外室那样的浪费。这幅迷人的图画忽然又给鲍赛昂府上的大家气派压倒了。他的幻想飞进了巴黎的上层社会,马上冒出许多坏念头,扩大他的眼界和心胸。他看到了社会的本相:法律跟道德对有钱的人全无效力,财产才是金科玉律。他想:"伏脱冷说得不错,有财便是德!"

到了圣·日内维新街,他赶紧上楼拿十法郎付了车钱,走入气味难闻

---

[1] 希腊神话:阿里阿德涅把一根线授给忒修斯,使他杀了牛首人身的米诺陶诺斯,仍能逃出迷宫。

的饭厅；十八个食客好似马槽前的牲口一般正在吃饭。他觉得这副穷酸相跟饭厅的景象丑恶已极。环境转变得太突兀了，对比太强烈了，格外刺激他的野心。一方面是最高雅的社会的新鲜可爱的面目，个个人年轻，活泼，有诗意，有热情，四周又是美妙的艺术品和阔绰的排场；另一方面是溅满污泥的阴惨的画面，人物的脸上只有被情欲扫荡过的遗迹。特·鲍赛昂太太因为被人遗弃，一怒之下给他的指导和出谋的计策，他一下子都回想起来，而眼前的惨象又等于给那些话添上注解。拉斯蒂涅决意分两路进攻去猎取财富：依靠学问，同时依靠爱情，成为一个有学问的博士，同时做一个时髦人物。可笑他还幼稚得很，不知道这两条路线是永远连不到一起的。

"你神气忧郁得很，侯爵大人。"伏脱冷说。他的眼风似乎把别人心里最隐藏的秘密都看得雪亮。

欧也纳答道："我受不了这一类的玩笑，要在这儿真正当一个侯爵，应当有十万法郎进款；住伏盖公寓的就不是什么走运的人。"

伏脱冷瞧着拉斯蒂涅，倚老卖老而轻蔑的神气仿佛说："小子！还不够我一口！"接着说："你心绪不好，大概在漂亮的特·雷斯多太太那边没有得手。"

欧也纳道："哼，因为我说出她父亲跟我们一桌子吃饭，她把我撵走了。"

饭桌上的人都面面相觑。高老头低下眼睛，掉转头去抹了一下。

"你把鼻烟撒在我眼里了。"他对邻座的人说。

"从今以后，谁再欺负高老头，就是欺负我，"欧也纳望着老面条商邻座的人说，"他比我们都强。当然我不说太太们。"他向泰伊番小姐补上一句。

La Comédie Humaine

伏脱冷

这句话成为事情的转折点，欧也纳说话的神气使桌上的人不出声了。只有伏脱冷含讥带讽地答：

"你要做高老头的后台，做他的经理，先得学会击剑跟放枪。"

"对啦，我就要这么办。"

"这么说来，你今天预备开场啰。"

"也许，"拉斯蒂涅回答，"不过谁都管不了我的事，既然我不想知道旁人黑夜里干些什么。"

伏脱冷斜着眼把拉斯蒂涅瞅了一下。

"老弟，要拆穿人家的把戏，就得走进戏棚子，不能在帐幔的缝子里张一张就算。别多说了，"他看见欧也纳快要发毛，补上一句，"你要愿意谈谈，我随时可以奉陪。"

饭桌上大家冷冰冰的，不作声了。高老头听了大学生那句话，非常难受，不知道众人对他的心理已经改变，也不知道一个有资格阻止旁人虐待他的青年，挺身而出做了他的保护人。

"高里奥先生真是一个伯爵夫人的父亲吗？"伏盖太太低声问。

"同时也是一个男爵夫人的父亲。"拉斯蒂涅回答。

"他只好当父亲的角色，"皮安训对拉斯蒂涅说，"我已经打量过他的脑袋：只有一根骨头，一根父骨，他大概是天父吧。"

欧也纳心事重重，听了皮安训的俏皮话不觉得好笑。他要遵从特·鲍赛昂太太的劝告，盘算从哪儿去弄钱，怎样去弄钱。社会这片大草原在他面前又空旷又稠密，他望着出神了。吃完晚饭，客人散尽，只剩他一个人在饭厅里。

"你竟看到我的女儿吗？"高老头非常感动地问。

欧也纳惊醒过来，抓着老人的手，很亲热地瞧着他回答：

"你是一个好人，正派的人。咱们回头再谈你的女儿。"他不愿再听高老头的话，躲到卧房里给母亲写信去了。

  亲爱的母亲，请你考虑一下，能不能再给我一次哺育之恩。我现在的情形可以很快地发迹；只是需要一千二百法郎，而且非要不可。对父亲一个字都不能提，也许他会反对，而如果我弄不到这笔钱，我将濒于绝望，以致自杀。我的用意将来当面告诉你，因为要你了解我目前的处境，简直要写上几本书才行。好妈妈，我没有赌钱，也没有欠债；可是你给我的生命，倘使你愿意保留的话，就得替我筹这笔款子。总而言之，我已见过特·鲍赛昂子爵夫人，她答应提拔我。我得应酬交际，可是没有钱买一副合适的手套。我能够只吃面包，只喝清水，必要时可以挨饿；但我不能缺少巴黎种葡萄的工具。将来是青云直上还是留在泥地里，都在此一举。你们对我的期望，我全知道，并且要快快地实现。好妈妈，卖掉一些旧首饰吧，不久我买新的给你。我很知道家中的境况，你的牺牲，我是心中有数的；你也该相信我不是无端端地教你牺牲，那我简直是禽兽了。我的请求是迫不得已。咱们的前程全靠这一次的接济，拿了这个，我将上阵开仗，因为巴黎的生活是一场永久的战争。倘使为凑足数目而不得不出卖姑母的花边，那么请告诉她，我将来有最好看的寄给她。

他分别写信给两个妹妹，讨她们的私蓄，知道她们一定乐意给的。为了使她们在家里绝口不提，他故意挑拨青年人的好胜心，要她们懂得体贴。可是写完了这些信，他仍旧有点儿心惊肉跳，神魂不定。青年野心家知道像他妹妹那种与世离绝、一尘不染的心灵多么高尚，知道自己这封信要给她们多少痛苦，同时也要给她们多少快乐！她们将怀着如何欢悦的心情，躲在庄园底里偷偷谈论她们疼爱的哥哥。他心中亮起一片光明，似乎看到她们私下数着小小的积蓄，看到她们卖弄少女的狡狯，为了好心而第一次玩弄手段，把这笔钱用匿名方式寄给他。他想："一个姊妹的心纯洁无比，它的温情是没有穷尽的！"他写了那样的信，觉得惭愧。她们许起愿心来何等有力！求天拜地的冲动何等纯洁！有一个牺牲的机会，她们还不快乐死吗？如果他母亲不能凑足他所要的款子，她又要多么苦恼！这些至诚的感情，可怕的牺牲，将要成为他到达特·纽沁根太太面前的阶梯；想到这些，他不由得落下几滴眼泪，等于献给家庭神坛的最后几炷香。他心乱如麻，在屋子里乱转。高老头从半开的门里瞧见他这副模样，进来问他：

"先生，你怎么啦？"

"唉！我的邻居，我还没忘记做儿子做兄弟的本分，正如你始终当着父亲的责任。你真有理由替伯爵夫人着急，她落在玛克辛·特·脱拉伊手里，早晚要断送她的。"

高老头嘟囔着退了出来，欧也纳不曾听清他说些什么。

第二天，拉斯蒂涅把信送往邮局。他到最后一刻还犹豫不决，但终于把信丢进邮箱，对自己说："我一定成功！"这是赌棍的口头禅，大将的口头禅，这种相信运气的话往往是致人死命而不是救人性命的。过了几天，他去看特·雷斯多太太，特·雷斯多太太不见。去了三次，三次挡驾，虽则他都候玛克辛不在的时间上门。子爵夫人料得不错。大学生不再用功念书，只上堂去应卯划到，过后便溜之大吉。多数大学生都要临到考试才用功，欧也纳把第二第三年的学程并在一起，预备到最后关头再一口气认认真真读他的法律。这样他可以有十五个月的空闲，好在巴黎的海洋中漂流，追求女人，或者捞一笔财产。

　　在那一星期内，他见了两次特·鲍赛昂太太，都是等特·阿瞿达侯爵的车子出门之后才去的。这位红极一时的女子，圣·日耳曼区最有诗意的人物，又得意了几天，把洛希斐特小姐和特·阿瞿达侯爵的婚事暂时搁浅。特·鲍赛昂太太生怕好景不长，在这最后几天中感情格外热烈；但就在这期间，她的祸事酝酿成熟了。特·阿瞿达侯爵跟洛希斐特家暗中同意，认为这一次的吵架与讲和大有好处，希望特·鲍赛昂太太对这头亲事思想上有个准备，终于肯把每天下午的聚首为特·阿瞿达的前程牺牲，结婚不是男人一生中必经的阶段吗？所以特·阿瞿达虽然天天海誓山盟，实在是在做戏，而子爵夫人也甘心情愿受他蒙蔽。"她不愿从窗口里庄严地跳下去，宁可在楼梯上打滚。"她的最知己的朋友特·朗日公爵夫人这样说她。这些最后的微光照耀得相当长久，使子爵夫人还能留在巴黎，给年轻的表弟效劳——她对他的关切简直有点迷信，仿佛认为他能够带来好运。欧也纳对她表示非常忠心非常同情，而那是正当一个女人到处看不见怜悯和安慰的目光的时候。在这种情形之下，一个男人对女子说温柔的话，一定是别有用心。

　　拉斯蒂涅为了彻底看清形势，再去接近纽沁根家，想先把高老头从前的生活弄个明白。他搜集了一些确实的材料，可以归纳如下：

　　大革命之前，约翰－姚希姆·高里奥是一个普通的面条司务，熟练，省俭，相当有魄力，能够在东家在一七八九年第一次大暴动中遭劫以后，盘下铺子,开在于西安街,靠近麦子市场。他很识实务,居然肯当本区区长,使他的买卖得到那个危险时代一班有势力人物的保护。这种聪明是他起家的根源。就在不知是真是假的大饥荒时代,巴黎粮食贵得惊人的那一时节里,他开始发财。那时民众在面包店前面拼命,而有些人照样太太平平向杂货商买到各式上等面食。

那一年,高里奥积了一笔资本,他以后做买卖也就像一切资力雄厚的人那样,处处占着上风。他的遭遇正是一切中等才具的遭遇。他的平庸占了便宜。并且直到有钱不再危险的时代,他的财富才揭晓,所以并没引起人家的妒羡。粮食的买卖似乎把他的聪明消耗完了。只要涉及麦子、面粉、粉粒,辨别品质、来路,注意保存,推测行市,预言收成的丰歉,用低价籴进谷子,从西西里、乌克兰去买来囤积,高里奥可以说没有敌手的。看他调度生意,解释粮食的出口法、进口法,研究立法的原则,利用法令的缺点,等等,他颇有国务大臣的才器。办事又耐烦又干练,有魄力有恒心,行动迅速,目光犀利如鹰,什么都占先,什么都料到,什么都知道,什么都藏得紧,算计划策如外交家,勇往直前如军人。可是一离开他的本行,一出他黑魆魆的简陋的铺子,闲下来背靠门框站在阶沿上的时候,他仍不过是一个又蠢又粗野的工人,不会用头脑,感觉不到任何精神上的乐趣,坐在戏院里会打盹,总而言之,他是巴黎的那种陶里庞人[1],只会闹笑话。这一类的人差不多完全相像,心里都有一股极高尚的情感。面条司务的心便是给两种感情填满的,吸干的,犹如他的聪明是为了粮食买卖用尽的。他的老婆是拉·勃里地方一个富农的独养女儿,是他崇拜赞美、敬爱无边

---

[1] 一七九〇年时有一著名喜剧《聋子》,主人翁叫作陶里庞,几乎受人欺骗,断送女儿的终身大事。

的对象。高里奥赞美她生得又娇嫩又结实,又多情又美丽,跟他恰好是极端的对比。男人天生的情感,不是因为能随时保护弱者而感到骄傲吗?骄傲之外再加上爱,就可了解许多古怪的精神现象。所谓爱其实就是一班坦白的人对赐予他们快乐的人表示热烈的感激。过了七年圆满的幸福生活,高里奥的老婆死了;这是高里奥的不幸,因为那时她正开始在感情以外对他有点儿影响。也许她能把这个死板的人栽培一下,教他懂得一些世道和人生。既然她早死,疼爱女儿的感情便在高里奥心中发展到荒谬的程度。死神夺去了他所爱的对象,他的爱就转移到两个女儿身上,她们开始的确满足了他所有的感情。无论一班争着要把女儿嫁给他做填房的商人或庄稼人,提出多么优越的条件,他都不愿意续娶。他的岳父,他唯一觉得气味相投的人,很有把握地说高里奥发过誓,永远不做对不起妻子的事,哪怕在她身后。中央市场的人不了解这种高尚的痴情,拿来取笑,替高里奥起了些粗俗的诨号。有个人跟高里奥做了一笔交易,喝着酒,第一个叫出这个外号,当场给面条商一拳打在肩膀上,脑袋向前,一直翻倒到奥勃冷街一块界石旁边。高里奥没头没脑地偏疼女儿,又多情又体贴的父爱,传布得遐迩闻名,甚至有一天,一个同行想教他离开市场以便操纵行情,告诉他说但斐纳被一辆马车撞翻了。面条商立刻面无人色地回家。他为了这场虚惊病了好几天。那造谣的人虽然并没受到凶狠的老拳,却在某次风潮中被逼破产,从此进不得市场。

　　两个女儿的教育,不消说是不会合理的了。富有每年六万法郎以上的进款,自己花不了一千二,高里奥的乐事只在于满足女儿们的幻想:最优秀的教师给请来培养她们高等教育应有的各种才艺;另外还有一个做伴的小姐;还算两个女儿运气,做伴的小姐是一个有头脑有品格的女子。两个女儿会骑马,有自备车辆,生活的奢华像一个有钱的老爵爷养的情妇:只要开声口,最奢侈的欲望,父亲也会满足她们,只要求女儿跟他亲热一下作为回敬。可怜的家伙,把女儿当作天使一流,当然是在他之上了。甚至她们给他的痛苦,他也喜欢。一到出嫁的年龄,她们可以随心所欲地挑选丈夫,各人可以有父亲一半的财产做陪嫁。特·雷斯多伯爵看中阿娜斯大齐生得美,她也很想当一个贵族太太,便离开父亲,跳进了高等社会。但斐纳喜欢金钱,嫁了纽沁根,一个原籍德国而在帝政时代封了男爵的银行家。高里奥依旧做他的面条商。不久,女儿女婿看他继续做那个买卖,觉得不痛快,虽然他除此以外,生命别无寄托。他们央求了五年,他才答应带着出盘铺子的钱跟五年的盈余退休。这笔资本所生的利息,便是他住进伏盖公寓的时代,伏盖太太估计到八千至一万的收入。看到女儿受着丈夫的压力,非但不招留他去住,还不愿公开在家招待他,绝望之下,他便搬进这个公寓。

受盘高老头铺子的缪莱先生供给的资料只有这一些。特·朗日公爵夫人对拉斯蒂涅说的种种猜测的话因此证实了。

这场暧昧而可怕的巴黎悲剧的序幕,在此结束。

3
初见世面

　　十二月第一星期的末了，拉斯蒂涅接到两封信，一封是母亲的，一封是大妹妹的。那些一望而知的笔迹使他快乐得心跳，害怕得发抖。对于他的希望，两张薄薄的纸等于一道生死攸关的判决书。想到父母姊妹的艰苦，他固然有点害怕；可是她们对他的溺爱，他太有把握了，尽可放心大胆吸取她们最后几滴血。母亲的信是这样写的：

　　亲爱的孩子，你要的钱我寄给你了。但望好好地使用，下次即使要救你性命，我也不能瞒了你父亲再张罗这样大的数目，那要动摇我们的命根，拿田地去抵押了。我不知道计划的内容，自然无从批评；但究竟是什么性质的计划，你不敢告诉我呢？要解释，用不着写上几本书，我们为娘的只要一句话就明白，而这句话可以免得我因为无从捉摸而牵肠挂肚。告诉你，来信使我非常痛苦。好孩子，究竟是什么情绪使你引起我这样的恐怖呢？你写信的时候大概非常难受吧，因为我看信的时候就很难受。你想干哪一行呢？难道你的前途，你的幸福，就在于装出你没有的身份，花费你负担不起的本钱，浪费你宝贵的求学的光阴,去见识那个社会吗?孩子,相信你母亲吧,拐弯抹角的路绝无伟大的成就。像你这种情形的青年,应当以忍耐与安命为美德。我不埋怨你,我不愿我们的贡献对你有半点儿苦味。我的话是一个又相信儿子、又有远见的母亲的话。你知道你的责任所在,我也知道你的心是纯洁的,你的用意是极好的。所以我很放心地对你说:好,亲爱的,去干吧!我战战兢兢,因为我是母亲;但你每走一步,我们的愿望和祝福总是陪你一步。谨慎小心呀,亲爱的孩子。你应当像大人一般明哲,你心爱的五个人[1]的命运都在你的肩上。是啊,我们的财富都在你身上,正如你的幸福就是我们的幸福。我们都求上帝帮助你的计划。你的姑母真是好到极点,她甚至懂得你关于手套的话。她很快活地说,她对长子特别软心。欧也纳,你应该深深地爱她,她为你所做的事,等你成功以后再告诉你,否则她的钱要使你烫手的。你们做孩子的还不知道什么叫作牺牲纪念物!可是我们哪一样不能为你牺牲呢?她要我告诉你,说她亲你的前额,希望你常常快乐。倘不是手指害痛风症,她也要写信给你呢。你父亲身体很好。今年的收成超过了我们的希望。再会了,亲爱的孩子,关于你妹妹们的事,我不说了,洛尔另外有信给你。她喜欢拉拉扯扯地谈家常,我就让她来了。但求上天使你成功!噢!是的,你非成功不可,欧也纳,你使我太痛苦了,我再也受不了第二次。因为巴望能有财产给我的孩子,我才懂得贫穷的滋味。好了,再会吧。切勿杳无音信。接受你母亲的亲吻吧。

---

[1] 父亲、母亲、两个妹妹、两个兄弟、一个姑母,应该是七个人。

欧也纳念完信，哭了。他想到高老头扭掉镀金盘子，卖了钱替女儿还债的情景。"你的母亲也扭掉了她的首饰，"他对自己说，"姑母卖掉纪念物的时候一定也哭了。你有什么权利诅咒阿娜斯大齐呢？她为了情人，你为了只顾自己的前程，你比她强在哪里？"大学生肚子里有些热不可当的感觉。他想放弃上流社会，不拿这笔钱。这种良心上的责备正是心胸高尚的表现，一般人批判同胞的时候不大理会这一点，唯有天上的安琪儿才会考虑到，所以人间的法官所判的罪犯，常常会得到天使的赦免。拉斯蒂涅拆开妹子的信，天真而婉转的措辞使他心里轻松了些。

亲爱的哥哥，你的信来得正好，阿迦德和我，想把我们的钱派作多少用场，简直无法决定买哪样好了。你像西班牙王的仆人一样，打碎了主子的表，反倒解决了他的难题；你一句话教我们齐了心。真的，为了选择问题，我们老是在拌嘴，可做梦也想不到，原来只有一项用途真正能满足我们所有的欲望。阿迦德快活得直跳起来。我们俩乐得整天疯疯癫癫，以至于（姑母的说法）妈妈扮起一本正经的脸来问："什么事呀，两位小姐？"

如果我们因此受到一言半语的埋怨，我相信我们还要快活呢。一个女子为了所爱的人受苦才是乐事！只有我在快乐之中觉得不痛快，有点儿心事。将来我绝不是一个贤惠的女人，我太会花钱，买了两根腰带，一支穿引胸衣小孔的美丽的引针，一些无聊东西，因此我的钱没有胖子阿迦德多；她很省俭，把洋钱一块块积起来，像喜鹊一样[1]。

---

[1] 西方各国传说，喜鹊爱金属发光之物，乡居人家常有金属物被喜鹊衔去之事。

她有两百法郎!我吗,可怜的朋友,我只有一百五十。我大大地遭了报应,真想把腰带扔在井里,从此我用到腰带心中就要不舒适了。唉,我揩了你的油。阿迦德真好,她说:"咱们把三百五十法郎合在一块儿寄给他吧!"实际情形恕不详细奉告!我们依照你的吩咐,拿了这笔了不得的款子假装出去散步,一上大路,直奔吕番克村,把钱交给驿站站长格冷贝先生。回来我们身轻如燕。阿迦德问我:"是不是因为快乐我们身体这样轻?"我们不知讲了多少话,恕不细述了。反正谈的是你巴黎佬的事。噢!好哥哥,我们真爱你!要说守秘密吧,像我们这样的调皮姑娘,据姑母说,什么都做得出来,就是守口如瓶也办得到。母亲和姑母偷偷摸摸地上安古兰去,两人对旅行的目标绝口不提,动身之前,还经过一次长时期的会议,我们和男爵大人都不准参加。在拉斯蒂涅国里,大家纷纷猜测。公主们给王后陛下所绣的小孔纱衫,极秘密地赶起来,把两条边补足了。凡端伊方面决定不砌围墙,用篱笆代替。小百姓要损失果子,再没有钉在墙上的果树,但外人可以赏玩一下园内的好风景。如果王太子需要手帕,特·玛西阿母后在多年不动的库房里,找出了一匹遗忘已久的上等荷兰细布;阿迦德和洛尔两位公主,正在打点针线和老是冻得红红的手,听候太子命令。唐·亨利和唐·迦勃里哀两位小王子还是那么淘气:狂吞葡萄酱,惹姊姊们冒火,不肯念书,喜欢掏鸟窝,吵吵嚷嚷,冒犯禁令去砍伐柳条,做枪做棒。教皇的专使,俗称为本堂教士,威吓说要驱逐他们出教,如果他们再放着神圣的文法不学而去舞枪弄棒。再会吧,亲爱的哥哥,我这封信表示我对你全心全意的祝福,也表示我对你的友爱得到了极大的满足。你将来回家,一定有许多事情告诉我!你什么都不会瞒我，是不是？我是大妹妹呀。姑母曾经透露一句，说你在交际场中颇为得意。

"只讲起一个女子，其余便只字不提。"

"只字不提"，当然是对我们啰！喂！欧也纳，你需要的话，我们可以省下手帕的布替你做衬衣。关于这一点，快快来信。倘若你马上要做工很好的漂亮衬衫，我们得立刻赶做；有什么我们不知道的巴黎式样，你寄个样子来，尤其袖口。再会了，再会了！我吻你的左额，那是专属于我的。另外一张信纸我留给阿迦德，她答应绝不偷看我写的。可是为保险起见，她写的时候我要在旁监视。

爱你的妹妹洛尔·特·拉斯蒂涅

"哦！是啊，是啊，"欧也纳心里想，"无论如何非发财不可！奇珍异宝也报答不了这样的忠诚。我得把世界上所有的幸福都带给她们。"他停了一会儿又想："一千五百五十法郎，每个法郎都得用在刀口上！洛尔说得不错。该死！我只有粗布衬衫。为了男人的幸福，女孩子家会像小偷一样机灵。她那么天真，为我设想却那么周到，犹如天上的安琪儿，根本不懂得尘世的罪过便宽恕了。"

于是世界是他的了！先把裁缝叫来，探过口气，居然答应赊账。见过了脱拉伊先生，拉斯蒂涅懂得裁缝对青年人的生活影响极大。为了账单，裁缝要不是一个死冤家，便是一个好朋友，总是走极端的。欧也纳所找的那个，懂得人要衣装的老话，自命为能够把青年人捧出山。后来拉斯蒂涅感激之余，在他那套巧妙的谈吐里有两句话，使那个成衣匠发了财：

"我知道有人靠了他做的两条裤子，攀了一门有两万法郎陪嫁的亲事。"

一千五百法郎现款，再加可以赊账的衣服！这么一来，南方的穷小子变得信心十足。他下楼用早餐的时候，自有一个年轻人有了几文的那种说不出的神气。钱落到一个大学生的口袋里，他马上觉得有了靠山。走路比从前有劲得多，杠杆有了着力的据点，眼神丰满，敢于正视一切，全身的动作也灵活起来；隔夜还怯生生的，挨了打不敢还手；此刻可有胆子得罪内阁总理了。他心中有了不可思议的变化：他无所不欲，无所不能，想入非非地又要这样又要那样，兴高采烈，豪爽非凡，话也多起来了。总之，从前没有羽毛的小鸟如今长了翅膀。没有钱的大学生拾取一星半点的欢娱，像一条狗冒着无穷的危险偷一根骨头，一边咬着嚼着，吮着骨髓，一边还在跑。等到小伙子袋里有了几枚不容易招留的金洋，就会把乐趣细细地体味、咀嚼，得意非凡，魂灵儿飞上半天，再不知穷苦二字怎讲。整个巴黎都是他的了。那是样样闪着金光、爆出火花的年龄！成年以后的男女哪还有这种快活劲儿！那是欠债的年龄，提心吊胆的年龄！而就因为提心吊胆，一切欢乐才格外有意思！凡是不熟悉塞纳河左岸、没有在拉丁区混过的人，根本不懂得人生！

拉斯蒂涅咬着伏盖太太家一个小钱一个的煮熟梨，心上想："嘿！巴黎的妇女知道了，准会到这儿来向我求爱。"这时栅门上的铃声一响，驿车公司的一个信差走进饭厅。他找欧也纳·特·拉斯蒂涅先生，交给他两只袋和一张签字的回单。欧也纳被伏脱冷深深地瞅了一眼，好像被鞭子抽了一下。

伏脱冷对他说："那你可以去找老师学击剑打枪了。"

"金船到了。"伏盖太太瞧着钱袋说。

米旭诺小姐不敢对钱袋望，唯恐人家看出她贪心。

"你的妈妈真好。"古的太太说。

"他的妈妈真好。"波阿莱马上跟了一句。

"对啊,妈妈连血都挤出来了,"伏脱冷道,"现在你可以胡闹,可以交际,去钓一笔陪嫁,跟那些满头桃花的伯爵夫人跳舞了。可是听我的话,小朋友,靶子场非常去不可。"伏脱冷做了一个瞄准的姿势。拉斯蒂涅想拿酒钱给信差,一个钱都掏不出来。伏脱冷拿一个法郎丢给来人。"你的信用是不错的。"他望着大学生说。

拉斯蒂涅只得谢了他,虽然那天从鲍赛昂家回来,彼此抢白过几句以后,他非常讨厌这个家伙。在那八天之内,欧也纳和伏脱冷见了面都不作声,彼此只用冷眼观察。大学生想来想去也不明白是怎么回事。大概思想的放射,总是以孕育思想的力量为准的,头脑要把思想送到什么地方,思想便落在什么地方,准确性不下于从炮身里飞出去的弹丸,效果却各各不同。有些娇嫩的个性,思想可以钻进去损坏组织;也有些武装坚强的个性,铜墙铁壁式的头脑,旁人的意志打上去只能颓然堕下,好像炮弹射着城墙一样;还有软如棉花的个性,旁人的思想一碰到它便失掉作用,犹如炮弹落在堡垒外面的泥沟里。拉斯蒂涅的那种头脑却是装满了火药,一触即发。他朝气太旺,不能避免思想放射的作用,接触到别人的感情,不能不感染,许多古怪的现象在他不知不觉之间种在他心里。他的精神视觉像他的山猫眼睛一样明彻;每种灵敏的感官都有那种神秘的力量,能够感知遥远的思想,也具有那种反应敏捷、往返自如的弹性;我们在优秀的人物身上,善于把握敌人缺点的战士身上,就是佩服这种弹性。并且一个月以来,欧也纳所发展的优点跟缺点一样多。他的缺点是社会逼出来的,也是满足他日趋高涨的欲望所必需的。在他的优点中间,有一项是南方人的兴奋活泼，喜欢单刀直入解决困难，受不了不上不下的局面；北方人把这个优点称为缺点：他们以为这种性格如果是缪拉成功的秘诀，也是他丧命的原因[1]。由此可以得出一个结论：如果一个南方人把北方人的狡猾和卢瓦尔河彼岸[2]的勇猛联合起来，就可成为全才，坐上瑞典的王位[3]。因此，拉斯蒂涅绝不能长久处于伏脱冷的炮火之下，而不弄清楚这家伙究竟为敌为友。他常常觉得这怪人看透他的情欲，看透他的心思，而这怪人自己却把一切藏得那么严，其深不可测正如无所不知、无所不见而一言不发的斯芬克斯。这时欧也纳荷包里有了几文，想反抗了。伏脱冷喝完了最后几口咖啡，预备起身出去，欧也纳说：

"对不起，请你等一下。"

"干吗？"伏脱冷回答，一边戴上他的阔边大帽，提起铁手杖。平时他常常拿这根手杖在空中舞动，大有三四个强盗来攻击也不怕的神气。

"我要还你钱。"拉斯蒂涅说着，急急忙忙解开袋子。数出一百四十法郎给伏盖太太，说道："账算清，朋友亲，到今年年底为止，咱们两讫了。再请兑五法郎零钱给我。"

"朋友亲，账算清。"波阿莱瞧着伏脱冷重复了一句。

"这儿还你一法郎。"拉斯蒂涅把钱授给那个戴假头发的斯芬克斯。

"好像你就怕欠我的钱，嗯？"伏脱冷大声说着，犀利的目光直瞧到他

---

[1] 缪拉为法国南方人，拿破仑之妹婿，帝政时代名将之一，曾为那不勒斯王，终为奥军俘获枪决，以大胆勇猛出名。

[2] 卢瓦尔河彼岸事实上还不能算法国南部；巴尔扎克笔下的南方，往往范围比一般更广。

[3] 指贝尔纳多特，也是法国南方人，拿破仑部下名将。后投奔瑞典，终为瑞典国王，迄今瑞典王室犹为其嫡系。

La Comédie Humaine

伏脱冷大声说着,犀利的目光直瞧到他心里。

心里；那副涎皮赖脸的挖苦人的笑容，欧也纳一向讨厌，想跟他闹了好几回了。

"哎……是的。"大学生回答，提着两只钱袋预备上楼了。

伏脱冷正要从通到客厅的门里出去，大学生想从通到楼梯道的门里出去。

"你知道吗，特·拉斯蒂涅喇嘛侯爵大人，你的话不大客气！"伏脱冷说着，砰的一声关上客厅的门，迎着大学生走过来。大学生冷冷地瞅着他。

拉斯蒂涅带上饭厅的门，拉着伏脱冷走到楼梯脚下。楼梯间有扇直达花园的板门，嵌着长玻璃，装着铁栅。西尔维正从厨房出来，大学生当着她的面说：

"伏脱冷先生，我不是侯爵，也不是什么拉斯蒂涅喇嘛。"

"他们要打架了。"米旭诺小姐不关痛痒地说。

"打架！"波阿莱跟着说。

"噢，不会的。"伏盖太太摩挲着她的一堆洋钱回答。

"他们到菩提树下去了，"维多莉小姐叫了声，站起来向窗外张望，"可怜的小伙子没有错啊。"

古的太太说："上楼吧，亲爱的孩子，别管闲事。"

古的太太和维多莉起来走到门口，西尔维迎面拦住了去路，说道："什么事啊？伏脱冷先生对欧也纳先生说，咱们来评个理吧！说完抓着他的胳膊，踏着我们的朝鲜蓟走过去了。"

这时伏脱冷出现了。"伏盖妈妈，"他笑道，"不用怕，我要到菩提树下去试试我的手枪。"

"哎呀！先生，"维多莉合着手说，"干吗你要打死欧也纳先生呢？"

伏脱冷退后两步，瞅着维多莉。

"又是一桩公案，"他那种嘲弄的声音把可怜的姑娘羞得满面通红，"这小伙子很可爱是不是？你教我想起了一个主意。好，让我来成全你们俩的幸福吧，美丽的孩子。"古的太太抓起女孩子的胳膊，一边走一边凑在她耳边说：

"维多莉，你今儿真是莫名其妙。"

伏盖太太道："我不愿意人家在我这里打枪，你要惊动邻居，老清早叫警察上门了！"

"哦！放心，伏盖妈妈，"伏脱冷回答，"你别慌，我们到靶子场去就是了。"说罢他追上拉斯蒂涅，亲热地抓了他的手臂：

"等会你看我三十五步之外接连五颗子弹打在黑桃A[1]的中心，你不至于泄气吧？我看你有点生气了，那你可要糊里糊涂送命的呢。"

"你不敢啦？"欧也纳说。

"别惹我，"伏脱冷道，"今儿天气不冷，来这儿坐吧。"他指着几只绿漆的凳子，"行，这儿不会有人听见了。我要跟你谈谈。你是一个好小子，我不愿意伤了你。咱家鬼——（吓！该死！）咱家伏脱冷可以赌咒，我真喜欢你。为什么？我会告诉你的。现在只要你知道，我把你认识得清清楚楚，好像你是我生的一般。我可以给你证明。哎，把袋子放在这儿吧。"他指着圆桌说。

拉斯蒂涅把钱袋放在桌上，他不懂这家伙本来说要打死他，怎么又忽然装作他的保护人。

"你很想知道我是谁，干过什么事，现在又干些什么。你太好奇了，

---

[1] 黑桃为扑克牌的一种花色，A为每种花色中最大的牌。此处是指打枪的靶子。

孩子。哎，不用急。我的话长呢。我倒过霉。你先听着，等会再回答。我过去的身世，倒过霉三个字儿就可以说完了。我是谁？伏脱冷。做些什么？做我爱做的事。完啦。你要知道我的性格吗？只要对我好的或是我觉得投机的人，我对他们和气得很。这种人可以百无禁忌，尽管在我小腿上踢几脚，我也不会说一声'哼，当心'！可是，小乖乖！那些跟我找麻烦的人，或是我觉得不对劲的，我会凶得像魔鬼。还得告诉你，我把杀人当作——呸……这样的玩意儿！"说着他唾了一道口水，"不过我的杀人杀得很得体，倘使非杀不可的话。我是你们所说的艺术家。别小看我，我念过贝凡纽多·彻里尼[1]的《回忆录》，还是念的意大利文的原作！他是一个会作乐的好汉，我跟他学会了模仿天意，所谓天意，就是不分青红皂白把我们乱杀一阵。我也学会了到处爱美。你说，单枪匹马跟所有的人作对，把他们一齐打倒，不是挺美吗？对你们这个乱七八糟的社会组织，我仔细想过。告诉你，孩子，决斗是小娃娃的玩意儿，简直胡闹。两个人中间有一个多余的时候，只有傻瓜才会听凭偶然去决定。决斗吗？就像猜铜板！呃！我一口气在黑桃A的中心打进五颗子弹，一颗钉着一颗，还是在三十五步之外！有了这些小本领，总以为打中个把人是没问题的了。唉！哪知我隔开二十步打一个人竟没有中。对面那混蛋，一辈子没有拿过手枪，可是你瞧！"他说着解开背心，露出像熊背一样多毛的胸脯，生着一簇教人又恶心又害怕的黄毛，"那乳臭未干的小子竟然把我的毛烧焦了。"他把拉斯蒂涅的手指按在他乳房的一个窟窿上。"那时我还是一个孩子，像你这个年纪，二十一岁。我还相信一些东西，譬如说，相信一个女人的爱情，相

---

[1] 贝凡纽多·彻里尼（1500—1571），十六世纪意大利版画家、雕塑家，以生活放浪冒险著名于世。

信那些弄得你七荤八素的荒唐事儿。我们交起手来,你可能把我打死。假定我躺在地下了,你怎么办?得逃走啰,上瑞士去,白吃爸爸的,而爸爸也没有几文。你现在的情形,让我来点醒你;我的看法高人一等,因为我有生活经验,知道只有两条路好走:不是糊里糊涂地服从,就是反抗。我,还用说吗?我对什么都不服从。照你现在这个派头,你知道你需要什么,一百万家财,而且要快;不然的话,你尽管胡思乱想,一切都是水中捞月,白费!这一百万,我来给你吧。"他停了一下,望着欧也纳,"啊!啊!现在你对伏脱冷老头的神气好一些了。一听我那句话,你就像小姑娘听见人家说了声'晚上见',便理理毛,舐舐嘴唇,有如喝过牛奶的猫咪。这才对啦。来,来,咱们合作吧。先算算你那笔账,小朋友。家乡,咱们有爸爸、妈妈、祖姑母、两个妹妹(一个十八一个十七)、两个兄弟(一个十五一个十岁),这是咱们的花名册。祖姑母管教两个妹妹,神甫教两个兄弟拉丁文。家里总是多喝栗子汤,少吃白面包;爸爸非常爱惜他的裤子,妈妈难得添一件冬衣和夏衣,妹妹们能将就便将就了。我什么都知道,我住过南方。要是家里每年给你一千二,田里的收入统共只有三千,那么你们的情形就是这样。咱们有一个厨娘,一个当差,面子总要顾到,爸爸还是男爵呢。至于咱们自己,咱们有野心,有鲍赛昂家撑腰,咱们拼着两条腿走去,心里想发财,袋里空空如也;嘴里吃着伏盖妈妈的起码饭菜,心里爱着圣·日耳曼区的山珍海味;睡的是破床,想的是高堂大厦!我不责备你的欲望。我的小心肝,野心不是个个人有的。你去问问娘儿们,她们追求的是怎么样的男人,还不是野心家?野心家比旁的男子腰粗臂胖,血中铁质更多,心也更热。女人强壮的时候真快乐,真好看,所以在男人中专挑有力气的爱,便是给他压坏也甘心。我一项一项举出你的欲望,好向你提出问题。问题是这样：咱们肚子饿得像狼，牙齿又尖又快，怎么办才能弄到大鱼大肉？第一要吞下《法典》，那可不是好玩的事，也学不到什么；可是这一关非过不可。好，就算过了关，咱们去当律师，预备将来在重罪法庭当一个庭长，把一些英雄好汉，肩膀上刺了 T.F.[1] 打发出去，好让财主们太太平平地睡觉。这可不是味儿，而且时间很长。先得在巴黎愁眉苦脸地熬两年，对咱们馋涎欲滴的美果只许看，不许碰。老想要而要不到，才磨人呢。倘若你面无血色，性格软绵绵的像条虫，那还不成问题；不幸咱们的血像狮子的一样滚烫，胃口奇好，一天可以胡闹二十次。这样你就受罪啦，受好天爷地狱里最凶的刑罚啦。就算你安分守己，只喝牛奶，作些哀伤的诗；可是熬尽了千辛万苦，憋着一肚子怨气之后，你总得，不管你怎样的胸襟高旷，先要在一个混蛋手下当代理检察，在什么破落的小城里：政府丢给你一千法郎薪水，好像把残羹冷饭扔给一条肉铺里的狗。你的职司是钉在小偷背后狂吠，替有钱的人辩护，把有心肝的送上断头台。你非这样不可！要没有靠山，你就在内地法院里发霉。到三十岁，你可以当一名年俸一千二的推事，倘若捧住饭碗的话。熬到四十岁，娶一个磨坊主人的女儿，带来六千上下的陪嫁。得啦，谢谢吧。要是有靠山，三十岁上你便是检察官，五千法郎薪水，娶的是区长的女儿。再玩一下卑鄙的政治手段，譬如读选举票，把自由党的玛虞哀念作保王党的维莱（既然押韵，用不着良心不安），你可以在四十岁上升作首席检察官，还能当议员。你要注意，亲爱的孩子，这么做是要咱们昧一下良心，吃二十年苦，无声无臭地受二十年难，咱们的姊妹只能当老姑娘终身。还得奉告一句：

---

[1] 苦役犯肩上黥印 T.F. 两个字母，是苦役二字的缩写。

首席检察官的缺份，全法国统共只有二十个，候补的有两万，其中尽有些不要脸的，为了升官发财，不惜出卖妻儿子女。如果这一行你觉得倒胃口，那么再来瞧瞧旁的。特·拉斯蒂涅男爵有意当律师吗？噢！好极了！先得熬上十年，每月一千法郎开销，要一套藏书、一间事务所，出去应酬，卑躬屈膝地巴结诉讼代理人，才能招揽案子，到法院去吃灰。要是这一行能够使你出头，那也罢了；可是你去问一问，五十岁左右每年挣五万法郎以上的律师，巴黎有没有五个？呸！与其受这样的委屈，还不如去当海盗。再说，哪儿来的本钱？这都泄气得很。不错，还有一条出路是女人的陪嫁。哦，你愿意结婚吗？那等于把一块石头挂上自己的脖子。何况为了金钱而结婚，咱们的荣誉感，咱们的志气，又放到哪儿去？还不如现在就反抗社会！像一条蛇似的躺在女人前面，舐着丈母的脚，做出叫母猪也害臊的卑鄙事情，呸！这样要能换到幸福，倒还罢了。但这种情形之下娶来的老婆，会教你倒霉得像阴沟盖。跟自己的老婆斗还不如同男人打架。这是人生的三岔口，朋友，你挑吧。你已经挑定了，你去过表亲鲍赛昂家，嗅到了富贵气。你也去过高老头的女儿雷斯多太太家，闻到了巴黎妇女的味道。那天你回来，脸上明明白白写着几个字：往上爬！不顾一切地往上爬。我暗中叫好，心里想这倒是一个配我脾胃的汉子。你要用钱，哪儿去找呢？你抽了姊妹的血。做弟兄的多多少少全骗过姊妹的钱。你家乡多的是栗子，少的是洋钱，天知道怎么弄来的一千五百法郎，往外溜的时候跟大兵出门抢劫一样快，钱完了怎么办？用功吗？用功的结果，你现在明白了，是给波阿莱那等角色老来在伏盖妈妈家租间屋子。跟你情形相仿的四五万青年，此刻都有一个问题要解决：赶快挣一笔财产。你是其中的一个。你想，你们要怎样地拼命，怎样地斗争；势必你吞我，我吞你，像一个瓶里的许多蜘蛛，因为根本没有四五万个好缺份。你知道巴黎的人怎么打天下的？不是靠天才的光芒，就是靠腐蚀的本领。在这个人堆里，不像炮弹一般轰进去，就得像瘟疫一般钻进去。清白老实一无用处。在天才的威力之下，大家会屈服；先是恨他，毁谤他，因为他一口独吞，不肯分肥；可是他要坚持的话，大家便屈服了；总而言之，没法把你埋在土里的时候，就向你磕头。雄才大略是少有的，遍地风行的是腐化堕落。社会上多的是饭桶，而腐蚀便是饭桶的武器，你到处觉得有它的刀尖。有些男人，全部家私不过六千法郎薪水，老婆的衣着花到一万以上。收入只有一千二的小职员也会买田买地。你可以看到一些女人出卖身体，为的要跟贵族院议员的公子，坐了车到长野跑马场的中央大道上去奔驰。女儿有了五万法郎进款，可怜的脓包高老头还不得不替女儿还债，那是你亲眼看到的。你试着瞧吧，在巴黎走两三步路要不碰到这一类的鬼玩意儿才怪。我敢把脑袋跟这一堆生菜打赌，你要碰到什么你中意的女人，不管是谁，不管怎样有钱、美丽、年轻，你马上掉在黄蜂窝里。她们受着法律束缚，什么事都得跟丈夫明争暗斗。为了情人、衣着、孩子、家里的开销、虚荣，所玩的手段简直说不完，反正不是为了高尚的动机。所以正人君子是大众的公敌。你知道什么叫作正人君子吗？在巴黎，正人君子是不声不响、不愿分赃的人。至于那批可怜的公共奴隶，到处做苦工而没有报酬的，还没有包括在内；我管他们叫作相信上帝的傻瓜。当然这是德行的最高峰，愚不可及的好榜样，同时也是苦海。倘若上帝开个玩笑，在最后审判时缺席一下，那些好人包你都要愁眉苦脸！因此，你要想快快发财，必须现在已经有钱，或者装作有钱。要弄大钱，就该大刀阔斧地干，要不就完事大吉。三百六十行中，倘使有十几个人成功得快，大家便管他们叫作贼。你自己去找结论吧。人生就是这么回事。跟厨房一样腥臭。要捞油水不能怕弄脏手，只消事后洗干净：今日所谓道德，不过是这一点。我这样议论社会是有权利的，因为我认识社会。你以为我责备社会吗？绝对不是。世界一向是这样的。道德家永远改变不了它。人是不完全的，不过他的作假有时多有时少，一班傻子便跟着说风俗淳朴了，或是浇薄了。我并不帮平民骂富翁：上中下三等的人都是一样的人。这些高等野兽，每一百万中间总有十来个狠家伙，高高地坐在一切之上，甚至坐在法律之上，我便是其中之一。你要有种，你就扬着脸直往前冲。可是你得跟妒忌、毁谤、庸俗斗争，跟所有的人斗争。拿破仑碰到一个叫作奥勃里的陆军部长，差一点被送往殖民地[1]。你自己忖一忖吧！看你是否能每天早上起来，比隔夜更有勇气。倘然是的话，我可以给你提出一个谁也不会拒绝的计划。喂，你听着。我有个主意在这儿。我想过一种长老生活，在美国南部弄一大块田地，就算十万阿尔邦[2]吧。我要在那边种植，买奴隶，靠了卖牛、卖烟草、卖林木的生意挣他几百万，把日子过得像小皇帝一样；那样随心所欲的生活，蹲在这儿破窑里的人连做梦也做不到的。我是一个大诗人。我的诗不是写下来的，而是在行动和感情上表现的。此刻我有五万法郎，只够买四十名黑人。我需要二十万法郎，因为我要两百个黑人，才能满足我长老生活的瘾。黑人，你懂不懂？那是一些自生自发的孩子，你爱把他们怎么办就怎么办，绝没有一个好奇的检察官来过问。有了这笔黑资本，十年之内可以挣到三四百万。我要成功了，就没有人盘问我出身。我就是四百万先生，合众国公民。那

---

[1] 一七九四年，拿破仑被国防委员会委员奥勃里解除意大利方面军的炮兵指挥权。
[2] 阿尔邦为古量度名，约等于三十五至五十一亩，因地域而异。每亩合一百平方米。

时我才五十岁，不至于发霉，我爱怎么玩儿就怎么玩儿。总而言之，倘若我替你弄到一百万陪嫁，你肯不肯给我二十万？两成佣金，不算太多吧？你可以教小媳妇儿爱你。一朝结了婚，你得表示不安、懊恼，半个月工夫装作闷闷不乐。然后，某一天夜里，先来一番装腔作势，再在两次亲吻之间，对你老婆说出有二十万的债，当然那时要把她叫作心肝宝贝啰！这种戏文天天都有一批最优秀的青年在搬演。一个少女把心给了你，还怕不肯打开钱袋吗？你以为你损失了吗？不。一桩买卖就能把二十万捞回来。凭你的资本，凭你的头脑，挣多大的家财都不成问题。于是乎[1]，你在六个月中间造成了你的幸福，造成了一个小娇娘的幸福，还有伏脱冷老头的幸福，还有你父母姊妹的幸福，他们此刻不是缺少木柴，手指冻得发疼吗？我的提议跟条件，你不用大惊小怪！巴黎六十件美满的婚姻，总有四十七件是这一类的交易。公证人公会曾经强逼某先生……"

"要我怎么办呢？"拉斯蒂涅急不可待地打断了伏脱冷的话。

"噢，用不着你多费心的，"伏脱冷回答的时候，那种高兴好比一个渔翁觉得鱼儿上了钩，"你听我说！凡是可怜的、遭难的女子，她的心等于一块极需要爱情的海绵，只消一滴感情，立刻膨胀。追求一个孤独、绝望、贫穷、想不到将来有大家私的姑娘，呃！那简直是拿了一手同花顺子[2]，或是知道了头奖的号码去买奖券，或是得了消息去做公债。你的亲事就像在三合土上打了根基。一朝有几百万家财落在那姑娘头上，她会当作泥土一般扔在你脚下，说道：'拿吧，我的心肝！拿吧，阿陶夫！阿弗莱！拿

---

[1] 原文是拉丁文，旧时逻辑学及修辞学中的套头语，表示伏脱冷也念过书。
[2] 同花顺子为纸牌中最高级的大牌。

吧，欧也纳！'只消阿陶夫、阿弗莱或者欧也纳有那聪明的头脑肯为她牺牲。所谓牺牲，不过是卖掉一套旧衣服，换几个钱一同上蓝钟饭铺吃一顿香菌包子；晚上再到滑稽剧院看一场戏；或者把表送往当铺，买一条披肩送她。那些爱情的小玩意儿，无须跟你细说；多少女人都喜欢那一套，譬如写情书的时候，在信笺上洒几滴水冒充眼泪等等：我看你似乎完全懂得调情的把戏。你瞧，巴黎仿佛新大陆上的森林，有无数的野蛮民族在活动，什么伊利诺斯人，休伦人，都在社会上靠打猎过活。你是个追求百万家财的猎人，得用陷阱，用鸟笛，用哨子去猎取。打猎的种类很多：有的猎取陪嫁；有的猎取破产后的清算[1]；有的出卖良心，有的出卖无法抵抗的订户[2]。凡是满载而归的人都被敬重，庆贺，受上流社会招待。说句公平话，巴黎的确是世界上最好客的城市。如果欧洲各大京城高傲的贵族，不许一个声名狼藉的百万富翁跟他们称兄道弟，巴黎自会对他张开怀抱，赴他的宴会，吃他的饭，跟他碰杯，祝贺他的丑事。"

"可是哪儿去找这样一个姑娘呢？"欧也纳问。

"就在眼前，听你摆布！"

"维多莉小姐吗？"

"对啦！"

"怎么？"

"她已经爱上你了，你那个特·拉斯蒂涅男爵夫人！"

"她一个子儿都没有呢。"欧也纳很诧异地说。

---

[1] 资本主义社会中有的商人是靠倒闭清算而发财的。

[2] 出卖良心是指受贿赂的选举，出卖订户指报馆老板出让报纸。

"噢！这个吗？再补上两句，事情就明白了。泰伊番老头在大革命时代暗杀过他的一个朋友；他是跟咱们一派的好汉，思想独往独来。他是银行家，弗莱特烈·泰伊番公司的大股东；他想把全部家产传给独养儿子，把维多莉一脚踢开。咱家我，可不喜欢这种不平事儿。我好似堂吉诃德，专爱锄强扶弱。如果上帝的意志要召回他的儿子，泰伊番自会承认女儿；他好歹总要一个继承人，这又是人类天生的傻脾气；可是他不能再生孩子，我知道。维多莉温柔可爱，很快会把老子哄得回心转意，用感情弄得他团团转，像个德国陀螺似的。你对她的爱情，她感激万分，绝不会忘掉，她会嫁给你。我吗，我来替天行道，教上帝发愿。我有个生死之交的朋友，卢瓦尔军团[1]的上校，最近调进王家卫队。他听了我的话加入极端派的保王党：他才不是固执成见的糊涂蛋呢。顺便得忠告你一句，好朋友，你不能拿自己的话当真，也不能拿自己的主张当真。有人要收买你的主张，不妨出卖。一个自命为从不改变主张的人，是一个永远走直线的人，相信自己永远正确的大傻瓜。世界上没有原则，只有事件；没有法律，只有时势；高明的人同事件跟时势打成一片，任意支配。倘若真有什么固定的原则跟法律，大家也不能随时更换，像咱们换衬衫一样容易了。一个人用不着比整个民族更智慧。替法国出力最少的倒是受人膜拜的偶像，因为他老走激进的路；其实这等人至多只能放在博物院中跟机器一块儿，挂上一条标签，叫他作拉斐德[2]，至于被每个人丢石子的那位亲王，根本瞧不起人类，所以人家要他发多少誓便发多少誓；他却在维也纳会议中使法国免

---

[1] 滑铁卢一仗以后，拿破仑的一部分军队改编为卢瓦尔军团。
[2] 拉斐德一生并无重大贡献而声名不衰，政制屡更，仍无影响。

于瓜分；他替人挣了王冠，人家却把污泥丢在他脸上[1]。噢！什么事的底细我都明白；人家的秘密我知道的才多呢！不用多说了。只消有一天能碰到三个人对一条原则的运用意见一致，我就佩服，我马上可以采取一个坚决的主张；可是不知何年何月才有这么一天呢！对同一条法律的解释，法庭上就没有三个推事意见相同。言归正传，说我那个朋友吧。只消我开声口，他会把耶稣基督重新钉上十字架。凭我伏脱冷老头一句话，他会跟那个小子寻事，他——对可怜的妹子连一个子儿都不给，哼！……然后……"

伏脱冷站起身子，摆着姿势，好似一个剑术教师准备开步的功架：

"然后，请他回老家！"

"怕死人了！"欧也纳道，"你是开玩笑吧，伏脱冷先生？"

"呦！呦！呦！别紧张，"他回答，"别那么孩子气，你要是愿意，尽管去生气，去冒火！说我恶棍、坏蛋、无赖、强盗，都行，只别叫我骗子，也别叫我奸细！来吧，开口吧，把你的连珠炮放出来吧！我原谅你，在你的年纪上那是挺自然的！我就是过来人！不过得仔细想一想。也许有一天你干的事比这个更要不得，你会去拍漂亮女人的马屁，接受她的钱。你已经在这么想了。因为你要不在爱情上预支，你的梦想怎么能成功？亲爱的大学生，德行是不可分割的，是则是，非则非，一点没有含糊。有人说罪过可以补赎，可以用忏悔来抵消！哼，笑话！为要爬到社会上的某一级而去勾引一个女人，离间一家的弟兄，总之为了个人的快活和利益，明里暗里所干的一切卑鄙勾当，你以为合乎信仰、希望、慈悲三大原则吗？

---

[1] 指泰勒朗，在拿破仑时代以功封为亲王，王政时代仍居显职，可谓三朝元老。路易十八能复辟，泰勒朗在幕后出了很大的力量。

一个纨绔子弟引诱未成年的孩子一夜之间丢了一半家产，凭什么只判两个月徒刑？一个可怜的穷鬼在加重刑罚的情节[1]中偷了一千法郎，凭什么就判终身苦役？这是你们的法律。没有一条不荒谬。戴了黄手套说漂亮话的人物，杀人不见血，永远躲在背后；普通的杀人犯却在黑夜里用铁棍撬门进去，那明明是犯了加重刑罚的条款了。我现在向你提议的，跟你将来所要做的，差别只在于见血不见血。你还相信世界上真有什么固定不变的东西！哎！千万别把人放在眼里，倒应该研究一下法网上哪儿有漏洞。只要不是彰明较著发的大财，骨子里都是大家遗忘了的罪案，只是案子做得干净罢了。"

"别说了，先生，我不能再听下去，你要教我对自己都怀疑了，这时我只能听感情指导。"

"随你吧，孩子。我只道你是个硬汉；我再不跟你说什么了。不过，最后交代你一句，"他目不转睛地瞪着大学生，"我的秘密交给你了。"

"不接受你的计划，当然会忘掉的。"

"说得好，我听了很高兴。不是么，换了别人，就不会这么谨慎体贴了。别忘了我这番心意。等你半个月，要就办，不就算了。"

眼看伏脱冷挟着手杖，若无其事地走了，拉斯蒂涅不禁想道："好一个死心眼儿的家伙！特·鲍赛昂太太文文雅雅对我说的，他赤裸裸地说了出来。他拿钢铁般的利爪把我的心撕得粉碎。干吗我要上特·纽沁根太太家去？我刚转好念头，他就猜着了。关于德行，这强盗坯三言两语告诉我的，远过于多少人物多少书本所说的。如果德行不允许妥协，我岂不是偷

---

[1] 加重刑罚的情节为法律术语，例如手持武器，夜入人家，在刑事上即为加重刑罚的情节。

盗了我的妹妹？"

他把钱袋往桌上一扔，坐下来胡思乱想。

"忠于德行，就是做一个伟大的殉道者！喝！个个人相信德行，可是谁是有德行的？民众崇拜自由，可是自由的人民在哪儿？我的青春还像明净无云的蓝天，可是巴望富贵，不就是决定扯谎、屈膝、在地上爬、逢迎吹拍、处处作假吗？不就是甘心情愿听那般扯过谎、屈过膝、在地上爬过的人使唤吗？要加入他们的帮口，先得侍候他们。呸！那不行。我要规规矩矩、清清白白地用功，日以继夜地用功，凭劳力来挣我的财产。这是求富贵最慢的路，但我每天可以问心无愧地上床。白璧无瑕，像百合一样的纯洁，将来回顾一生的时候，岂不挺美？我跟人生，还像一个青年和他的未婚妻一样新鲜，伏脱冷却教我看到婚后十年的情景。该死！我越想越糊涂了。还是什么都不去想，听凭我的感情指导吧。"胖子西尔维的声音赶走了欧也纳的幻想，她报告说裁缝来了。他拿了两口钱袋站在裁缝前面，觉得这个场面倒也不讨厌。试过夜礼服，又试一下白天穿的新装，他马上变了一个人。

他心上想："还怕比不上特·脱拉伊？还不是一样的绅士气派？"

"先生，"高老头走进欧也纳的屋子说，"你可是问我特·纽沁根太太上哪些地方应酬吗？"

"是啊。"

"下星期一，她要参加特·加里里阿诺元帅的跳舞会。要是你能够去，请你回来告诉我，她们姊妹俩是不是玩得痛快，穿些什么衣衫，总之，你要样样说给我听。"

"你怎么知道的？"欧也纳让他坐在火炉旁边问他。

"她的老妈子告诉我的。从丹兰士和公斯当斯[1]那边,我打听出她们的一举一动。"他像一个年轻的情人因为探明了情妇的行踪,对自己的手段非常得意。"你可以看到她们了,你!"他的艳羡与痛苦都天真地表现了出来。

"还不知道呢,"欧也纳回答,"我要去见特·鲍赛昂太太,问她能不能把我介绍给元帅夫人。"

欧也纳想到以后能够穿着新装上子爵夫人家,不由得暗中欢喜。伦理学家所谓人心的深渊,无非指一些自欺欺人的思想,不知不觉只顾自己利益的念头。那些突然的变化,来一套仁义道德的高调,又突然回到老路上去,都是迎合我们求快乐的愿望的。眼看自己穿扮齐整,手套靴子样样合格之后,拉斯蒂涅又忘了敦品励学的决心。青年人陷于不义的时候,不敢对良心的镜子照一照;成年人却不怕正视;人生两个阶段的不同完全在于这一点。

几天以来,欧也纳和高老头这对邻居成了好朋友。他们心照不宣的友谊,伏脱冷和大学生的不投机,其实都出于同样的心理,将来倘有什么大胆的哲学家,想肯定我们的感情对物质世界的影响,一定能在人与动物的关系中找到不少确实的例子,证明感情并不是抽象的。譬如说,看相的人推测一个人的性格,绝不能一望而知,像狗知道一个陌生人对它的爱憎那么快。有些无聊的人想淘汰古老的字眼,可是物以类聚这句成语始终挂在每个人的嘴边。受到人家的爱,我们是感觉到的。感情在无论什么东西上面都能留下痕迹,并且能穿越空间。一封信代表一颗灵魂,等于口语的忠

---

[1] 丹兰士是特·纽沁根太太的女用人,公斯当斯是特·雷斯多太太的女用人。

实的回声，所以敏感的人把信当作爱情的至宝。高老头的盲目的感情，已经把他像狗一样的本能发展到出神入化，自然能体会大学生对他的同情、钦佩和好意。可是初期的友谊还没有到推心置腹的阶段。欧也纳以前固然表示要见特·纽沁根太太，却并不想托老人介绍，而仅仅希望高里奥漏出一点儿口风给他利用。高老头也直到欧也纳访问了阿娜斯大齐和特·鲍赛昂太太回来，当众说了那番话，才和欧也纳提起女儿。他说：

"亲爱的先生，你怎么能以为说出了我的名字，特·雷斯多太太便生你的气呢？两个女儿都很孝顺，我是个幸福的父亲。只是两个女婿对我不好。我不愿意为了跟女婿不和，教两个好孩子伤心；我宁可暗地里看她们。这种偷偷摸摸的快乐，不是那些随时可以看到女儿的父亲所能了解的。我不能那么办，你懂不懂？所以碰到好天气，先问过老妈子女儿是否出门，我上天野大道去等。车子来的时候，我的心跳起来；看她们穿扮那么漂亮，我多高兴。她们顺便对我笑一笑，噢！那就像天上照下一道美丽的阳光，把世界镀了金。我待在那儿，她们还要回来呢。是呀，我又看见她们了！呼吸过新鲜空气，脸蛋儿红红的。周围的人说：'哦！多漂亮的女人！'我听了多开心。那不是我的亲骨血吗？我喜欢替她们拉车的马，我愿意做她们膝上的小狗。她们快乐，我才觉得活得有意思。各有各的爱的方式，我那种爱又不妨碍谁，干吗人家要管我的事？我有我享福的办法。晚上去看女儿出门上跳舞会，难道犯法吗？要是去晚了，知道'太太已经走了'，那我才伤心死呢！有一晚我等到清早三点，才看到两天没有见面的娜齐。我快活得几乎晕过去！我求你，以后提到我，一定得说我女儿孝顺。她们要送我各式各样的礼物，我把她们拦住了，我说：'不用破费呀！我要那些礼物干什么？我一样都不缺少。'真的，亲爱的先生，我是什么东西？

"碰到好天气,我上天野大道去等。"

不过是一个臭皮囊罢了,只是一颗心老跟着女儿。"

那时欧也纳想出门先上蒂勒黎公园遛遛,然后到了时间去拜访特·鲍赛昂太太。高老头停了一忽又说:"将来你见过了特·纽沁根太太,告诉我你在两个之中更喜欢哪一个。"

这次的散步,是欧也纳一生的关键。有些女人注意到他了:他那么美,那么年轻,那么体面,那么风雅!一看到自己成为路人赞美的目标,立刻忘了被他罗掘一空的姑母姊妹,也忘了良心的指责。他看见头上飞过那个极像天使的魔鬼,五色翅膀的撒旦,一路撒着红宝石,把黄金的箭射在宫殿前面,把女人们穿得大红大紫,把简陋的王座蒙上恶俗的光彩;他听着那个虚荣的魔鬼唠叨,把虚幻的光彩认为权势的象征。伏脱冷的议论尽管那样地玩世不恭,已经深深地种在他心头,好比处女的记忆中有个媒婆的影子,对她说过:"黄金和爱情,滔滔不尽!"

懒洋洋地溜达到五点左右,欧也纳去见特·鲍赛昂太太,不料碰了个钉子,青年人无法抵抗的那种钉子。至此为止,他觉得子爵夫人非常客气,非常殷勤;那是贵族教育的表现,不一定有什么真情实意的。他一进门,特·鲍赛昂太太便做了一个不高兴的姿势,冷冷地说:

"特·拉斯蒂涅先生,我不能招待你,至少在这个时候!我忙得很⋯⋯"

对于一个能察言观色的人,而拉斯蒂涅已经很快地学会了这一套,这句话,这个姿势,这副眼光,这种音调,原原本本说明了贵族阶级的特性和习惯;他在丝绒手套下面瞧见了铁掌,在仪态万方之下瞧见了本性和自私,在油漆之下发现了木料。总之他听见了从王上到末等贵族一贯的口气:我是王。以前欧也纳把她的话过于当真,过于相信她的心胸宽大。不幸的人只道恩人与受恩的人是盟友，以为一切伟大的心灵完全平等。殊不知使恩人与受恩的人同心一体的那种慈悲，是跟真正的爱情同样绝无仅有，同样不受了解的天国的热情。两者都是优美的心灵慷慨豪爽的表现。拉斯蒂涅一心想踏进特·加里里阿诺公爵夫人的舞会，也就忍受了表姊的脾气。

"太太，"他声音颤巍巍地说，"没有要紧事儿，我也不敢来惊动你，你包涵点儿吧，我回头再来。"

"行，那么你来吃饭吧。"她对刚才的严厉有点不好意思了，因为这位太太的好心的确不下于她的高贵。

虽则突然之间的转圜使欧也纳很感动，他临走仍不免有番感慨："爬就是了，什么都得忍受。连心地最好的女子一刹那间也会忘掉友谊的诺言，把你当破靴似的扔掉，旁的女人还用说吗？各人自扫门前雪，想不到竟是如此！不错，她的家不是铺子，我不该有求于她。真得像伏脱冷所说的，像一颗炮弹似的轰进去！"

想到要在子爵夫人家吃饭的快乐，大学生的牢骚不久也就没有了。就是这样，好似命中注定似的，他生活中一切琐琐碎碎的事故，都逼他如伏脱冷所说的，在战场上为了不被人杀而不得不杀人，为了不受人骗而不得不骗人，把感情与良心统统丢开，戴上假面具，冷酷无情地玩弄人，神不知鬼不觉地去猎取富贵。

他回到子爵夫人家，发现她满面春风，又是向来的态度了。两人走进饭厅，子爵早已等在那儿。大家知道，王政时代是饮食最奢侈的时代。特·鲍赛昂先生什么都玩腻了，除了讲究吃喝以外，再没有旁的嗜好；他在这方面跟路易十八和台斯加公爵[1]是同道。他饭桌上的奢侈是外表和内容并重的。欧也纳还是第一遭在世代簪缨之家用餐,没有见识过这等场面。舞会结束时的宵夜餐在帝政时代非常时行,军人们非饱餐一顿,养足精神,应付不了国内国外的斗争。当时的风气把这种宵夜餐取消了。欧也纳过去只参加过舞会。幸亏他态度持重——将来他在这一点上很出名的,而那时已经开始有些气度——并没有显得大惊小怪。可是眼见镂刻精工的银器,席面上那些说不尽的讲究,第一次领教到毫无声响的侍应:一个富于想象的人怎么能不羡慕无时无刻不高雅的生活,而不厌弃他早上所想的那种清苦生涯呢!他忽然想到公寓的情形,觉得厌恶之极,发誓正月里非搬家不可:一则换一所干净的屋子,一则躲开伏脱冷,免得精神上受他的威胁。头脑清楚的人真要问,巴黎既有成千成万、有声无声的伤风败俗之事,怎么国家会如此糊涂,把学校放在这个城里,让青年人聚集在一起?怎么美丽的妇女还会受到尊重?怎么兑换商堆在铺面上的黄金不至于从木钟[2]里不翼而飞?再拿青年人很少犯罪的情形来看,那些耐心的饥荒病者拼命压制馋痨的苦功,更令人佩服了!穷苦的大学生跟巴黎的斗争,好好描写下来,便是现代文明最悲壮的题材。

特·鲍赛昂太太瞅着欧也纳逗他说话,他却始终不肯在子爵面前开一声口。

"你今晚陪我上意大利剧院去吗?"子爵夫人问她的丈夫。

---

[1] 台斯加公爵生于一七四七年,一七七四年为宫中掌膳大臣。路易十八复辟后,仍任原职,以善于烹调著名。相传某次与王共同进膳后以不消化病卒。路易十八闻讯,自诩"胃力比那个可怜的台斯加强多了"。

[2] 木钟为当时兑换商堆放金币之器物,有如吾国旧时之钱板。

"能够奉陪在我当然是桩快乐的事，"子爵的回答殷勤之中带点儿俏皮，欧也纳根本没有发觉，"可惜我要到多艺剧院去会朋友。"

"他的情妇啰。"她心里想。

"阿瞿达今晚不来陪你吗？"子爵问。

"不。"她回答的神气不大高兴。

"哎，你一定要人陪的话，不是有拉斯蒂涅先生在这里吗？"

子爵夫人笑盈盈地望着欧也纳，说道："对你可不大方便吧？"

"夏多布里昂先生说过：法国人喜欢冒险，因为冒险之中有光荣。"欧也纳弯了弯身子回答。

过了一会儿，欧也纳坐在特·鲍赛昂太太旁边，给一辆飞快的轿车送往那个时髦剧院。他走进一个正面的包厢，和子爵夫人同时成为无数手眼镜的目标，子爵夫人的装束美艳无比。欧也纳几乎以为进了神仙世界。再加销魂荡魄之事接踵而至。

子爵夫人问道："你不是有话跟我说吗？呦！你瞧，特·纽沁根太太就离我们三个包厢。她的姊姊同特·脱拉伊先生在另外一边。"

子爵夫人说着对洛希斐特小姐的包厢瞟了一眼，看见特·阿瞿达先生并没在座，顿时容光焕发。

"她可爱得很。"欧也纳瞧了瞧特·纽沁根太太。

"她的眼睫毛黄得发白。"

"不错，可是多美丽的细腰身！"

"手很大。"

"噢！眼睛美极了！"

"脸太长。"

"长有长的漂亮。"

"真的吗？那是她运气了。你瞧她手眼镜举起放下的姿势！每个动作都脱不了高里奥气息。"子爵夫人这些话使欧也纳大为诧异。

特·鲍赛昂太太擎着手眼镜照来照去，似乎并没注意特·纽沁根太太，其实是把每个举动瞧在眼里。剧院里都是漂亮人物。可是特·鲍赛昂太太的年轻、俊俏、风流的表弟，只注意但斐纳·特·纽沁根一个，教但斐纳看了着实得意。

"先生，你对她尽瞧下去，要给人家笑话了。这样不顾一切地死盯人是不会成功的。"

"亲爱的表姊，我已经屡次承蒙你照应，倘使你愿意成全我的话，只请你给我一次惠而不费的帮助。我已经入迷了。"

"这么快？"

"是的。"

"就是这一个吗？"

"还有什么旁的地方可以施展我的抱负呢？"他对表姊深深地望了一眼，停了一忽又道，"特·加里里阿诺公爵夫人跟特·裴里夫人很要好。你见到她的时候，请你把我介绍给她，带我去赴她下星期一的跳舞会。我可以在那儿碰到特·纽沁根太太，试试我的本领。"

"好吧，既然你已经看中她，你的爱情一定顺利。瞧，特·玛赛在特·迦拉蒂沃纳公主的包厢里。特·纽沁根太太在受罪啦，她气死啦。要接近一个女人，尤其银行家的太太，再没比这个更好的机会了。昂丹大道的妇女都是喜欢报复的。"

"你碰到这情形又怎么办？"

"我吗，我就不声不响地受苦。"

这时特·阿瞿达侯爵走进特·鲍赛昂太太的包厢。

他说："因为要来看你，我把事情都弄糟啦，我先提一声，免得我白白牺牲。"

欧也纳觉得子爵夫人脸上的光辉是真爱情的表示，不能同巴黎式的调情打趣、装腔作势混为一谈。他对表姊钦佩之下，不说话了，叹了口气把座位让给阿瞿达，心里想："一个女人爱到这个地步，多高尚，多了不起！这家伙为了一个玩具式的娃娃把她丢了，真教人想不通。"他像小孩子一样气愤至极，很想在特·鲍赛昂太太脚下打滚，恨不得有魔鬼般的力量把她抢到自己心坎里，像一只鹰在平原上把一头还没断奶的小白山羊抓到窝里去。在这个粉白黛绿的博物院中没有一幅属于他的画，没有一个属于他的情妇，他觉得很委屈。他想："有一个情妇等于有了王侯的地位，有了权势的标识！"他望着特·纽沁根太太，活像一个受了侮辱的男子瞪着敌人。子爵夫人回头使了个眼色，对他的知情识趣表示不胜感激。台上第一幕刚演完。

她问阿瞿达："你和特·纽沁根太太相熟，可以把拉斯蒂涅先生介绍给她吗？"

侯爵对欧也纳说："哦，她一定很高兴见见你的。"

漂亮的葡萄牙人起身挽着大学生的手臂，一眨眼便到了特·纽沁根太太旁边。

"男爵夫人，"侯爵说道，"我很荣幸能够给你介绍这位欧也纳·特·拉斯蒂涅骑士，特·鲍赛昂太太的表弟。他对你印象非常深刻，我有心成全他，让他近前来瞻仰瞻仰他的偶像。"

这些话多少带点打趣和唐突的口吻，可是经过一番巧妙的掩饰，永远不会使一个女人讨厌。特·纽沁根太太微微一笑，把丈夫刚走开而留下的座位让欧也纳坐了。

她说："我不敢请你留在这儿，一个人有福分跟特·鲍赛昂太太在一起，是不肯走开的。"

"可是，太太，"欧也纳低声回答，"如果我要讨表姊的欢心，恐怕就该留在你身边。"他又提高嗓子："侯爵来到之前，我们正谈着你，谈着你大方高雅的风度。"

特·阿瞿达先生抽身告辞了。

"真的，先生，你留在我这儿吗？"男爵夫人说，"那我们可以相熟了，家姊和我提过你，真是久仰得很！"

"那么她真会作假，她早已把我挡驾了。"

"怎么呢？"

"太太，我应当把原因告诉你；不过要说出这样一桩秘密，先得求你包涵。我是令尊大人的邻居，当初不知道特·雷斯多太太是他的女儿。我无意中，冒冒失失提了一句，把令姊和令姊夫得罪了。你真想不到，特·朗日公爵夫人和我的表姊，认为这种背弃父亲的行为多么不合体统。我告诉她们经过情形，她们笑坏了。特·鲍赛昂太太把你同令姊做比较，说了你许多好话，说你待高里奥先生十分孝顺。真是，你怎么能不孝顺他呢？他那样地疼你，叫我看了忌妒。今儿早上我和令尊大人谈了你两小时。刚才陪表姊吃饭的时候，我脑子里还装满了令尊的那番话，我对表姊说，我不相信你的美貌能够跟你的好心相比。大概看到我对你这样仰慕，特·鲍赛昂太太才特意带我上这儿来，以她那种惯有的殷勤对我说，我可以有机会碰到你。"

"先生,"银行家太太说,"承你的情,我感激得很。不久我们就能成为老朋友了。"

"你说的友谊固然不是泛泛之交,我可永远不愿意做你的朋友。"

初出茅庐的人这套印版式的话,女人听了总很舒服,唯有冷静的头脑才会觉得这话空洞贫乏。一个青年人的举动、音调、目光,使那些废话变得有声有色。特·纽沁根太太觉得拉斯蒂涅风流潇洒。她像所有的女子一样,没法回答大学生那些单刀直入的话,扯到旁的事情上去了。

"是的,姊姊对可怜的父亲很不好。他却是像上帝一样地疼我们。特·纽沁根先生只许我在白天接待父亲,我没有法儿才让步的。可是我为此难过了多少时候,哭了多少回。除了平时虐待之外,这种霸道也是破坏我们夫妇生活的一个原因。旁人看我是巴黎最幸福的女子,实际却是最痛苦的。我对你说这些话,你一定以为我疯了。可是你认识我父亲,不能算外人了。"

"噢!"欧也纳回答,"像我这样愿意把身心一齐捧给你的人,你永远不会碰到第二个。你不是要求幸福吗?"他用那种直扣心弦的声音说,"啊!如果女人的幸福是要有人爱,有人疼!有一个知己可以诉说心中的欲望、梦想、悲哀、喜悦;把自己的心,把可爱的缺点和美妙的优点一齐显露出来,不怕被人拿去利用;那么请相信我,这颗赤诚的心只能在一个年轻的男子身上找到,因为他有无穷的幻想,只消你有一点儿暗示,他便为你赴汤蹈火;他还不知道天高地厚,也不想知道,因为你便是他整个的世界。我啊,请不要笑我幼稚,我刚从偏僻的内地来,不懂世故,只认识一班心灵优美的人;我没有想到什么爱情。承我的表姊瞧得起,把我看作心腹;从她那儿我才体会到热情的宝贵;既然没有一个女人好让我献身,我就像希吕彭[1]一样爱慕所有的女人。可是我刚才进来一看见你,便像触电似的被你吸住了。我想你已经想了好久!可做梦也想不到你会这样的美。特·鲍赛昂太太叫我别尽瞧着你,她可不知道你美丽的红唇、洁白的皮色、温柔的眼睛,教人没有法子不看。你瞧,我也对你说了许多疯话,可是请你让我说吧。"

女人最喜欢这些絮絮叨叨的甜言蜜语,连最古板的妇女也会听进去,即使她们不应该回答。这么一开场,拉斯蒂涅又放低声音,说了一大堆体己话;特·纽沁根太太的笑容明明在鼓励他。她不时对特·迦拉蒂沃纳公主包厢里的特·玛赛瞟上一眼。拉斯蒂涅陪着特·纽沁根太太,直到她丈夫来找她回去的时候。

"太太,"欧也纳说,"在特·加里里阿诺公爵夫人的舞会之前,我希望能够去拜访你。"

"既然内人请了你,她一定欢迎你的。"特·纽沁根男爵说。一看这个臃肿的亚尔萨斯人的大圆脸,你就知道他是个老奸巨猾。

特·鲍赛昂太太站起来预备和阿瞿达一同走了。欧也纳一边过去作别,一边想:"事情进行得不错;我对她说'你能不能爱我?'她并不怎么吃惊。缰绳已经扣好,只要跳上去就行了。"他不知道男爵夫人根本心不在焉,正在等特·玛赛的一封信,一封令人心碎的决裂的信。欧也纳误会了这意思,以为自己得手了,满心欢喜,陪子爵夫人走到戏院外边的廊下,大家都在那儿等车。

欧也纳走后,阿瞿达对子爵夫人笑着说:"你的表弟简直换了一个人。

---

[1] 十八世纪博马舍的喜剧《费加罗的婚礼》中的人物,年少风流,善于钟情。

他要冲进银行去了。看他像鳗鱼一般灵活,我相信他会抖起来的。也只有你会教他挑中一个正需要安慰的女人。"

"可是,"特·鲍赛昂太太回答,"先得知道她还爱不爱丢掉她的那一个。"

欧也纳从意大利剧院走回圣·日内维新街,一路打着如意算盘。他刚才发现特·雷斯多太太注意他,不管他在子爵夫人的包厢里,还是在特·纽沁根太太包厢里,他料定从此那位伯爵夫人不会再把他挡驾了。他也预算一定能够讨元帅夫人喜欢,这样他在巴黎高等社会的中心就有了四个大户人家好来往。他已经懂得,虽然还不知道用什么方法,在这个复杂的名利场中,必须抓住一个机钮,才能高高在上地控制机器;而他自问的确有教轮子搁浅的力量。"倘若特·纽沁根太太对我有意,我会教她怎样控制她的丈夫。那家伙是做银钱生意的,可以帮我一下子发一笔大财。"这些念头,他并没想得这样露骨,他还不够老练,不能把局势看清、估计、细细地筹划;他的主意只像轻云一般在天空飘荡,虽没有伏脱冷的计划狠毒,可是放在良心的坩埚内熔化之下,也未必能提出多少纯粹的分子了。一般人就是从这一类的交易开始,终于廉耻荡然,而今日社会上也相习成风,恬不为怪。方正清白、意志坚强、嫉恶如仇、认为稍出常规便是罪大恶极的人物,在现代比任何时代都寥落了。过去有两部杰作代表这等清白的性格,一是莫里哀的阿尔赛斯特,一是比较晚近的沃尔特·司各特的迪恩斯父女。也许性质相反的作品,把一个上流人物、一个野心家如何抹杀良心,走邪路,装了伪君子而达到目的,曲曲折折描写下来,会一样美,一样动人心魄。

拉斯蒂涅走到公寓门口,已经对纽沁根太太着了迷,觉得她身段窈窕,像燕子一样轻巧。令人心醉的眼睛，仿佛看得见血管而像丝织品一样细腻的皮肤，迷人的声音，金黄的头发，他都一一回想起来；也许他走路的时候全身的血活动了，使脑海中的形象格外富于诱惑性。他粗手粗脚地敲着高老头的房门，喊：

"喂，邻居，我见过但斐纳太太了。"

"在哪儿？"

"意大利剧院。"

"她玩得怎么样？请进来喔。"老人没穿好衣服就起来开了门，赶紧睡下。

"跟我说呀，她怎么样？"他紧跟着问。

欧也纳还是第一次走进高老头的屋子。欣赏过女儿的装束，再看到父亲住的丑地方，他不由得做了个吃惊的姿势。窗上没有帘子，糊壁纸好几处受了潮气而脱落、卷缩，露出煤烟熏黄的石灰。老头儿躺在破床上，只有一条薄被，压脚的棉花毯是用伏盖太太的旧衣衫缝的。地砖潮湿，全是灰。窗子对面，一口旧红木柜子，带一点儿鼓形，铜拉手是蔓藤和花叶纠结在一处的形状；一个木板面子的洗脸架，放着脸盆和水壶，旁边是全套剃胡子用具。壁角放着几双鞋；床头小几，底下没有门，面上没有云石；壁炉没有生过火的痕迹，旁边摆一张胡桃木方桌，高老头毁掉镀金盘子就是利用桌上的横档。一口破书柜上放着高老头的帽子。这套破烂家具还包括两把椅子，一张草垫陷下去的大靠椅。红白方格的粗布床幔，用一条破布吊在天花板上。便是最穷的捎客住的阁楼，家具也比高老头在伏盖家用的好一些。你看到这间屋子会身上发冷，胸口发闷，像监狱里阴惨惨的牢房。幸而高老头没有留意欧也纳把蜡烛放在床几上时的表情。他翻了个身，把被窝一直盖到下巴颏儿。

"哎，你说，两姊妹你喜欢哪一个？"

"我喜欢但斐纳太太，"大学生回答，"因为她对你更孝顺。"

听了这句充满感情的话，老人从床上伸出胳膊，握着欧也纳的手，很感动地说：

"多谢多谢，她对你说我什么来着？"

大学生把男爵夫人的话背了一遍，渲染一番，老头儿好像听着上帝的圣旨。

"好孩子！是呀，是呀，她很爱我啊。可是别相信她说阿娜斯大齐的话，姊妹俩为了我彼此忌妒，你明白吗？这更加证明她们的孝心。娜齐也很爱我，我知道的。父亲对儿女，就跟上帝对咱们一样。他会钻到孩子们的心底里去，看他们存心怎么样。她们两人心地一样好。噢！要再有两个好女婿，不是太幸福了吗？世界上没有全福的。倘若我和她们住在一起，只要听到她们的声音，知道她们在那儿，看到她们走进走出，像从前在我身边一样，那我简直乐死了。她们穿得漂亮吗？"

"漂亮。可是，高里奥先生，既然你女儿都嫁得这么阔，你怎么还住在这样一个贫民窟里？"

"嘿，"他装作满不在乎的神气说，"我住得再好有什么相干？这些事情我竟说不上来；我不能接连说两句有头有尾的话。总而言之，一切都在这儿，"他拍了拍心窝，"我吗，我的生活都在两个女儿身上。只要她们能玩儿，快快活活，穿得好，住得好；我穿什么衣服，睡什么地方，有什么相干？反正她们暖和了，我就不觉得冷；她们笑了，我就不会心烦；只有她们伤心了我才伤心。你有朝一日做了父亲，听见孩子们喊喊喳喳，你心里就会想：'这是从我身上出来的！'你觉得这些小生命每滴血都是你的血，是你的血的精华——不是吗！甚至你觉得跟她们的皮肉连在一块儿，她们走路，你自己也在动作。无论哪儿都有她们的声音在答应我。她们眼神有点儿不快活，我的血就冻了。你终有一天知道，为了她们的快乐而快乐，比你自己快乐更快乐。我不能向你解释这个，只能说心里有那么一股劲，教你浑身舒畅。总之，我一个人过着三个人的生活。我再告诉你一件古怪事儿好不好？我做了父亲，才懂得上帝。他无处不在，既然世界是从他来的。先生，我对女儿便是这样的无处不在。不过我爱我的女儿，还胜过上帝爱人类：因为人不像上帝一样的美，我的女儿却比我美得多。我跟她们永远心贴着的，所以我早就预感到，你今晚会碰到她们。天哪！要是有个男人使我的小但斐纳快活，把真正的爱情给她，那我可以替那个男人擦靴子，跑腿。我从她老妈子那里知道，特·玛赛那小子是条恶狗，我有时真想扭断他的脖子。哼，他竟不知道爱一个无价之宝的女人，夜莺般的声音，生得像天仙一样！只怪她没有眼睛，嫁了个亚尔萨斯死胖子。姊妹俩都要俊俏温柔的后生才配得上；可是她们的丈夫都是她们自己挑的。"

　　那时高老头伟大极了。欧也纳从没见过他表现那种慈父的热情。感情有股熏陶的力量；一个人不论如何粗俗，只要表现出一股真实而强烈的情感，就有种特殊的气息，使容貌为之改观，举动有生气，声音有色彩。往往最蠢的家伙，在热情鼓动之下，即使不能在言语上，至少能在思想上达到雄辩的境界，他仿佛在光明的领域内活动。那时老人的声音举止、感染力不下于名演员。归根结底，我们优美的感情不就是意志的表现么？

　　"告诉你，"欧也纳道，"她大概要跟特·玛赛分手了，你听了高兴吗？那花花公子丢下她去追迦拉蒂沃纳公主。至于我，我今晚已经爱上了但斐纳太太。"

"哦!"高老头叫着。

"是呀。她并不讨厌我。咱们谈情谈了一小时,后天星期六我要去看她。"

"哦!亲爱的先生,倘使她喜欢你,我也要喜欢你呢!你心肠好,不会给她受罪。你要欺骗她,我就割掉你的脑袋。一个女人一生只爱一次,你知道不知道?天!我尽说傻话,欧也纳先生。你在这儿冷得很。哎啊!你跟她谈过话喽,她教你对我说些什么呢?"

"一句话也没有。"欧也纳心里想,可是他高声回答:"她告诉我,说她很亲热地拥抱你。"

"再见吧,邻居。希望你睡得好,做好梦。凭你刚才那句话,我就会做好梦了。上帝保佑你万事如意!今晚你简直是我的好天使,我在你身上闻到了女儿的气息。"

欧也纳睡下时想道:"可怜的老头儿,哪怕铁石心肠也得被他感动呢。他的女儿可一点没有想到他,当他外人一样。"

自从这次谈话以后,高老头把他的邻居看作一个朋友,一个意想不到的心腹。他们的关系完全建筑在老人的父爱上面;没有这一点,高老头跟谁也不会亲近的。痴情汉的计算从来不会错误。因为欧也纳受到但斐纳的重视,高老头便觉得跟这个女儿更亲近了些,觉得她对自己的确更好一些。并且他已经把这个女儿的痛苦告诉欧也纳,他每天都要祝福一次的但斐纳从来没有得到甜蜜的爱情。照他的说法,欧也纳是他遇到的最可爱的青年,他也似乎预感到,欧也纳能给但斐纳从来未有的快乐。所以老人对邻居的友谊一天天地增加,要不然,我们就无从得知这件故事的终局了。

第二天,高老头在饭桌上不大自然地瞧着欧也纳的神气,和他说的几

La Comédie Humaine

高老头在饭桌上不大自然地瞧着欧也纳的神气……

句话,平时同石膏像一样而此刻完全改变了的面容,使同住的人大为奇怪。伏脱冷从密谈以后还是初次见到大学生,似乎想猜透他的心思。隔夜睡觉之前,欧也纳曾经把眼前阔大的天地估量一番,此刻记起伏脱冷的计划,自然联想到泰伊番小姐的陪嫁,不由得瞧着维多莉,正如一个极规矩的青年瞧一个有钱的闺女。碰巧两人的眼睛遇在一块。可怜的姑娘当然觉得欧也纳穿了新装挺可爱。双方的目光意义深长,拉斯蒂涅肯定自己已经成为她心目中的对象;少女们不是都有些模糊的欲望,碰到第一个迷人的男子就想求得满足吗?欧也纳听见有个声音在耳边叫:"八十万!八十万!"可是又突然想到隔夜的事,认为自己对纽沁根太太别有用心的热情,确乎是一帖解毒剂,可以压制他不由自主的邪念。

他说:"昨天意大利剧院演唱罗西尼的《赛维尔的理发匠》,我从没听过那么美的音乐。喝!在意大利剧院有个包厢多舒服!"

高老头听了,马上竖起耳朵,仿佛一条狗看到了主人的动作。

"你们真开心,"伏盖太太说,"你们男人爱怎么玩儿就怎么玩儿。"

"你怎么回来的?"伏脱冷问。

"走回来的。"

"哼,"伏脱冷说,"要玩就得玩个痛快。我要坐自己的车,上自己的包厢,舒舒服服地回来。要就全套,不就拉倒!这是我的口号。"

"这才对啦。"伏盖太太凑上一句。

"你要到特·纽沁根太太家去吧,"欧也纳低声对高里奥说,"她一定很高兴看到你,会向你打听我许多事。我知道她一心希望我的表姊特·鲍赛昂子爵夫人招待她。你不妨告诉她,说我太爱她了,一定使她满足。"

拉斯蒂涅赶紧上学校,觉得在这所怕人的公寓里耽得越少越好。他差不多闲荡了一整天，头里热烘烘的，像抱着热烈的希望的年轻人一样。他在卢森堡公园内从伏脱冷的议论想开去，想到社会和人生，忽然碰到他的朋友皮安训。

"你干吗一本正经地板着脸？"医学生说着，抓着他的胳膊往卢森堡宫前面走去。

"脑子里尽想些坏念头，苦闷得很。"

"什么坏念头？那也可以治啊。"

"怎么治？"

"只要屈服就行了。"

"你不知道怎么回事，只管打哈哈。你念过卢梭没有？"

"念过。"

"他著作里有一段，说倘使身在巴黎，能够单凭一念之力，在中国杀掉一个年老的满大人[1]，因此发财，读者打算怎么办？你可记得？"

"记得。"

"那么你怎么办。"

"噢！满大人我已经杀了好几打了。"

"说正经话，如果真有这样的事，只消你点点头就行，你干不干？"

"那满大人是不是老得很了？呃，老也罢，少也罢，痨病也罢，健康也罢，我吗，吓！我不干。"

"你是个好人，皮安训。不过要是你爱上一个女人，爱得你肯把灵魂翻身，而你非得有钱，有很多的钱，供给她衣着、车马，满足她一切想入

---

[1] 十八、十九世纪的法国人通常把中国的大官称为"满大人"，因为那时是满族统治的皇朝。

非非的欲望,那你怎么办?"

"哎,你拿走了我的理性,还要我用理性来思想!"

"皮安训,我疯了,你把我治一治吧。我有两个妹子,又美又纯洁的天使,我要她们幸福。从今起五年之间,哪儿去弄二十万法郎给她们做陪嫁?你瞧,人生有些关口非大手大脚赌一下不可,不能为了混口苦饭吃而蹉跎了幸福。"

"每个人踏进社会的时候都遇到这种问题。而你想快刀斩乱麻,马上成功。朋友,要这样干,除非有亚历山大那样的雄才大略,要不然你会坐牢。我吗,我情愿将来在内地过平凡的生活,老老实实接替父亲的位置。在最小的小圈子里,跟在最大的大环境里,感情同样可以得到满足。拿破仑吃不了两顿晚饭,他的情妇也不能比加波桑医院的实习医生多几个。咱们的幸福,朋友,离不了咱们的肉体;幸福的代价每年一百万也罢,两千法郎也罢,实际的感觉总是那么回事。所以我不想要那个中国人的性命。"

"谢谢你,皮安训,我听了你的话怪舒服。咱们永远是好朋友。"

"喂,"医学生说,"我刚才在植物园上完居维埃[1]的课出来,看见米旭诺和波阿莱坐在一张凳上,同一个男人谈话。去年国会附近闹事的时候,我见过那家伙,很像一个暗探,冒充靠利息过活的布尔乔亚。你把米旭诺和波阿莱研究一下吧,以后我再告诉你为什么。再见,我要去上四点钟的课了。"

欧也纳回到公寓,高老头正等着他。

---

[1] 居维埃(1769—1832),著名博物学者。从十八世纪末期起,巴黎的"植物园"亦称"博物馆",设有生物、化学、植物学等等的自然科学讲座及实验室。

"你瞧，"那老人说，"她有信给你。你看她那一笔字多好！"

欧也纳拆开信来。

先生，家严说你喜欢意大利音乐，如果你肯赏光驾临我的包厢，我将非常欣幸。星期六我们可以听到福杜和班莱葛里尼[1]，相信你不会拒绝的。特·纽沁根先生和我，一致请你到舍间来用便饭。倘蒙俯允，他将大为高兴，因为他可以摆脱丈夫的苦役，不必再陪我上戏院了。无须赐复，但候光临，并请接受我的敬意。

D. N.

欧也纳念完了信，老人说："给我瞧瞧。"他嗅了嗅信纸又道："你一定去的，是不是？嗯，好香！那是她手指碰过的吧？"

欧也纳私下想："照理女人不会这样进攻男人的。她大概想利用我来挽回特·玛赛，心中有了怨恨才会做出这种事来。"

"喂，你想什么呀？"高老头问。

欧也纳不知道某些女子的虚荣简直像发狂一样，为了踏进圣·日耳曼区阀阅世家的大门，一个银行家的太太作什么牺牲都肯。那时的风气，能出入圣·日耳曼区贵族社会的妇女，被认为高人一等。大家把那个社会的人叫作小王宫的太太们，领袖群伦的便是特·鲍赛昂太太、特·朗日公爵夫人、特·莫弗利原士公爵夫人。昂丹大道的妇女想挤进那个群星照耀的高等社会的狂热，只有拉斯蒂涅一个人不曾得知。但他对但斐纳所存的戒

---

[1] 前者为女高音，后者为男低音，都是当时有名的歌唱家。

心，对他不无好处，因为他能保持冷静，能够向人家提出条件而不至于接受人家的条件。

"噢！是的，我一定去。"欧也纳回答高老头。

因此他是存着好奇心去看纽沁根太太，要是那女的瞧他不起，他反而要为了热情冲动而去了。虽然如此，他还是心焦得很，巴不得明天出发的时间快点儿来到。青年人初次弄手段也许和初恋一样甜蜜。胜券可操的把握使人喜悦不尽，这种喜悦男人并不承认，可是的确造成某些妇女的魅力。容易成功和难于成功同样能刺激人的欲望。两者都是引起或者培养男子的热情的。爱情世界也就是分成这两大阵地。也许这个分野是气质促成的，因为气质支配着人与人的关系。忧郁的人需要女子若即若离的卖弄风情来提神；而神经质或多血质的人碰到女子抵抗太久了，说不定会掉头不顾。换句话说，哀歌主要是淋巴质的表现，正如颂歌是胆质的表现[1]。

欧也纳一边装扮，一边体味那些小小的乐趣，青年们怕人取笑，一般都不敢提到这种得意，可是虚荣心特别感到满足。他梳头发的时候，想到一个漂亮女子的目光会在他漆黑的头发卷中打转。他做出许多怪模怪样，活像一个更衣去赴跳舞会的小姑娘。他解开上衣，沾沾自喜地瞧着自己的细腰身，心上想："当然，不如我的还多呢！"公寓中全班人马正围着桌子吃饭，他下楼了，喜洋洋地受到众人喝彩。看见一个人穿扮齐整而大惊小怪，也是包饭公寓的一种风气。有人穿一套新衣，每个人就得开声口。

"得，得，得，得。"皮安训把舌头抵着上颚作响，好似催马快走一般。

"吓！好一个王孙公子的派头！"伏盖太太道。

---

[1] 淋巴质指纤弱萎靡的气质，胆质指抑郁易怒的气质，这是西洋老派医学的一种学说。

"先生是去会情人吧？"米旭诺小姐表示意见。

"怪样子！"画家嚷道。

"候候你太太。"博物院管事说。

"先生有太太了？"波阿莱问。

"柜子里的太太，好走水路，包不褪色，二十五法郎起码，四十法郎为止，新式花样，不怕冲洗，上好质地，半丝线，半棉料，半羊毛，包医牙痛，包治王家学会钦定的疑难杂症！对小娃娃尤其好，头痛、充血、食道病、眼病、耳病，特别灵验，"伏脱冷用滑稽的急口令和江湖卖艺的腔调叫着，"这件妙物要多少钱看一看呀？两个铜子吗？不，完全免费。那是替蒙古大皇帝造的，全欧洲的国王都要瞧一眼的！大家来吧！向前走，买票房在前面，喂，奏乐，勃龙，啦，啦，脱冷！啦，啦，蓬！蓬！喂，吹小笛子的，你把音吹走了，等我来揍你！"

"天哪！这个人多好玩，"伏盖太太对古的太太说，"有他在一块儿永远不觉得无聊。"

正在大家说笑打诨的时候，欧也纳发觉泰伊番小姐偷偷瞅了他一眼，咬了咬古的太太的耳朵。

西尔维道："车来了。"

皮安训问："他上哪儿吃饭呀？"

"特·纽沁根男爵夫人家里。"

"高里奥先生的女儿府上。"大学生补上一句。

大家的目光转向老面条商，老面条商不胜艳羡地瞧着欧也纳。

拉斯蒂涅到了圣·拉查街。一座轻巧的屋子，十足地道的银行家住宅，单薄的廊柱，毫无气派的回廊，就是巴黎的所谓漂亮。不惜工本的讲究，人造云石的装饰，五彩云石镶嵌的楼梯台。小客厅挂满意大利油画，装饰像咖啡馆。男爵夫人愁容满面而勉强掩饰的神气不是假装的，欧也纳看了大为关心。他自以为一到就能叫一个女人快乐，不料她竟是愁眉不展。这番失望刺激了他的自尊心。他把她心事重重的神色打趣了一番，说道：

"太太，我没有资格要你信任我。要是我打搅你，请你老实说。"

"哦！你别走。你一走就剩我一个人在家了。纽沁根在外边应酬，我不愿意孤零零地待在这儿。我闷得慌，需要散散心才好。"

"有什么事呢？"

她道："绝对不能告诉你。"

"我就想知道，就想参加你的秘密。"

"或许……"她马上改口道，"噢，不行。夫妇之间的争吵应当深深地埋在心里。前天我不是跟你提过吗？我一点不快活。黄金的枷锁是最重的。"

一个女人在一个青年面前说她苦恼，而如果这青年聪明伶俐，服装齐整，袋里有着一千五百法郎闲钱的话，他就会像欧也纳一般想法而得意扬扬了。

欧也纳回答："你又美又年轻，又有钱又有爱情，还要什么呢？"

"我的事不用提了，"她沉着脸摇摇头，"等会我们一块儿吃饭，就是我们两个。吃过饭去听最美的音乐。"她站起身子，抖了抖白开司棉的衣衫，绣着富丽的波斯图案，问："你觉得我怎么样？"

"可爱极了，我要你整个儿属于我呢。"

"那你倒霉了，"她苦笑道，"这儿你一点看不出苦难；可是尽管有这样的外表，我苦闷到极点，整夜睡不着觉，我要变得难看了。"

大学生道："哦！不会的。可是我很想知道，究竟是什么痛苦连至诚的爱情都消除不了？"

她说："告诉你，你就要躲开了。你喜欢我，不过是男人对女人表面上的殷勤；真爱我的话，你会马上痛苦得要死。所以我不应该说出来。咱们谈旁的事吧。来，瞧瞧我的屋子。"

"不，还是留在这儿。"欧也纳说着，挨着特·纽沁根太太坐在壁炉前面一张双人椅里，大胆抓起她的手来。

她让他拿着，还用力压他的手，表示她心中骚动得厉害。

"听我说，"拉斯蒂涅道，"你要有什么伤心事儿，就得告诉我。我要向你证明，我是为爱你而爱你的。你得把痛苦对我说，让我替你出力，哪怕要杀几个人都可以；要不我就一去不回地走了。"

她忽然想起一个无可奈何的念头，拍拍额角，说道："哎，好，让我立刻来试你一试。"

她心上想："是的，除此以外也没有办法了。"她打铃叫人。

"先生的车可是套好了？"她问当差。

"套好了，太太。"

"我要用。让他用我的车吧。等七点钟再开饭。"

"喂，来吧。"她招呼欧也纳。

欧也纳坐在特·纽沁根先生的车里陪着这位太太，觉得像做梦一样。

她吩咐车夫："到王宫市场，靠近法兰西剧院。"

一路上她心绪不宁，也不搭理欧也纳无数的问话。他弄不明白那种沉默的、痴呆的、一味撑拒的态度是什么意思。

"一眨眼就抓不住她了。"他想。

车子停下的时候，男爵夫人瞪着大学生的神色使他住了嘴，不敢再胡说八道，因为那时他已经控制不了自己。

"你是不是很爱我？"她问。

"是的。"他强作镇静地回答。

"不论我叫你干什么，你都不会看轻我吗？"

"不会。"

"你愿意听我指挥吗？"

"连眼睛都不眨一眨。"

"你有没有上过赌场？"她的声音发抖了。

"从来没有。"

她说："啊！我放心了。你的运道一定好。我荷包里有一百法郎；一个这么幸福的女子，全部财产就是这一点。你拿着到赌场去，我不知道在哪儿，反正靠近王宫市场。你把这一百法郎去押轮盘赌，要么就输光了回来，要么就替我赢六千法郎。等你回来，我再把痛苦说给你听。"

"我现在要去做的事我一点都不懂，可是我一定照办。"他回答的口气很高兴，他暗暗地想："教我干了这种事，她什么都不会拒绝我了。"

欧也纳揣着美丽的钱袋，向一个卖旧衣服的商人问了最近的赌场地址，找到九号门牌，奔上楼去。侍者接过他的帽子，他走进屋子问轮盘在哪儿。一班老赌客好不诧异地瞧着他由侍者领到一张长桌前面，又听见他大大方方地问，赌注放在什么地方。

一个体面的白发老人告诉他："三十六门随你押，押中了，一赔三十六。"

欧也纳想到自己的年龄，把一百法郎押在二十一的数字上。他还来不及定一定神，只听见一声惊喊，已经中了。那老先生对他说："把钱收起来吧,这个玩意儿绝不能连赢两回的。"

欧也纳接过老人授给他的耙,把三千六百法郎拨到身边。他始终不明白这赌博的性质,又连本带利押在红上[1]。周围的人看他继续赌下去,很眼痒地望着他。轮盘一转,他又赢了,庄家赔了他三千六百法郎。

老先生咬着他的耳朵说:"你有了七千二百法郎了。你要是相信我,你赶快走。今儿红已经出了八次。倘使你肯酬谢我的忠告,希望你发发善心,救济我一下。我是拿破仑的旧部,当过州长,现在潦倒了。"

拉斯蒂涅糊里糊涂让白发老头拿了两百法郎,自己揣着七千法郎下楼。他对这个玩意儿还是一窍不通,只奇怪自己的好运道。

他等车门关上,把七千法郎捧给特·纽沁根太太,说道:"哎哟!你现在又要带我上哪儿啦?"

但斐纳发疯似的搂着他,拥抱他,兴奋得不得了,可不是爱情的表现。

"你救了我!"她说,快乐的眼泪簌落落地淌了一脸,"让我统统告诉你吧,朋友。你会和我做朋友的是不是?你看我有钱,阔绰,什么都不缺,至少在表面上。唉!你怎知道纽沁根连一个子儿都不让我支配!他只管家里的开销、我的车子和包厢。可是他给的衣着费是不够的,他有心逼得我一个钱都没有。我太高傲了,不愿意央求他。要他的钱,就得依他的条件;要是接受那些条件,我简直算不得人了。我自己有七十万财产,怎么会让他剥削到这步田地?为了高傲,为了气愤。刚结婚的时候,我们那么年轻那么天真!向丈夫讨钱的话,说出来仿佛要撕破嘴巴;我始终不敢开

---

[1] 轮盘赌的规则:押在一至三十六的数字上,押中是一赔三十六,押在红、黑、单、双上,押中是一赔一。

口，只能花着我的积蓄和可怜的父亲给我的钱；后来我只能借债。结婚对我是最可怕的骗局，我没法跟你说；只消告诉你一句：要不是我和纽沁根各有各的屋子，我竟会跳楼。为了首饰，为了满足我的欲望所欠的债，（可怜的父亲把我们宠惯了，一向要什么有什么，）要对丈夫说出来的时候，我真是受难，可是我终于进足勇气说了。我不是有自己的一份财产吗？纽沁根却大生其气，说我要使他倾家荡产了，一大串的混账话，我听了恨不得钻入地下。当然，他得了我的陪嫁，临了不能不替我还债；可是从此以后把我的零用限了一个数目，我为了求个太平也就答应了。从那时起，我满足了那个男人的虚荣心，你知道我说的是谁。即使我被他骗了，我还得说句公道话，他的性格是高尚的。可是他终于狠心地把我丢了！男人给过一个遭难的女子大把的金钱，永远不应该抛弃她！应当永远爱她！你只有二十一岁，高尚，纯洁，你或许要问：一个女人怎么能接受一个男人的钱呢？唉，天哪！同一个使我们幸福的人有难同当，有福同享，不是挺自然的吗？把自己整个地给了人，还会顾虑这整个中间的一小部分吗？只有感情消灭之后，金钱才成为问题。两人不是海誓山盟、生死不渝的吗？自以为有人疼爱的时候，谁想到有分手的一天？既然你们发誓说你们的爱是永久的，干吗再在金钱上分得那么清？你不知道我今天怎样地难受，纽沁根斩钉截铁地拒绝我六千法郎，可是他按月就得送这样一笔数目给他的情妇，一个歌剧院的歌女。我想自杀，转过最疯狂的念头。有时我竟羡慕一个女用人，羡慕我的老妈子。找父亲去吗？发疯！阿娜斯大齐和我已经把他榨干了！可怜的父亲，只要他能值六千法郎，他把自己出卖都愿意。现在我只能使他干急一阵。想不到你救了我，救了我的面子，救了我的性命。那时，我痛苦得糊里糊涂了。唉，先生，我不能不对你作这番解释，我简直疯了，才会教你去做那样的事。刚才你走了以后，我真想走下车子逃……逃哪儿去？我不知道。巴黎的妇女半数就是过的这种生活：表面上穷奢极侈，暗里心事担得要死。我认得一班可怜虫比我更苦。有的不得不教铺子开花账，有的不得不偷盗丈夫；有些丈夫以为两千法郎的开司棉只值五百，有的以为五百法郎的开司棉值到两千。还有一班可怜的妇女教儿女挨饿，好搜刮些零钱做件衣衫。我可从没干过这些下流的骗局。这次是我最后一次的苦难了。有些女人为了控制丈夫，不惜把自己卖给丈夫，我至少是自由的！我很可以教纽沁根在我身上堆满黄金，可是我宁愿伏在一个我敬重的男人怀里痛苦。啊！今晚上特·玛赛再不能把我看作他出钱厮养的女人了。"

她双手捧着脸，不让欧也纳看见她哭。他却拿掉她的手，细细瞧着她，觉得她庄严极了。

她说："把金钱和爱情混在一块儿，不是丑恶极了吗？你不会爱我的了。"

使女人显得多么伟大的好心，现在的社会组织逼她们犯的过失，两者交错之下，使欧也纳心都乱了。他一边用好话安慰她，一边暗暗赞叹这个美丽的女子，她的痛苦的呼号竟会那么天真那么冒失。

她说："你将来不会拿这个来要挟我吧？你得答应我。"

"哎，太太，我不是这等人。"

她又感激又温柔地拿他的手放在心口："你使我恢复了自由、快乐。过去我老受着威胁。从此我要生活朴素，不乱花钱了。你一定喜欢我这么办是不是？这一部分你留着，"她自己只拿六张钞票，"我还欠你三千法郎，因为我觉得要跟你平分才对。"

欧也纳像小姑娘一样再三推辞。男爵夫人说:"你要不肯做我的同党,我就把你当作敌人。"他只得收下,说道:"好,那么我留着以防不测吧。"

"噢!我就怕听这句话,"她脸色发白地说,"你要瞧得起我,千万别再上赌场。我的天!由我来教坏你!那我要难受死哩。"

他们回到家里。苦难与奢华的对比,大学生看了头脑昏昏沉沉,伏脱冷那些可怕的话又在耳朵里响起来了。

男爵夫人走进卧室,指着壁炉旁边一张长靠椅说:"你坐一会儿,我要写一封极难措辞的信。你替我出点儿主意吧。"

"干脆不用写。把钞票装入信封,写上地址,派你老妈子送去就行了。"

"哦!你真是一个宝贝。这便叫作有教养!这是十足地道的鲍赛昂作风。"她笑着说。

"她多可爱!"越来越着迷的欧也纳想。他瞧了瞧卧房,奢侈的排场活像一个有钱的交际花的屋子。

"你喜欢这屋子吗?"她一边打铃一边问。

"丹兰士,把这封信当面交给特·玛赛先生。他要不在家,原封带回。"

丹兰士临走把大学生俏皮地瞅了一眼。晚饭开出了,拉斯蒂涅让特·纽沁根太太挽着手臂带到一间精致的饭厅,在表姊家瞻仰过的讲究的饮食,在这儿又见识了一次。

"逢着意大利剧院演唱的日子,你就来吃饭,陪我上剧院。"

"这种甜蜜的生活要能长久下去,真是太美了;可怜我是一个清寒的学生,还得挣一份家业咧。"

"你一定成功的,"她笑道,"你瞧,一切都有办法;我就想不到自己会这样快活。"

女人的天性喜欢用可能来证明不可能，用预感来取消事实。特·纽沁根太太和拉斯蒂涅走进意大利剧院包厢的时候，她心满意足，容光焕发，使每个人看了都能造些小小的谣言，非但女人没法防卫，而且会教人相信那些凭空捏造的放荡生活确有其事。直要你认识巴黎之后，才知道大家说的并不是事实，而事实是大家不说的。欧也纳握着男爵夫人的手，两人用握手的松紧代替谈话，交换他们听了音乐以后的感受。这是他们俩销魂荡魄的一晚。他们一同离开剧院，特·纽沁根太太把欧也纳送到新桥，一路在车中挣扎，不肯把她在王宫市场那么热烈的亲吻再给他一个。欧也纳埋怨她前后矛盾，她回答说：

"刚才是感激那个意想不到的恩惠，现在却是一种许愿了。"

"而你就不肯许一个愿，没良心的！"

他恼了。于是她伸出手来，不耐烦的姿势使情人愈加动心；而他捧了手亲吻时不大乐意的神气，她也看了很得意。她说：

"星期一跳舞会上见！"

欧也纳踏着月光回去，开始一本正经地思索。他又喜又恼：喜的是这桩奇遇大概会给他钓上一个巴黎最漂亮最风流的女子，正好是他心目中的对象；恼的是他的发财计划完全给推翻了。他前天迷迷糊糊想的主意，此刻才觉得自己真有这么个念头。一个人要失败之后，方始发觉他欲望的强烈。欧也纳越享受巴黎生活，越不肯自甘贫贱。他把袋里一千法郎的钞票捻来捻去，找出无数自欺欺人的理由想据为己有。终于他到了圣·日内维新街，走完楼梯，看见有灯光。高老头虚掩着房门，点着蜡烛，使大学生不致忘记跟他谈谈他的女儿。欧也纳毫无隐瞒地全说了。

高老头妒忌到极点，说道："哎，她们以为我完了，我可还有一千三百

La Comédie Humaine

欧也纳踏着月光回去。

法郎利息呢！可怜的孩子，怎么不到我这儿来！我可以卖掉存款，在本钱上拿一笔款子出来，余下的钱改作终身年金。干吗你不来告诉我她为难呢，我的邻居？你怎么能有那种心肠，拿她的区区一百法郎到赌台上去冒险？这简直撕破了我的心！唉，所谓女婿就是这种东西！嘿，要给我抓住了，我一定把他们勒死。天！她竟哭了吗？"

"就伏在我背心上哭的。"欧也纳回答。

"噢！把背心给我。怎么！你的背心上有我的女儿，有我心疼的但斐纳的眼泪！她小时候从来不哭的。噢！我给你买件新的吧，这一件你别穿了，给我吧。婚书上规定，她可以自由支配她的财产。我要去找诉讼代理人但尔维，明天就去。我一定要把她的财产划出来另外存放。我是懂法律的，我还能像老虎一样张牙舞爪呢。"

"喂，老丈，这是她分给我的一千法郎。你放在背心袋里，替她留着吧。"

高里奥瞪着欧也纳，伸出手来，一颗眼泪掉在欧也纳手上。

"你将来一定成功，"老人说，"你知道，上帝是赏罚分明的。我明白什么叫作诚实不欺；我敢说像你这样的人很少很少。那么你也愿意做我亲爱的孩子喽？好吧，去睡吧。你还没有做父亲，不会睡不着觉。唉，她哭了，而我，为了不肯教她们落一滴眼泪，连圣父、圣子、圣灵都会一齐出卖的人，正当她痛苦的时候，我竟若无其事地在这儿吃饭，像傻瓜一样！"

欧也纳一边上床一边想："我相信我一生都可以做个正人君子。凭良心干，的确是桩快乐的事。"

也许只有信仰上帝的人才会暗中行善，而欧也纳是信仰上帝的。

4
鬼上当

第二天到了舞会的时间,拉斯蒂涅到特·鲍赛昂太太家,由她带去介绍给特·加里里阿诺太太。他受到元帅夫人极殷勤的招待,又遇见了特·纽沁根太太。她特意装扮得要讨众人喜欢,以便格外讨欧也纳喜欢。她装作很镇静,暗中却是非常焦心地等欧也纳瞟她一眼。你要能猜透一个女人的情绪,那个时间便是你最快乐的时间。人家等你发表意见,你偏偏沉吟不语;明明心中高兴,你偏偏不动声色;人家为你担心,不就是承认她爱你吗?眼看她惊惶不定,然后你微微一笑加以安慰,不是最大的乐事吗?——这些玩意儿谁不喜欢来一下呢?在这次盛会中,大学生忽然看出了自己的地位,懂得以特·鲍赛昂太太公开承认的表弟资格,在上流社会中已经取得身份。大家以为他已经追上特·纽沁根太太,对他另眼相看,所有的青年都不胜艳羡地瞅着他。看到这一类的目光,他第一次体味到踌躇满志的快感。从一间客厅走到另外一间,在人丛中穿过的时候,他听见人家在夸说他的艳福。太太们也预言他前程远大,但斐纳唯恐他被别人抢去,答应等会把前天坚决拒绝的亲吻给他。拉斯蒂涅在舞会中接到好几户人家邀请。表姊介绍他几位太太,都是自命风雅的人物,她们的府上也是挺有趣的交际场所。他眼看自己在巴黎最高级最漂亮的社会中露了头角。这个初次登场就大有收获的晚会，在他是到老不会忘记的，正如少女忘不了她特别走红的一个跳舞会。

第二天用早餐的时候，他把得意事儿当众讲给高老头听，伏脱冷却是狞笑了一下。"你以为，"那个冷酷的逻辑学家叫道，"一个公子哥儿能够待在圣·日内维新街，住伏盖公寓吗？不消说，这儿在各方面看都是一个上等公寓，可绝不是时髦地方。我们这公寓殷实、富足、兴隆发达，能够做拉斯蒂涅的临时公馆非常荣幸；可是到底是圣·日内维新街，纯粹是家庭气息，不知道什么叫作奢华。我的小朋友，"伏脱冷又装出倚老卖老的挖苦的神气说，"你要在巴黎拿架子，非得有三匹马，白天有辆篷车，晚上有辆轿车，统共是九千法郎的置办费。倘若你只在成衣铺花三千法郎，香粉铺花六百法郎，鞋匠那边花三百，帽子匠那边花三百，你还大大地够不上咧。要知道光是洗衣服就得花上一千。时髦小伙子的内衣绝不能马虎，那不是大众最注目的吗？爱情和教堂一样，祭坛上都要有雪白的桌布才行。这样，咱们的开销已经到一万四，还没算进打牌、赌东道、送礼等等的花费；零用少了两千法郎是不成的。这种生活，我是过来人，要多少开支，我知道得清清楚楚。除掉这些必不可少的用途，再加六千法郎伙食，一千法郎房租。哎，孩子，这样就得两万五一年，要不就落得给人家笑话；咱们的前途，咱们的风头，咱们的情妇，一股脑儿甭提啦！我还忘了听差跟小厮呢！难道你能教克利斯朵夫送情书吗？用你现在这种信纸写信吗？那简直是自寻死路。相信一个饱经世故的老头儿吧！"他把他的低嗓子又加强了一点，"要么就躲到你清高的阁楼上去，抱着书本用功；要么就另外挑一条路。"

伏脱冷说罢,睒着泰伊番小姐眨眨眼睛;这副眼神等于把他以前引诱大学生的理论重新提了一下,总结了一下。

一连多少日子,拉斯蒂涅过着花天酒地的生活,差不多天天和特·纽沁根太太一同吃饭,陪她出去交际。他早上三四点回家,中午起来梳洗,晴天陪着但斐纳去逛森林。他浪费光阴,尽量地模仿、学习、享受奢侈,其狂热正如雌枣树的花萼拼命吸收富有生殖力的花粉。他赌的输赢很大,养成了巴黎青年挥霍的习惯。他拿第一次赢来的钱寄了一千五百法郎还给母亲姊妹,加上几件精美的礼物。虽然他早已表示要离开伏盖公寓,但到正月底还待在那儿,不晓得怎么样搬出去。青年人行事的原则,初看简直不可思议,其实就因为年轻,就因为发疯似的追求快乐。那原则是:不论穷富,老是缺少必不可少的生活费,可是永远能弄到钱来满足想入非非的欲望。对一切可以赊账的东西非常阔绰,对一切现付的东西吝啬得不得了;而且因为心里想的,手头没有,似乎故意浪费手头所有的来出气。我们还可以说得更明白些:一个大学生爱惜帽子远过于爱惜衣服。成衣匠的利子厚,肯放账;帽子匠利子薄,所以是大学生不得不敷衍的最疙瘩的人。坐在戏院花楼上的小伙子,在漂亮妇女的手眼镜中尽管显出辉煌耀眼的背心,脚上的袜子是否齐备却大有问题:袜子商又是他荷包里的一条蛀虫。那时拉斯蒂涅便是这种情形。对伏盖太太老是空空如也,对虚荣的开支老是囊橐充裕;他的财源的荣枯,同最天然的开支绝不调和。为了自己的抱负,这腌臜的公寓常常使他觉得委屈,但要搬出去不是得付一个月的房饭钱给房东,再买套家具来装饰他花花公子的寓所吗?这笔钱就永远没有着落。拉斯蒂涅用赢来的钱买些金表金链,预备在紧要关头送进当铺,送给青年人的那个不声不响的、知趣的朋友,这是他张罗赌本的办法;但临到要付房饭钱，采办漂亮生活必不可少的工具，就一筹莫展了，胆子也没有了。日常的需要，为了衣食住行所欠的债，都不能使他触动灵机。像多数过一天算一天的人，他总要等到最后一刻，才会付清布尔乔亚认为神圣的欠账，好似米拉菩[1]，非等到面包账变成可怕的借据绝不清偿。那时拉斯蒂涅正把钱输光了，欠了债。大学生开始懂得，要没有固定的财源，这种生活是混不下去的。但尽管经济的压迫使他喘不过气来，他仍舍不得这个逸乐无度的生活，无论付什么代价都想维持下去。他早先假定的发财机会变了一场空梦，实际的障碍越来越大。窥到纽沁根夫妇生活的内幕之后，他发觉若要把爱情变作发财的工具，就得含垢忍辱，丢开一切高尚的念头；可是青年人的过失是全靠那些高尚的念头抵消的。表面上光华灿烂的生活，良心受着责备，片刻的欢娱都得用长时期的痛苦补赎的生活，他上了瘾了，滚在里头了，他像拉·勃吕依埃的糊涂虫一般，把自己的床位铺在泥洼里；但也像糊涂虫一样，那时还不过弄脏了衣服[2]。

"咱们的满大人砍掉了吧？"皮安训有一天离开饭桌时问他。

"还没有。可是喉咙里已经起了痰。"

医学生以为他这句话是开玩笑，其实不是的。欧也纳好久没有在公寓里吃晚饭了，这天他一路吃饭一路出神，上过点心，还不离席，挨在泰伊番小姐旁边，还不时意义深长地瞟她一眼。有几个房客还在桌上吃胡桃，有几个踱来踱去，继续谈话。大家离开饭厅的早晚，素来没有一定，看各人的心思，对谈话的兴趣，以及是否吃得过饱等等而定。在冬季，客人难得在八点以前走完；等大家散尽了，四位太太还得待一会儿，她们刚才有

---

[1] 米拉菩（1749—1791），法国大革命时政治家、演说家，早年以生活放浪著名。
[2] 拉勃吕依埃著作中的糊涂虫，名叫曼那葛，曾有种种笑柄。但上述一事并不在内，恐系作者误记。

男客在座，不得不少说几句，此刻特意要找补一下。伏脱冷先是好像急于出去，接着注意到欧也纳满肚子心事的神气，便始终留在饭厅内欧也纳看不见的地方，欧也纳当他已经离开了。后来他也不跟最后一批房客同走，而是很狡猾地躲在客厅里。他看出大学生的心事，觉得他已经到了紧要关头。

的确，拉斯蒂涅那时正像多少青年一样，陷入了僵局。特·纽沁根太太不知是真爱他呢还是特别喜欢调情，她拿出巴黎女子的外交手腕，教拉斯蒂涅尝遍了真正的爱情的痛苦。冒着大不韪当众把特·鲍赛昂太太的老表抓在身边之后，她反倒迟疑不决，不敢把他似乎已经享有的权利，实实在在地给他。一个月以来，欧也纳的欲火被她一再挑拨，连心都受到伤害了。初交的时候，大学生自以为居于主动的地位，后来特·纽沁根太太占了上风，故意装腔作势，勾起欧也纳所有善善恶恶的心思，那是代表一个巴黎青年的两三重人格的。她这一套是不是有计划的呢？不是的，女人即使在最虚假的时候也是真实的，因为她总受本能支配。但斐纳落在这青年人掌握之中，原是太快了一些；她所表示的感情也过分了些；也许她事后觉得有失尊严，想收回她的情分，或者暂时停止一下。而且，一个巴黎女人在爱情冲昏了头、快要下水之前，临时踌躇不决，试试那个她预备以身相许的人的心，也是应有之事。特·纽沁根太太既然上过一次当，一个自私的青年辜负她的一片忠心，她现在提防人家更是应该的。或许欧也纳因为得手太快而表示的大模大样的态度，使她看出有一点儿轻视的意味，那是他们微妙的关系促成的。她大概要在这样一个年纪轻轻的男人面前拿出一点威严，拿出一点大人气派；过去她在那个遗弃她的男人前面，做矮子做得太久了。正因为欧也纳知道她曾经落过特·玛赛之手，她不愿意他把自己当作容易征服的女人。并且在一个人妖，一个登徒子那儿尝过那种令人屈辱的乐趣以后，她觉得在爱情的乐园中闲逛一番另有一种说不出的甜蜜：欣赏一下所有的景致，饱听一番颤抖的声音，让清白的微风抚弄一会儿，她都认为是迷人的享受。纯正的爱情要替不纯正的爱情赎罪。这种不合理的情形永远不会减少，如果大家不了解初次的欺骗把一个少妇鲜花般的心摧残得多么厉害。不管但斐纳究竟是什么意思，总之她在玩弄拉斯蒂涅，而且引以为乐；因为她知道他爱她，知道只要她老人家高兴，可以随时消灭她情人的悲哀。欧也纳为了自尊心，不愿意初次上阵就吃败仗，便毫不放松地紧追着，仿佛猎人第一次过圣·于倍节[1]，非要打到一只火鸡不可。他的焦虑、受伤的自尊心、真真假假的绝望，使他越来越丢不掉那个女人。全巴黎都认为特·纽沁根太太是他的了，其实他和她并不比第一天见面时更接近。他还没有懂得，一个女人卖弄风情所给人的好处，有时反而远过于她的爱情所给人的快乐，所以他憋着一肚子无名火。虽说在女人对爱情欲迎故拒之际，拉斯蒂涅能尝到第一批果实，可是那些果子是青的，带酸的，咬在嘴里特别有味，所以代价也特别高。有时，眼看自己没有钱，没有前途，就顾不得良心的呼声而想到伏脱冷的计划，想和泰伊番小姐结婚，得她的家财。那天晚上他又是穷得一筹莫展，几乎不由自主地要接受可怕的斯芬克斯的计策了。他一向觉得那家伙的目光有勾魂摄魄的魔力。

波阿莱和米旭诺小姐上楼的时节，拉斯蒂涅以为除了伏盖太太和坐在壁炉旁边迷迷糊糊编织毛线套袖的古的太太以外，再没有旁人，便脉脉含情地瞅着泰伊番小姐，把她羞得低下头去。

"你难道也有伤心事吗，欧也纳先生？"维多莉沉默了一会儿说。

---

[1] 即猎人节，十一月三日。

"哪个男人没有伤心事！"拉斯蒂涅回答，"我们这些时时刻刻预备为人牺牲的年轻人，要是能得到爱，得到赤诚的爱作为酬报，也许我们就不会伤心了。"

泰伊番小姐的回答只是毫不含糊地瞧了他一眼。

"小姐，你今天以为你的心的确如此这般；可是你敢保险永远不变吗？"

可怜的姑娘浮起一副笑容，好似灵魂中涌出一道光，把她的脸照得光艳动人。欧也纳想不到挑动了她这么强烈的感情，大吃一惊。

"哎！要是你一朝有了钱，有了幸福，有一笔大家私从云端里掉在你头上，你还会爱一个你落难时候喜欢的穷小子吗？"

她姿势很美地点了点头。

"还会爱一个怪可怜的青年吗？"

又是点头。

"喂，你们胡扯些什么？"伏盖太太叫道。

"别打搅我们，"欧也纳回答，"我们谈得很投机呢。"

"敢情欧也纳·特·拉斯蒂涅骑士和维多莉·泰伊番小姐私订终身了吗？"伏脱冷低沉的嗓子突然在饭厅门口叫起来。

古的太太和伏盖太太同时说："哟！你吓了我们一跳。"

"我挑的不算坏吧。"欧也纳笑着回答。伏脱冷的声音使他非常难受，他从来不曾有过那样可怕的感觉。

"哎，你们两位别缺德啦！"古的太太说，"孩子，咱们该上楼了。"

伏盖太太跟着两个房客上楼，到她们屋里去消磨黄昏，节省她的灯烛柴火。饭厅内只剩下欧也纳和伏脱冷两人面面相对。

"我早知道你要到这一步的，"那家伙声色不动地说，"可是你听着！

我是非常体贴人的。你心绪不大好,不用马上决定。你欠了债。我不愿意你为了冲动或是失望投到我这儿来,我要你用理智决定。也许你手头缺少几千法郎,嗯,你要吗?"

那魔鬼掏出皮夹,捡了三张钞票对大学生扬了一扬。欧也纳正窘得要命,欠着特·阿瞿达侯爵和特·脱拉伊伯爵两千法郎赌债。因为还不出钱,虽则大家在特·雷斯多太太府上等他,他不敢去。那是不拘形迹的集会,吃吃小点心,喝喝茶,可是在韦斯脱牌桌上可以输掉六千法郎。

"先生,"欧也纳好容易忍着身体的抽搐,说道,"自从你对我说了那番话,你该明白我不能再领你的情。"

"好啊,说得好,教人听了怪舒服的,"那个一心想勾引他的人回答,"你是个漂亮小伙子,想得周到,像狮子一样高傲,像少女一样温柔。你这样的俘虏才配魔鬼的胃口呢。我就喜欢这种性格的年轻人。再加上几分政治家的策略,你就能看到社会的本相了。只要玩几套清高的小戏法,一个高明的人能够满足他所有的欲望,教台下的傻瓜连声喝彩。要不了几天,你就是我的人了。哦!你要愿意做我的徒弟,管教你万事如意,想什么就有什么,并且马上到手,不论是名,是利,还是女人。凡是现代文明的精华,都可以拿来给你享受。我们要疼你,惯你,当你心肝宝贝,拼了命来让你寻欢作乐。有什么阻碍,我们替你一律铲平。倘使你再有顾虑,那你是把我当作坏蛋了?哼!你自以为清白,一个不比你少清白一点的人,特·丢兰纳先生,跟强盗们做着小生意,并不觉得有伤体面。你不愿意受我的好处,嗯?那容易,你先把这几张烂票子收下,"伏脱冷微微一笑,掏出一张贴好印花税的白纸,"你写:兹借到三千五百法郎,准一年内归楚。再填上日子!利息相当高,免得你多心。你可以叫我犹太人,用不着再承我情了。今天你要瞧不起我也由你，以后你一定会喜欢我。你可以在我身上看到那些无底的深渊，广大无边的感情，傻子们管这些叫作罪恶；可是你永远不会觉得我没有种，或者无情无义。总之，我既不是小卒，也不是呆笨的士象，而是冲锋的车，告诉你！"

"你究竟是什么人？简直是生来跟我捣乱嘛！"欧也纳叫道。

"哪里！我是一个好人，不怕自己弄脏手，免得你一辈子陷在泥坑里。你问我这样热心为什么？哎，有朝一日我会咬着你耳朵，轻轻告诉你的。我替你拆穿了社会上的把戏和诀窍，你就害怕；可是放心，这是你的怯场，跟新兵第一次上阵一样，马上会过去的。你慢慢自会把大众看作甘心情愿替自封为王的人当炮灰的大兵。可是时世变了。从前你对一个好汉说：给你三百法郎，替我去砍掉某人；他凭一句话把一个人送回了老家，若无其事地回家吃饭。如今我答应你偌大一笔家私，只要你点点头，又不连累你什么，你却是三心二意，委决不下。这年头真没出息。"

欧也纳立了借据，拿了钞票。

伏脱冷又说："哎，来，来，咱们总得讲个理。几个月之内我要动身上美洲去种我的烟草了。我会捎雪茄给你。我有了钱，我会帮你忙，要是没有孩子（很可能，我不想在这个世界上留种），我把遗产传给你。够朋友吗？我可是喜欢你呀，我。我有那股痴情，要为一个人牺牲。我已经这样干过一回了。你看清楚没有，孩子？我生活的圈子比旁人的高一级。我认为行动只是手段，我眼里只看见目的。一个人是什么东西？——得！"他把大拇指甲在牙齿上弹了一下。"一个人不是高于一切，就是分文不值。叫作波阿莱的时候，他连分文不值还谈不上，你可以像掐死一个臭虫一般掐死他，他干瘪，发臭。像你这样的人却是一个上帝，那可不是一架皮包的机器，而是有最美的情感在其中活动的舞台。我是单凭情感过活的。一宗情感，在你思想中不就等于整个世界吗？你瞧那高老头，两个女儿就是他整个的天地，就是他生活的指路标。我吗，挖掘过人生之后，觉得世界上真正的情感只有男人之间的友谊。我醉心的是比哀和耶非哀。《威尼斯转危为安》[1]我全本背得出。一个伙计对你说：来，帮我埋一个尸首！你跟着就跑，鼻子都不哼一哼，也不唠唠叨叨对他谈什么仁义道德；这样有血性的人，你看到过几个？咱家我就干过这个。我并不对每个人都这么说。你是一个高明的人，可以对你无所不谈，你都能明白。这个满是癞蛤蟆的泥塘，你不会老待下去的。得了吧，一言为定。你一定会结婚的。咱们各自拿着枪杆冲吧！嘿，我的绝不是银样镴枪头，你放心！"

伏脱冷根本不想听欧也纳说出一个不字，径自走了，让他定定神。他似乎懂得这种忸怩作态的心理：人总喜欢小小地抗拒一下，对自己的良心有个交代，替以后的不正当行为找个开脱的理由。

"他怎么办都由他，我一定不娶泰伊番小姐！"欧也纳对自己说。

他想到可能和这个素来厌恶的人联盟，心中火辣辣地非常难受；但伏脱冷那些玩世不恭的思想，把社会踩在脚底下的胆量，使他越来越觉得那家伙了不起。他穿好衣服，雇了车上特·雷斯多太太家去了。几天以来，这位太太对他格外殷勤，因为他每走一步，和高等社会的核心接近一步，而且他似乎有朝一日会声势浩大。他付清了特·脱拉伊和特·阿瞿达两位的账，打了一场夜牌，输的钱都赢了回来。需要趱奔前程的人多半相信宿命，欧也纳就有这种迷信，认为他运气好是上天对他始终不离正路的报

---

[1] 英国十七世纪奥特韦写的悲剧，比哀与耶非哀是其中主角，以友谊深挚著称。

酬。第二天早上，他赶紧问伏脱冷借据有没有带在身边。一听到说是，他便不胜欣喜地把三千法郎还掉了。

"告诉你，事情很顺当呢。"伏脱冷对他说。

"我可不是你的同党。"

"我知道，我知道，"伏脱冷打断了他的话，"你还在闹孩子脾气，看戏只看场子外面的小丑。"

两天以后，波阿莱和米旭诺小姐，在植物园一条冷僻的走道中坐在太阳底下一张凳上，同医学生很有理由猜疑的一位先生说着话。

"小姐，"龚杜罗先生说，"我不懂你哪儿来的顾虑。警察部长大人阁下……"

"哦！警察部长大人阁下……"波阿莱跟着说了一遍。

"是的，部长大人亲自在处理这件案子。"龚杜罗又道。

这个自称为布封街上的财主说出警察二字，在安分良民的面具之下露出本相之后，退职的小公务员波阿莱，虽然毫无头脑，究竟是畏首畏尾不敢惹是招非的人，还会继续听下去，岂不是谁都觉得难以相信？其实是挺自然的。你要在愚夫愚妇中间了解波阿莱那个特殊的种族，只要听听某些观察家的意见，不过这意见至今尚未公布。世界上有一类专吃公事饭的民族，在衙门的预算表上列在第一至第三级之间的；第一级，年俸一千二，打个譬喻说，在衙门里仿佛冰天雪地中的格陵兰[1]；第三级，年俸三千至六千，气候比较温和，虽然种植不易，什么津贴等等也能存在了。这仰存鼻息的一批人自有许多懦弱下贱的特点，最显著的是对本衙门的大头儿有

---

[1] 北极圈内的大岛，与冰岛相对，气候严寒，大部分为冰雪所蔽。

"小姐,"龚杜罗先生说,"我不懂你哪儿来的顾虑,警察部长大人阁下……"

种不由自主的、机械的、本能的恐怖。小公务员对于大头儿，平时只认识一个看不清的签名式。在那般俯首帖耳的人看来，部长大人阁下几个字代表一种神圣的、没有申诉余地的威权。小公务员心目中的部长，好比基督徒心目中的教皇，做的事永远不会错的。部长的行为，言语，一切用他名义所说的话，都有部长的一道毫光；那个绣花式的签名把什么都遮盖了，把他命令人家做的事都变得合法了。大人这个称呼证明他用心纯正，意念圣洁；一切荒谬绝伦的主意，只消出之于大人之口便百无禁忌。那些可怜虫为了自己的利益所不肯做的事，一听到大人二字就赶紧奉命。衙门像军队一样，大家只知道闭着眼睛服从。这种制度不许你的良心抬头，灭绝你的人性，年深月久，把一个人变成政府机构中的一只螺丝。老于世故的龚杜罗到了要显原形的时候，马上像念咒一般说出大人二字唬一下波阿莱，因为他早已看出他是个吃过公事饭的脓包，并且觉得波阿莱是男性的米旭诺，正如米旭诺是女性的波阿莱。

"既然部长阁下，部长大人……那事情完全不同了。"波阿莱说。

那冒充的小财主回头对米旭诺说："先生这话，你听见吗？你不是相信他的吗？部长大人已经完全确定，住在伏盖公寓的伏脱冷便是土伦苦役监的逃犯，绰号叫作鬼上当。"

"哦哟！鬼上当！"波阿莱道，"他有这个绰号，一定是运气很好喽。"

"对，"暗探说，"他这个绰号是因为犯了几桩非常大胆的案子都能死里逃生。你瞧，他不是一个危险分子吗？他有好些长处使他成为了不起的人物。进了苦役监之后，他在帮口里更有面子了。"

"那么他是一个有面子的人了。"波阿莱道。

"嘿！他挣面子是另有一功的！他很喜欢一个小白脸，意大利人，爱赌钱，犯了伪造文书的罪，结果由他顶替了。那小伙子从此进了军队，变得很规矩。"

米旭诺小姐说："既然部长大人已经确定伏脱冷便是鬼上当，还需要我干什么？"

"对啦，对啦！"波阿莱接着说，"要是部长，像你说的，切实知道……"

"谈不到切实，不过是疑心。让我慢慢说给你听吧。鬼上当的真姓名叫作约各·高冷，是三处苦役监囚犯的心腹、经理、银行老板。他在这些生意上赚到很多钱，干那种事当然要一表人才喽。"

波阿莱道："哎，哎，小姐，你懂得这个双关语吗？先生叫他一表人才，因为他身上黥过印，有了标记。"

暗探接下去说："假伏脱冷收了苦役犯的钱，代他们存放、保管，预备他们逃出以后花；或者交给他们的家属，要是他们在遗嘱上写明的话；或者交给他们的情妇，将来托他出面领钱。"

波阿莱道："怎么！他们的情妇？你是说他们的老婆吧？"

"不，先生，苦役监的犯人一般只有不合法的配偶，我们叫作姘妇。"

"那他们过的是姘居生活喽？"

"还用说吗？"

波阿莱道："哎，这种荒唐事儿，部长大人怎么不禁止呢？既然你荣幸得很，能见到部长，你又关切公众的福利，我觉得你应当把这些犯人的不道德行为提醒他。那种生活真是给社会一个很坏的榜样。"

"可是先生，政府送他们进苦役监，并不是把他们作为道德的模范呀。"

"不错。可是先生，允许我……"

"哎，好乖乖，你让这位先生说下去啊。"米旭诺小姐说。

"小姐，你知道，搜出一个违禁的钱库——听说数目很大——政府可以得到很大的利益。鬼上当经管大宗的财产，所收的赃不光是他的同伴的，还有万字帮的。"

"怎么！那些贼党竟有上万吗？"波阿莱骇然叫起来。

"不是这意思，万字帮是一个高等窃贼的团体，专做大案子的，不上一万法郎的买卖从来不干。帮口里的党员都是刑事犯中间最了不起的人物。他们熟读《法典》，从来不会在落网的时候被判死刑。高冷是他们的心腹，是他们的参谋。他神通广大，有他的警卫组织，爪牙密布，神秘莫测。我们派了许多暗探监视了他一年，还摸不清他的底细。他凭他的本领和财力，能够经常为非作歹，张罗犯罪的资本，让一批恶党不断地同社会斗争。抓到鬼上当，没收他的基金，等于把恶势力斩草除根。因此这桩侦探工作变了一件国家大事，凡是出力协助的人都有光荣。就是你先生，有了功也可以再进衙门办事，或者当个警察局的书记，照样能拿你的养老金。"

"可是为什么，"米旭诺小姐问，"鬼上当不拿着他保管的钱逃走呢？"

暗探说："噢！他无论到哪儿都有人跟着，万一他盗窃苦役犯的公款，就要被打死。况且卷逃一笔基金不像拐走一个良家妇女那么容易。再说，高冷是条好汉，绝不干这样的勾当，他认为那是极不名誉的事。"

"你说得不错，先生，那他一定要声名扫地了。"波阿莱凑上两句。

米旭诺小姐说："听了你这些话，我还是不懂干吗你们不直接上门抓他。"

"好吧，小姐，我来回答你……可是，"他咬着她耳朵说，"别让你的先生打断我，要不咱们永远讲不完。居然有人肯听这个家伙的话，大概他很有钱吧。——鬼上当到这儿来的时候，冒充安分良民，装作巴黎的小财主，住在一所极普通的公寓里；他狡猾得很，从来不会没有防备，因此伏脱冷先生是一个很体面的人物,做着了不起的买卖。"

"当然啰。"波阿莱私下想。

"部长不愿意弄错事情,抓了一个真伏脱冷,得罪巴黎的商界和舆论。要知道警察部长的地位也是不大稳的,他有他的敌人,一有错儿,钻谋他位置的人就会挑拨进步党人大叫大嚷,轰他下台。所以对付这件事要像对付高阿涅案子的圣·埃兰假伯爵一样[1];要真有一个圣·埃兰伯爵的话,咱们不是糟了吗?因此咱们得证实他的身份。"

"对。可是你需要一个漂亮女人啊。"米旭诺小姐抢着说。

暗探说:"鬼上当从来不让一个女人近身;告诉你,他是不喜欢女人的。"

"这么说来,我还有什么作用,值得你给我两千法郎去替你证实?"

陌生人说:"简单得很。我给你一个小瓶,装有特意配好的酒精,能够教人像中风似的死过去,可没有生命危险。那个药可以掺在酒里或是咖啡里。等他一晕过去,你立刻把他放倒在床上,解开他衣服,装作看看他有没有断气。趁没有人的时候,你在他肩上打一下——啪——一声,印的字母马上会显出来。"

"那可一点儿不费事。"波阿莱说。

"哎,那么你干不干呢?"龚杜罗问老姑娘。

"可是,亲爱的先生,要没有字显出来,我还能有两千法郎到手吗?"

"不。"

"那么怎样补偿我呢?"

---

[1] 高阿涅冒充圣·埃兰伯爵招摇撞骗,一八〇二年以窃罪被捕,判苦役十四年。一八〇五年越狱,以假身份投军,参与作战,数次受伤,升擢至团长,王政时代充任塞纳州宪兵队中校,受勋累累,同时仍暗中为贼党领袖。某次在蒂勒黎花园检阅时,被人识破,判处终身苦役。此案曾轰动一时。

"五百法郎。"

"为这么一点儿钱干这么一件事！良心上总是一块疙瘩，而我是要良心平安的，先生。"

波阿莱说："我敢担保，小姐除了非常可爱非常聪明之外，还非常有良心。"

米旭诺小姐说："还是这么办吧，他要真是鬼上当，你给我三千法郎；不是的话一个子儿都不要。"

"行，"龚杜罗回答，"可是有个条件，事情明儿就得办。"

"不能这么急，先生，我还得问问我的忏悔师。"

"你调皮，嗯！"暗探站起身来说，"那么明儿见。有什么要紧事儿找我，可以到圣·安纳小街，圣·夏班院子底上，穿隆底下只有一扇门，到那儿问龚杜罗先生就行了。"

皮安训上完居维埃的课回来，无意中听到"鬼上当"这个古怪字儿，也听见那有名的暗探所说的"行"。

"干吗不马上答应下来？三千法郎的终身年金，一年不是有三百法郎利息吗？"波阿莱问米旭诺。

"干吗！该想一想呀。倘使伏脱冷果真是鬼上当，跟他打交道也许好处更多。不过问他要钱等于给他通风报信，他会溜之大吉。那可两面落空，糟糕透啦！"

"你通知他也不行的，"波阿莱接口道，"那位先生不是说已经有人监视他吗？而你可什么都损失了。"

米旭诺小姐心里想："并且我也不喜欢这家伙，他老对我说些不客气的话。"

波阿莱又说："你还是那样办吧。我觉得那位先生挺好，衣服穿得整齐。他说得好，替社会去掉一个罪犯，不管他怎样义气，在我们总是服从法律。江山易改，本性难移。谁保得住他不会一时性起，把我们一齐杀掉？那才该死呢！他杀了人，我们是要负责任的，且不说咱们的命先要送在他手里。"

米旭诺小姐一肚子心事，没有工夫听波阿莱那些断断续续的话，好似没有关严的水龙头上漏出一滴一滴的水。这老头儿一朝说开了场，米旭诺小姐要不加阻拦，就会像开了发条的机器，嘀嘀咕咕永远没得完。他提出了一个主题，又岔开去讨论一些完全相反的主题，始终没有结论。回到伏盖公寓门口，他东拉西扯，旁征博引，正讲着在拉哥罗先生和莫冷太太的案子里他如何出庭替被告作证的故事。进得门来，米旭诺瞥见欧也纳跟泰伊番小姐谈得那么亲热那么有劲，连他们穿过饭厅都没有发觉。

"事情一定要到这一步的，"米旭诺对波阿莱说，"他们俩八天以来眉来眼去，恨不得把灵魂都扯下来。"

"是啊，"他回答，"所以她给定了罪。"

"谁？"

"莫冷太太喽。"

"我说维多莉小姐，你回答我莫冷太太。谁是莫冷太太？"米旭诺一边说一边不知不觉走进了波阿莱的屋子。

波阿莱问："维多莉小姐有什么罪？"

"怎么没有罪？她不该爱上欧也纳先生，不知后果，没头没脑地瞎撞，可怜的傻孩子！"

欧也纳白天被特·纽沁根太太磨得绝望了。他内心已经完全向伏脱冷屈服，既不愿意推敲一下这个怪人对他的友谊是怎么回事，也不想想这种友谊的结果。一小时以来，他和泰伊番小姐信誓旦旦，亲热得了不得；他已经一脚踏进泥淖，只有奇迹才能把他拉出来。维多莉听了他的话以为听到了安琪儿的声音，天国的门开了，伏盖公寓染上了神奇的色彩，像舞台上的布景。她爱他，他也爱她，至少她是这样相信！在屋子里没有人窥探的时候，看到拉斯蒂涅这样的青年，听着他说话，哪个女人不会像她一样地相信呢？至于他，他和良心作着斗争，明知自己在做一桩坏事，而且是有心地做，心里想只要将来使维多莉快乐，他这点儿轻微的罪过就能补赎；绝望之下，他流露出一种悲壮的美，把心中所有地狱的光彩一齐放射出来。算他运气，奇迹出现了：伏脱冷兴冲冲地从外边进来，看透了他们的心思。这对青年原是由他恶魔般的天才撮合的，可是他们这时的快乐，突然被他粗声大气、带着取笑意味的歌声破坏了。

　　我的芳希德多可爱，

　　你瞧她多么朴实……[1]

　　维多莉一溜烟逃了。这时她心中的喜悦足够抵消她一生的痛苦。可怜的姑娘！握一握手，脸颊被欧也纳的头发厮磨一下，贴着她耳朵（连大学生嘴唇的暖气都感觉到）说的一句话，压在她腰里的一条颤巍巍的手臂，印在她脖子上的一个亲吻……在她都成为心心相印的记号；再加隔壁屋里的西尔维随时可能闯入这间春光烂漫的饭厅，那些热情的表现就比有名的

---

[1] 维亚尔的喜歌剧《两个忌妒的人》（1813）中的唱词。

爱情故事中的海誓山盟更热，更强烈，更动心。这些微不足道的小事，在一个每十五天忏悔一次的姑娘，已经是天大的罪过了。即使她将来有了钱，有了快乐，整个委身于人的时节，流露的真情也不能同这个时候相比。

"事情定局了，"伏脱冷对欧也纳道，"两位哥儿已经打过架。一切都进行得很得体。是为了政见不同。咱们的鸽子侮辱了我的老鹰，明天在葛里娘谷堡垒交手。八点半，正当泰伊番小姐在这儿消消停停拿面包浸在咖啡里的时候，就好承继她父亲的慈爱和财产。你想不奇怪吗！泰伊番那小子的剑法很高明，他狠天狠地，像抓了一手大牌似的，可是休想逃过我的杀手锏。你知道，我有一套挑起剑来直刺脑门的家数，将来我教给你，有用得很呢。"

拉斯蒂涅听着愣住了，一句话都说不上来。这时高老头、皮安训和别的几个包饭客人进来了。

"你这样我才称心呢，"伏脱冷对他道，"你做的事，你心中有数。行啦，我的小老鹰！你将来一定能支配人；你又强，又痛快，又勇敢；我佩服你。"

伏脱冷想握他的手，拉斯蒂涅急忙缩回去；他脸色发白，倒在椅子里，似乎看到眼前淌着一摊血。

"啊！咱们的良心还在那儿嘀咕，"伏脱冷低声说，"老头儿有三百万，我知道他的家私。这样一笔陪嫁尽可把你洗刷干净，跟新娘的礼服一样白；那时你自己也会觉得问心无愧呢。"

拉斯蒂涅不再迟疑，决定当夜去通知泰伊番父子。伏脱冷走开了，高老头凑在他耳边说：

"你很不高兴，孩子。我来给你开开心吧，你来！"说完老人凑在灯上点了火把，欧也纳存着好奇心跟他上楼。

高老头问西尔维要了大学生的钥匙，说道："到你屋子里去。今天早上你以为她不爱你了，嗯？她硬要你走了，你生气了，绝望了。傻子！她等我去呢。明白没有？我们约好要去收拾一所小巧玲珑的屋子，让你三天之内搬去住。你不能出卖我哪。她要瞒着你，到时教你喜出望外，我可是忍不住了。你的屋子在阿多阿街，离圣·拉查街只有两步路。那儿包你像王爷一般舒服。我们替你办的家具像新娘用的。一个月工夫，我们瞒着你做了好多事。我的诉讼代理人已经在交涉，将来我女儿一年有三万六千收入，是她陪嫁的利息，我要女婿把她的八十万法郎投资在房地产上面。"

欧也纳不声不响，抱着手臂在他乱七八糟的小房间里踱来踱去。高老头趁大学生转身的当儿，把一个红皮匣子放在壁炉架上，匣子外面有特·拉斯蒂涅家的烫金的纹章。

"亲爱的孩子，"可怜的老头儿说，"我全副精神对付这些事。可是，你知道，我也自私得很，你的搬家对我也有好处。嗯，你不会拒绝我吧，倘使我有点儿要求？"

"什么事？"

"你屋子的六层楼上有一间卧房，也是归你的，我想住在那里，行吗？我老了，离开女儿太远了。我不会打搅你的，光是住在那儿。你每天晚上跟我谈谈她。你说，你不会讨厌吧？你回家的时候，我睡在床上听到你的声音，心里想：——他才见过我的小但斐纳，带她去跳舞，使她快乐。——要是我病了，听你回来，走动，出门，等于给我心上涂了止痛膏。你身上有我女儿的气息！我只要走几步路就到天野大道，她天天在那儿过，我可以天天看到她，不会再像从前那样迟到了。也许她还会上你这儿来！我可以听到她，看她穿着梳妆衣，趸着细步，像小猫一样可爱地走来走去。一个月到现在,她又恢复了从前小姑娘的模样,快活,漂亮,她的心情复原了,你给了她幸福。哦!什么办不到的事,我都替你办。她刚才回家的路上对我说:'爸爸,我真快活!'——听她们一本正经地叫我'父亲',我的心就冰冷;一叫我'爸爸',我又看到了她们小时候的样子,回想起从前的事。我觉得自己还是十足十的父亲,她们还没有给旁人占去!"老头儿抹了抹眼泪。

"好久我没听见她们叫我爸爸了,好久没有挽过她们的胳膊了。唉!是呀,十年工夫我没有同女儿肩并肩地一块儿走了。挨着她的裙子,跟着她的脚步,沾到她的暖气,多舒服啊!今儿早上我居然能带了但斐纳到处跑,同她一块儿上铺子买东西,又送她回家。噢!你一定得收留我!你要人帮忙的时候,有我在那儿,就好伺候你啦。倘若那个亚尔萨斯臭胖子死了,倘若他的痛风症乖乖地跑进了他的胃,我女儿不知该多么高兴呢!那时你可以做我的女婿,堂而皇之做她的丈夫了。唉。她那么可怜,一点儿人生的乐趣都没有尝到,所以我什么都原谅她。好天爷总该保佑慈爱的父亲吧。"他停了一会儿,侧了侧脑袋又说:"她太爱你了,上街的时候她跟我提到你:'是不是,爸爸,他好极了!他多有良心!'有没有提到我呢!——呃,从阿多阿街到巴诺拉玛巷,拉拉扯扯不知说了多少!总之,她把她的心都倒在我的心里了。整整一个上午我快乐极了,不觉得老了,我的身体还不到一两重。我告诉她,你把一千法郎交给了我。哦!我的小心肝听着哭了。"

拉斯蒂涅站在那儿不动,高老头忍不住了,说道:

"哎,你壁炉架上放的什么呀?"

欧也纳愣头愣脑地望着他的邻居。伏脱冷告诉他明天要决斗了;高老头告诉他,渴望已久的梦想要实现了。两个那么极端的消息,使他好像做了一场噩梦。他转身瞧了瞧壁炉架,看到那小方匣子,马上打开,发现一张纸条下面放着一只勃勒甘牌子的表。纸上写着:

我要你时时刻刻想到我,因为…… 但斐纳

最后一句大概暗指他们俩某一次的争执,欧也纳看了大为感动。拉斯蒂涅的纹章放在匣子里边,是用釉彩堆成的。这件向往已久的装饰品,链条、钥匙、式样、图案,他件件中意。高老头在旁乐得眉飞色舞。他准是答应女儿把欧也纳惊喜交集的情形告诉她听的;这些年轻人的激动也有老人的份,他的快乐也不下于他们两人。他已经非常喜欢拉斯蒂涅了,为了女儿,也为了拉斯蒂涅本人。

"你今晚一定要去看她,她等着你呢。亚尔萨斯臭胖子在他的舞女那儿吃饭。哎,哎,我的代理人向他指出事实,他愣住了。他不是说爱我女儿爱得五体投地吗?哼,要是他碰一碰她,我就要他的命。一想到我的但斐纳……(他叹了口气)我简直气得要犯法;呸,杀了他不能说杀了人,不过是牛头马面的一个畜生罢了。你会留我一块儿住的,是不是?"

"是的,老丈,你知道我是喜欢你的……"

"我早看出了,你并没觉得我丢你的脸。来,让我拥抱你。"他搂着大学生,"答应我,你得使她快乐!今晚你一定去了?"

"噢,是的。我先上街去一趟,有件要紧事儿,不能耽误。"

"我能不能帮忙呢?"

"哦,对啦!我上纽沁根太太家,你去见泰伊番老头,要他今天晚上给我约个时间,我有件紧急的事和他谈。"

高老头脸色变了,说道:"楼下那些混蛋说你追求他的女儿,可是真的,小伙子?该死!你可不知什么叫作高里奥的老拳呢。你要欺骗我们,就得教你尝尝味儿了。哦!那是不可能的。"

大学生道:"我可以赌咒,世界上我只爱一个女人,连我自己也只是刚才知道。"

高老头道:"啊,那才好呢!"

"可是,"大学生又说,"泰伊番的儿子明天要同人决斗,听说他会送命的。"

高老头道:"那跟你有什么相干?"

欧也纳道:"噢!非告诉他不可,别让他的儿子去……"

伏脱冷在房门口唱起歌来,打断了欧也纳的话:

噢,理查,噢,我的陛下,
世界把你丢啊……[1]

勃龙!勃龙!勃龙!勃龙!勃龙!

我久已走遍了世界,
人家到处看见我呀……

---

[1] 格雷德里的喜歌剧《狮心王理查》中的唱词。

脱啦，啦，啦，啦……

"诸位先生，"克利斯朵夫叫道，"汤冷了，饭厅上人都到齐了。"

"喂，"伏脱冷喊，"来拿我的一瓶波尔多去[1]。"

"你觉得好看吗，那只表？"高老头问，"她挑得不差可不是？"

伏脱冷、高老头和拉斯蒂涅三个人一同下楼，因为迟到，在饭桌上坐在一处。吃饭的时候，欧也纳一直对伏脱冷很冷淡；可是伏盖太太觉得那个挺可爱的家伙从来没有这样的谈锋。他诙谐百出，把桌上的人都引得非常高兴。这种安详，这种镇静，欧也纳看着害怕了。

"你今儿交了什么运呀，快活得像云雀一样？"伏盖太太问。

"我做了好买卖总是快活的。"

"买卖？"欧也纳问。

"是啊。我交出了一部分货，将来好拿一笔佣金。"他发觉老姑娘在打量他，便问，"米旭诺小姐，你这样盯着我，是不是我脸上有什么地方教你不舒服？老实告诉我，为了讨你欢喜，我可以改变的。"

他又瞅着老公务员说："波阿莱，咱们不会因此生气的，是不是？"

"真是！你倒好替雕刻家做模特儿，让他塑一个滑稽大家的像呢？"青年画家对伏脱冷道。

"不反对，只要米旭诺小姐肯给人雕作拉雪兹神甫公墓[2]的爱神。"伏脱冷回答。

---

[1] 波尔多为法国西部港口，产红葡萄酒有名，通常即以此地名称呼红酒。
[2] 拉雪兹神甫公墓为巴黎最大的公共坟场。

"那么波阿莱呢？"皮安训问。

"噢！波阿莱就扮作波阿莱。他是果园里的神道，是梨的化身[1]。"伏脱冷回答。

"那你是坐在梨跟酪饼之间了。"皮安训说。

"都是废话，"伏盖太太插嘴道，"还是把你那瓶波尔多献出来吧，又好健胃又好助兴。那个瓶已经在那儿伸头探颈了！"

"诸位，"伏脱冷道，"主席叫我们遵守秩序。古的太太和维多莉小姐虽不会对你们的胡说八道生气，可不能侵犯无辜的高老头。我请大家喝一瓶波尔多，那是靠着拉斐德先生的大名而格外出名的。我这么说可毫无政治意味。[2]——来呀，你这傻子！"他望着一动不动的克利斯朵夫叫，"这儿来，克利斯朵夫！怎么你没听见你名字？傻瓜！把酒端上来！"

"来啦，先生。"克利斯朵夫捧着酒瓶给他。

伏脱冷给欧也纳和高老头各斟了一杯，自己也倒了几滴。两个邻居已经在喝了，伏脱冷拿起杯子辨了辨味道，忽然扮了个鬼脸：

"见鬼！见鬼！有瓶塞子味儿。克利斯朵夫，这瓶给你吧，另外去拿，在右边，你知道？咱们一共十六个，拿八瓶下来。"

"既然你破钞，"画家说，"我也来买一百个栗子。"

"哦！哦！"

"啵！啵！"

"哎！哎！"

---

[1] Poire（梨）与 Poiret（波阿莱——人名）谐音，故以此为戏。

[2] 夏多-拉斐德为波尔多有名的酿酒区，有一种出名的红酒就用这个名称，大概伏脱冷请大家喝的就是这一种。当时又有法兰西银行总裁名叫拉斐德，故以谐音作欢谑语。

每个人大惊小怪地叫嚷，好似花筒里放出来的火箭。"喂，伏盖妈妈，来两瓶香槟。"伏脱冷叫。

"亏你想得出，干吗不把整个屋子吃光了？两瓶香槟！十二法郎！我哪儿去挣十二法郎！不成，不成。要是欧也纳先生肯会香槟的账，我请大家喝果子酒。"

"吓！他的果子酒像秦皮汁一样难闻。"医学生低声说。

拉斯蒂涅道："别说了，皮安训，我听见秦皮汁三个字就恶心……行！去拿香槟，我付账就是了。"

"西尔维，"伏盖太太叫，"拿饼干跟小点心来。"

伏脱冷道："你的小点心太大了，而且出毛了。还是拿饼干来吧。"

一霎时，波尔多斟遍了，饭桌上大家提足精神，越来越开心。粗野疯狂的笑声夹着各种野兽的叫声。博物院管事学巴黎街上的一种叫卖声，活像猫儿叫春。立刻八个声音同时嚷起来：

"磨刀哇！磨刀哇！"

"鸟栗子噢！"

"卷饼哎，太太们，卷饼哎！"

"修锅子，补锅子！"

"船上来的鲜鱼噢！鲜鱼噢！"

"要不要打老婆，要不要拍衣服！"

"有旧衣服，旧金线，旧帽子卖伐！"

"甜樱桃啊甜樱桃！"

最妙的是皮安训用鼻音哼的"修阳伞哇！"

几分钟之内，哗里哗啦，沸沸扬扬，把人脑袋都涨破了。你一句我一句，无非是瞎说八道，像一出大杂耍。伏脱冷一边当指挥一边冷眼觑着欧也纳和高里奥。两人好像已经醉了，靠着椅子，一本正经望着这片从来未有的混乱，很少喝酒，都想着晚上要做的事，可是都觉得身子抬不起来。伏脱冷在眼梢里留意他们的神色，等到他们眼睛迷迷糊糊快要闭上了，他贴着拉斯蒂涅的耳朵说：

"喂，小家伙，你还要不过伏脱冷老头呢。他太喜欢你了，不能让你胡闹。一朝我决心要干什么事，只有上帝能拦住我。嘿！咱们想给泰伊番老头通风报信，跟小学生一样糊涂！炉子烧热了，面粉捏好了，面包放上铲子了；明儿咱们就可以咬在嘴里，丢着面包芯子玩儿了，你竟想捣乱吗？不成不成，生米一定得煮成熟饭！心中要有什么小小的不舒服，等你吃的东西消化了，那点儿不舒服也就没有啦。咱们睡觉的时候，上校弗朗却西尼伯爵剑头一挥，替你把米希尔·泰伊番的遗产张罗好啦。维多莉继承了她的哥哥，一年有小小的一万五千收入。我已经打听清楚，光是母亲的遗产就有三十万以上……"

欧也纳听着这些话不能回答，只觉得舌尖跟上颚粘在一块，身子重甸甸的，瞌睡得要死。他只能隔了一重明晃晃的雾，看见桌子和同桌的人的脸。不久，声音静下来，客人一个一个地散了，临了只剩下伏盖太太、古的太太、维多莉、伏脱冷和高老头。拉斯蒂涅好似在梦中，瞥见伏盖太太忙着倒瓶里的余酒，把别的瓶子装满。

寡妇说："哎！他们疯疯癫癫，多年轻啊！"

这是欧也纳听到的最后一句话。

西尔维道："只有伏脱冷先生才会教人这样快活，哟！克利斯朵夫打鼾打得像陀螺一样。"

"再见，伏盖妈妈，我要到大街上看玛蒂演《荒山》去了，那是把《孤独者》改编的戏。倘使你愿意，我请你和这些太太们一块儿去。"

古的太太回答："我们不去，谢谢你。"

伏盖太太说："怎么，我的邻居！你不想看《孤独者》改编的戏？那是阿太拉·特·夏多布里昂[1]写的小说，我们看得津津有味，去年夏天在菩提树下哭得像抹大拉的马利亚，而且是一部伦理作品，正好教育教育你的小姐呢。"

维多莉回答："照教会的规矩，我们不能看喜剧。"

"哦，这两个都人事不知了。"伏脱冷把高老头和欧也纳的脑袋滑稽地摇了一下。

他扶着大学生的头靠在椅背上，让他睡得舒服些，一边热烈地亲了亲他的额角，唱道：

睡吧，我的心肝肉儿！
我永远替你们守护。[2]

维多莉道："我怕他害病呢。"

伏脱冷道："那你在这里照应他吧。"又凑着她的耳朵说，"那是你做贤妻的责任。他真爱你啊，这小伙子。我看，你将来会做他的小媳妇儿。"他又提高了嗓子，"末了，他们在地方上受人尊敬，白头偕老，子孙满堂。所有的爱情故事都这样结束的。哎，妈妈，"他转身搂着伏盖太太，"去戴

---

[1] 伏盖太太毫无知识，把作者的姓名弄得七颠八倒，和作品混而为一。
[2] 河梅台·特·菩柏朗的有名的情歌中的词句，一八一九年被采入一出歌舞剧。

上帽子，穿上漂亮的小花绸袍子，披上当年伯爵夫人的披肩。让我去替你雇辆车。"说完他唱着歌出去了：

太阳，太阳，神明的太阳，

是你晒熟了南瓜的瓜瓤[1]……

伏盖太太说："天哪！你瞧，古的太太，这样的男人才教我日子过得舒服呢。"她又转身对着面条商说，"呦，高老头去啦。这啬刻鬼从来没想到带我上哪儿去过。我的天，他要倒下来啦。上了年纪的人再失掉理性，太不像话！也许你们要说，没有理性的人根本丢不了什么。西尔维，扶他上楼吧。"

西尔维抓着老人的胳膊扶他上楼，当他铺盖卷似的横在床上。

"可怜的小伙子，"古的太太说着，把欧也纳挡着眼睛的头发撩上去，"真像个女孩子，还不知道喝醉是怎么回事呢。"

伏盖太太道："啊！我开了三十一年公寓，像俗话说的，手里经过的年轻人也不少了；像欧也纳先生这么可爱、这么出众的人才，可从来没见过。瞧他睡得多美！把他的头放在你肩上吧，古的太太。呃，他倒在维多莉小姐肩上了。孩子们是有神道保佑的。再侧过一点，他就碰在椅背的葫芦上啦。他们俩配起来倒是挺好的一对。"

古的太太道："好太太，别胡说，你的话……"

伏盖太太回答："呃！他听不见的。来，西尔维，帮我去穿衣服，我

---

[1] 当时工场里流行的小调。

要戴上我的大胸褡。"

西尔维道:"哎哟!太太,吃饱了饭戴大胸褡!不,你找别人吧,我下不了这毒手。你这么不小心是有性命危险的。"

"管他,总得替伏脱冷先生挣个面子。"

"那你对承继人真是太好了。"

寡妇一边走一边吆喝:"哎,西尔维,别顶嘴啦。"

厨娘对维多莉指着女主人,说:"在她那个年纪!"饭厅里只剩下古的太太和维多莉,欧也纳靠在维多莉肩膀上睡着。静悄悄的屋里只听见克利斯朵夫的打鼾声,相形之下,欧也纳的睡眠越加显得恬静,像儿童一般妩媚。维多莉脸上有种母性一般的表情,好像很得意;因为她有机会照顾欧也纳,借此发泄女人的情感,同时又能听到男人的心在自己的心旁跳动,而没有一点犯罪的感觉。千思百念在胸中涌起,跟一股年轻纯洁的热流接触之下,她情绪激动,说不出有多么快活。

古的太太紧紧握着她的手说:"可怜的好孩子!"

天真而苦恼的脸上罩着幸福的光轮,老太太看了暗暗称赏。维多莉很像中世纪古拙的画像,没有琐碎的枝节,沉着有力的笔触只着重面部,黄黄的皮色仿佛反映着天国的金光。

维多莉摸着欧也纳的头发说:"他只不过喝了两杯呀,妈妈。"

"孩子,他要是胡闹惯的,酒量就会跟别人一样了。他喝醉倒是证明他老实。"

街上传来一辆车子的声音。

年轻的姑娘说:"妈妈,伏脱冷先生来了。你来扶一扶欧也纳先生。我不愿意给那个人看见。他说话叫人精神上感到污辱,瞧起人来真受不了,仿佛剥掉人的衣衫一样。"

古的太太说:"不,你看错了!他是个好人,有点像过去的古的先生,虽然粗鲁,本性可是不坏,他是好人歹脾气。"

在柔和的灯光抚弄之下,两个孩子正好配成一幅图画。伏脱冷悄悄地走进来,抱了手臂,望着他们说道:

"哎哟!多有意思的一幕,喔!给《保尔和维吉妮》的作者贝尔纳丹·德·圣皮埃尔看到了,一定会写出好文章来。青春真美,不是吗,古的太太?"他又端详了一会儿欧也纳,说道,"好孩子,睡吧。有时福气就在睡觉的时候来的。"他又回头对寡妇道,"太太,我疼这个孩子,不但因为他生得清秀,还因为他心好。你瞧他不是一个希吕彭靠在天使肩上吗?真可爱!我要是女人,我愿意为了他而死,(哦,不!不这么傻!)愿意为了他而活!这样欣赏他们的时候,太太,"他贴在寡妇耳边悄悄地说,"不由不想到他们是天生一对,地造一双。"然后他又提高了嗓子,"上帝给我们安排的路是神秘莫测的,他鉴察人心,试验人的肺腑[1]。孩子们,看到你们俩都一样的纯洁,一样的有情有义,我相信一朝结合了,你们绝不会分离。上帝是正直的。"他又对维多莉说,"我觉得你很有福相,给我瞧瞧你的手,小姐。我会看手相,人家的好运气常常被我说准的。哎唷!你的手怎么啦?真的,你马上要发财了,爱你的人也要托你的福了。父亲会叫你回家,你将来要嫁给一个年轻的人,又漂亮又有头衔,又爱你!"

妖娆的伏盖寡妇下楼了,沉重的脚声打断了伏脱冷的预言。

"瞧啊,伏盖妈妈美丽得像一颗明明明……明星,包扎得像根红萝卜。

---

[1] 此二语借用《圣经·耶利米书》第十七章原文。

"瞧啊,伏盖妈妈美丽得像一颗明明明……明星。"

不有点儿气急吗？"他把手按着她胸口说，"啊，胸脯绑得很紧了，妈妈。不哭则已，一哭准会爆炸；可是放心，我会像古董商一样把你仔仔细细捡起来的。"

寡妇咬着古的太太的耳朵说："他真会讲法国式的奉承话，这家伙！"

"再见，孩子们，"伏脱冷转身招呼欧也纳和维多莉，把手放在他们头上，"我祝福你们！相信我，小姐，一个规矩老实的人的祝福是有道理的，包你吉利，上帝会听他的话的。"

"再见，好朋友，"伏盖太太对她的女房客说，又轻轻补上一句，"你想伏脱冷先生对我有意思吗？"

"噢！噢！"

他们走后，维多莉瞧着自己的手叹道：

"唉！亲爱的妈妈，倘若真应了伏脱冷先生的话！"

老太太回答："那也不难，只消你那魔鬼哥哥从马上倒栽下来就成了。"

"噢！妈妈！"

寡妇道："我的天！咒敌人也许是桩罪过，好，那么我来补赎吧。真的，我很愿意给他送点儿花到坟上去。他那个坏良心，没有勇气替母亲说话，只晓得拿她的遗产，夺你的家私。当时你妈妈陪嫁很多，算你倒霉，婚书上没有提。"

维多莉说："要拿人家的性命来换我的幸福，我心上永远不会安乐的。倘使要我幸福就得去掉我哥哥，那我宁可永久住在这儿。"

"伏脱冷先生说得好，谁知道全能的上帝高兴教我们走哪条路呢？——你瞧他是信教的，不像旁人提到上帝比魔鬼还要不敬。"

她们靠着西尔维帮忙，把欧也纳抬进卧房，放倒在床上；厨娘替他脱了衣服，让他舒舒服服地睡觉。临走，维多莉趁老太太一转身，在欧也纳额上亲了一亲，觉得这种偷偷摸摸的罪过真有说不出的快乐。她瞧瞧他的卧室，仿佛把这一天上多多少少的幸福归纳起来，在脑海中构成一幅图画，让自己老半天地看着出神。她睡熟的时候变了巴黎最快乐的姑娘。

伏脱冷在酒里下了麻醉药，借款待众人的机会灌醉了欧也纳和高老头：这一下他可断送了自己。半醉的皮安训忘了向米旭诺追问鬼上当那个名字。要是他说了，伏脱冷，或者约各·高冷——在此我们不妨对苦役监中的大人物还他的真名实姓——一定会马上提防。后来，米旭诺小姐认为高冷性情豪爽，正在盘算给他通风报信，让他在半夜里逃走，是不是更好的时候，听到"拉雪兹神甫公墓上的爱神"那个绰号，便突然改变主意。她吃过饭由波阿莱陪着出门，到圣·安纳街找那有名的特务头子去了，心里还以为他不过是个名叫龚杜罗的高级职员。特务长见了她挺客气。把一切细节说妥之后，米旭诺小姐要求那个检验黥印的药品。看到圣·安纳街的大人物在书桌抽斗内找寻药品时那种得意的态度，米旭诺才懂得这件事情的重要性还不止在于逮捕一个普通的逃犯。她仔细一想，觉得警察当局还希望根据苦役监内线的告密，赶得上没收那笔巨大的基金。她把这点疑心向那老狐狸说了，他却笑了笑，有心破除老姑娘的疑心。

"你想错了，"他说，"在贼党里，高冷是一个从来未有的最危险的博士，我们要抓他是为这一点。那些坏蛋也都知道；他是他们的军旗，他们的后台，他们的拿破仑；他们都爱戴他。这家伙永远不会把他的老根丢在葛兰佛广场上的[1]。"

---

[1] 葛兰佛广场为巴黎执行死刑的地方，也是公共庆祝的集会场所。

米旭诺听了莫名其妙，龚杜罗给她解释，他用的两句土话是贼党里极有分量的切口，他们早就懂得一个人的脑袋可有两种看法：博士是一个活人的头脑，是他的参谋，是他的思想；老根是个轻蔑的字眼，表示头颅落地之后毫无用处。

他接着说："高冷拿我们打哈哈。对付那些英国钢条般的家伙，我们也有一个办法，只要他们在逮捕的时候稍微抵抗一下，立刻把他干掉。我们希望高冷明天动武，好把他当场格杀。这么一来，诉讼啊，看守的费用啊，监狱里的伙食啊，一概可以省掉，同时又替社会除了害。起诉的手续、证人的传唤、旅费津贴、执行判决，凡是对付这些无赖的合法步骤所花的钱，远不止你到手的三千法郎。并且还有节省时间的问题。一刀戳进鬼上当的肚子，可以消弭上百件的罪案，教多少无赖不敢越过轻罪法庭的范围。这就叫作警政办得好。照真正慈善家的理论，这种办法便是预防犯罪。"

"这就是替国家出力呀。"波阿莱道。

"对啦，你今晚的话才说得有理了。是呀，我们当然是替国家出力啰。外边的人对我们很不公平，其实我们暗中帮了社会多少的忙。再说，一个人不受偏见约束才算高明，违反成见所做的好事自然免不了害处，能忍受这种害处才是基督徒。你瞧，巴黎终究是巴黎。这句话就说明了我的生活。小姐，再见吧。明天我带着人在植物园等。你叫克利斯朵夫上布封街我前次住的地方找龚杜罗先生就得了。先生，将来你丢了东西，尽管来找我，包你物归原主。我随时可以帮忙。"

"哎，"波阿莱走到外边对米旭诺小姐说，"世界上竟有些傻子，一听见警察两字就吓得魂不附体。可是这位先生多和气，他要你做的事情又像打招呼一样简单。"

第二天是伏盖公寓历史上最重大的日子。至此为止，平静的公寓生活中最显著的事件，是那个假伯爵夫人像彗星一般出现。可是同这一日天翻地覆的事（从此成为伏盖太太永久的话题）一比，一切都黯淡无光了。先是高里奥和欧也纳一觉睡到十一点。伏盖太太半夜才从快乐戏院回家，早上十点半还在床上。喝了伏脱冷给的剩酒，克利斯朵夫的酣睡耽误了屋里的杂务。波阿莱和米旭诺小姐并不抱怨早饭开得晚。维多莉和古的太太也睡了晚觉。伏脱冷八点以前就出门，直到开饭才回来。十一点一刻，西尔维和克利斯朵夫去敲各人的房门请吃早饭，居然没有一个人说什么不满意的话。两个仆人一走开，米旭诺小姐首先下楼，把药水倒入伏脱冷自备的银杯，那是装满了他冲咖啡用的牛奶，跟旁人的一起炖在锅子上的。老姑娘算好利用公寓里这个习惯下手。七个房客过了好一会儿才到齐。欧也纳伸着懒腰最后一个下楼，正碰上特·纽沁根太太的信差送来一封信，写的是：

朋友，我对你并不生气，也不觉得我有损尊严。我等到半夜两点，等一个心爱的人！受过这种罪的人绝不会教人家受。我看出你是第一次恋爱。你碰到了什么事呢？我真急死了。要不怕泄露心中的秘密，我就亲自来了，看看你遇到的究竟是凶是吉。可是在那个时候出门，不论步行或是坐车，岂不是断送自己？我这才觉得做女人的苦。我放心不下，请你告诉我为什么父亲对你说了那些话之后，你竟没有来，我要生你的气，可是会原谅你的。你病了吗？为什么住得这样远？求你开声口吧。希望马上就来。倘若有事，只消回我一个字：或者说"就来"，或者说"害病"。不过你要不舒服的话，父亲会来通知我的。那么究竟是怎么回事呢？……

"是啊，怎么回事呢？"欧也纳叫了起来。他搓着没有念完的信，冲进饭厅，问："几点了？"

"十一点半。"伏脱冷一边说一边把糖放进咖啡。

那逃犯冷静而迷人的眼睛瞪着欧也纳。凡是天生能勾魂摄魄的人都有这种目光，据说能镇住疯人院中的武痴。欧也纳不禁浑身哆嗦。街上传来一辆马车的声音，泰伊番先生家一个穿号衣的当差神色慌张地冲进来，古的太太一眼便认出了。

"小姐，"他叫道，"老爷请您回去，家里出了事。弗莱特烈先生跟人决斗，脑门上中了一剑，医生认为没有希望了，恐怕您来不及跟他见面了，已经昏迷了。"

伏脱冷叫道："可怜的小伙子！有了三万一年的收入，怎么还能打架？年轻人真不懂事。"

"吓，老兄！"欧也纳对他嚷道。

"怎么，你这个大孩子？巴黎哪一天没有人决斗？"伏脱冷一边回答一边若无其事地喝完咖啡。米旭诺小姐全副精神看他这个动作，听到那件惊动大众的新闻也不觉得震动。

古的太太说："我跟你一块儿去，维多莉。"

她们俩帽子也没戴，披肩也没拿，径自跑了。维多莉临走噙着泪对欧也纳望了一眼，仿佛说："想不到我们的幸福要教我流泪！"

伏盖太太道："呃，你竟是未卜先知了，伏脱冷先生？"

约各·高冷回答："我是先知，我是一切。"

伏盖太太对这件事又说了一大堆废话："不是奇怪吗！死神来寻到我们，连商量都不跟我们商量一下。年轻人往往走在老年人之前。我们女人总算运气，用不着决斗；可是也有男人没有的病痛。我们要生孩子，而做母亲的苦难是很长的！维多莉真福气！这会儿她父亲没有办法啦，只能让她承继啰。"

"可不是！"伏脱冷望着欧也纳说，"昨天两手空空，今儿就有了几百万！"

伏盖太太叫道："喂，欧也纳先生，这一下你倒是中了头彩啦。"

听到这一句，高老头瞧了瞧欧也纳，发现他手中还拿着一封团皱的信。

"你还没有把信念完呢！……这是什么意思？难道你也跟旁人一样吗？"他问欧也纳。

"太太，我永远不会娶维多莉小姐。"欧也纳回答伏盖太太的时候，不胜厌恶的口气教在场的人都觉得奇怪。

高老头抓起大学生的手握着，恨不得亲它一下。

伏脱冷道："哦，哦！意大利人有句妙语，叫作听时间安排！"

"我等回音呢。"纽沁根太太的信差催问拉斯蒂涅。

"告诉太太说我会去的。"

信差走了。欧也纳心烦意躁，紧张到极点，再也顾不得谨慎不谨慎了。他高声自言自语："怎么办？一点儿没有证据！"

伏脱冷微微笑着。他吞下的药品已经发作，只是逃犯的身体非常结实，还能站起来瞧着拉斯蒂涅，沉着嗓子说："孩子，福气就在睡觉的时候来的。"

说完他直僵僵地倒在地上。

欧也纳道："果真是神灵不爽！"

"哎哟！他怎么啦？这个可怜的亲爱的伏脱冷先生？"

米旭诺小姐叫道："那是中风啊。"

"喂，西尔维，请医生去，"寡妇吩咐，"拉斯蒂涅先生，你快去找皮安训先生。说不定西尔维碰不到我们的葛兰泼莱医生。"

拉斯蒂涅很高兴借此机会逃出这个可怕的魔窟，便连奔带跑地溜了。

"克利斯朵夫，你上药铺去要些治中风的药。"

克利斯朵夫出去了。

"哎，喂，高老头，帮我们抬他上楼，抬到他屋里去。"

大家抓着伏脱冷，七手八脚抬上楼梯，放在床上。

高里奥说："我帮不了什么忙，我要看女儿去了。"

"自私的老头儿！"伏盖太太叫道，"去吧，但愿你不得好死，孤零零的像野狗一样！"

"瞧瞧你屋子里可有乙醚？"米旭诺小姐一边对伏盖太太说，一边和波阿莱解开伏脱冷的衣服。

伏盖太太下楼到自己卧房去，米旭诺小姐就可以为所欲为了。

她吩咐波阿莱："赶快，脱掉他的衬衫，把他翻过来！你至少也该有点儿用处，总不成叫我看到他赤身露体。你老待在那里干吗？"

伏脱冷给翻过身来，米旭诺照准他肩头一巴掌打过去，鲜红的皮肤上立刻白白地泛出两个该死的字母。

"吓！一眨眼你就得了三千法郎赏格。"波阿莱说着，扶住伏脱冷，让米旭诺替他穿上衬衣。他把伏脱冷放倒在床上，又道："呃，好重啊！"

"别多嘴！瞧瞧有什么银箱没有？"老姑娘性急慌忙地说，一双眼睛拼命打量屋里的家具，恨不得透过墙壁才好。她又道："最好想个理由打开这口书柜！"

波阿莱回答："恐怕不大好吧？"

"为什么不大好？贼赃是公的，不能说是谁的了。可惜来不及，已经听到伏盖的声音了。"

伏盖太太说："乙醚来了。哎，今天的怪事真多。我的天！这个人是不会害病的，他白得像子鸡一样。"

"像子鸡？"波阿莱接了一句。

寡妇把手按着伏脱冷的胸口，说："心跳得很正常。"

"正常？"波阿莱觉得很诧异。

"是呀，跳得挺好呢。"

"真的吗？"波阿莱问。

"妈妈呀！他就像睡着一样。西尔维已经去请医生了。喂，米旭诺小姐，他把乙醚吸进去了。大概是抽筋。脉搏很好；身体像土耳其人一样棒。小姐，你瞧他胸口的毛多浓；好活到一百岁呢，这家伙！头发也没脱。呦！是胶在上面的，他戴了假头发，原来的头发是土红色的。听说红头发的人不是好到极点，就是坏到极点！他大概是好的了，他？"

"好！好吊起来。"波阿莱道。

"你是说他好吊在漂亮女人的脖子上吧？"米旭诺小姐抢着说，"你去吧，先生。你们闹了病要人伺候，那就是我们女人的事了。你还是到外边去遛遛吧。这儿有我跟伏盖太太照应就行了。"

波阿莱一声没出，轻轻地走了，好像一条狗给主人踢了一脚。

拉斯蒂涅原想出去走走，换换空气。他闷得发慌。这桩准时发生的罪案，隔夜他明明想阻止的；后来怎么的呢？他应该怎么办呢？他唯恐在这件案子中做了共谋犯。想到伏脱冷那种若无其事的态度，他还心有余悸。他私下想："要是伏脱冷一声不出就死了呢？"

他穿过卢森堡公园的走道，好似有一群猎犬在背后追他，连它们的咆哮都听得见。

"喂，朋友，"皮安训招呼他，"你有没有看到《舵工报》？"

《舵工报》是天梭先生主办的激进派报纸，在晨报出版后几小时另出一张内地版，登载当天的新闻，在外省比别家报纸的消息要早二十四小时。

高乡医院的实习医生接着说："有段重要新闻，泰伊番的儿子和前帝国禁卫军的弗朗却西尼伯爵决斗，额上中了一剑，深两寸。这么一来，维多莉小姐成了巴黎最有陪嫁的姑娘了。哼！要是早知道的话！死了个人倒好比开了个头奖！听说维多莉对你很不错，可是真的？"

"别胡说，皮安训，我永远不会娶她。我爱着一个妙人儿，她也爱着我，我……"

"你这么说好像拼命压制自己，唯恐对你的妙人儿不忠实。难道真有什么女人，值得你牺牲泰伊番老头的家私吗？倒要请你指给我瞧瞧。"

拉斯蒂涅嚷道："难道所有的魔鬼都盯着我吗？"

皮安训道："那么你又在盯谁呢？你疯了吗？伸出手来，让我替你按按脉。呦，你在发烧呢。"

"赶快上伏盖妈妈家去吧，"欧也纳说，"刚才伏脱冷那混蛋晕过去了。"

"啊！我早就疑心，你给我证实了。"皮安训说着，丢下拉斯蒂涅跑了。

拉斯蒂涅溜了大半天，非常严肃。他似乎把良心翻来覆去查看了一遍。尽管他迟疑不决，细细考虑，到底真金不怕火，他的清白总算经得起严格的考验。他记起隔夜高老头告诉他的心腹话，想起但斐纳在阿多阿街替他预备的屋子；拿出信来重新念了一遍，吻了一下，心上想：

"这样的爱情正是我的救星。可怜老头儿有过多少伤心事；他从来不提，可是谁都一目了然！好吧，我要像照顾父亲一般地照顾他，让他享享福。倘使她爱我，她白天会常常到我家里来陪他的。那高个子的雷斯多太太真该死，竟会把老子当作门房看待。亲爱的但斐纳！她对老人家孝顺多了，她是值得我爱的。啊！今晚上我就可以快乐了！"他掏出表来，欣赏了一番。

"一切都成功了。两个人真正相爱永久相爱的时候，尽可以互相帮助，我尽可以收这个礼。再说，将来我一定飞黄腾达，无论什么我都能百倍地报答她。这样的结合既没有罪过，也没有什么能教最严格的道学家皱一皱眉头的地方。多少正人君子全有这一类的男女关系！我们又不欺骗谁；欺骗才降低我们的人格。扯谎不就表示投降吗？她和丈夫已经分居好久。我可以对那个亚尔萨斯人说，他既然不能使妻子幸福，就应当让给我。"

拉斯蒂涅心里七上八下，争执了很久。虽然青年人的善念终于得胜了，他仍不免在四点半左右，天快黑的时候，存着按捺不下的好奇心，回到发誓要搬走的伏盖公寓。他想看看伏脱冷有没有死。

皮安训把伏脱冷灌了呕吐剂，叫人把吐出来的东西送往医院化验。米旭诺竭力主张倒掉，越发引起皮安训的疑心。并且伏脱冷也复原得太快，皮安训更疑心这个嘻嘻哈哈的家伙是遭了暗算。拉斯蒂涅回来，伏脱冷已经站在饭厅内火炉旁边。包饭客人到得比平时早，因为知道了泰伊番儿子的事，想来打听一番详细情形以及对维多莉的影响。除了高老头，全班人马都在那儿谈论这件新闻。欧也纳进去，正好跟不动声色的伏脱冷打了一个照面，被他眼睛一瞪，直瞧到自己心里，挑起一些邪念，使他心惊肉跳，打了个寒噤。那逃犯对他说：

"喂，亲爱的孩子，死神向我认输的日子还长哩。那些太太们说我刚才那场脑充血，连牛都吃不住，我可一点事儿都没有。"

伏盖寡妇叫道:"别说牛,连公牛都受不了[1]。"

"你看我没有死觉得很不高兴吗?"伏脱冷以为看透了拉斯蒂涅的心思,凑着他耳朵说,"那你倒是个狠将了!"

"哎,真的,"皮安训说,"前天米旭诺小姐提起一个人绰号叫作鬼上当,这个名字对你倒是再合适没有。"

这句话对伏脱冷好似晴天霹雳,他顿时脸色发白,身子晃了几晃,那双勾魂摄魄的眼睛射在米旭诺脸上,好似一道阳光;这股精神的威势吓得她腿都软了,歪歪斜斜地倒在一张椅子里。逃犯扯下平时那张和善的脸,露出狰狞可怖的面目。波阿莱觉得米旭诺遭了危险,赶紧向前,站在她和伏脱冷之间。所有的房客还不知道这出戏是怎么回事,莫名其妙地愣住了。这时外面响起好几个人的脚声,和士兵的枪柄跟街面上的石板碰击的声音。正当高冷不由自主地望着墙壁和窗子,想找出路的时候,客厅门口出现了四个人。为首的便是那特务长,其余三个是警务人员。

"兹以法律与国王陛下之名……"一个警务人员这么念着,以下的话被众人一片惊讶的声音盖住了。

不久,饭厅内寂静无声,房客闪开身子,让三个人走进屋内。他们的手都插在衣袋里,抓着上好子弹的手枪。跟在后面的两个宪兵把守客厅的门;另外两个在通往楼梯道的门口出现。好几个士兵的脚声和枪柄声在前面石子道上响起来。鬼上当完全没有逃走的希望了,所有的目光都不由自主地盯着他一个人。特务长笔直地走过去,对准他的脑袋用力打了一巴掌,把假头发打落了。高冷丑恶的面貌马上显了出来。土红色的短头发表示他

---

[1] 伏脱冷所说的牛(boeuf)是去势的牛,伏盖太太说的是公牛(taureau),即斗牛用的牛。

的强悍和狡猾，配着跟上半身气息一贯的脑袋和脸庞，意义非常清楚，仿佛被地狱的火焰照亮了。整个的伏脱冷，他的过去、现在、将来、倔强的主张、享乐的人生观，以及玩世不恭的思想、行动，和一切都能担当的体格给他的气魄，大家全明白了。全身的血涌上他的脸，眼睛像野猫一般发亮。他使出一股犷野的力抖擞一下，大吼一声，把所有的房客吓得大叫。一看这个狮子般的动作，暗探们借着众人叫喊的威势，一齐掏出手枪。高冷一见枪上亮晶晶的火门，知道处境危险，便突然一变，表现出人的最高的精神力量。那种场面真是又丑恶又庄严！他脸上的表情只有一个譬喻可以形容，仿佛一口锅炉贮满了足以翻江倒海的水汽，一眨眼之间被一滴冷水化得无影无踪。消灭他一腔怒火的那滴冷水，不过是一个快得像闪电般的念头。他微微一笑，瞧着自己的假头发，对特务长说：

"哼，你今天不客气啊。"

他向那些宪兵点点头，把两只手伸了出来。

"来吧，宪兵，拿手铐来吧。请在场的人作证，我没有抵抗。"

这一幕的经过，好比火山的熔液和火舌突然之间蹿了出来，又突然之间退了回去。满屋的人看了，不由得唧唧哝哝表示惊叹。

逃犯望着那有名的特务长说："这可破了你的计，你这个小题大做的家伙！"

"少废话，衣服剥下来。"那个圣·安纳街的人物满脸瞧不起地吆喝。

高冷说："干吗？这儿还有太太。我又不赖，我投降了。"

他停了一会儿，瞧着全场的人，好像一个演说家预备发表惊人的言论。

"你写吧，拉夏班老头。"他招呼一个白头发的矮老头。

老人从公事包里掏出逮捕笔录，在桌旁坐下。

"我承认是约各·高冷,诨名鬼上当,判过二十年苦役。我刚才证明我并没盗窃虚名,辜负我的外号。"他又对房客们说,"只要我举一举手,这三个奸细就要教我当场出彩,弄脏伏盖妈妈的屋子。这班坏蛋专门暗箭伤人!"

伏盖太太听到这几句大为难受,对西尔维道:"我的天!真要教人吓出病来了;我昨天还跟他上快活剧院呢。"

"放明白些,妈妈,"高冷回答,"难道昨天坐了我的包厢就倒霉了吗?难道你比我们强吗?我们肩膀上背的丑名声,还比不上你们心里的坏主意,你们这些烂社会里的蛆!你们之中最优秀的对我也抵抗不了。"

他的眼睛停在拉斯蒂涅身上,温柔地笑了笑;那笑容同他粗野的表情成为奇怪的对照。

"你知道,我的宝贝,咱们的小交易还是照常,要是接受的话!"说着他唱起来:

我的芳希德多可爱,
你瞧她多么朴实。

"你放心,我自有办法收账。人家怕我,绝不敢揩我的油。"

他这个人,这番话,把苦役监中的风气、亲狎、下流、令人触目惊心的气概、忽而滑稽忽而可怕的谈吐,突然表现了出来。他这个人不仅仅是一个人了,而是一个典型,代表整个堕落的民族,野蛮而又合理,粗暴而又能屈能伸的民族。一刹那间高冷变成一首恶魔的诗,写尽人类所有的情感,只除掉忏悔。他的目光有如撒旦的目光,他像撒旦一样永远要拼个你死我活。拉斯蒂涅低下头去,默认这个罪恶的联系,补赎他过去的邪念。

"谁出卖我的?"高冷的可怕的目光朝着众人扫过去,最后盯住了米旭诺小姐,说道,"哼,是你!假仁假义的老妖精,你暗算我,骗我中风,你这个奸细!我一句话,包你八天之内脑袋搬家。可是我饶你,我是基督徒。而且也不是你出卖我的。那么是谁呢?"

他听见警务人员在楼上打开他的柜子,拿他的东西,便道:"嘿!嘿!你们在上面搜查。鸟儿昨天飞走了,巢也搬空了!你们找不出什么来的。账簿在这儿,"他拍拍脑门,"呃,出卖我的人,我知道了。一定是丝线那个小坏蛋,对不对,捕快先生?"他问特务长,"想起我们把钞票放在这儿的日子,一定是他。哼,什么都没有了,告诉你们这班小奸细!至于丝线哪,不出半个月就要他的命,你们派全部宪兵去保镖也是白搭。——这个米旭诺,你们给了她多少?两三千法郎吧?我可不止值这一些,告诉你这个母夜叉,丑八怪,公墓上的爱神!你要是通知了我,可以到手六千法郎。嗯,你想不到吧,你这个卖人肉的老货!我倒愿意那么办,开销六千法郎,免得旅行一趟,又麻烦,又损失钱。"他一边说一边让人家戴上手铐。"这些家伙要拿我开心,尽量拖延日子,折磨我。要是马上送我进苦役监,我不久就好重新办公,才不怕这些傻瓜的警察老爷呢。在牢里,弟兄们把灵魂翻身都愿意,只要能让他们的大哥走路,让慈悲的鬼上当远走高飞!你们之中可有人像我一样,有一万多弟兄肯替你拼命的?"他骄傲地问,又拍拍心口:"这里面着实有些好东西,我从来没出卖过人!喂,假仁假义的老妖精,"他叫老姑娘,"你瞧他们都怕我,可是你哪,只能教他们恶心。好吧,领你的赏格去吧。"

他停了一会儿,打量着那些房客,说道:"你们蠢不蠢,你们!难道从来没见过苦役犯？一个像我高冷气派的苦役犯，可不像别人那样没心没肺。我是卢梭的门徒，我反抗社会契约[1]那样的大骗局。我一个人对付政府，跟上上下下的法院、宪兵、预算作对，弄得他们七荤八素。"

"该死！"画家说，"把他画下来倒是挺美的呢。"

"告诉我，你这刽子手大人的跟班，你这个寡妇总监（寡妇是苦役犯替断头台起的又可怕又有诗意的名字），"他转身对特务长说，"大家客客气气！告诉我，是不是丝线出卖我的？我不愿意冤枉他，教他替别人抵命。"

这时警务人员在楼上抄遍了他的卧室，一切登记完毕，进来对他们的主任低声说话。逮捕笔录也已经写好。

"诸位，"高冷招呼同住的人，"他们要把我带走了。我在这儿的时候，大家都对我很好，我永远不会忘记。现在告辞了。将来我会寄普罗旺斯[2]的无花果给你们。"

他走了几步，又回头瞧了瞧拉斯蒂涅。

"再会，欧也纳，"他的声音又温柔又凄凉，跟他长篇大论的粗野口吻完全不同，"要有什么为难，我给你留下一个忠心的朋友。"

他虽然戴了手铐，还能摆出剑术教师的架式，喊着"一，二！"[3]然后往前跨了一步，又说：

"有什么倒霉事儿，尽管找他。人手和钱都好调度。"这怪人的最后几句说得十分滑稽，除了他和拉斯蒂涅之外，谁都不明白。警察、士兵、警务人员一齐退出屋子，西尔维一边用酸醋替女主人擦太阳穴，一边瞧着那

---

[1] 社会契约即卢梭著的《民约论》。
[2] 普罗旺斯为法国南部各州的总名，土伦监狱即在此地区内。
[3] "一，二！"为剑术教师教人开步时的口令。

"你们蠢不蠢,你们!难道从来没见过苦役犯?"

班诧异不置的房客，说道："不管怎么样，他到底是个好人！"

大家被这一幕引起许多复杂的情绪，迷迷糊糊愣在那里，听了西尔维的话方始惊醒过来，你望着我，我望着你，然后不约而同地把眼睛盯在米旭诺小姐身上。她像木乃伊一样地干瘪，又瘦又冷，缩在火炉旁边，低着眼睛，只恨眼罩的阴影不够遮掩她两眼的表情。众人久已讨厌这张脸，这一下突然明白了讨厌的原因。屋内隐隐然起了一阵嘀咕声，音调一致，表示反感也全场一致。米旭诺听见了，仍旧留在那里。皮安训第一个探过身去对旁边的人轻轻地说：

"要是这婆娘再同我们一桌子吃饭，我可要跑了。"

一刹那间，除了波阿莱，各个人赞成医学生的主张；医学生看见大众同意，走过去对波阿莱说：

"你和米旭诺小姐特别有交情，你去告诉她马上离开这儿。"

"马上？"波阿莱不胜惊讶地重复了一遍。

接着他走到老姑娘身旁，咬了咬她的耳朵。

"我房饭钱完全付清，我出我的钱住在这儿，跟大家一样！"她说完把全体房客毒蛇似的扫了一眼。

拉斯蒂涅说："那容易得很，咱们来摊还她好了。"

她说："你先生帮着高冷，哼，我知道为什么。"她瞅着大学生的眼光又恶毒又带着质问的意味。

欧也纳跳起来，仿佛要扑上去掐死老姑娘。米旭诺眼神中那点子阴险，他完全体会到，而他内心深处那些不可告人的邪念，也给米旭诺的目光照得雪亮。

房客们叫道："别理她。"

拉斯蒂涅抱着手臂，一声不出。

"喂，把犹大小姐的事给了一了吧，"画家对伏盖太太说，"太太，你不请米旭诺走，我们走了，还要到处宣扬，说这儿住的全是苦役犯和奸细。不然的话，我们可以替你瞒着；老实说，这是在最上等的社会里也免不了的，除非在苦役犯额上刺了字，让他们没法冒充巴黎的布尔乔亚去招摇撞骗。"

听到这番议论，伏盖太太好像吃了仙丹，立刻精神抖擞，站起身子，把手臂一抱，睁着雪亮的眼睛，没有一点哭过的痕迹。

"哎，亲爱的先生，你是不是要我的公寓关门？你瞧伏脱冷先生……哎哟！我的天！"她打住了话头，叫道，"我一开口就叫出他那个冒充规矩人的姓名！……一间屋空了，你们又要叫我多空两间。这时候大家都住定了，要我招租不是抓瞎吗！"

皮安训叫道："诸位，戴上帽子走吧，上索篷广场弗利谷多饭铺去！"

伏盖太太眼睛一转，马上打好算盘，骨碌碌地一直滚到米旭诺前面。

"喂，我的好小姐，好姑娘，你不见得要我关门吧，嗯？你瞧这些先生把我逼到这个田地；你今晚暂且上楼……"

"不行不行，"房客一齐叫着，"我们要她马上出去。"

"她饭都没吃呢，可怜的小姐。"波阿莱用了哀求的口吻。

"她爱上哪儿吃饭就哪儿吃饭。"好几个声音回答。

"滚出去，奸细！"

"奸细们滚出去！"

波阿莱这脓包突然被爱情鼓足了勇气，说道："诸位，对女性总得客气一些！"

画家道:"奸细还有什么性别!"

"好一个女性喇嘛!"

"滚出去喇嘛!"

"诸位,这不像话。叫人走路也得有个体统。我们已经付清房饭钱,我们不走。"波阿莱说完,戴上便帽,走去坐在米旭诺旁边一张椅子上;伏盖太太正在说教似的劝她。

画家装着滑稽的模样对波阿莱说:"你放赖,小坏蛋,去你的吧!"

皮安训道:"喂,你们不走,我们走啦。"

房客们一窝蜂向客厅拥去。

伏盖太太嚷道:"小姐,你怎么着?我完了。你不能耽下去,他们会动武呢。"

米旭诺小姐站起身子。

"她走了!"——"她不走!"——"她走了!"——"她不走!"

此呼彼应的叫喊,对米旭诺越来越仇视的说话,使米旭诺低声同伏盖太太办过交涉以后,不得不走了。

她用恐吓的神气说:"我要上皮诺太太家去。"

"随你,小姐。"伏盖太太回答,她觉得这房客挑的住所对她是恶毒的侮辱,因为皮诺太太的公寓是和她竞争的,所以她最讨厌。"上皮诺家去吧,去试试她的酸酒跟那些饭摊上买来的菜吧。"

全体房客分作两行站着,一点声音都没有。波阿莱好不温柔地望着米旭诺小姐,迟疑不决的神气非常天真,表示他不知怎么办,不知应该跟她走呢还是留在这儿。看米旭诺一走,房客们兴高采烈,又看到波阿莱这个模样,便互相望着哈哈大笑。

画家叫道:"唧,唧,唧,波阿莱,喂,唷,啦,喂唷!"
博物院管事很滑稽地唱起一支流行歌曲的头几句:

> 动身上叙利亚,那年轻俊俏的杜奴阿……

皮安训道:"走吧,你心里想死了,真叫作嗜好所在,锲而不舍。"
助教说:"这句维吉尔的名言翻成现在的话,就是各人跟着各人的相好走。"
米旭诺望着波阿莱,做了一个挽他手臂的姿势;波阿莱忍不住了,过去挽着老姑娘,引得众人哄堂大笑。
"好啊,波阿莱!"
"这个好波阿莱哪!"
"阿波罗—波阿莱!"
"战神波阿莱!"
"英勇的波阿莱!"
这时进来一个当差,送一封信给伏盖太太。她念完立刻软瘫似的倒在椅子里。
"我的公寓给天雷打了,烧掉算啦。泰伊番的儿子三点钟断了气。我老是巴望那两位太太好,咒那个可怜的小伙子,现在我遭了报应。古的太太和维多莉叫人来拿行李,搬到她父亲家去。泰伊番先生答应女儿招留古的寡妇做伴。哎哟!多了四间空屋,少了五个房客!"她坐下来预备哭了,叫着,"晦气星进了我的门了!"
忽然街上又有车子的声音。

"又是什么倒霉的事来啦。"西尔维道。

高里奥突然出现，红光满面，差不多返老还童了。

"高里奥坐车！"房客一齐说，"真是世界末日到了！"

欧也纳坐在一角出神，高老头奔过去抓着他的胳膊，高高兴兴地说："来啊。"

"你不知道出了事吗？"欧也纳回答，"伏脱冷是一个逃犯，刚才给抓了去；泰伊番的儿子死了。"

"哎！那跟我们什么相干？我要同女儿一起吃饭，在你屋子里！听见没有？她等着你呢，来吧！"

他用力抓起拉斯蒂涅的手臂，死拖活拉，好像把拉斯蒂涅当作情妇一般地绑走了。

"咱们吃饭吧。"画家叫着。

每个人拉开椅子，在桌边坐下。

胖子西尔维道："真是，今天样样倒霉。我的黄豆煮羊肉也烧焦了。也罢，就请你们吃焦的吧。"

伏盖太太看见平时十八个人的桌子只坐了十个，没有勇气说话了；每个人都想法安慰她，逗她高兴。先是包饭客人还在谈伏脱冷和当天的事，不久顺着谈话忽东忽西的方向，扯到决斗、苦役监、司法、牢狱、需要修正的法律等等上去了。说到后来，跟什么高冷、维多莉、泰伊番，早已离开十万八千里。他们十个人叫得二十个人价响，似乎比平时人更多；今天这顿晚饭和隔天那顿晚饭就是这么点儿差别。这批自私的人已经恢复了不关痛痒的态度，等明天再在巴黎的日常事故中另找一个倒霉鬼做他们的牺牲品。便是伏盖太太也听了胖子西尔维的话，存着希望安静下来。

这一天从早到晚对欧也纳是一连串五花八门的幻境；他虽则个性很强，头脑清楚，也不知道怎样整理他的思想；他经过了许多紧张的情绪，上了马车坐在高老头身旁，老人那些快活得异乎寻常的话传到他耳朵里，简直像梦里听到的。

"今儿早上什么都预备好了。咱们三个人就要一块儿吃饭了，一块儿！懂不懂？四年工夫我没有跟我的但斐纳，跟我的小但斐纳吃饭了。这一回她可以整个晚上陪我了。我们从早上起就在你屋子里，我脱了衣衫，像小工一般做活，帮着搬家具。啊！啊！你不知道她在饭桌上才殷勤呢，她曾招呼我：'哎，爸爸，尝尝这个，多好吃！'可是我吃不下。噢！已经有那么久，我没有像今晚这样可以舒舒服服同她在一起了！"

欧也纳说："怎么，今天世界真是翻了身吗？"

高里奥说："什么翻了身？世界从来没这样好过。我在街上只看见快活的脸，只看见人家在握手，拥抱；大家都高兴得不得了，仿佛全要上女儿家吃饭，吃一顿好饭似的。你知道，她是当我的面向英国咖啡馆的总管点的菜。哎！在她身边，黄连也会变成甘草咧。"

"我现在才觉得活过来了。"欧也纳道。

"喂，马夫，快一点呀，"高老头推开前面的玻璃叫，"快点儿，十分钟赶到，我给五法郎酒钱。"

马夫听着，加了几鞭，他的马便在巴黎街上闪电似的飞奔起来。

高老头说："他简直不行，这马夫。"

拉斯蒂涅问道："你带我上哪儿去啊？"

高老头回答："你府上啰。"

车子在阿多阿街停下。老人先下车，丢了十法郎给马夫，那种阔绰活现出一个单身汉得意之极,什么都不在乎。

"来,咱们上去吧。"他带着拉斯蒂涅穿过院子,走上三楼的一个公寓,在一幢外观很体面的新屋子的后半边。高老头不用打铃。特·纽沁根太太的老妈子丹兰士已经来开门了。欧也纳看到一所单身汉住的精雅的屋子,包括穿堂、小客厅、卧室和一间面临花园的书房。小客厅的家具和装修,精雅无比。在烛光下面,欧也纳看见但斐纳从壁炉旁边一张椅子上站起来,把遮火的团扇[1]放在壁炉架上,声音非常温柔地招呼他:

"非得请你才来吗,你这位莫名其妙的先生!"

丹兰士出去了。大学生搂着但斐纳,紧紧抱着,快活得哭了。这一天,多少刺激使他的心和头脑都疲倦不堪,加上眼前的场面和公寓里的事故对比之下,拉斯蒂涅更加容易激动。

"我知道他是爱你的。"高老头悄悄地对女儿说。欧也纳软瘫似的倒在沙发上,一句话都说不出来,也弄不清这最后一幕幻境,怎么变出来的。

"你来瞧瞧,"特·纽沁根太太抓了他的手,带他走进一间屋子,其中的地毯、器具,一切细节都教他想到但斐纳家里的卧房,不过小了一点。

"还少一张床。"拉斯蒂涅说。

"是的,先生。"她红着脸,紧紧握了握他的手。

欧也纳望着但斐纳,他还年轻,懂得女人动了爱情自有真正的羞恶之心表现出来。他附在她耳边说:"你这种妙人儿值得人家一辈子的疼爱。我敢说这个话,因为我们俩心心相印。爱情越热烈越真诚,越应当含蓄隐蔽,不露痕迹。我们绝不能对外人泄露秘密。"

---

[1] 当时妇女握在手中用以遮蔽火炉热气的团扇。

"哦！我不是什么外人啊，我！"高老头咕噜着说。

"你知道你便是我们……"

"对啦，我就希望这样。你们不会提防我的，是不是？我走来走去，像一个无处不在的好天使，你们只知道有他，可是看不见他。哎，但斐纳，尼纳德，但但！我当初告诉你：阿多阿街有所漂亮屋子，替他布置起来吧！不是说得很对吗？你还不愿意。啊！你的生命是我给的，你的快乐还是我给的。做父亲的要幸福，就得永远地给。永远地给，这才是父亲所以成其为父亲。"

"怎么呢？"欧也纳问。

"是呀，她早先不愿意，怕人家说闲话，仿佛'人家'抵得上自己的幸福！所有的女人都恨不得要学但斐纳的样呢……"

高老头一个人在那儿说话，特·纽沁根太太带拉斯蒂涅走进书房，给人听到一个亲吻的声音，虽是那么轻轻的一吻。书房和别间屋子一样精雅，每间屋里的动用器具也已经应有尽有。

"你说，我们是不是猜中了你的心意？"她回到客厅吃晚饭时问。

"当然。这种全套的奢华，这些美梦的实现，年少风流的生活的诗意，我都彻底领会到，不至于没有资格享受；可是我不能受你，我还太穷，不能……"

"嗯嗯！你已经在反抗我了。"她装着半正经半玩笑的神气说，有样地噘着嘴。逢到男人有所顾虑的时候，女人多半用这个方法对付。

欧也纳这一天非常严肃地考问过自己，伏脱冷的被捕又使他发觉差点儿一失足成千古恨，因此加强了他的高尚的心胸与骨气，不愿轻易接受礼物。但斐纳尽管撒娇，和他争执，他也不肯让步。他只觉得非常悲哀。

"怎么！"特·纽沁根太太说，"你不肯受？你不肯受是什么意思，你知道吗？那表示你怀疑我们的前途，不敢和我结合。你怕有朝一日会欺骗我！倘使你爱我，倘使我……爱你，干吗你对这么一些薄意就不敢受？要是你知道我怎样高兴替你布置这个单身汉的家，你就不会推三阻四，马上要向我道歉了。你有钱存在我这儿，我把这笔钱花得很正当，不就得了吗？你自以为胸襟宽大，其实并不。你所要求的还远不止这些……（她瞥见欧也纳有道热情奋发的目光）而为了区区小事就忸怩起来。倘使你不爱我，那么好，就别接受。我的命运只凭你一句话。你说呀！"她停了一会儿，转过来向她父亲说，"喂，父亲，你开导开导他。难道他以为我对于我们的名誉不像他那么顾虑吗？"

高老头看着，听着这场怪有意思的拌嘴，傻支支地笑着。

但斐纳抓着欧也纳的手臂又说："孩子，你正走到人生的大门，碰到多数男人没法打破的关口，现在一个女人替你打开了，你退缩了！你知道，你是会成功的，你能挣一笔大大的家业；瞧你美丽的额角，明明是飞黄腾达的相貌。今天欠我的，那时不是可以还我吗？古时宫堡里的美人不是把盔甲、刀剑、骏马，供给骑士，让他们用她的名义到处去比武吗？哎！欧也纳，我此刻送给你的是现代的武器，胸怀大志的人必不可少的工具。哼，你住的阁楼也够体面的了，倘使跟爸爸的屋子相像的话。哎，哎！咱们不吃饭了吗？你要我心里难受是不是？你回答我呀！"她摇摇他的手，"天哪！爸爸，你来叫他打定主意，要不然我就走了，从此不见他了。"

高老头从迷惘中醒过来，说道："好，让我来叫你决定。亲爱的欧也纳先生，你不是会向犹太人借钱吗？"

"那是不得已呀。"

"好，就要你说这句话，"老人说着，掏出一只破皮夹，"那么我来做犹太人。这些账单是我付的，你瞧。屋子里全部的东西，账都清了。也不是什么大数目，至多五千法郎，算是我借给你的。我不是女人，你总不会拒绝了吧。随便写个字做凭据，将来还我就行啦。"

几颗眼泪同时在欧也纳和但斐纳眼中打转，他们俩面面相觑，愣住了。拉斯蒂涅握着老人的手。

高里奥道："哎哟，怎么！你们不是我的孩子吗？"

特·纽沁根太太道："可怜的父亲，你哪儿来的钱呢？"

"哎！问题就在这里。你听了我的话决意把他放在身边，像办嫁妆似的买东买西，我就想：她要为难了！代理人说，向你丈夫讨回财产的官司要拖到六个月以上。好！我就卖掉长期年金一千三百五十法郎的本金；拿出一万五存了一千二的终身年金[1]，有可靠的担保；余下的本金付了你们的账。我吗，这儿楼上有间每年一百五十法郎的屋子，每天花上两法郎，日子就过得像王爷一样，还能有多余。我什么都不用添置，也不用做衣服。半个月以来我肚里笑着想：他们该多么快活啊！嗯，你们不是快活吗？"

"哦！爸爸，爸爸！"特·纽沁根太太扑在父亲膝上，让他抱着。

她拼命吻着老人，金黄的头发在他腮帮上厮磨，把那张光彩奕奕、眉飞色舞的老脸洒满了眼泪。

她说："亲爱的父亲，你才是一个父亲！天下哪找得出第二个像你这样的父亲！欧也纳已经非常爱你，现在更要爱你了！"

高老头有十年工夫，不曾觉得女儿的心贴在他的心上跳过，他说：

---

[1] 终身年金为特种长期存款，按年支息，待存款人故世后本金即没收，故利率较高。

"噢！孩子们，噢，小但斐纳，你叫我快活死了！我的心胀破了。喂！欧也纳先生，咱们两讫了！"

老人抱着女儿，发疯似的蛮劲使她叫起来：

"哎，你把我掐痛了。"

"把你掐痛了？"他说着，脸色发了白，瞅着她，痛苦得了不得。这个父性基督的面目，只有大画家笔下的耶稣受难的图像可以相比。高老头轻轻地亲吻女儿的脸，亲着他刚才掐得太重的腰部。他又笑盈盈的，带着探问的口吻："不，不，我没有掐痛你；倒是你那么叫嚷使我难受。"他一边小心翼翼地亲着女儿，一边咬着她耳朵："钱花的不止这些呢，咱们得瞒着他，要不然他会生气的。"

老人的牺牲精神简直无穷无尽，使欧也纳愣住了，只能不胜钦佩地望着他。那种天真的钦佩在青年人心中就是有信仰的表现。

他叫道："我绝不辜负你们。"

"噢，欧也纳，你说得好。"特·纽沁根太太亲了亲他的额角。

高老头道："他为了你，拒绝了泰伊番小姐和她的几百万家私。是的，那姑娘是爱你的；现在她哥哥一死，她就和克莱宙斯一样有钱了[1]。"

拉斯蒂涅道："呃！提这个做什么！"

"欧也纳，"但斐纳凑着他的耳朵说，"今晚上我还觉得美中不足。可是我多爱你，永远爱你！"

高老头叫道："你们出嫁到现在，今天是我最快乐的日子了。好天爷要我受多少苦都可以，只要不是你们教我受的。将来我会想到：今年二月

---

[1] 克莱宙斯为公元前六世纪时小亚细亚利提阿最后一个国王，以财富著名。

里我有过一次幸福，那是别人一辈子都没有的。你瞧我啊，但斐纳！"他又对欧也纳说："你瞧她多美！你有没有碰到过有她那样好看的皮色、小小的酒窝的女人？没有，是不是？哎，这个美人儿是我生出来的呀。从今以后，你给了她幸福，她还要漂亮呢。欧也纳，你如果要我的那份儿天堂，我给你就是，我可以进地狱。吃饭吧，吃饭吧，"他嚷着，不知道自己说些什么，"啊，一切都是咱们的了。"

"可怜的父亲！"

"我的儿啊，"他起来向她走去，捧着她的头亲她的头发，"你不知道要我快乐多么容易！只要不时来看我一下，我老是在上面，你走一步路就到啦。你得答应我！"

"是的，亲爱的父亲。"

"再说一遍。"

"是的，好爸爸。"

"行啦行啦，由我的性子，会教你说上一百遍。咱们吃饭吧。"

整个黄昏大家像小孩子一样闹着玩儿，高老头的疯癫也不下于他们俩。他躺在女儿脚下，亲她的脚，老半天盯着她的眼睛，把脑袋在她衣衫上厮磨；总之他像一个极年轻极温柔的情人一样疯魔。

"你瞧，"但斐纳对欧也纳道，"我们和父亲在一起，就得整个儿给他。有时的确麻烦得很。"

这句话是一切忘恩负义的根源，可是欧也纳已经几次三番妒忌老人，也就不能责备她了。他向四下里望了望，问：

"屋子什么时候收拾完呢？今晚我们还得分手吗？"

"是的。明儿你来陪我吃饭，"她对他使了个眼色，"那是意大利剧院上演的日子。"

高老头道:"那么我去买楼下的座儿。"

时间已经到半夜。特·纽沁根太太的车早已等着。高老头和大学生回到伏盖家,一路谈着但斐纳,越谈越上劲,两股强烈的热情在那里互相比赛。欧也纳看得很清楚,父爱绝对不受个人利害的玷污,父爱的持久不变和广大无边,远过于情人的爱。在父亲心目中,偶像永远纯洁、美丽,过去的一切、将来的一切,都能加强他的崇拜。他们回家发现伏盖太太待在壁炉旁边,在西尔维和克利斯朵夫之间。老房东坐在那儿,好比玛里于斯坐在迦太基的废墟之上[1]。她一边对西尔维诉苦,一边等待两个硕果仅存的房客。虽然拜伦把塔索[2]的怨叹描写得很美,以深刻和真实而论,远远不及伏盖太太的怨叹呢。

"明儿早上只要预备三杯咖啡了,西尔维!屋子里荒荒凉凉的,怎么不伤心?没有了房客还像什么生活!公寓里的人一下子全跑光了。生活就靠那些衣食饭碗呀。我犯了什么天条要遭这样的飞来横祸呢?咱们的豆子和番薯都是预备二十个人吃的。想不到还要招警察上门!咱们只能尽吃番薯的了!只能把克利斯朵夫歇掉的了!"

克利斯朵夫从睡梦中惊醒过来,问了声:

"太太?"

"可怜的家伙!简直像条看家狗。"西尔维道。

"碰到这个淡月,大家都安顿好了,哪还有房客上门?真叫我急疯了。

---

[1] 古罗马执政玛里于斯被舒拉打败,逃往非洲时曾逗留于迦太基废墟上,回想战败的经过,欷歔凭吊。西方俗谚常以此典故为不堪回首之喻。

[2] 十六世纪意大利大诗人塔索,在十九世纪浪漫派心目中代表被迫害的天才。

米旭诺那老妖精把波阿莱也给拐走了!她对他怎么的,居然叫他服服帖帖,像小狗般跟着就走?"

"呦!"西尔维侧了侧脑袋,"那些老姑娘自有一套鬼本领。"

"那个可怜的伏脱冷先生,他们说是苦役犯,哎,西尔维,怎么说我还不信呢。像他那样快活的人,一个月喝十五法郎的葛洛莉亚,付账又从来不脱期!"

克利斯朵夫道:"又那么慷慨!"

西尔维道:"大概弄错了吧?"

"不,他自己招认了,"伏盖太太回答,"想不到这样的事会出在我家里,连一只猫儿都看不见的区域里!真是,我在做梦了。咱们眼看路易十六出了事,眼看皇帝[1]下了台,眼看他回来了又倒下去了,这些都不稀奇;可是有什么理由教包饭公寓遭殃呢?咱们可以不要王上,却不能不吃饭;龚弗冷家的好姑太太把好茶好饭款待客人……除非世界到了末日……唉,对啦,真是世界的末日到啦。"

西尔维叫道:"再说那米旭诺小姐,替你惹下了大祸,反而拿到三千法郎年金。"

伏盖太太道:"甭提了,简直是个女流氓!还要火上加油,住到皮诺家去!哼,她什么都做得出,一定干过混账事儿,杀过人,偷过东西,倒是她该送进苦役监,代替那个可怜的好人……"

说到这里,欧也纳和高老头打铃了。

"啊!两个有义气的房客回来了。"伏盖太太说着,叹了口气。

---

[1] 十九世纪的法国人对拿破仑通常均简称为皇帝,即使在下野以后仍然保持此习惯。

"啊!两个有义气的房客回来了。"伏盖太太说着,叹了口气。

两个有义气的房客已经记不大清公寓里出的乱子，直截了当地向房东宣布要搬往昂丹大道。

"唉，西尔维，"寡妇说，"我最后的王牌也完啦。你们两位要了我的命了！简直是当胸一棍。我这里好似有根铁棒压着。真的，我要发疯了。那些豆子又怎么办？啊！好，要是只剩下我一个人，你明儿也该走了，克利斯朵夫。再会吧，先生们，再会吧。"

"她怎么啦？"欧也纳问西尔维。

"噢！出了那些事，大家都跑了，她急坏了。哎，听呀，她哭起来了。哭一下对她倒是好的。我服侍她到现在，还是第一回看见她落眼泪呢。"

第二天，伏盖太太像她自己所说的，想明白了。固然她损失了所有的房客，生活弄得七颠八倒，非常伤心，可是她神志很清，表示真正的痛苦，深刻的痛苦，利益受到损害、习惯受到破坏的痛苦是怎么回事。一个情人对情妇住过的地方，在离开的时候那副留恋不舍的目光，也不见得比伏盖太太望着空荡荡的饭桌的眼神更凄惨。欧也纳安慰她，说皮安训住院实习的时期几天之内就满了，一定会填补他的位置；还有博物院管事常常羡慕古的太太的屋子；总而言之，她的人马不久仍旧会齐的。

"但愿上帝听你的话，亲爱的先生！不过晦气进了我的屋子，十天以内必有死神光临，你等着瞧吧，"她把阴惨惨的目光在饭厅内扫了一转，"不知轮着哪一个！"

"还是搬家的好。"欧也纳悄悄地对高老头说。

"太太，"西尔维慌慌张张跑来，"三天不看见咪斯蒂格里了。"

"啊！好，要是我的猫死了，要是它离开了我们，我……"可怜的寡妇没有把话说完，合着手仰在椅背上，被这个可怕的预兆吓坏了。

5

两个女儿

晌午,正当邮差走到先贤祠区域的时候,欧也纳收到一封封套很精致的信,火漆上印着鲍赛昂家的纹章。信内附一份给特·纽沁根夫妇的请帖;一个月以前预告的盛大的舞会快举行了。另外有个字条给欧也纳:

> 我想,先生,你一定很高兴代我向特·纽沁根太太致意。我特意寄上你要求的请柬,我很乐意认识特·雷斯多太太的妹妹。替我陪这个美人儿来吧,希望你别让她把你的全部感情占了去,你该回敬我的着实不少哩。
>
> 特·鲍赛昂子爵夫人

欧也纳把这封短简念了两遍,想道:"特·鲍赛昂太太明明表示不欢迎特·纽沁根男爵。"

他赶紧上但斐纳家,很高兴能给她这种快乐,说不定还会得到酬报呢。特·纽沁根太太正在洗澡。拉斯蒂涅在内客室等。一个想情人想了两年的急色儿,等在那里当然极不耐烦。这等情绪,年轻人也不会碰到第二次。男人对于他所爱的第一个十足地道的女子,就是说符合巴黎社会的条件的、光彩耀目的女子,永远觉得天下无双。巴黎的爱情和旁的爱情没有一点儿相同。每个人为了体统关系,在所谓毫无利害作用的感情上所标榜的门面话,男男女女是没有一个人相信的。在这儿,女人不但应当满足男人的心灵和肉体,而且还有更大的义务,要满足人生无数的虚荣。巴黎的爱情尤其需要吹捧、无耻、浪费、哄骗、摆阔。在路易十四的宫廷中,所有的妇女都羡慕拉·华梨哀小姐,因为她的热情使那位名君忘了他的袖饰值到六千法郎一对,把它撕破了来吸引特·凡尔蒙陶阿公爵[1]。以此为例,我们对别人还有什么话可说呢!你得年轻、有钱、有头衔,要是可能,金钱名位越显赫越好;你在偶像面前上的香越多,假定你能有一个偶像的话,她越宠你。爱情是一种宗教,信奉这个宗教比信奉旁的宗教代价高得多;并且很快就会消失,信仰过去的时候像一个顽皮的孩子,还得到处闯些祸。感情这种奢侈唯有阁楼上的穷小子才有;除了这种奢侈,真正的爱还剩下什么呢?倘若巴黎社会那些严格的法规有什么例外,那只能在孤独生活中,在不受人情世故支配的心灵中找到。这些心灵仿佛是靠近明净的、瞬息即逝而不绝如缕的泉水过活的;他们守着绿荫,乐于倾听另一世界的语言,他们觉得这是身内身外到处都能听到的;他们一边怨叹浊世的枷锁,一边耐心等待自己的超升。拉斯蒂涅却像多数青年一样,预先体验到权势的滋味,打算有了全副武装再跃登人生的战场;他已经染上社会的狂热,也许觉得有操纵社会的力量,但既不明白这种野心的目的,也不知道实现野心的方法。要是没有纯洁和神圣的爱情充实一个人的生命,那么,

---

[1] 拉·华梨哀为路易十四的情妇,特·凡尔蒙陶阿公爵是他们的私生子。

对权势的渴望也能促成美妙的事业——只要能摆脱一切个人的利害，以国家的光荣为目标。可是大学生还没有达到瞻望人生而加以批判的程度。在内地长大的儿童往往有些清新隽永的念头，像绿荫一般荫庇他们的青春，至此为止拉斯蒂涅还对那些念头有所留恋。他老是踌躇不决，不敢放胆在巴黎下海。尽管好奇心很强，他骨子里仍忘不了一个真正的乡绅在古堡中的幸福生活。虽然如此，他隔夜逗留在新屋子里的时候，最后一些顾虑已经消灭。前一个时期他已经靠着出身到处沾光，如今又添上一个物质优裕的条件，使他把内地人的壳完全脱掉了，悄悄地爬到一个地位，看到一个美妙的前程。因此，在这间可以说一半是他的内客室中懒洋洋地等着但斐纳，欧也纳觉得自己和去年初到巴黎时大不相同，回顾之下，他自问是否换了一个人。

"太太在寝室里。"丹兰士进来报告，吓了他一跳。

但斐纳横在壁炉旁边一张双人沙发上，气色鲜艳，精神饱满；罗绮被体的模样令人想到印度那些美丽的植物，花还没有谢，果子已经结了。

"哎，你瞧，咱们又见面了。"她很感动地说。

"猜猜我给你带了什么来着。"欧也纳说着，坐在她身旁，拿起她的手亲吻。特·纽沁根太太念着请帖，做了一个快乐的手势。虚荣心满足了，她水汪汪的眼睛望着欧也纳，把手臂勾着他的脖子，发狂似的把他拉过来。

"倒是你（好宝贝！她凑上耳朵叫了一声。丹兰士在更衣室里，咱们得小心些！），倒是你给了我这个幸福！是的，我管这个叫作幸福。从你那儿得来的，当然不光是自尊心的满足。没有人肯介绍我进那个社会。也许你觉得我渺小、虚荣、轻薄，像一个巴黎女子；可是你知道，朋友，我准备为你牺牲一切；我所以格外想踏进圣·日耳曼区，还是因为你在那个社会里。"

"你不觉得吗,"欧也纳问,"特·鲍赛昂太太暗示她不预备在舞会里见到特·纽沁根男爵?"

"是啊,"男爵夫人把信还给欧也纳,"那些太太就有这种放肆的天才。可是管他,我要去的。我姊姊也要去,她正在打点一套漂亮的服装。"她又放低了声音说,"告诉你,欧也纳,因为外边有闲话,她特意要去露露面。你不知道关于她的谣言吗?今儿早上纽沁根告诉我,昨天俱乐部里公开谈着她的事,天哪!女人的名誉,家庭的名誉,真是太脆弱了!姊姊受到侮辱,我也跟着丢了脸。听说特·脱拉伊先生签在外边的借票有十万法郎,都到了期,要被人控告了。姊姊迫不得已把她的钻石卖给一个犹太人,那些美丽的钻石你一定看见她戴过,还是她婆婆传下来的呢。总而言之,这两天大家只谈论这件事儿。难怪阿娜斯大齐要定做一件金银线织锦缎的衣衫,到鲍府去出风头,戴着她的钻石给人看。我不愿意被她比下去。她老是想压倒我,从来没有对我好过;我帮过她多少忙,她没有钱的时候总给她通融。好啦,别管闲事了,今天我要痛痛快快地乐一下。"

早上一点,拉斯蒂涅还在特·纽沁根太太家,她恋恋不舍地和他告别,暗示未来的欢乐的告别。她很伤感地说:

"我真害怕,真迷信;不怕你笑话,我只觉得心惊胆战,唯恐我消受不了这个福气,要碰到什么飞来横祸。"

欧也纳道:"孩子!"

她笑道:"啊!今晚是我变作孩子了。"

欧也纳回到伏盖家,想到明天一定能搬走,又回味着刚才的幸福,便像许多青年一样,一路上做了许多美梦。

高老头等拉斯蒂涅走过房门的时候问道:"喂,怎么呢?"

"明儿跟你细谈。"

"从头至尾都得告诉我啊。好,去睡吧,明儿咱们开始过快乐生活了。"

第二天,高里奥和拉斯蒂涅只等运输行派人来,就好离开公寓。不料中午时分,圣·日内维新街上忽然来了一辆车,停在伏盖家门口。特·纽沁根太太下来,打听父亲是否还在公寓。西尔维回答说是,她便急急上楼。欧也纳正在自己屋里,他的邻居却不知道。吃中饭的时候,他托高老头代搬行李,约定四点钟在阿多阿街相会。老人出去找搬夫,欧也纳匆匆到学校去应了卯,又回来和伏盖太太算账,不愿意把这件事去累高老头,恐怕他固执,要代付自己的账。房东太太不在家。欧也纳上楼瞧瞧有没有忘了东西,发觉这个念头转得不差,因为在抽斗内找出那张当初给伏脱冷的不写抬头人的借据,还是清偿那天随手扔下的。因为没有火,正想把借据撕掉,他忽然听出但斐纳的口音,便不愿意再有声响,马上停下来听,以为但斐纳不会再有什么秘密要隐瞒他的了。刚听了几个字,他觉得父女之间的谈话出入重大,不能不留神听下去。

"啊!父亲,"她道,"怎么老天爷没有叫你早想到替我追究产业,弄得我现在破产!我可以说话吗?"

"说吧,屋子里没有人。"高老头声音异样地回答。

"你怎么啦,父亲?"

老人说:"你这是给我当头一棒。上帝饶恕你,孩子!你不知道我多爱你,你知道了就不会脱口而出,说这样的话了,况且事情还没有到绝望的地步。有什么大不了的事,教你这时候赶到这儿来?咱们不是等会就在阿多阿街相会吗?"

"唉！父亲，大祸临头，顷刻之间还做得了什么主！我急坏了！你的代理人把早晚要发觉的倒霉事儿，提早发觉了。你生意上的老经验马上用得着；我跑来找你，好比一个人淹在水里，哪怕一根树枝也抓着不放的了。但尔维先生看到纽沁根种种刁难，便拿起诉恐吓他，说法院立刻会批准分产的要求。纽沁根今天早上到我屋里来，问我是不是要同他两个一齐破产。我回答说，这些事我完全不懂，我只晓得有我的一份产业，应当由我掌管，一切交涉都该问我的诉讼代理人，我自己什么都不明白，什么都不能谈。你不是吩咐我这样说的吗？"

高老头回答说："对！"

"唉！可是他告诉我生意的情形。据说他拿我们两人的资本一齐放进了才开头的企业，为了那个企业，必得放出大宗款子在外边。倘若我强迫他还我陪嫁，他就要宣告清理；要是我肯等一年，他以名誉担保能还我双倍或者三倍的财产，因为他把我的钱经营了地产，等那笔买卖结束了，我就可以支配我的全部产业。亲爱的父亲，他说得很真诚，我听着害怕了。他求我原谅他过去的行为，愿意让我自由，答应我爱怎么办就怎么办，只要让他用我的名义全权管理那些事业。为证明他的诚意，他说确定我产权的文件，我随时可以托但尔维先生检查。总之他自己缚手缚脚地交给我了。他要求再当两年家，求我除了他规定的数目以外，绝对不花钱。他对我证明，他所能办到的，只是保全面子，他已经打发了他的舞女，不得不尽量暗中撙节，才能支持到投机事业结束，而不至于动摇信用。我跟他闹，装作完全不信，一步一步地逼他，好多知道些事情；他给我看账簿，最后他哭了，我从来没看见一个男人落到那副模样。他急坏了，说要自杀，疯疯癫癫地教我看了可怜。"

"你相信他的胡扯吗？"高老头叫道，"他这是做戏！我生意上碰到过德国人，几乎每个都规矩、老实、天真；可是一朝装着老实样儿跟你要手段、耍无赖的时候，他们比别人更凶。你丈夫哄你。他觉得给你逼得无路可走了，便装死；他要假借你的名义，因为比他自己出面更自由。他想利用这一点规避生意上的风波。他又坏又刁，真不是东西。不行，不行！看到你两手空空我是不愿意进坟墓的。我还懂得些生意经。他说把资金放在某些企业上，好吧，那么他的款子一定有证券、借票、合同等等做凭据！叫他拿出来跟你算账！咱们会挑最好的投机事业去做，要冒险也让咱们自己来。咱们要拿到追认文书，写明但斐纳·高里奥，特·纽沁根男爵的妻子，产业自主。他把我们当傻瓜吗，这家伙？他以为我知道你没有了财产，没有了饭吃，能够忍受到两天吗？唉！我一天、一夜、两小时都受不了！你要真落到那个田地，我还能活吗？哎，怎么，我忙上四十年，背着面粉袋，冒着大风大雨，舍不得吃，舍不得穿，样样为了你们，为我的两个天使——我只要看到你们，所有的辛苦、所有的重担都轻松了；而今日之下，我的财产，我的一辈子都变成一阵烟！真是气死我了！凭着天上地下所有的神灵起誓，咱们非弄个明白不可，非把账目、银箱、企业，统统清查不可！要不是有凭有据，知道你的财产分文不缺，我还能睡觉吗？还能躺下去吗？还能吃东西吗？谢谢上帝，幸亏婚书上写明你是财产独立的；幸亏有但尔维先生做你的代理人，他是一个规矩人。请上帝作证！你非到老都有你那一百万家私不可，非有你每年五万法郎的收入不可，要不然我就在巴黎闹他一个满城风雨，嘿！嘿！法院要不公正，我向国会请愿。知道你在银钱方面太平无事，才会减轻我的一切病痛，才能排遣我的悲伤。钱是性命。有了钱就有了一切。他对我们胡扯些什么，这亚尔萨斯死胖子？

但斐纳,对这只胖猪,一个子儿都不能让,他从前拿锁链缚着你,磨得你这么苦。现在他要你帮忙了吧,好!咱们来抽他一顿,叫他老实一点。天哪,我满头是火,脑壳里有些东西烧起来了。怎么,我的但斐纳躺在草垫上!噢!我的但斐纳!——该死!我的手套呢?哎,走吧,我要去把什么都看个清楚,账簿、营业、银箱、信札,而且当场立刻!直要知道你财产没有了危险,经我亲眼看过了,我才放心。"

"亲爱的父亲!得小心哪。倘若你想借这件事出气,显出过分跟他作对的意思,我就完啦。他是知道你的,认为我担心财产,完全是出于你的授意。我敢打赌,他不但现在死抓我的财产,而且还要抓下去。这流氓会拿了所有的资金,丢下我们溜之大吉的,他也知道我不肯因为要追究他而丢我自己的脸。他又狠又没有骨头。我把一切都想透了。逼他太甚,我是要破产的。"

"难道他是个骗子吗?"

"唉!是的,父亲,"她倒在椅子里哭了,"我一向不愿意对你说,免得你因为把我嫁了这种人而伤心!他的良心,他的私生活,他的精神,他的肉体,都是搭配好的!简直可怕,我又恨他又瞧不起他。你想,下流的纽沁根对我说了那番话,我还能敬重他吗?在生意上干得出那种勾当的人是没有一点儿顾虑的;因为我看透了他的心思,我才害怕。他明明白白答应我,他,我的丈夫,答应我自由,你懂得是什么意思?就是说我要在他倒霉的时候肯让他利用,肯出头顶替,他可以让我自由。"

高老头叫道:"可是还有法律哪!还有葛兰佛广场给这等女婿预备着呢!要没有刽子手,我就亲自动手,割下他的脑袋。"

"不,父亲,没有什么法律能对付这个人的。丢开他的花言巧语,听听他骨子里的话吧！——要么你就完事大吉，一个子儿都没有，因为我不能丢了你而另外找个同党；要么你就让我干下去，把事情弄成功。这还不明白吗？他还需要我呢。我的为人他是放心的，知道我不会要他的财产，只想保住我自己的一份。我为了避免破产，不得不跟他作这种不清白的、盗窃式的勾结。他收买我的良心，代价是听凭我同欧也纳自由来往。——我允许你胡来，你得让我犯罪，教那些可怜虫倾家荡产！这话还说得不明白吗？你知道他所谓的企业是怎么回事？他买进空地，教一些傀儡去盖屋子。他们一方面跟许多营造厂订分期付款的合同，一方面把屋子低价卖给我丈夫。然后他们向营造厂宣告破产，赖掉未付的款子。纽沁根银号这块牌子把可怜的营造商骗上了。这一点我是懂得的。我也懂得，为预防有朝一日要证明他已经付过大宗款子，纽沁根把巨额的证券送到了阿姆斯特丹、那不勒斯、维也纳。咱们怎么能抢回来呢？"

欧也纳听见高老头沉重的膝盖声，大概是跪在地上了。老头儿叫道："我的上帝，我什么地方触犯了你，女儿才会落在这个混蛋手里，由他摆布？孩子，原谅我吧！"

但斐纳道："是的，我陷入泥坑，或许也是你的过失。我们出嫁的时候都没有头脑！社会、买卖、男人、品格，我们懂了哪一样？做父亲的应该代我们考虑。亲爱的父亲，我不埋怨你，原谅我说出那样的话。一切都是我的错。得了，爸爸，别哭啦。"她亲着老人的额角。

"你也别哭啦，我的小但斐纳。把你的眼睛给我，让我亲一亲，抹掉你的眼泪。好吧！我去找那大头鬼，把他一团糟的事理出个头绪来。"

"不，还是让我来吧；我会对付他。他还爱我呢！唉！好吧，我要利用这一点影响，教他马上放一部分资金在不动产上面。说不定我能教他用纽沁根太太的名义，在亚尔萨斯买些田，他是看重本乡的。不过明儿你得查一查他的账目跟业务。但尔维先生完全不懂生意一道。哦，不，不要明天，我不愿意惹动肝火。特·鲍赛昂太太的跳舞会就在后天，我要调养得精神饱满，格外好看，替亲爱的欧也纳挣点儿面子！来，咱们去瞧瞧他的屋子。"

一辆车在圣·日内维新街停下，楼梯上传来特·雷斯多太太的声音。"我父亲在家吗？"她问西尔维。

这一下倒是替欧也纳解了围，他本想倒在床上装睡了。

但斐纳听出姊姊的口音，说道："啊！父亲，没有人和你提到阿娜斯大齐吗？仿佛她家里也出了事呢。"

"怎么！"高老头道，"那是我末日到了。真叫作祸不单行，可怜我怎么受得了呢！"

"你好，父亲，"伯爵夫人进来叫，"呦！你在这里，但斐纳。"

特·雷斯多太太看到了妹妹，局促不安。

"你好，娜齐。你觉得我在这儿奇怪吗？我是跟父亲天天见面的，我。"

"从哪时起的？"

"要是你来这儿，你就知道了。"

"别挑错儿啦，但斐纳，"伯爵夫人的声音差不多要哭出来，"我苦极了，我完了，可怜的父亲！哦！这一次真完了！"

"怎么啦，娜齐？"高老头叫起来，"说给我们听吧，孩子。哎哟，她脸色不对了。但斐纳，快，快去扶住她，小乖乖，你对她好一点，我更喜欢你。"

"可怜的娜齐，"但斐纳扶着姊姊坐下，说，"你讲吧，你瞧，世界上只有我们俩始终爱着你,一切原谅你。瞧见没有,骨肉的感情才是最可靠的。"她给伯爵夫人嗅了盐,伯爵夫人醒过来了。

"我要死啦,"高老头道,"来,你们俩都走过来。我冷啊。"他拨着炭火,"什么事,娜齐?快快说出来。你要我的命了……"

"唉!我丈夫全知道了。父亲,你记得上回玛克辛那张借票吗?那不是他的第一批债。我已经替他还过不少。正月初,我看他愁眉苦脸,对我什么都不说;可是爱人的心事最容易看透,一点儿小事就够了,何况还有预感。他那时格外多情,格外温柔,我总是一次比一次快乐。可怜的玛克辛!他后来告诉我,原来他暗中和我诀别,想自杀。我拼命逼他,苦苦央求,在他前面跪了两小时,他才说出欠了十万法郎!哦!爸爸,十万法郎!我疯了。你拿不出这笔钱,我又什么都花光了……"

"是的,"高老头说,"我没有办法,除非去偷。可是我会去偷的呀,娜齐!会去偷的呀!"

姊妹俩听着不出声了。这句凄惨的话表示父亲的感情无能为力,到了痛苦绝望的地步,像一个人临终的痰厥,也像一颗石子丢进深渊,显出它的深度。天下还有什么自私自利的人,能够听了无动于衷呢?

"因此,父亲,我挪用了别人的东西,筹到了款子。"伯爵夫人哭着说。

但斐纳感动了,把头靠在姊姊的脖子上,她也哭了。

"那么外边的话都是真的了?"但斐纳问。

娜齐低下头去,但斐纳抱着她,温柔地亲吻,把她搂在胸口,说道:

"我心中对你只有爱,没有责备。"

高老头有气无力地说:"你们两个小天使,干吗直要患难临头才肯和好呢?"

"可是我会去偷的呀,娜齐!会去偷的呀!"

伯爵夫人受着热情的鼓励，又道："为了救玛克辛的命，也为了救我的幸福，我跑去找你们认识的那个人，跟魔鬼一样狠心的高勃萨克，拿雷斯多看得了不起的、家传的钻石，他的，我的，一齐卖了。卖了！懂不懂？玛克辛得救了！我完啦。雷斯多全知道了。"

高老头道："怎么知道的？谁告诉他的？我要这个人的命！"

"昨天他叫我到他屋子去。他说，阿娜斯大齐……（我一听声音就猜着了），你的钻石在哪儿？——在我屋里啊。——不，他瞅着我说，在这儿，在我的柜子上。——他把手帕蒙着的匣子给我看，说道：你知道从哪儿来的吧？——我双膝跪下……哭着问他要我怎么死。"

"哎哟，你说这个话！"高老头叫起来，"皇天在上，哼！只要我活着，我一定把那个害你们的人，用文火来慢慢地烤，把他割作一片一片，像……"

高老头忽然不响，话到了喉咙说不出了。娜齐又道："临了他要我做的事比死还难受。天！但愿做女人的永远不会听到那样的话！"

"我要杀他，"高老头冷冷地说，"可恨他欠我两条命，而他只有一条；以后他又怎么说呢？"高老头望着阿娜斯大齐问。

伯爵夫人停了一忽儿说道："他瞅着我说，阿娜斯大齐，我可以一笔勾销，和你照旧同居；我们有孩子。我不打死脱拉伊，因为不一定能打中；用别的方法消灭他又要触犯刑章。在你怀抱里打他吧，教孩子们怎么见人？为了使孩子们、孩子们的父亲跟我，一个都不伤，我有两个条件。你先回答我，孩子中间有没有我的？——我回答说有。他问，哪一个？——欧纳斯德，最大的。——好，他说，现在你得起誓，从今以后服从我一件事。（我便起了誓。）什么时候我要求你，你就得在你产业的卖契上签字。"

"不能签呀，"高老头叫着，"永远不能签这个字。吓！雷斯多先生，你不能使女人快活,她自己去找;你自己不惭愧,倒反要责罚她?……哼,小心点儿!还有我呢,我要到处去等他。娜齐,你放心。啊,他还舍不得他的后代!好吧,好吧。让我掐死他的儿子,哎哟!天打的!那是我的外孙呀。那么这样吧,我能够看到小娃娃,我把他藏在乡下,你放心,我会照顾他的。我可以逼这个魔鬼投降,对他说:咱们来拼一拼吧!你要儿子,就得还我女儿财产,让她自由。"

"我的父亲!"

"是的,你的父亲!唉,我是一个真正的父亲。这流氓贵族不来伤害我女儿也还罢了。天打的!我不知道我的气多大。我像老虎一样,恨不得把这两个男人吃掉。哦呀!孩子们,你们过的这种生活!我急疯了。我两眼一翻,你们还得了!做父亲的应该和女儿活得一样长久。上帝啊,你把世界弄得多糟!人家还说你圣父有个圣子呢。你正应当保护我们,不要在儿女身上受苦。亲爱的小天使,怎么!直要你们遭了难我才能见到你们吗?你们只拿眼泪给我看。哎,是的,你们是爱我的,我知道。来吧,到这儿来哭诉吧,我的心大得很,什么都容得下。是的,你们尽管戳破我的心,撕作几片,还是一片片父亲的心。我恨不得代你们受苦。啊!你们小时候多么幸福!……"

"只有那个时候是我们的好日子,"但斐纳说,"在阁楼的面粉袋上打滚的日子到哪里去了?"

"父亲!事情还没完呢,"阿娜斯大齐咬着老人的耳朵,吓得他直跳起来,"钻石没有卖到十万法郎。玛克辛给告上了。我们还缺一万二。他答应我以后安分守己,不再赌钱。你知道,除了他的爱情,我在世界上一无所有;我又付了那么高的代价,失掉这爱情,我只能死了。我为他牺牲了财产、荣誉、良心、孩子。唉！你至少想想办法，别让玛克辛坐牢，丢脸；我们得支持他，让他在社会上混出一个局面来。现在他不但要负我幸福的责任，还要负不名一文的孩子们的责任。他进了圣·贝拉伊[1]，一切都完啦。"

"我没有这笔钱呀，娜齐。我什么都没有了，没有了！真是世界末日到了。哦呀，世界要坍了，一定的。你们去吧，逃命去吧！呃！我还有银搭扣，六套银的刀叉，我当年第一批买的，最后，我只有一千两百的终身年金……"

"你的长期存款哪儿去了？"

"卖掉了，只留下那笔小数目做生活费。我替但斐纳布置一个屋子，需要一万二。"

"在你家里吗，但斐纳？"特·雷斯多太太问她的妹妹。

高老头说："问这个干吗！反正一万二已经花掉了。"

伯爵夫人说："我猜着了。那是为了特·拉斯蒂涅先生。唉！可怜的但斐纳，得了吧。瞧瞧我到了什么田地。"

"亲爱的，特·拉斯蒂涅先生不会教情妇破产。"

"谢谢你，但斐纳，想不到在我危急的关头你会这样；不错，你从来没有爱过我。"

"她爱你的，娜齐，"高老头说，"我们刚才谈到你，她说你真美，她自己不过是漂亮罢了。"

伯爵夫人接着说："她！那么冷冰冰的，好看？"

"由你说吧，"但斐纳红着脸回答，"可是你怎么对我呢？你不认我这

---

[1] 当时拘留债务人的监狱，一八二七年起改为政治犯的监狱。

个妹妹，我希望要走动的人家，你都给我断绝门路，一有机会就教我过不去。我，有没有像你这样把可怜的父亲一千又一千地骗去，把他榨干了，逼他落到这个田地？瞧吧，这是你的成绩，姊姊。我却是尽可能地来看父亲，并没把他撵出门外，等到要用着他的时候再来舐他的手。他为我花掉一万二，事先我完全不知道。我没有乱花钱，你是知道的。并且即使爸爸送东西给我，我从来没有向他要过。"

"你比我幸福，特·玛赛先生有钱，你肚里明白。你老是像黄金一样吝啬。再会吧，我没有姊妹；也没有……"

高老头喝道："别说了，娜齐！"

但斐纳回答娜齐："只有像你这样的姊妹才会跟着别人造我谣言，你这种话已经没有人相信了。你是野兽。"

"孩子们，孩子们，别说了，要不我死在你们前面了。"

特·纽沁根太太接着说："得啦，娜齐，我原谅你，你倒了霉。可是我不像你这么做人。你对我说这种话，正当我想拿出勇气帮助你的时候，甚至想走进丈夫的屋子求他，那是我从来不肯做的，哪怕为了我自己或者为了……这个总该对得起你九年以来对我的阴损吧？"

父亲说："孩子们，我的孩子们，你们拥抱呀！你们是一对好天使呀！"

"不，不，你松手，"伯爵夫人挣脱父亲的手臂，不让他拥抱，"她对我比我丈夫还狠心。大家还要说她大贤大德呢！"

特·纽沁根太太回答："哼，我宁可人家说我欠特·玛赛先生的钱，不愿意承认特·脱拉伊先生花了我二十多万。"

伯爵夫人向她走近一步，叫道："但斐纳！"

男爵夫人冷冷地回答："你诬蔑我，我只对你说老实话。"

"但斐纳！你是一个……"

高老头扑上去拉住娜齐，把手掩着她的嘴。

娜齐道："哎唷！父亲，你今天碰过了什么东西？"

"哟，是的，我忘了，"可怜的父亲把手在裤子上抹了一阵，"我不知道你们会来，我正要搬家。"

他很高兴受这一下抱怨，把女儿的怒气转移到自己身上。他坐下说：

"唉！你们撕破了我的心。我要死了，孩子们！脑子里好像有团火在烧。你们该和和气气，相亲相爱。你们要我命了。但斐纳，娜齐，得了吧，你们俩都有是都有不是。喂，但但尔，"他含着一包眼泪望着男爵夫人，"她要一万两千法郎，咱们来张罗吧。你们别这样地瞪眼呀。"

他跪在但斐纳面前，凑着她耳朵说：

"让我高兴一下，你向她赔个不是吧，她比你更倒霉是不是？"

父亲的表情痛苦得像疯子和野人，但斐纳吓坏了，说道：

"可怜的娜齐，是我错了，来，拥抱我吧……"

高老头道："啊！这样我心里才好过一些。可是哪儿去找一万两千法郎呢？也许我可以代替人家服兵役。"

"啊！父亲！不能，不能。"两个女儿围着他喊。

但斐纳说："你这种念头只有上帝报答你，我们粉身碎骨也补报不了！不是吗，娜齐？"

"再说，可怜的父亲，即使代替人家服兵役也不过杯水车薪，无济于事。"娜齐回答。

老人绝望至极，叫道："那么咱们卖命也不成吗？只要有人救你，娜齐，我肯为他拼命，为他杀人放火。我愿意像伏脱冷一样进苦役监！

我……"他忽然停住，仿佛被雷劈了一样。他扯着头发又道："什么都光了！我要知道到哪儿去偷就好啦。不过要寻到一个能偷的地方也不容易。抢银行吧，又要人手又要时间。唉，我应该死了，只有死了。不中用了，再不能说是父亲了！不能。她来向我要，她有急用！而我，该死的东西，竟然分文没有。啊！你把钱存了终身年金，你这老混蛋，你忘了女儿吗？难道你不爱她们了吗？死吧，像野狗一样地死吧！对啦，我比狗还不如，一条狗也不至于干出这种事来，哎哟！我的脑袋烧起来啦。"

"噢！爸爸，使不得，使不得。"姊妹俩拦着他，不让他把脑袋往墙上撞。

他号啕大哭。欧也纳吓坏了，抓起当初给伏脱冷的借据，上面的印花本来超过原来借款的数目，他改了数字，缮成一张一万二的借据，写上高里奥的抬头，拿着走过去。

"你的钱来了，太太，"他把票据递给她，"我正在睡觉，被你们的谈话惊醒了，我才知道我欠着高里奥先生这笔钱。这儿是张票据，你可以拿去周转，我到期准定还清。"

伯爵夫人拿了票据，一动不动，她脸色发白，浑身哆嗦，气愤到极点，叫道：

"但斐纳，我什么都能原谅你，上帝可以作证！可是这一手哪！吓，你明知道他先生在屋里！你竟这样卑鄙，借他来报仇，让我把自己的秘密、生活，孩子的底细，我的耻辱、名誉，统统交在他手里！去吧，我不认得你这个人，我恨你，我要好好地收拾你……"她气得说不上话，喉咙都干了。

"哎，他是我的儿子啊，是咱们大家的孩子，是你的兄弟，你的救星啊，"高老头叫着，"来拥抱他，娜齐！瞧，我拥抱他呢，"他说着拼命抱着欧也纳，"噢！我的孩子！我不但要做你的父亲，还要代替你所有的家属。我恨不得变作上帝，把世界丢在你脚下。来，娜齐，来亲他！他不是个凡人，是个天使，真正的天使。"

但斐纳说："别理她，父亲，她疯了。"

特·雷斯多太太说："疯了！疯了！你呢？"

"孩子们，你们这样下去，我要死了。"老人说着，像中了一颗子弹似的往床上倒下。"她们逼死我了！"他对自己说。

欧也纳被这场剧烈的吵架弄得失魂落魄，一动不动愣在那里。但斐纳急急忙忙替父亲解开背心。娜齐毫不在意，她的声音、目光、姿势，都带着探问的意味，叫了声欧也纳：

"先生——"

他不等她问下去就回答："太太，我一定付清，绝不声张。"

老人晕过去了，但斐纳叫道：

"娜齐！你把父亲逼死了！"

娜齐却是往外跑了。

"我原谅她，"老人睁开眼来说，"她的处境太可怕了，头脑再冷静的人也受不住。你安慰安慰娜齐吧，对她好好的，你得答应我，答应你快死的父亲。"他紧紧握着但斐纳的手说。

但斐纳大吃一惊，说道："你怎么啦？"

父亲说："没有什么，没有什么。就会好的。觉得有些东西压在我脑门上，大概是头痛。可怜的娜齐，将来怎么办呢？"

这时伯爵夫人回进屋子，跪倒在父亲脚下，叫道：

"原谅我吧！"

"唉，"高老头回答，"你现在叫我更难受了。"

伯爵夫人含着泪招呼拉斯蒂涅："先生，我一时急昏了头，冤枉了人，你对我真像兄妹一样吗？"她向他伸出手来。

"娜齐，我的小娜齐，把一切都忘了吧。"但斐纳抱着她叫。

"我不会忘掉的，我！"

高老头嚷道："你们都是天使，你们使我重见光明，你们的声音使我活过来了。你们再拥抱一下吧。哎，娜齐，这张借据能救了你吗？"

"但愿如此。喂，爸爸，你能不能给个背书？"

"对啦，我真该死，忘了签字！我刚才不舒服，娜齐，别恨我啊。你事情完了，马上派人来说一声。不，还是我自己来吧。哦，不！我不能来，我不能看见你丈夫，我会把他当场打死的。他休想抢你的财产，还有我呢。快去吧，孩子，想法教玛克辛安分些。"

欧也纳看着呆住了。

特·纽沁根太太说："可怜的娜齐一向暴躁，她心是好的。"

"她是为了借票的背书回来的。"欧也纳凑在但斐纳的耳边说。

"真的吗？"

"但愿不是，你可不能不防她一招。"他抬起眼睛，仿佛把不敢明说的话告诉了上帝。

"是的，她专门装腔，可怜父亲就相信她那一套。"

"你觉得怎么啦？"拉斯蒂涅问老人。

"我想睡觉。"他回答。

欧也纳帮着高里奥睡下。老人抓着但斐纳的手睡熟的时候，她预备走了，对欧也纳说：

"今晚在意大利剧院等你。到时你告诉我父亲的情形。明儿你得搬家了，先生。让我瞧瞧你的屋子吧。"她一进去便叫起来："哟！要命！你比父亲住得还要坏。欧也纳，你心地太好了，我更要爱你。可是孩子，倘使你想挣一份家业，就不能把一万两千法郎随便往窗外扔。特·脱拉伊先生是个赌棍，姊姊不愿意看清这一点。一万二！他会到输一座金山或者赢一座金山的地方去张罗的。"

他们听见哼了一声，便回到高里奥屋里。他似乎睡熟了；两个情人走近去，听见他说了声：

"她们在受罪啊！"

不管他是睡着还是醒着，说那句话的口气大大地感动了女儿，她走到破床前面亲了亲他的额角。他睁开眼来说："哦！是但斐纳！"

"哎，你觉得怎么样？"她问。

"还好，你别担心，我就要上街的。得啦，得啦，孩子们，你们尽管去快活吧。"

欧也纳送但斐纳回家，因为不放心高里奥，不肯陪她吃饭。他回到伏盖公寓，看见高老头起来了，正预备吃饭。皮安训挑了个好仔细打量面条商的座位，看他嗅着面包辨别面粉的模样，发觉他的行动已经身不由己，便做了个凄惨的姿势。

"坐到我这边来，实习医师。"欧也纳招呼他。

皮安训很乐意搬个位子，可以和老头儿离得更近。

"他什么病呀？"欧也纳问。

"除非我看错，他完啦！他身上有些出奇的变化，恐怕马上要脑溢血了。下半个脸还好,上半部的线条统统往脑门那边吊上去了。那古怪的眼神也显得血浆已经进了脑子。你瞧他眼睛不是像布满无数的微尘吗?明儿我可以看得更清楚些。"

"还有救吗?"

"没有救了。也许可以拖几天,倘使能把反应限制在身体的末梢,譬如说,限制在大腿部分。明天晚上要是病象不停止,可怜虫就完啦。他怎么发病的,你知道没有?一定精神上受了剧烈的打击。"

"是的。"欧也纳说着,想起两个女儿接二连三地打击父亲的心。

"至少但斐纳是孝顺的!"他私下想。

晚上在意大利剧院,他说话很小心,唯恐特·纽沁根太太惊慌。

"你不用急,"她听了开头几句就回答,"父亲身体很强壮。不过今儿早上我们给他受了些刺激。我们的财产成了问题,你可知道这件倒霉事儿多么严重?要不是你的爱情使我感觉麻木,我竟活不下去了。爱情给了我生活的乐趣,现在我只怕失掉爱情。除此以外,我觉得一切都无所谓,世界上我什么都不爱了。你是我的一切。倘若我觉得有了钱快乐,那也是为了更能讨你喜欢。说句不怕害臊的话,我的爱情胜过我的孝心。我不知道为什么。我整个生命都在你身上。父亲给了我一颗心,可是有了你,它才会跳。全世界责备我,我也不管!你是没有权利恨我的,我为了不可抵抗的感情犯的罪,只要你能替我补赎就行了。你把我当作没有良心的女儿吗?噢,不是的。怎么能不爱一个像我们那样的好爸爸呢?可是我们可叹的婚姻的必然的后果,我能瞒着他吗?干吗他当初不拦阻我们?不是应该由他来替我们着想吗?今天我才知道他和我们一样痛苦;可是有什么办法?安慰他吗?安慰不了什么。咬紧牙齿忍耐吗?那比我们的责备和诉苦使他更难受。人生有些局面，简直样样都是辛酸。"

真正的感情表现得这么坦白，欧也纳听着很感动，一声不出。固然巴黎妇女往往虚伪，非常虚荣，只顾自己，又轻浮又冷酷；可是一朝真正动了心，能比别的女子为爱情牺牲更多的感情，能摆脱一切的狭窄卑鄙，变得伟大，达到高超的境界。并且，等到有一股特别强烈的感情把女人跟天性（例如父母与子女的感情）隔离了，有了距离之后，她批判天性的时候所表现的那种深刻和正确，也教欧也纳暗暗吃惊。特·纽沁根太太看见欧也纳不声不响，觉得心中不快，问道：

"你想什么呀？"

"我在体味你的话，我一向以为你爱我不及我爱你呢。"

她微微一笑，竭力遮掩心中的快乐，免得谈话越出体统。年轻而真诚的爱自有一些动人心魄的辞令，她从来没有听见过。再说几句，她就要忍不住了。

她改变话题，说道："欧也纳，难道你不知道那个新闻吗？明天，全巴黎都要到特·鲍赛昂太太家，洛希斐特同特·阿瞿达侯爵约好，一点消息不让走漏；王上明儿要批准他们的婚约，你可怜的表姊还蒙在鼓里。她不能取消舞会，可是侯爵不会到场了。到处都在谈这件事。"

"大家取笑一个人受辱，暗地里却就在促成这种事！你不知道特·鲍赛昂太太要为之气死吗？"

但斐纳笑道："不会的，你不知道这一类妇女。可是全巴黎都要到她家里去，我也要去——托你的福！"

"巴黎有的是谣言，说不定又是什么捕风捉影的事。"

"咱们明天便知分晓。"

欧也纳没有回伏盖公寓。他没有那个决心不享受一下他的新居。隔天他半夜一点钟离开但斐纳，今儿是但斐纳在清早两点左右离开他回家。第二天他起得很晚，中午等特·纽沁根太太来一块儿用餐。青年人都是只顾自己快活的，欧也纳差不多忘了高老头。在新屋里把精雅绝伦的东西一件一件使用过来，真是其乐无穷。再加特·纽沁根太太在场，更抬高了每样东西的价值。四点光景，两个情人记起了高老头，想到他有心搬到这儿来享福。欧也纳认为倘若老人病了，应当赶紧接过来。他离开但斐纳奔回伏盖家。高里奥和皮安训两人都不在饭桌上。

"啊，喂，"画家招呼他，"高老头病倒了，皮安训在楼上看护。老头儿今天接见了他一个女儿，特·雷斯多喇嘛伯爵夫人，以后他出去了一趟，加重了病。看来咱们要损失一件美丽的古董了。"

拉斯蒂涅冲上楼梯。

"喂，欧也纳先生！"

"欧也纳先生！太太请你。"西尔维叫。

"先生，"寡妇说，"高里奥先生和你应该是二月十五搬出的，现在已经过期三天，今儿是十八了，你们得再付一个月。要是你肯担保高老头，只请你说一声就行。"

"干吗？你不相信他吗？"

"相信！倘使老头儿昏迷了，死了，他的女儿们连一个子儿都不会给我的。他的破烂东西统共不值十法郎。今儿早上他把最后的餐具也卖掉了，不知为什么。他脸色像青年人一样。上帝原谅我，我只道他搽着胭脂，返老还童了呢。"

"一切由我负责。"欧也纳说着心慌得厉害，唯恐出了乱子。

他奔进高老头的屋子。老人躺在床上,皮安训坐在旁边。

"你好,老丈。"

老人对他温柔地笑了笑,两只玻璃珠子般的眼睛望着他,问:

"她怎么样?"

"很好,你呢?"

"不坏。"

"别让他劳神。"皮安训把欧也纳拉到屋子的一角嘱咐他。

"怎么啦?"欧也纳问。

"除非奇迹才有办法。脑溢血已经发作。现在贴着芥子膏药;幸而他还有感觉,药性已经起了作用。"

"能不能把他搬个地方?"

"不行。得留在这儿,不能有一点儿动作和精神上的刺激……"

欧也纳说:"皮安训,咱们俩来照顾他吧。"

"我已经请医院的主任医师来过。"

"结果呢?"

"要明儿晚上知道。他答应办完了公就来。不幸这倒霉蛋今儿早上胡闹了一次,他不肯说为什么。他脾气犟得像匹驴。我跟他说话,他装听不见,装睡,给我一个不理不答;倘使睁着眼睛,就一味地哼哼。他早上出去了,在城里乱跑,不知到了哪儿去。他把值钱的东西统统拿走了,做了些该死的交易,弄得筋疲力尽!他女儿之中有一个来过这儿。"

"伯爵夫人吗?是不是大个子,深色头发,眼睛很精神很好看,身腰软软的,一双脚很有样的那个?"

"是的。"

拉斯蒂涅道:"让我来陪他一会儿。我盘问他,他会告诉我的。"

"我趁这时候去吃饭。千万别让他太兴奋;咱们还有一线希望呢。"

"你放心。"

高老头等皮安训走了,对欧也纳说:"明儿她们好痛痛快快地乐一下了。她们要参加一个盛大的跳舞会。"

"老丈,你今儿早上干了什么,累成这个样子躺在床上?"

"没有干什么。"

"阿娜斯大齐来过了吗?"拉斯蒂涅问。

"是的。"高老头回答。

"哎!别瞒我啦。她又问你要什么?"

"唉!"他进足了力气说,"她很苦呀,我的孩子!自从出了钻石的事,她一个子儿都没有了。她为那个跳舞会定做了一件金线铺绣衣衫,好看到极点。不料那下流的女裁缝不肯赊账,结果老妈子垫了一千法郎定洋。可怜娜齐落到这步田地!我的心都碎了。老妈子看见雷斯多不相信娜齐,怕垫的钱没有着落,串通了裁缝,要等一千法郎还清才肯送衣服来。舞会便是明天,衣衫已经做好,娜齐急得没有法了。她想借我的餐具去抵押。雷斯多非要她上那个舞会去,教全巴黎瞧瞧那些钻石,外边说是她卖掉了。你想她能对那个恶鬼说:我欠着一千法郎,替我付一付吗?当然不能。我明白这个道理。但斐纳明儿要打扮得天仙似的,娜齐当然不能比不上妹妹。并且她哭得泪人儿似的,可怜的孩子!昨天我拿不出一万两千法郎,已经惭愧死了,我要拼这条苦命来补救。过去我什么都咬着牙齿忍受,但这一回没有钱,真是撕破了我的心。吓!我马上打定主意,把我的钱重新调度一下,拼凑一下;银搭扣和餐具卖了六百法郎,我的终身年金向高勃萨克押了四百法郎，一年为期。也行！我光吃面包就得了！年轻的时候我就是这样的，现在也还可以。至少我的娜齐能快快活活地消磨一晚啦，能花枝招展地去出风头啦。一千法郎钞票已经放在我床头。想着头底下藏着娜齐喜欢的东西，我心里就暖和。现在她可以撵走可恶的维多阿了，哼！用人不相信主人，还像话！明儿我就好啦，娜齐十点钟要来的。我不愿意她们以为我害了病。那她们要不去跳舞，来服侍我了。娜齐会拥抱我像拥抱她的孩子，她跟我亲热一下，我的病就没有啦。再说，在药铺子里我不是也能花掉上千法郎吗？我宁可给包医百病的娜齐的。至少我还能使她在苦难中得到点安慰，我存了终身年金的过失也能补救一下。她掉在窟窿里，我没有能力救她出来。哦！我要再去做买卖，上奥特赛去买谷子。那边的麦子比这儿贱三倍。麦子进口是禁止的；可是定法律的先生们并没禁止用麦子做的东西进口哪，吓，吓！今儿早上我想出来了！做淀粉买卖还有很大的赚头。"

"他疯了。"欧也纳望着老人想。

"得啦，你歇歇吧，别说话……"

皮安训上楼，欧也纳下去吃饭。接着两人轮流守夜，一个念医书，一个写信给母亲姊妹。

第二天，病人的征象，据皮安训说，略有转机；可是需要不断治疗，那也唯有两个大学生才能胜任。老人骨瘦如柴的身上除了安放许多水蛭以外，又要用水罨，又要用热水洗脚，种种的治疗，不是两个热心而强壮的青年人休想对付得了。特·雷斯多太太没有来，派了当差来拿钱。

"我以为她会亲自来的呢。也好，免得她看见我病了操心。"高老头说。女儿不来，他倒好像很高兴似的。

晚上七点，丹兰士送来一封但斐纳的信。

你在干什么呀，朋友？才相爱，难道就对我冷淡了吗？在肝胆相照的那些心腹话中，你表现的心灵太美了，我相信你是永久忠实的，感情的微妙，你了解太深刻了，正如你听摩才的祷告[1]时说的：对某些人，这不过是音符，对另外一些人是无穷尽的音乐！别忘了我今晚等你一同赴特·鲍赛昂夫人的舞会。特·阿瞿达先生的婚约，今天早上在宫中签了，可怜子爵夫人到两点才知道。全巴黎的妇女都要拥到她家里去，好似群众挤到葛兰佛广场去看执行死刑。你想，去瞧这位太太能否掩藏她的痛苦，能否视死如归，不是太惨了吗？朋友，倘使我从前去过她的家，今天我决计不去了；但她今后一定不再招待宾客，我过去所有的努力不是白费了吗？我的情形和别人不同，况且我也是为你去的。我等你。要是两小时内你还不在我身边，我不知道是否能原谅你。

拉斯蒂涅拿起笔来回答：

我等医生来，要知道你父亲还能活不能活。他快死了。我会把医生的判决通知你，恐怕竟是死刑。你能不能赴舞会，到时候你斟酌吧。请接受我无限的温情。

---

[1] 罗西尼歌剧《摩西》中最精彩的一幕。

八点半,医生来了,认为虽然没有什么希望,也不至于马上就死。他说还有好几次反复,才决定老人的生命和神志。

"他还是快一点死的好。"这是医生的最后一句话。

欧也纳把高老头交托给皮安训,向特·纽沁根太太报告凶讯去了;他家庭观念还很重,觉得一切娱乐这时都应该停止。

高老头好似迷迷糊糊地睡着了,在拉斯蒂涅出去的时候忽然坐起来叫着:"告诉她,教她尽管去玩儿。"

拉斯蒂涅愁眉苦脸地跑到但斐纳前面。她头也梳好了,鞋也穿好了,只等套上跳舞衣衫。可是最后的修整,像画家收拾作品的最后几笔,比用颜色打底子更费工夫。

"嗯,怎么,你还没有换衣服?"她问。

"可是太太,你的父亲……"

"又是我的父亲,"她截住了他的话,"应该怎么对待父亲,不用你来告诉我。我认识他这么多年了。欧也纳,甭说啦。你先穿扮了,我才听你的话。丹兰士在你家里一切都准备好了;我的车套好在那儿,你坐着去,坐着回来。到跳舞会去的路上,再谈父亲的事。我们非要早点儿动身不可,如果困在车马阵里,包管十一点才能进门。"

"太太!"

"去吧!甭说啦。"她说着奔进内客室去拿项链。

"哎,去啊,欧也纳先生,你要惹太太生气了。"丹兰士一边说一边推他走。他可是被这个风雅的忤逆女儿吓呆了。

他一路穿衣一路想着最可怕最丧气的念头。他觉得社会好比一个大泥淖,一脚踩了进去,就陷到脖子。他想:

"他们连犯罪也是没有骨气没有血性的!伏脱冷伟大多了。"

他看到人生的三个面目:服从,斗争,反抗;家庭,社会,伏脱冷。他无法决定挑哪条路。服从吗?受不了;反抗吗?做不到;斗争吗?没有把握。他又想到自己的家,恬静的生活,纯洁的感情,过去在疼爱他的人中间消磨的日子。那些亲爱的人按部就班照着日常生活的规律,在家庭中找到一种圆满的、持续不断的、没有苦闷的幸福。他虽有这些高尚的念头,可没有勇气向但斐纳说出他纯洁的信仰,不敢利用爱情强迫她走上道德的路。他才开始受到的教育已经见效,为了爱情,他已经自私了。他凭着他的聪明,识透了但斐纳的心,觉得她为了参加跳舞会,不怕踩着父亲的身体走过去;而他既没有力量开导她,也没有勇气得罪她,更没有骨气离开她。

"在这个情形之下使她理屈,她永远不会原谅我的。"他想。

然后他又推敲医生的话,觉得高老头也许并不像他想象得危险;总之他找出许多为凶手着想的理由,替但斐纳开脱。先是她不知道父亲的病情。即使她去看他,老人自己也要逼她回去参加跳舞会的。呆板的礼教只知道死抓公式,责备那些显而易见的过失!其实家庭中各人的性格、利害观念、当时的情势,都千变万化,可能造成许多特殊情形,宽恕那些表面上的罪过。欧也纳要骗自己,预备为了情妇而抹杀良心。两天以来,他的生活大起变化。女人搅乱了他的心,压倒了家庭,一切都为着女人牺牲了。拉斯蒂涅和但斐纳是在干柴烈火,使他们极尽绸缪的情形之下相遇的。欢情不但没有消灭情欲,反而把充分培养的情欲挑拨得更旺。欧也纳占有了这个女人,才发觉过去对她不过是肉的追求,直到幸福到手的第二天方始对她有爱情。也许爱情只是对欢娱所表示的感激。她下流也罢,高尚也罢,他反正爱极了这个女人，为了他给她的快乐，也为了他得到的快乐，而但斐纳爱拉斯蒂涅，也像坦塔罗斯爱一个给他充饥疗渴的天使一样[1]。

欧也纳穿了跳舞服装回去，特·纽沁根太太问道：

"现在你说吧，父亲怎么啦？"

"不行哪。你要真爱我，咱们马上去看他。"

她说："好吧，等跳舞回来。我的好欧也纳，乖乖的，别教训我啦，来吧。"

他们动身了。车子走了一程，欧也纳一声不出。

"你怎么啦？"她问。

"我听见你父亲痰都涌上来了。"他带着气恼的口吻回答。

接着他用青年人的慷慨激昂的辞令，说出特·雷斯多太太如何为了虚荣心下毒手，父亲如何为了爱她而闹出这场危险的病，娜齐的金线舞衫付出了如何可怕的代价。但斐纳听着哭了。

"我要难看了。"

这么一想，她眼泪干了，接着说：

"我要去服侍父亲，守在他床头。"

拉斯蒂涅道："啊！这样我才称心哩。"

鲍赛昂府四周被五百多辆车上的灯照得通明雪亮。大门两旁各站着一个气呼呼的警察。这个名门贵妇栽了斤斗，无数上流社会的人都要来瞧她一瞧。特·纽沁根太太和拉斯蒂涅到的时候，楼下一排大厅早已黑压压地

---

[1] 坦塔罗斯为神话中吕狄亚国王，因杀子飨神，被罚永久饥渴，俯饮河水，水即不见；仰取果实，高不可攀。

挤满了人。当年大公主和特·洛尚公爵的婚约被路易十四否决以后，宫廷里全班人马曾经拥到公主府里；从此还没有一件情场失意的悲剧像特·鲍赛昂夫人的那样轰动过。那位天潢贵胄，勃艮第王室的最后一个女儿[1]，可并没有被痛苦压倒。当初她为了点缀她爱情的胜利，曾经敷衍这一个虚荣浅薄的社会；现在到了最后一刻，她依旧高高在上，控制这个社会。每间客厅里都是巴黎最美的妇女，个个盛装艳服，堆着笑脸。宫廷中最显要的人物，各国的大使公使，部长，名流，挂满了十字勋章，系着五光十色的绶带，争先恐后拥在子爵夫人周围。乐队送出一句又一句的音乐，在金碧辉煌的天顶下缭绕；可是在女后心目中，这个地方已经变成一片荒凉。鲍赛昂太太站在第一间客厅的门口，迎接那些自称为她的朋友的人，全身穿着白衣服，头上简简单单地盘着发辫，没有一点装饰，她安闲静穆，既没有痛苦，也没有高傲，也没有假装的快乐。没有一个人能看透她的心思。几乎像一座尼俄柏[2]的石像。她对几个熟朋友的笑容有时带点儿嘲弄的意味；但是在众人眼里，她始终和平常一样，同她被幸福的光辉照耀的时候一样。这个态度叫一班最麻木的人也看了佩服，犹如古时的罗马青年对一个含笑而死的斗兽士喝彩。上流社会似乎特意装点得花团锦簇，来跟它的一个母后告别。

她和拉斯蒂涅说："我只怕你不来呢。"

拉斯蒂涅觉得这句话有点埋怨的意思，声音很激动地回答："太太，

---

[1] 作者假定特·鲍赛昂夫人的母家是勃艮第王族。中世纪时与十五世纪时，勃艮第族曾两次君临法国。

[2] 尼俄柏相传为底比斯王后，生有七子七女，以子女繁衍骄人，被阿尔忒弥斯与阿波罗将七子七女杀尽。尼俄柏痛苦至极，化为石像。希腊雕塑中有一组雕像，统称为"尼俄柏及其子女"。今人以尼俄柏象征母性的痛苦。

她和拉斯蒂涅说:"我只怕你不来呢。"

我是预备最后一个走的。"

"好，"她握着他的手说，"这儿我能够信托的大概只有你一个人。朋友，对一个女人能永久爱下去，就该爱下去。别随便丢了她。"

她挽着拉斯蒂涅的手臂走进一间打牌的客室，带他坐在一张长沙发上，说道：

"请你替我上侯爵那儿送封信去。我叫当差带路。我向他要还我的书信，希望他全部交给你。拿到之后你上楼到卧室去等我。他们会通知我的。"

她的好朋友特·朗日公爵夫人也来了，她站起身来迎接。拉斯蒂涅出发上洛希斐特公馆，据说侯爵今晚就在那边。他果然找到了阿瞿达，跟他一同回去，侯爵拿出一个匣子，说道：

"统统在这儿了。"

他好像要对欧也纳说话，也许想打听跳舞会和子爵夫人的情形，也许想透露他已经对婚姻失望——以后他也的确失望；不料他眼中忽然亮起一道骄傲的光，拿出可叹的勇气来，把他最高尚的感情压了下去。

"亲爱的欧也纳，别跟她提到我。"

他紧紧握了握拉斯蒂涅的手，又恳切又伤感，意思催他快走。欧也纳回到鲍赛昂府，给带进子爵夫人的卧房，房内是准备旅行的排场，他坐在壁炉旁边，望着那杉木匣子非常伤心。在他心中，特·鲍赛昂太太的身份不下于《伊利亚特》史诗中的女神。

"啊！朋友。"子爵夫人进来把手放在拉斯蒂涅肩上。

她流着泪，仰着眼睛，一只手发抖，一只手举着。她突然把匣子放在火上，看它烧起来。

"他们都在跳舞！他们都准时而到，偏偏死神不肯就来。——嘘！朋友。"拉斯蒂涅想开口，被她拦住了。她说："我永远不再见巴黎，不再见人了。清早五点，我就动身，到诺曼底乡下去躲起来。从下午三点起，我忙着种种准备，签署文书，料理银钱杂务；我没有一个人能派到……"

她停住了。

"我知道他一定在……"

她难过得不得了，又停住了。这时一切都是痛苦，有些字眼简直说不出口。

"我早打算请你今晚帮我最后一次忙。我想送你一件纪念品。我时常想到你，觉得你心地好、高尚、年轻、诚实，那些品质在这个社会里是少有的。希望你有时也想到我。"她向四下里瞧了一下，"哦，有了，这是我放手套的匣子。每次我上舞会或戏院之前拿手套的时候，总觉得自己很美，因为那时我是幸福的；我每次碰到这匣子，总对它有点儿温情，它多少有我的一点儿气息，有当年的整个鲍赛昂夫人在内。你收下吧。我等会叫人送到阿多阿街去。特·纽沁根太太今晚漂亮得很，你得好好地爱她，朋友，我们尽管从此分别了，你可以相信我远远地祝福你。你对我多好。我们下楼吧，我不愿意人家以为我在哭。以后的日子长呢，一个人的时候，谁也不会来追究我的眼泪了。让我再瞧一瞧这间屋子。"

说到这儿她停住了。她把手遮着眼睛，抹了一下，用冷水浸过，然后挽着大学生的手臂，说道："走吧！"

特·鲍赛昂太太，以这样英勇的精神忍受痛苦，拉斯蒂涅看了感情激动到极点。回到舞会，他同特·鲍赛昂太太在场子里绕了一转。这位恳切的太太借此表示她最后一番心意。

不久他看见了两姊妹，特·雷斯多太太和特·纽沁根太太。伯爵夫人戴着全部钻石，气概非凡，可是那些钻石绝不会使她好受，而且也是最后一次穿戴了。尽管爱情强烈，态度骄傲，她到底受不住丈夫的目光。这种场面更增加拉斯蒂涅的伤感。在姊妹俩的钻石下面，他看到高老头躺的破床。子爵夫人误会了他的怏怏不乐的表情，抽回手臂，说道："去吧！我不愿意你为我牺牲快乐。"

欧也纳不久被但斐纳邀了去。她露了头角，好不得意。她一心要讨这个社会喜欢，既然如愿以偿，也就急于拿她的成功献在大学生脚下。

"你觉得娜齐怎么样？"她问。

"她吗，"欧也纳回答，"她预支了她父亲的性命。"

清早四点，客厅的人渐渐稀少，不久音乐也停止了。大客厅中只剩特·朗日公爵夫人和拉斯蒂涅。特·鲍赛昂先生要去睡觉了，子爵夫人和他作别，他再三说：

"亲爱的，何必隐居呢，在你这个年纪！还是同我们一块儿住下吧。"

告别完了，她走到大客厅，以为只有大学生在那儿；一看见公爵夫人，不由得叫了一声。

"我猜到你的意思，格拉拉，"特·朗日太太说，"你要一去不回地走了；你未走之前，我有番话要跟你说，我们之间不能有一点儿误会。"

特·朗日太太挽着特·鲍赛昂太太的手臂走到隔壁的客厅里，含着泪望着她，把她抱着，亲她的面颊，说道：

"亲爱的，我不愿意跟你冷冰冰地分手，我良心上受不了。你可以相信我，像相信你自己一样。你今晚很伟大，我自问还配得上你，还要向你证明这一点。过去我有些对不起你的地方，我没有始终如一，亲爱的，请你原谅。一切使你伤心的行为，我都向你道歉；我愿意收回我说过的话。

患难成知己，我不知道我们俩哪一个更痛苦。特·蒙脱里伏先生今晚没有上这儿来，你明白没有？格拉拉，到过这次舞会的人永远忘不了你。我吗，我在做最后的努力；万一失败，就进修道院！你又上哪儿呢，你？"

"上诺曼底，躲到古撒尔乡下去，去爱，去祈祷，直到上帝把我召回为止。"

子爵夫人想起欧也纳等着，便招呼他：

"拉斯蒂涅先生，你来吧。"

大学生弯着身子握了表姊的手亲吻。

特·鲍赛昂太太说："安多纳德，告辞了！但愿你幸福。"她转身对着大学生说："至于你，你已经幸福了，你年轻，还能有信仰。没想到我离开这个社会的时候，像那般幸运的死者，周围还有些虔诚的真诚的心！"

拉斯蒂涅目送特·鲍赛昂夫人坐上旅行的轿车，看她泪眼晶莹同他作了最后一次告别，由此可见社会上地位最高的人，并不像那般趋奉群众的人说的，能逃出感情的规律而没有伤心痛苦的事。五点光景，欧也纳也冒着又冷又潮湿的天气走回伏盖公寓。他的教育受完了。

拉斯蒂涅走进邻居的屋子，皮安训和他说："可怜的高老头没有救了。"

欧也纳把睡熟的老人望了一眼，回答说："朋友，既然你能克制欲望，就走你平凡的路吧。我入了地狱，而且得留在地狱。不管人家把上流社会说得怎么坏，你相信就是！没有一个讽刺作家能写尽隐藏在金银珠宝底下的丑恶。"

6

父亲的死

第二天下午两点左右,皮安训要出去,叫醒拉斯蒂涅,接他的班。高老头的病势上半天又加重许多。

"老头儿活不到两天了,也许还活不到六小时。"医学生道,"可是他的病,咱们不能置之不理。还得给他一些费钱的治疗。咱们替他当看护是不成问题,我可没有钱。他的衣袋、柜子,我都翻遍了,全是空的。他神志清楚的时候我问过他,他说连一个子儿都没有了。你身上有多少,你?"

"还剩二十法郎,我可以去赌,会赢的。"

"输了怎么办?"

"问他的女婿女儿去要。"

皮安训道:"他们不给又怎么办?眼前最急的还不是钱,而是要在他身上贴滚热的芥子膏药,从脚底直到大腿的半中间。他要叫起来,那还有希望。你知道怎么做的。再说,克利斯朵夫可以帮你忙。我到药剂师那儿去做个保,赊欠药账。可惜不能送他进我们的医院,招呼得好一些。来,让我告诉你怎么办;我不回来,你不能离开他。"

他们走进老人的屋子,欧也纳看到他的脸变得没有血色,没有生气,扭作一团，不由得大吃一惊。

"喂，老丈，怎么样？"他靠着破床弯下身去问。

高里奥眨巴着暗淡的眼睛，仔细瞧了瞧欧也纳，认不得他。大学生受不住了，眼泪直涌出来。

"皮安训，窗上可要挂个帘子？"

"不用。气候的变化对他已经不生影响。他要有冷热的知觉倒好了。可是咱们还得生个火，好煮药茶，还能作好些旁的用处。等会我叫人送些柴草来对付一下，慢慢再张罗木柴。昨天一昼夜，我把你的柴跟老头儿的泥炭都烧完了。屋子潮得厉害，墙壁都在淌水，还没完全烘燥呢。克利斯朵夫把屋子打扫过了，简直像马房，臭得要命，我烧了些松子。"

拉斯蒂涅叫道："我的天！想想他的女儿哪！"

"他要喝水的话，给他这个，"医学生指着一把大白壶，"倘若他哼哼唧唧地叫苦，肚子又热又硬，你就叫克利斯朵夫帮着给他来一下……你知道的。万一他兴奋起来说许多话，有点儿精神错乱，由他去好了。那倒不是坏现象，可是你得叫克利斯朵夫上医院来。我们的医生，我的同事，或是我，我们会来给他做一次灸。今儿早上你睡觉的时候，我们会诊过一次，到的有迦尔博士的一个学生、圣父医院的主任医师跟我们的主任医师。他们认为颇有些奇特的症候，必须注意病势的进展，可以弄清科学上的几个要点。有一位说，血浆的压力要是特别加在某个器官上，可能发生一些特殊的现象。所以老头儿一说话，你就得留心听，看是哪一类的思想，是记忆方面的、智力方面的、还是判断方面的；看他注意物质的事还是情感的事；是否计算，是否回想过去；总之你想法给我们一个准确的报告。病势可能急转直下，他会像现在这样人事不知地死去。这一类的病怪得很。倘若在这个地方爆发，"皮安训指了指病人的后脑，"说不定有些出奇出怪的病状：头脑某几个部分会恢复机能，一下子死不了。血浆能从脑里回出来，至于再走什么路，只有解剖尸体才能知道。残废院内有个痴呆的老人，充血跟着脊椎骨走；人痛苦得不得了，可是活在那儿。"

高老头忽然认出了欧也纳，说道：

"她们玩得痛快吗？"

"哦，他只想着他的女儿，"皮安训道，"昨夜他和我说了上百次：她们在跳舞呢！她的跳舞衣衫有了。——他叫她们的名字。那声音把我听得哭了，真是要命！他叫：但斐纳！我的小但斐纳！娜齐！真的！简直叫你止不住眼泪。"

"但斐纳，"老人接口说，"她在这儿，是不是？我知道的。"

他眼睛忽然骨碌碌地乱转，瞪着墙壁和房门。

"我下去叫西尔维预备芥子膏药，"皮安训说，"这是替他上药的好机会。"

拉斯蒂涅独自陪着老人，坐在床脚下，定睛瞧着这副嘴脸，觉得又害怕又难过。

"特·鲍赛昂太太逃到乡下去了，这一个又要死了，"他心里想，"美好的灵魂不能在这个世界上待久的。真是，伟大的感情怎么能跟一个猥琐、狭小、浅薄的社会沆瀣一气呢？"

他参加的那个盛会的景象在脑海中浮起来，同眼前这个病人垂死的景象成为对比。皮安训突然奔进来叫道：

"喂，欧也纳，我才见到我们的主任医师，就奔回来了。要是他忽然清醒，说起话来，你把他放倒在一长条芥子膏药上，让芥末把颈窝到腰部下面一齐裹住；再教人通知我们。"

"亲爱的皮安训！"欧也纳说。

"哦！这是为了科学。"医学生说，他的热心像一个刚改信宗教的人。

欧也纳说："那么只有我一个人是为了感情照顾他了。"

皮安训听了并不生气，只说："你要看到我早上的模样，就不会说这种话了。告诉你，朋友，开业的医生眼里只有疾病，我还看见病人呢。"

他走了。欧也纳单独陪着病人，唯恐高潮就要发作。不久高潮果然来了。

"啊！是你，亲爱的孩子。"高老头认出了欧也纳。

"你好些吗？"大学生握着他的手问。

"好一些。刚才我的脑袋好似夹在钳子里，现在松一点儿了。你可曾看见我的女儿？她们马上要来了，一知道我害病，会立刻赶来的。从前在于西安街，她们服侍过我多少回！天哪！我真想把屋子收拾干净，好招待她们。有个年轻人把我的泥炭烧完了。"

欧也纳说："我听见克利斯朵夫的声音，他替你搬木柴来，就是那个年轻人给你送来的。"

"好吧！可是拿什么付账呢？我一个钱都没有了，孩子。我把一切都给了，一切。我变了叫花子了。至少那件金线衫好看吗？（啊唷！我痛！）谢谢你，克利斯朵夫。上帝会报答你的，孩子；我啊，我什么都没有了。"

欧也纳凑着男用人的耳朵说："我不会教你和西尔维白忙的。"

"克利斯朵夫，是不是我两个女儿告诉你就要来了？你再去一次，我给你五法郎。对她们说我觉得不好，我临死之前还想拥抱她们，再看她们一次，你这样去说吧，可是别过分吓了她们。"

克利斯朵夫看见欧也纳对他递了个眼色，便动身了。

"她们要来了，"老人又说，"我知道她们的脾气。好但斐纳，我死了，她要怎样地伤心呀！还有娜齐也是的。我不愿意死，因为不愿意让她们哭。我的好欧也纳，死，死就是再也看不见她们。在那个世界里，我要闷得发慌哩。看不见孩子，做父亲的等于入了地狱；自从她们结了婚，我就尝着这个味道。我的天堂是于西安街。哎！喂，倘使我进了天堂，我的灵魂还能回到她们身边吗？听说有这种事情，可是真的？我现在清清楚楚看见她们在于西安街的模样。她们一早下楼，说：'爸爸，你早。'我把她们抱在膝上，用种种花样逗她们玩儿，跟她们淘气。她们也跟我亲热一阵。我们天天一块儿吃中饭，一块儿吃晚饭，总之那时我是父亲，看着孩子直乐。在于西安街，她们不跟我讲嘴，一点不懂人事，她们很爱我。天哪！干吗她们要长大呢？（哎唷！我痛啊；头里在抽。）啊！啊！对不起。孩子们！我痛死了；要不是真痛，我不会叫的，你们早已把我训练得不怕痛苦了。上帝呀！只消我能握着她们的手，我就不觉得痛啦。你想她们会来吗？克利斯朵夫蠢极了！我该自己去的。他倒有福气看到她们。你昨天去了跳舞会，你告诉我呀，她们怎么样？她们一点不知道我病了，可不是？要不她们不肯去跳舞了，可怜的孩子们！噢！我再也不愿意害病了。她们还少不了我呢。她们的财产遭了危险，又是落在怎样的丈夫手里！把我治好呀，治好呀！（噢！我多难过！哟！哟！哟！）你瞧，非把我医好不行，她们需要钱，我知道到哪儿去挣。我要上奥特赛去做淀粉。我才精明呢，会赚他几百万。（哦呀！我痛死了！）"

高里奥不出声了，仿佛集中全身的精力熬着痛苦。"她们在这儿，我不会叫苦了，干吗还要叫苦呢？"

他迷迷糊糊昏沉了好久。克利斯朵夫回来，拉斯蒂涅以为高老头睡熟

La Comédie Humaine

高里奥不出声了,仿佛集中全身的精力熬着痛苦。

了，让用人高声回报他出差的情形。

"先生，我先上伯爵夫人家，可没法跟她说话，她和丈夫有要紧事儿。我再三央求，特·雷斯多先生亲自出来对我说：高里奥先生快死了是不是？哎，再好没有。我有事，要太太待在家里。事情完了，她会走的。——他似乎很生气，这位先生。我正要出来，太太从一扇我看不见的门里走到穿堂，告诉我：克利斯朵夫，你对我父亲说，我同丈夫正在商量事情，不能来。那是有关我孩子们生死的问题。但等事情一完，我就去看他。说到男爵夫人吧，又是另外一桩事儿！我没有见到她，不能跟她说话。老妈子说：啊！太太今儿早上五点一刻才从跳舞会回来；中午以前叫醒她，一定要挨骂的。等会她打铃叫我，我会告诉她，说她父亲的病更重了。报告一件坏消息，不会嫌太晚的。我再三央求也没用。哎，是呀，我也要求见男爵，他不在家。"

"一个也不来，"拉斯蒂涅嚷道，"让我写信给她们。"

"一个也不来，"老人坐起来接着说，"她们有事，她们在睡觉，她们不会来的。我早知道了。直要临死才知道女儿是什么东西！唉！朋友，你别结婚，别生孩子！你给他们生命，他们给你死。你带他们到世界上来，他们把你从世界上赶出去。她们不会来的！我已经知道了十年。有时我心里这么想，只是不敢相信。"

他每只眼中冒出一颗眼泪，滚在鲜红的眼皮边上，不掉下来。

"唉！倘若我有钱，倘若我留着家私，没有把财产给她们，她们就会来，会用她们的亲吻来舐我的脸！我可以住在一所公馆里，有漂亮的屋子，有我的仆人，生着火；她们都要哭作一团，还有她们的丈夫、她们的孩子。这一切我都可以到手。现在可什么都没有。钱能买到一切，买到女儿。啊！我的钱到哪儿去了？倘若我还有财产留下，她们会来伺候我，招呼我；我可以听到她们，看到她们。啊！欧也纳，亲爱的孩子，我唯一的孩子，我宁可给人家遗弃，宁可做个倒霉鬼！倒霉鬼有人爱，至少那是真正的爱！啊，不，我要有钱，那我可以看到她们了。唉，谁知道？她们两个的心都像石头一样。我把所有的爱在她们身上用尽了，她们对我不能再有爱了。做父亲的应该永远有钱，应该拉紧儿女的缰绳，像对付狡猾的马一样。我却向她们下跪。该死的东西！她们十年来对我的行为，现在到了顶点。你不知道她们刚结婚的时候对我怎样的奉承体贴！（噢！我痛得像受毒刑一样！）我才给了她们每人八十万，她们和她们的丈夫都不敢怠慢我。我受到好款待：好爸爸，上这儿来；好爸爸，往那儿去。她们家永远有我的一份刀叉。我同她们的丈夫一块儿吃饭，他们对我很恭敬，看我手头还有一些呢。为什么？因为我生意的底细，我一句没提。一个给了女儿八十万的人是应该奉承的。他们对我那么周到、体贴，那是为我的钱啊。世界并不美。我看到了，我！她们陪我坐着车子上戏院，我在她们的晚会里爱待多久就待多久。她们承认是我的女儿，承认我是她们的父亲。我还有我的聪明呢，嗨，什么都没逃过我的眼睛。我什么都感觉到，我的心碎了。我明明看到那是假情假意；可是没有办法。在她们家，我就不像在这儿饭桌上那么自在。我什么话都不会说。有些漂亮人物咬着我女婿的耳朵问：

——那位先生是谁啊？

——他是财神，他有钱。

——啊，原来如此！

"人家这么说着，恭恭敬敬瞧着我，就像恭恭敬敬瞧着钱一样。即便我有时叫他们发窘，我也补赎了我的过失。再说，谁又是十全的呢？（哎唷！我的脑袋简直是块烂疮！）我这时的痛苦是临死以前的痛苦，亲爱的欧也纳先生，可是比起当年娜齐第一次瞪着我给我的难受，眼前的痛苦算不了什么。那时她瞪我一眼，因为我说错了话，丢了她的脸；唉，她那一眼把我全身的血管都割破了。我很想懂得交际场中的规矩；可是我只懂得一样：我在世界上是多余的。第二天我上但斐纳家去找安慰，不料又闹了笑话，惹她冒火。我为此急疯了。八天工夫我不知道怎么办。我不敢去看她们，怕受埋怨。这样，我便进不了女儿的大门。哦！我的上帝！既然我吃的苦，受的难，你全知道，既然我受的千刀万剐，使我头发变白，身子磨坏的伤，你都记在账上，干吗今日还要我受这个罪？就算太爱她们是我的罪过，我受的刑罚也足够补赎了。我对她们的慈爱，她们都狠狠地报复了，像刽子手一般把我上过毒刑了。唉！做老子的多蠢！我太爱她们了，每次都回头去迁就她们，好像赌棍离不开赌场。我的嗜好，我的情妇，我的一切，便是两个女儿，她们俩想要一点儿装饰品什么的，老妈子告诉了我，我就去买来送给她们，巴望得到些好款待！可是她们看了我在人前的态度，照样来一番教训。而且等不到第二天！喝，她们为着我脸红了。这是给儿女受好教育的报应。我活了这把年纪，可不能再上学校啦。（我痛死了，天哪！医生呀！医生呀！把我脑袋劈开来，也许会好些。）我的女儿呀，我的女儿呀，娜齐，但斐纳！我要看她们。叫警察去找她们来，抓她们来！法律应该帮我的，天性、民法，都应该帮我。我要抗议。把父亲踩在脚下，国家不要亡了吗？这是很明白的。社会、世界，都是靠父道做轴心的；儿女不孝父亲，不要天翻地覆吗？哦！看到她们，听到她们，不管她们说些什么，只要听见她们的声音，尤其但斐纳，我就不觉得痛苦。等她们来了，你叫她们别那么冷冷地瞧我。啊！我的好朋友，欧也纳先生，看到她们眼中的金光变得像铅一样不灰不白，你真不知道是什么味儿。自从她们的眼睛不对我放光辉之后，我老在这儿过冬天；只有苦水给我吞，我也就吞下了！我活着就是为受委屈，受侮辱。她们给我一点儿可怜的、小小的、可耻的快乐，代价是教我受种种的羞辱，我都受了，因为我太爱她们了。老子偷偷摸摸地看女儿！听见过没有？我把一辈子的生命给了她们，她们今天连一小时都不给我！我又饥又渴，心在发烧，她们不来纾解一下我的临终苦难。我觉得我要死了。什么叫作践踏父亲的尸首，难道她们不知道吗？天上还有一个上帝，他可不管我们做老子的愿不愿意，要替我们报仇的。噢！她们会来的！来啊，我的小心肝，你们来亲我呀；最后一个亲吻就是你们父亲的临终圣餐了，他会代你们求上帝，说你们一向孝顺，替你们辩护！归根结底，你们没有罪。朋友，她们是没有罪的！请你对大家都这么说，别为了我难为她们。一切都是我的错，是我纵容她们把我踩在脚下的。我就喜欢那样。这跟谁都不相干，人间的裁判、神明的裁判，都不相干。上帝要是为了我责罚她们，就不公平了。我不会做人，是我糊涂，自己放弃了权利。为她们我甚至堕落也甘心情愿！有什么办法！最美的天性、最优秀的灵魂，都免不了溺爱儿女。我是一个糊涂蛋，遭了报应，女儿七颠八倒的生活是我一手造成的，是我惯了她们。现在她们要寻欢作乐，正像她们从前要吃糖果。我一向对她们百依百顺。小姑娘想入非非的欲望，都给她们满足。十五岁就有了车！要什么有什么。罪过都在我一个人身上，为了爱她们而犯的罪。唉，她们的声音能够打开我的心房。我听见她们，她们在来啦。哦！一定的，她们要来的。法律也要人给父亲送终的，法律是支持我的。只要叫人跑一趟就行。我给车钱。你写信去告诉她们，说我还有几百万家私留给她们！我敢起誓。我可以上奥特赛去做高等面食。我有办法。计划中还有几百万好赚。哼，谁也没有想到。那不会像麦子和面粉一样在路上变坏的。哎，哎，淀粉哪，有几百万好赚啊！你告诉她们有几百万绝不是扯谎。她们为了贪心还是肯来的；我宁愿受骗，我要看到她们。我要我的女儿！是我把她们生下来的！她们是我的！"他一边说一边在床上挺起身子，给欧也纳看到一张白发凌乱的脸，竭力装作威吓的神气。

欧也纳说："哎，哎，你睡下吧。我来写信给她们。等皮安训来了，她们要再不来，我就自个儿去。"

"她们再不来，"老人一边大哭一边接了一句，"我要死了，要气疯了，气死了！气已经上来了！现在我把我这一辈子都看清楚了。我上了当！她们不爱我，从来没有爱过我！这是明摆的了。她们这时不来是不会来的了。她们越拖，越不肯给我这个快乐。我知道她们。我的悲伤、我的痛苦、我的需要，她们从来没体会到一星半点，连我的死也没有想到；我的爱、我的温情，她们完全不了解。是的，她们把我糟蹋惯了，在她们眼里我所有的牺牲都一文不值。哪怕她们要挖掉我眼睛，我也会说：挖吧！我太傻了。她们以为天下的老子都像她们的一样。想不到你待人好一定要人知道！将来她们的孩子会替我报仇的。唉，来看我还是为她们自己啊。你去告诉她们，说她们临死要受到报应的。犯了这桩罪，等于犯了世界上所有的罪。去啊，去对她们说，不来送我的终是忤逆！不加上这一桩，她们的罪过已经数不清啦。你得像我一样地去叫：哎！娜齐！哎！但斐纳！父亲待你们多好，他在受难，你们来吧！——唉！一个都不来。难道我就像野狗一样地死吗？爱了一辈子的女儿，到头来反给女儿遗弃！简直是些下流东西，流氓婆；我恨她们，咒她们；我半夜里还要从棺材里爬起来咒她们。哎，朋友,难道这能派我的不是吗?她们做人这样恶劣,是不是!我说什么?你不是告诉我但斐纳在这儿吗?还是她好。你是我的儿子,欧也纳。你,你得爱她,像她父亲一样地爱她。还有一个是遭了难。她们的财产呀!哦!上帝!我要死了,我太苦了!把我的脑袋割掉吧,留给我一颗心就行了。"

"克利斯朵夫,去找皮安训来,顺便替我雇辆车。"欧也纳嚷着。他被老人这些呼天抢地的哭诉吓坏了。

"老伯,我到你女儿家去把她们带来。"

"把她们抓来,抓来!叫警卫队,叫军队!"老人说着,对欧也纳瞪了一眼,闪出最后一道理性的光,"去告诉政府,告诉检察官,叫人替我带来!"

"你刚才咒过她们了。"

老人愣了一愣,说:"谁说的?你知道我是爱她们的,疼她们的!我看到她们,病就好啦……去吧,我的好邻居,好孩子,去吧,你是慈悲的;我要重重地谢你;可是我什么都没有了,只能给你一个祝福,一个临死的人的祝福。啊!至少我要看到但斐纳,吩咐她代我报答你。那个不能来,就带这个来吧。告诉她,她要不来,你不爱她了。她多爱你,一定会来的。哟,我渴死了,五脏六腑都在烧!替我在头上放点儿什么吧。最好是女儿的手,那我就得救了,我觉得……天哪!我死了,谁替她们挣钱呢?我要为她们上奥特赛去,上奥特赛做面条生意。"

欧也纳搀起病人,用左臂扶着,另一只手端给他一杯满满的药茶,说道:"你喝这个。"

"你一定要爱你的父母,"老人说着,有气无力地握着欧也纳的手,"你懂得吗,我要死了,不见她们一面就死了。永远口渴而没水喝,这便是我十年来的生活……两个女婿断送了我的女儿。是的,从她们出嫁之后,我就没有女儿了。做老子的听着!你们得要求国会定一条结婚的法律!要是你们爱女儿,就不能把她们嫁人。女婿是毁坏女儿的坏蛋,他把一切都污辱了。再不要有结婚这回事!结婚抢走我们的女儿,教我们临死看不见女儿。为了父亲的死,应该定一条法律。真是可怕!报仇呀!报仇呀!是我女婿不准她们来的呀。杀死他们!杀雷斯多!杀纽沁根!他们是我的凶手!不还我女儿,就要他们的命!唉!完啦,我见不到她们了!她们!娜齐,斐斐纳,喂,来呀,爸爸出门啦[1]……"

"老伯,你静静吧,别生气,别多想。"

"看不见她们,这才是我的临终苦难!"

"你会看见的。"

"真的!"老人迷迷惘惘地叫起来,"噢!看到她们!我还会看到她们,听到她们的声音。那我死也死得快乐了。唉,是啊,我不想活了,我不稀罕活了,我痛得越来越厉害了。可是看到她们,碰到她们的衣衫,唉!只要她们的衣衫,衣衫,就这么一点儿要求!只消让我摸到她们的一点儿什么!让我抓一把她们的头发……头发……"

他仿佛挨了一棍,脑袋往枕上倒下,双手在被单上乱抓,好像要抓女儿们的头发。

他又挣扎着说:"我祝福她们,祝福她们。"

然后他昏过去了。皮安训进来说:

---

[1] "来呀,爸爸出门啦"二句,为女儿幼年时父亲出门前呼唤她们的亲切语;此处出门二字有双关意味。

"我碰到了克利斯朵夫,他替你雇车去了。"

他瞧了瞧病人,用力揭开他的眼皮,两个大学生只看到一只没有颜色的灰暗的眼睛。

"完啦,"皮安训说,"我看他不会醒的了。"

他按了按脉,摸索了一会儿,把手放在老头儿心口。

"机器没有停;像他这样反而受罪,还是早点去的好!"

"对,我也这么想。"拉斯蒂涅回答。

"你怎么啦?脸色发白像死人一样。"

"朋友,我听他又哭又叫,说了一大堆。真有一个上帝!哦,是的,上帝是有的,他替我们预备着另外一个世界,一个好一点儿的世界。咱们这个太混账了。刚才的情形要不那么悲壮,我早哭死啦,我的心跟胃都给揪紧了。"

"喂,还得办好多事,哪儿来的钱呢?"

拉斯蒂涅掏出表来:

"你送当铺去。我路上不能耽搁,只怕赶不及。现在我等着克利斯朵夫,我身上一个钱都没有了,回来还得付车钱。"

拉斯蒂涅奔下楼梯,上海尔特街特·雷斯多太太家去了。刚才那幕可怕的景象使他动了感情,一路义愤填膺。他走进穿堂求见特·雷斯多太太,人家回报说她不能见客。他对当差说:"我是为了她马上要死的父亲来的。"

"先生,伯爵再三吩咐我们……"

"既然伯爵在家,那么告诉他,说他岳父快死了,我要立刻和他说话。"

欧也纳等了好久。

"说不定他就在这个时候死了。"他心里想。

当差带他走进第一客室，特·雷斯多先生站在没有生火的壁炉前面，见了客人也不请坐。

"伯爵，"拉斯蒂涅说，"令岳在破烂的阁楼上就要断气了，连买木柴的钱也没有；他马上要死了，但等见一面女儿……"

"先生，"伯爵冷冷地回答，"你大概可以看出，我对高里奥先生没有什么好感。他教坏了我太太，造成我家庭的不幸。我把他当作扰乱我安宁的敌人。他死也好，活也好，我全不在意。你瞧，这是我对他的情分。社会尽可以责备我，我才不在乎呢。我现在要处理的事，比顾虑那些傻瓜的闲言闲语紧要得多。至于我太太，她现在那个模样没法出门，我也不让她出门。请你告诉她父亲，只消她对我，对我的孩子，尽完了她的责任，她会去看他的。要是她爱她的父亲，几分钟内她就可以自由……"

"伯爵，我没有权利批评你的行为，你是你太太的主人。可是至少我能相信你是讲信义的吧？请你答应我一件事，就是告诉她，说她父亲没有一天好活了，因为她不去送终，已经在咒她了！"

雷斯多注意到欧也纳愤愤不平的语气，回答道："你自己去说吧。"

拉斯蒂涅跟着伯爵走进伯爵夫人平时起坐的客厅。她泪人儿似的埋在沙发里，那副痛不欲生的模样教他看了可怜。她不敢望拉斯蒂涅，先怯生生地瞧了瞧丈夫，眼睛的神气表示她精神肉体都被专横的丈夫压倒了。伯爵侧了侧脑袋，她才敢开口：

"先生，我都听到了。告诉我父亲，他要知道我现在的处境，一定会原谅我。我想不到要受这种刑罚，简直受不了。可是我要反抗到底，"她对她的丈夫说，"我也有儿女。请你对父亲说，不管表面上怎么样，在父亲面前我并没有错。"她无可奈何地对欧也纳说。

那女的经历的苦难，欧也纳不难想象，便呆呆地走了出来。听到特·雷斯多先生的口吻，他知道自己白跑了一趟，阿娜斯大齐已经失去自由。

接着他赶到特·纽沁根太太家，发觉她还在床上。"我不舒服呀，朋友，"她说，"从跳舞会出来受了凉，我怕要害肺炎呢，我等医生来……"

欧也纳打断了她的话，说道："哪怕死神已经到了你身边，爬也得爬到你父亲跟前去。他在叫你！你要听到他一声，马上不觉得你自己害病了。"

"欧也纳，父亲的病也许不像你说得那么严重；可是我要在你眼里有什么不是，我才难过死呢；所以我一定听你的吩咐。我知道，倘若我这一回出去闹出一场大病来，父亲要伤心死的。我等医生来过了就走。"她一眼看不见欧也纳身上的表链，便叫道，"哟！怎么你的表没有啦？"

欧也纳脸上红了一块。

"欧也纳！欧也纳！倘使你已经把它卖了，丢了……哦！那太岂有此理了。"

大学生伏在但斐纳床上，凑着她耳朵说：

"你要知道吗？哼！好，告诉你吧！你父亲一个钱没有了，今晚上要把他入殓的尸衣[1]都没法买。你送我的表在当铺里，我钱都花光了。"

但斐纳猛地从床上跳下，奔向书柜，抓起钱袋递给拉斯蒂涅，打着铃，嚷道：

"我去我去，欧也纳。让我穿衣服，我简直是禽兽了！去吧，我会赶在你前面！"她回头叫老妈子，"丹兰士，请老爷立刻上来跟我说话。"

欧也纳因为能对垂死的老人报告有一个女儿会来，几乎很快乐地回到

---

[1] 西俗入殓时将尸体用布包裹，称为尸衣。

圣·日内维新街。他在但斐纳的钱袋里掏了一阵打发车钱，发觉这位那么有钱那么漂亮的少妇，袋中只有七十法郎。他走完楼梯，看见皮安训扶着高老头，医院的外科医生当着内科医生在病人背上做灸。这是科学的最后一套治疗，没用的治疗。

"替你做灸你觉得吗？"内科医生问，

高老头看见了大学生，说道：

"她们来了是不是？"

外科医生道："还有希望，他说话了。"

欧也纳回答老人："是的，但斐纳就来了。"

"呃！"皮安训说，"他还在提他的女儿，他拼命地叫她们，像一个人吊在刑台上叫着要喝水……"

"算了吧，"内科医生对外科医生说，"没法的了，没救的了。"

皮安训和外科医生把快死的病人放倒在发臭的破床上。

医生说："总得给他换套衣服，虽则毫无希望，他究竟是个人。"他又招呼皮安训："我等会儿再来。他要叫苦，就给他横隔膜上搽些鸦片。"

两个医生走了，皮安训说：

"来，欧也纳，拿出勇气来！咱们替他换上一件白衬衫，换一条褥单。你叫西尔维拿了床单来帮我们。"

欧也纳下楼，看见伏盖太太正帮着西尔维摆刀叉。拉斯蒂涅才说了几句，寡妇就迎上来，装着一副又和善又难看的神气，活现出一个满腹猜疑的老板娘，既不愿损失金钱，又不敢得罪主顾。

"亲爱的欧也纳先生，你和我一样知道高老头没有钱了。把被单拿给一个正在翻眼睛的人，不是白送吗？另外还得牺牲一条做他入殓的尸衣。你们已经欠我一百四十四法郎，加上四十法郎被单，以及旁的零星杂费，跟等会儿西尔维要给你们的蜡烛，至少也得二百法郎；我一个寡妇怎受得了这样一笔损失？天啊！你也得凭凭良心，欧也纳先生。自从晦气星进了我的门，五天工夫我已经损失得够了。我愿意花三十法郎打发这好家伙归天，像你们说的。这种事还要叫我的房客不愉快。只要不花钱，我愿意送他进医院。总之你替我想想吧。我的铺子要紧，那是我的，我的性命呀。"

欧也纳赶紧奔上高里奥的屋子。

"皮安训，押了表的钱呢？"

"在桌子上，还剩三百六十多法郎。欠的账已经还清。当票压在钱下面。"

"喂，太太，"拉斯蒂涅愤愤地奔下楼梯，说道，"来算账。高里奥先生在府上不会耽久了，而我……"

"是的，他只能两脚向前地出去的了，可怜的人。"她一边说一边数着二百法郎，神气之间有点高兴，又有点惆怅。

"快点儿吧。"拉斯蒂涅催她。

"西尔维，拿出褥单来，到上面去给两位先生帮忙。"

"别忘了西尔维，"伏盖太太凑着欧也纳的耳朵说，"她两晚没有睡觉了。"

欧也纳刚转身，老寡妇立刻奔向厨娘，咬着她耳朵吩咐：

"你找第七号褥单，那条旧翻新的。反正给死人用总是够好的了。"

欧也纳已经在楼梯上跨了几步，没有听见房东的话。

皮安训说："来，咱们替他穿衬衫，你把他扶着。"

欧也纳站在床头扶着快死的人，让皮安训脱下衬衫。老人做了个手势，仿佛要保护胸口的什么东西，同时哼哼唧唧，发出些不成音的哀号，犹如野兽表示极大的痛苦。

"哦！哦！"皮安训说，"他要一根头发链子和一个小小的胸章，刚才咱们做灸拿掉的。可怜的人，给他挂上。喂，在壁炉架上面。"

欧也纳拿来一条淡黄带灰的头发编成的链子，准是高里奥太太的头发。胸章的一面刻着：阿娜斯大齐；另外一面刻着：但斐纳。这是他永远贴在心头的心影。胸章里面藏着极细的头发卷，大概是女儿们极小的时候剪下来的。发辫挂上他的脖子，胸章一碰到胸脯，老人便心满意足地长叹一声，教人听了毛骨悚然。他的感觉这样振动了一下，似乎往那个神秘的区域，发出同情和接受同情的中心，隐没了。抽搐的脸上有一种病态的快乐的表情。思想消灭了，情感还存在，还能发出这种可怕的光彩，两个大学生看着大为感动，涌出几颗热泪掉在病人身上，使他快乐得直叫：

"噢！娜齐！斐斐纳！"

"他还活着呢。"皮安训说。

"活着有什么用？"西尔维说。

"受罪啰！"拉斯蒂涅回答。

皮安训向欧也纳递了个眼色，教他跟自己一样蹲下身子，把胳膊抄到病人腿肚子下面，两人隔着床做着同样的动作，托住病人的背。西尔维站在旁边，但等他们抬起身子，抽换被单。高里奥大概误会了刚才的眼泪，使出最后一些气力伸出手来，在床的两边碰到两个大学生的脑袋，拼命抓着他们的头发，轻轻地叫了声："啊！我的儿哪！"整个灵魂都在这两句里面，而灵魂也随着这两句呓语飞逝了。

"可怜可爱的人哪。"西尔维说，她也被这声哀叹感动了。这声哀叹，表示那伟大的父爱受了又惨又无心的欺骗，最后激动了一下。

这个父亲的最后一声叹息还是快乐的叹息。这叹息说明了他的一生，他还是骗了自己。大家恭恭敬敬把高老头放在破床上。从这个时候起，喜怒哀乐的意识消灭了，只有生与死的搏斗还在他脸上印着痛苦的标记。整个的毁灭不过是时间问题了。

"他还可以这样地拖几小时，在我们不知不觉的时候死去。他连临终的痰厥也不会有，脑子全部充血了。"

这时楼梯上有一个气咻咻的少妇的脚声。

"来得太晚了。"拉斯蒂涅说。

来的不是但斐纳，是她的老妈子丹兰士。

"欧也纳先生，可怜的太太为父亲向先生要钱，先生和她大吵。她晕过去了，医生也来了，恐怕要替她放血。她嚷着：'爸爸要死了，我要去看爸爸呀！'教人听了心惊肉跳。"

"算了吧，丹兰士。现在来也不中用了，高里奥先生已经昏迷了。"

丹兰士道："可怜的先生，竟病得这样凶吗？"

"你们用不着我了，我要下去开饭，已经四点半了。"西尔维说着，在楼梯台上几乎觉得撞在特·雷斯多太太身上。

伯爵夫人的出现叫人觉得又严肃又可怕。床边黑魆魆地只点着一支蜡烛。瞧着父亲那张还有几分生命在颤动的脸，她掉下泪来。皮安训很识趣地退了出去。

"恨我没有早些逃出来。"伯爵夫人对拉斯蒂涅说。

大学生悲伤地点点头。她拿起父亲的手亲吻。

"原谅我，父亲！你说我的声音可以把你从坟墓里叫回来，哎！那么你回来一忽儿，来祝福你正在忏悔的女儿吧。听我说啊。——真可怕！这个世界上只有你会祝福我。大家恨我，只有你爱我。连我自己的孩子将来也要恨我。你带我一块儿去吧，我会爱你，服侍你。噢！他听不见了，我疯了。"

她双膝跪下，疯子似的端详着那个躯壳。

"我什么苦都受到了，"她望着欧也纳说，"特·脱拉伊先生走了，丢下一身的债。而且我发觉他欺骗我。丈夫永远不会原谅我了，我已经把全部财产交给他。唉！一场空梦，为了谁来！我欺骗了唯一疼我的人！（她指着她的父亲）我辜负他，嫌弃他，给他受尽苦难，我这该死的人！"

"他知道。"拉斯蒂涅说。

高老头忽然睁了睁眼，但只不过是肌肉的抽搐。伯爵夫人表示希望的手势，同弥留的人的眼睛一样凄惨。

"他还会听见我吗？——哦，听不见的了。"她坐在床边自言自语。

特·雷斯多太太说要守着父亲，欧也纳便下楼吃饭。房客都到齐了。

"喂，"画家招呼他，"看样子咱们楼上要死掉个把人喇嘛？"

"查理，找点儿少凄惨的事开玩笑好不好？"欧也纳说。

"难道咱们就不能笑了吗？"画家回答，"有什么关系，皮安训说他已经昏迷了。"

"哎！"博物院管事接着说，"他活也罢，死也罢，反正没有分别。"

"父亲死了！"伯爵夫人大叫一声。

一听见这声可怕的叫喊，西尔维、拉斯蒂涅、皮安训一齐上楼，发觉特·雷斯多太太晕过去了。他们把她救醒了，送上等在门外的车；欧也纳嘱咐丹兰士小心看护，送往特·纽沁根太太家。

"哦！这一下他真死了。"皮安训下楼说。

"诸位,吃饭吧,汤冷了。"伏盖太太招呼众人。

两个大学生并肩坐下。

欧也纳问皮安训:"现在该怎么办?"

"我把他眼睛阖上了,四肢放得端端正正。等咱们上区公所报告死亡,那边的医生来验过之后,把他包上尸衣埋掉。你还想怎么办?"

"他不能再这样嗅他的面包了。"一个房客学着高老头的鬼脸说。

"要命!"当助教的叫道,"诸位能不能丢开高老头,让我们清静一下?一个钟点以来,只听见他的事儿。巴黎这个地方有桩好处,一个人可以生下、活着、死去,没有人理会。这种文明的好处,咱们应当享受。今天死六十个人,难道你们都去哀悼那些亡灵不成?高老头死就死吧,为他还是死的好!要是你们疼他,就去守灵,让我们消消停停地吃饭。"

"噢!是的,"寡妇道,"他真是死了的好!听说这可怜的人苦了一辈子!"

在欧也纳心中,高老头是父爱的代表,可是他身后得到的唯一的诔词,就是上面这几句。十五位房客照常谈天。欧也纳和皮安训听着刀叉声和谈笑声,眼看那些人狼吞虎咽、不关痛痒的表情,难受得心都凉了。他们吃完饭,出去找一个神甫来守夜,给死者祈祷。手头只有一点儿钱,不能不看钱办事。晚上九点,遗体放在便榻上,两旁点着两支蜡烛,屋内空空的,只有一个神甫坐在他旁边。临睡之前,拉斯蒂涅向教士打听了礼忏和送葬的价目,写信给特·纽沁根男爵和特·雷斯多伯爵,请他们派管事来打发丧费。他要克利斯朵夫把信送出去,方始上床。他疲倦至极,马上睡着了。

第二天早上,皮安训和拉斯蒂涅亲自上区公所报告死亡;中午,医生来签了字。过了两小时,一个女婿都没送钱来,也没派人来,拉斯蒂涅只得先开销了教士。西尔维讨了十法郎去缝尸衣。欧也纳和皮安训算了算，死者的家属要不负责的话，他们倾其所有，只能极勉强地应付一切开支。把尸身放入棺材的差事，由医学生担任了去；那口穷人用的棺木也是他向医院特别便宜买来的。他对欧也纳说：

"咱们给那些混蛋开一下玩笑吧。你到拉雪兹神甫公墓去买一块地，五年为期；再向丧礼代办所和教堂定一套三等丧仪。要是女婿女儿不还你的钱，你就在墓上立一块碑，刻上几个字：

特·雷斯多伯爵夫人暨特·纽沁根男爵夫人之尊翁
高里奥先生之墓
大学生二人醵资代葬。"

欧也纳在特·纽沁根夫妇和特·雷斯多夫妇家奔走毫无结果，只得听从他朋友的意见。在两位女婿府上，他只能到大门为止。门房都奉有严令，说：

"先生跟太太谢绝宾客。他们的父亲死了，悲痛得了不得。"

欧也纳对巴黎社会已有相当经验，知道不能固执。看到没法跟但斐纳见面，他心里感到一阵异样的压迫，在门房里写了一个字条：

请你卖掉一件首饰吧，使你父亲下葬的时候成个体统。

他封了字条，吩咐男爵的门房递给丹兰士送交女主人；门房却送给男爵，被他往火炉里一扔了事。欧也纳部署停当，三点左右回到公寓，望见小门口停着口棺木，在静悄悄的街头，搁在两张凳上，棺木上面连那块黑布也没有遮盖到家。他一见这光景，不由得掉下泪来。谁也不曾把手蘸过的蹩脚圣水壶[1]，浸在盛满圣水的镀银盘子里。门上黑布也没有挂。这是穷人的丧礼，既没排场，也没后代，也没朋友，也没亲属。皮安训因为医院有事，留了一个便条给拉斯蒂涅，告诉他跟教堂办的交涉。他说追思弥撒价钱贵得惊人，只能做个便宜的晚祷；至于丧礼代办所，已经派克利斯朵夫送了信去。欧也纳看完字条，忽然瞧见藏着两个女儿头发的胸章在伏盖太太手里。

"你怎么敢拿下这个东西？"他说。

"天哪！难道把它下葬不成？"西尔维回答，"那是金的啊。"

"当然啰！"欧也纳愤愤地说，"代表两个女儿的只有这一点东西，还不给他带去吗？"

柩车上门的时候，欧也纳叫人把棺木重新抬上楼，他撬开钉子，诚心诚意地把那颗胸章，姊妹俩还年轻、天真、纯洁，像他在临终呼号中所说的"不懂得讲嘴"的时代的形象，挂在死人胸前。除了两个丧礼执事，只有拉斯蒂涅和克利斯朵夫两人跟着柩车，把可怜的人送往圣·丹蒂安·杜蒙，离圣·日内维新街不远的教堂。灵柩被放在一所低矮黝黑的圣堂[2]前面。大学生四下里张望，看不见高老头的两个女儿或者女婿。除他之外，只有克利斯朵夫因为赚过他不少酒钱，觉得应当尽一尽最后的礼数。两个教士、唱诗班的孩子和教堂管事都还没有到。拉斯蒂涅握了握克利斯朵夫

---

[1] 西俗吊客上门，必在圣水壶内蘸圣水。"谁也不曾把手蘸过"，即没吊客的意思。

[2] 教堂内除正面的大堂外，两旁还有小圣堂。

的手，一句话也说不上来。

"是的，欧也纳先生，"克利斯朵夫说，"他是个老实人，好人，从来没大声说过一句话，从来没损害别人，也从来没干过坏事。"

两个教士、唱诗班的孩子、教堂的管事，都来了。在一个宗教没有余钱给穷人作义务祈祷的时代，他们做了尽七十法郎所能办到的礼忏：唱了一段圣诗，唱了《解放》和《来自灵魂深处》。全部礼忏花了二十分钟。送丧的车只有一辆，给教士和唱诗班的孩子乘坐，他们答应带欧也纳和克利斯朵夫同去。教士说：

"没有送丧的行列，我们可以赶一赶，免得耽搁时间。已经五点半了。"

正当灵柩上车的时节，特·雷斯多和特·纽沁根两家有爵徽的空车忽然出现，跟着柩车到拉雪兹神甫公墓。六点钟，高老头的遗体下了墓穴，周围站着女儿家中的管事。大学生出钱买来的短短的祈祷刚念完，那些管事就跟神甫一齐溜了。两个盖坟的工人，在棺木上扔了几铲子土挺了挺腰；其中一个走来向拉斯蒂涅讨酒钱。欧也纳掏来掏去，一个子儿都没有，只得向克利斯朵夫借了一法郎。这件很小的小事，忽然使拉斯蒂涅大为伤心。白日将尽，潮湿的黄昏使他心里乱糟糟的；他瞧着墓穴，埋葬了他青年人的最后一滴眼泪，神圣的感情在一颗纯洁的心中逼出来的眼泪，从它堕落的地下立刻回到天上的眼泪[1]。他抱着手臂，凝神瞧着天空的云。克利斯朵夫见他这副模样，径自走了。

拉斯蒂涅一个人在公墓内向高处走了几步，远眺巴黎，只见巴黎蜿蜒曲折地躺在塞纳河两岸，慢慢地亮起灯火。他的欲火炎炎的眼睛停在王杜

---

[1] 浪漫派诗歌中常言神圣的眼泪是从天上来的，此处言回到天上，即隐含此意。

姆广场和安伐里特宫的穹隆之间。那便是他不胜向往的上流社会的区域。面对这个热闹的蜂房，他射了一眼，好像恨不得把其中的甘蜜一口吸尽。同时他气概非凡地说了句：

"现在咱们俩来拼一拼吧！"

然后拉斯蒂涅为了向社会挑战，到特·纽沁根太太家吃饭去了。

一八三四年九月　原作

一九四四年十二月　初译

一九五一年七月　重译

一九六三年九月　重改

《夏倍上校》《奥诺丽纳》《禁治产》内容介绍

《夏倍上校》《奥诺丽纳》《禁治产》三个中篇都以夫妇之间的悲剧为题材。三个品德卓越、人格超群的男子,却遭遇了残酷的命运。做妻子的为了虚荣、享乐、金钱、地位,不惜忍心害理,指丈夫为白痴(《禁治产》);或竟斥为冒名顶替必欲置之死地而后快(《夏倍上校》)。奥诺丽纳是三个女性中最纯洁最严肃的一个,但因为追求想入非非的爱情,对人生抱着不可能的奢望,终于造成了无可挽救的悲剧,与丈夫同归于尽。

每个中篇如巴尔扎克所有的作品一样,都有善与恶、是与非、美与丑的强烈的对比;正人君子与牛鬼蛇神杂然并列,令人读后大有啼笑皆非之感。——唯其如此,我们才体会到《人间喜剧》的深刻的意义。

| 人间喜剧 I |

夏倍上校

Le Colonel Chabert

LA COMÉDIE HUMAINE

1

诉讼代理人的事务所

"哎唷！咱们的老卡列克[1]又来了！"

这样大惊小怪嚷着的是一个小职员，在一般事务所中被称为跳沟的[2]。他把身子靠着窗口，狼吞虎咽地啃着一块面包，挖出些瓤搓成一个丸子，有心开玩笑，从撑开了一半的窗里摔出去，摔得那么准，面包丸不但打中了一个陌生人的帽子，还跳起来，跳到差不多和窗子一般高。陌生人刚在楼下穿过天井。天井的所在地是维维安纳街上诉讼代理人[3]但尔维先生住的屋子。

首席帮办正在那里核一笔账，停下来说："喂，西蒙宁，别跟人捣乱；要不然我把你赶出去了。不管当事人怎么穷，到底也是个人！"

凡是当跳沟的，通常都和西蒙宁那样是个十三四岁的男孩子，在事务

---

[1] 卡列克为十八世纪末至十九世纪初叶流行的一种大氅。相传为英人约翰·卡列克所创；上半身披肩部分长至手腕，共有两三叠之多。

[2] 十九世纪时巴黎街道尚极污秽，道旁阴沟污水淤积，行人常有失足之事；故吾人俗称为跑腿的，当时巴黎人称为跳沟的。

[3] 法国司法制度，律师只负责庭上辩护；凡拟写状子，准备一切诉讼手续及代表当事人出庭等等均由诉讼代理人负责。代理人的资格须经司法当局核准，且全国诉讼代理人的总数有一定限额。

La Comédie Humaine

所里特别受首席帮办管辖。除了上书记官那儿送公文，向法院递状子以外，还得替首席帮办当差，代送情书什么的。他的习气跟巴黎的顽童一样，将来又是靠打官司这一行吃饭的：永远不哀怜人，一味地撒野，不守规矩，常常编些小调，喜欢挖苦人，又贪心，又懒惰。可是这一类的小职员大半都有一个住在六层楼上的老母，一家两口就靠他每月挣的三四十法郎度日。

"他要是个人，干吗你们叫他作老卡列克呢？"西蒙宁的神气活像一个小学生抓住了老师的错儿。

说完他又吃着面包跟乳饼，把半边肩头靠在窗框上；因为他像街车上的马似的站着歇息，提着一条腿，把靴尖抵着另一条腿。

叫作高特夏的第三帮办正在随念随写，拟一份状子的底稿，由第四帮办写着正本，两个新来的内地人写着副本。这时高特夏恰好在状子里发挥议论，忽然停下来轻轻地说道："这怪物，咱们怎么样耍他一下才好呢？"

然后又把他的腹稿念下去：

"……但以路易十八陛下之仁德睿智……（喂，写正本的台洛希学士，十八两字不能用阿拉伯字！）……自重掌大政以后，即深知……（深知什么呢，这大滑头？）……深知天帝所赋予之使命！……（加惊叹号，后面加六点。法院里还有相当的宗教信仰，大概天帝二字还看得下去吧），故圣虑所及，欲对于为祸惨烈的大革命时期之牺牲者首先予以补偿，——此点鉴于颁布诏书之日期即可证明，——将不少忠实臣下（不少两字一定使法院里的人看了得意的）被充公而未曾标卖之产业，不论其是否归入公产，抑归入王上之普通产业或特殊产业，或拨归公共机关，一律发还；吾人不揣冒昧，敢断言此乃颁布于一八××年之圣谕之真意所在……"

念到这里，高特夏对三个职员说："等会儿，这要命的句子把我的纸填满了，"他用舌头舔了舔纸角预备把厚厚的公文纸翻过来，"喂，你们要开玩笑的话，只消告诉他，说咱们的东家要半夜里二三点钟才接见当事人，看这老坏蛋来不来。"

然后高特夏把那没结束的句子念下去："颁布于一八……（你们赶上没有？）"

"赶上了。"三个书记一齐回答。

谈话，起稿，捉弄人的计划，都在那里同时进行。

"颁布于一八……（喂，蒲加老头，诏书是哪年颁布的？那可含糊不得。真要命！纸张倒耗费不少了。）"

首席帮办蒲加还没回答，一个书记接应了一句："真要命！"

高特夏带着又严厉又挖苦的神气瞧着新来的抄写员，嚷道："怎么！你把真要命这几个字也写上了吗？"

第四帮办台洛希把抄写员的副本瞅了一眼，说道："一点不错；他写的是：那可含糊不得。真要命！……"

所有的职员听了都哈哈大笑。

西蒙宁嚷道："怎么，于莱先生，你把真要命当作法律名词吗？亏你还说是莫太涅地方出身！"

"快点儿抹掉！"首席帮办说，"给核算讼费的推事看了，不要说我们荒谬绝伦吗？你要给东家惹是招非了。于莱先生，以后别这样乱搅！一个诺曼底人写状子不应该糊里糊涂[1]！这是吃法律饭的第一件要紧事儿。"

---

[1] 诺曼底一带（包括莫太涅在内）素来是出讼师的地方，故诺曼底人不谙公文程式，显得特别荒谬。

高特夏还在问:"颁布于……颁布于……(蒲加,告诉我到底是哪一年呀?)"

"一八一四年六月。"首席帮办回答的时候照旧做着他的工作。

事务所的门上有人敲了一下,把冗长累赘的状子里的文句打断了。五个胃口极好、目光炯炯、眼神含讥带讽、小脑袋、卷头发的职员,像唱圣诗一般同时叫了声"进来!"便一齐抬起头来。

蒲加把头埋在公文堆里(法院的俗语叫作废纸),继续写他的账单。

那事务所是一个大房间,装着一般的事务所通用的那种炉子。管子从斜里穿过房间,通到一个底下给堵死了的壁炉烟囱。壁炉架的大理石面上,可以看到大大小小的面包、三角形的勃里乳饼、新鲜的猪排、玻璃杯、酒瓶,和首席帮办喝巧克力用的杯子。这些食物的腥味,烧得太热的炉子的秽气,和办公室与纸张文件特有的霉味混合之下,便是有只狐狸在那儿,你也不会闻出它的臊臭。地板上已经被职员们带进许多泥巴和雪。靠窗摆着首席帮办用的,盖子可以上下推动的书桌;背靠这书桌的是第二帮办的小桌子。他那时正在跑法院。时间大概在早上八点与九点之间。室内的装饰只有那些黄色的大招贴,无非是不动产扣押的公告,拍卖的公告,成年人与未成年人共有财产拍卖的公告,预备公断或正式公断的公告;这都算是替一般事务所增光的!首席帮办的位子后面,靠壁放着一口其大无比的文件柜,把墙壁从上到下都占满了,每一格里塞满了卷宗,挂着无数的签条与红线,使诉讼案卷在一切案卷中另有一副面目。底下几格装着旧得发黄的蓝镶边的纸夹,标着大主顾的姓名,他们那些油水充足的案子正在烹调的过程中。乌七八糟的玻璃窗只透进一点儿亮光。并且,二月里巴黎很少事务所在上午十点以前能不点灯写字,因为这种地方的邋遢是我们想象得到的：大家在这儿进出，谁也不在这儿逗留，没有一个人会觉得这么平凡的景象跟自己有什么关系。在主人眼里，事务所是一个实验室，在当事人是一个过路的地方，在职员是一个教室：他们都不在乎它的漂亮不漂亮。满是油垢的家具，从一个又一个的代理人手里郑重其事地传下来，某些事务所甚至还有古老的字纸篓，切羊皮纸条的模子，和从夏德莱衙门出来的公文夹；这衙门在前朝的司法机构中等于今日的初级法院。所以这个尘埃遍地、光线不足的事务所，跟别的事务所一样，在当事人看来颇有些不可向迩的成分，使它成为巴黎最可怕的魔窟之一。固然，魔窟还不限于此：潮湿的祭衣室是把人们的祷告当作油盐酱醋一般称斤掂两、计算价钱的；卖旧货的人堆放破衣服的铺子，是令人看到灯红酒绿、歌衫舞袖的下场，使人生的迷梦为之惊醒的。要没有这两种富有诗意的丑地方，法律事务所便是最可怖的社会工场了。但赌场、法院、娼寮、奖券发行所，全是污秽凌乱、不堪入目的。为什么？也许因为在这等场所，内心的活剧使一个人不在乎演剧的道具；大思想家与野心家的生活所以特别朴素，也不外乎这个原因。

"我的刀子在哪儿？"

"我吃早饭呢！"

"该死！状子上怎么能放肉包子！"

"诸位，别闹啊！"

大家这样同时叫嚷的当口，年老的当事人进了事务所，正在关门。可怜虫战战兢兢，动作很不自然。他想对众人笑脸相迎，但在六个漠不关心的职员脸上找不到一点儿善意的表示，他面部的肌肉也就跟着松了下来。大概他看人颇有经验，所以很客气地找跳沟的说话，希望这个当出气筒的角色不至于粗声大气地对待他。

"先生，贵东家能不能接见我呢？"

狡猾的跳沟的再三用左手轻轻拍着耳朵，仿佛说："我是聋子。"

"先生，你有什么事啊？"高特夏一边问一边吞下一口面包，那分量足够做一颗两公斤重的炮弹；他手里晃着刀子，交叉着腿，把翘在空中的一只脚举得跟眼睛一般高。

那倒霉蛋回答："我到这儿来已经是第五次了，希望见一见但尔维先生。"

"可是为了什么案子吗？"

"是的，但我只能告诉但尔维先生……"

"东家还睡着呢，倘若你有什么难题和他商量，他要到半夜里才正式办公。你不妨把案情告诉我们，我们同样能替你解决……"

陌生人听了声色不动，只怯生生地向四下里瞅着，像一条狗溜进了别人家的厨房，唯恐挨打似的。由于职业关系，事务所的职员从来不怕窃贼，所以对这个穿卡列克的家伙并不怀疑，让他在屋子里东张西望。他显然是很累了，但办公室里找不到一张凳子好让他休息一下。诉讼代理人的事务所照例不多放椅子。普通的主顾站得不耐烦了，只得叽里咕噜地走掉，可是绝没办法占据代理人的时间。

他回答说："先生，我已经向你声明过了，我的事只能跟但尔维先生谈，我可以等他起床。"

蒲加把账结好了，闻到他的巧克力香，便从草垫子的椅上站起来走向壁炉架，把老人打量了一番，瞧着那件卡列克，扮了个无法形容的鬼脸。大概他认为随你怎么挤，这当事人也挤不出一个铜子来的，便说了几句斩

可怜虫战战兢兢,动作很不自然。

钉截铁的话，存心要打发一个坏主顾。

"先生，他们说的是实话。敝东家只在夜里办公。倘若你案情严重，我劝你早上一点钟再来罢。"

当事人像发呆似的瞧着首席帮办，一动不动地站了一会儿。一般健讼的家伙因为迟疑不决或是胡思乱想，脸上往往变化多端，有些意想不到的表情；事务所的职员见得多了，便不再理会那老人，只管吃他们的早点，和牲口吃草一样地大声咀嚼。

临了，老人说道："好吧，先生，我今天晚上再来。"他跟遭遇不幸的人同样有那种固执脾气，有心到那个时候来揭穿人家缺德的玩意儿。

一般可怜虫是不能用言语来讽刺社会的，只能以行动来暴露法院与慈善机关的偏枉不公，使他们显露原形。一朝看出了人间的虚伪，他们就更急切地把自己交给上帝。

西蒙宁没等老头儿关上门，就说："嗬！这不是吹牛吗？"接着又道，"他的神气像从坟墓里爬出来的。"

"大概是一个向公家讨欠薪的上校吧。"首席帮办说。

"不，他从前一定是看门的。"高特夏说。

蒲加嚷道："谁敢说他不是个贵族呢？"

"我打赌他是门房出身，"高特夏回答，"只有门房才会穿那种下摆七零八落、全是油迹的破卡列克。他的靴子后跟都开了裂，灌着水，领带下面根本没有衬衣，难道你们没留意吗？他这种人是睡在桥洞底下的。"

台洛希道："他可能又是贵族，又是当过看门的；那也有的是。"

蒲加在众人哄笑声中说道："我断定他一七八九年上是个卖啤酒的，共和政府时代当过上校。"

高特夏回答:"我可以赌东道,他要是当过兵,大家想瞧什么玩意儿就归我请客。"

"好极了。"蒲加说。

"喂,先生!先生!"西蒙宁打开窗子叫起来。

"你干什么,西蒙宁?"蒲加问。

"我把他叫回来问问他到底是上校还是门房;他一定知道的。"

所有的职员都哈哈大笑。老头儿已经回头上楼来了。

"咱们跟他说什么好呢?"高特夏嚷道。

"让我来对付吧。"蒲加回答。

可怜的人回进屋子,怯生生地低着眼睛,也许是怕过分贪馋地看着食物会露出自己的饥饿。

蒲加和他说:"先生,能不能留个姓名,让敝东家知道……"

"敝姓夏倍。"

至此为止还没开过口的于莱,急于要在众人的刻薄话中加上一句:

"可是在埃洛阵亡的夏倍上校?"

"一点不错。"老头儿回答的神气非常朴实,说完就走了。

办公室内却是一片声嚷起来:

"哎哟!"

"妙啊!"

"嘿嘿!"

"啊!"

"这老滑头!"

"真有意思!"

于莱在第四帮办的肩上重重地拍了一下,力气之大可以打死一条头犀牛:"台洛希先生,你看白戏看定了。"

大家又是叫又是笑,夹着一大堆惊叹词,和许多没有意义的声音。

"咱们上哪个戏院呢?"

"歌剧院!"首席帮办说。

"且慢且慢,"高特夏抢着回答,"我没说请大家看戏。只要我高兴,我可以带你们上萨基太太[1]那儿。"

"萨基太太那一套不算数。"

"怎么不算数?"高特夏回答。"咱们先把事实给确定一下。诸位,请问我赌的是什么东道?请大家看点玩意儿。什么叫作看玩意儿?无非是看些可看的东西……"

西蒙宁插嘴道:"这么说来,带我们去看看塞纳河的流水也算请客吗?"

高特夏继续说:"……同时是花了钱看的。"

台洛希道:"花了钱看的不一定都是好看的玩意儿,你这个定义不准确。"

"听我说呀。"

"朋友,"蒲加道,"你明明是不讲理嘛。"

"那么居尔丢斯[2]算不算玩意儿?"高特夏问。

"不算,"首席帮办回答道,"居尔丢斯只是人像陈列所。"

高特夏说:"我可以赌一百法郎的东道,居尔丢斯的的确确是一种玩

---

[1] 萨基太太为当时的舞蹈大家,开着一家专演杂技的剧院。
[2] 居尔丢斯为十八世纪末期巴黎蜡人馆的创办人,当时社会上多以居尔丢斯之姓氏称呼蜡人馆。

意儿。他那里的门票就有几等价钱，看你参观的时候占的什么位置。"

"胡说八道！"西蒙宁插了一句。

高特夏骂道："仔细我打你嘴巴，小鬼！"

所有的职员都耸了耸肩膀。

高特夏尽管申说理由，却被众人的笑声盖住了，便转换话题："而且，谁敢说这老滑头不是跟我们开玩笑呢？夏倍上校明明死了，他的女人早已再嫁给参议官法洛伯爵。法洛太太现在还是本事务所的主顾呢。"

蒲加道："这件公案搁到明天再说吧。诸位，工作要紧！该死！我们这儿简直一事不做。先把你们的状子写完，赶着第四民庭没开庭以前递进去。案子今天要开审的。来，快点儿！"

"倘若他果真是夏倍上校，西蒙宁假装聋子的时候，还不赏他一脚吗？"台洛希这么说着，认为这个理由比高特夏的更充分。

蒲加接着说："既然事情还没分晓，不妨马马虎虎，到喜剧院去瞧泰玛演尼罗吧。咱们订一个二等包厢，给西蒙宁买张正厅票。"

首席帮办说完便在书桌前面坐下，大家也跟着坐下了。

高特夏重新念他的稿子："颁布于一千八百一十四年六月——（要写全文，不能用阿拉伯数字。你们赶上没有？）"

两个抄副本的和一个抄正本的一齐回答："赶上了。"他们的笔尖在公文纸上咯吱咯吱地响着，办公室内的声音活像小学生捉了上百只黄金虫关在纸匣里。

起稿员嘴里又念着："恳请钧院诸位大人……（慢点儿！我得把句子再看一遍，连我自己都搅不清了。）"

蒲加也在那里自言自语："四十六……（嗯，不错，一个人常常会搅不清的！……）加三等于四十九……"

高特夏把底稿重新看过了，一口气念道："恳请钧院诸位大人仰体圣谕意旨，对荣誉团秘书处之行政措施迅予纠正，采用吾人以上申说之广义的观点制成判决……"

小职员插嘴道："高特夏先生，要不要喝一口水？"

"西蒙宁真淘气！"蒲加说，"——喂，小家伙，赶快把这包东西送到安伐里特宫去。"

高特夏继续念他的文件："……以保障葛朗里欧子爵夫人之权益……"

首席帮办听了叫起来："怎么！你胆敢为葛朗里欧子爵夫人告荣誉团的官司作状子吗？事务所对这案子的公费是讲的包办制。啊！你真是个大傻瓜！赶快把你的状子，连正本副本一齐丢开，等将来办拿伐兰告救济院案子的时候再用吧。时间不早了，我要办一份等因奉此的申请状，还得亲自往法院走一遭……"

上面那一幕可以说是人生趣事之一，将来谁回想起青春时代，都不由得要说一声："啊，那个时候才有意思哇！"

半夜一点光景，自称为夏倍上校的老人跑来敲但尔维先生的门了。但尔维是塞纳州初级法院治下的诉讼代理人，虽然年纪很轻，在法院中已经被认为是最精明强干的一个。门房说但尔维先生还没回来，老人说是有约在先，便上楼走向法学大家的屋子。将信将疑的当事人打过了铃，看见首席帮办在东家饭厅里的桌子上整理一大堆案卷，预备第二天依次办理，不由得大为诧异。帮办见了他也同样吃了一惊，向上校点点头，让他坐下了。

"先生，你把约会定在这个时间，我还以为是说笑话呢。"老头儿说着，像一个潦倒的人勉强堆着笑容一样，特意装作很高兴。

首席帮办一边工作一边回答:"帮办们说的话虚虚实实,不一定都是假的。但尔维先生有心挑这个时间来研究案子,筹划对策,确定步骤,布置防线。他过人的智慧这时候特别活跃,因为他一天之中只有这个时间才得清静,想得出好主意。他开业到现在,约在半夜里商量案子的,你是第三个。东家晚上回来,把每桩案子都考虑过,每宗文件都看过,忙上四五个钟点,然后打铃叫我进去,把他的用意解释给我听。上午十点到下午两点,他接见当事人;余下的时间都有约会;晚上出去应酬,保持他的社会关系。因此他只有夜里才能研究案情,在法典中找武器,决定作战计划。他一桩官司都不肯打输,对他的艺术爱好到极点,不像一般代理人那样无论什么案子都接。你看他多忙,所以钱也挣得很多。"

老人听着这番解释,一声不出,古怪的脸上表现一副痴呆的神气;帮办看了一眼,不理他了。一会儿但尔维穿着跳舞服装回来了;帮办替他开了门,仍旧去整理案卷。年轻的代理人在半明半暗中瞥见那个等着他的怪当事人,不由得愣了一会儿。夏倍上校一动不动,跟高特夏想请同事们去瞧的居尔丢斯陈列馆中的蜡人像一个样儿。呆着不动的姿势,倘不是对幽灵似的整个外表有陪衬作用,还不至于教人惊奇。但这老军人又瘦又干;脑门故意用光滑的假发遮着,带点儿神秘意味。眼睛里头似乎有一层透明的翳,可以说是一块肮脏的螺钿,在烛光底下发出似蓝非蓝的闪光。惨白而发青的脸又长又瘦,正是俗语所说的刀锋脸,像死人的一样。脖子里绕着一条品质恶劣的黑绸领带,在他上半身成为一条棕色的线,线以下的身体被黑影遮掉了。一个富有幻想的人大可把这个老人的头看作什么物像的影子,或是没有装框子的伦勃朗笔下的肖像。帽子的边盖在老人额上,把上半个脸罩着一个黑圈。这个天然而又古怪的效果成为一个强烈的对比,

夏倍上校一动不动。

使白的皱纹、生硬的曲线、像死尸般阴沉的气息,格外显著。僵着不动的身体,没有一点儿暖意的眼神,跟忧郁痴呆的表情,以及白痴所特有的丧失灵性的征象,非常调和:他的脸也就特别显得凄惨,非言语所能形容。但一个善于观察的人,尤其是诉讼代理人,在这个衰败的老头儿身上很能看出深刻的痛苦的痕迹,看出毁伤这个面貌的灾难的标记,好比成年累月的滴水把一座美丽的大理石像破坏了。当医生的,当作家的,当法官的,一看见这副神奇的丑相,就体会到整个的惨剧。这面目至少还有一点妙处,便是很像艺术家一边跟朋友们谈天,一边在镂刻用的石板上画的想入非非的图形。

生客看到诉讼代理人,不禁浑身一震,仿佛诗人在静寂的夜里被出其不意的声音把诗意盎然的幻想打断了。老人赶紧脱下帽子,站起来行礼;不料衬在帽子里面的那圈皮,油腻很重,把假头发粘住了,揭落了,露出一个赤裸裸的脑壳:一条可怕的伤痕从后脑起斜里穿过头顶,直到右眼为止,到处都是鼓得很高的伤疤。原来可怜的人戴这副肮脏的假头发,就是为遮盖伤痕的;两个吃法律饭的眼看假头发突然揭落,没有半点儿好笑的心思,因为破裂的脑壳简直惨不忍睹,你一瞥之下,立刻会想到:"啊,他的聪明都打这里溜掉了。"

蒲加心里想:"他要不是夏倍上校,至少也是个了不起的军人!"

"先生,"但尔维招呼他,"请教贵姓?"

"鄙人是夏倍上校。"

"哪一位夏倍上校?"

"在埃洛阵亡的那个。"老人回答。

听了这句奇怪的话,帮办与代理人彼此瞅了一眼,意思是说:"嘿,简直是个疯子！"

上校又道："先生，我想把自己的情形只告诉你一个人。"

值得注意的是，凡是诉讼代理人天生都胆子很大。或许因为平时接触的人太多了，或许因为知道自己有法律保护，或许因为对本身的职务抱着极大的信心，所以他们像教士与医生一样，无论到什么地方都不会害怕。但尔维向蒲加递了个眼色，蒲加便走开去了。

"先生，"代理人说道，"白天我倒并不怎么吝惜时间；可是夜里的每一分钟我都是宝贵的。因此请你说话要简洁、明白。只讲事实，不涉闲文。需要说明的地方，我会问你的。现在你说吧。"

年轻的代理人让古怪的当事人坐了，自己也坐在桌子前面，一边听着那阵亡上校的话，一边翻阅案卷。

上校开言道："先生，也许你是知道的，我在埃洛带领一个骑兵联队。缪拉那次有名的冲锋是决定胜利的关键；而我对于缪拉袭击的成功又颇有功劳[1]。不幸我的阵亡变成了一桩史实，在《胜利与武功》[2]上报告得非常详细。当时我们把俄罗斯的三支大军截成两段，但他们立刻合拢，我们不得不回头杀出去。击退了一批俄军，正向着皇帝统率的主力冲回去的时候，忽然遇到一大队敌人的骑兵。我向那些顽敌直扑过去，不料两个巨人般的俄国军官同时来攻击我，一个拿大刀往我头上直劈下来，把头盔什么都砍破了，直砍进我贴肉的黑绸小帽，劈开了脑壳。我从马上翻下来。缪拉赶

---

[1] 一八〇六年二月七八两日，拿破仑在普鲁士埃洛地方大破普、俄联军。缪拉将军于该役中担任后备。

[2] 《胜利与武功》为一部记载法国征略史的书，包括拿破仑各战役在内。全书系根据政府公报及各处报告编纂而成，自一八一七年起，至一八二九年方始出齐，共有三十四册。

来救应,带着一千五百人马像潮水般在我身上卷过,那真是非同小可!他们报告皇帝,说我阵亡了。皇帝平时待我不错,那一次猛烈的冲锋我又是有功的;他为谨慎起见,想知道是否还有希望把我救过来,派了两名军医来找我,预备用担架抬回去;他吩咐他们,'去瞧瞧可怜的夏倍是不是还活着'。也许当时口气太随便了些,因为他真忙。那些可恶的医生早先眼看我被两个联队踏过了,大概不再按我的脉搏,便说我死了。于是人家按照军中的法律程序,把我的阵亡做成了定案。"

年轻的代理人听见当事人说话非常清楚,故事虽然离奇,却很像真的;便放下案卷,把左肘撑在桌上,手托着头,目不转睛地看着上校。

他打断了对方的话,说道:"先生,你可知道我的主顾里头就有夏倍上校的寡妇,法洛伯爵夫人吗?"

"你是说我的太太!是的,先生,我知道。就为这个缘故,我向多少诉讼代理人奔走了上百次,毫无结果,被他们当作疯子以后,决意来找你的。我的苦难等会儿再谈,先让我把事实讲清楚,但我的解释多半是根据推想,不一定是实际发生的。只有上帝知道的某些情况,使我只能把好几桩事当作假定。我受的伤大概促发了一种强直症,或是跟所谓止动症相仿的病。要不然,我怎么会被掩埋队按照军中的习惯,剥光了衣服丢在阵亡将士的大坑里呢?说到这里,我要插叙一桩所谓阵亡的过程中的小事,那是事后才知道的。一八一四年,我在斯图加特遇到我联队里的一个下士,关于他的情形以后再谈。那个唯一肯承认我是夏倍上校的好人和我解释,说我受伤的当口,我骑的马也中了一枪。牲口和人都像小孩子折的纸玩意儿一般被打倒了。它或是往左或是往右倒下去的时节,一定把我压在下面,使我不至于被别的马践踏,也不至于受到流弹。他认为这是我能保全性命的原因。可是先生,当时一醒过来,我所处的地位和四周的空气,便是和你讲到明儿早上也不能使你有个概念。我闻到的气味臭得要命,想转动一下又没有地方;睁开眼睛,又看不见一点东西。空气的稀薄是最大的威胁,也极显著地使我感觉到自己的处境。我知道在那个场合不会再有新鲜空气了,也知道我快死了。这个念头,使我本来为之痛醒的、无法形容的苦楚,对我不生作用。耳朵轰轰地响着。我听见,或者自以为听见,因为我什么都不敢说得肯定,周围的死尸都在那里哼哼唧唧。虽然关于那个时间的回忆很模糊,虽然痛苦的印象远过于我真正的感觉而扰乱了我的思想,但至今有些夜里我还似乎听到那种哽咽和叹息。比这些哀号更可怕的,是别的地方从来没经验过的静默,真正的坟墓中的静默。最后,我举起手来在死人堆中摸索了一会儿,发觉在我的脑袋和上一层的死尸之间留有一个空隙。我把这个不知怎么会留下的空间估量了一下。似乎掩埋队把我们横七竖八丢下坑的时候,因为粗心或是匆忙的缘故,有两个尸体在我头上凑成一个三角形,好比小孩子用两张纸牌搭的屋子,上面斜靠在一起,底下分开着。那时一分钟都不能耽搁,我赶紧在空隙中摸索,居然很运气,碰到一条手臂,像赫拉克勒斯一般的手臂[1],救了我的命。要没有这意想不到的援助,我早就完了。你不难想象,当下我发狠从死尸堆里往上顶,想爬出掩埋队盖在我们身上的泥土;我说我们,仿佛我身边还有什么活人似的。我毫不放松地顶上去,居然达到了目的;因为你瞧,我不是活着吗?可是怎么能越过那生死的界线,从人肉堆中翻上来,我到现在也弄不明白。当时仿佛有了三头六臂。被我当作支点一般利用的那条胳膊,使我在竭力挪

---

[1] 希腊神话载,大力士赫拉克勒斯为宙斯之子,幼年时即膂力过人,扼杀二巨蛇。

开的许多死尸之间找到一些空气,维持我的呼吸。临了,先生,我终于见了天日,冰天雪地中的天日!那时我才发觉自己的头裂开了。幸而我的血,那些同伴的血,或是我的马的烂肉,也说不清究竟是什么,凝结之下,好像给我贴了一个天然的大膏药。虽则脑壳上盖着这层硬东西,我一碰到雪也不由得晕过去了。可是我身上仅有的一点儿热气把周围的雪化掉了一些;等到苏醒过来,发觉自己在一个小窟窿的中央,我便大声叫救命,直叫到声嘶力竭为止。太阳出来了,很少希望再使人听到我了。田里是不是已经有人出来呢?幸亏地底下有几个身体结实的尸首,让我的脚能借一把力,把身子往上挣扎。你知道那当然不是跟他们说'可怜的好汉,我向你们致敬!'[1]的时候。总而言之,先生,那些该死的德国人听见叫喊而不见一个人影,吓得只有逃命的份儿,教我看了又急又气;我这么说,可还不足以形容我心中的痛苦,过了不知多久,才有一个或是胆子很大,或是很好奇的女人走近来;当时我的头好似长在地面上的一颗菌。那女的跑去叫了丈夫来,两口儿把我抬进他们简陋的木屋。大概我又发了一次止动症,请你原谅我用这个名词来形容我的昏迷状态;听两位主人说来,想必是那种病。我死去活来,拖了半年,要不就是一声不出,要不就是胡言乱语。后来他们把我送进海尔斯贝格城里的医院。先生,你该明白,我从死人坑里爬出来,跟从娘胎里出世一样地精赤条条;因此过了六个月,忽然有一天我神志清醒了,想起自己是夏倍上校的时候,便要求看护女人对我客气一些,别把我当作穷光蛋看待,不料病房里的同伴听了哈哈大笑。幸而,主治的外科医生为了好胜心立意要把我救活,当然很关切我。那好人叫作

---

[1] 相传拿破仑某日看到一队奥国俘虏的时候,不禁脱下帽子,说道:"可怜的好汉,我向你们致敬!"

斯巴区曼，听我有头有尾地把过去的身世讲了一遍，就按照当地的法律手续，托人把我从死人坑里爬出来的奇迹、救我性命的夫妻俩发现我的日子与钟点，统统调查明白；又把我受伤的性质、部位，详细记录下来；姓名状貌也给写得清清楚楚。可是这些重要文件，还有我为了要确定身份而在埃斯堡一个公证人面前亲口叙述的笔录，都不在我身边。后来因为战争关系，我被赶出埃斯堡，从此过着流浪生活，讨些面包度日；一提到历险的事，还被人当作疯子。所以我没有一个钱，也挣不到一个钱去领取那些证件；而没有证件，我的社会生活就没法恢复。为了伤口作痛，我往往在德国某些小城里待上一年半载，居民对我这个害病的法国人很热心照顾，但我要自称为夏倍上校就得被讪笑了。这些讪笑，这种怀疑，把我气得不但伤了身体，还在斯图加特城里被人当作疯子，关在牢里。的确，照我讲给你听的情形，你也不难看出人家有理由把我关起来了。两年之间，狱卒不知对人说了多少遍：'这可怜的家伙还自以为夏倍上校呢！'听的人总是回答一句：'唉，可怜！'关了两年之后，我自己也相信那些奇怪的遭遇是不可能的了，就变得性情忧郁、隐忍、安静，不再自称夏倍上校：唯有这样有希望放出监狱回法国去。噢！先生，我对巴黎简直想念得如醉如痴……"

夏倍把这句话说了一半，就呆着出神了，但尔维耐着性子等着，不忍打扰他。

然后他又往下说："后来有一天，正好是春天，他们把我释放了，给我十个塔勒[1]，认为我各方面说话都很有理性，也不自命为夏倍上校了，的确，那时我觉得自己的姓名可厌透了，便是现在，偶尔还有这感觉。我但

---

[1] 塔勒为一种德国货币，价值高于马克。

求不成其为我。一想到自己在社会上有多少应得的权利,我就痛苦得要死。倘若我的病使我把过去的身世忘了,那就幸福了!我可以随便用一个姓名再去投军,而且谁敢说我此刻不在奥国或俄国当上了将军呢?"

"先生,"代理人说,"你把我的思想都搅乱了。听着你的话,我觉得像做梦。咱们歇一会儿好不好?"

"至此为止,肯这样耐着性子听我的只有你,"上校的神气挺悲伤,"没有一个法律界的人愿意借我十个拿破仑[1]让我把证件从德国寄回来,作打官司的根据……"

"什么官司?"诉讼代理人听着他过去的灾难,竟忘了他眼前的痛苦的处境。

"先生,法洛伯爵夫人不是我的妻子吗?她每年三万法郎的收入都是我的财产,可是她连两个子儿都不愿意给我。我把这些话讲给一般诉讼代理人或是明理的人听,像我这样一个叫花子说要控告一个伯爵和一个伯爵夫人,我这个公认为早已死了的人说要和死亡证、结婚证、出生证对抗的时候,他们就把我撵走,撵走的方式看各人性格而定:有的是冷冷的,有礼的,像你们用来拒绝一个可怜虫的那一套;有的用着粗暴蛮横的态度,以为遇到了坏蛋或是疯子。当初我被埋在死人底下,如今我被埋在活人底下,埋在各种文书各种事实底下,埋在整个社会底下,他们都要我重新钻下地去!"

"先生,请你把故事讲下去吧。"代理人说。

"请!"可怜的老头儿抓着年轻人的手叫起来,"请这个字儿从我受伤

---

[1] 拿破仑为镌有拿破仑头像的金币,值二十法郎。

到现在还是第一次听到……"

上校说着，哭了。他感激之下，连声音都没有了。他的眼神、动作，甚至于静默，所表现的深刻的意义，非言语所能形容，终于使但尔维完全相信，并且大为感动：

"听我说，先生，今天晚上我打牌赢了三百法郎，很可以拿出半数来促成一个人的幸福。我马上办手续，教人把你所说的文件寄来；没寄到以前，我每天借给你五法郎。你要真是夏倍上校的话，一定能原谅我只帮你这么一点儿款子，因为我是个年轻人，还得挣我的家业。好了，请你往下说吧。"

自称为的上校一动不动地呆了好一会儿：没有问题，他所遭遇的千灾百难把他的信心完全毁灭了。他现在还追求军人的荣誉，追求他的家产，丢不开自己，大概只因为受着一种无法解释的心情支配，那是在任何人心中都有根芽的：炼丹家的苦功，求名的人的热情，天文学家物理学家的发现，凡是一个人用事实用思想来化身为千万人而使自己伟大的，都是由于那一点心理作用，在上校心目中，所谓自我倒居于次要地位，正如在赌徒看来，得胜的虚荣和快感，比所赌的目的物更宝贵。这个人见弃于妻子，见弃于一切社会成规，前后有十年之久，一朝听到诉讼代理人的话当然认为奇迹了。多少年来被多少人用多少方式拒绝的十块金洋，居然在一个诉讼代理人手中得到了！相传有位太太害了十五年的寒热，一旦寒热停止，竟以为害了另外一种病：上校的情形就是这样。世界上有些幸福，你早已不信会实现的了；真实现的时候，简直像霹雳一般会伤害你的身心。因此那可怜虫感激的情绪太强烈了，没法用言语来表现。肤浅的人或许会觉得他冷淡，可是但尔维看他发愣，完全体会到他的忠厚老实。换了一个狡黠之徒，在那个情形之下一定会天花乱坠地说一套的。

"我讲到哪里了？"上校问话的态度天真得像小孩子或者军人，因为真正的军人往往有赤子之心，而小孩子也往往有军人气息，尤其在法国。

"你说到在斯图加特，刚从监狱里出来。"代理人回答。

"你认识我的女人吗？"上校问。

"认识的。"但尔维点点头。

"现在她怎么样？"

"还是那么娇滴滴的。"

老人做了个手势，似乎把心中的隐痛硬咽下去；在战场上经过炮火，浴过血的人，都有这种克制功夫，使你觉得他庄严肃穆。他显得快活了些，因为呼吸舒畅了，等于第二次从坟墓里爬出来，把一层比当年盖在他头上的雪更难融化的雪融化了；他像走出地牢似的拼命吸着空气，说道：

"先生，倘若我是个美男子，绝不至于受那些苦难。女人相信的是三句不离爱情的男人。一朝喜欢了你，她们就百依百顺，替你出力，替你玩手段，帮你肯定事实，为你翻江倒海，无所不为。可是我，我怎么能打动女人的心？我的脸像个鬼，身上穿得像破靴党，不像法国人而像一个爱斯基摩人，但是一七九九年上我明明是个最漂亮的哥儿，我夏倍明明是个帝政时代的伯爵！且说我被人家当作狗一般赶到街上的那一天，碰到刚才跟你提过的下士。那弟兄名叫蒲打。可怜他当时的模样和我半斤八两；我散步的时候瞧见了他，认得是他，可是他休想猜到我是谁。我们一块儿上酒店，到了那里，我一报姓名，蒲打就咧着嘴大笑，像一尊开了裂的臼炮。先生，他这一笑使我伤心到极点，他老实不客气让我感觉到自己面目全非，便是最感激最敬重我的朋友也认不得我了。我救过蒲打的性命，其实那是我还他的情分。他当初怎样帮我忙，也不用细表了。只要告诉你事情发生在意大利的拉凡纳。在一个不怎么上等的屋子里，我差点儿被人扎死，亏得蒲打救了我。那时我不是上校，只是个普通的骑兵，和蒲打一样。幸而那件事有些细节只有我们两人知道，经我一提，他对我的疑心就减少了。我又把奇奇怪怪的经历讲给他听。他说，我的眼睛我的声音都变了；头发、牙齿、眉毛，都没有了；惨白的脸色像害着白皮症。虽是这样，他提出许多问话，听我回答得一点不错之后，终于承认这个叫花子原来真是他的上校。他把他的遭遇跟我说了，离奇也不下于我的；他逃出西伯利亚想到中国去，遇到我的时候便是从中国边境回来。他告诉我俄罗斯战役的惨败，和拿破仑的第一次退位。这个消息给了我极大的打击。我们俩都是劫后余生的怪物，在地球上滚来滚去，像小石子般被大风浪在海洋中卷到东，卷到西，卷过了一阵。把两个人到过的地方合起来，有埃及，有叙利亚，有西班牙，有俄罗斯，有荷兰，有德意志，有意大利，有达尔美西亚，有英国，有中国，有鞑靼，有西伯利亚；只差印度和美洲没去！蒲打比我脚腿轻健，决意日夜兼程地赶往巴黎，把我的情形通知我太太。我给她写了一封极详细的信，那已经是第四封了，先生！倘若我有亲属的话，也许不会到这个田地，可是老实告诉你，我的出身是育婴堂，我的履历是军人；没有遗产，只有勇气；没有家族，只有社会；没有故乡，只有祖国；没有保护人，只有上帝。噢，我说错了！我还有一个父亲，就是皇帝！

"啊，倘若那亲爱的人还在台上，看到他的夏倍——他老是那么称呼我的——像现在这副模样，他要不大发雷霆才怪。有什么办法！我们的太阳下山了，此刻我们都觉得冷了。归根结底，我妻子的杳无信息多半可以用政局的变动来解释。

"蒲打动身了。他才运气哇！他有两只训练好的白熊一路替他挣钱。我不能和他做伴；身上带着病，走不了长路，只能在我体力范围之内把蒲打和他的熊送了一程；分手的时候，先生，我哭了。在卡尔斯鲁厄，我头里闹神经痛，在小客店里潦倒不堪地躺了六星期，睡在干草堆里。唉，先生，我过的叫花子生活所遭遇的苦难，说也说不完。有了精神上的痛苦，肉体的痛苦变得不足道了；但因为精神的痛苦是肉眼看不见的，倒反不容易得到人家同情。我记得在斯特拉斯堡一家大旅馆前面哭了一场：从前我在那边大开筵席，请过客，如今连一块面包都要不到。我的路由于是跟蒲打商量好的，所以到一个地方就上邮局去问，可有寄给我的信和钱。直到巴黎，什么都没收到。那期间我饮泣吞声，多少的悲痛只能往肚里咽！我心里想'大概蒲打死了吧？'果然，可怜的家伙在滑铁卢送了命。他的死讯是我以后无意之中听到的。他和我太太办的交涉一定是毫无结果。最后我到了巴黎，和哥萨克兵同时进城[1]。那对我真是痛上加痛。看见俄国兵到了法国，我就忘了自己脚上没有鞋，袋里没有一个钱。真的，我身上的衣服全变成破布条了。进巴黎的上一天，我在格莱森林中露宿了一夜。晚上的凉气使我害了一种不知什么病，第二天进圣·马丁城关的时候发作起来，差不多晕倒在一家铁匠铺门口。醒来发觉自己躺在天主医院里的病床上。在那儿待了一个月，日子还算过得快活，不久我被打发出来，一文不名，但身体很好，脚也踏到了巴黎的街道。我多么高兴地、迫不及待地赶到勃朗峰街，那是我太太住的地方，屋子还是我的产业呢！谁知勃朗峰街变成了昂丹大

---

[1] 一八一五年六月滑铁卢战役以后，威灵顿部下之英军，与亚历山大部下之哥萨克军，同时进占巴黎。

蒲打动身了……有两只训练好的白熊一路替他挣钱。

道。我的屋子不见了,原来给卖掉了,拆掉了。地产商在我从前的花园里盖了好几幢屋子。因为不知道妻子嫁了法洛,我什么消息都打听不出。后来去找一个从前代我经手事情的老律师。不料老律师死了,没死以前就把事务所盘给一个年轻人。这位后任把我的遗产如何清算、继承手续如何办理、我的妻子如何再嫁、又生了两个孩子等等全部告诉了我,使我大吃一惊。他一听见我自称为夏倍上校就哈哈大笑,而且笑得那么不客气,我一句话不说就走了。斯图加特监狱的经验使我想起了夏朗东[1],决意小心行事。我既然知道了太太的住处,便存着希望到她的公馆去了。"上校说到这里做了一个手势,表示他压着一肚子的怨气。"唉,哪知道我用一个假姓名通报的时候,里头回说不在;下回我用了真姓名的时候根本被拦在大门口。为了要看到伯爵夫人半夜里跳舞回来或是看戏回来,我整夜站在大门外界石旁边。车子像闪电一般地过去,我拼命把眼睛盯着车厢朝里望:那个明明是我的而又不再属于我的女人,我只能在眼梢里瞥见一点儿影子。"老人说着,冷不防在但尔维面前站了起来,嗄着嗓子叫道:"从那天起,我一心一意只想报复了。她明知道我活着;我回来以后,她还收到我两封亲笔信。原来她不爱我了!我说不上来对她是爱还是恨!一会儿想她,一会儿咒她。她的财产,她的幸福,哪一样不是靠了我?可是她连一点儿小小的帮助都不给我!有时我气得简直不知道怎么办!"

讲完这几句,老军人又往椅子里坐下,呆着不动;但尔维默默无声,只管打量着当事人。终于他像出神一般地说道:

"事情很严重。即使存在埃斯堡的文件真实可靠,也不能担保我们一

---

[1] 夏朗东为巴黎近郊的城市,有著名的疯人院,一般人均以夏朗东三字代表疯人院。

开场就胜利。这桩官司前后必须经过三审，对这样一件没有前例的案子，非用极冷静的头脑考虑不可。"

"噢！"上校很高傲地抬起头来，冷冷地回答，"万一失败了，我是知道怎么死的，可是要人陪我的。"

那时他全无老态，变了一个刚毅果敢的人，眼中燃着悲愤与报复的火焰。

代理人说："或许咱们应当想法和解。"

"和解！"夏倍上校嚷道，"请问我到底是死的还是活的？"

代理人说："先生，希望你听从我的劝告。我一定把你的案子当作我自己的事。不久你就可以发觉我怎样关切你的处境——那在司法界中几乎从无先例的。目前我先给你一个字条，你拿去见我的公证人，凭你的收据每十天向他支五十法郎。到这儿来拿钱对你不大得体。如果你真是夏倍上校，就根本用不着依靠谁。我给你的垫款是一种借贷的方式。你有产业可以收回，你是有钱的人。"

这最后一番体贴使老人眼泪都冒上来了。但尔维突然站起身子，因为当诉讼代理人的照例不应当流露感情；他进入办公室，回来拿着一个开口的封套交给夏倍伯爵。可怜的人用手指一捻，觉得里头有两块金洋。

代理人说："请你把文件的名称、存放的城与邦[1]的名称，统统告诉我。"

上校逐一说明了，又把代理人写的地名校对一遍；然后一手拿起帽子，望着但尔维，伸出另外一只生满肉茧的手，声音很自然地说道：

---

[1] 该时德国尚未统一，日耳曼各地均系诸侯分治，故称"邦"。

"真的,先生,除了皇帝,你是我最大的恩人了!你真是一条好汉[1]。"

代理人按了按上校的手,掌着灯把他直送到楼梯口。

"蒲加,"但尔维对他的首席帮办说,"我才听到的一桩故事,也许要我破费五百法郎。但即使上了当,赔了钱,我也不后悔,至少是看到了当代最了不得的戏子。"

上校走到街上一盏路灯底下,掏出代理人给的两枚二十法郎的钱瞧了一会儿。九年以来,这是他第一回看到金洋。

"这一下我可以抽雪茄了!"他心里想。

---

[1] "好汉"二字是拿破仑夸奖部下的口头语。

2

谈判

从夏倍上校半夜里找但尔维谈话以后,大约过了三个月,负责代但尔维给怪主顾透支生活费的公证人,为了一件重要的事去和代理人商议,一开始就向他索取付给老军人的六百法郎垫款。

"你有心养着帝国军队玩玩吗?"公证人取笑但尔维。这公证人叫作格劳太,年纪很轻,原来在一个公证人事务所里当首席帮办,后来东家破产,逃掉了,格劳太便盘下了事务所。

但尔维回答:"谢谢你提醒我这件事。我的慈善事业不预备超过六百法郎,说不定我为了爱国已经受骗了。"

他言犹未了,看到自己的书桌上放着首席帮办拿来的几包文件。有封信贴着许多狭长的、方形的、三角形的、红的、蓝的奥国邮票、普鲁士邮票、巴伐利亚邮票、法国邮票,他不由得眼睛一亮。

"啊!"他笑着说,"戏文的结果来了,咱们来瞧瞧我是不是上了当。"

他拿起信来拆了,不料写的是德文,一个字都念不上来,便打开办公室的门把信递给首席帮办:

"蒲加,你亲自跑一趟,教人把这信翻译一下;速去速来。"

柏林的公证人复称，全部文件几天之内就可送到。据说那些公事都合格，做过必要的法定手续，足以取信于法院。当初为笔录所举的事实作证的人，几乎都还在普鲁齐赫－埃洛邦内；救夏倍伯爵的女人至今还活着，住在埃斯堡近郊的一个镇上。

蒲加把信念完了，但尔维嚷道："啊，事情当真起来了。——可是，朋友，"他回头向着公证人，"我还需要一些材料，大概就在你事务所里。当初不是那骗子罗更……"

"噢，咱们不说骗子，只说不幸的、可怜的罗更。"亚历山大·格劳太笑着打断了但尔维的话。

"随你说吧，夏倍的遗产案子，不是那可怜的罗更，最近带走了当事人的八十万法郎，使好几个人家急得没办法的罗更，经手的吗？我们的法洛案卷中好像提到这一点。"

"是的，"格劳太回答，"那时我还当着第三帮办；清算遗产的案卷是我誊写的，也仔细研究过。罗士·夏波丹女士是伊阿桑德的寡妇，伊阿桑德一名夏倍，帝政时代封的伯爵，荣誉团勋二位。他们结婚的时候没有订婚约，所以双方的财产是共有制。我记得资产总额一共有六十万法郎。结婚以前，夏倍上校立过一份遗嘱，把四分之一的遗产捐给巴黎的慈善机关，另捐四分之一给公家。他死后办过共有财产拍卖、一般性拍卖、遗产分析等等手续，因为各方面的诉讼代理人都很活跃，在清算期间，统治法国的那个魔王下了一道上谕，把国库应得的一份遗产退还给上校的寡妇。"

"那么夏倍伯爵私人名下的财产只剩三十万了。"

"对啦，朋友！"格劳太回答。"你们这批诉讼代理人有时理路倒还清楚，虽然人家责备你们不论是辩护还是攻击，常常颠倒事实。"

夏倍伯爵在交给公证人的第一张收据上写的地址是：圣·玛梭区小银行街；房东是一个在帝国禁卫军中当过上士的老头儿，叫作凡尼奥，现在做着鲜货买卖。到了街口上，但尔维不得不下车步行；因为马夫不肯把轻便两轮车赶进一条不铺石子的街，地下的车辙也的确太深了。诉讼代理人向四下里望了一会儿，终于在紧靠大街的小巷子的某一段，在两堵用兽骨和泥土砌的围墙中间，瞧见两根粗糙的石柱，被来往的车辆撞得剥落了，虽然前面放着两块代替界石的木头也保护不了。石柱顶上有个盖着瓦片的门楣，底下有根横梁，梁上用红字写着凡尼奥鲜货行。字的右首用白漆画着几个鸡蛋，左首画一条母牛。大门打开着，看样子是整天不关的。进门便是一个相当宽敞的院子，院子的尽里头，朝着大门有所屋子，倘若巴黎各城关的一些破房还能称作屋子的话；它们跟无论什么建筑物都不能比，甚至还比不上乡下最单薄的住屋；因为它们只有乡下破房的贫窭而没有它的诗意。田野里有的是新鲜的空气，碧绿的草原，阡陌纵横的景致，起伏的岗峦，一望无际的葡萄藤，曲折的小路，杂树围成的篱垣，茅屋顶上的青苔，农家的用具：所以便是草房木屋也另有一番风味，不像巴黎的贫民窟因为丑恶而只显出无边的苦难。

这所屋子虽是新盖的，已经有随时可以倒坍的样子。材料没有一样是真正合用的，全是旧货，因为巴黎每天都在拆房子。但尔维看见一扇用木板钉成的护窗上还有时装商店几个字。所有的窗子式样都不一律，装的方式也怪得很。似乎可以居住的底层，一边高一边低；低的一边，房间都在地面之下。大门与屋子中间有一个坑，堆满垃圾，其中有雨水，也有屋子里泼出来的脏水。单薄的屋子所依靠的墙要算是最坚固的一堵了；墙根搭着几个稀格的棚子，让一些兔子在里面尽量繁殖。大门右边是个牛棚，顶上是堆干草的阁楼，紧接着一间和正屋通连的牛奶房。左边有一个养鸡鸭的小院子、一个马棚、一个猪栏，猪栏的顶和正屋一样用破板钉成，上面的灯芯草也盖得很马虎。

但尔维插足的院子，和每天供应巴黎食物的场所一样，因为大家要赶早市，到处留下匆忙的痕迹。这儿鼓起来、那儿瘪下去的白铁壶，装乳酪用的瓦罐，塞瓶口用的布条，都乱七八糟丢在牛奶房前面。抹这些用具的破布挂在两头用木柱撑着的绳上，在太阳底下飘飘荡荡。一匹只有在牛奶房里才看得见的那种驯良的马，拖着车走了几步，站在大门紧闭的马棚外面。开裂而发黄的墙上，爬着盖满尘土的瘦小的葡萄藤，一只山羊正在啃藤上的嫩叶。一只猫蹲在乳酪罐上舔乳酪。好些母鸡看到但尔维走近，吓得一边叫一边飞，看家的狗也跟着叫起来。

但尔维对这幕丑恶的景象一瞥之下，心上想："噢！决定埃洛一仗胜败的人原来住在这里！"

看屋子的只有三个男孩子。一个爬在一辆满载青草的车上，向邻屋的烟囱摔石子，希望石子从烟囱里掉进人家的锅子。另外一个想把一只猪赶到车身碰着地面的木板上。第三个拿手攀着车身的另一头，预备猪上了木板，教它一上一下地颠簸。但尔维问他们夏倍先生是不是住在这儿，他们都一声不出，只管望着他，神气又痴骏又机灵——假如这两个词可以放在一起的话。但尔维又问了一遍，得不到回音。他看着三个顽童的狡猾样子心中有气，便拿出年轻人对付儿童的办法，半真半假地骂了一声，不料他们反倒很粗野地大笑起来。这一下但尔维可恼了。上校听到声音，从牛奶房旁边一间又矮又小的屋内走出来，站在房门口声色不动，完全是一副军人气派；嘴里咬着一支烟膏极重（抽烟的人的术语）、质地粗劣、俗称为烫嘴的白泥烟斗。他把满是油腻的鸭舌帽的遮阳掀了掀，看见了但尔维，因为急于要赶到恩人前面，马上从垃圾堆中跨过来，同时声音很和善地向孩子们喊着：

"弟兄们，别闹！"

三个孩子立刻肃然静下来，足见老军人平日的威严。他招呼但尔维："啊，干吗不写信给我呢？"接着他看见客人迟疑不决，怕垃圾弄脏靴子，便又说："你沿着牛棚走吧，那儿地下是铺着石板的。"

但尔维东蹿一下，西跳一下，终于到了上校的屋门口。夏倍因为不得不在卧房里接待客人，脸上很难堪。的确，但尔维在屋内只看到一张椅子，床上只有几束干草，由女主人铺着两三条不知从哪儿弄来的破烂地毯，平常是送牛奶女人垫在大车的木凳上的。脚下是泥地。发霉的墙壁长着绿毛，到处开裂，散布的潮气那么重，只能用草席把紧靠卧床的那片墙遮起来。一只钉上挂着那件可笑的卡列克。墙角里东倒西歪地躺着两双破靴子。至于内衣被服，连一点儿影踪都没有。虫蛀的桌上有一本北朗希翻印的《帝国军报》打开在那里，好像是上校的经常读物。他在这清苦的环境中神态安闲，非常镇静，从那次访问但尔维以后，他面貌似乎改变了；代理人看出他脸上有些心情愉快的影子和由希望反映出来的一道淡淡的光。

他把草垫只剩一半的椅子端给代理人，问道："我抽烟会使你觉得不舒服吗？"

"哎，上校，你住的地方太糟了！"

但尔维说这句话是因为第一，代理人都天生的多疑；第二，他涉世不久便看到一些幕后的惨剧，得了许多可叹的经验，所以心上想：

"哼，这家伙拿了我的钱一定去满足他当兵的三大嗜好了：赌钱，喝酒，玩女人！"

"是的，先生，我们这儿谈不到享受，只等于一个营帐，全靠友情给它一些温暖，可是……"说到这儿，老军人用深沉的目光瞅着法学家，"可是我从来没害过人，没做过使人难堪的事，不会睡不着觉的。"

代理人觉得盘问他怎么使用那笔预支的钱未免太不客气，结果只说：

"为什么不搬到城里去呢？你不用花更多的钱，可是住得舒服多了。"

上校回答："这里的房东给我白吃白住了一年，难道我现在有了些钱就离开吗？何况这三个孩子的父亲还是个老埃及人……"

"怎么！是个埃及人？"

"参加过出征埃及的兵，我们都叫作埃及人。我也是其中之一。不但从那里回来的彼此跟弟兄差不多，并且凡尼奥还是我部队里的，在沙漠中和我一块儿喝过水。再说，我教他的几个娃娃认字还没教完呢！"

"既然你付了钱，他应该让你住得好一些。"

"嘿！他的几个孩子还不是和我一样睡在草堆里！他夫妻俩的床也不见得更舒服；他们穷得很，又不自量力，盘了一个铺子。倘若我能收回财产……得啦，别提了！"

"上校，我明后天就能收到你埃斯堡的文件。你的恩人还活着呢！"

"该死的钱！难道我没有钱吗？"他嚷着把土烟斗摔在了地上。

一支烟膏厚重的烟斗对一个抽烟的人是很宝贵的；但他的摔破烟斗是激于义愤，自然而然流露出来的举动，大概烟草专卖局也会加以原谅[1]，而

---

[1] 法国是烟草专卖的国家，故抽烟的人的烟斗也为专卖局所重视，少一烟斗即少一抽烟的人，专卖局即少一份收入。

烟斗的碎片也许会由天使给捡起来吧。

但尔维跨出房间，想沿着屋子在太阳底下走走。

他说："上校，你的案子真是复杂极了。"

上校回答："我觉得简单得很。人家以为我死了，我可是活着！应当还我妻子，还我财产；政府也得给我将官的军阶，因为埃洛战役以前，我已经是帝国禁卫军的上校了。"

"在司法界里，事情就不这么简单啦。我可以承认你是夏倍伯爵；但对于那些为了本身利益而只想把你否认的人，是要用法律手续来证明的。你的文件必然会引起争辩，而这个争辩又得引起十几个先决问题，发生许多矛盾，直要告到大理院，中间不知要打多少官司，拖多少时间；那是我无论如何努力也阻止不了的。你的敌人会请求当局做一个详细的调查，我们不能拒绝，或许还需要委托普鲁士邦组织委员会就地查勘。即使一切顺利，司法当局很快地承认你是夏倍上校了，但法洛伯爵夫人那件无心的重婚案，知道他们怎么判决呢？在这种情形之下，你和法洛伯爵究竟谁对伯爵夫人更有权利，不在法典规定的范围之内，只能由法官凭良心裁判，正如社会上有些特殊的刑事案件只能由陪审官用自己良心裁判一样。你和你太太并没生男育女，法洛先生和他太太却生有两个儿子；法官的裁定，可能把婚姻关系比较浅的一方面牺牲，只要另一方面的结合是出于善意。以你这个年龄、这个处境，坚决要求把一个已经不爱你的女人判还给你，你精神上会舒服吗？你的太太和她现在的丈夫势必和你对抗，而这两位又是极有势力，可能左右法院的。所以官司非拖不可。那期间你却是悲愤交加，很快地衰老了。"

"那么我的财产呢？"

"你以为你真有天大的家私吗?"

"我当初不是有三万法郎收入吗?"

"上校,你在一七九九年上还没结婚的时候,立了一份遗嘱,注明把四分之一的遗产捐给救济机关。"

"不错。"

"那么既然人家认为你死了,不是要把你的财产登记、清算,才能把那四分之一拨给救济机关吗?你的太太只顾着自身的利益,不惜损害穷人的利益。清点遗产的时候,她的现款和首饰一定是隐匿不报的,便是银器也只拿出小小的一部分;家具的估价只等于实际价值的三分之一,或是为她自己留地步,或是为了少付一笔税,同时也因为那是由估价员负责的,所以她尽可以胆大妄为;登记的结果,你的财产只值六十万法郎。你的寡妇照理应当得到一半。拍卖的遗产都由她出钱买回来,占了不少便宜,救济机关把应得的七万五拿去了[1]。你遗嘱上既没提到妻子,没有受主的那份遗产应当归入公家,但皇帝下了一道上谕,把那一份给了你的寡妇。由此看来,你现在名正言顺可以争回来的财产还有多少呢?仅仅是三十万法郎,还得除掉一切费用。"

上校大吃一惊,问道:"你们把这个叫作大公无私的法律吗?"

"当然啰……"

"那真是太妙了!"

"上校,法律就是这么回事。现在你该明白了吧,你认为容易的事并不容易。可能法洛太太还想把皇帝给她的那一份抓着不放呢。"

---

[1] 六十万遗产,妻子分去半数,只剩三十万,三十万的四分之一为七万五。

"事实上她又不是寡妇,那道上谕应当作废。"

"对。可是世界上没有一件事不可以争辩。告诉你,在这种情形之下,我觉得对你,对她,和解是最好的办法。你和解以后所能到手的财产,可以比你在法律上有权收回的更可观。"

"那不等于把我的妻子卖掉吗?"

"一年有了两万四的收入,再加你的地位,尽可找一个比你原来的太太更合适、使你更幸福的女人。我预备今天就去拜访法洛伯爵夫人,探探风色,但我没通知你以前,不愿意就去。"

"咱们一块儿去吧……"

"凭你这种装束去吗?"代理人说,"不行,不行,上校。那你的官司是输定了……"

"我这官司有没有希望打赢呢?"

"从无论哪一点上看都没问题。可是亲爱的上校,你忘了一件事。我不是富翁,我为了受盘事务所借的债还没还清。倘若法院答应预支你一笔钱,就是说让你在应得的财产里头先拿一部分,也得等到你夏倍伯爵,荣誉团勋二位的身份确定以后。"

"啊!我还是荣誉团勋二位呢,我竟忘了。"他很天真地说。

但尔维接着又道:"而你的身份没确定以前,不是先得教人辩护吗?律师,要钱;送状子,抄判决书,要钱;执达吏,要钱;你自己还得有笔生活费。几次预审的费用,约估一下就得一万二到一万五以上。我没有这笔款子;借钱给我盘这个事务所的债主要的利息很高,把我压得喘不过气来。而你,你又从哪儿去张罗?"

可怜的军人黯淡无光的眼中滚出两颗很大的泪珠,淌在全是皱痕的面颊上。看到这些困难,他灰心了。社会与司法界像一个噩梦似的压着他的胸部。

他嚷道:"好吧,我去站在王杜姆广场的华表下面,大声地叫,我是夏倍上校,我是在埃洛冲破俄罗斯大军的方阵的人!那铜像一定认得我的[1]。"

"这样,人家就把你送夏朗东。"

一听到这可怕的名字,老军人可泄气了。

"难道陆军部也不会有人替我做主吗?"

"那些衙门!"但尔维说,"要去先把宣告你的死亡无效的公事端整好了再去。他们正恨不得把所有帝政时代的人物一齐消灭呢。"

上校呆若木鸡,一动不动地愣了好一会儿,眼睛视而不见地朝前望着。军事法庭办起事来是干脆、迅速、粗暴的,判的案子几乎永远是公道的;夏倍所知道的法律只有这一种。如今看到所要遭遇的难关像迷魂阵一样,要花多少钱才能进去游历一周,可怜的军人的意志不禁受到严重的打击,而意志原是男人特有的一种力量。他觉得受不了打官司的生活,还不如熬着穷苦,做个叫花子,或者有什么部队肯收留,再去投军当个骑兵,倒反简单多了。肉体与精神的痛苦,因为损害了几个最重要的器官,已经使他健康大受影响。他害的病在医药上没有名字,病灶像我们身上受害最烈的神经系统一般,没有一定的地方,只能称之为痛苦的忧郁症。这种无形而实在的病不论怎样严重,只要生活愉快,还是能痊愈的。但要完全摧毁他结实的身体,只消一个新的阻碍或是什么意外的事,把已经衰弱的生机斩断,使他处处犹豫,做事有头无尾,没人了解——那都是生理学家在受伤

---

[1] 巴黎王杜姆广场上的华表,用以记载大革命及帝政时代的武功,顶上置有拿破仑铜像。

过度的人身上常常看到的症状。

但尔维发觉当事人有了失魂落魄的现象，便说：

"别灰心，结果只会对你有利的。但你得想一想是否能完全信托我，对我认为最好的办法能不能闭着眼睛接受？"

"你爱怎么办就怎么办吧。"夏倍说。

"不错，但你听我摆布的程度，是不是能够把生死置之度外？"

"难道我从此只能无名无姓、没有身份地混下去吗？这怎么受得了？"

"我的意思不是这样，"代理人说，"我们可以用友好的方式得到法院的判决，把你的死亡登记和婚约撤销，把你的公民权恢复。靠了法洛伯爵的力量，你一定还能得到将官的军阶和一笔恩俸。"

"好，你放手做去吧！我完全信托你。"

"那么我等会把委托书寄给你签字。再见了，别灰心！要用钱，尽管问我。"

夏倍很热烈地握了握但尔维的手，背靠着墙，除了目送一程以外没有气力再送客。正如一般不大了解司法界内情的人，他看到这场意想不到的斗争吓坏了。他们俩谈话期间，街上有个人掩在大门口一根柱子旁边，伸头探颈地等着。但尔维一出门，他就走过来。那是个老头儿，穿着蓝色上衣，跟卖啤酒的商人一样束一条叠裥的白围裙，头上戴一顶獭皮小帽。凹陷的脸是棕色的，皱纹密布，但因为工作辛苦，老在外边跑，颧骨倒晒得通红。

他伸出手臂拦住了但尔维，说道："先生，我很冒昧地跟你说话，请你原谅。我一看到你，就疑心是我们将军的朋友。"

但尔维回答："你关切他什么事呢？"又不大放心地追问一句，"你是

他伸出手臂拦住了但尔维。

谁呀？"

"我叫作路易·凡尼奥，有几句话要跟你说。"

"原来是你把夏倍伯爵安顿在这种地方的。"

"对不起，先生，请你原谅，他住的已经是最好的屋子了。倘若我自己有个房间，一定让给他；我可以睡在马房里。呵，他遭了多少难，还教我几个小的认字；他是一个将军，一个埃及人，我在部队里遇到的第一个排长就是他！……真的，一家之中他住得最好了。我有什么，他也有什么。可怜我拿不出多少东西，只有面包、牛奶、鸡蛋；穷人只能过穷日子！至少是一片好心。可是他教我们下不了台啊。"

"他？"

"是的，先生，一点不假，他伤透了我们的心……我不自量力盘了一个铺子，他看得清清楚楚。他替我们刷马，那教人怎么受得了！我说：'哎哟！我的将军，你怎么的？'他说：'哎，我不愿意闲着，刷兔子什么的，我早学会了。'为了盘牛奶棚，我签了一些约期票给葛拉杜……你认得葛拉杜吗，先生？"

"朋友，我没时间听你呀。快点告诉我，上校怎么样使你下不了台？"

"先生，他使我下不了台是千真万确的事，正如我叫作凡尼奥一样的千真万确，我的女人还为此哭了呢。他从邻居那儿知道我们的债票到期了，一个子儿都没着落。老军人一句话不说，候着债主上门，拿你给他的钱一股脑儿把约期票付清了。你看他多厉害！我跟我老婆眼看可怜的老人连烟草都没有了，他硬压着自己，省掉了。本来吗，他每天早上已经有了雪茄！真的，我宁可把自己卖掉的……我们受不了！他说你是个好人，所以我想拿铺子作抵押，向你借三百法郎，让我们替他缝些衣服，买些家具，他以为替我们还了债！唉，谁知他倒反教我们欠了新债……还教我们心里受不了！他不应该丢我们的脸，伤我们的心；那还成为朋友吗？你放心，我路易·凡尼奥宁可再去当兵，绝不赖你的钱……"

但尔维看了看鲜货商，往后退了几步，把屋子、院子、垃圾、马房、兔子、孩子，重新瞧了一眼，心里想："据我看，一个人要有德行，主要是占有产业的欲望不能太强。"

"好吧，你要三百法郎，给你就是了，再多一些也行。但这不是我给的。上校有的是钱，很有力量帮助你，我不愿意抢掉他这点儿乐趣。"

"他是不是不久就有钱了？"

"当然。"

"啊，天哪，我女人知道了才高兴呢！"

鲜货商说着，棕色的脸似乎舒坦了些。

但尔维一边踏上两轮车，一边想："现在让我到敌人那儿去走一遭。别泄露我们手里的牌，要想法看到她的，先下手为强。第一得吓她一吓。她是个女人，女人最怕的是什么呢？对啦，女人只怕……"

他把伯爵夫人的处境推敲之下，像大政治家设计划策，猜度敌国的内情一样出神了。诉讼代理人不就是处理私事的政治家吗？现在我们必须对法洛伯爵夫妇的情形有所了解，才能领会但尔维的天才。

法洛伯爵是从前巴黎高等法院一个法官的儿子，恐怖时期流亡在国外，逃了命，却丢了财产。他在执政时期回国，守着父亲在大革命以前来往的小圈子，始终拥护路易十八的利益。所以在圣·日耳曼区的贵族中，法洛属于很清高的不受拿破仑引诱的一派。他那时还没有头衔，但才能出众的名气已经使他成为拿破仑勾引的对象。拿破仑笼络贵族阶级的成功往往不下于战场上的成功。人家告诉法洛，说他的头衔可以恢复，没有标卖的财产可以发还，将来还有入阁和进参议院的希望。可是皇帝的努力终于白费。在夏倍伯爵阵亡的时期，法洛先生是一个二十六岁的青年，没有财产，身段很好，在圣·日耳曼区很走红，被认为后起之秀。另一方面，夏倍伯爵夫人在清算亡夫遗产的过程中得了不少利益，孀居十八个月以后，每年的进款有四万法郎之多。她和青年伯爵的结合，也在圣·日耳曼区的各党派意料之中。拿破仑素来希望自己的部下与贵族阶级通婚，对夏倍太太的再醮自然很满意，便把上校遗产中应当归公的一份退还给她。但拿破仑借此拉拢的心思仍旧落了一个空。法洛太太不但热爱她年轻的丈夫，而且想到能踏进那个虽然受了委屈，但始终控制着帝国宫廷的高傲的社会，也很得意。这门亲事既满足了她的热情，也满足了她各方面的虚荣心。她快要一变而为大家闺秀了。等到圣·日耳曼区的人知道青年伯爵的婚姻并非对贵族阶级的叛变，所有的沙龙立刻对他的太太表示欢迎。然后是王政复辟的时期。法洛伯爵的政治前程，发展并不太快。他很明白路易十八的政治环境受着许多限制，也深知内幕情形，等着大革命造成的缺口慢慢地合拢。路易十八说的这句话虽然被自由分子嘲笑，的确有它的政治意义。这个故事开场的时候帮办所引用的那一段诏书，把法洛伯爵的两片森林、一块田产，都发还了。那些产业在公家代管期间价值大为提高。如今他虽则身为参议官兼某一个部的署长，自认为还不过是政治生涯的开端。

因为雄心勃勃而忙得不得了，他雇着一个秘书，把一切私人事务都交给他办。那秘书叫作台倍克，是个破产的诉讼代理人，精明透顶；凡是司法界的门道，无一不知，无一不晓。狡猾的讼师很明白自己在伯爵家的地位，为了前途不敢不老实。他照顾东家的财产简直无微不至，希望日后靠他的势力谋个缺分。他的行事和过去截然不词,以致大家认为他从前的坏名声是受人阴损。伯爵夫人天生聪明机警,那是所有的妇女都有的长处,只是程度不同而已;她猜透了总管的心,暗中把他监视着,又调度得很巧妙,使他甘心情愿地卖力,增加她那份私产。她教台倍克相信法洛先生是抓在她手里的,只要他一心一意地忠于她的利益,将来准可以到第一等的大城市里去当个初级法院的庭长。一朝有了一个终身职的差事,他就能结一门好亲事;以后当选了议员,更可以觊觎政治上的高位;这样的诺言当然使台倍克成为伯爵夫人的死党了。王政复辟的最初三年,一般手段高明的人利用房产的涨价与交易所的波动赚了不少钱:这种机会,伯爵夫人靠了台倍克的力量,一个都没错过,轻而易举把财产增加了三倍,尤其因为在伯爵夫人眼里,只要能赶快发财,什么手段都是好的。她拿伯爵在各衙门领的薪水派作家用,把产业的收入存在一边生利;台倍克只帮她在这方面出主意,绝不推敲她的动机。像他那一类的人,直要一件事攸关自己的利益,才肯费心去推究内幕。先是他对于大多数巴黎女子都有的黄金饥渴病觉得很容易找出理由,其次,伯爵的野心需要极大的家私作后盾,因此总管有时候以为伯爵夫人的贪得无厌,是表示她对一个始终热爱的男人的忠诚。其实她把真正的用意深藏在心坎里。那是她生死攸关的秘密,也是这个故事的关键。一八一八年初,王政复辟的基础表面上很稳固了,它的大政方针,据一般优秀人士所了解的,应当替法国开创一个繁荣的新时代;于是巴黎社会的面目跟着改变了。法洛伯爵夫人的婚姻无意中使爱情、金钱、野心三者都得到了满足。年纪还轻,风韵犹存,她变了一位时髦太太,经常出入宫廷。本身有钱,丈夫有钱,她既是贵族阶级的一分子,自然分享到贵族的光华。而且丈夫是王上的亲信,被誉为保王党中最有干才的人物之一，早晚有当部长的希望。在这个万事如意的局面中，她精神上却长着一个癌。男人的某些心思不管掩藏得如何周密，总是瞒不过女人的。路易十八第一次回来的时候[1]，法洛伯爵就有些后悔自己的婚姻。先是夏倍上校的寡妇没有替他拉上豪门贵戚的关系，使他在到处都是暗礁与敌人的生涯中孤立无助。其次，在他能够用冷静的头脑观察妻子的时间，或许还发现她有些教育方面的缺陷，不宜于做他事业上的帮手。他批评泰勒朗的婚姻的一句话，使伯爵夫人看透了他的心，就是说如果他现在要结婚的话，对象绝不会是法洛太太。丈夫心里有这种遗憾，世界上哪个妻子肯加以原谅呢？侮辱、叛变、遗弃，不是都有了根苗吗？假定她怕看到前夫回来，那么后夫的那句话岂非更犯了她的心病？她早知道夏倍活着而置之不理；后来没再听见他的名字，以为他和蒲打两人跟着帝国的鹰旗在滑铁卢同归于尽了。虽然如此，她还是决意用最有力量的锁链，黄金的锁链，把伯爵拴在手里，希望凭着巨大的资财，使她第二次的婚约无法解除，万一夏倍上校再出现的话。而他居然出现了。她倒是弄不明白，她所担心的那场斗争怎么还没爆发。或许是痛苦、疾病，替她把这个人解决了。或许他发了疯，由夏朗东收管去了。她不愿意把心事告诉台倍克或警察局，免得授人把柄或者触发那件祸事。巴黎不少妇女都像法洛太太一样，不是天天跟恶魔做伴，便是走在深渊边上；她们尽量把创口磨成一个肉茧，所以还能嬉笑玩乐。

两轮车到了华兰纳街法洛公馆门口，但尔维从沉思默想中醒来，对自己说着："法洛伯爵的情形真有点儿古怪。有这么多钱，又受到王上的宠

---

[1] 一八一四年拿破仑逊位时，路易十八即回国；一度又于拿破仑百日时期内逃亡。

幸,怎么至今还没进贵族院?固然,像葛朗里欧太太和我说的,这可能表示他有心配合王上的政策,以爱惜爵位的方式抬高贵族院的声价。并且一个高等法院法官的儿子,也没资格与克里翁和罗昂等等那些勋贵后裔相提并论。法洛伯爵要进贵族院绝不能大张旗鼓,惹人注目。但若他能离婚,再娶一个没有儿子的老参议员的女儿,不是就能以继承人的地位一跃而为贵族院议员,免得王上为难了吗?"但尔维一边走上台阶一边想:"哼,不错,这一点倒大可以拿来恐吓伯爵夫人。"

但尔维无意之间击中了法洛太太的要害,摸到她那个刻骨铭心的毒癌。她接见他的屋子是一间精雅的冬季餐厅;她正在用早点,旁边有一根钉着铁档的柱子拴着一只猴子,让她逗着玩儿。伯爵夫人穿着一件很漂亮的梳妆衣,便帽底下拖出几个随便束着的头发卷,显得很精神。她容光焕发,笑容可掬。金器、银器、嵌螺钿的杯盘,在餐桌上发光,周围摆着几个精美的瓷盆,种着名贵的花草。夏倍伯爵的女人靠了夏倍的遗产,生活豪华,站在社会的峰尖上;可怜的老头儿却在鲜货商家里和牲口家禽住在一块;代理人看了不由得私下想道:

"由此可以得到一个结论,一个俊俏的女人,绝不肯把一个穿旧卡列克,戴着野草般的假头发,脚上套着破靴子的老头儿,再认作丈夫;哪怕过去是她的情人也不相干。"

大半的巴黎人家尽管用多多少少的谎话遮掩自己的生活,也瞒不过一个以地位关系而能看到事实的人;所以但尔维当下堆着一副狡猾而尖刻的笑容,表示半感慨半嘲弄的心情。

"但尔维先生,你好!"伯爵夫人说着,继续拿咖啡喂她的猴子。

但尔维听她招呼的口气那么轻浮,觉得很刺耳,便直截了当地和她说:

"太太，我是来跟你谈一件相当严重的事的。"

"啊，遗憾得很。伯爵不在家呢……"

"我觉得幸运得很，太太。他要是参加我们的谈话，那才是遗憾呢。并且我从台倍克那儿知道，你喜欢自己的事自己了，不愿意打搅伯爵的。"

"那么我教人把台倍克找来吧。"

"他虽然能干，这一回也帮不了你的忙。太太，你只要听我一句话就不会再嘻嘻哈哈了。夏倍伯爵的确没有死。"

"难道这种荒唐话就能使我不再嘻嘻哈哈了吗？"她说着，大声地笑了。

可是但尔维目不转睛地瞪着她，明亮的眼神仿佛看透了她的心事，伯爵夫人的态度便突然软化了。

"太太，"他冷冷地用着又严肃又尖锐的口气说，"你还不知道你冒的危险有多大呢。不消说，全部文书都是真实的，确定夏倍伯爵没有死的证件都是可靠的。你一向知道我不是接受无根无据的案子的人。我们申请撤销死亡登记的时候，倘若你出来反对，这第一场官司你就非输不可；而我们赢了第一审，以后的几审也就赢定了。"

"那么你还预备跟我谈些什么呢？"

"既不谈上校，也不谈你。有些风雅的律师，拿这件案子里奇奇怪怪的事实，加上你再醮以前收到前夫的几封信，很可能做成一些有趣的节略；可是我也不预备和你谈这种问题。"

"这简直是胡扯！"她装腔作势，尽量拿出恶狠狠的神气，"我从来没收到夏倍伯爵的信；并且谁要自称为上校，他准是个骗子，苦役监里放出来的囚犯,像高阿涅之类[1]。单是想到这种事就教人恶心。先生,你以为上校会复活吗?他阵亡以后,波拿帕脱正式派副官来慰问我,国会批准三千法郎抚恤金,我至今还在支领。自称为夏倍上校的人,不管过去有多少,将来还有多少,我都有一千一万个理由不睬他们。"

"太太,幸亏今天只有咱们两人,尽可以由着你扯谎。"但尔维冷冷地说着,有心刺激伯爵夫人,认为她一怒之下可能露出些破绽来;这是诉讼代理人的惯伎,敌人或当事人尽管发脾气,他们总是声色不动。他临时又想出一个圈套,教她明白自己弱点很多,不堪一击;便私忖道:"好,咱们来见个高低吧。"——接着他高声说:"太太,送达第一封信的证据,是其中还附有证券……"

"噢!证券吗?信里可没有什么证券。"

但尔维微微一笑:"原来这第一封信你是收到的。你瞧,一个诉讼代理人随便唬你一下,你就中了计,还自以为能跟司法当局斗吗?……"

伯爵夫人的脸一会儿红一会儿白,用手遮住了。然后她把羞愧的情绪压了下去,恢复了像她那等女人的天生的镇静。

"既然你做了自称为夏倍的那个人的代理人,那么请你……"

"太太,"但尔维打断了她的话,"我现在除了当上校的代理人之外,同时仍旧是你的代理人。像你这样的大主顾,我肯放弃吗?可是你不愿意听我的话呀……"

"那么先生,你说吧。"她态度变得很殷勤了。

"你得了夏倍伯爵的财产,却给他一个不理不睬。你有了巨万家私,

---

[1] 见本卷第 197 页注释。

却让他在外边要饭。太太,案情本身既然这样动人,律师的话自然动人了:这件案子里头,有些情节可能引起社会公愤的。"

伯爵夫人被但尔维放在火上一再烧烤,不由得心烦意躁。她说:"可是先生,即使你的夏倍真的没死,法院为了我的孩子也会维持我跟法洛伯爵的婚姻,我只要还夏倍二十二万五千法郎就完了。"

"太太,关于感情的问题,我们不知道将来法院怎么看法。一方面固然有母亲与孩子的问题,另一方面,一个受尽苦难的男人,被你一再拒绝而折磨得这样衰老的男人,同样成为问题,教他哪儿再去找个妻子呢?那些法官能够作违法的判决吗?你和上校的婚姻使他对你有优先权。不但如此,一朝人家用丑恶的面貌来形容你的时候,你还会碰到一个意想不到的敌人。太太,这就是我想替你防止的危险。"

"一个意想不到的敌人!谁?"

"就是法洛伯爵,太太。"

"法洛先生太爱我了,对他儿子的母亲太敬重了……"

但尔维打断了她的话:"诉讼代理人是把人家的心看得雪亮的,你这些废话都甭提啦。此刻法洛先生绝没意思跟你离婚,我也相信他非常爱你;但要是有人跟他说,他的婚姻可能宣告无效,他的太太要在公众眼里成为罪大恶极的女人……"

"那他会保护我的。"

"不会的,太太。"

"请问他有什么理由把我放弃呢,先生?"

"因为他可以娶一个贵族院议员的独养女儿,那时只要王上一道诏书,就好把贵族院的职位移转给他……"

伯爵夫人听着脸色变了。

但尔维心上想："行啦,被我抓住了!可怜的上校,你官司赢定啦。"——然后他高声说道:"并且法洛先生那么办,心里也没什么过不去;因为一个光荣的男人,又是将军,又是伯爵,又是荣誉团勋二位,绝非等闲之辈;倘使这个人向他要回太太的话……"

"得了,得了,先生!"她说,"你永远是我的代理人。请你告诉我应当怎么办。"

"想法和解呀!"

"他是不是还爱我呢?"她问。

"我不信他不爱你。"

听到这句话,伯爵夫人马上把头抬了起来,眼中闪出一道表示希望的光;或许她想用一些女人的诡计,利用前夫的爱情来赢她的官司。

"太太,究竟要我们把公事送给你呢,还是你愿意到我事务所来商订和解的原则,我等候你的吩咐。"但尔维说着,向伯爵夫人告辞了。

但尔维访问上校和法洛太太以后一星期,六月里一个晴朗的早上,被命运拆散的一对夫妇,从巴黎的两极出发,到他们共同的代理人那儿相会。

但尔维预支给夏倍上校的大量金钱,使他能够把衣衫穿得跟身份相称。阵亡军人居然坐着一辆挺干净的两轮车,戴着一副与面貌相配的假头发,穿着蓝呢衣服、白衬衫,领下挂着荣誉团勋二位的大红绶带。生活优裕的习惯一恢复,当年那种威武的气概也跟着恢复了。他身子笔直,容貌庄严而神秘,活现出愉快和满怀希望的心情,脸不但变得年轻,而且用画家的术语来说,更丰满了。在他身上,你再也找不出穿破卡列克的夏倍的影子,正如一枚新铸的四十法郎的金洋绝不会跟一个铜子儿相像。路上的人看到了，很容易认出他是我们帝国军中的遗老，是那些英雄之中的一个；国家的光荣照着他们，他们也代表国家的光荣，好比阳光底下的镜子把太阳的每一道光芒都反射出来。这班老军人每个都等于一幅画，同时也等于一部书。

伯爵从车上跳下来走进但尔维家的时候，动作的轻灵不下于青年人。他的两轮车刚掉过车身，一辆漆着爵徽的华丽的轿车也跟着赶到了。车中走下法洛伯爵夫人，装束非常朴素，但很巧妙地衬托出年轻的身腰。她戴着一顶漂亮的小帽子，周围缀着蔷薇花，像捧云托月似的使她脸蛋的轮廓不太清楚，而神态更生动。两个当事人都变得年轻了，事务所却还是老样子，和这个故事开场的时候所描写的没有分别。西蒙宁吃着早点，肩膀靠在打开的窗上，从四周都是黑沉沉的房屋而只给院子留出的空隙中，眺望着蓝天。

他忽然嚷道："啊！夏倍上校变了将军，挂着红带了；谁愿意赌东道请看戏吗？"

"咱们的老板真会变戏法。"高特夏说。

"这一回大家不跟他开玩笑了吗？"台洛希问。

"放心，他的太太，法洛伯爵夫人，会耍他的！"蒲加回答。

高特夏又道："那么伯爵夫人要服侍两个丈夫了，可不是？"

"噢，她也来了！"西蒙宁嚷着。

这时上校走进事务所，说要见但尔维先生。

"他在里头呢，伯爵。"西蒙宁告诉他。

"原来你耳朵并不聋，小鬼！"夏倍扯着跳沟的耳朵拧了一把，教那些帮办看着乐死了，哈哈大笑，同时也打量着上校，表示对这个怪人好奇到

她戴着一顶漂亮的小帽子,周围缀着蔷薇花。

极点。

法洛太太进事务所的时候，夏倍伯爵正在但尔维的办公室里。

"喂，蒲加，这一下老板办公室里可要来一幕精彩的戏文啦！那位太太不妨双日陪法洛伯爵，单日陪夏倍伯爵。"

"逢到闰年，这笔账可以轧平了。"高特夏接着说。

"诸位，别胡扯了，人家听得见的。"蒲加很严厉地喝阻，"像你们这样把当事人打哈哈的事务所，从来没见过。"

伯爵夫人一到，但尔维就把上校请到卧房去坐。

他说："太太，因为不知道你愿不愿意和夏倍伯爵见面，我把你们俩分开了。倘若你喜欢……"

"先生，多谢你这么体贴。"

"我拟了一份和解书的稿子，其中的条款，你和夏倍先生可以当场磋商；两方面的意思由我居间传达。"

"好吧，先生。"伯爵夫人做了一个不耐烦的手势。

但尔维念道：

"立协议书人甲方：伊阿桑德，别号夏倍，现封伯爵，陆军少将，荣誉团勋二位；住巴黎小银行街；

"乙方：罗士·夏波丹，为甲方夏倍伯爵之妻……"

伯爵夫人插言道："开场的套头不用念了，单听条文吧。"

"太太，"代理人回答，"开场的套头很简短地说明你们双方的地位。然后是正文。第一条，当着三个见证——其中两位是公证人，一位是你丈夫的房东，做鲜货买卖的，我已经关照他严守秘密，——你承认甲方是你的前夫夏倍伯爵；确定他身份的文书，由你的公证人格劳太另行办理。

"第二条，甲方为顾全乙方幸福起见，除非在本和解书规定的情形之下，自愿不再实行丈夫的权利。"但尔维念到这儿又插进两句："所谓本和解书规定的情形，就是乙方不履行这个秘密文件中的条款。——其次，甲方同意与乙方以友好方式，共同申请法院撤销甲方之死亡登记，及甲方与乙方之婚约。"

伯爵夫人听了很诧异，说道："这一点对我完全不合适，我不愿意惊动法院。你知道为什么。"

代理人声色不动，照旧往下念：

"第三条，乙方自愿每年以二万四千法郎交与甲方夏倍伯爵；此项终身年金由乙方以购买政府公债所生之利息支付；但甲方死亡时，本金仍归乙方所有……"

"那太贵了！"伯爵夫人说。

"你能花更低的代价成立和解吗？"

"也许。"

"太太，那么你要怎办呢？"

"我要……我不要经过法院；我要……"

"要他永远做死人吗？"但尔维顶了一句。

"先生，倘若要花二万四的年金，我宁可打官司……"

"好，咱们打官司吧。"上校用他那种调门很低的声音嚷道。他突然之间打开房门站在他女人面前，一手插在背心袋里，一手指着地板。因为想起了痛苦的往事，他这姿势格外显得悲壮。

"真的是他！"伯爵夫人私下想。

老军人接着又道："哼，太贵了！我给了你近一百万，你却眼看我穷途潦倒，跟我讨价还价。好吧，现在我非要你不可了，既要你的财产，也要你的人。咱们的财产是共有的，咱们的婚约还没终止……"

伯爵夫人装作惊讶的神气，嚷道："这一位又不是夏倍上校喽。"

"啊！"老人带着挖苦得很厉害的口吻，"你要证据吗？我当初是在王宫市场把你找来的……"[1]

伯爵夫人马上变了脸色。老军人看到自己从前热爱的女人那么痛苦，连胭脂也遮不了惨白的脸色，不由得心中一动，把话咽住了。但她睁着恶毒的眼睛瞪着他，于是他一气之下，又往下说道：

"你原来在……"

"先生，我受不了，"伯爵夫人对代理人说，"让我走吧。我不是到这儿来听这种下流话的。"

她站起身子走了。但尔维跟着冲出去。伯爵夫人像长了翅膀似的，一眨眼就飞掉了。代理人回到办公室，看见上校气坏了，在屋子里大踏步踱着。

他说："那个时候一个人讨老婆是不管出身的；我可是拣错了人，被她的外表骗过去了；谁知她这样的没心没肺。"

"唉，上校，我不是早告诉你今天别来吗？现在我相信你真是夏倍伯爵了。你一出现，伯爵夫人浑身一震：我把她的思想看得清清楚楚。可是你的官司输定了，你太太知道你面目全非，认不得了。"

"那我就杀了她……"

"发疯！这不是把你自己送上断头台吗？说不定你还杀不了她！一个人想杀老婆而没杀死，才是大笑话呢[2]。让我来补救吧，大孩子！你先回

---

[1] 自大革命起至王政复辟初期，巴黎的王宫市场为娼寮赌场的集中地。
[2] 杀妻不成，就是说一个人犯了重罪而仍不能摆脱妻子，当然是很可笑的。

去，诸事小心；她很可能安排一些圈套，送你上夏朗东的。我要立刻把公事送给她，以防万一。"

可怜的上校听从了恩人的吩咐，结结巴巴说了几句抱歉的话，出门了。他慢吞吞地走下黑暗的楼梯，憋着一肚子郁闷，被刚才那一下最残酷、把他的心伤得最厉害的打击压倒了。走到最后一个楼梯台，他听见衣衫窸窣的声音，忽然太太出现了。

"跟我来，先生。"她上来挽着他的手臂；那种姿势他从前是非常熟悉的。

伯爵夫人的举动和一下子又变得温柔的口吻，尽够消释上校的怒意，把他带到车子旁边。

跟班的放下踏级，伯爵夫人招呼上校道："喂，上车吧！"

于是他像着了魔似的，挨着妻子坐在轿车里。

"太太上哪儿去？"跟班的问。

"上葛罗斯莱。"

驾车的马开始奔驰，穿过整个的巴黎城。

"先生……"伯爵夫人叫出这两个字的声音是泄露人生最少有的情绪的声音，表示身心都在震颤。

在这种时候，一个人的心、纤维、神经、面貌、肉体、灵魂，甚至每个毛孔都在那里抖动。我们的生命似乎不在自己身上了；它跑在身外跳个不停，好像有瘟疫一般的传染性，能借着目光、音调、手势，去感应别人，把我们的意志去强制别人。老军人仅仅听她叫出可怕的"先生"二字，就打了一个寒噤。那两字同时包含责备、央求、原谅、希望、绝望、询问、回答的意味，简直包括一切。能在一言半语之间放进那么多意思那么多感情的，必然是高明的戏子。一个人所能表达的真情实意往往是不完全的，真情绝不整个儿显露在外面，只让你揣摩到内在的意义。上校对于自己刚才的猜疑、要求、发怒，觉得非常惭愧，便低着头，不愿意露出心中的慌乱。

伯爵夫人略微歇了一会儿，又道："先生，我一看见你就认出来了！"

"罗西纳，"老军人回答，"你这句话才是唯一的止痛膏，能够使我把过去的苦难忘了的。"

他像父亲对女儿一般抓着妻子的手握了握，让两颗热泪掉在她手上。

"先生，你怎么没想到，以我这样为难的处境，在外人面前怎么受得了！即使我的地位使我脸红，至少让我只对自己人脸红。这一段秘密不是应当埋在我们心里的吗？希望你原谅我对夏倍上校的苦难表面上不理不睬。我觉得我不应该相信他还活着的。"她看到丈夫脸上有点儿质问的表情，便赶紧声明："你的信是收到的；但收到的时候和埃洛战役已经相隔十三个月，又是被拆开了的，脏得要命，字也不容易认。既然拿破仑已经批准我再嫁的婚约，我就认为一定是什么坏蛋来耍弄我。为了避免扰乱法洛伯爵的心绪，破坏家庭关系，我不得不提防有人假冒夏倍。你说我这么办对不对？"

"不错，你是对的；我却是个傻子、畜生、笨伯，没把这种局面的后果细细想一想，"上校说着，看见车子经过夏班尔关卡，便问，"咱们到哪儿去呢？"

"到我的乡下别墅去，靠近葛罗斯莱，在蒙莫朗西盆地上。先生，咱们在那儿可以一同考虑怎么办。我知道我的责任，我在法律上固然是你的人，但事实上不属于你了。难道你愿意咱俩成为巴黎的话柄吗？这个局面对我简直是桩大笑话，还是别让大众知道，保持咱们的尊严为妙。"她对上校又温柔又凄凉地瞟了一眼,接着说:"你还爱着我;可是我,我不是得到了法律的准许才另外结婚的吗?处着这个微妙的地位,我冥冥中听到一个声音,教我把希望寄托在你的慷慨豪侠上面,那是我素来知道的。我把自己的命运交在你一个人手里,只听凭你一个人处理,这算不算我错了呢?原告和法官,请你一个人兼了吧。我完全信托你高尚的心胸。你一定能宽宏大量,原谅我无心的过失所促成的后果。因此我敢向你承认,我是爱法洛先生的,也自认为有爱他的权利。我在你面前说这个话并不脸红;即使你听了不舒服,可并不降低我们的人格。我不能把事实瞒你。当初命运弄人,使我做了寡妇的时候,我并没有身孕。"

上校对妻子做了个手势,意思要她别往下说了。车子走了一里多路,两人没交换一句话。夏倍仿佛看到两个孩子就在面前。

"罗西纳!"

"怎么呢?"

"死人不应该复活,是不是?"

"噢!先生,哪里,哪里!别以为我忘恩负义。可是你离开的时候留下的妻子,你回来的时候她不但再嫁了,而且做了母亲。虽然我不能再爱你,但我知道受你多少恩惠,同时我还有像女儿对父亲那样的感情奉献给你。"

"罗西纳,"老人用着温柔的声调回答,"现在我一点不恨你了。咱们把一切都忘了吧。"说到这里,他微微笑了笑,那种仁慈的气息永远是一个人心灵高尚的标记。"我不至于那么糊涂,硬要一个已经不爱我的女人假装爱我。"

伯爵夫人瞅了他一眼,不胜感激的表情使可怜的夏倍几乎愿意回埃洛的死人坑。世界上真有些人抱着那么伟大的牺牲精神，以为能使所爱的人快乐便是自己得了酬报。

"朋友，这些事等咱们以后心情安定的时候再谈吧。"伯爵夫人说。

于是两人的谈话换了一个方向，因为这问题是不能长久谈下去的，虽然夫妻俩或是正式的，或是非正式的，常常提到他们古怪的局面，一路上倒也觉得相当愉快，谈着过去的夫妇生活和帝政时代的旧事。伯爵夫人使这些回忆显得甜蜜可爱，同时在谈话中加进一点必不可少的惆怅的情调，维持他们之间的庄严。她只引起对方旧日的爱情，而并不刺激他的欲念；一方面尽量让前夫看到她内心的境界给培养得多么丰富，一方面使他对于幸福的希冀只限于像父亲见着爱女一般的快慰。当年上校只认识一个帝政时代的伯爵夫人，如今却见到一个王政复辟时代的伯爵夫人。最后，夫妇俩穿过一条横路到一个大花园；花园的所在地是玛扬西高岗与美丽的葛罗斯莱村子之间的一个小山谷。伯爵夫人在这儿有一所精雅的别庄；上校到的时候，发现一切布置都是预备他夫妇俩小住几天的。苦难好比一道神奇的符箓，能加强我们的天性，使猜忌与凶恶的人愈加猜忌愈加凶恶，慈悲的人愈加慈悲。

以上校而论，不幸的遭遇倒反使他心肠更好，更愿意帮助人。女性的痛苦，多半的男子是不知道它的真相的，这一下上校可是体会到了。但他虽则胸无城府，也不由得和妻子说：

"你把我带到这儿来觉得放心吗？"

"放心的，倘若在跟我打官司的人身上，我还能找到夏倍上校的话。"

她回答的神气装得很真诚，不但祛除了上校心里那个小小的疑团，甚至还使他暗中惭愧，觉得不应该起疑。一连三天，伯爵夫人对待前夫的态度好得无以复加。她老是那么温柔，那么体贴，仿佛要他忘掉过去所受的磨折，原谅她无意中（照她自己的说法）给他的痛苦。她一边表现一种凄凉抑郁的情绪，一边把他素来欣赏的风度尽量拿出来；因为有些姿态，有些感情的或精神的表现，是我们特别喜欢而抵抗不了的。她要使他关切她的处境，惹动他的柔情，以便控制他的思想而称心如意地支配他。

她决意要不顾一切地达到目的，只是还没想出处置这男人的方法，但要他在社会上不能立足是毫无问题的。

第三天傍晚，她因为不知道自己的战略结果如何，觉得心乱如麻，无论如何努力，面上总是遮盖不了。为了松动一下，她上楼到自己屋里，对书桌坐着，把在上校面前装作心情安定的面具拿了下来，好比一个戏子演完了最辛苦的第五幕，半死不活地回到化妆室，把截然不同的面目留在舞台上。她续完了一封写给台倍克的信，要他上但尔维那边把有关夏倍上校的文件抄来，然后立刻赶到葛罗斯莱看她。刚写完，她听见走廊里有上校的脚声，原来他是不放心而特意来找她的。

她故意高声自言自语："唉！我要死了才好呢！这局面真受不了……"

"啊，怎么回事呀？"老人问。

"没有什么，没有什么。"

她站起来，离开上校下楼去，偷偷把信交给贴身女仆送往巴黎，面交台倍克，等他看过了还得把原信带回。然后伯爵夫人到一个并不怎么偏僻的地方拣一张凳子坐下，使上校随时能找到她。果然上校已经在找她了，便过来坐在她身边。

"罗西纳，你怎么啦？"

她不作声。傍晚的风光幽美恬静，那种说不出的和谐使六月里的夕照格外韵味深长。空气清新，万籁俱寂，只听见花园深处有儿童笑语的声音，给清幽的景色添上几段悦耳的歌曲。

"你不回答我吗？"上校又问了一声。

"我的丈夫……"伯爵夫人忽然停下，做了一个手势，红着脸问："我提到法洛伯爵该怎么称呼呢？"

"就说你的丈夫吧，可怜的孩子；他不是你两个孩子的父亲吗？"上校用着慈祥的口吻回答。

她说："倘若法洛先生问我到这儿来干什么，倘若他知道我跟一个陌生人躲在这里，我对他怎么交代？"然后又拿出非常庄严的态度，"先生，请你决定吧，我准备听天由命了……"

上校抓着她的手："亲爱的，为了你的幸福，我已经决定牺牲自己……"

她浑身抽搐了一下，嚷道："那不行。你想，你所谓牺牲是要把你自己否定，而且要用切实的方式……"

"怎么，我的话还不足为凭吗？"

切实二字直刺到老人心里，使他不由自主地起了疑心。他对妻子瞅了一眼，她脸一红，把头低下了；而他也生怕自己会瞧她不起。伯爵夫人素来知道上校慷慨豪爽，毫无虚假，唯恐这一下把这血性男子的严格的道德观念伤害了。双方这些感想不免在他们额上堆起一些乌云，但由于下面一段插曲，两人之间的关系马上又变得和谐了。事情是这样的，伯爵夫人听到远远有一声儿童的叫喊，便嚷道：

"于勒，别跟妹妹淘气！"

"怎么！你的孩子在这里吗？"上校问。

"是的，可是我不许他们来打扰你。"

老军人对这种殷勤的措置咂摸出女性的体贴和用心的细腻，便握着伯爵夫人的手亲了一下。

"让他们到这儿来吧。"他说。

小女孩子跑来告状，说她哥哥捣乱：

"妈妈！"

"妈妈！"

"他把我……"

"她把我……"

两个孩子一齐向母亲伸着手，喊喊喳喳地闹成一片，等于突然展开了一幅美妙动人的图画。

伯爵夫人的眼泪再也忍不住了："可怜的孩子！唉，要离开他们了！法院将来判给谁呢？母亲的心是分割不开的，教我怎么放得下呢？"

"是您怄妈妈哭的吗？"于勒怒气冲冲地问上校。

"别多嘴，于勒！"母亲很威严地把他喝住了。

两个孩子不声不响地站在那里，一会儿瞧瞧母亲，一会儿瞧瞧客人，好奇的神色非言语所能形容。

"噢！"她又说，"倘若要我离开伯爵而让我保留孩子，那我不管什么也就忍受了……"

这句攸关大局的话使她全部的希望都实现了。

"对！"上校好像是把心里想了一半的话接下去，"我早说过了；我应该重新钻下地去。"

"我怎么能接受这样的牺牲呢？"伯爵夫人回答，"固然有些男人为了挽救情妇的名誉不惜一死，但他们只死一次。你却是每天都受着死刑！那断断使不得！倘若只牵涉到你的生命倒还罢了；可是要你签字声明不是夏倍上校，承认你是个冒名的骗子，牺牲你的名誉，从早到晚地向人说谎……噢，一个人无论怎么牺牲也不能到这个地步。你想想吧！那怎么行！要没有这两个可怜的孩子，我早跟你逃到天涯海角去了……"

"哎，"夏倍说，"难道我不能在这儿待下去，装作你的亲戚，住在你那个小楼里吗？我已经老朽无用，像一尊废炮，只要一些烟草和一份《立宪报》就行了。"

伯爵夫人哭得像泪人儿一般。两人你推我让，争着要牺牲自己，结果是军人得胜了。一天傍晚，在暮色苍茫、万籁俱寂的乡间，眼看孩子们绕在母亲膝下，宛然是一幅融融泄泄的天伦图的时候，老军人感动得忍不住了，决意回到坟墓中去，也不怕签署文件，切切实实地否定自己了。他问伯爵夫人应当怎么办才能一劳永逸地保障她家庭的幸福。

她回答说："随你怎么办吧！我声明绝不参与这件事。那是不应该的。"

台倍克已经到了几天，依照伯爵夫人的吩咐，居然和老军人混得很好，得到了他的信任。第二天早上，夏倍伯爵和他两人一同出发到圣－滦－泰凡尼去。台倍克已经委托那边的公证人替夏倍拟好一份声明书，可是措辞那么露骨，老军人听完条文马上跑出事务所，嚷道：

"该死！该死！那我不成了个小丑吗？不是变了个骗子吗？"

"先生，"台倍克和他说，"我也不劝你立刻签字。换了我，至少要伯爵夫人拿出三万法郎年金，那她一定给的。"

上校像正人君子受了污辱一般，睁着明亮的眼睛把老奸巨猾的坏蛋瞪了一眼，赶紧溜了，胸中被无数矛盾的情绪搅得七上八下。他又变得猜疑了，一会儿愤慨，一会儿冷静。

他终于从围墙的缺口中进入葛罗斯莱的花园,慢吞吞地走到一个可以望见圣-滦大路的小亭子里歇息,预备在那儿仔细想一想。园子里的走道铺的不是细石子,而是一种红土。伯爵夫人坐在高头一个小阁的客厅内,没听见上校回来;她专心一意想着事情的成功,完全没留意到丈夫那些轻微的声响。老人也没发觉妻子坐在小阁上。

伯爵夫人从隔着土沟的篱垣上面,望见总管一个人在路上走回来,便问:"喂,台倍克先生,他签字了没有?"

"没有,太太。他不知跑哪儿去了。老马居然发起性子来了。"

她说:"那么就得送他上夏朗东,既然我们把他抓在手里。"

上校忽然像年轻人一样的矫捷,纵过土沟,一霎眼站在总管面前,狠狠地打了他两个嘴巴,那是台倍克一生挨到的最精彩的巴掌。同时夏倍又补上一句:

"要知道老马还会踢人呢!"

胸中的怒气发泄过了,上校觉得再没气力跳过土沟。赤裸裸的事实已经摆在眼前:伯爵夫人的话和台倍克的回答,暴露了他们的阴谋。所有的体贴、照顾,原来都是钓他上钩的饵。夏朗东这个字好比一种烈性的毒药,使老军人精神与肉体的痛苦一刹那间都恢复了。他从园子的大门里走向小亭子,步履蹒跚,像一个快倒下来的人。可见他是永远不得安宁的了!从此就得跟这女人开始一场丑恶的斗争;正如但尔维所说的,成年累月地打着官司,在悲痛中煎熬,每天早上都得喝一杯苦水。而可怕的是:最初几审的讼费哪儿去张罗呢?他对人生厌恶透了:当时旁边要有水的话,他一定跳下去的了,有手枪的话一定把自己打死的了。然后他变得游移不定,毫无主意;这种心情,从但尔维在鲜货商家里和他谈过话以后,就已经动

La Comédie Humaine

那是台倍克一生挨到的最精彩的巴掌。

摇了他的信念。到了亭子前面，他走上高头的小阁，发现妻子坐在一张椅子里。阁上装着玫瑰花形的玻璃窗，山谷中幽美的景物可以一览无余：伯爵夫人在那里很镇静地眺望风景，莫测高深的表情正像那般不顾一切的女人一样。她仿佛才掉过眼泪，抹了抹眼睛，心不在焉地拈弄着腰里一根很长的粉红丝带。可是尽管面上装得泰然自若，一看见肃然可敬的恩人站在面前，伸着手臂，惨白的脸那么严正，她也不由得打了个寒噤。

他向她瞪着眼睛，看得她脸都红了，然后说："太太，我不来咒你，只是瞧不起你。谢天谢地，幸亏命运把咱们分开了。我连报复的念头都没有，我不爱你了。我什么都不问你要。凭我这句话，你安心活下去吧；哼，我的话才比巴黎所有公证人的字纸都更可靠呢。我不再要求那个也许被我显扬过的名字。我只是一个叫作伊阿桑德的穷光蛋，只求在太阳底下有个地方活着就行了。再见吧……"

伯爵夫人扑在上校脚下，抓着他的手想挽留他；但他不胜厌恶地把她推开了，说道：

"别碰我。"

伯爵夫人听见丈夫的脚步声走远去，做了一个没法形容的手势。然后凭着阴险卑鄙的或是自私狠毒的人的聪明，她觉得这个光明磊落的军人的诺言与轻视，的确可以保证她太平无事地过一辈子的。

夏倍果然销声匿迹了。鲜货商破了产，当了马夫。或许上校有个时期也干过相仿的行业，或许像一颗石子掉在窟窿里，骨碌碌地往下直滚，埋没在巴黎那个衣衫褴褛的人海中去了。

3

养老院

事后六个月,但尔维既没有夏倍上校的消息,也没有伯爵夫人的消息,以为他们和解了,大概伯爵夫人怀恨在心,故意托别的事务所办了手续。于是有一天,他把借给夏倍的钱结算清楚,加上应有的费用,写信给法洛伯爵夫人请她通知夏倍伯爵料理;但尔维断定她是准知道前夫的住址的。

法洛伯爵的总管刚好发表为某个重要城市的初级法院院长;他第二天就复了但尔维一封信,教人看了非常丧气:

法洛伯爵夫人嘱代声明:贵当事人对先生完全用了欺骗手段;自称为夏倍伯爵的人已明白承认假冒身份。此致……

台倍克

但尔维嚷道:"呦!竟有这种混账东西!他们居然会盗窃出生证。你热心吧,慷慨吧,慈悲吧,你可上当了!哪怕你是诉讼代理人也没用!这件事白白地破费了我两千多法郎。"

又过了一些时候,但尔维有天到法院去找一个正在轻罪法庭出庭的律师说话。他偶然闯进第六庭,庭上刚好把一个叫作伊阿桑德的无业游民判处两个月徒刑,刑满移送圣·特尼乞丐收容所。照警察厅的惯例,这种判决等于终身监禁。

听到伊阿桑德的名字,但尔维对坐在被告席上、夹在两名警察中间的犯人瞧了一眼,原来便是冒充夏倍伯爵的那个家伙。

老军人态度安详,一动不动,几乎是心不在焉的神气。虽则衣服破烂,面上也有饥寒之色,但仍保持着高傲庄严的气概。他的眼神有种坚忍卓绝的表情,绝对逃不过法官的眼睛;但一个人落入法网以后,就变了一个抽象的东西,一个法理的问题,好比他在统计学家心目中只成为一个数字。

他被带往书记室,预备等会儿和同案判决的游民一齐送往监狱。凭着代理人在法院里可以到处通行的特权,但尔维跟他到书记室,把他和别的几个奇形怪状的乞丐打量了一番。书记室的穿堂另有一番景象,可惜立法大员、慈善家、画家、作家,都没有研究过。

像一切诉讼实验室一样,这穿堂是一间又暗又臭的屋子,四壁摆着长凳,被那些川流不息的可怜虫坐得发黑了。他们都到这儿来跟社会上各式各样的受难者相会,从来没有一个人失约。倘若你是个诗人,一定会说,在这么许多灾难汇集的阴沟里,阳光是羞于露面的。那儿没有一个位置没坐过未来的或过去的罪犯,很多是受了第一次轻微的惩罚,便横了心变成积犯,终于上了断头台,或者是把自己打一枪送了性命。所有倒在巴黎街上的人,都在这些暗黄的壁上留着痕迹。凡是真正的慈善家,大可以在壁上把那么多自杀案的理由研究出来,不至于再像一般虚伪的作家只会慨叹而没能力加以阻止;因为自杀的原因明明写在这间穿堂里,而穿堂又是一个苗圃，制造验尸所与葛兰佛广场[1]的惨剧的。

那时，一批精神抖擞而浑身都是苦难的疮疤的人，挤在那里一会儿静默，一会儿低声谈话，因为有三个警察在屋子里踱来踱去，腰刀拖在地板上发出铿锵的声音。夏倍上校就坐在这些人堆里。

"你还认得我吗？"但尔维站在老军人面前问。

"认得的，先生。"夏倍站起身子回答。

但尔维轻轻地说道："倘若你是个规矩人，怎么会欠了我的钱不还呢？"

老军人满面通红，好像一个姑娘被母亲揭破了私情。

他高声嚷道："怎么！法洛太太没跟你算账吗？"

"算账？……她写信给我说你是个骗子。"

上校抬起眼睛，表示深恶痛绝与诅咒的意思，仿佛在祈求上帝惩罚她这桩新的卑鄙行为。

"先生，"他因为感情冲动，声音变了腔，倒反显得安静了，"请你向警察说一声，让我到书记室去写个字条，那一定发生效力。"

但尔维向警察打了个招呼，把他的当事人带进书记室；伊阿桑德写了一个字条给伯爵夫人，交给但尔维，说道：

"把这个送去，你的公费和借给我的款子保证能收回。先生，虽则我对于你的帮助没有把我的感激表示出来，但我的情意始终在这里，"说着他拿手指着心口，"是的，整个儿在这里。可是穷人有什么力量呢？他们除了感情以外，什么都谈不到。"

"怎么！"但尔维问他，"你没要求她给你一笔年金吗？"

---

[1] 见本卷第216页注释。

"甭提啦！"老军人回答，"你真想不到，一般人看得多重的表面生活，我才瞧不起呢。我突然之间害了一种病，厌世病。一想到拿破仑关在圣赫勒拿岛，我觉得世界上一切都无所谓了。倒霉的是我不能再去当兵。"他做了一个小孩子般的手势，补充道："归根结底，与其衣服穿得华丽，不如有感情可以浪费。我至少不用怕人家瞧不起。"

说完他又回去坐在他的凳子上。

但尔维出了法院，回到事务所，派那个时期的第二帮办高特夏上法洛太太家。伯爵夫人一看字条，立刻把夏倍上校欠代理人的钱付清了。

一八四〇年六月底，高特夏当了诉讼代理人，陪着他的前任但尔维上里斯去。走到一处和通往皮赛德[1]的林荫道交叉的地方，看见路旁一株橡树底下，有个已经成为叫花头的病病歪歪的白发老人。他住在皮赛德救济院，像穷苦的老婆子住在硝石库[2]一样。他是院内收容的二千个人中的一个，当时坐在一块界石上，聚精会神地干着残废军人搅惯的玩意儿：在太阳底下晒粘在手帕上的烟末，大概是为了爱惜烟末，不愿意把手帕拿去洗的缘故[3]。老人的脸非常动人，穿的是救济院发的丑恶至极的号衣——一件土红色的长袍。

高特夏和同伴说："但尔维，你瞧，那老头儿不是像从德国来的那些丑八怪吗？他居然活着，说不定还活得挺有趣呢！"

但尔维用望远镜瞧了一下，不禁做了一个惊讶的动作，说道：

"哎，朋友，这老头儿倒是一首诗，或者像浪漫派作家说的，是一出

---

[1] 皮赛德为法国塞纳州的一个小镇，有建筑宏伟的救济院，收容老人及精神病者。
[2] 硝石库为巴黎妇女救济院的别名，除老年妇女外，亦兼收精神病女子。
[3] 此处所谓烟末系指鼻烟，烟末常与涕沫同时粘在手帕上，故欲连同手帕晒干以便取下烟末。

悲惨的戏。你有时还碰到法洛太太吗?"

"碰到的,她很有风趣,很可爱;也许对宗教太热心了一些。"高特夏回答。

"这老头儿便是她的结发丈夫,当过陆军上校的夏倍伯爵;他被送到这儿来准是她玩的花样。夏倍上校住着这个救济院而没住高堂大厦,只因为当面揭穿了美丽的伯爵夫人的出身,说他像雇马车一般把她从街上捡来的。她当时瞅着他的虎视眈眈的眼睛,我至今记得清清楚楚。"

这几句开场白引起了高特夏的好奇心,但尔维便把上面的故事讲了一遍。两天以后,正是一个星期一的早上,两位朋友回巴黎的时候远远向皮赛德望了一眼。但尔维提议去看看夏倍上校。林荫道的半路上有株倒下的树,老人坐在树根上,手里拿着一根棒在沙土上画来画去。他们把他细看了一下,发觉他那天的早点不是在养老院里吃的[1]。但尔维招呼他:"你好,夏倍上校。"

"不是夏倍!不是夏倍!我叫作伊阿桑德。"老人回答。他又像儿童和老人那样带着害怕的神气,很不放心地瞧着但尔维:"我不是人呀,我是第七室第一百六十四号。"歇了一会儿又说,"你们可是去看那个死犯的?他没娶老婆,那是他的运气!"

"可怜的人!"高特夏说,"你要不要钱买烟草?"

上校赶紧向两个陌生人伸出手去,神气和巴黎的顽童一样天真,从各人手里接了一枚二十法郎的钱,傻头傻脑地对他们望了一眼,表示感谢,嘴里还说:

---

[1] 养老院中的人行动自由,有钱的时候可以在外吃喝一顿,享受一下。此处暗指夏倍喝过酒。

"倒是两个好汉!"

他做着举枪致敬和瞄准的姿势,微微笑着,嚷道:

"把两尊炮一齐放呀!拿破仑万岁!"

接着他又拿手杖在空中莫名其妙地乱画一阵。

但尔维说:"大概他受的伤影响到他的头脑,使他变得跟小孩子一样了。"

救济院中的另外一个老人在旁边望着他们,听了这话叫起来:"他跟小孩子一样!哼!有些日子简直一点儿触犯不得。这老奸巨猾把什么都看透了,想象力丰富得很呢。可是今天他是在休息。先生,一八二〇年的时候,他已经在这里了。那一回,有个普鲁士军官因为马车要爬上维勒于伊甫山坡,只得下来走一段。我正好跟伊阿桑德在一起。那军官一边走一边和一个俄国人谈话,看到咱们的老总,便嘻嘻哈哈地说道:'这一定是个到过洛斯巴哈的轻骑兵。'老总回答:'我太年轻了,来不及到洛斯巴哈;可是赶上了伊哀那[1]!'普鲁士人听着马上溜了,一句话也不敢多讲。"

但尔维嚷道:"他这个命运多奇怪!生在育婴院,死在养老院;那期间帮着拿破仑征略埃及,征略欧洲。"歇了一会儿又说,"朋友,你知道吗?我们的社会上有三等人,教士、医生、司法人员,都是看破人间的。他们穿着黑衣服,或许就是哀悼所有的德行和所有的幻象。三等人中最不幸的莫如诉讼代理人。一个人去找教士,总由于悔恨的督促、良心的责备、信仰的驱使;这就使他变得伟大,变得有意思,让那个听他忏悔的人精神上感到安慰,所以教士的职业并非毫无乐趣:他做的是净化的工作,补救的工作,劝人重新皈依上帝的工作。可是我们当诉讼代理人的,只看见同样

---

[1] 洛斯巴哈为一七五七年普鲁士击败法军之地。伊哀那为一八〇六年拿破仑大败普军之处。

的卑鄙心理翻来覆去地重演，什么都不能使他们洗心革面；我们的事务所等于一个没法清除的阴沟。哼，我执行业务的期间，什么事都见过了！我亲眼看到一个父亲给了两个女儿每年四万法郎进款，结果自己死在一个阁楼上，不名一文，那些女儿理都没理他！我也看到烧毁遗嘱；看到做母亲的剥削儿女，做丈夫的偷盗妻子，做老婆的利用丈夫对她的爱情来杀死丈夫，使他们发疯或者变成白痴，为的要跟情人消消停停过一辈子。我也看到一些女人有心教儿子吃喝嫖赌，促短寿命，好让她的私生子多得一分家私。我看到的简直说不尽，因为我看到很多为法律治不了的万恶的事。总而言之，凡是小说家自以为凭空造出来的丑史，和事实相比之下真是差得太远了。你啊，你慢慢要领教到这些有趣的玩意儿，我可是要带着太太住到乡下去了，巴黎使我恶心。"

高特夏回答说："噢，我在台洛希那儿也见得不少了。"

一八三二年三月　巴黎

人间喜剧 I

奥诺丽纳
Honorine

LA COMÉDIE HUMAINE

La Comédie Humaine

1

法国人怎样地不喜欢旅行

法国人怕出门的心理和英国人爱出门的心理可以说不相上下,两个极端也许都有理由。走出英国,随处都能发现胜过英国的东西;但要在法国以外找到法国的韵味就极不容易了。别国有的是幽美的风景,比法国舒服得多的设备,我们在这方面是进步最慢的。别国有时还让你看到富丽伟大、动人心魄的豪华场面;它们既不缺少风采,也不缺少高雅;可是精神生活,思想活动,在巴黎不足为奇的辩才与隽永的谈吐,那种心有所思而不形之于口的默契,那种成为法国语言精华的、意在言外的辞令,却是无论什么地方都找不到的。法国人的诙谐已经很少人了解,他在国外自不免像一株移植的树木一般很快就枯萎了。殖民海外这件事,法国民族的看法完全和别国的人相反。许多法国人,例如我们在这里提到的那些,承认只要看到本国的关吏就觉得高兴,这恐怕是把爱国心夸张得最厉害的说法了。

这段小引,目的是要让一般旅行过的法国人,把流寓国外的时期偶尔在外交家的客厅里找到一片水草,找到整个祖国的那种喜悦回想一下;这心情,在从来没离开意大利大街的沥青马路,认为河滨大道与塞纳河左岸已经不算巴黎的人,是不容易了解的。喂,巴黎人!你们可知道什么叫作不在巴黎而仿佛身在巴黎吗？那并非吃到仙岩饭店的厨子鲍兰尔替老饕预备的、只能在蒙多尔葛伊街烹调的名菜；而是看到令人想起仙岩饭店的席面！而是尝到在外国近于神话的，像本文所提到的女子同样少有的法国酒！所谓重睹巴黎，也并非听到从巴黎传至边境就变味的、风行一时的妙语；而是置身于风雅的、心心相印的、识见卓越的环境，为所有的法国人，从诗人到工匠，从公爵夫人到街头的孩子，都耳濡目染，熏陶惯的。

2

一幅兼有意大利与法国风味的画

一八三六年,正当萨尔台涅[1]国王驻跸热那亚的时候,两个多少有点名气的法国人,在法国领事租的一所别庄中间,还能有置身于巴黎的感觉。庄子坐落在一个高岗上。在圣·多玛城门与有名的灯塔之间,那高岗是亚平宁山脉的最后一块高地;至于有名的灯塔,随便哪本纪念册只要有热那亚的风景,没有不把它画上的。当初热那亚城邦全盛的时期,王侯勋贵花到几百万金钱盖造华丽的别墅,本文所说的府第便是其中之一。世界上倘若有什么地方晚景特别幽美的话,那一定是热那亚了:上半天先来一场当地特有的倾盆大雨,然后海水的明净争着与天色的明净比赛;一片静寂笼罩着海滨的大道,笼罩着别庄上的树林,和张着大嘴莫测高深地吐着流泉的石像;明星闪闪,地中海的波浪一个接着一个,仿佛一个女人的自白,被你一句一句逼出来的。那时,芬芳的空气充塞你的肺部,笼罩你的梦境,令人陶醉的韵味仿佛肉眼看得见似的,像大气一样在空中浮动,直

---

[1] 萨尔台涅在十七、十八世纪时为意大利北部的一个王国,为近代意大利统一的核心,犹普鲁士之于近代德意志。

扑到你的椅子里，——你拿羹匙调着冰或果子汁，脚下躺着城市，面前站着美女：像这种薄伽丘情调的良辰美景[1]，的确是意大利和地中海滨所独有的。

座上有喜欢招待四方才士的豪客第·奈葛罗侯爵，有大马索·巴莱多侯爵，那是两位在气质上极像法国人的热那亚人[2]；还有一个法国总领事，由一位美若圣母的太太和因为瞌睡而默不出声的孩子陪着；此外是法国大使、大使夫人、自以为衰老但很狡猾的一等秘书，和两位专诚来向领事太太辞行的巴黎人。庄子的阳台上摆着一桌精美的晚餐，时间是五月中旬。把这些人物和这个场面想象一下，你就能对那幅图画有个概念了：画上的中心人物是一位大名鼎鼎的女子，那个晚会中的上宾，常常引起座客注目的。

余下两个法国人，一个是出名的风景画家雷翁·特·洛拉，一个是出名的批评家格劳特·维浓。他们俩是陪着那女客一起来的；女客是当代妇女界中最知名的一个人物，本姓台·多希，文坛上的名字叫作加米叶·莫班[3]。台·多希小姐有事上翡冷翠，以她素来殷勤的脾气，把雷翁·特·洛拉顺便带来游历意大利，还特意赶往罗马，让他见识一下罗马郊外的风光。来的时候取道桑普隆山隘，回去是走高尼希到马赛的路。那次在热那亚停留，仍是为了画家的缘故。

不消说，总领事很愿意趁王上的乘舆未到以前，陪一位不但以天才见称，并且以财富、声名、地位而论也应当重视的人物，去参观热那亚。加

---

[1] 薄伽丘在《十日谈·第一日》的前言中，伪托有一小群人于一三四八年黑死疫最猖獗的时候避于翡冷翠城外的一个别庄上，利用良辰美景，或歌或舞，或讲故事，藉以忘却当前的浩劫。

[2] 此两侯爵均系十九世纪实有的人物，作者用的亦是真名实姓。

[3] 加米叶·莫班影射乔治·桑，巴尔扎克常常于小说中提及。

米叶·莫班对城中最偏僻的小教堂都了如指掌，偏偏吝惜光阴，把画家交给外交官和当地的两位侯爵了。虽然大使也是个优秀的作家，莫班可不接受他殷勤的情意，怕英国人所谓的招摇；直到总领事为她饯行，她方始不再推辞。雷翁·特·洛拉告诉加米叶，说唯有她这次肯赏光，他才能向大使夫妇、领事夫妇、以及两位热那亚侯爵表示他的谢意。于是台·多希小姐只能把那些完全空闲的日子，一个受人注目的人物在巴黎难得遇到的日子，牺牲一天。

3
一个总领事的谜

　　在座的人物介绍过了,我们就不难想象他们之间绝没有客套,也不难想象有许多女人,连上层阶级的在内,都不曾被邀请;因为她们都很好奇地想知道,加米叶·莫班那种富于男性气息的才具是否和漂亮女子的妩媚的风度冲突,是否犯了牝鸡司晨的毛病。从晚餐开始到九点,就是说直到端上小点心的时间,虽则谈话忽而轻松,忽而严肃,虽则以说话俏皮闻名巴黎的雷翁·特·洛拉常常插进几句妙语,逗大家发笑,而在座诸人的雅趣也替谈话生色不少,却始终不大提到文学。可是一来二去,谈锋早晚会碰到这个纯粹法国式的题目的,哪怕只是略微接触一下。趁话题还没改变方向而轮到总领事发言的时候,我们不妨把他这个人物和家庭先提一提。

　　这外交家年纪大约有三十四岁,结婚才六年,活脱是拜伦勋爵的肖像。既然拜伦的相貌遐迩闻名,我也不必再为领事写照。但他做梦一般的神气全无做作的意味。拜伦勋爵是诗人,那外交家也很有诗意,这点儿区别,一般女性都能分辨,同时也足以说明她们一部分感情的根源,虽不能证明那些感情的合理。他这种潇洒的风度,加上可爱的性格,孤独与用功的生活所养成的习惯,使一个有钱的热那亚少女入迷了。有钱的热那亚少女！这句话可能使当地人听了发笑，因为女子被剥夺承继权以后，难得会有钱的了。但奥诺列娜·班特罗蒂是一个银行家的独养女儿，并无弟兄，所以是例外。虽然女子的痴情是一般男人引为得意的事，总领事却似乎并不愿意结婚。直过了两年，法国大使趁王室驻在热那亚的期间奔走了几次，这门亲事方始成功。但年轻的外交官所以回心转意，还不是为了奥诺列娜·班特罗蒂的动人的感情，而是因为出了一桩没人知道的事，因为他的私生活有了一次剧烈的波动；那种波动大半立刻被日常生活的巨潮压在底下，使一个人以后的行为，便是最自然的，也显得不可解。这一类隐蔽的原因往往也影响到历史上最重大的事件。

　　以上所述，至少是热那亚城里一般人的意见；某些妇女认为法国领事的沉默寡言与悒郁不欢的态度，一定是心中别有所恋的缘故。在此不妨顺便提一句，女人从来不因为男人更喜欢别的女人而抱怨的，她们很乐意为女性共同的利益牺牲。奥诺列娜·班特罗蒂倘使受到没有理由的轻视，是很可能怀恨的；但知道那轻视是由于别有所恋，她便照旧，也许更爱她的丈夫了。在感情问题上，女人承认有优先权。只要对方心中有个女人，就不算女性失面子了。一个男人当外交官不是白当的：这丈夫嘴巴紧得很，简直像坟墓一样，甚至热那亚的商界中人以为青年领事的态度是出于预谋：要不是他装作对另一个女人害着相思病的话，那独养女儿可能不给他抓住的。假如真有这样的事，一般妇女也觉得太卑鄙了，绝不肯相信。班特罗蒂的女儿把自己的爱情改作了安慰，用意大利式的柔情蜜意去纾解他的无人知道的痛苦。此外，班特罗蒂先生对于爱女强迫他选择的女婿，也没什么可抱怨的。有势力的大佬在巴黎照顾着青年外交官的前程。法国大使对银行家许下的诺言果然兑现了：总领事封了男爵，得了荣誉团三等勋

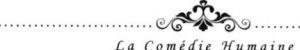

章。便是班特罗蒂本人也被萨尔台涅国王封为伯爵。陪嫁是一百万。班特罗蒂银号的资产，因为在麦子生意上赚了钱，估计有二百万之多，在新夫妇结婚以后六个月便落到他们手里；因为第一个同时也是最后一个班特罗蒂伯爵，到一八三一年正月就故世了。

4

伯爵夫人

　　奥诺列娜·班特罗蒂是那种美丽的热那亚女子。热那亚女子长得好看的时候，简直是全意大利最有气派的美女。为了于里安·美第奇墓上的雕塑，米开朗琪罗是到热那亚来挑选模特儿的。因为这个缘故，《日》与《夜》那几个女像的胸部特别膨大；许多批评家认为夸张，其实是利古里亚大区[1]女人的特征。今日之下，热那亚的美人只有到戴美纱罗面纱的妇女中寻访，正如在威尼斯只能在戴法齐奥里包头布的妇女中发现。这是衰老的民族共同的现象。高雅的典型只出现在平民阶级，好像城市遭了大火，名贵的徽章都给埋在灰烬底下了。但奥诺列娜在财产方面已经是一个例外，以贵族气派的美貌而论又是一个例外。读者不妨想象一下：假定米开朗琪罗放在《思想家》下面的《夜》[2]，披上了现代的衣衫，秀美的长发盘在

---

[1] 热那亚为利古里亚大区的首府。
[2] 米开朗琪罗为于里安·美第奇及洛朗查·美第奇的坟墓所作的雕像，上面居中各为一巨型的男像：一个象征于里安，一个象征洛朗查，象征洛朗查的即美术史上盛称的《思想家》。每一巨像之下各有雕像二座（男女各二），题作《晨》《暮》《日》《夜》，身体均为斜倚半睡的姿势。但《思想家》像下之女像乃代表《晨》，于里安下面之女像方代表《夜》。巴尔扎克挪揄，致谓"《思想家》下面的《夜》"。

皮肤略带棕色的、庄严的头上，惘然出神的眼中燃着火焰，丰满的胸部裹着披肩，身上穿着白底绣花的长袍；假定这雕像撑起身子坐着，交叉着手臂，像有名的女演员乔治小姐一样的姿态，那么你对于领事太太的形象就如在目前了。站在她身旁的是一个六岁的男孩子，长相的漂亮正符合做母亲的愿望；坐在她膝上的是一个四岁的女儿，其美丽正好和雕塑家达维特为装饰一个坟墓而竭力寻访的儿童典型一模一样。

　　加米叶·莫班暗中注意着这一对夫妇。她觉得领事有了美满的幸福，不应该再有那种心不在焉的神气。

　　虽然夫妻俩那天教人看到的是十全十美的快乐家庭的景象，加米叶却始终不了解：这男人明明是她认识的人中最优秀的一个，出入于巴黎的沙龙，有每年十万法郎收入的家产，为什么只在热那亚当一个总领事？另一方面，凭着女人像《查第格》故事中那个明哲的阿拉伯人[1]一样的聪明，加米叶在许多小地方看出丈夫对妻子的感情的确很忠实。没有问题，这两个出众的人物可以白头偕老，相爱无间。但看着总领事莫测高深的态度，和不下于英国人、野蛮人、东方人和老外交家的镇静，加米叶不由得在肚里左思右想："怎么回事呢？"——"噢，没有什么！"

---

[1] 伏尔泰在所著寓言体小说《查第格》中提到一阿拉伯人，叫作赛多克，在市场上买到查第格作奴隶，不久发现查识见卓越，即与之为友，事事咨询，故经营之商业获利甚丰。

La Comédie Humaine

5

社会的解剖

一牵涉文学，大家就谈到文坛上的老题目：女人的失节。他们的意见不久归结到两点：女人的失节究竟错在女人还是错在男人？在座的大使夫人、领事夫人、台·多希小姐，这三位公认为白璧无瑕的太太把女人批判得很严。几个男的却竭力向三位优秀的女性证明，说女人失足以后还可能有她的德行。

雷翁·特·洛拉说道："咱们这种捉迷藏式的游戏，玩到什么时候为止呢？"

领事对他的太太说："你打发孩子去睡觉吧；教奥娜把我放在蒲勒家具上的小公事包给拿来。"

领事太太一言不发，站了起来；这证明她很爱丈夫，因为她的法文程度已经能懂得他的意思等于要她走开。

然后领事说道："让我给大家讲一个我自己还在里头当一个角色的故事，你们听完了再讨论吧。拿着解剖刀空划一阵是没意思的。要解剖，就得有个尸首。"

于是在场的人坐下来预备听了，尤其因为各人的话已经说得相当多，快要兴尽，正是讲故事的人应当挑选的时间。以下便是总领事口述的话。

6

神甫的主意

我二十二岁上得了法学博士学位以后,我的七十二岁的舅舅洛罗神甫,认为需要替我找个后台,安排一个前程了。这位好人即使不是圣者,至少把每个新年都看作上帝的恩赏。不必说,太子的忏悔师要安插一个亲手培植的年轻人,他妹妹的独生子,真是太容易了。因此一八二四年年底,这位年高德劭的老人有天特意到我房间里来找我。那时他在巴黎勃朗-芒多教堂已经当了五年本堂神甫,我住的就是他教士私宅中的一间屋子。他和我说:

"孩子,你穿起衣服来,我要带你去见一个人;他找你到家里去当秘书。要是我没看错,将来上帝召我回去的时候,那位先生可以代我照顾你。我的弥撒祭到九点完场,还有三刻钟的时间,尽够你收拾了。"

"啊!舅舅,我在这个房里过了四年多愉快的日子,难道要我离开了吗?……"

"我身后没什么东西传给你呀。"他回答。

"你的名字和你的功德永久留在人们的记忆中,我还不沾光吗?"

他微微一笑,说道:"别提这种遗产。你对人生还阅历不够,不知道这种性质的遗产是最难兑现的,不比我今天要带你去见的……"(说到这里,领事停下来加两句说明:"我只能用我保护人受洗的名字称呼他,把他叫作奥太佛伯爵。")"不比我今天要带你去见的奥太佛伯爵,只要你能讨这位廉洁的政治家喜欢(那我相信你一定办得到的),倒真正能庇护你,等于我给了你一份家私。本来吗,要不是你父亲的破产和你妈妈的故世像晴天霹雳一般把我搅昏了,我也很可能替你积一笔钱的。"

"你是伯爵的忏悔师吗?"

"嘿!要是这样,我还能把你荐去吗?在忏悔室里听来的秘密,世界上有哪个教士敢利用?不,你是由司法部长保举的。亲爱的莫利斯,你住在他家里等于住在一个父亲家里。伯爵给你两千四百法郎年薪,供给住宿,外加一千二的伙食津贴;他既不能和你一桌吃饭,也不愿意为你另开一桌,把你交给仆人照管。我知道了奥太佛伯爵的秘书绝不是高等用人的性质,才代你接受下来。你工作一定很忙,因为伯爵自己便是工作极紧张的;但经过了那番训练,你将来无论什么高级的职务都能胜任了。谨慎机密一类的话,我想也用不着再嘱咐你,那是预备进政界的人最重要的条件。"

你们想,我当时心里多么好奇。奥太佛伯爵是最高的司法大员之一,又得到太子妃信任,那时刚好由于她的力量,就任为国务部长。他的生活,和诸位大概都认识的赛里齐伯爵的差不多,可是更深藏,因为他住在玛莱区巴伊安纳街,几乎从来不招待宾客。由于持续不断的工作,日子过得像僧侣一般朴素,他的私生活是外边不知道的。现在我先把我的地位简单地描写一下。

7
一个青年人的画像

　　我是十八岁念完中学的；道貌岸然的圣·路易中学校长，受着我舅舅的嘱托，等于做了我的监护人。离开中学的时候，我的纯洁不下于一个从圣·舒尔比斯神学院出来的、信心极坚的学生。母亲临终要舅舅答应绝不让我当教士，但我好像准备进教会的青年一样虔诚。我一出中学，洛罗神甫就把我安置在他的私宅内，教我念法律。为了要得所有的学位，必须念满四年大学；那四年我非常用功，特别在枯索的法学园地之外。住在校长家里的中学时代不大能接触文学，这时便急于纾解一下我的饥渴：一朝念了几本近代的名著，跟着把前几个世纪的代表作都念了。我对戏剧入了迷，有个很长的时期天天上戏院，虽则舅舅每月只给一百法郎零用。老人家手头这么紧，多半是由于怜惜穷人，大量施舍的缘故；结果正好限制青年人的欲望，使它适可而止。我到伯爵家去就职的时候，固然不是什么未经人事的青年，但逢场作戏的荒唐事儿，我自己还看作天大的罪过。舅舅为人好得像天使一样，我真怕使他伤心，所以那四年从来没有在外边过夜。他老人家直要等我回去了才睡觉。这种慈母一般的关切，比着青年人在严格的家庭中受到的教训与责备，倒反更能够约束我。

当时我还没见识过组成巴黎社会的不同的阶级，所知道的良家妇女与布尔乔亚女子，只限于散步的时候或是戏院里见到的，并且还是从正厅里远望的。倘若有人对我说："等会你可以见到加拿利[1]，或是加米叶·莫班。"我头里肚子里都会像火烧一样发热。在我心目中，名人的说话、走路、吃饭，都跟平常人两样。青年人的脑子里不知装着多少《天方夜谭》式的神话！……他先要虚构了多少神灯[2]以后，才明白真正的神灯不是靠偶然，便是靠苦功，或是靠天才。这种由于精神兴奋而来的梦想，在某些人是时间很短的，但我始终保存着。那个时代我夜里入睡的当口不是做了多斯加大公爵，便是成了百万富翁；不是有个公主爱我，就是自己享了大名。

所以在奥太佛伯爵那儿有个职位，一年有二千多法郎进款，对于我就是开始过独立生活。我觉得从此有希望踏进社会，追求我最急切的梦想——找一个女子做后台，不让我走入危险的路；那种危险的路是一般二十二岁左右的青年，无论怎么安分怎么有教养，在巴黎都是容易走上的。我开始惴惴不安，对自己害怕了。便是我下过苦功的法律知识，也不一定每次都能把那些可怕的妄想压下去。是的，有时我胡思乱想，假定过着舞台生活，自命为可能成为一个大演员，做着声名盖世、艳福无穷的美梦，完全不知道令人失望的内幕；那当然是到处一样的，人生每一个舞台都有它的内幕。有几次我跑到外边去，中心如沸，恨不得到巴黎城中去探奇猎艳，碰上一个美女，跟她到门口，刺探她，写信给她，把自己整个儿交给她，用爱情的力量征服她。

---

[1] 加拿利为巴尔扎克小说中常提到的诗人，有时影射拉马丁，有时影射雨果。
[2] 神灯为《天方夜谭》中最有名的故事之一；阿拉丁靠神灯获致巨富。

我的舅舅——这个心肠极慈悲的人，这个七十岁的老孩子，和上帝一样聪明，和天才一样幼稚，大概也猜到了我心中的骚动，因为他每次觉得把我束缚太紧，快要爆裂的时候，一定会对我说："得了吧，莫利斯，你也是个穷人！给你二十法郎去玩儿吧，你又不是教士！"倘若你们看到使他的灰色眼睛发亮的那种磷火，把可爱的嘴唇往两边扯开去的那副笑容，挂在他像使徒一般丑陋而庄严的脸上的、那种令人疼爱的表情，你们就会了解我当时的心情，使我只能把勃朗－芒多的本堂神甫当作母亲一般地拥抱，来代替我的回答。

La Comédie Humaine

8

一所老屋子

到巴伊安纳街去的路上,舅舅和我说:"奥太佛只会把你当作朋友,绝不当作下属;但他是多疑的,或者更准确地说,是很谨慎的。必须日子久了,才能赢得这位政治家的友谊;因为他虽则眼光犀利,看人看得很多,也受了你前任的骗,险些儿吃亏。你听了这话就知道在他手下应当怎么行事了。"

到了一所前有院子、后有花园、规模和加那华莱府第[1]一样大的屋子前面,我们在一扇其大无比的门上敲了几下,敲出来的声音好像散在旷野里。舅舅向一个穿号衣的老门丁说明来意,我却望了望院子,一眼之间把什么都瞧见了:地下的石板被野草遮掉了,极有格局的建筑物装饰很多,黝黑的墙头长着草木,赛似小小的花坛,屋顶的高度跟蒂勒黎宫的相仿。楼上的游廊、柱子已经剥落。从一个巍峨的拱门中,我瞥见侧里另外有个院子;那是连门都在腐烂的下房。一个老马夫在里头抹一辆旧车。看他懒洋洋的神气,可以断定当年牲口众多、极有气派的马房,如今至多只

---

[1] 加那华莱为巴黎有名的府第,建于十六世纪,现为巴黎市公产,改为博物馆。

剩一二匹马了。正对院子的门面，建筑十分壮丽，但气象萧索，好似派作机关用的政府的公产或是王上的私产。正当我跟舅舅俩从门房（门房高头还留着请向门丁接洽几个字）走向台阶的时候，听见一声铃响，阶沿上跑出一个当差，穿的号衣很像法兰西喜剧院中的拉勃朗希[1]穿的。由于平日宾客稀少，当差的一边打开一扇嵌着小玻璃的门，一边还在披上褂子。门的两旁各有一盏露天的灯，把墙壁熏了许多像星一样的黑点。列柱成行的走廊，富丽不亚于凡尔赛宫中的，它让你看到一座将来不会再造的那种楼梯，占的地位跟现在新盖的整幢屋子一样大，宽度可以让八个人并列着走；石级冷冰冰的，像坟墓里的阶梯，高大的穹隆传出我们脚步的回声，似乎进了一所大教堂。铁栏杆是亨利三世时代的镂刻艺术家匠心独运的结晶品，大可饱人眼福。我们仿佛肩上披了一件冰冷的大氅，走过穿堂，走过一连串不铺地毯的客厅，里头摆着精雅的、有资格搬到古董店去的古式家具。最后我们到了与正屋成直角的楼厅部分，走进一间宽敞的书房，窗子都朝着大花园。

---

[1] 十八世纪初勒萨日喜剧中的人物。

9

一幅肖像

进入第一间穿堂的时候,带我们上楼的当差已经把我们交给另外一个仆人。一到书房门口,仆人就通报道:

"勃朗-芒多的本堂神甫,和他的外甥特·洛斯太先生!"

奥太佛伯爵穿着长裤,灰色法兰绒上衣,从一张其大无比的书桌后面站起来,走向壁炉架,一边向我做手势让座,一边去跟我舅舅握手,嘴里说着:

"我虽然属于圣·保禄教区,也常常听人提起勃朗-芒多的本堂神甫。今天真是幸会了。"

我舅舅回答:"阁下真是太好了。我把我独一无二的亲属带了来。倘若我自以为给阁下送一件礼物,同时却也替我外甥找了一个像父亲一般的保护人。"

"神甫,这一点绝无问题,只要令甥和我经过相当时间,双方都觉得能相处的话。"接着他问我:

"你的名字是?"

"莫利斯。"

"他是法学博士。"舅舅补上一句。

"好极了，好极了。"伯爵说着，把我从头看到脚，"神甫，先是为了令甥，其次为了我，希望你赏光每星期一到这儿来吃晚饭。没有外客，等于咱们的家庭晚会。"

舅舅和伯爵开始用政治观点谈论宗教问题、慈善事业、消弭罪案的问题；我趁此机会把有关我终身出处的人物从从容容地打量了一番。

伯爵是中等身材，穿的衣服使我看不出他的肥瘦，但我觉得是偏于清瘦干枯的。陷下去的脸，皮肤很粗。五官清秀，微嫌太大的嘴巴兼有慈爱与嘲弄的表情。脑门或许太宽了些，长得像疯子一般使人害怕，尤其因为它和下半张脸成为强烈的对比。下巴很小，和下嘴唇离得很近。一双青绿色的眼睛又聪明又精神，跟我以后见到而很欣赏的泰勒朗亲王的一般无二，并且和亲王一样能把眼神收敛，变得无精打采；这双眼使他那张不是苍白而是发黄的脸更显得奇怪。这皮色似乎暗示他性子暴躁，心中藏着剧烈的感情。已经带些银色的头发，梳理得很细致，把头顶盖满了一道白一道黑的颜色。英国小说家莱维斯曾经模仿腊克里夫太太的手法，描写一个修道士[1]；要不是伯爵的头发梳得那么有模有样，他就跟那个骇人听闻的修道士完全相像了。因为清早就得上法院办公，伯爵已经剃好胡子。一对有罩子的四根插头的烛台，分摆在书桌两头，蜡烛还点着，说明那位司法大员天没亮就起床了。他打铃叫仆人的时候，我看到他一双手又白又好看，像女人的一样……

---

[1] 腊克里夫太太（1764—1823）与莱维斯（1755—1818）都是专写恐怖小说的英国作家，但事实上腊克里夫太太的小说《意大利人》，较莱维斯的《修道士》为晚出，故巴尔扎克谓莱维斯模仿腊克里夫太太之说并不可靠。

（领事说到这里又插了几句话。）

诸位，我讲这故事，不得不把这个人物的职务与头衔改动一下，但仍相当于他实际上的地位。身份、官阶、财产、享用、生活方式，全部真实；可是我既不愿意对不住我的恩主，也不愿意违反我代人保守秘密的习惯。

10

年轻的老人

（领事歇了一会儿，又往下说。）

以社会关系而论，我在伯爵前面好比虫蚁之于老鹰；但我并没那个心理，只觉得一看见他另有一种说不出的感觉，现在我可弄明白了。天才的艺术家……（领事向大使、女作家和两位巴黎人很殷勤地弯了弯腰），名副其实的政治家，诗人，统率队伍的将军，一切真正伟大的人物都是很本色的，而他们的本色就使你觉得和他们平等。诸位在思想上都高人一等（领事特意对着在座的宾客说），也许已经注意到，社会所造成的心理方面的距离，往往能够由感情来缩短。倘若我们在思想上不如你们，我们可以在忠诚不贰的友谊方面和你们并肩。以心的温度来说——原谅我用这种名词——我觉得跟我的保护人离得这么近，正如我和他的身份离得那么远。总之，我们的心明亮得很，能预感到别人的痛苦、悲伤、快乐、责备、仇恨。等到发现伯爵的脸也有我早已在舅舅脸上注意到的表情，我就隐隐然觉得那是胸中藏着一团神秘的征象。道德的实践、良心的平安、思想的纯洁，把我舅舅的相貌从极丑的变为极美。在伯爵脸上，我却看到相反的变化：一眼之间，我以为他有五十五岁；后来经过仔细观察，才觉得在那副因悲戚而冷若冰霜的面容之下,在呕尽心血的疲劳之下,在失意的感情所表现的郁闷的气色之下,还藏着青年人的朝气。听我舅舅说到某句话,伯爵的眼睛一下子又变得雁来红一般鲜明,堆起一副表示叹赏的笑容,于是我看出他的真实年龄不过四十岁,这些念头,我并非当时就有,而是以后把那次会面的经过回想之下,分析出来的。

当差托着盘,端着主人的早餐进来了。

伯爵说:"我不是要早点,也罢,放在这儿;你先陪特·洛斯太先生去瞧瞧他的房间。"

我跟着当差出去;他带我去看几间精雅的屋子:正房套房,一应俱全;顶上是个平台,侧里一边是正屋的院子,一边是下房,底下是从厨房通往大楼梯的走廊。回到伯爵书房,刚要开门进去,我听见舅舅正在对我下这样的评语:

"他可能犯错误,因为他很重感情;无伤大雅的过失,我们都免不了;但他没有一点劣根性。"

伯爵很亲热地把我瞅了一眼,问:"怎么样?你喜欢那地方吗?这里空房间很多,你觉得不舒服,我可以另外拨几间屋子。"

我回答说:"在舅舅那儿,我只住一间屋呢。"

"那么你今晚就可以安顿下来,你们学生的行李,一辆街车就能对付了吧?今晚上咱们三人一块儿吃饭。"

他说着,望了望我的舅舅。

和伯爵的书房相连的,有一间规模宏丽的藏书室。他带我们进去,又给我看到另外一个小巧玲珑的套房,挂满了画,从前大概是个静修的地方。

他说:"这便是你的小书房了;你需要和我一同工作的时候就待在这

里；放心，我绝不用链子把你拴着的。"

于是他详细告诉我做的工作是什么性质，要占据多少时间。我一边听一边觉得他真是个伟大的政治导师。

奥太佛

11

无人知道的内心的斗争

我大约花了一个月工夫去摸熟我新环境中的人物,把我的职务研究清楚,对伯爵的态度举动觉得习惯。一个当秘书的必然留神观察他的东家。他的口味、嗜好、性情、怪癖,都成为你不由自主的研究对象。这样两个人精神上的结合,比着夫妇的结合可以说又过之,又不及。三个月中间,我跟奥太佛伯爵彼此都在暗中刺探。我很奇怪地发现伯爵只有三十七岁。他那种生活的表面上的安静,洁身自好的操守,并不完全出于严肃的责任感和自甘淡泊的思想;和这个被一般熟悉的人认为了不起的人经常接触的结果,我觉得在他繁忙的工作之下,彬彬有礼的举动之下,和蔼可亲的面具之下,极像心绪安定而很容易瞒过人的隐忍的态度之下,大有深不可测的奥妙。平时我们走在森林里,可以从脚步的声音上猜到某些地面底下是窟窿还是大块的石头;同样,用礼貌遮盖的自私,和被灾难挖成的地下隧道,也会在朝夕相处的生活中发出空洞的声音。盘踞这个伟大的心灵的不是灰心,而是痛苦。伯爵懂得一个在社会上负有责任的人,最重要的是有行动,有事实。因此他虽然抱着隐痛,仍旧走着他的路,用清明的目光望着前途,像一个信仰坚定的殉道者。秘不示人的哀伤,惨痛的失望,并没把他引入看破一切、不复信仰的荒土；这勇敢的政治家是虔诚的，但毫无炫耀的意思，他到圣·保禄教堂参加的弥撒，是为一般诚心的工匠与仆役们举行的清早第一场弥撒。朋友之中，宫廷之中，谁也不知道他奉行宗教仪式如此诚心。他的崇拜上帝，像某些规矩人满足什么嗜好一样讳莫如深。所以我后来发现，伯爵所遭遇的不幸远过于一般自以为受尽劫难的人；他们因为渡过了情欲与信仰的难关，便用讥讽与轻蔑的口吻嘲笑别人的情欲与信仰。伯爵却既不讪笑被希望拖入泥淖而仍在那里希望的人，也不讪笑攀登高峰以求孤独的人，或是热血奔腾地继续奋斗、用幻想作兴奋剂的人；他是从全面看社会的，不受信仰的束缚，肯听别人的怨叹，不轻信感情，尤其不轻信忠诚；但这个伟大的严厉的法官，对人间一切都能同情，都能赏识，不是逞一时的热情，而是出之以默默无声的态度、深思的态度，还有是用自己的柔情与人交流的方式。这可以说是一个加特力教中的没有血案的曼弗雷德[1]，抱着信仰而仍不失好奇心，用一股像没有出口的火山一般的热度融化人间的冰雪，跟一颗只有他自己看到的明星絮语！

我认定他的内心生活有很多暗晦不明的地方。他往往在我眼前隐掉，但并非像旅客一般随着地形低陷而失去影踪，而是像被人追捕的狙击兵，故意避人眼目，想找个藏身之处。我弄不明白，为什么他常常在工作最紧张的时候跑到外边去，也不瞒着我，因为他一边把工作交给我，一边说："替我接下去吧。"这位忙着政治家、大法官、演说家三重职务的人，酷爱鲜花，我看了很喜欢；那是心胸高洁的表现，也差不多是一切风雅人士都

---

[1] 拜伦所作诗剧《曼弗雷德》中的主人翁曼弗雷德，是一个性格强悍的人物，于绝望中犯有血案，丧失爱人，精神痛苦达于极点，但至死无宗教信仰。

有的嗜好。园子和书房里摆满了珍奇的花草，但他永远拣枯萎的买来，也许是有心象征自己的命运！……他本身便像那些快要谢落的花，而那些花的近乎变质的香味，又能给他一股异样的醉意。伯爵非常爱国，献身于公共事业的狂热很像一个人要借此忘掉另外一股热情；可是他浑身浸在里头的研究工作和公事，对他还嫌不够；他心中常有一些剧烈的斗争，爆发的时候不免迸出些火花射到我身上。此外，他常常流露出渴求幸福的意愿，我也觉得他还是能够幸福的；那么究竟有什么阻碍呢？是不是害着相思病呢？这是我想到的一个问题。但在归结到一个这么简单而又这么可怕的问题以前，我左思右想，把痛苦的境界到处摸索过了。可见他无论如何努力，仍遮盖不了内心的波动。在他严肃的姿态底下，在法官那种沉默的态度底下，明明有股热情激荡，但被他用那么大的威力镇压着，所以除了我这个与他共同生活的人，谁也没疑心到这桩秘密。他的座右铭仿佛是："痛苦就痛苦吧，绝不开一句口。"随处受到的敬重与钦佩，和他同样勤劳王事的葛朗维与赛里齐两位院长的友谊，对伯爵都毫无作用；或者是他对他们讳莫如深，或者是他们早已明白底蕴。在众人前面，他始终昂着头，不动声色，只有极少的时间才会露出真面目，例如独自待在书房里、花园里，以为四下无人的时候；那他就像孩子一样，不再以法官的身份遏止他的眼泪，而有非常冲动的表现了；那种情形倘若用恶意去解释，很可能损害他识见卓越的政治家声名的。

等到我把这些情形肯定以后，奥太佛伯爵在我心中便成了个问题，而且像所有的问题一样有那种强烈的吸引力；同时我对他的关切也像关切我自己的父亲一般了。为了尊敬而不敢表示出来的好奇心，你们能了解吗？……他没有野心，但像庇德[1]一样从十八岁起就致力于经世治国之学，成为渊博的学者；他是法官，深通国际法、参政法、民法、刑法，既不用怕受人欺侮，也不用担心自己犯错误；他又是思想深刻的立法大员，态度严肃的作家，热心宗教的独身者，他的生活就足以证明他没有一点可批评的地方：这样一个人物究竟是被什么灾难压倒的呢？便是一个罪大恶极的人受到上帝的惩罚，也不及他所受的那么严酷：悲伤把他睡眠的时间剥夺了一半，一天只睡四小时！其余的时间，他表面上很安静，用功，没有声音，没有怨叹，但我常常撞见他搁着笔，把手支着头，眼睛像两颗固定的星似的，或者有泪湿的痕迹！他心里到底有什么斗争呢？这股活泼的泉水流在晶莹的砂土上，为什么没有被地下的火烘干呢[2]？……难道泉水与地球的洪炉之间，像海洋与地壳一样隔着一层花岗石吗？换句话说，这座火山还会有爆发的一天吗？

有时候，伯爵用好奇的、锐利的目光，很快地把我瞧上一眼，等于一个人想物色同党而打量对方似的；然后一接触我的眼睛，看到它们像张开的嘴巴一般等候答复，似乎说着："你先开口呀！"他的眼睛便躲开去了。有时他郁闷不堪，脾气很坏；遇到这种情形而伤害了我，他过后自有办法来迁就我：不说一句道歉的话，可是态度温柔，像基督徒一样谦卑。

---

[1] 此系指英国有名的威廉·庇德（1759—1806），幼有神童之目，七岁即注意国家大事，十四岁即智力成熟。

[2] 泉水象征眼泪，火象征爱情，为法国文学中传统的比喻。但作者在这里引用此譬，是说热情如火的人，一旦遇到不幸，大抵是要发狠报复的，怎么会流泪呢？

12

坚固的友谊

等到我对这个我觉得极神秘，但大众认为极容易了解（因为他们只要用怪癖二字就能把所有内心的谜都解释了）的人物，有了父子般的感情以后，他的家务被我大事改革，面目一新。伯爵不事生产，甚至把家里的事搅得很糟。除掉本兼各职的薪水，其中三个差事是不受兼职不兼薪的限制的，他一年还有十六万左右收入，支出是六万法郎，内中至少有三万落在仆役的腰包里。第一年年终，我把那些坏东西统统打发了，请伯爵运用他的威望帮我找了一批老实人。第二年年终，伯爵受到的侍候比以前好得多，饮食也精致了，现代设备也享受到了；他有了两匹好马，是我替他向马夫论月包租的；请客的日子，饭菜由希佛饭店承包，事先讲好价钱，弄得很体面；平日的伙食归我舅舅荐来的一个手段高明的厨娘负责，再加两名下手帮忙；特别开支不计，经常费用一年只花三万法郎，仆人反多了两名；有了他们收拾打扫，这所老公馆就显出它古色古香的诗意，不似先前那么荒凉芜秽了。

伯爵知道了这个结果，便说："怪不得我那些下人会发财了，七年之间，我两个厨子都开了挺阔气的饭店。"

我回答说："你七年之中损失了三十万法郎。你在法院里向罪犯提起公诉，却在自己家里鼓励人家盗窃。"

一八二六年年初，大概伯爵把我的为人看清楚了；我们的关系也到了上司与下属不能再亲密的程度。他对于我的前程并没说过一句话，只是像老师与父亲一般地教导我：常常要我为他最繁重的工作搜集材料，起草报告；他一边修改一边指出他和我的观点有哪些地方不同，对法律条文的解释有什么分别。等到后来我办的一件稿能当作他亲自办的一样送出去时，他那种高兴的表示等于我最大的报酬，而他也体会到我这种心情。这个小小的插曲，对一个表面上这么严峻的人居然发生很大的作用。伯爵对我，用法律的术语说，已经下了最后一审的判决：他捧着我的头，亲着我的额角，说道：

"莫利斯，你已经不是我的同伴了，我还说不上来将来你跟我究竟是什么关系；倘若我的生活不变，也许会把你当作儿子看待！"

伯爵把我带引到巴黎最高级的人家，让我坐着他的车，带着他的跟班去做他的代表；那种机会真是太多了，因为他往往在正要出发的时候，突然改变主意，叫了一辆街车走了，上哪儿去呢？……简直是一个谜，我从人家招待我的态度上猜到伯爵对我的心意，知道他事先把介绍的话说得多么郑重。他像做父亲一般体贴，非常豪爽地满足我的需要，而我的知情识趣更使他时时刻刻想到我。一八二七年正月将尽的时候，我在赛里齐伯爵夫人家赌运极坏，输了两千法郎，可不愿意在我经管的账上支付。第二天我心里想："这件事是告诉舅舅呢还是告诉伯爵？"结果我采取了第二个办法。他正在用早餐，我对他说：

"昨天我手气坏极了，心里一火，便继续赌下去，输了两千法郎。你能答应我在本年的薪水中预支吗？"

"不，"他很可爱地笑了笑，"在交际场中赌钱，应当有笔赌本。你先拿六千法郎，把赌债还掉；从今天起，咱们各半负担；既然你常常出去做我代表，至少不能让你的自尊心受到委屈。"

我听了并不向伯爵道谢。我跟他之间，道谢的话似乎是多余的。这点儿微妙的地方，足以说明我们的关系是什么性质。

13

幕启以前的讯号

虽然如此，我们还没到推心置腹的地步；他没有把我在他私生活中摸索出来的隧道打开给我看，我也没对他说："你怎么啦？有什么痛苦呢？"他深更半夜地跑在外面干什么？我做他秘书的坐着自备马车回家，他却常常雇着街车，或竟一步一步地走回来！一个这么虔诚的人难道受着什么不正当的嗜好腐蚀，而假仁假义地瞒着人吗？还是胸中存着某种嫉妒的心理，比奥赛罗还藏得紧，而他花尽心力想满足那个心理吗？还是私下养着什么低三下四的女人？有天早上，我记不起在哪个铺子里付了账回来，在圣·保禄教堂与市政厅之间，撞见奥太佛伯爵和一个老婆子讲话讲得那么紧张，甚至没看到我。那老婆子的相貌使我有种说不出的疑心；尤其因为看不见伯爵把积蓄花到哪儿去了，我的疑心更有了根据。你们想，要我来监视主人的行动，岂不可怕？那时我知道他有六十万法郎以上可以存放，倘若存了定期储蓄，以他对我在金钱方面的信任而论，我不会不知情的。有时伯爵早上在花园里散步，到处乱转，仿佛一个人抱着凄凉抑郁的幻想，骑在一匹神话中的飞马上。他尽走，尽走，拼命搓着手，把表皮都快搓破了！倘若我去找他而在一条小路拐弯的地方撞见了，会发觉他眉飞色舞，眼睛不再像一块青玉那样干枯，而变得像雁来红一般有层绒毛了；我初次见到他的时候，就为了这两种不同的眼神的强烈的对比大为惊奇的：一种是幸福的目光，一种是苦恼的目光。在那种情形之下，有两三次他抓着我的手臂走了几步，我满以为他要把他的快乐倾倒在我心里了；可是结果只问我："啊，你找我有什么事呢？"更多的时候，特别从我能代他办理公事，起草报告以后，可怜的人站在一口美丽的白石水池旁边，几小时地看着金鱼；水池在园子中央，周围是个圆形的花坛，种着最鲜艳的花。这位政治家扯着面包屑喂鱼，居然为了这种简单的乐趣出神了。

以上是这个内心的悲剧暴露的经过：他不但创痛巨深，骚动不已，而且在但丁的《地狱》没有描写到的范围中间，还有些惨不忍睹的快乐的表现……

（说到这里，总领事又歇了一会儿。）

14
枢密会议中的一场辩论

某星期一，特·葛朗维院长和参事院副院长特·赛里齐先生在奥太佛伯爵家里开会。他们三个组成一个委员会，我是其中的秘书。由于伯爵的保举，那时我已经是参事院的候补审计了。当局嘱咐三人小组暗中研究的政治问题，需要不少材料，当下都摆在我们藏书室内一张长桌子上。特·葛朗维和特·赛里齐二位把初步准备工作交给奥太佛伯爵负责，并且决定先在巴伊安纳街集会，免得拿文件再带往委员会主席特·赛里齐家。内阁对这件事非常重视，临了，大部分工作都落在我身上，同时也替我在那一年上挣得了审计官的职位。特·葛朗维和特·赛里齐两位伯爵的生活习惯跟我主人的很相像，从来不在外边吃饭；但等到当差的叫我出去，说"圣·保禄和勃朗－芒多的两位本堂神甫在客厅里等了两小时了"的时候，我们也想不到会议拖得这么晚。

那时已经到了九点了。

奥太佛笑着和他的同僚说："诸位，你们今天少不得要跟两位神甫一起吃饭了；葛朗维一向讨厌教士，不知道受得了受不了。"

"那要看怎么样的教士。"

我回答："噢！一个是我的舅舅，一个是高特龙神甫。放心，冯太依神甫已经不在圣·保禄当助理了……"

"好，咱们吃饭吧。"特·葛朗维院长接着说，"我怕的是那些宗教狂；一个真正虔诚的人倒是最痛快的。"

于是大家进了客厅。饭桌上空气很愉快。真有学问的人，饱经世故而能说善道的政治家，都是讲故事的能手，只要他们肯讲。他们绝不受什么环境牵掣，要不就是态度沉闷，要不就是妙语横生。对这种风雅的玩意儿，梅特涅克亲王的本领不亚于查理·诺第哀[1]。政治家的诙谐像钻石一般雕琢得玲珑剔透，每句话都清楚明白，光芒四射，同时又富于人情味。我舅舅很有把握在这三个优秀人物之间保持体统，便尽量发挥他的才智，那么细腻，那么温厚，又像以职业关系而惯于把自己的思想隐藏的人一样机灵。当然，那次的谈话没有一点儿无聊与庸俗的气息，对听众的精神作用好比罗西尼的音乐。

高特龙神甫，有如特·葛朗维先生说的，不像一个圣·保禄而像一个圣·比哀，是个信仰坚定的乡下人，颠顶臃肿，从头到脚都是方方正正的一块；对于上流社会，对于文学，简直一无所知，老是大惊小怪，问些出其不意的话，使谈话生色不少。最后，大家提到社会永远割不掉的一个疮疤——奸淫问题，也正是我们在饭前研究的。我舅舅指出当初制定法典的立法家始终受着大革命的影响，使民间的法律与宗教的法律完全抵触；他认为一切弊病都是从这个矛盾来的。

---

[1] 梅特涅克为十九世纪初期的奥地利首相。诺第哀为十九世纪法国文人，其沙龙广纳当时浪漫派的文学青年。

他说:"在教会看来,奸淫是罪大恶极的行为,在你们法院看来不过是轻罪。犯人不押上重罪法庭而是用马车送往违警庭的。拿破仑手下的参事院对奸夫淫妇极心软,简直是无能。民间的法律不是应当与宗教的法律态度一致,把不安于室的妻子像从前一样送往修道院去过一辈子吗?"

"修道院!"特·赛里齐先生接口道,"第一先得办起修道院来;从前大家还把修道院改作军营呢。并且,神甫,你想把社会不愿意容忍的人送给上帝吗?……"

"噢!"特·葛朗维伯爵说,"你真是不认识法国了。出头告诉的权在于丈夫;但丈夫告发妻子犯奸的案子,一年不到十件。"

奥太佛伯爵接着说:"这是神甫替教会说话,因为奸淫的罪名是耶稣基督定出来的。现代的欧洲家庭是承继耶稣精神的产物,把灵魂放在肉体之上,所以规定婚姻关系不可解除,当作一件神圣的行为。"

"噢!"特·葛朗维嚷道,"婚姻中一切无法解决的困难,教会也的确感觉到的。"

奥太佛微笑着说:"教会造成了一个新社会;但我们这个社会的风俗,和因气候关系而女人七岁就成熟、二十五岁就衰老干枯的那种风俗,永远不会相同。加特力教会把半个地球的人的需要都给忘了。所以我们只能讨论欧洲社会。女人究竟比我们高,还是低?这是男女关系的真正问题。倘若女人比我们低,那么教会把她抬得那么高以后,她犯奸淫应当受惩罚。过去便是这么办的。不是处死,就是送进修道院,古时的立法就是这么回事。但以后,风俗照例把法律改变了。国王的宝座做了奸淫的床席;而风流案子的增加也表示加特力教条的衰落。现在教会只要求不贞的妇女能真正忏悔,社会也只给她一个黥印而不再教她受毒刑。固然,法律照旧把犯人判罪，但不再加以威吓。并且道德也有两种：社会的道德与法典的道德。凡是法典处罚不严的，社会就越大胆越不在乎：这一点我同意洛罗神甫的意见。在判决书的主文前面写着义正词严的理由而心里不羡慕风流罪犯的法官，恐怕很少吧。社会在节会、习惯、娱乐方面表示根本否定法律，但对付事情的态度比法典和教会更严：它先鼓励人作假，然后再责罚人家手段笨拙。我觉得有关婚姻的法律应当彻底改革。或许把女子的承继权撤销以后，法国的法律可以变得完满了。"

15

泄露秘密

  特·葛朗维伯爵笑着说:"这个问题,我们三个人是彻底了解的。我不愿意跟我那位太太一起生活。赛里齐的太太不愿意跟赛里齐一起生活。至于你,奥太佛,太太又把你丢下了。我们三人合起来可以包括夫妇之间所有的难题;将来要研究离婚问题的话,我们就是个现成的委员会。"奥太佛的叉子掉在玻璃杯上,把玻璃杯打破了,盘子也打破了。他脸白得像死人一样,向葛朗维狠狠地瞪了一眼,又在眼梢里对我瞟了一眼,被我发觉了。

  特·葛朗维接着说:"对不起,朋友,我没注意到莫利斯。我跟赛里齐两个先做了你的证人,后来又做了你的同党。我以为让两位年高德劭的教士听到是没关系的。"

  特·赛里齐先生把谈话转了方向,讲他怎样地想讨太太喜欢而终于没成功。根据这位老人的结论,人的好感恶感是不可能定出规律来的;社会的法律只有和自然界的规律接近的时候才能说最完满。但自然界从来不管心灵的结合,人类能够传种,自然界的目的就算达到了。所以现在的法典把极大的伸缩性付诸偶然是很聪明的办法。只要有男性的承继人,取消女儿的承继权的确是很好的修正：一则免得种族退化，二则减少不合理的婚姻，使男人找对象的时候只着眼于德行与容貌，而夫妇生活可以幸福一点。

然后他做了一个表示厌恶的手势，说道："可是一个国家把七八百名议员集在一起，还有什么办法改善法律！……至于我，虽然我自己牺牲了，至少还有个儿子将来能承继我……"

我舅舅接着说："一切宗教问题丢开不谈，我要向阁下提出一点，就是自然界只管叫我们活着，社会却应当给我们幸福。伯爵，你有没有孩子呢？"

"我，我有孩子吗？"奥太佛伯爵的声音口吻变得那么厉害，使大家不敢再谈女人与婚姻问题了。

喝过咖啡，两位伯爵和两位神甫看到可怜的奥太佛郁闷至极，便悄悄地溜走了；他连客人陆续走掉都没发觉，坐在壁炉旁边一张靠椅里，丧然若失。

等到他发现只剩我们两个人的时候，他说："现在你知道我生活中的秘密了。我结婚以后三年，一天晚上回到家里，从仆人手中拿到太太一封信，声明离开我了。信写得相当有骨气，因为女人的天性使她一方面犯这种可怕的过失一方面还能保持某些品德……现在大家只知道伯爵夫人在船上遇险，以为她死了。我只身独处，已经过了七年！……好了，莫利斯，今晚上不谈了。等我不怕和你谈这问题的时候再谈吧。一个人害了多年的病，一朝有了转机倒反受不了。好转的现象往往像害了另外一种病。"

16

一位国务部长的自白

　　我心里乱糟糟地去睡觉,因为疑团非但没廓清,倒反越来越重了。一个像伯爵那样性格的人和一个由伯爵挑选的女人之间,绝不会闹些琐碎无谓的纠纷,所以我预感到必有些古怪的内幕。伯爵既是一个如此高尚、如此可爱、如此完满、如此多情、如此值得人家爱的男人,那么促成伯爵夫人离开的事故至少也是很特殊的。我在隧道上面走了多年,特·葛朗维先生的一句话仿佛在隧道中丢进了一个火把,虽然没照清楚,但已经足够使我注意到隧道的深广。尽管不知道伯爵痛苦的深度与残酷的程度,我可明白了他痛苦的性质。细细推敲之下,我不禁堕入一切有情人都可能有的朦胧半睡的境界:伯爵的发黄的脸,干瘪的太阳穴,大规模的研究工作,常有的出神状态,结了婚的单身汉一切生活上的细节,登时变得通明雪亮,突出来了。噢!可怜的主人,我多么喜欢他啊!他在我心目中显得崇高伟大。我仿佛读到一首伤心的诗,看出我一向认为麻痹的心其实永远在那里活动。极度的痛苦不是常常会变成静止的吗?这位大权在握的法官有没有采取报复行动呢?是不是在那里咀嚼他长期的苦难呢?沸腾不已、达十年之久的怒潮在巴黎不是一件大事吗?从那次惨变以后奥太佛一向是怎么应付的？我们这时代和过去大不相同，私生活已经变了一个社会问题，所以夫妇的仳离更其不幸。我们两人考虑了几天，因为深刻的痛苦也有它的羞恶之心；可是有天晚上，伯爵终于音调很严肃地和我说道："你别走！"

以下大致都是他口述的话。

17
门当户对而又情投意合的亲事

"我离开中学,回到这所老屋子的时候,有个受我父亲监护的、漂亮而有钱的十六岁的姑娘。由我母亲一手教养起来的奥诺丽纳,那时刚好童年梦醒,看到人生。她妩媚可爱,稚气十足,想着将来的幸福像想着什么首饰一样,而幸福对她也许就是灵魂的首饰。奉教的虔诚使她体味到一些幼稚的乐趣,因为这颗纯朴的心觉得世界上一切都有诗意,连宗教在内。她远远地把自己的前途看作永远不散的筵席。无邪,纯洁,从来不曾因为精神骚动而有睡眠不安的现象,从来不曾因为有什么羞耻与悲伤而脸上变色或者掉过眼泪。她甚至也不追究为什么春光明媚的日子心头有些不由自主的冲动。她只觉得自己软弱,天生是听命于人的,她等着出嫁而并没急于出嫁的欲望。凡是文学作品用描写情欲的方式灌输给人的、也许是必不可少的毒素,她的轻松快乐的幻想是完全不知道的;她对于人生毫无认识,对社会上的危险茫无所知。亲爱的孩子受的痛苦太少了,从来没机会试验她的勇气。总之,她的天真可以使她毫不畏惧地踏到毒蛇堆里去,像某些画家为无邪这题目所拟想的画面一样。世界上再没一张脸比她的更开朗更快乐的了。明明是意义很清楚的不大得体的问句,她会莫名其妙脱口而出。我和她在一起跟兄妹一样。一年终了，就在这所屋子的花园里，站在池子前面扔着面包屑喂鱼，我和她说：'你可愿意咱们俩结婚吗？嫁了我，你可以爱怎么就怎么；换了别个男人，你可能受罪的。'

"我母亲正好走来，奥诺丽纳便说：'妈妈，我跟奥太佛说定了，将来我和他结婚……'

"我母亲回答：'十七岁就结婚吗？……不，再等一年半；倘若这期间你们俩情投意合，那么你们的出身、财产，都相等，这门亲事可以说把门第与感情兼顾到了。'

"等到我二十六岁，奥诺丽纳十九岁的时候，我们结婚了。我的父母都是前朝的老人；为了尊重他们，我们保存这所屋子的本来面目，连家具都没换新，而我们住在这儿也和过去一样像两个孩子。可是我出去应酬，带太太去见世面，认为教导她是我的责任之一。到后来我才发觉，在我们那种情形之下结合的婚姻原来藏着一个暗礁；多少的感情、谨慎、生活，都是被这暗礁砸得粉碎的。丈夫变了教育家，成了老师；而老师的戒尺迟早会伤人，把爱情给摧残了的；因为一个年轻、美貌、安分、快乐的妻子，绝不答应她天生的长处被别的长处压倒。也许我有许多地方做错了。也许在夫妇生活最难处理的初期，我说话老气横秋。也许是相反，我犯了另外一种错误，太信任那个纯朴的天性，没监督伯爵夫人，以为她绝不会反抗的。唉，不论在政治方面，在夫妇生活方面，我们还不知道世界上那些帝国的崩溃与个人的苦难，到底是由于太信任呢还是由于太严厉。说不定在奥诺丽纳心中，她的丈夫还没有符合她少女的梦想。一个人幸福的时候，怎么能知道自己违反了人生哪几条规则呢？……"

伯爵像一个认真的解剖学家，对于同事们找不出原因的一种病竭力想找出原因来；他责备自己的话，我只记得一个大概；但那种宽大的精神，我觉得和耶稣基督救渡犯奸妇人的精神不相上下。

18

一股可怕而正当的痴情

伯爵停了一会儿又说:"我母亲死了几个月,父亲也跟着下世;又过了一年半,终于临到那可怕的一晚,我出其不意地拿到奥诺丽纳的告别信。她受了什么幻想诱惑呢?是肉欲吗?是同情人家的患难呢,还是被天才催眠了?这两种力量究竟是哪一种把她突然之间勾摄去的,或是把她逐渐拖下去的?当时我不愿意追究。那一下的打击真是太残酷了,一个月之间我像发呆了一样。后来仔细想了想,觉得还是不知道原因为妙;而且奥诺丽纳所遭受的不幸,使我对这些事情只嫌懂得太多。至此为止,莫利斯,一切都很平淡;可是我再加上一句话,情形就不同了:就是说,我爱着奥诺丽纳,始终疼着她!自从被遗弃的那一天起,我就靠回忆过活,把昔日的欢娱一桩一桩地回想起来,而那些欢娱在奥诺丽纳是一定不感兴趣的。"

他看我眼睛里有些诧异的表情,便接着说:"噢!别把我当作英雄,也别把我看作那么傻,像帝政时代的一个上校说的,不去找点儿消遣。可是,莫利斯,也许那时我太年轻,或者是太痴情了,全世界我竟找不到第二个女人。经过了内心剧烈的斗争,我终于想让自己麻醉一下了;身边揣着钱,已经到了对妻子不忠实的门口:不料我心中的奥诺丽纳,好比一座雪白的雕像一般突然站在我面前。那种细腻滑润的皮肤，连血的流动和神经的震颤都看得出来；那张纯朴的脸，在出事的前一天，和我对她说'你可愿意我们俩结婚吗？'的时候同样天真；那股跟德行一样芬芳的天国的香味；还有她眼睛的光彩，举动的妩媚：这些都回到我脑海中来，使我马上溜了，仿佛一个盗墓的人，看到死者的灵魂从坟墓中活生生地走了出来。

"在内阁会议上，在法院里，在夜里，我无时无刻不想着奥诺丽纳，甚至要拿出全部的毅力才能集中精神，注意我所做的事，所说的话。你瞧，我的工作骨子里是这么回事。我对她，并不比一个父亲看到心疼的儿子因为粗心大意而陷入危险的时候更气恼。我明白我把太太当作一首诗，因为自己欣赏到如醉若狂的程度，便以为对方也有同样的快感。啊！莫利斯，盲目的爱情是丈夫的过失，可能促成妻子犯各式各种罪恶！我把这孩子就当作孩子一般地疼着，让她的精力闲着不用；也许她心中的爱还没觉醒，我已经用我的爱情惹她厌倦了。她太年轻，没看出妻子对丈夫的忠诚是发挥母性的第一步，却把婚后第一关就当作整个的人生；于是这倔强的孩子私下诅咒人生，也许为了矜持而不敢在我面前诉苦。在这样一个残酷的局面之下，遇到一个使她大为激动的男人，她便无法抵抗了。而我这个被认为极有眼光的法官，心肠好而头脑老是不得空闲的人，对于无人了解的女子心理的规律，领会得太迟了，直到自己的屋子着了火才在火光底下看出来。那时我按照法律，把我的良心作为法庭；因为以法律来说，丈夫在家里等于一个法官；结果我赦免了妻子，判决我自己有罪。但这样以后，我的爱情竟变了一种痴情，正如在某些老年人身上发作的，那种没骨气的、死而无怨的痴情。现在我对于不在眼前的奥诺丽纳，仿佛一个人在六十岁上爱了一个非到手不可的女子，任何代价在所不惜；而且我觉得自己的精力并不亚于青年人。老头儿的大胆，青年人的谨慎，我兼而有之。朋友，要知道社会对于夫妇之间这种可怕的局面，只有冷嘲热讽的份儿。情人被遗弃，社会是可怜他的；丈夫被遗弃，社会只认为他无用。凡是经过教堂与市政府的仪式得来的女人，丈夫要保持不了，就非受人讪笑不可。所以我绝不能声张。赛里齐是幸福的。他因为宽宏大量，还能见到太太，加以庇护，加以保卫，又因为他是疼爱她的，所以能体会到极度的快乐，像一个对什么都不在乎，甚至不怕给人笑话的大施主，他越受人家取笑，越像父亲溺爱儿女一般的得意。

"'我为了顾全太太，才顶着丈夫的名义！'赛里齐有一天从内阁会议出来和我这样说。

"可是我啊，我什么都没有，连给人讪笑而我表示不怕的机会都没有！我只靠着没有养料的爱情支撑！对一个上流社会的女子，我没有一句话可说。看到娼妓，我又避之唯恐不及！我是被法术禁锢而不得不守贞的！要没有宗教信仰，我早自杀了。我向工作挑战，没头没脑地埋入里头，可是工作压不倒我，结果只是浑身滚热，心里火辣辣的，再也睡不着觉……"

这个口才那么高明的人说的话，我也不能尽记；但他的热情使他的口才比着法庭上的雄辩更高一级，我听了竟像他一样脸上淌满着眼泪。他歇了一会儿，我们俩都抹了抹眼睛，然后他又揭穿另外一些秘密。那时我是怎么样的感觉，请你们想想吧。

"以上说的是我内心的活剧，可不是此刻在巴黎演出的看得见的活剧。内心的悲剧，谁也不会感到兴趣。我知道这一点。像你这样和我一同流泪的人，将来也能体会到一个人没法把别人的痛苦移在自己心中，或是移在自己的皮肤上。我们的痛苦只有自己能衡量。便是你吧，你所了解的我的痛苦，也不过凭一种极渺茫的推断。我把无可奈何的相思的苦闷发泄一下的举动，你怎么能看到呢？例如我常常端详着一幅小型画像，觉得她的脑门，她的嘴角的笑容，脸的轮廓，白皙的皮肤，都跟真人一样，我把它们亲着吻着；卷曲的黑头发，几乎能让我在鼻子里闻到它的香味，拿在手里抚弄。有时候我忽然觉得有了希望，纵身跳起来；有时候失望的痛苦对我好比万箭攒心；有时候我在巴黎踩着泥浆乱跑，想用疲劳来镇压心中的烦躁；这种种情形，你可曾撞见过吗？我的急躁可以和肺痨病人相比，狂欢可以和疯子相比，惊慌可以和遇到了警察的杀人犯相比。总之，我的生活是连续不断的高潮，恐惧的高潮，快乐的高潮，绝望的高潮。以下我再把看得见的戏剧讲给你听……"

19

一个异想天开的丈夫

"你以为我成天忙着参事院、议会、法院、政治……唉，天哪！我过的那种生活把我头脑刺激得太灵敏了，只要夜里花上七个钟点就可以把这些事打发完了。奥诺丽纳才是我心上的一件大事。怎样把太太重新收服，才是我独一无二的研究工作。在她所住的笼子里监护她而不让她知道在我的掌握之中；供给她生活，让她所喜欢的很少的一些娱乐能够满足；永远待在她周围，但像天使似的既不教她看见，也不教她猜到，要不然我整个的前途就完了，这才是我的生活，我真正的生活！七年以来，没有一晚睡觉之前，我不是先去看一眼她床头的灯光，或是她照在窗帘上的影子的。她离开我家里的时候，除了身上穿的以外，什么都不愿意拿。这孩子把傲气推到极端，近于荒谬的地步。所以她出走了十八个月就被情人遗弃；因为他一看见贫穷那副粗糙、冰冷、阴沉、发臭的面貌便吓坏了。那男人当初一定以为能够过快乐美妙的生活，不是上意大利，便是上瑞士，像一般阔太太们抛弃丈夫以后的情形。奥诺丽纳本身每年有六万法郎收入。那该死东西丢下她的时候让她一文不名，还怀着身孕！一八二〇年十一月，我央求巴黎最高明的产科医生冒充城关区域的一个无名的外科医生。我托她区里的本堂神甫张罗她的生活费，假装是行好事。一方面要让我太太隐姓埋名，绝对不给外人知道；一方面要替她找一个既要对我忠心、又要做我聪明解事的心腹的女管家……这种工作真要费加罗[1]那样的本领才行。你当然知道要找出太太的住址，在我是一件很容易的事。

"经过了三个月的失望而不是绝望以后，我决意为奥诺丽纳的幸福尽心竭力，同时也只让上帝知道我所扮的角色：这是唯有一厢情愿的情人才能体会到的诗意。既然一切死心塌地的爱情都需要养料，那么我对于这个孩子，因为我的疏忽才犯了错误的孩子，不是更应当加以保护，由我来做她的守护天使，不让她遭受新的祸害吗？她的孩子养了七个月，死了：这对她对我都是运气。她死去活来挣扎了九个月，在最需要有个男人帮助的时期被遗弃了；但是我，"他说着像天使般伸出手臂，"我始终在暗里做着她的后援。奥诺丽纳得到的照顾，和她住在自己的府第里一样。她身体养好了，问起是谁帮助她的，怎么帮助她的；人家回答说：那是区里做善事的女修士，产妇救济会，还有是特别关切她的本堂神甫。

"这女人的傲气竟发展成一种恶癖，她在受难期间表现的顽强，使我有些夜晚把它叫作骡子脾气。她要自己谋生！啊，我太太竟然做工！……最近五年，我把她羁留在圣·莫街，住着一幢精雅的小楼，做着纸花和女人的装饰用品。她以为她的高雅的出品是卖给一个商人的，得到相当高的代价，每天足足有二十法郎收入；六年以来她在这方面没有起过疑心。买的日用品差不多只出三分之一的价钱，所以她一年六千法郎的开销可以有一万五千的享用。她喜欢花草，拿三百法郎雇一个园丁，实际我却出了

---

[1] 此系指博马舍有名的喜剧《赛维尔的理发师》中的角色，为狡黠多智，极有风趣的人物。

一千五的工资,还得每三个月付二千法郎的账。我答应给园丁一个菜园、一所跟圣·莫街门房相连的种菜人住的屋子。我那个产业是由法院的一个助理书记顶名的。园丁只要泄漏一些风声,他全部的好处就完了。奥诺丽纳住的小楼有花园,有花房,每年只付五百法郎租金。她出面是用她的女管家高朋太太的名字。这是我特意找来的谨慎机密、万无一失的老婆子,非常喜欢她的女主人。但老婆子的热心,和园丁的一样是我出了重赏换来的,那重赏当然要等事情成功了才给。为了同样的理由,门房夫妇也花了我好大的代价。总而言之,奥诺丽纳三年以来很幸福,满以为她的花草、衣着、享用,都是靠她的工作挣得来的。"

20

尝试失败了

伯爵看到我的眼睛和嘴唇都打着问号,便嚷道:

"噢!……你要说的话,我知道了。是的,我尝试过一次。我太太以前住在圣·安东尼城关。有一天,我听到高朋太太一句话,以为有希望讲和了,便换了一二十次稿子,写了一封劝她回心转意的信从邮局里寄去。当时我心里的焦急也不用细说了。我从巴伊安纳街走到滦伊街,像一个判了死刑的人从法院走往市政厅[1],但他还坐着车子,我可是一步一步走的!……时间是夜里,下着大雾,我去找高朋太太,听她报告我太太的情形。谁知奥诺丽纳一认出我的笔迹,连念都没念,就把信扔在了火里。

"她说:'高朋太太,明儿我不住这里了!……'

"唉!一个不通世面,以为像高朋太太那样当过主教的厨娘的人,二百五十法郎的工钱已经尽够的女子,只要使点儿手段就能让她以十二法郎一码的代价买到最好的里昂丝绒,只出十分之一的价钱买到一只山鸡、一条鲜鱼、一些水果;平日我欢天喜地的快乐就寄托在这种欺骗上面;你

---

[1] 此系指市政厅广场,为巴黎执行死刑的地方。

想一朝听到她要搬家的话,我不像给人扎了一刀吗?……你有时撞见我搓着手,快活得什么似的;哎,那是因为我把有资格搬上舞台的妙计搅成功了啊!比如说,我骗过了太太,教一个卖胭脂花粉的女人卖给她一条印度绸披肩,说是一个女演员的东西,连用都没怎么用过;可是我这个道貌岸然的法官抱着那条披肩睡过了一晚呢!

"总之,今日之下,我的生活可以用两句形容最残酷的刑罚的话归纳起来,就是:我爱着,我等着!高朋太太忠心耿耿地替我当着探子,刺探那颗我疼爱的心。每天晚上我都得去找这个老婆子谈谈,打听奥诺丽纳白天做些什么,说些什么,连一言半语都不肯漏掉,因为只要一句慨叹的话,我就能看出那颗充耳不闻、一言不发的心有些什么秘密。奥诺丽纳对宗教很热心;她去望弥撒,做祷告,但从来不去忏悔,不领圣餐:她预料到人家会对她说的话,不愿意听劝她回家的忠告。对我这样厌恶,真使我害怕极了,弄迷糊了,因为我从来没伤害奥诺丽纳,一向对她极温柔。即使教导她的时候不免有点儿性急,即使男人的讽刺可能把少女应有的傲气触犯了,难道就能使她像有什么深仇宿恨一样的固执吗?

"奥诺丽纳从来没把身份告诉高朋太太,对她的婚姻只字不提,使那位好心的太太没法替我说一句好话,因为在奥诺丽纳的屋子里只有她明白底细。其余的人什么都不知道,只是怕警察总监的名字和尊重部长的权势。因此我没法窥探她的心事:我是堡垒的主人,可是进不了堡垒。简直无法可想。性子一急,就会前功尽弃!既不知道对方的理由,怎么能加以驳倒呢?起了底稿,教代写书信的人誊过了,去送给奥诺丽纳吗?……我想过这办法。但不是可能使她再搬一次家吗?上次搬家已经花了我十五万法郎。现在的屋子原是由你的前任代我出面买下的。那该死东西没知道我晚上多么容易惊醒，配了一把钥匙开保险箱，预备偷取他声明代我买屋的证件，被我当场撞见。我咳了一声，他吓跑了，第二天我逼他写了一张卖契，把屋子转让给现在代我顶名的人，然后我把他撵走了。"

21

一个古怪的提议

"啊!虽然人类所有高尚的机能在我身上没有得到满足,也没尽量发展,也没觉得舒畅;虽然我所当的角色没有做父亲的那种至情至性;虽然我没享受到身心酣畅的快乐;可是有时候我竟自以为中了偏执狂。某些夜晚,我竟听见了狂欢女神裙上的铃声[1]。我最怕那种剧烈的过渡阶段,从偶尔在那里发光的、跃跃欲动的一线希望,突然之间转变到使我如堕万丈深渊的绝望。几天以前,我认真想着勒佛雷斯与克拉利斯的悲惨的结局[2],对自己说:

"倘若奥诺丽纳和我生了个孩子,她不是会回到我家里来了吗?

"总之,我相信将来一定有个幸福的结局,信念之坚使我十个月以前就在圣·奥诺莱城关买下一所最美丽的住宅。如果我能重新收服奥诺丽纳,我绝不愿意她再看到这所屋子和她当年逃出去的房间。我要把偶像供奉在一所新的庙堂里,让她觉得开始一种完全簇新的生活。新屋正在装修,我

---

[1] 狂欢女神为象征性的人物,身穿短裙,裙上系有小铃,手持小木偶。
[2] 英国十八世纪李查逊的小说中克拉利斯·哈罗,被浪子勒佛雷斯所诱,以致失身,旋又后悔,终于贫病潦倒而死,勒佛雷斯则因与人决斗而丧命。

要它在高雅与富丽两方面都登峰造极。有人和我提到一个诗人，说他爱上一个歌女，在钟情的初期，还没知道歌女将来怎样对他，便买下了一张巴黎最好看的床。如今法官之中最冷静的一个，公认为御前老成持重的顾问，听了那故事竟然心里每根神经都震动。国会讲坛上的演说家，对于拿这种准备工作来培养他的理想的诗人，是很了解的。玛丽·路易士来到法国的前三天，拿破仑在龚比哀涅行宫的床上喜欢得打滚[1]……一切伟大的热情都有这一类表现。我就像那诗人一样地爱着，像拿破仑一样地爱着！……"

听到这最后几句，我相信奥太佛伯爵担心自己发狂的确是可能的了。他站起身子，走来走去，一边说话一边舞动手臂；忽而又站住了，仿佛对自己那些激昂的话也吃了一惊。他沉默了半晌，然后想从我眼中找些同情的表示，说道：

"我真是可笑得很。"

我回答："不，先生，你是不幸得很……"

"噢！是的，我不幸的程度是你想象不到的！从我过火的说话上面，你可以，并且应该，相信我有的是最强烈的痴情，因为九年之间它使我所有的机能都停止活动。但比痴情更强的是对她的崇拜，对她的灵魂、精神、风度、心地，她一切与女性无关的成分的崇拜；对那些附着于爱情的、你一生念念不忘的魔力的崇拜——那是从片刻的欢娱中体味到的日常的诗意。奥诺丽纳的心与气质的可爱，我在幸福的日子正如一切幸福的人一样没有注意，可是追忆之下都看清楚了。这任性而倔强的孩子，受到了无情无义的遗弃，受到了贫穷的压迫，竟变得那么坚强那么高傲。自从我看出

---

[1] 玛丽·路易士为奥国公主，拿破仑见而悦之，乃与约瑟芬离婚，娶以为后。

她有这些崇高的品质以后，我越来越感觉到损失重大。而这朵天国的幽花竟然孤零零地躲在一边枯萎憔悴！"他又带着挖苦而沉痛的情绪往下说，"啊，我们上回谈的法律，实际是等于由一小队警察抓着我太太押送到这儿来！……这不是拖一个尸首回来吗？宗教对她不生作用，她只求宗教的诗意，只愿意祷告而不愿意听教会的戒律。我吗，我把宽恕、仁慈、爱都用尽了，无计可施了。只剩下一个有希望成功的办法：便是权术与耐性，像养鸟的人捕捉最机警、最敏捷、最奇异、最少有的鸟那样的手段。所以，莫利斯，那天特·葛朗维先生在你面前泄露秘密以后——那也是可以原谅的——觉得这件意外的事故倒是命运的一种指示，正如赌徒在赌得最紧张的时候竭力在心中祈求而听从的指示……告诉我，你对我的感情是不是能像小说中的英雄一般替我出力？……"

"伯爵，"我打断了他的话回答，"我猜到你的用意了。可是，你第一个秘书想偷开你的保险箱；你第二个秘书的心，我是知道的，他可能爱上你的太太。难道你忍心送他到火里去教他受难吗？拿他的手放在烈焰中间而不使他灼伤，你想可能吗？"

"你真是个孩子，"伯爵回答，"将来我是给你戴了手套去的！圣·莫街上那所种菜人住的小屋子，我已经教人腾出来了；住到那边去的绝不是我的秘书，而是我的一个远亲，审计官特·洛斯太男爵……"

我惊愕之下，歇了一会儿，然后听见门铃声和一辆车直奔阶前的声音。不久当差来报告特·古德维太太和她的女儿来了。奥太佛伯爵母系方面的亲戚很多。他的表姊特·古德维太太是寡妇，丈夫原来在塞纳州法院当推事，死后只剩下一个没有财产的女儿。你们想，看到一个二十岁的少女，长得跟你理想中的情妇一样美，还会把一个二十九岁的女人放在心上吗？

伯爵抓着我的手把我介绍给特·古德维太太母女的时候，凑着我耳朵说：

"又是男爵，又是审计官，将来还有更大的官爵，加上这所屋子作陪嫁，这样你总不至于爱上伯爵夫人了吧？"

我心里不由得飘飘然，并非为了那些不敢希望的好处，而是为了阿曼丽·特·古德维小姐；她的姿色，配上巧妙的装束，格外显得夺目，那样化装的手段原是所有想嫁女儿的母亲都会教给女儿的。

好了，别扯上我的事了。

（领事说着，停了一会儿。）

22

开始行动

　　二十天以后，我住到种菜人的屋子去了。那儿已经打扫清楚，收拾齐整，摆好家具；办事的迅速只要两句话就可解释：我们是在巴黎！有的是法国工匠！有的是钱！我爱阿曼丽小姐的程度正好使伯爵对他的安全问题放心。可是一个二十五岁的青年所能有的谨慎，是不是足够应付那些由我担任下来，而有关朋友幸福的妙计呢？为解决这个问题，我存心一大半要依赖舅舅的；因为伯爵允许我必要的时候把事情告诉他。我雇了一个园丁，自己装作爱花成癖，仿佛世界上没有一件事能使我感到兴趣，只是没头没脑地翻垦菜园，要把土地整理得可以种花。我像荷兰或英国的某些花迷一样只栽培一种花。我挑选的是大理花，专门搜集所有的变种。你们不难想象，我的行动，哪怕是极细微的变更，都是由伯爵规定的；他那时把全部智力集中在圣·莫街那出悲喜剧上面，连一点儿小事都不放过。等伯爵夫人上了床，在十一点到十二点之间，奥太佛、高朋太太和我三个人几乎每天举行会议。我听着老婆子把女主人白天的一举一动报告伯爵；他什么都要问到，吃些什么，做些什么，态度怎样，第二天预备吃什么菜，她想仿制什么花。我那时方始懂得相思之苦，懂得从头脑、心、感官三方面同时发源的爱情在绝望之下是怎么回事。奥太佛只有在盘问老婆子的时候才算活着。在整理花园的两个月中间,我绝对不向邻居的小楼瞧一眼,连是否有一个邻居也不打听,虽则我们两家的园子只隔一道木栅。伯爵夫人沿着木栅种的一行柏树,已经有四尺高了。

一天早上,高朋太太告诉她女主人一个坏消息,说隔壁搬来一个怪物,有意到年底在两个花园之间筑一道墙。我那时心中怎样的好奇是不用说的了。啊,要见到伯爵夫人了!……这个欲望使我对阿曼丽小姐初生的爱情顿时减色。砌墙的计划是个可怕的威胁。将来奥诺丽纳没有空气呼吸了,园子夹在她的小楼与我的围墙之间,会变成一条狭窄的走道。那小楼从前是人家为玩乐而盖的别墅,像孩子们用纸板搭成的宫堡,只有三丈深,十丈长;正面是照德国办法油漆的,到二楼为止,墙上都钉着牵引花草的木格子;整个建筑代表所谓洛可可式的蓬帕杜风格[1]。从大门到屋子,有条很长的走道种着菩提树。小楼的园子和种菜的园地,形状像一把斧头,走道像是斧头的柄。我计划中的界墙,要把斧头部分去掉四分之三。伯爵夫人因之大为忧急,无可奈何地问道:

"高朋太太,那种花的是什么人呢?"

高朋太太回答:"唉,我不知道跟他有没有商量的余地,他好像是最讨厌女人的。他舅舅是巴黎的一个本堂神甫,我只看到一次,一个七十五岁的老头儿,丑得要命,人可是非常和气。也许真像街坊上说的,这神甫有心教外甥迷着花草,免得事情更糟……"

---

[1] 洛可可为美术史一种风格的名称,创自十七世纪意大利装饰艺术家。在十八世纪的法国最为风行,以仿效岩洞及植物形态为主,不求对称,务求奇巧。

"怎么呢？"

"哎，告诉你吧，你的邻居是头脑有毛病的！……"高朋太太指着自己的头。

不动武的疯子是女人在感情方面最不提防的男子。你们等会儿可以发觉，伯爵替我挑这个角色的确很有眼光。

"可是他怎么会这样的呢？"伯爵夫人问。

高朋太太回答说："他念书念得太多了，脾气变得很怪。并且他自有不喜欢女人的理由……既然你要知道外边的闲话，就一齐告诉了你吧。"

"可是，"奥诺丽纳接口说，"我对疯子倒不像对不疯的人那么害怕。我要跟他谈谈。你去通知他，说我请他过来。要是不成，我再找那个本堂神甫。"

她们这样谈过话以后，第二天我在新辟出来的花径上散步，瞥见楼上一扇窗的帘子撩开了一点，有个女人在那里张望。高朋太太走来和我招呼。我突然向小楼望了一眼，做着一个粗暴的手势，仿佛说："哼！我才不理会你的东家呢！"

高朋女人回去报告交涉的经过："太太，那疯子叫我别跟他烦，说哪怕是个靴匠，在家也能作个主张，尤其他是没有老婆的。"

"这话倒说得加倍有理。"伯爵夫人回答。

"是呀，但是我告诉他，说他要使一个躲在家里静修的人伤心死了，因为她唯一的消遣就是种花；结果他回答说：好，那我就去一趟吧。"

23

一幅速写

下一天,高朋女人和我做了一个记号,表示她主人等着我了。正当伯爵夫人用过早点,在小楼前面散步的时候,我翻过了木栅,向她走过去,穿的是乡下人服装:旧灰呢长裤,大木靴,旧猎装,头上戴一顶便帽,脖子里裹一条破围巾,手上全是泥土,还拿着一把锹。

高朋女人嚷道:"太太,这位先生便是你的邻居。"

伯爵夫人并不惊慌。那个因伯爵的倾诉和她的行为而显得格外离奇的女子,我终于见到了。时间是五月初。清新的空气,蔚蓝的天色,嫩芽的绿意,春天的香味,烘托着这个痛苦的人物。一见奥诺丽纳,我就完全体会到奥太佛的痴情,觉得他用"天国的幽花"去形容她真是一点不错。我先注意到她的脸色白得非常特别,因为白的种类和红与蓝的种类一样多。望着伯爵夫人,你的眼睛好像能接触那芬芳的肌肤,血就在一缕缕似蓝非蓝的脉管底下流着。只要情绪略微有些波动,她的血便在肌理之下散布开去,像一股粉红色的水汽。我和她相见的时候,皂角树瘦弱的叶子中透过几道阳光照着奥诺丽纳,成为一圈流动的黄色的光轮,画家中间只有拉斐尔和提香能在圣母周围画出这种光来。褐色的眼睛,表情又温柔又快乐;

用"天国的幽花"去形容她真是一点不错。

从低垂的长睫毛底下漏出来的神采,反映在她的脸上。凭她光滑柔软的眼皮的动作,奥诺丽纳给你一股魔力,因为她把这个灵魂的幕卷起落下的方式,不知包含着多少感情,多少庄严、恐惧、轻蔑的意味。一瞥一视之间,她可以使你不寒而栗,也可以使你欣然色喜。随便挽着的灰色头发,替她描出一个宽大的威武的额角,富于幻想的、诗人一般的额角。嘴巴长得非常肉感。还有一点得天独厚的地方,就是脸部的轮廓和全部的线条都有高贵的品质,能抵抗岁月的侵蚀;这是在法国很少见而在意大利很普通的特点。奥诺丽纳虽则体态苗条,可并不瘦;身腰还有使人古井重波的力量。娇小玲珑这四个字,她的确当之而无愧,因为她是那一类轻盈柔软的女子,可以像猫一般让你抱起来温存一番,放下去回头再来。纤小的脚踏在沙上发出特有的轻微的声音,和衣衫窸窣的声音很调和,成为一种女性的音乐印在你心上,使你能在千千万万的女人脚声中分辨出来。她的姿态把多少代世家的身份表现得那么庄严,走在街上连最放肆的平民见了也会闪在一旁。快活,温柔,高傲,威严,这些好像互相抵触而仍旧保持她小孩子气息的德行,你只能认为是天赋,否则就无法了解她。但这孩子可能像天使一般坚强;也像天使一样,一朝本性受了伤害绝没有妥协的余地。倘若你看见她的眼睛与嘴唇对你笑过,听见她悦耳的声音,感觉到它的抑扬顿挫像诗歌一般的美,那么万一她沉下脸来,你就觉得自己被宣告了死刑。闻到她身上发出的紫罗兰香,我才懂得为什么伯爵没上纵情声色的路,为什么人家永远忘不了她;因为对于触觉,对于眼睛,对于鼻子,她都等于一朵花,对于灵魂更其是一朵天国的幽花……奥诺丽纳能使人对她像中古的骑士一般忠诚,作没有酬报的牺牲。

24

第一次的会面是怎么结束的

凡是见到她的人心里都会有这样的念头:"你尽管想吧,我一定能体会;你尽管说吧,我一定服从。要是我在酷刑之中送了命而你能有一日之欢,那就把我的生命拿去吧,我会含笑而死,像殉道的人在火刑架上一样;我要把这殉难的日子交给上帝,作为父亲给孩子的节日。"很多妇女能装出一种风度,使人见了像见到伯爵夫人一样。但她身上的一切都那么自然,而那种没法模仿的天生的丰韵能直接透入你的心坎。我提到这些,因为跟她的灵魂、思想和玲珑剔透的心有关;要是不描写,恐怕你们会责备我的。当时我差点儿忘了我所扮的疯疯癫癫的、粗暴的、不会奉承女性的角色。

"太太,听说你是喜欢花草的。"

她回答:"先生,我是制花的女工。我种了花,拿它们写生,仿佛一个有艺术手腕的母亲很高兴替孩子们画像……这就说明我相当穷,虽则要求你通融,却没有能力付你一笔赔偿。"

"怎么!"我装得像法官一样的严肃,"一个像你这样出众的人才竟然做工吗?难道你和我一样有些特殊的理由,需要让手指忙着,免得头脑活动吗？"

"咱们只谈界墙的事吧。"她微笑着说。

我回答："咱们谈的就是界墙的基础啊。我先得知道咱们的两种痛苦，或者说两种怪癖，究竟应当由哪方面让步……啊，多美的水仙花！跟今天这个天气一样清新！"

我敢说她的确布置了一个花卉与灌木的博物馆，只有阳光能进去参观；一切安排都显出艺术家的匠心，便是最冥顽不灵的屋主也不忍加以破坏。大簇的花，或是参差错落地分作几级，或者拼成一个个的花堆，用的都是莳花专家的手法，使你看了精神舒畅。隐僻幽静的园子发出阵阵清香，好比抚慰心灵的油膏，只会触发你恬适的思想，触发妩媚的，甚至艳丽的形象。这花园使你看出一个人真正的性格留在一切事物上的无可形容的标记，只要我们的真性格不需要服从社会上种种不可少的虚伪。我一会儿瞧瞧成堆的水仙，一会儿瞧瞧伯爵夫人，为了扮演我的角色，还装作对她远不及对花那么爱好。

她说："原来你是极喜欢花的？"

我回答："只有它们才不会辜负我们的温情与爱护。"

接着我发表一大篇议论，把社会与植物做比较，慷慨激昂，简直和界墙问题离开十万八千里了，使伯爵夫人只能认为我是一个痛苦的、受伤的、大可哀怜的人。但过了半小时，我的邻居不知不觉又把我拉回到正题上；女人不动爱情的时候，头脑竟会跟老年的诉讼代理人一样冷静。

我说："要是保留木栅，你一定会把我不愿意泄漏的种花的诀窍学了去的；因为我正在搜求蓝的大理花，蓝的蔷薇花，我对蓝色的花简直喜欢得发疯。蓝色不是一般高尚的心灵最爱的吗？像现在这样，咱们双方都不能算单宅独院；还不如开一扇格子门……既然你喜欢花，不妨来看看我的，我也可以去看看你的。你固然是闭门谢客，我也只有一个舅舅来看我，他是勃朗-芒多的本堂神甫。"

她回答道："我不愿意闲人随时闯进我的花园，闯进我的屋子。但你尽管请过来，我总是欢迎的；你是我的邻居，我愿意彼此相处得好好的；可是我爱静的脾气不能让我的清静操在人家手里。"

"那么随你吧！"

我说完把身子一纵，跳过了木栅。

到了自己园里，我回头走向伯爵夫人，做着一个吓唬她的手势，像疯子一般扯着鬼脸，嚷道："你瞧，门有什么用？"

我在家里待了半个月，好像根本没想到我的邻居。

25

奥诺丽纳的樊笼

到五月底,正好是一个幽美的夜晚,我们俩隔着栅栏慢慢地散步。走到尽头,少不得彼此寒暄几句。她觉得我垂头丧气,一味想着痛苦的念头,便和我提到一个人应当存希望一类的话,好像保姆催眠儿童的歌声。于是我越过栅栏,第二次走近她了。伯爵夫人邀我进到她家里,想把我的痛苦纾解一下。我这才走进那座圣殿,里头一切都跟我向你们描写的女子一样非常调和,到处素雅宜人。

这所小楼,在内部看来的确是十八世纪的艺术家为一个达官贵人经营的艳窟。楼下的饭厅四面都有壁画,画的是稀格子的花架,兼带花卉,手笔极精。楼梯间的壁上是模仿浮雕的单色画。饭厅对面的客室已经破旧不堪,但伯爵夫人挂着很别致的、从古屏风上拿下来的幔子。连着客厅的是一间浴室。楼上只有一间卧房,一间盥洗室,和改作工场用的书房。厨房藏在小楼底基下面的地窖里,要走几步石级才能到正屋。栏杆与蓬帕杜式的花环把屋顶遮掉了,只看到几个铅球。你住在这里好像和巴黎不知离开多远了。要不是这位脸色惨白的女子在美丽的红唇上偶尔挂着一点苦笑,你可能以为这朵紫罗兰埋在它的花堆里挺幸福呢。

26

论女性的工作

不多几天,我们彼此已经很信任;一则因为是邻居,二则伯爵夫人看准我对女性完全无动于衷。我一瞥一视之间就可能把奥太佛的计划断送掉的,所以我的眼神对她从来没有什么表情。奥诺丽纳只把我当作一个老朋友,态度举动都出于同情心。她的目光、声音、措辞,一切都证明她毫无卖弄风情的意思——那在同样的情形之下,连最严肃的女人也免不了的。不久她便允许我踏进那个精雅的制花工场,一间摆满图书和小古董的静室,布置得和上房差不多,富丽堂皇的气派把手艺的俗气洗净了。

时间一久,伯爵夫人把最无诗意的东西,工场,也变成有诗意的了。妇女所能做的活儿,也许假花在制造的细节方面最能表现女性的妩媚。着色的时候,她必须俯在桌上,相当用心地对付这种近于绘画的工作。旁的事,比如做地毯吧,假使要靠此谋生的话,往往会造成肺病或者脊骨变形。至于镂刻乐谱,以需要细致、小心与了解而论,又是最辛苦的工作。裁缝与刺绣一天还挣不了三十个铜子。可是制花和做妇女的装饰用品需要很多动作,很多手艺,甚至也要很多思想,使一个美女始终在她的天地之内:她可以自由自在,可以谈话,可以笑,可以唱歌,可以思索。摆在黄

La Comédie Humaine

不久她便允许我踏进那个精雅的制花工厂。

松木长桌上、预备制作她所挑定的假花用的、成千累万的着色花瓣，不消说都安排得很有艺术。画碟是白瓷的，擦得非常干净，排列的方式使人一目了然，要用什么颜色立刻能找到。所以那位高贵的艺术家很能节省时间。一口精巧的镶嵌象牙的紫檀柜子，有无数的小抽屉盛放钢制的模型，给她做叶子或花瓣之用。

一只极漂亮的日本碗盛着糨糊，从来不让发霉，碗上安放一个有铰链的盖子，轻巧玲珑，只要指尖一拨就能揭开。铅丝、紫铜丝，都藏在面前工作台的小抽屉内。供在眼前的有一只威尼斯瓶，插着一支含苞欲放的鲜花，这生动的模型便是她预备争奇斗胜的对象。她醉心于杰作，挑的总是最难的活儿，例如葡萄、野草、最小的花冠、色调最不容易捉摸的蜜槽。和头脑一样敏捷的手在桌子与活计之间来来往往，好比钢琴家的手在键盘上活动。用班洛[1]的说法，手指像一群仙女，在妩媚动人的姿势之下，为了搓捏、粘贴、重压，使出种种不同的力量，凭着心明眼亮的直觉，把每个动作的效果计算得很准。她面前摆好了材料，着手粘贴棉花，修整枝条，胶上叶子的时候，我简直百看不厌。在取材的大胆上面，她施展出画家的天才，模仿枯叶、黄叶，和田里的野花争胜，那是一切花中最富于天趣、最简单，所以是最复杂的。

她和我说："这门艺术还幼稚得很。倘若巴黎女子能有一点儿东方妇女在后宫中所表现的那种天才，她们戴的花就可以成为整套的语言。为了满足我艺术家的要求，我做了一些枯萎的花，暗黄的叶子，像深秋或冬尽春初时期所看到的……这种花冠戴在一个红颜薄命的或是心怀隐痛的少妇

---

[1] 班洛为十七世纪法国的童话作家兼诗人。

头上,不是很有诗意吗?有什么意境,一个女人不能用头上的饰物来表现的?醉醺醺的酒神、阴沉古板的虔婆、烦闷的女子,不是都有各个不同的花可以代表吗?我认为植物能表现心灵的一切感觉一切思想,连最微妙的在内。"

她派我敲打叶子,帮着剪裁,打点铅丝,预备她用作枝干。我假装极愿意借此消遣,很快就把手艺学得很熟练。我们一边做活一边谈天。无事可做的时候,我给她念些新出版的书,因为我不能忘了自己所扮的角色,老是装作忧郁、怀疑、悲苦、厌倦人生、伤心到极点。我的长相,除了不是跷脚以外,很像拜伦勋爵;因此,她常常用些可爱的笑话跟我打趣。她以为她自己那种讳莫如深的痛苦,毫无问题是使我的痛苦相形失色的,虽然我厌恶人生的原因连扬格与约伯[1]听了也会首肯。我像街头行乞的穷人一般在心上放些假疮疤,赚取这位可敬可爱的女子的怜悯:我因此而感到的惭愧也不用细说了。懂得了间谍的卑鄙,我才懂得我对伯爵忠诚到什么程度。我那时受到的同情尽够安慰世界上最不幸的人。这婉娈可喜的女子,与世隔绝,幽居独处了多少年,在爱情以外有极丰富的友谊可以施舍;而她给我友谊的时候一方面像儿童一般尽情流露,一方面又带着一种怜悯的意味——大可使一个爱她的浪子啼笑皆非的怜悯;因为她整个儿只是慈悲,只是同情。她摒弃爱情,对于所谓女子的幸福只觉得害怕;这两种心理表现得又坚决又天真。我过的那些愉快的日子可以证明女性的友谊比她们的爱情可贵多了。

---

[1] 爱德华·扬格(1683—1765)为英国诗人。约伯为古代犹太长老,以正直闻名,后受上帝考验,遭祸累累,故自怨其生。

27

奥诺丽纳的一段自白

一般姑娘们坐上钢琴凳之前，因为预感到坐上去以后的厌烦，总免不了推三阻四；我让伯爵夫人逼出心腹话的时候，就跟这些姑娘一样忸怩。你们不难想象，为了要克服我怕开口的心理，她不得不格外表示亲热；但一发觉我对于爱情的厌恶和她的不相上下，她就觉得命运送了一个星期五[1]到她的荒岛上的确是大可感激的事。或许她也开始不耐寂寞了。可是绝不卖弄风情，连一丝一毫的女性气息都没有。她和我说，只有在她隐遁的理想世界上，她才觉得有些兴趣。我不由自主地把他们夫妇两人的生活做着比较：伯爵的生活全部是行为、活动、感情；伯爵夫人的全部是隐忍、无为、静止。其实男女双方都是服从各人的本性，而且服从到令人钦佩的程度。我因为冒充厌世，尽可以对世间的男女冷嘲热讽，希望借此套出奥诺丽纳的心事；但无论什么计策对她都不生作用；于是我明白，所谓骡子脾气在女人中间比我们所想象的要多得多。

有一天我对她说："东方人把你们关在家里，纯粹当作享乐的工具，

---

[1] 星期五为鲁滨孙在荒岛上所救的野蛮人。因此事发生在星期五，故鲁滨孙即以星期五命名野蛮人。

真有道理。欧洲人让你们加入社会，给你们平等待遇，因此吃了大亏。据我看，女人是最不老实最卑鄙的动物。但就因为此，她才有她的魔力，给人有捕捉家畜那样的乐趣。男人一朝为一个女人颠倒之后，就认为她是神圣的，永远给她一种特权。对于过去的欢乐，男人的感激是永生不灭的；即使看到当年的情妇老了或是堕落了，仍旧觉得她在感情上对他有特殊权利。可是为你们女人，旧日的情夫是一文不值的；不但如此，他还有一个不能原谅的大错，就是没有早点死掉！……你们口头不敢承认，心里却是和传说的（其实只是群众的无稽之谈）奈尔塔中的太太[1]一样，会这样想：可惜一个人享受爱情不能像吃水果一样！可惜吃了一顿饭不能单单剩下愉快的感觉！……"

她说："这种美满的幸福，上帝一定是留给天国的……你的论证虽然很妙，我却认为是错误的。那些经过好几次爱情的男人，你又怎么说呢？"她这样问我的时候，眼睛像恩格尔画路易十三把王国奉献给圣母，而圣母望着路易十三的眼神一样[2]。

我回答说："你真是存心做戏了，因为你刚才瞧我的眼风，大可使一个女演员成名。可是像你这样的美人一定有过爱情，所以把爱情忘了。"

"我吗？"她故意避开我的问题，"我不是一个女人，而是到了七十二岁的女修士。"

"那么你怎么敢这样肯定，说你比我感觉更敏锐？对于女人，苦难只

---

[1] 奈尔塔为十三世纪时所建的宫堡，位于巴黎中心。相传法王腓力四世的王后在此宫中淫乐无度，常将厌弃之情夫置死，投于塞纳河。

[2] 此系指法国十九世纪大画家恩格尔的作品，题作《路易十三的发愿》。画的是路易十三跪在地上把王冠与杖献给圣母，圣母在云端抱着圣婴耶稣，眼睛低垂着，并不正视路易十三。

有一种形式；唯有爱情的失意她才当作不幸。"

她神气很柔和地望着我。女人夹在矛盾中间或被事实逼得无路可走的时候，照旧会固执己见。奥诺丽纳便是采取这种办法，和我说：

"我是女修士，你却和我讨论一个我不能再踏进去的世界。"

"便是在思想上也不能吗？"

她回答说："难道世界真是那样值得羡慕吗？噢！即使我的思想要溜出去，也是溜往更高的境界的……完满的天使，美丽的加百利[1]的歌声，常常在我心头唱着。万一我有了钱，我要照旧做活，免得常常骑在天使的五色翅膀上飞往想入非非的境界。有些沉思默想会使我们女人迷路的！我的精神安定全靠我的花，虽则它们不能完全抓住我。某些日子我好像有所期待，没有目标地期待；一个念头来了，就盘踞着我的心，使我手指举不起来，但我没法把念头赶走。我觉得此刻正在酝酿一件大事，我的生活要改变了；我伸着耳朵听着，对黑洞里望着，对做活毫无兴趣；然后我疲乏至极，回过来又看到人生，看到我平时的生活。这是不是快要进天国的预感呢？我常常这样地问自己……"

---

[1] 天使加百利向童贞女玛利亚显灵，说她蒙受圣恩，将生救主耶稣。

28

一语伤人

一方面是用年轻人的伤心忧郁作掩护的两个外交家,一方面是一个因悲观厌世而格外顽强的女人:双方斗法斗了三个月,我向伯爵说,要教乌龟从壳里钻出来恐怕不可能了,只有打破它的壳。隔天晚上,在最后一次友好的讨论中,伯爵夫人说道:

"当年吕克雷斯用她的匕首和她的血,替女性的宪章写下了第一个词:自由!"[1]

从此以后,伯爵便让我全权办理。

某星期六的晚上我去看奥诺丽纳;楼下的客室才由那位冒名顶替的业主粉刷一新。她很高兴地和我说:"我这个星期做的花卖了一百法郎!"

时间正好十点。七月的夜晚和美丽的明月带来一片朦胧的光。一阵阵百花混合的香味醉人心脾。伯爵夫人把五枚金路易拿在手里叮叮当当地玩着。那是一个冒充的化妆品掮客送来的,而那掮客又是奥太佛托包比诺法

---

[1] 吕克雷斯为公元前六世纪时罗马执政泰尔耿·高拉打之妻,以被污自杀。后人以吕克雷斯作为烈女的典型。

官物色得来的另一个党羽。

她说:"男人们拿法律作武器,想收服我们作奴隶!我却是一边消遣一边解决了生活问题,绝对不受拘束!噢!每星期六我总很得意。你的孪生弟兄拜伦勋爵喜欢缪莱的金洋,我也喜欢高狄莎的金洋。[1]"

我回答:"这可不是一个女人的天职。"

"呵!我能算女人吗?我不过是一个性情温柔的男人,不受任何女性折磨的女人……"

"你的生活把你整个的人否定了。上帝对你多么慷慨,使你长得这样好看,心这么慈悲,你难道从来不想要……"这是我第一次泄露形迹的话,她听了有点不放心了:"要什么?"

"不想要一个美丽的孩子——卷卷的头发像水浪似的,在花堆里来来往往,好比一朵代表生命与爱情的花,叫你一声妈妈吗?……"

我等她回答。等到沉默的时间太久了,我才发觉我的话发生了可怕的后果,因为屋子里黑洞洞的,早先没看见。伯爵夫人身子歪在便榻上,不是晕过去,而是浑身冰冷地发了肝阳;因为她一切的生理现象都是温和的,所以第一阵震颤也来势不凶,据她事后说,很像最微妙的毒药药性刚发作的情形。我把高朋太太叫了来,她抱着女主人放上床,脱了衣服,她不是被救醒了,而是恢复了痛苦不堪的感觉。我一边哭一边沿着屋子的走道踱来踱去,同时对自己的使命觉得毫无把握。当初那么冒冒失失接受下来的捕鸟的角色,我恨不得放弃了才好。高朋太太下楼看见我满面泪痕,

---

[1] 缪莱为十九世纪英国有名的出版家,拜伦一生得其帮助不少。高狄莎为巴尔扎克小说中常见的人物,此处即收购奥诺丽纳假花之商人。

便急急回上去问伯爵夫人：

"太太，怎么回事啊？莫利斯先生一把鼻涕一把眼泪，哭得像小孩子似的。"

为了怕我们的态度被人误会，她拿出超人的勇气，披着件梳妆衣下楼来找我：

"我发病跟你没有相干；我心脏常常会抽搐的……"

我抹着眼泪，用一种假装不来的声音对她说："唉，你还想把你的伤心事瞒着我吗？这一下不是让我知道了你有过孩子而夭折的吗？"

她突然打着铃，叫道："玛丽！"

高朋太太马上来了。

"把蜡烛和茶都端来。"她吩咐的时候，态度的冷静不下于一个骄傲的英国太太，那是你们都知道的那种要命的英国教育培养出来的。

29

挑战

高朋女人点了蜡烛，关上百叶窗。伯爵夫人脸上毫无表情；倔强的傲气，和野人一般的严肃，在她身上又占了上风。她和我说：

"你知道我为什么那样地仰慕拜伦勋爵？……他挨受痛苦的方式跟野兽一样。既然一个人的怨叹不能成为曼弗雷德的哀歌、唐·裘安的嬉笑怒骂、哈洛尔特的奇思狂想[1]，那么怨叹有什么用？谁也休想知道我的事！……我的心是一首献给上帝的诗！"

我说："倘若我愿意……"

"愿意什么？"她紧跟着问。

我回答说："我对什么都不感兴趣了，也没有好奇心了；可是我要愿意的话，明天就能知道你全部的秘密。"

"你能够吗？我才不信呢！"她竭力遮盖心中的不安，却不大遮盖得了。

"真的不信吗？"

"当然，"她侧了侧头，"我倒要试试你的本领呢。"

---

[1] 曼弗雷德、唐·裘安、哈洛尔特均系拜伦有名的长诗中的主人翁，诗篇即以主角命名。

我指着她的手说:"先是这些美丽的手指已经说明你不是一个少女,更不是一个做活的人!其次,你也不叫作高朋太太;有一回你当我的面收到一封信,你对玛丽说,'喂,这是你的。'玛丽才是真正的高朋太太。你冒用了女管家的名字。噢!太太,你对我不用害怕。我是你最忠心的朋友……朋友,你听明白没有?这个在法国被人滥用,拿来称呼敌人的名词,我只想到它圣洁的动人的意义。这个朋友愿意帮助你抵抗一切,愿意你尽可能地得到幸福,一个像你这样的女子应该有的幸福。我无意之间给你的痛苦,谁敢说不是从你心里自然而然流露出来的?"

"不错,"她带着威吓的意味说,"我要你好奇,要你把所能打听到的关于我的事统统告诉我,可是……"说到这里,她举起手指,"你也得告诉我,你的消息是从哪儿来的。我在这里享的一点儿清福能不能维持下去,就靠你打听的结果决定。"

"就是说你预备溜走吗?"

"高飞远走!"她嚷道,"飞到新大陆去……"

我打断了她的话,说道:"不管上哪儿,你反正得引起人家的热情,逃不出热情的魔掌。天才与美女,都注定要放出灿烂的光芒,引人注目,惹人妒羡,招人毁谤的。巴黎是没有阿拉伯强盗的一片沙漠,世界上只有在巴黎,一个人才能隐姓埋名,靠自己的工作糊口。你抱怨什么?我是什么人?不过是一个仆人而已,不是高朋太太而是高朋先生。万一你要和人决斗,也该要一个证人吧。"

"不管这些,我要你去打听我的底细。我已经说过:我要你这么办!现在咱们别提了。"她这么说着又拿出妩媚动人的风度,那是你们(领事望着在座的妇女)都能随心所欲地支配的。

我回答说:"那么好吧,明天这时候,我来把得到的消息告诉你。可是你不能恨我！你会不会拿出一般女人的手段来对付我呢？"

"一般女人是怎么的？"

"她们教我们作了极大的牺牲，然后过些时候又埋怨我们的牺牲，仿佛把她们侮辱了似的。"

她很狡猾地回答："倘若她们要求你们做的事，你们觉得是牺牲，那么她们的埋怨是对的……"

"不说牺牲，只说是勉强做的吧……"

"那就是说你们本来是不愿意做的。"

我说："啊，对不起，我忘了女人和教皇是永远不会错的。"

她静默了半晌，又道："天哪！我这点儿安静是用多么高的代价换来的，偷偷摸摸享受的；可是只要两句话就能把它毁掉……"

她站起身子，仿佛把我忘了，只自言自语地说着："上哪儿去呢？怎么办呢？……我花了多少心血布置这个可爱的家，预备在这里终老，难道非离开不成吗？"

"在这里终老？"我很明显地表示吃了一惊，"难道你从来没想到有朝一日不能再做工，假花跟化妆品可能因为竞争而跌价吗？……"

"我已经有三千法郎积蓄了。"她说。

我叫道："天哪！这笔数目表示省吃俭用，吃了多少苦哇！……"

"明儿见，"她说，"我失陪了。今晚上我简直变了一个人，想自个儿静静。我不是得鼓足勇气以防万一吗？因为，倘若你能知道什么事，别人也能知道，那就……"然后她用直截了当的口气，做了一个很有威严的手势，说了声："再见。"

"好，咱们明儿来决一胜负。"我故意堆着笑容，因为要使那天晚上的一幕显得毫无作用。

30

揭晓

从很长的花径上走出去的当口,我不由得重复了一句:

"好,明儿来决一胜负!"

而像每天晚上一样和我在大街上相会的伯爵,也叫了声:

"好,明儿来决一胜负!"

奥太佛的焦急忧虑与奥诺丽纳的不相上下。我和伯爵沿着巴士底城壕直走到清早两点,好比两个将军在作战的前夜察看阵地,估计种种的可能性,认为胜利的关键全靠一个偶然的机会。这一对硬拆开的夫妇是整夜不得合眼的了:一个是因为存着希望而睡不着;一个是心惊肉跳,唯恐团圆而睡不着。人生的戏剧并不在于外界的境遇而在于情感,它是在内心搬演的,或者说在所谓精神世界那个辽阔的天地中搬演的。奥太佛与奥诺丽纳两人的活动和生活,始终不出思想深刻、意境高远的人活动的区域。

我准时而去。晚上十点,我第一次被请进那间蓝白两色的精雅的卧室,那个受伤的鸽子的窝。伯爵夫人望着我想说话,但看到我非常恭敬的神气,立刻大吃一惊。

我很庄严地微微笑着,叫了声:"伯爵夫人……"

可怜的太太已经站了起来,又倒在椅子上呆住了;那种痛苦的姿态可惜没有一个大画家把它描下来。

我继续说道:"你是一个最高尚最受尊敬的男人的妻子;大家认为他伟大,但他对待你的行为比众人眼里看出来的更伟大。你和他是两个性格最了不起的人物。你以为这儿是什么地方?"我问她。

"不是在我自己家里吗?"她诧异之下,连眼睛都发呆了。

"在奥太佛伯爵的家里!"我回答,"我们上了当了。那个叫作勒诺尔芒的书记官不是真正的业主,而是代你丈夫出面的。你这种清静的生活是伯爵一手造成的,你挣的钱是伯爵给的,你生活中最琐碎的事都是他费心照顾的。你丈夫在外边维持你的面子,对于你的失踪想出充分的理由来解释,说你搭一条叫作赛西尔号的船到哈瓦那去,接收一个可能把你忘了的亲属的遗产;陪你去的还有你夫家的两个女人和一个老管家,可是船出了事。你丈夫公开表示,希望你不至于遭难。他说已经派人去就地调查,得到的信息似乎还很有希望……他把你的行踪隐藏得和你自己一样周密……总而言之,他完全遵照你的意思……"

她回答说:"得啦,得啦。现在我只要知道一点,这些细节是谁告诉你的?"

"哎,太太,有个穷小子由我舅舅荐在本区警察局当书记,他一五一十和我说了。要是你今晚上偷偷离开这个小楼,你丈夫不会不知道你的行踪,而不管你跑到哪儿,他都能庇护你。一个聪明的女子怎么能相信,做生意的人收买纸花和便帽的价钱,会跟卖出去的价钱一般高?真的,哪怕你一束花讨价三千法郎,人家也会照给!便是做母亲的也比不上你丈夫的温柔体贴。我从你看门的那儿知道,夜静更深的时候,伯爵常常到篱笆后面来看你床头的灯光！你的开司棉披肩值到六千法郎……你的花粉商把名厂的出品当作旧货卖给你……总之，你在这儿完完全全是一个落在火神网里的维纳斯[1]；但你是单独地被幽禁着，七年如一日被无微不至的慈爱幽禁着。"

伯爵夫人像一只被捕的燕子般打着哆嗦，在人家手里伸着脖子，睁着褐色的眼睛向四下里探望。她被神经质的抽搐刺激得浑身骚动，用猜疑的目光把我打量着。干涩的眼睛射出一点儿几乎是火辣辣的光；但她毕竟是女人！……一会儿眼泪冒上来了，哭了，并非因为受了感动，而是觉得自己无能为力，绝望到极点。她自以为独立、自由，不料始终逃不出婚姻的束缚，好比囚犯逃不出监狱。

她一边流泪一边说："他逼我，好吧，那我就到一个谁也不能跟着我的地方去……"

我说："啊！你想自杀！……太太，你不愿意回到奥太佛那儿去，一定是有极充分的理由了？"

"噢！当然！"

"那么不妨把这些理由告诉我，告诉我舅舅；我们俩可以做你忠心的顾问。我舅舅在忏悔室中是一个教士，在客厅里可从来不会摆出教士面孔。我们要仔细地听你，对你提出的问题想一个解决的办法；倘若你有什么误会，也许我们能替你消解。你的灵魂是纯洁的；即使犯过什么错误，也早已补赎了……总之，别忘了你可以把我当作最真诚的朋友。要是你想躲脱伯爵的束缚，我能给你想办法，使他永远找不到你。"

她说："噢！还有修道院呢。"

---

[1] 据罗马人的神话，维纳斯嫁与火神伏尔甘后，私恋战神玛尔斯，乃被伏尔甘囚于网内。

"不错，但伯爵是个国务部长，能教世界上所有的修道院都不敢收留你。可是不管他势力多大，我仍旧有办法把你从他手里救出来……只要你能向我证明你的确不能，也不应该回到他那儿去。"

她恶狠狠对我瞅了一眼，带着非常猜忌和过分高傲的意味；我便赶紧补充："噢！别以为你逃出了他的掌握，就得坠入我的掌握。将来你照旧能享受安宁，清静，独立；一句话说完，你可以和一个又丑又凶的老姑娘一样得到自由与尊敬。将来我也要先征求了你的同意再敢来看你。"

"可是怎么呢？用什么办法呢？"

"太太，这一点暂时不能告诉你。你放心，我绝不骗你。只要给我证明你只能过这个生活，证明这个生活的确胜过奥太佛伯爵夫人的有钱、有面子、住着巴黎最漂亮的府第、受到丈夫疼爱、做一个幸福的母亲的生活，那我就判决你胜诉……"

"可是，"她说，"世界上怎么会有一个男人能了解我呢？……"

我回答："的确没有。所以我要请宗教来做评判。勃朗-芒多的本堂神甫是个七十五岁的圣者。他不是一个审问异教徒的法官，而是一个圣·约翰；他对你会像法奈龙一样，像对勃艮第公爵说下面那番话的法奈龙一样：爵爷，星期五你要吃一条小牛[1]也可以，但做人非像个基督徒不可。"

"得了吧，先生。我知道修道院是最后一条出路，是我唯一的避难所。能了解我的只有上帝。至于凡人，哪怕是教会中最慈祥的神甫圣·奥古斯丁，也参不透我良心上不安的情绪，那好比但丁的地狱中不可超越的领

---

[1] 基督旧教教规，每星期五均须守斋，除鱼类鸡蛋外，其他荤腥不得入口。

域。一个不相干的男人,虽则不配领受爱情的祭礼,却得到了我全部的爱情!我丈夫没得到,因为他没拿;我给他爱情,像母亲把一件奇妙的玩具拿给孩子,被孩子砸破了。我的爱情是可一不可再的。对于某些心灵,爱情是不能作尝试的:有就有,没有就没有。它一朝出现,就是整个儿出现。可是十八个月的夫妇生活,对我等于十八年;我把全部的生命力放了进去,它不是因为尽量奔放而枯竭的,而是在那种欺人的,只有我一个人真诚的闺房生活中消磨完的。为我,幸福之杯既不是空的,也不是喝干了的;什么都不能把它再斟满,因为杯子打破了。我已经没有武器,不能再作战……把自己倾箱倒箧地给了人,我还成其为我吗?只能比之于酒阑灯尽以后的残羹剩饭。我只有一个名字,奥诺丽纳,正如我只有一颗心。丈夫占有了少女,没资格消受的情人占有了少妇;一个女人还剩下什么?你一定会和我说:只要让人家爱就得了!唉!我究竟还有点人味儿,想到卖淫妇三个字能不觉得羞愤吗?是的,一场大火把我的宝物烧光了,我借着大火的反光把事情看明白了。老实说,接受另外一个男人的爱情,我倒还能想象;但是向奥太佛投降,噢!休想!"

我说:"哎,你还爱他呢。"

"我看重他,尊敬他,他从来没伤害我;他心肠好,他温柔;但我不能再爱他……得了吧,别谈了。无论什么事,越讨论越显得渺小。关于这问题,让我用书面来表白我的意思;现在那些思想使我透不过气来,我身上在发烧,我的脚已经踏在我的修道院的废墟中了。我眼睛看到的,一向以为拿自己的工作换来的东西,此刻都把我心里要忘掉的事一件件地提醒我。啊,我真应该离开这里,像当初逃出家庭一样。"

"逃哪儿去呢?"我问她,"女子没有人保护,能够在世界上存活吗?

在三十岁上，正当花容玉貌的鼎盛时期，有的是你自己意想不到的充沛的精力，有的是可以大量施舍的温情，而你竟想躲到我能把你隐藏起来的沙漠中去？……放心吧，伯爵五年之中没露过面，将来不得你的同意也永远不会到这儿来的。凭他九年卓越的生活，你的清静已经有了保障。你尽可以毫无危险地把你的前途跟我和我舅舅商量。先把心静下来，别夸张你的不幸。一个当祭司当到头发都白了的人不是一个孩子，各式各样情欲的忏悔，他听了快有五十年了，连帝王卿相那么沉重的心事都由他掂过斤两，他一定能了解你的。即使我舅舅披着祭衣的时候是严厉的，对着你的花也会像它们一样柔和，像他神明的主宰一样宽容。"

31

一封信

我到半夜才离开伯爵夫人。那时她表面上是镇静了,但脸色阴沉,似乎暗暗做着打算,教无论怎么锐利的眼光都猜不透的打算。我走不了几步就在圣·莫街上遇到伯爵,他受着一股不可抗力的吸引,不能再待在大街上我们约定的老地方了。

我把经过情形告诉了他,他嚷道:"可怜的孩子这一夜怎么过哇?要是我闯得去,要是她忽然看到我又怎么呢?"

我回答说:"这时候她连跳窗都可能。伯爵夫人是吕克雷斯一流的女子,受了污辱宁可死的,即使污辱她的是她愿意委身的男人。"

"你年纪太轻了,"他说,"你不知道,一个人被痛苦的念头剧烈扰乱的时候,他的意志好比湖上起了大风暴,风随时在变,波浪也跟着一会儿涌到这边的湖岸,一会儿涌到那边的湖岸。今天晚上,奥诺丽纳见了我扑在我怀里的可能性,和跳窗的可能性是均等的。"

"而你预备冒这个险吗?"我问他。

他回答道:"得了吧;为了要等到明天早上,我家里已经由台北兰医生预备好一些鸦片,让我能太太平平地睡一觉。"

第二天中午,高朋女人递给我一封信,说伯爵夫人筋疲力尽,到六点才上床,吃了药剂师配的安眠药才睡着的。

我把那封信抄了一个副本;因为,小姐(领事向加米叶·莫班说),艺术的手段,风格的诀窍,你是精通的;许多在结构方面很高明的作家,他们的功夫你是知道的;可是你一定会承认,在造作虚伪的感情的文学作品中绝找不出这样的文字。真的,世界上最可怕的莫过于现实。下面的信便是那位太太,或者说那个痛苦的化身写的:

莫利斯先生:

你舅舅所能说的话,我都知道了;他不见得比我的良心更通达事理。人的良心原是上帝的喉舌。我知道如果不跟奥太佛言归于好,我是要罚入地狱的:这是宗教的判决。人间的法律要我不顾一切地服从。不管我过去做些什么,只要丈夫不拒绝我,大家都认为我是纯洁的、贞节的。不错,婚姻就有这点儿妙处,能够教社会批准丈夫的宽恕;但社会忘了一点,就是这宽恕必须要被宽恕的人肯接受。按照法律,按照宗教,按照世俗的惯例,我都应当回去。单单以人事来说:不给他幸福,不给他生孩子,把他的姓氏从贵族院的金榜上抹掉[1],不是太残忍吗?我的痛苦、我的厌恶、我的感觉、我所有自私的成分(我知道自己是自私的),都应当为家庭牺牲。我将来会生儿育女,儿女能使我破涕为笑!我可以非常快乐,受人尊敬,大家会看到我丰衣足食,

---

[1] 王政复辟时期,贵族院议员为世袭职,姓名均留于金册。贵族院议员一旦无后,金册上的世系记载即告中断。

高车肥马，在人前得意扬扬！仆役、府第、别庄，应有尽有；一年有多少个星期，我就有多少次领袖群英的宴会。不必说，大家会把我招待得很好。我用不着重新攀登贵族的宝座，因为我根本没下过台。由此可见，上帝、法律、社会，意见都是一致的。

天上的神明、地上的教士、法院，都要异口同声地问我：你反抗什么呢？倘若伯爵要求王上来干预这件事，王上也会这样问我。你的舅舅必要时还能说，上帝会赐恩给我，使我觉得尽责是快乐的。上帝、法律、社会、奥太佛，不是都要我活着吗？唉，如果没有别的困难，我只要回答一句话就可以一了百了，就是我不想活了！一朝裹在尸衣中间，惨白的脸色就能恢复我的洁白和无邪。这不是什么固执的骡子脾气。你一边说笑一边埋怨我的脾气，其实只表示女人把事情肯定了，对前途看清楚了。倘若我的丈夫因为爱我而宽宏大量，把一切都忘了，我可是忘不了！"遗忘"可是我们能做主的？一个寡妇再嫁的时候，爱情能使她恢复少女的心情，因为她嫁给一个心爱的男人；但我不能再爱伯爵了。关键就在这里，你看到没有？我一遇到他的目光就看到我自己的过失，即使他的目光充满了怜爱也没用。他越度量宽宏，我越显得罪孽深重。我的永远不会安定的眼睛始终会看到一个无形的判决。乱七八糟的回忆势必在我心中冲突。

结婚生活不可能再使我尝到心惊肉跳的快感和热情汹涌的醉意；我的冷冰冰的态度，以及虽然深藏、但人家还是猜得到的、把情人与丈夫所做的比较，会致我丈夫的死命。噢！有朝一日，如果在额上的皱痕中，在悲哀的眼神中，在微妙的举动中，我咂摸出一点儿对方不由自主的，甚至还是竭力压制的责备，我就一发不可收拾了：我会脑浆迸裂地躺在阶石下，还觉得阶石比我丈夫慈悲多呢。这种残酷而又甜蜜的死，或许是单单由于我的多疑。但或是奥太佛为了什么事而烦躁，或是我为了错疑他而起了误会，也都可能促使我的死。唉！说不定我还会把爱情的表示当作轻蔑的表示呢。这不是教双方都受罪吗？奥太佛始终不放心我，我始终不放心他。我不由自主地要拿一个绝对比不上他的男人跟他相比；我瞧不起那男人，但他让我体验到的销魂荡魄的境界，像火印一般留在我的心头，我为之羞愧无地，却禁不住常常想起。我对你总算够坦白了吧？先生，没有人能向我证明爱情可以再来一次，因为我现在不能也不愿意接受任何人的爱了。一个少女有如一朵被人采摘的花；一个失身的女子却是被人践踏的花。你是种花的，应该知道是否还能把那根花茎扶直，使憔悴的颜色恢复它的鲜艳，把树液重新引到那么娇嫩的管子中去——它们是全靠枝干挺拔才会有强盛的生命力。倘若有什么植物学家敢做这种挽救残花的尝试，他可有本领把膜上的皱痕抹掉吗？能重造一朵鲜花的，简直是上帝了！而能把我重造的也只有上帝！我喝着赎罪的苦酒；但一边喝一边翻来覆去地想着那句老话：赎罪不是洗刷。我一个人关在小楼上吃着浸透泪水的面包；可是谁也看不见我吃，看不见我哭，回到奥太佛身边，等于从此不能哭泣，我的眼泪会使他着恼的。向一个被你欺骗过的丈夫投降而非甘心情愿地委身，噢！先生，这种行为要污辱多少德行恐怕只有上帝知道。因为那些教天使们看了也要心惊胆战的羞恶之心，只有上帝明白它的底细，同时也是由上帝鼓动的。

再进一步说，要是丈夫蒙在鼓里的话，妻子还能有勇气，会拿出一股意想不到的力量来作假，为了保全丈夫与情人双方的幸福而欺骗。

但夫妇俩都心中雪亮的局面，岂不教人屈辱？用屈辱去换取快乐，岂是像我这样的人所能办到的？奥太佛不是迟早要觉得我的委曲求全可鄙吗？夫妇生活的基础是互相敬重，互相牺牲；但我们破镜重圆之后，我不能再敬重他，他也不能再敬重我了：他可能像老人爱一个娼妓似的爱着我，辱没我的身份；我，我也要因为自己是一样东西而非高贵的太太，时时刻刻感觉到耻辱。在他家里，我不是代表端庄贤淑而只代表私情肉欲了。这是女人失身以后的苦果。我把夫妇的床铺变了一堆炭火，永远睡不着觉的了。在这儿我还有些安静的时间，忘掉一切的时间；可是在丈夫家里，一切都要使我回想起不守妇道的污点。我在这儿受苦的时候，我祝福我的痛苦，我感谢上帝。在他家里，一边体会着我不该享受的快乐，一边就得深深地害怕。先生，这些并非抽象的推理，而是一颗广阔无边的灵魂感觉到的；因为那颗灵魂已经被痛苦挖掘了七年。最后，还得告诉你一件可怕的事：我有过一个在陶醉与欢乐中、在深信幸福是可能的心情中受胎的孩子，有过一个我喂养了七个月但永远不会离开我母体的孩子；他始终把我的奶头咬着不放！如果将来再有孩子需要我喂养，他们喝到的乳汁是和着眼泪的，因此是发酸的。我表面上性情轻快，你觉得我像儿童……噢，是的，我就有儿童一般的记忆，能够保持到进坟墓。现在你该看到了吧，社会和丈夫的爱都想把我拉回去的那个美妙的生活，其中没有一个局面不僵，没有一个局面不藏着陷阱，不是随处有些悬崖峭壁，让我骨碌碌滚下去，一路被无情的荆棘刺得遍体鳞伤的。五年工夫，我在未来那片荒土中摸索，没有能找到一个适宜于忏悔的地方，因为我的心的确完全被忏悔包围了。对于这些，宗教自有它的一套答案，我连背都背得。它会说，这些痛苦，这些艰难的处境，都是对我的惩罚，上帝会给我勇气忍受的。先生，对某些天性坚强的虔诚的妇女，这种理由固然很合适；我却没有她们的力量。在上帝不会禁止我祝福他的地狱，和在奥太佛家里的地狱之间，何去何从，我已经决定了。

　　末了还有一句话。倘若我是一个少女而有了我现在的人生经验，要挑丈夫还是会挑中奥太佛的；但就因为这个缘故，我此刻拒绝他：我不愿意在他面前脸红。怎么！难道我得永远跪着，他永远站着吗？要是我跟他换了一个姿势，我又会瞧不起他的。我不愿意他因为我犯了过失而待我更好。只有天使才敢在双方都无可责备的情形之下做出些粗暴的行为，而这种天使是在天上不在地下！我知道奥太佛体贴入微；但不论这颗灵魂修养得多么伟大，毕竟是人的灵魂，它对我将来在他家里所过的生活并不能有所保障。因此请你告诉我：你答应我的替无可挽救的灾难做伴的那种孤独、那种静默、那种安宁，上哪儿去找？

32

青年人的感想与已婚的人的感想

为了要保存这个文件的全貌，我把信抄了一份，然后上巴伊安纳街。奥太佛的烦躁不安比鸦片的力量更强，他正在园子里踱来踱去。

我把信递给他，说道："你去答复吧。既然挑动了她的傲气，你就得想法抚慰它。这比着要刺探她潜伏在心里而人家已经代你挖了出来的傲气，更要难一些。"

伯爵嚷道："噢！她有信给我吗？……"他念着信，脸色显得越来越快活。

他发觉我在旁看着他的得意，便做了一个手势教我走开。我懂得极度的快乐和极度的痛苦有同样的心理。那天正是特·古德维太太母女到伯爵家吃饭的日子，我就去招待她们了。

不论特·古德维小姐如何美丽，我那回重新见着她不由得感觉到爱情有三种面目，能引起我们完满的爱情的女子是极少的。我不由自主地把阿曼丽和奥诺丽纳比较之下，觉得失节的女性比纯洁的女性更迷人。在奥诺丽纳，忠实不是一种责任，而是缘分；至于阿曼丽，她会神态自若地发着庄严的诺言，根本不知道诺言的内容与义务。困倦到差不多要死下来的女子，需要你去搀扶的罪女，对我特别显得悲壮，能刺激男人天生的热忱；她需要你的心拿出全部的感情，需要你的精力竭尽所能地去干；她充实你的生命，要它为了幸福而斗争；至于对一切都有信心的贞洁的阿曼丽，只会把自己关在贤妻良母的天地中间，只能使我在平凡中去找诗意，精神上既没有斗争，也没有胜利。

在香巴涅那样的平原，和风雪交加而雄壮瑰玮的阿尔卑斯之间，哪个青年会看中恬静的原野？的确，这一类的比较在踏进区公所举行婚礼的时候是个不祥之兆。可怜一个人直要有了人生经验，才能知道夫妇生活跟热情是不相容的，家庭是不能以爱情的暴风雨为基础的。梦想过了世界上不会有的爱情和它的许多奇趣以后，对于自己的理想尝到了烈酒一般的快感以后，我又看到眼前摆着平淡的现实。有什么办法呢？你们会觉得我可怜吧？在二十五岁上，我已经怀疑自己了；但我很坚决地打定了主意。借着通报客人来到的借口，我回去找伯爵，看见他的脸被希望的光辉映照之下，变得年轻了。

"你怎么啦，莫利斯？"他看我脸色异样，吃了一惊。

"伯爵……"

"怎么！你不叫我奥太佛了？你救了我的命，给了我幸福，你竟……"

"亲爱的奥太佛，如果你能劝伯爵夫人重新负起她做妻子的责任，我已经把她仔细研究过了……（伯爵瞧着我的眼风，活像奥赛罗第一次听信伊阿谷谗言的神气），你绝不能让她再看到我，也不能让她知道莫利斯当过你的秘书；千万别提我的名字，谁也不能漏一句口风；要不然你就前功尽弃……你已经保举我当了审计官，请你替我在国外找个外交方面的差事，例如领事之类，别想再要我娶阿曼丽了……"我看见他把身子一挺，做了个惊讶的姿势,便向他补充,"噢!你放心,我一定把这个角色扮到底的……"

"好孩子!……"他忍着眼泪,抓起我的手握着。

我又笑着说:"你给了我手套,我可没有戴。就是这么回事。"

33

教会的告诫

于是我们俩商量好,当天晚上我回到小楼去该怎么应付。到时我去了。时方八月,天气闷热,大有雷雨的意味,天色黄黄的,花的香味很浓;我人好像在蒸笼里,心里巴不得伯爵夫人已经高飞远走,到了印度去;这念头使我自己也吃了一惊。她穿着白纱衣衫,束着一条蓝丝带,头上没戴帽子,一绺绺的卷头发挂在脸颊两旁,坐在几株小树底下一张长沙发形的木凳上,用小圆凳搁着脚,衣衫下面略微露出一点脚尖。她见了我并不站起来,只指了指身旁的一个位子和我说:

"我这生活不是没有出路吗?"

我回答:"这是指你过的生活,可不是我想替你安排的生活;因为只要你愿意,你可以非常幸福……"

"怎么呢?"她全身的姿势都打着问号。

"你的信在伯爵手里了。"

伯爵夫人像一头受惊的小鹿,站起身来纵到三步以外,在园子里转来转去,又站定了一会儿,终于独自去坐在客厅里。我等她对那一下好像被扎了一刀似的痛苦略微习惯了一些,才进去找她。

"你！自称为我的朋友！哼，简直是一个内奸，也许还是我丈夫的间谍吧？"

女子的本能不下于大人物锐利的目光。

我说："对于你的信不是应当有个答复吗？而这复信世界上只有一个人能写……所以，亲爱的伯爵夫人，你一定得把回信念一念；念过以后，要是你仍觉得生活没出路，你说的那个内奸可以向你证明他是你的朋友，因为我会送你进一所修道院，凭他伯爵有多大势力也没法把你拉出来；可是到那边去以前，应当先听听对方的理由。天上地下有一条共同的法律，哪怕心里抱着仇恨的人都不得不服从的法律，就是没听过对方，不能把对方判罪。至此为止，你像小孩子似的掩着耳朵，只管责备别人。七年的忠诚也应当有它的权利吧？所以你丈夫的复信，你非念不可。我把你的信抄了一份托我舅舅交给他，问他如果他太太写了一封这种措辞的信，他怎么答复。这办法对你毫无损害。等会我舅舅亲自把伯爵的信带来。在我前面，在那个圣者前面，为了保持你的尊严，你也应当念那封复信，要不然你仅仅是个闹别扭、发脾气的孩子了。为了社会，为了法律，为了上帝，你就这么牺牲一下吧。"

她觉得这样迁就一次并不伤害她女性的意志，便答应下来。我们四五个月的工作，全部是以这一分钟为目标的。金字塔能否完成，不是全靠塔尖上给一只鸟歇脚的那一点吗？……伯爵把所有的希望寄托在这千钧一发的时间，而这时间是到了。晚上十点，我舅舅走进了她的蓬帕杜式的客厅。我记不起一生中还遇到什么比这个更动人的场面。满头白发被浑身的黑衣服衬托得格外显著，那张像神明一般恬静的脸对伯爵夫人起了奇妙的作用；她好像伤口上涂了一层止痛的油膏，觉得遍体清凉，同时也被这种道行的无意中闪射出来的光照亮了。

高朋女人通报道:"勃朗-芒多的本堂神甫来了!"

我问他:"好舅舅,你这次来是不是带着和平与幸福的信息?"

"只要听从教会的告诫,绝不会没有和平与幸福。"我舅舅说着,把下面的信递给伯爵夫人……

34

复信

亲爱的奥诺丽纳：

　　如果你早发慈悲，不疑心我，如果你念了我五年以前写给你的信，你可以省却五年不必要的、使我看了伤心的劳作。在那封信里，我向你提出的盟约足以祛除你所有的恐惧，使我们俩能恢复家庭生活。我有很多地方需要责备自己，在七年悲苦的光阴中我把我全部的过失体验到了。我没了解婚姻。你受着危险的时候，我竟没有发觉那危险。我屋里住着一个天使，主和我说：你好好地守着他吧！不料我粗心大意，不知提防，终于受了上帝的惩罚。你对自己下的毒手没有一下不打在我身上。亲爱的奥诺丽纳，饶了我吧！我完全了解你的敏感，所以不愿意再带你回巴伊安纳街的老家；我可以一个人住在那儿，却不能和你一块儿再见那屋子。我挺高兴地在圣·奥诺莱城关装修一所新宅，我心里要请去住的人不是一个因为对人生没经验而被骗回家的女子，也不是一个被丈夫用法律夺回去的女子，而是一个允许我像父亲每天祝福女儿似的亲吻她额角的姊妹。

　　就因为你受着绝望的煎熬，我才更要待在你左右，满足你需要，供给你娱乐，保护你的生命；难道你想剥夺我这种权利吗？凡是女人，必有一颗永远偏向着她的、永远能原谅她的心，就是她的母亲的心；你早失怙恃，你的母亲就是我的母亲，她要在世的话，一定能把你劝回来的；但你怎么没猜到我对你抱着一颗既是我母亲的心，又是你母亲的心呢？亲爱的，我的感情不是偏狭的，吹毛求疵的，绝不让一个心疼的孩子为了什么不如意而额上纵起皱痕。奥诺丽纳，倘若你以为我愿意接受你嘴唇哆嗦的亲吻，愿意过着忽而快乐忽而忧急的生活，那么你把你童年的伴侣看作是什么人呢？你不用怕将来会听到一个人抱着摇尾乞怜的热情向你怨叹；我一定要有把握能让你完全自由自在以后才愿意把你接回来。你的孤僻的傲气把困难过于夸张了；你可能，如果你愿意，以不关痛痒的心情参与一个长兄或父亲的生活；但绝不会在周围发现嘲笑与冷淡，也不会有人疑心你的用意。你将来呼吸到的空气永远是温和的，平稳的，没有暴风雨，也没有一颗细石子。倘若以后你觉得，在我家里的确像在你的小楼中一样自由自在，愿意多添一些快乐的因素，加一些娱乐消遣，你尽可扩大你的生活圈子。慈母的温情没有轻蔑的意味，没有怜悯的意味，它是什么？是没有欲念的爱。所以我的敬佩之情自会把你可能认为侮辱的心理藏起来。这样，我们俩在共同生活中彼此都能保持尊严。在你方面只要拿出姊妹的情意，腻友的怜爱，就足够使一个愿意做你伴侣的人满足；你只消看他花尽心力遮掩他的温情，就能测量出他温情的深度。我们俩都不会念念不忘地想着过去的事，因为我们知道彼此都相当聪明，只着眼于未来。因此，你住在家里，住着你的府第，和住在圣·莫街上完全一样；照样地无人侵犯，照样地幽居独处，爱做什么就做什么，随你的心意行事；除此以外，你还得到名正言顺的保护，不必人家再像骑士式的爱情那么操劳；你还能得到增加女性光彩的尊敬，还有可以拿去做许多好事的财产。

奥诺丽纳，你用不着求赦免；但若你要求的话，尽管来要求吧；那赦免不操在教会与法律的手中，而要由你的傲气决定，由你自动决定。做我妻子的可能有些为你所害怕的事，做我朋友和姊妹的可用不着，我对她一定礼貌周全。看到你快乐，我就幸福了；七年工夫我已经证明这一点。啊！奥诺丽纳，可以替我的话作保证的是："你手制的花全部由我珍藏着，用眼泪灌溉着；好似古代的秘鲁人用来记事的结绳，它们是一部记载我们痛苦的历史。如果这样的契约对你不合适，那么，孩子，我已经嘱托带这封信的圣者切勿替我说一句好话。我不愿意你的回家是因为教会引起了你的恐怖，或是法律给了你命令。我所求的简单而平淡的幸福，一定要你自动给的，我才接受。如果你坚持，要我把九年以来看不见一丝友爱的笑容的、阴惨惨的生活继续下去，如果你要独自一人，一动不动地在你的沙漠中待下去，那么我的意志一定服从你的意志。放心：你安静的生活可以像过去一样不受扰乱。那个管闲事而也许使你伤心的疯子，我会把他打发走的……"

35

可怜的莫利斯

奥诺丽纳把信揣在怀里，瞧着我的舅舅，说道：

"先生，谢谢你。既然伯爵允许我留在这儿，我就……"

"啊！"

我这么叫了一声，舅舅马上很不放心地把我瞪了一眼，伯爵夫人也狡狯地对我瞟了一眼，使我明白了她的用意。她要知道我到底是不是一个虚伪的人，一个捕鸟的人，而我好不伤心地发觉，那一声惊叹居然把她骗过了；因为那是女人最熟悉的心灵的呼声。

"啊！莫利斯，"她和我说，"你，你是懂得爱的！"

我眼睛里闪出来的光等于另外一句答复，把伯爵夫人心中的疑虑一扫而空，倘若她还存着疑虑的话。因此伯爵是把我利用到最后一刻的。奥诺丽纳又拿出信来预备念完，舅舅对我做了个暗示，我便站起身来。他和我说："咱们别打搅太太了。"

"你就走了吗，莫利斯？"她说着并没抬起头来。

她一边看信一边起身送我们，到了小楼门口，抓着我的手很亲热地握着，说道：

"以后咱们照常见面……"

"不!"我拼命握着她的手,使她痛得叫起来,"你是爱你的丈夫的!明儿我走了。"

说完,我急急忙忙丢下舅舅走了。她问舅舅:"他怎么啦,你的外甥?"

好心的神甫为了配合我的角色,拿手指着他的头和心,仿佛说:"太太,请你原谅,他是个疯子!"而因为我舅舅心里真是这样想,所以他的表情更真切。

六天以后,我带着副领事的委任状动身往西班牙,任所是一个商业繁盛的大都市,使我短时期内就把领事的一行学会了,而我的野心也限于这方面了。

安顿停当以后,我接到伯爵一封信。

36

徒有其名的团圆

亲爱的莫利斯：

我要是幸福的话，就不会写信给你了；可是我又开始了另外一种痛苦的生活；我受着欲望的刺激，变得年轻了，一方面和一个过了四十岁而又动了爱情的人一样烦躁，一方面又拿出外交家的智慧竭力把情欲压着。你走的时候，我还没得到进入圣·莫街小楼的许可；后来收到一封信，露出一些口风，似乎不久可以准我去了；那是一封又温和又凄凉的信，表示她怕相会时感情冲动。等了一个多月，我冒险闯得去，要高朋女人去问能不能接见我。我坐在走道中的一条凳上，靠近门房，把手捧着头，差不多待了一小时。

"太太预备穿衣服呢。"高朋女人来回报我。奥诺丽纳这句好像讨好我的话，其实是不愿意让我感到她的打不定主意。

整整一刻钟，我们俩都很慌乱，不由自主地打着哆嗦像台上的演说家忽然着了慌一样的紧张；我们神色张皇地谈了几句，好似被人撞见了什么而勉强找些话来搭讪。

我含着眼泪和她说："奥诺丽纳，发僵的局面已经打破了，我快活得浑身发抖；请你原谅，我连讲话都前言不对后语。这种情形恐怕一时还改变不了呢。"

她强作笑容，回答说："爱妻子又没什么罪过哇。"

"我求你别再像过去那样做活了。高朋太太告诉我，最近二十天你只用着自己的积蓄；你名下原来每年有六万法郎收入；即使你对我不能回心转意，至少别把你的财产留给我！"

她说："我久已知道你的好意……"

我回答她："要是你喜欢留在这儿，保持你的独立；要是最热烈的爱情也得不到你的青睐，你可别再做活了……"

我递给她三张证券，每张每年有一万三千法郎利息；她接在手里，漫不经意地展开来看了，一言不发，只瞧了我一眼。啊！她完全懂得我给她的不是钱，而是自由。

"好了，我打败了；你要常来就常来吧。"她说着伸出手来，我立刻捧着亲吻。

因此她是硬逼着自己接待我的。第二天，我发现她强作欢容。直要来往了两个月，方始看到她的真性格。那时却好比美妙的五月，爱情的春天，我的快乐简直无法形容；她不再怕我了，只是研究我。但我向她提议上英国去，以便公开地与我破镜重圆回到家里，恢复名位，住进她的新宅的时候，她吓坏了。

"为什么不永远这样过下去呢？"她说。

我忍住了，一句话也不回答。

我离开她的时候心里想："她是不是试试我呢？"

从家里出发到圣·莫街，路上我老是非常兴奋，抱着一腔热爱，像青年人一样对自己说着:"今晚上她可能让步了……"

这股说不上是虚空是实在的劲儿,遇到她微微一笑,或是用那双不受热情扰乱的、高傲而镇静的眼睛发号施令的时候,就整个儿消灭了。你告诉我,她说过:吕克雷斯当年用她的匕首和血替女性的宪章写下了第一个词:自由!这句可怕的话常常回到我脑海中来,使我不寒而栗。我深切地感到必须获得奥诺丽纳的同意,也深切地感到没法获得她的同意。我去的时节和回家的时节同样受着这些狂风暴雨的骚扰,她有没有猜到呢,为了不愿意口头表示,我把自己的处境写信告诉她。奥诺丽纳置之不复,可是愁容满面,吓得我只能装作像没有写那封信一样。我因为伤了她的心非常痛苦;她看出这一点,也就表示原谅了。事情是这样的:三天以后,她第一次在她蓝白两色的卧房中接待我。灯烛辉煌,摆满着花,布置得很好看。奥诺丽纳那天的装束使她格外光艳夺目。你熟识的那张脸,四周都围着小小的头发卷;头上插着好望角的铁树花;身上穿一件白纱衫,束一根白缎带,挂着飘飘荡荡的穗子。在这么素雅的装扮之下,她的仪表你是知道的;但那天晚上简直是个新娘,是初婚时期的奥诺丽纳。不幸我的快乐立刻被浇了冷水,因为她脸上的表情有种可怕的严肃,仿佛冰雪之下藏着一团烈火。

她说:"奥太佛,只要你心里要,我随时准备做你的妻子;可是请你记住,这种屈服也有它的危险,我可能克制自己……"

我做了一个手势。

"不错,我明白你的意思,克制这个词你是听了刺心的;你要的是我不能给你的东西,爱情!我发过终身孤独的愿,现在宗教和怜悯使我把这个愿心放弃了。你瞧你不是到了这里吗？"

她停了一会儿，又接着说："你早先并没提出更大的要求，现在你却要你的妻子了。好吧，我把奥诺丽纳交给你，可也不把她将来的改变瞒你。将来我是怎样的一个人呢？第一是做母亲！那是我热烈期望的。是的，你可以相信我这句话。你想法改造我吧，我同意；但倘若我死了，朋友，千万别咒我，别骂我固执；你所谓固执，我称之为对于理想的崇拜，也许那种将来使我送命的、说不出的感情，更应当称为对于神明的崇拜。前途怎么样，我不管了，你会负责的，你去考虑吧！……"

于是她坐下来望着我，就是你平时欣赏的那种安闲的姿态。我痛苦得脸色发白，血都凉了。她看到她的话发生了这样的作用，便抓着我的手握着，说道：

"奥太佛，我是爱你的，可不是你所要的那种爱；我爱的是你的心灵……但是相信我吧，我爱你的程度像东方的女奴一般愿意为你而死，并且死而无怨。我可以借此补赎罪过。"

她还是更进一步，居然大发慈悲，跪在我面前一个坐垫上，说道："而也许我还不会死呢……"

我已经跟自己斗争了两个月。怎么办呢？……我肝肠寸断，只能找一个朋友的心让我对它叫一声：怎么办呢？

37
奥诺丽纳最后的叹息

我收了信没答复。两个月以后，报上披露消息，说奥太佛伯爵夫人在海外漂流了几年，终于搭着英国邮船回家了；故事编得相当自然，不致令人起疑。我刚到热那亚的时候，又接到通知，报告伯爵夫人平安分娩，生了一个儿子。我手里拿着信，在这个阳台的凳上坐了两小时。过了两个月，我的几位保护人，奥太佛、特·葛朗维、特·赛里齐，看我在舅舅故世以后颓丧得很，便竭力劝说，终于使我结了婚。

七月革命[1]以后半年，我接到下面一封信，把这对夫妇的故事结束了：

莫利斯先生：

虽然做了母亲，也许正因为做了母亲，我快要死了。妻子的角色我演得不错：我瞒过了丈夫，我的快乐和女戏子们在舞台上流的眼泪一样真。我为了社会而死，为了家庭而死，为了婚姻而死，正如初期的基督徒为了上帝而死。我不知道致命的原因，我还认真找这原因呢，

---

[1] 一八三〇年七月巴黎中产阶级推翻查理十世，拥立路易·菲利普，史称七月革命。

因为我并不固执；但我非把我的痛苦告诉你不可，当初是你带你舅舅来，而我听了他的话才投降的；他等于一个天国的外科医生，后来做了我的忏悔师，他最后一次的病就是由我看护的；他指着天国要我继续尽我的责任。我便尽了我的责任。我不埋怨那些善于遗忘的人，我佩服他们，认为是坚强的、应当有的性格；但我没有那么健康，忘不了过去的事。那种使我们与所爱的男人合为一体的、从心坎里出来的爱，我不能感觉到第二次。你知道，直到最后一刻，我向你，向忏悔师，向我的丈夫，叫着：可怜我吧！……但谁都不可怜我。那我只有死了。我一边死一边拿出极大的勇气。哪怕是娼妓也没有像我这样嘻嘻哈哈地快活的。可怜的奥太佛很幸福，我让他的爱情拿我虚幻的感情作养料，为了演这个戏，我把心血都呕尽了；女戏子受到喝彩，受到祝贺，身上堆满了鲜花；但是痛苦天天来觅食，天天把我的生命割掉一块。明明是心碎肠断，我照旧笑靥迎人！我向两个孩子微笑，但得胜的总是早生的那个，死掉的那个！我跟你说过：死掉的孩子会叫我去的，我现在就往他那边去了。

没有爱情的同居生活，使我的心灵时时刻刻感到羞辱。只有孤独的时候我才能够哭，能够幻想出神。为了应酬交际、家庭杂务、抚育孩子、照顾奥太佛的幸福，我没有一分钟的余暇能汲取勇气，像从前幽居独处的时代一样。持续不断的警惕使我老是心惊胆战。我没有眼快耳灵、随口扯谎的本领。吸干我的眼泪、亲吻我的眼皮的，不是我意中人的嘴而是手帕，使干涩的眼睛减掉一些火气的是凉水，不是爱人的亲吻。我演戏是把整个的心放进去的，致我死命的原因也许就在这里。我小心翼翼地隐藏我的悲伤，居然一点不露痕迹；但悲伤非有所侵蚀不可，它便侵蚀我的生命。我跟那些发现我病根的医生说：

"你们好歹得替我找出一点病来，要不然我丈夫会活不下去的。"

因此我跟台北兰和皮安训商量好了，说我的不治之症是某一种软骨病，两位医生把那根不知什么骨头描写得头头是道。奥太佛还自以为受着疼爱呢！你明白我的意思吗？所以我担心他忧郁成疾，和我同归于尽。万一有这种情形，希望你做我孩子的监护人。信内附上一份补充遗嘱表明我这个意思。请你到必要时再拿出来；也许我把自己看得太重了，奥太佛不至于到那个田地的。我暗中对他的忠诚说不定会使他悲痛欲绝，但还是能活下去的。可怜的奥太佛！但愿他再娶一个比我贤惠的女人，因为他的确值得人家的爱。

既然刺探我的那个聪明的人已经结了婚，希望他记住圣·莫街的制花女留给他的教训：第一要使你太太赶快生孩子！尽量教她去管最庸俗的家务；别让她在心中培养什么理想，培养那朵我奉为至宝的、颜色火辣辣的神秘之花，它的香气会教人厌弃现实。我是一个圣女丹兰士，可惜不能像她那样住在修道院里和耶稣觌面，和一个长着翅膀、来去自如的天使相对，在出神入定中过生活。你曾看到我在我喜爱的花堆中很幸福，我却没有把心里的话都告诉你：我当初看出你假装的疯狂之下藏着含苞欲放的爱情；我把我的思想、梦境，都瞒着你，没让你走进我美丽的王国。我相信你一定能为了喜欢我而喜欢我的孩子，假如一朝他丧失了父亲的话。请你保守我的秘密，像坟墓保守我的肉体一样。别为我伤心。圣·裴那说过，无爱情即无生命；倘若这句话是对的，那么我已经死了很久了。

38

两个结局

领事把信收起,锁在皮包里,补了一句:"于是,伯爵夫人死了。"

"伯爵还在不在呢?"大使问,"七月革命以后,政治舞台上看不见他了。"

领事说:"特·洛拉先生,你可记得有一回看见我送一个客人上船吗?……"

"一个头发雪白的,一个老头儿是不是?"画家问。

"一个四十五岁的老头儿!到意大利南部去疗养和散散心的。那老人便是我可怜的朋友,我的保护人,经过热那亚跟我告别,同时把遗嘱交托给我。我用不着再把奥诺丽纳的遗言告诉他了。"

台·多希小姐问:"他可明白自己做了刽子手吗?"

领事回答说:"他是猜到真相的,所以活不下去了。他搭船上那不勒斯,我送他出了海再坐小船回来。告别的时候彼此恋恋不舍,我怕那就是永诀了。我们都喜欢参与我们爱情的秘密的人,特别在爱人故世之后。奥太佛和我说:'这样的人有种魔力,身上有一道光轮罩着的。'他踱到船首,望着地中海;碰巧那天天气很好,大概他被当时的景色感动了,对我又说了最后几句话：'为了改善人性，真应当研究一下究竟是什么一种不可抵抗的力量，使我们不顾理性，把一个神仙般的女子为了片刻的欢娱而牺牲？'我良心上听到那些呼号。并且呼号的不仅是奥诺丽纳一个人。而这竟是我亲手造成的！……我悔恨交集，痛心极了！过去我在巴伊安纳街为了得不到欢娱而怏怏欲绝；将来在意大利，我要为了已经体验过的欢娱而怏怏欲绝！……两个同样高尚的心灵，他们的不调和到底是从哪儿来的？"

阳台上大家相对无言，静默了一会儿。

"她算不算贞节的呢？"领事问在座的两位太太。

39

一个问题

台·多希小姐站起来,搀着领事的手臂离开众人走了几步,说道:

"男人来找我们,把一个少女娶过去做了他们的妻子,心中却存着许多天使般的形象,拿我们跟一些无名的敌手相比,跟一些往往是从许多回忆拼凑起来的、完满的标准相比,结果老是觉得我们望尘莫及。由此看来,男人不是也有罪过吗?"

"小姐,倘若有人把热情作为婚姻的基础,你这批评是对的;而这便是那对夫妇的错误。要是男女双方都有盲目的爱情,那种婚姻生活简直是尘世的天堂了。"

台·多希小姐和领事分开了,接着格劳特·维浓过来找她,凑着她的耳朵说:

"特·洛斯太先生未免有些自鸣得意。"

她也凑着他的耳朵回答:"不,他还没猜到奥诺丽纳可能爱他呢。"她看见领事夫人正在走来,又说:"噢!他太太把故事听了去了,算他倒霉!……"

大钟打了十一点,所有的客人都沿着海滨步行回去。

40

最后一句话

"这些都不能代表人生。"台·多希小姐说,"像那样的女子真是太少了,也许聪明得出奇了,可以说是一宝!人生是各种不同的变故、循环不已的痛苦和欢乐组成的。但丁诗中的天堂当然是理想的最高表现,但那种永远不变的蓝天只存在于心灵中间,向现实的人生去要求未免是奢望,而且时时刻刻要引起天性反抗的。对于这一类追求理想的人,只要给他一间六尺大小的静室,和一张跪着祈祷的凳子就行了。"

"一点不错,"雷翁·特·洛拉说,"可是不管我怎么下流,我仍不由得钦佩一个和伯爵夫人差不多的女子,能够住在一个画家屋里,与画室为邻,从来不下楼见客,也从来不到街上玷污她的鞋子。"

"在几个月之内是可能的。"格劳特·维浓的口气挖苦得厉害。

"可是,"大使回答台·多希小姐说,"奥诺丽纳并非独一无二的例子。有个男人,还是干政治的,又是笔下很尖刻的作家,他的爱情就是这一种。后来他是在决斗中死的;把他打死的那颗子弹不单打中了他一个人,他的爱人因此也差不多进了修道院。"[1]

"那么这个时代还有些伟大的心灵了！"加米叶·莫班说着，靠着堤上的栏杆，若有所思地愣了一会儿。

一八四三年一月　巴黎

---

[1] 此系当时的实事。十九世纪的政论家阿尔芒·加莱尔（1800—1836）恋一弃妇爱弥丽·蒲陶太太。加氏的政敌在报上影射此事，加氏与对方决斗，中枪身死，蒲陶太太从此闭门谢客。

| 人间喜剧 I |

禁治产

L'interdicition

LA COMÉDIE HUMAINE

禁治产为法律名词。凡精神失常之人,由法院审定,宣告其不能自行处理财产,因而指定监护人代管,谓之"禁治产"。

1

两个朋友

一八二八年,有一天清早一点钟的时候,圣·奥诺莱城关街上,从靠近爱丽舍宫的一所大宅子里走出两个人:一个是当代的名医,叫作荷拉斯·皮安训;一个是巴黎最风雅的人物之一,叫作特·拉斯蒂涅男爵;他们是多年的老朋友了。各人的车早已打发回家,城关区域连一辆街车都没有;但夜色甚美,街面也很干燥。

欧也纳·特·拉斯蒂涅和皮安训说:"咱们走到大街上再说,俱乐部前面通宵都有车的;等会儿你把我送回家吧。"

"行。"

"喂,朋友,你觉得她怎么样?"

"你是说那个女的是不是?"医生冷冷地回答。

"噢,皮安训的老脾气又来了。"拉斯蒂涅嚷道。

"怎么呢?"

"朋友,你提到特·埃斯巴侯爵夫人,像提到一个要进你医院的女病人一样。"

"你要知道我的感想吗,欧也纳?倘若你丢下特·纽沁根太太去勾搭这位侯爵夫人，等于拿一只眼的马去换一匹两眼全瞎的马。"

"纽沁根太太年纪已经三十六了，皮安训！"

"这一位也有三十三了！"医生马上顶了一句。

"最忌妒她的女人也不过说她二十六。"

"好朋友，倘若你存心要知道一个女人的年龄，只要瞧她的太阳穴和鼻尖就行了。不管她们运用胭脂花粉的手段多么高明，对这些暴露她们心绪骚动的铁面无情的证据，是毫无办法的。她们每长一岁都在那儿留下一道烙印。等到女人额上的皮肤松下来，有了皱痕，像花一般地蔫了；等到鼻尖上有了小小的粒子，好比英国人家壁炉里烧的煤球，把伦敦像毛毛雨似的布满了看不清的小黑点……那么对不起！她准是三十岁出头了。她可能很美，可能很聪明，可能很温柔，什么都可能，但年龄总是过了三十，到了盛极而衰的阶段。我不责备喜欢这一类妇女的人；可是像你这样的漂亮人物，不应该把二月里的癞皮苹果当作一个在枝头上向你微笑，引诱你去咬一口的，又红又白的小苹果。固然爱情从来不查看人家的出生证；没有人爱一个女子是为了她的年纪，为了她长得美或丑，为了她聪明或愚笨，爱就是爱，没有理由的。"

"可是我呀，我爱她的理由才多呢。她是特·埃斯巴侯爵夫人，她是勃拉蒙－旭佛雷家的小姐，她是社会上的红人，她有感情，她有一双和特·裴里公爵夫人一样美丽的脚，或许还有十万法郎进款，而我有朝一日说不定会娶她！最后，她可以使我改善局面，还清我的债。"

"我以为你早发了财呢。"皮安训打断了拉斯蒂涅的话。

"不错，我有两万法郎进款，刚好开销车马。我在纽沁根事件中栽了筋斗，那件事改日再谈吧。我嫁了两个姊妹；我和你相识以后挣的钱，这是最显著的一笔。但我宁可给她们作陪嫁,不愿意自己有十万法郎利息。现在怎么办呢?我野心勃勃,和纽沁根太太混下去有什么出路呢?再过一年,我就像图书似的给编了号,插上架,跟一个结了婚的人一样。结婚与独身的不愉快,我全有,两种生活的便宜却是连半点都沾不到;老盯着一个女人就会碰到这种僵局。"

"哎!难道你以为这一下交了好运吗?"皮安训说,"你那侯爵夫人,我才看不上呢。"

"你的进步思想把你眼睛蒙蔽了。倘若特·埃斯巴太太变了一个拉蒲尔登太太[1]……"

"告诉你,朋友,贵族也罢,布尔乔亚也罢,反正她没有灵魂,永远是个自私自利的典型。相信我吧,医生看人看事都有经验;我们之中最厉害的,查验身体的时候会把灵魂也查验出来的。咱们今晚在她客厅里消磨了一个黄昏,尽管客厅那么漂亮,公馆那么富丽堂皇,侯爵夫人可能欠着债呢。"

"你怎么知道?"

"我不是断定,只是猜测。她提到她的灵魂,好似路易十八提到他的感情一样地虚假。听我说,这个又娇又白、长着栗色头发、为了要人哀怜而无病呻吟的女人,骨子里身子像铁打的,胃口好得像狼,气力之大和性格的卑鄙像老虎。要说拿绫罗绸缎来遮盖一个骗局,谁也及不到她遮盖得好。唉,我把她看透了。"

"皮安训,你真使我害怕!咱们在伏盖公寓分手以后,难道你人情世

---

[1] 拉蒲尔登太太为巴尔扎克小说中人物,是个贤淑贞洁、很有才学、喜欢卖弄的布尔乔亚女子。

态阅历了不少吗？"

"是的，朋友。从那个时期以后，什么傀儡、木偶、纸人纸马，我见得多了！这般漂亮太太的作风，我也略微知道一些：因为做医生的要保护她们玉体康健，或是照顾她们最贵重的东西——儿女，倘若她们喜欢儿女的话，或是保护她们永远爱惜的容颜。你深更半夜守在她们床头，花尽心血挽救她们的姿色，不管身上哪个部分变了样，都得替她们想办法；事情成功了，还得守口如瓶，替她们保守秘密；过后她们看到账单，却认为你大敲竹杠。谁救了她们的？不是你，而是她们的先天充足！她们非但不颂扬你，反而到处说你坏话，不敢介绍你替她们的好朋友们治病。朋友，你说那些妇女是天仙下凡；我却见惯她们拿下装腔作势的面具，赤裸裸地显出她们的真性情，正如见惯她们剥下遮盖身体缺陷的衣服，既没有胸褡，也没有功架；那才不美呢。咱们搁浅在伏盖公寓的时代，已经在社会的海洋底下看到不少石子、不少垃圾；其实那不算一回事。一朝进了上流社会，我遇到些穿绸着缎的人妖，戴白手套的米旭诺，高官厚爵的波阿莱，比高勃萨克老头放高利贷放得更精明的王公大臣[1]！而可耻的是，我想跟德行握握手的时候，竟发现他们在顶楼上冷得发抖，受着毁谤，靠一千五百法郎年金或薪水，过着吃不饱饿不死的生活，还被认为疯子、怪物、蠢东西。不错，你的侯爵夫人是一个当令的红人，可是我就讨厌这等女人。让我把理由说给你听。一个心胸高尚、趣味纯洁、性情柔和、感情丰富、生活朴素的女子，在社会上绝对没有走红的机会。你自己去下个断语吧！一

---

[1] 巴尔扎克在另一部小说《高老头》中描写欧也纳与皮安训青年时同住伏盖公寓的生活。米旭诺、波阿莱、高勃萨克均为《高老头》中的角色，高勃萨克且另有专篇描写。

个当令的女子和一个当权的男人是一类的，只有一点差别：就是使一个男人爬得比别人高的那些长处，能够造成他的伟大，造成他的光荣；一个称霸一时的女子所靠的本领却是可怕的恶习；她为了遮掩本性，变得凶狠阴险；为了在交际场中钩心斗角，必须在娇弱的外表之下有铜筋铁骨般的身体。用医生的眼光看，胃纳健旺的人，心地绝不会好。你那时髦太太毫无感情，只是如醉若狂地寻欢作乐，因为要替她冷冰冰的天性找点儿暖意；她需要刺激，需要享乐，好比一个老头儿站在歌剧院的脚灯前面出神。因为她主意多于感情，所以把朋友和真正的爱情一齐为自己的霸业牺牲，像一个将军为了要打胜仗，不惜把最忠诚的心腹送上火线。走红的女人不能算女人，既不是母亲，也不是妻子，也不是爱人；用医学的术语说，只是一个阴性的头脑，只有一肚皮的心计。因此一切残酷的特征，你那侯爵夫人应有尽有；她有莺鸟的嘴巴，明亮而冷酷的眼睛，甜蜜的言语；她像机器上的钢铁一般光滑，她能打动一切，就是不能打动你的心。"

"皮安训，你的话的确有一部分很对。"

"哪里是一部分！简直没有一句不对。她用那种教人难堪的礼貌，要我体会到贵族与我们之间的距离：你以为这种侮辱不刺伤我的心吗？一边想到她的目的，一边看她像猫儿似的跟你亲热，难道我不深深地觉得可怜吗？一年之后，要她写个字条帮我一点儿小忙都不用想；可是今晚上她对我眉开眼笑，无非因为她的官司落在我姑丈手里，以为我在姑丈面前有些作用……"

"那么，朋友，你是不是更喜欢她对你不客气？我承认你把时髦女子骂得很对，但你没看到我真正的问题。我理想中的太太始终是特·埃斯巴夫人一流的，而绝不是世界上最贞节、最安静、最多情的女子。娶一个天使吗？那就得躲到穷乡僻壤去享你的清福。一个干政治的人的太太，必须是一架干政治的机器，一架会恭维奉承、鞠躬行礼的机器；她是野心家所用的第一件工具，最忠心的工具，也是一个代你火中取栗而不会连累你的朋友，随便否认她也没关系。假定穆罕默德生在十九世纪的巴黎，他一定娶一个洛昂家的小姐[1]，千伶百俐，花言巧语，像一个大使夫人，足智多谋像费加罗。你说的那种多情的妻子帮不了你一点儿忙，一个当令的太太使你要什么有什么。倘若一个男人没有金钥匙能打开所有的门，时髦太太便是划破玻璃的金刚钻，替你把所有的窗都打开来。安分守己的德行只配布尔乔亚有的，野心家自然免不了野心的罪恶。并且，像朗日公爵夫人、莫弗利原士公爵夫人、杜特莱夫人[2]等的爱情，你以为不能给你极大的快感吗？你才不知道这些女人的严厉矜持、冷若冰霜的态度，反而使她们给你的些少感情格外显得可贵！看到雪地里长出一朵雁来红是多么可喜啊！她们掩在扇子后面对你嫣然一笑，把平日威严庄重的架子都放下了；这一笑可抵得上你布尔乔亚女子的全部恩爱；你说那种恩爱是由于忠诚来的，其实还大有问题，因为爱情方面的忠诚跟投机很相近。何况一个时髦太太，一个勃拉蒙－旭佛雷家的小姐，也有她的长处。那就是财产、势力、光华、瞧不起一切低级东西的眼光……"

"谢谢吧。"皮安训回答。

拉斯蒂涅笑道："老糊涂！得了吧，别这么俗气，学学你朋友台北兰的榜样，想法去挣一个爵位，得一个勋章，进贵族院，招几个公爵做女婿。"

---

[1] 洛昂为法国历史上的旧世家，祖先为布勒塔尼之王。
[2] 以上诸人均为散见于巴尔扎克小说中的上流社会女子。

"这话才是见鬼呢……"

"呦！呦！原来你只有在医道方面高明；太可惜了。"

"我恨这一类的人，最好来一次革命把这般东西斩草除根。"

"那么，亲爱的罗伯斯庇尔[1]，你明儿不去找你姑丈了吗？"

"去的。"皮安训回答，"为了你，要我到地狱里去打水也行……"

"好朋友，你真使我感动；我发过誓，非要把侯爵办到禁治产不可！哎，我还挤得出一滴少年时代的眼泪来感谢你呢。"

"可是，"皮安训接着说，"我不能保证你在约翰·于勒·包比诺那儿如愿以偿。你才不知道他的脾气呢。后天我一定带他去见侯爵夫人，让她自个儿去拉拢吧，只要她有本领。我可不信她会成功。不管有多少公爵夫人，多少山珍海味，或是多少断头台上的铡刀摆在他面前，他都不会动心；哪怕王上答应他进贵族院，上帝答应他做天堂的长老，把炼狱里的收入给他做薪俸，也休想教他把秤盘里的码子加减一个。他这个法官是铁面无情的。"

两个朋友到了加波西纳大街的拐角儿上，正对着外交部。

皮安训指着部长官邸笑道："喂，你不是到了府上了吗？"又指着一辆街头的马车说："我的车也在这儿了。这两句话把咱们的前程包括尽了。"

"你将来能躲在水底下自得其乐，我却永远要浮在水面上跟暴风雨斗争，我沉下去的时候会到你的岩洞里来借宿的，朋友！"

"星期六见！"皮安训回答。

"好吧，"拉斯蒂涅说，"包比诺的事，你答应我了？"

---

[1] 罗伯斯庇尔为法国大革命的领袖之一，因皮安训说到革命，故拉斯蒂涅以此讽之。

"是的,只要不违背我的良心,我总尽量帮忙。这个禁治产的要求,幕后也许还有曲折离奇的故事,像我们在穷途落魄的黄金时代说的特拉摩喇嘛。"[1]

拉斯蒂涅眼看街车去远了,心里想:"唉,皮安训这家伙永远是个老实人。"

---

[1] 皮安训与欧也纳·特·拉斯蒂涅念大学的时期,同住伏盖公寓,公寓中人常于每字末尾加喇嘛二字以为笑谑,"特拉摩喇嘛"乃以"特拉姆"(戏剧)一字变形而成。详见本卷《高老头》。

2

大家判断错误的一个法官

皮安训早上起来,想到朋友托的那件尴尬事儿,不禁对自己说:"拉斯蒂涅要我办的交涉麻烦透了。但我从来没向姑丈请托过什么官司,我倒替他尽义务看了上千病人。再说,咱们向来无所顾忌。他会老实告诉我去还是不去;那不就完了吗?"

那位名医自言自语说了这几句,清早七点便上福阿街去了,那儿就住着塞纳州初级法院推事约翰·于勒·包比诺先生。

福阿这个字古义是干草。十三世纪时的福阿街在巴黎是最出名的。正当阿倍拉与奥尔松两人[1]的言论震动学术界的时代,巴黎大学的各个学院都在那里。如今它可是第十二区最脏的一条街了,而第十二区又是全巴黎最穷的一个区域[2];三分之一的居民冬天都没有取暖的木柴;送进育婴堂的孩子,送进医院的病人,在马路上要饭的,在街头巷尾拾荒的,靠着墙根晒太阳的病病歪歪的老头儿,在广场上闲荡的失业工人,带进违警法庭的

---

[1] 阿倍拉(1079—1142)与奥尔松(1362—1428)均为法国史上著名的神学家。阿倍拉并以热恋哀络绮思一事有名于文学史。
[2] 巴尔扎克时代之巴黎第十二区即今之第五区,亦称拉丁区。

被告，大多数是第十二区出身。

这条终年阴湿、阳沟中老是有染坊的黑水向塞纳河流去的街，中段有一幢老屋子，四边石头，中间砌砖，大概在弗朗索瓦一世的朝代重修过的。它的坚固可以用外观来证明，那外观在巴黎的屋子中也不算少见：上面受着三层楼与四层楼的压力，下面有底层厚实的墙脚支持，夹在中间的二层楼便往两边膨胀，像一个人的肚子。虽有石框支撑，各个窗洞之间的墙初看也像要爆炸似的；但善于观察的人立刻会发觉，那是跟博洛尼亚斜塔[1]一类的屋子，剥落的旧砖旧石始终屹然保持着它们的重心。因为潮湿，底层坚固的石基一年四季都有半黄不黄的色调与若有若无的水珠。沿着墙根走过的行人会觉得有股阴气，月牙形的界石并保护不了墙角不受车轮碰撞。像所有在私人马车没通行以前盖的屋子一样，半圆形的门洞子低得异乎寻常，好似监狱的门。大门右边有三个窗洞，外面装的铁丝网那么细密，窗上的玻璃又那么肮脏，灰那么多，闲人休想看出里头三间潮湿而黑暗的屋子做什么用的。左边也有同样的两个窗洞，其中一个，窗有时打开着，让你看到门房、门房的老婆、门房的孩子，挤在一块叫叫嚷嚷，或是做活，或是煮饭，或是吃饭；房内铺着地板，装着板壁，一切都破烂不堪；从外面进去先得走下两个磴级，足见巴黎街面逐渐在增高。大门与楼梯间之间，有一条长长的甬道，弓形的顶上架着刷白的梁木；下雨天有什么过路人进来躲雨，一定忍不住要看看屋子的内部情形。甬道左边有一个小方园子，深与宽都只够你跨四大步；葡萄架上并没葡萄藤；除了两棵树以外也没别的植物；树荫底下的黑泥地上只看见废纸、破碗、破布，和屋

---

[1] 斜塔不独比萨有之，博洛尼亚亦有二斜塔，建于十二世纪初，唯倾斜不及比萨之甚。

顶上掉下来的石灰与瓦片；泥土的性质是长不出东西来的；墙上，树身上，树枝上，日积月累，布满着一层灰土，像煤烟结成的胶。一正一厢的两幢屋子全靠这小园取光；园子的另外两面，是隔邻两所柱头露在外面的房屋，衰败破落，大有坍毁之势，每层楼上都有些特殊的标记说明房客的职业。这儿是用长竿子晾着大绞染色的毛线；那儿是绳上挂着洗过的衬衣；高头又是些木板，摆着装好书脊、四边才刷过仿大理石花纹的书；女人们唱着歌，男人们打着呼哨，孩子们大声嚷嚷；木匠锯着板子，铜匠在车床上吱呀吱地车铜片：所有的手工业都凑起来发出声响，因为工具繁多，闹得震耳欲聋。那个所谓过道，既非院子，亦非园子，也不是穿隆形的走廊，可是都有点儿像；它的构造是两旁立着许多木柱，木柱底下是石础，每两根柱子的会合点是尖形的。两个拱门朝着小花园，另外两个正对大门；从这两个拱门向里边望去，可以看到一座木楼梯；铁栏杆的形状非常古怪，可见当年一定是镂刻极精的；老朽的磴级走上去摇摇欲动。每个公寓的门洞子上全是油腻、积垢和灰尘，整个儿变成棕色的了；门倒有内外两重，包着丝绒，镀金剥落的钉子排成菱形。这些豪华的遗迹，说明路易十四时代的住户不是什么大法官，就是什么有钱的教士，或是管田地买卖的收税员，等等。但今昔的对比只能教人看了华丽的陈迹发笑。

约翰·于勒·包比诺先生住在二层楼上；巴黎屋子的二楼原来就光线不足，这儿因为街道狭窄，更显得黑暗。但这个古老的住所，第十二区的居民没有一个不认识。上帝使这里住着这位法官，简直是对众人的一种恩赐，正如地上长着百草，让大家拿去医治或减轻百病一样。以下我们要把娇艳的特·埃斯巴夫人想笼络的人物先来一个速写：

包比诺先生因为是法官，经常穿着黑衣服；在一般看人只看外表的人，这服装便是使包比诺显得可笑的原因。谁要保持穿黑衣服的威严，非时时刻刻注意整洁不可；而我们这位包比诺先生偏偏不能把自己收拾干净，来配合条件最苛刻的黑颜色。永远破旧的裤子很像律师做公服用的帆布，平时坐立的姿势又给添上无数的皱纹，有些地方还能看出发白、发红、发亮的条子，表示穿的人不是俭省到极点，便是穷得满不在乎。粗劣的羊毛袜，套在走样的鞋子里搅成一副怪样子。内衣在柜子里放久了，有了似红非红的色调，说明故世的包比诺太太喜欢多买衬衫；她大概照荷兰人的习惯，一年只洗两次衣服。法官的背心和外套，跟裤子、鞋子、袜子、内衣，完全调和。他觉得不修边幅是最快乐的事：一件新衣服第一天穿上去，他一眨眼就把它染上污迹，跟全部装束打成一片。老头儿直要厨娘告诉他帽子旧得不能再戴了，才去买新的。领带老是听其自然，蜷在那里。打皱的衬衣领口，被公服上的胸饰搅得一团糟，从来不加整理。灰色的头发是不梳的，胡子一星期只剃两次。从来不戴手套，平时喜欢把手插在空所无有的背心袋里；袋口很脏，差不多永远是破的，使他的衣冠不整多添了一个项目。凡是常在巴黎法院进出，对于各种黑衣服的式样见识最多的人，不难想象包比诺的模样。成天坐着的习惯把他的体形改变很多，正如庭上无穷尽的辩诉使法官听得厌倦不堪，连相貌都变了。审判室大都狭窄不堪，建筑毫无气派，要不了一忽儿空气就秽浊难闻；一般巴黎的法官在这等地方待久了，当然会显得愁眉苦脸，一方面因为聚精会神而满面都是皱痕，一方面因为烦闷而郁郁不乐；皮肤憔悴了，不是发青便是发黑，看各人性格而定。总而言之，只要过了相当时间，便是年富力强的青年也会被磨成一架没有血色的机器，专办等因奉此的公事，把法典应用到各种案子上去，像时钟的齿轮一样冷静。

La Comédie Humaine

包比诺法官

所以上天既给了包比诺一副不讨人喜欢的长相，法官的职业更不会使他的外表变得好看一些。他的骨骼教你看到它的线条很不调和。跟大膝盖、大脚、大手成为对比的，是一张教士般的、跟小牛面孔有些仿佛的脸，没有血色，非常和善，简直毫无精神，配上两个颜色不同的没有光彩的眼睛，一个毫无曲线的坍鼻子，扁平的额角，最后是两只其大无比的耳朵软绵绵地往下挂着。细而稀少的头发，在好几处头螺不规则的地方让人看到脑壳。这张脸只有一个特点能引起看相的人注意，就是嘴唇有一股像神明一样慈悲的气息。那是非常厚实的，颜色鲜红的嘴唇，皱纹多得数不清，曲折很多，翕动不已，表现他有高尚的感情；那是直接跟你的心说话的嘴唇，显出他天资聪明，头脑清楚，目光深刻，心地纯洁。因此单从他瘪陷的额角，无精打采的眼睛，和寒碜的举止上面去判断，你就会误解他的为人。

他的生活和相貌是一致的：忙着一些默默无闻的工作，藏着圣者一般的德行。因为法学深湛，在一八〇六与一八一一年拿破仑改组司法机构的时候，经刚巴赛莱斯的推荐，他就成为巴黎高等法院最早的一批推事之一。但包比诺不会弄手段，从来不上大法官或司法部长的门，所以每次更改办法或是有什么人事调动，部长总把包比诺的职位降低一次。从高等法院降到初级法庭，他被善于钻谋与活动的人直挤到司法官的最低一级。终于有一天他被发表为助理推事！法院中人哄哄起来，异口同声地嚷着："哎哟！包比诺降作助理推事了！"这件不公道的事使律师、执达吏、全司法界的人都大为诧异，只除了包比诺一个；他一点不叫屈。轰动过一阵，大家又觉得世界十全十美，一切的事也安排得十全十美；而所谓十全十美的世界，不用说便是司法界。包比诺就是这样当着助理推事。直到王政复辟时代一位最有名的司法部长登台，才替那个不声不响，谦恭退让，被帝政时代的大法官们徇私枉法、压在底下的人，出了一口气。当了十二年助理推事以后，包比诺大概到死也不过是一个塞纳州法院的普通法官了。

要解释一个法律界中的优秀人物怎么会侘傺不遇，先得提到几个要点；根据那几点，我们可以揭露他的生活与性格，同时也可在司法界这架大机器里头看出某些关键。包比诺被塞纳州法院前后三任院长列入侦查吏一类，这倒是把意义表示得很恰当的独一无二的名词。他在同事中间并没靠了以前的成绩而得到能干的名气。正如画家被人分门别类一样，包比诺也有人替他决定了归宿，划定了他在本行中的范围。一个画家不是被认为风景画家，便是被认为肖像画家，或是历史画家，或是海洋画家，或是日常小景画家；做这种分类工作的也有艺术家，也有鉴赏家，也有愚夫愚妇；这个是由于妒羡，那个是由于成见，另外一个是凭着批评家万能的权威，一致替画家的聪明智慧树立栅栏，以为所有的头脑都有些肉茧；凡是作家、政治家，和一切以特殊才能显露头角而尚未被称为全才的人，都得受到这种狭窄的判断。殊不知法官、律师、诉讼代理人，一切在司法园地中吃饭的人，对任何一件案子都看到两个因素：一个是法律，一个是公道。公道是根据事实来的，法律是把一些原则应用于事实。一个当事人可能在公道方面是对的，在法律方面是错的，而责任倒也不在推事身上。良心与事实之间有个神秘的区域，藏着一些有决定作用的、法官不知道的、分别是非曲直的理由。法官并非上帝，他的责任是拿事实去适应原则，用一个固定的尺度去衡量变化无穷的争执。倘若当了法官就有本领窥透人的良心，辨别人的动机，而来一个公平合理的判决，那么每个法官都是了不起的大人物了。法国需要六千名左右的推事，而任何一代都产生不出六千个大人物为社会服务，更不可能替司法界找到这个数目的人才了。在巴黎的文明社会中，包比诺的确是一个极能干的推事；靠了特殊的天赋，也靠了他把法律条文放到事实中去琢磨的结果，他认为不假思索地硬性地运用是有缺点的。他凭着法律方面的真知灼见，看透当事人用来遮盖真情的、指东说西的谎话。法官之中的包比诺等于外科医生中的台北兰，他把人的良心看得雪亮，好比那位名医把人的身体看得雪亮。他的生活和操守，使他把事实推敲之下，能体会到别人最隐蔽的思想。他发掘一件案子，仿佛居维埃发掘地球上的泥土。和那位大思想家一样，他未下结论之前，必先一步一步地推论，把别人过去的心理全部挖出来，犹如居维埃把一只上古时代的野兽重新拼凑起来。为了一份报告，他常在半夜里惊醒，因为脑海中突然映出了事情的真相。无论什么官司，老实人无处不吃亏，坏蛋无处不沾光，这种不公平的情形，包比诺见得多了，所以遇到需要猜测的案子，他往往为了公道而违反法律。同僚们认为他不切实际，而他细细推敲得来的理由也使辩论的时间拖得很长；包比诺发觉同僚们听得厌倦了，便把自己的意见说得很简略。大家说他对这一类案子判得很糟；但他鉴别天赋之高，判断之明白，眼光之深刻，被认为特别胜任预审推事那种辛苦的职务。因此他一生大半都当着预审推事。虽则他的长处很适宜于干这个艰苦的生活，虽则在喜欢他当这个职位的人心目中，他以深刻的犯罪学者闻名，但因为心地慈悲，他老是非常痛苦，被良心与怜悯像一把钳子似的夹在中间。尽管预审推事的薪水比民庭推事高，但委屈太多，谁也不想要这个缺分。包比诺却为人谦卑，品学俱优，毫无野心，只知道孜孜矻矻地办事，从来不抱怨自己的前程。他把个人的嗜好与同情心为公众的福利牺牲：让人家把他放逐在刑事侦查庭的浅滩上，保持着恩威并用、宽猛兼施的作风。在侦查期间，他手下的执达吏把被告从推事室押回临时看守所的时候，往往给犯人一些买烟草的零钱，或是冬季御寒的衣服。总之，铁面无私的法官和怜贫恤老的善士，包比诺是同时做到了。因此谁也不能像他那样不用手段而很容易地得到被告的招供。并且他的观察十分精细。表面上头脑单纯，心不在焉，和善到近于痴骏的程度，他可是能识破苦役犯的狡计，不上刁猾的妇女的当，把流氓坏蛋收拾得服服帖帖。他的目光还被一些特殊情形磨炼得非常尖锐；但要说出那些情形，先得了解他的私生活：因为法官在他不过是对外的一个面目；他还有更伟大的、很少人知道的另外一个面目。

一八一六，在我们这故事开始以前十二年，正当所谓联盟国军队进占法国与可怕的饥荒两件大事碰在一起的时期，包比诺正想搬出他和太太同样厌恶的福阿街，不料被任为特别委员会主席，负责救济本区的灾民。这位才能卓越而被同事们认为头脑不清的法学大家、犯罪学专家，五年以来已经发现司法的后果，可是还没找出原因。在顶楼上进进出出，目击穷苦的情形，研究那些残酷的境遇如何逼迫穷人们一步一步走向为非作歹的路，又把他们的奋斗衡量之下，他不禁大为同情，由法官一变而为梵桑·特·保尔[1]，专门救济贫病的成人与工人了。当然，他不是一下子转变的。做好事也会拖人下水，像吃喝嫖赌一样。但救济事业蛀空一个圣者的荷包，正如轮盘的玩意儿使一个赌徒倾家荡产，都是慢慢儿来的。他从这个苦难看到那个苦难，因施舍这个而施舍到另外一个；等到一年之后，公众灾难的披挂、遮盖恶疮的破烂衣裳统统被揭开的时候，他就变了一区里的上帝。他是慈善委员会委员、救济会会员，凡是尽义务的职司，都接受

---

[1] 梵桑·特·保尔为基督旧教中的圣者，生存于十六至十七世纪之间，以创办救济事业有名于史。

下来，不声不响地干着，正如那个短外套到菜市上和一切有饥饿的人聚集的地方去施粥一样[1]。但包比诺的活动范围更大，更高一级：他什么都照顾到，预防罪案的发生，替失业工人找工作，替残废老弱安排生活；一切遭遇不幸的人，他都按照实际情形援助：为寡妇做顾问，保护无家可归的儿童，借资本给小本经营的商贩。但是法院里，巴黎城里，谁也不知道包比诺这种私底下的生活。世界上有些光彩太强了，会使人眼花缭乱，急于要把它遮盖起来。受法官恩惠的都是白天做工的人，晚上累得要死，没有精力再去四处颂扬他；而且他们像孩子一样忘恩负义，因为负欠太多，永远还不清的了。此外也有限于能力而忘恩负义的。但施恩望报而自以为了不起的善士，又能给人什么好处呢？

无声无臭的使徒生活到了第二年，包比诺把底层有三个装着铁丝网的窗洞的货房改作了接见室。大房间的墙壁与天顶都用石灰刷白，家具是一些像学校用的木凳，一口粗劣的柜子，一张胡桃木书桌，一张靠椅。柜子里放着日记簿，做好事的文件，以及开面包发票的样张。他事无巨细，一律像做买卖似的登在账上，免得因软心肠而受骗。区里的穷人在册子上都给编号，归类；每个受难的人都有详细记载，好比商人账簿上的各种客户。遇到一个需要救济的家庭，或是某人有什么可疑的地方，法官就由手下的公安机关供给材料。男当差拉维安纳等于他的副官；他们俩简直是天生的主仆。东家在法院里办公，仆人上当铺去赎当或者解利息，连最不安全的地方都敢去。夏季从早上四点到七点，冬季从六点到九点，楼下大房

---

[1] 王政复辟时期，巴黎有个穿蓝色短外套的怪人，在新桥附近向穷人施粥，大家即以短外套一词称呼此人。

间里都挤满着女人、孩子、贫民，等包比诺接见；因为人多，空气暖烘烘的，冷天根本不用生炉子，只是由拉维安纳在潮气很重的地砖上铺些干草。时间久了，凳子给磨得很亮，像漆过的桃木；半人高的壁上，被这些穷人的破烂衣衫印着没法形容的黑沉沉的影子。可怜的人们对包比诺那么敬爱，冬天早上大门还没有开，他们麇集在街上，妇女捧着热水壶取暖，男人尽量活动筋骨的时候，从来没有一声喝语打扰包比诺的睡眠。捡破布的，过夜生活的，都认得这屋子，常常看到法官书房里深更半夜还点着灯。小偷走过总说"这是他的屋子"，并且绝不侵犯。他把早上的时间分配给穷人，白天分配给罪犯，夜晚分配给法院的公事。

因此，包比诺观察的天才必然是双重的：既能够体会穷人的德行、受委屈的好心、合乎道义的行为、默默无闻的忠诚，也能在别人心里找出犯罪的线索，不论轻罪重罪都能寻到蛛丝马迹而获得真相。包比诺得之于父母的遗产每年有三千法郎收入。太太是皮安训的父亲——桑赛尔地方的医生——的姊妹，带来九千法郎年金。五年前她故世的时候，把遗产传给了丈夫。推事的薪水照例很少，包比诺升为正式推事才不过四年，收入那么微薄，行善的规模却那么可观，无怪他自身的用途和生活费要紧缩到最低限度了。并且，不修边幅固然显出包比诺的忙碌，同时也是渊博的学者、如醉若狂的艺术家、活跃的思想家的标记。为补足这幅肖像，我们只消附加一笔，就是在塞纳州法院中，包比诺是没有得到荣誉团勋章的少数推事之一。

两年以来，包比诺又调回民庭当推事，派在第二庭。那次庭长接到特·埃斯巴侯爵夫人申请予丈夫以禁治产处分的状子，便发给包比诺办理。

老清早挤着那么多穷人的福阿街，到九点就冷清清的，恢复平时阴沉悲惨的面目。皮安训紧催着马,以便趁姑丈接见没完毕就找着他。想到这位法官将要在特·埃斯巴太太旁边成为何等奇怪的对比,皮安训不禁微微笑着;但他拿定主意,带姑丈去的时候一定要他穿扮得像个样儿,不太可笑。

进了福阿街,看到接见室的窗洞里射出一些暗淡的灯光,皮安训忽然对自己说:"恐怕姑丈连一套新衣服都没有吧。还是跟拉维安纳想个办法的好。"

听到马车声,十几个好奇的穷人从门洞底下走出来,见了医生都纷纷脱帽;皮安训经常为法官介绍的病人义务治疗,所以当时聚在那儿的人对他和对包比诺一样地熟。他发现姑丈还在接待室里;凳上挤满着贫民,那种古怪而难看的服装,连最没艺术家气息的闲人见了,也会当街停下来瞧一眼的。更不用说,一个素描家,一个伦勃朗[1]——假如现在还有这样的人物——看见这些不声不响的、赤裸裸的灾难的标本,一定会做成精美的构图。这儿,是一个神情严肃的白须老人,打皱的脸,使徒式的头颅,活脱是个圣·比哀;一部分袒开着的胸脯,青筋暴突,明明是使他担当可歌可泣的患难的,性格坚定的标识。那儿,一个少妇把奶头塞在最小的孩子嘴里,免得他叫喊,膝间还带着一个五岁光景的孩子。在破衣烂衫中光彩焕发的乳房,皮肤透明的婴儿,从姿势上可以看出长大以后的模样的哥哥,和一长排冻得通红的脸比较之下,格外动人怜爱。再远一些,一个脸色苍白冰冷的老妇,露出愤懑的贫民阶级的丑恶的面目,专等暴动的机会

---

[1] 伦勃朗(1606—1669)为荷兰大画家,以遒劲的线条、光暗强烈的对比,刻画众生相。所作铜版镂刻尤多以贫苦人士为对象。

来泄愤。其中也有年轻的工人，娇弱、懒惰、聪明的眼睛显出他颇有些出众的才能被无法克制的本能压着，对自己的痛苦只字不提，预备在互相残杀的苦海中逃不出来的时候一死了事。在场大多数是妇女；丈夫做工去了，让老婆凭着女性的聪明来替一家老小求情；而且在平民阶级里，做妻子的差不多永远是一家之主。你可以看到所有的头上都是破烂的头巾，所有的身上都是四边沾满污泥的衣服，东破一块西破一块的颈围，肮脏而全是洞眼的短褂，可是眼睛炯炯有神，像两朵火焰。这一大堆丑恶的人使你先觉得可憎，继而觉得可怕，因为你无意中发现这些人对生活斗争所取的隐忍的态度，原来是有心赚取人家同情的。不大通风的屋子内布满着臭秽之气，两支蜡烛的光像在大雾中摇摇晃晃。

法官的模样在这批人里头也同样地富有画意。头上是一顶土红色的布帽，身上是一件室内穿的破袍子，没有戴领带，冻得通红而打皱的脖颈，很显著地耷在经纬毕露的领子外面。因为专心一意的缘故，疲倦的脸有些傻头傻脑的神气。像一个用心做事的人一样，他撮尖着嘴巴，仿佛一只口子收紧的钱袋。双眉紧蹙，似乎负担着别人告诉他的全部心事。他在那里体会，分析，判断。他聚精会神不下于放印子钱的债主，不时从账簿与资料册上举起眼睛，直看到人家的心里去，观察的迅速和吝啬鬼动辄不安的心理变化一样。拉维安纳站在主人后面听候差遣，一边维持秩序，一边招待新来的人，鼓励他们不要怕羞。医生一出现，凳上的人都不免把身子挪动一下。拉维安纳掉过头来看到皮安训，不由得大为惊奇。

"啊！孩子，原来是你！"包比诺伸着胳膊说，"这个时候你来干什么？"

"我有件案子跟你谈谈，怕你今天没遇到我就出去调查了。"

法官对一个站在身旁的小胖女人说道："你要不把事情告诉我，我可

La Comédie Humaine

老清早挤着那么多穷人的福阿街

猜不到啊。"

拉维安纳也催她:"快点儿,别耽误别人的时间。"

那女的红着脸,放低着声音只让包比诺和拉维安纳两个人听见;她说:"先生,我是卖水果的,把最小的娃娃寄养在外面,欠了几个月的寄养费;所以我藏着一些钱……"

"可是被丈夫拿去了?"包比诺已经猜到下文。

"是的,先生。"

"你叫什么名字?"

"蓬蓬纳。"

"你的丈夫呢?"

"他叫多比奈。"

"住在小银行街的是不是?"包比诺一边说一边翻着资料册,看到那一户的专栏旁边批着几个字,又道:"嗯,他关在牢里呢。"

"那是为了债务,我的好先生。"

包比诺摇摇头。

"先生,我手车上没有东西可卖了;昨天房东逼我付了房钱,要是不付,我就得被撵走。"

拉维安纳伛着身子和主人咬了一会儿耳朵。

"你上菜市去批水果要多少钱呢?"

"先生,倘若这买卖要做下去就得……是的,就得十个法郎。"

法官向拉维安纳做了个暗示,拉维安纳便从一只大布袋里掏出十法郎交给那女的,同时法官把贷款登账。皮安训看着卖水果女人快活得浑身打战的动作,就想象她从家里到这儿来见法官的路上,心里一定是非常焦急的。

"轮到你了。"拉维安纳招呼一个白胡子老人。

皮安训把当差的拉过一边，问他还要多少时候接见完毕。

拉维安纳回答："今天一共有二百人，现在还剩八十个。医生你还来得及先跑几处出诊呢。"

"孩子，"法官转身抓着皮安训的手臂，"我给你两个靠近这儿的地址，一个是塞纳街，一个是弩箭街。塞纳街有个女孩子自杀，弩箭街有个男的需要送到你医院去。我等你回来吃早点。"

一小时以后，皮安训回来了。福阿街上已经空荡荡的没有人，天也开始亮起来；包比诺正在上楼，最后一个受到周济的穷人刚走，拉维安纳手里的钱袋给掏空了。

"那两个人怎么啦？"法官在楼梯上问医生。

"男的死了；女孩子还有救。"

自从没有女主人精心照料以后，包比诺家里的景象就跟主人的相貌完全一致了。脑子里被一个主要的念头盘踞着，他的杂乱无章在所有的东西上都留着特殊的痕迹。到处是成年累月的灰尘，动用器物都改变了用途，显出单身人的巧思。花瓶里塞着纸张，家具上摆着空墨水瓶，忘记拿走的盘子，和急急忙忙找东西的时候当作烛台用的火石；好多用具是预备搬动位置而只搬了一半的；有些地方堆满了杂物，有些地方完全空着，表示主人本来想整理而中途撂下了。这种混乱现象在法官的书房里特别显著，证明他一刻不停地走来走去，忙着层出不穷的事，到处拖拖拉拉地搅得一团糟。书架好像遭了洗劫，书东一本西一本地摊在那里：有的叠在另外一本书上，有的打开着合扑在地上；卷宗沿着书架排着，把地板占满了。地板已经有两年没擦过。桌子上，家具上，摆着感恩的穷人向教堂许过愿心的证物。壁炉架上供着两个蓝玻璃的喇叭形花瓶，瓶高头摆着两个玻璃球，球内有各种颜色混在一起，看上去好不古怪。壁上挂着纸花，还有用鸡心的形状与花瓣做成的框子，中间嵌着包比诺的姓氏。这里是郑重其事做起来的一无所用的紫檀匣子。那里是一些放纸张的文件夹，式样一望而知是苦役犯的出品。那些耐心的杰作、感恩的匾额、干瘪的花球，使法官的书房和卧室很像卖玩具的铺子。包比诺老人不是把它们作为备忘之用，便是拿零星的笔记、纸条、忘了的笔尖塞在里头。这许多对他的善举表示感激的礼物都尘埃密布，没有一点儿新鲜气息。几个手工很好但是被虫蛀了的禽鸟标本，矗立在这个废物的森林中间：最主要的是一只安哥拉种的猫，包比诺太太生前的爱物，由一个不名一文的标本制造家做得很逼真；他一定是受了些小恩小惠而拿这个不朽的宝物表示感激的。室内还有本区一个感情丰富而才力有限的艺术家替包比诺先生与包比诺太太画的肖像。甚至卧房里凹进去放床铺的地方，也挂着绣花的针线团、用十字花挑出来的风景、折纸拼成的十字架，都是极花工夫的作品。窗帘被煤烟熏黑了，毯子和床帷已经说不出是什么颜色。

在壁炉架与法官办公用的大长方桌之间，有张独脚圆桌，厨娘在上面放着两杯咖啡牛奶。两张马鬃面子的桃木靠椅，摆在那里等着两人去坐。因为窗洞里的光线照不到这个地方，厨娘留下两支蜡烛；长得异样的灯芯结成野菌一般的灯花，射出半红不红的光，使蜡烛燃烧经久，据说那是吝啬鬼想出来的办法。

"姑丈，你到楼下接见室去的时候，应当多穿些衣服。"

"我生怕他们等久了，那些可怜的人！你，你可有什么事找我呢？"

"我来请你明儿上特·埃斯巴侯爵夫人家吃晚饭。"

"是咱们的亲戚吗?"法官问话的神气完全心不在焉,皮安训不由得笑了。

"不是的,姑丈。特·埃斯巴侯爵夫人是一位极有地位极有势力的太太,她向法院递了一张状子,要求对她丈夫来一个禁治产处分,听说那案子分发在你手里……"

"而你要我上她那儿去吃饭吗?你疯了吗?"法官说着,手里抓起一部民事诉讼法,"你念吧,法律规定推事不得在与他经办案件有关的两造家中饮食。她要跟我说话,让她到这儿来见我好了,你那个侯爵夫人!不错,我预备今夜把案子研究过了,明儿去询问她的丈夫。"

他站起来,在一个正好望得见的文件夹里找出一份案卷,看了看摘由,说道:

"卷子在这里。既然你关心那个极有地位极有势力的太太,咱们就来看看她的状子吧。"

包比诺把袍子往中央拉了一下,因为两只对面襟常常扯开去,露出他赤裸裸的胸部。他拿小长方块的面包往冷却的咖啡里浸了浸,捡出状子来一边念着,一边随时停下来和皮安训俩加几句按语和批评。

3
状子

呈

塞纳州初级法院民庭庭长

具呈人：勃拉蒙－旭佛雷夫人，奈葛勒北里斯伯爵、特·埃斯巴侯爵、安陶希之妻。

（——嗯，来头甚大！）

身份：业主；

住址：圣·奥诺莱城关街一〇四号；

特·埃斯巴侯爵安陶希先生住址：圣·日内维岗街二十二号。

（——啊！对了，庭长告诉我是在我的区域里！）

诉讼代理人：台洛希……

"台洛希！哼，那是个包打官司的小讼师，法院和他的同业都瞧不起的，他专门损害当事人！"

"可怜他没产业啊！"皮安训说，"他只能拼命地挣扎，像魔鬼掉进了圣水缸一样。"

事缘具呈人之夫特·埃斯巴侯爵,一年以来精神与智力大为低落,已达到民法四八六条所谓精神错乱与痴愚不省人事的程度;故为保障其自身及其财产之安全起见,保障在其身畔之儿童之利益起见,亟须将民法四八六条所规定的措施付诸实行。

特·埃斯巴数年来处理家事及产业之作风,已令人对其精神状态深致疑虑,而最近一年之智力衰退尤为可怕。特·埃斯巴之意志首先感受影响,至于意志之低落使其遭受因丧失行为能力所致的种种危险,可以下列事实为证:

特·埃斯巴侯爵之全部收入,多年来即落于耶勒诺太太母子之手;此举既无利益,亦无任何理由可言。耶勒诺太太为一公认为奇丑无比之老妇,时或居住佛黎里哀街八号,时或居住塞纳－玛纳州格莱镇维勒巴里齐地方;耶氏之子今年三十六岁,曾任前帝国禁卫军军官,现由特·埃斯巴侯爵保举,充任王家禁卫军装甲骑兵队中队长。以上二人于一八一四年时贫无立锥之地,但竟先后购置价值巨大之房产,其中一所且系最近购进,坐落于凡尔德街;耶勒诺先生今方大兴土木,将来拟与其母亲迁入居住,且准备作为婚后住宅。装修费用目前已达十万法郎以上。耶勒诺先生之未婚妻,系与特·埃斯巴侯爵有往来之银行家蒙日诺先生之侄女;婚事全由侯爵许耶氏获得男爵封号,撮合而成。此项爵位经侯爵设法,去年十二月二十九日即蒙王上正式颁布诰命;倘钧院需要证明,不妨径向司法部长咨询。

按侯爵与寡妇耶勒诺太太及其子耶勒诺男爵均甚少见面;但两人对侯爵影响极大,每次需用银钱,即使为满足个人嗜好之不必要的花费,侯爵亦无不应承;此种感情实难理解,纵使以法律与道德均难容忍之理由推想，亦无法解释……

念到这里，包比诺说道："哎！哎！法律与道德均难容忍之理由！那代理人，或者他的帮办，写出这种句子来，暗示什么呢？"

皮安训听着笑了。

……侯爵对此母子二人予取予求，甚至在现金周折不灵之时托蒙日诺先生出面签发约期票；关于此点，蒙日诺先生愿为具呈人作证。

此外尚有一事可为旁证：不久以前，特·埃斯巴侯爵出租农田之契约适告期满，原佃户为续租起见，已预缴为数可观之租金，讵耶勒诺先生立即令其解除租约。

有人向特·埃斯巴侯爵提及此等用途时，侯爵似已不复记忆，可见其支付款项并未取决于意志；每逢正当人士向其谈及对此二人之热心，侯爵之答复表示其对自己之思想与利益已完全置之度外。故其中必有不可思议之原因，敢请司法当局赐予注意。侯爵之行为倘非被人以欺诈与威逼之手段促成，即有可请法医鉴定之病理的原因，或竟由于精神受人魅惑，处于所谓勾魂摄魄的情形之下，致行动不能自主……

包比诺停下来说道："见鬼！你做医生的怎么说？这些事奇怪透了。"

皮安训回答："那可能是一种磁性作用。"

"敢情你也相信梅斯美的胡说八道，相信他的什么木盆和隔墙见物等等的玩意儿吗？"[1]

"是的，姑丈，"皮安训一本正经地回答道，"听你念着这个状子，我就想到了。告诉你，在另外一个领域中，我亲自考查过，并且证实过，一个人随心所欲，支配另一个人的好几桩事实。我跟同僚们意见不同，相信以原动力而论，意志的力量是了不起的。把江湖术士与串通哄骗的玩意儿丢开不谈，我也见过不少中了邪魔的例子：在睡眠状态中感受了磁性而答应的事，醒过来以后的确会一一照办。一个人的意志竟可以完全受另一个人的意志支配。"

"是不是包括所有的行为？"

"是的。"

"连犯罪都在内吗？"

"连犯罪都在内。"

"这种话要不是你说的，我才不听呢。"

"我可以教你亲眼看到。"皮安训说。

法官哼了两声，又道："假定所谓勾魂摄魄的事真是由于这一类的原因，那也不容易拿到事实，在法律上也难以成立。"

"倘若那耶勒诺太太又老又丑，不可向迩，我就想不出她还有什么别的方法诱惑男人了。"

"可是，"法官接着说，"据我们推算，倘有私情，应当在一八一四年左右开始，那时这女的比现在小十四岁；倘若特·埃斯巴侯爵和她的关

---

[1] 普鲁士人法朗梭阿·梅斯美（1733—1815）为维也纳大学医学博士，认为自然界有一种类似磁性的力量，倡导动物磁性之说，风行一时，尤以法国为盛。

系还要早十年,那就得退后二十四年,也许正当耶勒诺太太年轻俊俏的时代;她为了自己,为了儿子的前途,尽可以用极自然的手段笼络侯爵,对他取得一种为某些男人没法摆脱的势力。这势力的根源在法律上固然不能原谅,但人情上是讲得通的。当初特·埃斯巴侯爵和勃拉蒙-旭佛雷小姐结婚的时候,耶勒诺太太或许很生气。现在这件事可能只是女人之间的嫉妒,既然侯爵和太太不住在一块儿已经有多年了。"

"可是姑丈,别忘了她奇丑无比啊!"

"迷人的力量是跟丑陋成正比例的;这是老话了!并且,出天花的人又怎么的呢,医生?——好,咱们念下去再说。"

……且自一八一五年起,因供给该母子二人所需索之款项,特·埃斯巴侯爵竟携同二子移居圣·日内维岗街,寓所之简陋直玷辱其姓氏与身份。——(嘿,一个人爱怎么住就怎么住!谁管得了!)——侯爵将二子格莱芒·特·埃斯巴伯爵与加米叶·特·埃斯巴子爵幽禁屋内,生活状况与彼等之姓氏及前途均不相称。侯爵经济常感窘迫,房东玛里亚斯德先生最近曾请求法院扣押屋内家具。执行之时,侯爵竟亲出协助,对执达吏招待殷勤,谦恭备至,仿佛对方身份较侯爵更为高贵……

包比诺和内侄俩念到这里,不禁相视而笑。

……除有关耶勒诺母子的事实以外,侯爵行事均带有疯狂意味。近十年来,渠所关切之事仅限于中国事物、中国服装、中国风俗、中国历史，乃至一切均以中国习惯衡量；谈话之间往往以当代之事、隔日之事，与有关中国之事混为一谈。侯爵平日虽拥戴王上，但动辄征引中国政治故实，与我国政府之措施及王上之行为相比，加以评骘。

此种自溺狂使侯爵行为毫无理性，驯至不惜身份，一反平日对于贵族阶级立身处世的主张，经营商业，每日签发约期票；似此行动，实属危害其自身之安全与财产，因一朝身为商贾，拖欠债务即可使其宣告破产。侯爵为刊印分期出版的《插图本中国史》起见，与纸商、印刷商、镌版商、着色员等等订合同，金额之大，使各该商人均要求具呈人申请予侯爵以禁治产处分，以便保障彼等之债权……

皮安训叫道："这家伙简直疯了。"

法官道："你认为他疯了吗？得听听他的话再说。一面之词，不足为凭。"

"可是我觉得……"

"可是我觉得，"包比诺接着说，"倘若我亲属之中有人想执管我的产业，倘若我不是一个每天都可以由同僚证明我精神正常的普通法官，而是一个公爵、贵族院议员，那么只要像台洛希那样会玩点小手段的诉讼代理人，就可能进一个状子，把我说成这样。"

……侯爵之自溺狂使儿童亦蒙受影响，彼等所受教育竟一反常规，学习内容与加特力教义抵触之中国史实，学习中国方言。

皮安训说："台洛希说这种话，真有点莫名其妙了。"

法官回答:"这是他的首席帮办高特夏起的稿;你认得高特夏,他可是不喜欢中国人的……"

……儿童日常生活中之必需品往往极感缺乏;具呈人虽一再要求,亦无法与儿童见面;侯爵每年仅率领彼等与母亲相见一次,具呈人屡次设法,亦无从致送生活用品及儿童需要之物。

"噢!侯爵夫人,你这是开玩笑了。话说得越到家,漏洞越多。"法官把卷宗夹子放在膝上,又道,"你想,天下哪有一个做母亲的人会没有心肠,没有感情,没有头脑,连动物的那点儿本能都没有,以至于一筹莫展的?母亲为了要接近孩子所发挥的机智,绝不亚于一个少女安排私情的手段。如果你那个侯爵夫人真要供给孩子们衣食,便是魔鬼也阻拦不了,你说是不是?狐狸的尾巴太长了,瞒不过一个老法官的眼睛的!好,咱们念下去再说。"

但儿童今已长成,亟需脱离此种教育之恶劣影响,生活享用亦当与其身份相称,同时彼等更不宜经常见到父亲之行为。

关于上述各点,钧院不难加以证实:特·埃斯巴侯爵常称十二区之简易庭推事为七品官,称亨利四世中学之教员为翰林。——(哼,他们听了生气了!)——事无大小,侯爵均谓在中国即非如此这般;谈话之间倘或提及耶勒诺太太或时事,侯爵即愁容满面,且常自以为身在中国。渠之邻居,例如同住一屋之医学生埃默·倍格、约翰·巴蒂斯德·弗莱弥奥教授,与侯爵往还之下,认为其有关中国之偏执狂,实出于耶勒诺母子之阴谋，意欲借此使侯爵完全丧失理性，盖耶勒诺太太对侯爵唯一的帮助，仅限于供给一切有关中国之材料。

具呈人并可向钧院证明，自一八一四至一八二八年间，耶勒诺太太及其子耶勒诺先生所得之款项，总数已不下一百万法郎。

为证明上述事实，具呈人可提出与特·埃斯巴侯爵经常见面之人作证，彼等之姓名及身份已见上文，其中不少人士并向具呈人建议向法院状请予侯爵以禁治产处分，认为唯如此方能使其财产及二子不致因侯爵行动乖张而蒙受危险。

以上所述既证明特·埃斯巴侯爵已陷于精神错乱之痴愚状态，具呈人自当请求钧院为执行禁治产起见，迅将本案咨送检察长，并指派推事克日办理……

包比诺念完了状子，说道："你看，这里是庭长要我承办这件案子的批示。特·埃斯巴太太有什么事要求我呢？全部事实已经写在这里了。明儿我要带着书记官去讯问侯爵，我觉得这件事蹊跷得很。"

"姑丈，我在公事方面从来没求你帮忙；这一回我替特·埃斯巴侯爵夫人讨个情，可不可以为了她的特殊情形通融办理？要是她到这儿来，你愿意听她的陈诉吗？"

"当然愿意。"

"那么你上她家里去听吧：特·埃斯巴太太身体很娇，带点病态，非常神经质，到你这种耗子窝似的地方来会不舒服的。你晚上去，不必吃饭，既然法律禁止你们在当事人家里吃喝。"

包比诺以为在内侄的嘴角上看到一点讽刺的意味，便道："法律不是也禁止你们从死亡的病家那儿接受遗赠吗？"

"得了吧，姑丈，单是为了推究事情的真相，也请你答应我的要求吧。你不妨以预审推事的身份去，既然你觉得这件案子不明不白。讯问侯爵夫人不是和询问侯爵一样重要吗？"

"你说得不错，"法官回答，"她自己倒可能是个疯子。好，我去吧。"

"到时我来陪你去；先在日记簿上记下来：明晚九时，访特·埃斯巴太太。"皮安训看见姑丈写好了，又道，"啊，行了。"

第二天晚上九点，皮安训爬上姑丈家全是灰土的楼梯，发现他正在为一件棘手的案子起草判决书。拉维安纳预定的新衣服，裁缝没有送来；包比诺只能穿上满是污迹的旧衣服，教不知道他私生活的人看了这副不修边幅的模样发笑。皮安训要他把领带整了整；替他扣上外套的钮子，故意把右襟叠在左襟上，使一部分比较新的料子露在外面。但法官一会儿就拿衣摆往上翻起，因为他的习惯老是要把手插入背心口袋，外套前后都破得一团糟，背后正中有一处耸得很高，让人看到腰部的衬衣，不幸皮安训直到了侯爵夫人家里才发觉。

在此我们应当把医生与法官去访问的人物来一个简单的速写，才能使读者了解包比诺与对方的谈话。

4

一位时髦太太与包比诺法官的谈话

特·埃斯巴太太七年以来在巴黎非常走红。巴黎的潮流把人轮流地捧起来，压下去，使他们忽而伟大，忽而渺小，一会儿家喻户晓，一会儿默默无闻，然后变成一批讨厌家伙，和失宠的阁员与下野的帝王一样。他们老是为了过时的抱负怏怏不乐，一味颂扬过去，而且无所不知，无所不诋毁，无人不认得，跟挥金如土而破产的大爷们没有分别。既然特·埃斯巴太太是一八一五年左右被丈夫遗弃的，出嫁的时代就应当在一八一二年初；而两个孩子也应该是一个十五岁，一个十三岁了。一个做了母亲、年纪已经三十三的女人，靠了什么运气能走红呢？虽说潮流是无理可喻的，谁也不能预言它要抬举谁，而所捧的往往是姿色平常，连高雅大方都成问题的银行家太太之流，但说它会采取以年齿为序的立宪制度，似乎也出于情理之外。其实，当时的风气不过跟大众一样，把特·埃斯巴太太当作一个年轻女子。因为侯爵夫人在户口册上是三十三岁，在夜晚的交际场中只有二十二。

这个成绩可是用多少心血多少技巧换来的啊！安排得很巧妙的头发卷，遮着她的太阳穴。她装作病人，把家里整天弄得半明半暗的，因为唯有从窗纱中透进来的光线才不致损害她的皮色。和狄阿纳·特·博济哀[1]一样，她用冷水洗澡，睡的是马鬃做的床垫，枕头是摩洛哥皮的，为的要保护头发；她吃得很少，喝也只喝清水，注意自己的动作，免得身体疲倦，日常生活的细节都像修道院里的规矩一样刻板。

这种严格的摄生之道，到了一个大名鼎鼎的、活到上百岁而起居生活仍像少妇一般的波兰女子手里更进了一步，竟用冰水代替凉水，吃东西也吃冷的。那波兰贵妃自以为能和法国史上有名的美人，有些传记家说是活到一百三十岁的玛丽翁·特洛默[2]一样长寿：年纪近百了，头脑和心仍旧很年轻，脸蛋仍旧妩媚，身腰仍旧迷人；说起话来像枯藤着火，光芒四射；提到当代的人物与作品，动辄以十八世纪的做比较。人住在华沙，帽子非向巴黎的埃尔鲍太太定制不可。虽是朝廷命妇，她倒像小姑娘一般有情有义；游泳，奔跑，不亚于中学生，扑到沙发上去的姿势和风骚的姑娘同样惹人怜爱。她嘲笑人生，不怕死亡。当年她曾经使俄皇亚历山大诧异，现在还能以筵开不夜的局面教尼古拉吃惊。为她倾倒的青年男子照旧被她感动得下泪，因为她年龄的老少可以由她随意支配，待人像多情的女工一样有种说不出的热诚。总之，即使她不是童话中的仙女，至少本身就是一篇童话。特·埃斯巴太太可认得这位查雄撒克太太吗？是否有意把她的故事重演呢？不管怎么样，侯爵夫人的确受到这套养生之道的益处，她皮色匀净，额上没有一丝皱痕，身体像亨利二世的情妇一样柔软娇嫩，这些无形的魔力便是使男人爱情专一、欲罢不能的关键。上面所说的很简单的摄

---

[1] 狄阿纳·特·博济哀（1499—1566）为法国历史上有名的美女，曾为亨利二世之情妇。
[2] 玛丽翁·特洛默（1611—1650），为路易十三时代有名的交际花，以姿容绝世与情人众多著称。传记家谓其寿至一百三十岁，其实只有三十九。

La Comédie Humaine

特·埃斯巴太太七年以来在巴黎非常走红。

生方法，可以说由于艺术与自然的指示，也可以说由于经验的指示，在她身上还得到体格与性情脾气的协助。侯爵夫人对一切与本身不相干的事绝不关心。男人只能供她玩乐；凡是身心为之震动而受伤的剧烈的刺激，她是从来不会有的。她没有爱，没有憎；受了伤害，只是很冷静地报复；谁要不幸冒犯了她，她就记在心里，从容不迫地等适当的机会泄愤。她既不慌忙，也不骚动，只管说话，因为她知道一个女人可以用两句话断送三个男子的性命。她看到特·埃斯巴侯爵离家，心中非常欢喜；两个孩子当时已经使她厌烦，日后更会妨碍她的野心；丈夫一走，不是把他们都带走了吗？她的最亲密的朋友和最没恒心的崇拜者，因为没有绕膝的儿女间接泄漏母亲的年龄，都把她当作少妇。众人对于侯爵，对于侯爵夫人在状子上表示那么挂念的两个儿子，其生疏正如水手之于东北航道[1]。特·埃斯巴先生被认为怪物，对妻子连一星星可抱怨的理由都没有，竟把她遗弃了。

二十岁就独立自由，财产自主，一年有二万六千法郎收入，侯爵夫人却踌躇很久，对生活方针打不定主意。住家的开销仍归丈夫负担，一应家具、车马、仆役，都由她保持原状；但在一八一六至一八一八年间她竟杜门不出；而那几年正是许多家庭受了政治动乱的损害而想法恢复元气的时期。出身既是圣·日耳曼区最有势力最有声望的世家，她父母看到她为了丈夫莫名其妙的怪脾气而被迫分居，也劝她守在家里。

一八二〇年，侯爵夫人从麻痹状态中醒来，在宫廷与应酬场中露面了，自己也在家招待宾客。一八二一至一八二七年间，她排场阔绰，拿风

---

[1] 在欧洲大陆之北，由白令海峡连接大西洋与太平洋的全部北冰洋，统称为东北航路。此路直至一八七八至一八七九年间方由瑞典人诺登乔特初次航行，故巴尔扎克时代之水手只知此航路之名。

雅和装束引人注意，见客有一定的日子与钟点；不久她又进一步，登上了以前为鲍赛昂子爵夫人、朗日公爵夫人、斐尔米阿尼太太等先后高踞的宝座。斐尔米阿尼太太嫁了特·刚先生，把位置让给莫弗利原士公爵夫人，特·埃斯巴太太又从莫弗利原士手里抢了过来。社会上对于特·埃斯巴侯爵夫人的私生活，所知道的不过是这么一点。她交结一位公爵夫人，公爵夫人姿色出众的名气和她忠实于一位亲王的名气一样大；那亲王当时是个不得意的人物，但老是预备在下一届政府中掌握大权。特·埃斯巴太太还跟一位外国太太做朋友，这朋友有个大名鼎鼎的、足智多谋的俄国外交官替她分析时局。最后还有一个惯于操纵政治的老伯爵夫人，把侯爵夫人当作女儿般收在门下。一切目光远大的人都觉得特·埃斯巴太太正在培养一股隐藏的可是实在的势力，以便代替她靠一时的潮流得来而完全虚空的势力。她的沙龙已经有它的政治作用了。特·埃斯巴太太那儿怎么说呢？特·埃斯巴太太的沙龙反对某一桩措施啊！这一类的话在为数不少的傻瓜嘴里开始传播出去，使她的徒党大有结了帮口那样的声势。某些失意政客，例如无人重视的路易十八的宠臣，和其他预备随时出山的卸任部长等等，被她安慰一番、奉承一番之后，都说她的外交手段和驻伦敦的俄国大使夫人一样高明。侯爵夫人对国会议员或贵族院议员提的几句话，或是什么意见，好几次从讲坛上传遍欧洲。对于某些有关政局的大事，门客不敢轻易开口，她却常常判断得很准确。宫廷中的要人晚上都到她家里来玩韦斯脱。并且，便是她的缺点也有它的长处。她素来以机密出名，事实上也的确如此。大家认为她的友谊经得起任何考验。她对部下的帮助绝不半途而废，可见目的不限于营私植党，而尤其在于增加自己的威望。这种行为是完全以她主要的情欲，虚荣，作出发点的。许多妇女极重视的寻欢作乐与情场的胜利，对她不过是手段而已；无论哪方面，只要人生能有多么壮阔的场面，她就要过多么壮阔的生活。在一般年事尚轻、前程远大、公开出入于她门下的人中间，有特·玛赛、特·龙葛洛尔、特·蒙脱里伏、特·洛希·于浓、特·赛里齐、法洛、玛克辛·特·脱拉伊、特·李斯多美、王特耐斯兄弟、杜·夏德莱等等。她往往只招待一个男人而不招待他的太太；她势力已经相当雄厚，尽可对某些野心家提出那种难堪的条件，例如两位有名的保王党银行家特·纽沁根和杜·蒂埃。她对于巴黎生活的利弊研究得非常透彻，所以行事从来不让一个男人有半点儿可要挟她的地方。你想拿到她授人把柄的一封信或是一张字条吧，尽管悬赏征求，包你一无所得。固然她是铁石心肠，因此能把她的角色演得非常自然；但她的外貌对她同样有很多帮助。身腰使她显得年轻，声音可以随心所欲地忽而柔婉，忽而娇嫩，忽而清朗，忽而严厉。她显而易见有那种贵族的姿态，使一个女人能把自己的过去完全抹掉。倘使有个男人偶尔得到她的青眼，便自以为有资格和她亲昵，她自有本领拒之于千里之外，用威严的目光否定一切。谈话之间，伟大而动人的感情，旨趣高尚的决断，仿佛是从纯洁的心中自然而然流露出来的；殊不知她一切都出于老谋深算，要是一个男人在攸关她个人利益而她不以为羞的交涉中应付不当，她立刻会铁面无情地加以惩罚的。

拉斯蒂涅存心和这位太太结交的时候就看出她是一个巧妙的工具，但还没有加以利用，他非但没能力操纵，倒反被这工具压倒了。这位长于斗智的青年冒险家，像拿破仑一样不得不永远作战，知道只要打一次败仗就会断送终身大业，这一下却在保护人身上遇到了一个劲敌。在他骚动的生涯中，这还是破题儿第一遭和一个才力相当的敌手正式对垒。他觉得如果能征服特·埃斯巴太太,当个部长绝无问题;所以他没利用她以前,先让她利用;当然,这种开场是很危险的。

埃斯巴的府第需要大批仆役,侯爵夫人的排场也很大。重要宴会在楼下大厅里举行,侯爵夫人自己却住在二层楼上。气概不凡的、装饰得富丽堂皇的大楼梯,颇有当年凡尔赛宫气息的许多精雅的房间,先就显出主人的巨万家私。法官看着内侄的轻便两轮车一到,大门立即打开,便把门房、门丁、院子、马房、屋子的分配,供在楼梯上的鲜花、栏杆、墙壁与地毯的整洁,很快地打量了一番,又把那些听到铃声而跑出来的穿号衣的当差数了一数。上一天,他在接待室里从平民溅满泥浆的衣服上估量贫穷的伟大;如今他用同样清明的目光,在走过的各个房间中把家具陈设细细研究,以便发掘出豪华之下的贫穷。

"包比诺先生!——皮安训先生!"

这是仆人在内客室门口通报的。内客室对着花园,十分精雅,最近新换过家具。侯爵夫人坐着一张由裴里公爵夫人兴起来的洛可可式的靠椅。拉斯蒂涅靠近着她,坐在左手一张烤火的矮椅子上,活像舞台上的男主角侍候一位女主角。壁炉架的转角上还有一个男人站着。博学的皮安训猜得不错,侯爵夫人是个性情冷酷、非常神经质的女人;要没有她那种养生之道,连续不断的火气早已使她的皮肤变成土红色了;但她身上穿的、屋子里披挂的,都是色调强烈的料子,把她人工培养的白皙的皮肤衬托得格外鲜明。带红的褐色、栗色、带金色闪光的青色,对她特别相宜。内客室的糊壁花绸与窗帘幔子,仿照当时在伦敦走红的某爵士夫人家里的款式,用的是棕色丝绒,但她加上许多点缀,用美妙的图案把那过于富丽的宫廷色彩冲淡一下。头发的式样梳得像少女,一绺绺地挂着,底下打着卷,烘托出她微嫌太长的椭圆形脸蛋；但滚圆脸越是显得呆板蠢笨，细长脸越是显得雍容华贵。能够使脸蛋拉长或扁平的双面镜，对于上面那个可以应用在人相学方面的规则，便是极显明的证据。

包比诺站在房门口像一头受惊的野兽，伸着脖子，左手插在背心袋里，右手拿着里子满是油腻的帽子；侯爵夫人当下带着嘲笑的意味向拉斯蒂涅递了个眼色。老头儿愣头傻脑的神气，跟他可笑的态度与受惊的表情非常配合，皮安训又在旁哭丧着脸，觉得为了姑丈受到很大的委屈；拉斯蒂涅看着不由得掉过头去笑了。侯爵夫人对来客点点头，好不费劲地从靠椅中抬起身子，又很有风度地倒了下去，表示身体衰弱，希望人家原谅她失礼。

这时，站在壁炉架与房门之间的男人微微行了个礼，推过两张椅子，向医生与法官让座；看他们坐下了，他又抱着手臂，背靠着墙壁站着。

我们且把这个人物介绍一下。

当代有个画家叫作德康[1]，最擅长把所画的东西，不论是一块石头或一个人物，画得引人注意。在这一点上，他运用铅笔比运用彩色画笔的技术更高。比如说，他用素描画一间空荡荡的屋子，只有一把笤帚靠在壁上；只要他高兴，自有本领使你看了不寒而栗：你会觉得那笤帚是染过血迹的、才犯过罪的工具，仿佛庞加寡妇杀了费阿但士以后扫除屋内的血迹用的[2]。画家能使那笤帚上每根鬃都竖起来，像一个人怒发冲冠一样；他会教笤帚在他心中隐藏的诗意和在你想象中发展的诗意之间，做一个媒介。今天他用这把笤帚吓了你一下，明天会另画一把，旁边睡着一只大有神秘意

---

[1] 德康（1803—1860）为法国十九世纪名画家，以色彩富丽，笔触有力，富于表情著称。

[2] 法官费阿但士于一八一七年三月被人暗杀，为法国史上有名之惨杀案。

味的猫,告诉你这笤帚是什么德国鞋匠的女人拿到山中去作妖法用的。再不然他画一把气息很和平的,上面挂一个财政部办事员的上衣。德康的画笔有如帕格尼尼[1]手里的弓,有一股磁性般的感应力。我们在文字方面也需要有这样的天才,这样的笔力,才能描写那个身子笔直、清瘦、高大,穿着黑衣服,头发又黑又长,站在那里一言不发的男人。这位爵爷的脸长得跟刀锋一般,寒光闪闪,冷酷无情,皮肤的颜色像塞纳河浑浊时的水色,也像沉没的货船上的煤块在河中漂流时的水色。他眼睛望着地,一边听一边判断。他的姿态教人害怕,站在那儿,活像德康笔下那把有暗示罪案魔力的笤帚。有时,侯爵夫人在谈话之间朝他望一下,想暗中征求一些意见;但不论她默默无声的问讯多么迫切,他始终严肃、古板,好比《唐璜》戏里的那个石像[2]。

老实的包比诺坐在椅子边上,对着火,帽子夹在膝盖中间,望着镀金的烛台、座钟、堆在壁炉架上的小古董、糊壁的料子跟花式,还有时髦太太摆在周围的一切贵重的小玩意儿。他正呆呆地看得出神,忽然被侯爵夫人甜蜜的声音唤醒了:

"先生,我对你真是千恩万谢……"

老人心里想:"千恩万谢是太过分了,你连一点儿感谢的意思都没有。"

"……因为你肯赏脸……"

他又想:"赏脸!这明明是挖苦我吗。"

"……亲自来看一个可怜的当事人,她为了病不能出门……"

---

[1] 帕格尼尼(1782—1840)为近世有名的小提琴神手,巴尔扎克常于小说中深致钦佩。
[2] 登徒子唐璜诱一女子,见其父亲之石像,乃借端戏谑,邀其参加彼等之夜宴;不料到时石像竟应邀而至。事见莫里哀的戏剧《唐璜》第四幕。

这位爵爷的脸长得跟刀锋一般,寒光闪闪,冷酷无情……

听到这里，法官用一种带着搜查意味的目光把她瞅了一眼，察看可怜的当事人的健康情况。他对自己说："哼，她像生龙活虎一般呢！"

然后他肃然回答道："太太，你用不着道谢。虽则我的行动不合法院的习惯，但在这一类案件里头，只要能帮助我们发掘真相，无论什么事都是应该做的。我们的判断，靠良心启示的成分远过于根据法律条文。在我办公室里也罢，在这里也罢，只要能找到事实就行。"

包比诺说话的时候拉斯蒂涅过来跟皮安训握了握手，侯爵夫人也挺殷勤地对医生点点头。

皮安训凑着拉斯蒂涅的耳朵，指着那个穿黑衣服的男人问："这一位是谁？"

"特·埃斯巴骑士，侯爵的弟弟。"

侯爵夫人回答包比诺说："令侄告诉我，你忙得很；我也知道你心极好，不愿意露出帮助人的痕迹，免得受的人不安。大概你为了法院的公事非常辛苦。为什么他们不添几个法官呢？"

包比诺说："噢！太太，那当然是再好没有啰；可是公家会添人的时候，母鸡也会长出牙齿来了。"

这种跟法官的相貌完全配合的谈吐，使埃斯巴骑士把他打量了一下，仿佛心里想："这家伙倒是容易对付的。"

侯爵夫人望了望拉斯蒂涅，拉斯蒂涅挪近身子，说道："你瞧，负责决定私人的利益和生活的，原来是这样的人。"

像多数在一个行业里混到老的人一样，包比诺常常无意中露出本行的习惯，其实就是他思想的习惯。说话脱不了预审推事的气味：喜欢盘问对方，一步紧似一步，逼出他们自己意想不到的结果，说出他们不愿意说的话。相传博索·第·鲍尔谷[1]最高兴套出对方的秘密，教人上当：这是他由于无法克制的习惯，特意要施展一下老奸巨猾的本领。当下包比诺探明了阵地，认为必须拿出法院为了搜求真相而常用的，最巧妙最隐藏的策略。皮安训冷冷地沉着脸，好像是决意咬紧牙关受罪；但暗里很希望姑丈把这个女人像踩一条毒蛇似的踩在脚下；这个比喻是侯爵夫人的长袍子、高领口、小脑袋和一波三折的动作提醒他的。

"先生，"特·埃斯巴太太又道，"虽然我最恨露出自私的脾气，但我受罪受得太久了，不能不希望你把案子快快了结。是不是不久就能有个圆满的解决呢？"

包比诺神气很殷勤："太太，在我范围之内，我一定把案子早日办了。"然后又望着侯爵夫人，问，"你不知道侯爵和你分居的理由吗？"

"不知道，先生，"她一边回答一边摆好姿势，准备把打好底稿的一篇话说出来，"一八一六年初，特·埃斯巴先生先有三个月工夫性情大变，然后向我建议搬到勃里昂松附近，去住在他的一所田庄上，既不顾到我的习惯，也不管那边的气候会断送我的健康；我拒绝了。我的拒绝引起他毫无理由的责备，所以我那时就疑心他理路不清。第二天，他走了，把他的屋子和我的收入都让我自由支配；他却带着两个孩子住到圣·日内维岗街去了……"

"对不起，太太，"法官打断了她的话，"你所说的收入有多少数目呢？"

"一年二万六，"她随便回答了一句，"当时我立刻去请教鲍尔打先

---

[1] 博索·第·鲍尔谷生于高斯岛，初为名律师，继与拿破仑为敌，终身为外国服务，历任俄国驻法、驻英大使，以权术著称。

生[1]，问他应当怎么办；据说事情非常困难，要剥夺一个父亲管教儿女的权，我必须在二十二岁上独自守在家里，那是很多女人会闹笑话的年龄。先生，你一定看过我的状子；我要求把特·埃斯巴先生来一个禁治产处分所根据的事实，你大概都知道了吧？"

"太太，你有没有采取行动讨回你的孩子？"

"我试过的，先生；可是没有结果。一个做母亲的得不到儿女的温情真是太残酷了，尤其在他们能给你享受到天伦之乐的时候，那是所有的女子都重视的。"

"大的一个应该有十六岁了吧？"法官说。

"十五岁！"侯爵夫人不大高兴地回答。

皮安训听着，对拉斯蒂涅瞟了一眼。特·埃斯巴太太咬了咬嘴唇：

"请问孩子们的年龄跟这件事有什么相干？"

"啊！太太，"法官好像对自己说话的分量并不在意，"一个十五岁的少年和他的兄弟，大概也有十三岁了吧，他们有的是腿，有的是头脑，会偷偷来看你的；如果不来，那是为服从父亲，而要服从父亲到这个程度，那一定是非常爱父亲的了。"

"我不明白你的意思。"侯爵夫人说。

"或许你不知道，你的诉讼代理人在状子里说，你两个亲爱的孩子在父亲身边很苦……"

特·埃斯巴太太好不天真地回答："我不知道代理人替我说些什么话。"

包比诺接下去说："请你原谅我这种结论，但法律是把什么都考虑到

---

[1] 鲍尔打为巴尔扎克小说中人物，历任法院检察长及诉讼代理人等等的职务。

的。太太,我向你提的问题,动机是要彻底了解案情。据你说,特·埃斯巴先生离开你的借口是极可笑的。他本来要和你一同上勃里昂松,结果他仍留在巴黎。这一点我不大明白。他结婚以前有没有认识那个耶勒诺太太呢?"

"不,先生。"侯爵夫人回答的时候有些不高兴的表情,只有拉斯蒂涅和特·埃斯巴骑士看得出来。

她本想笼络这法官,使他的判决对自己有利,没想到反过来被他多方盘问,不由得大为气恼。但包比诺聚精会神的态度完全像个傻瓜,所以她临了也认为包比诺的问长问短,是和伏尔泰笔下的审判官一样[1],天生的喜欢发问。

她接着说:"我十六岁的时候,由于父母之命嫁了特·埃斯巴侯爵;他们认为侯爵的姓氏、财产、习惯,都合乎做他们女婿的条件。那时侯爵二十六岁,是个合乎英国人标准的绅士;我喜欢他的态度举动,他似乎胸怀大志,而我是喜欢胸怀大志的人的,"她说着朝拉斯蒂涅望了一眼,"倘使侯爵没遇到耶勒诺太太,据他当时的朋友们的意见,凭他的才能、学问、交际,早已参加政府执掌大权;查理十世还没登极就非常器重他;什么贵族院啊,宫廷中的要职啊,政府中的高位啊,都等着他。不料那女人把他迷昏了头,把我们整个家庭的前途断送了。"

"特·埃斯巴先生那时对宗教的意见是怎样的呢?"

"他一向是,至今还是,极虔诚的。"

"你不觉得耶勒诺太太用什么妖法蛊惑他吗?"

---

[1] 为伏尔泰所著寓言体小说《天真汉》的人物。

"不，先生。"

"太太，你的屋子非常漂亮，"包比诺突然改变话题，把手从背心袋里缩回来，站起身子，撩开衣摆向壁炉烤火，"这客厅真是太好了，椅子多讲究，每间屋都富丽堂皇。的确，你自己住着这等地方，想到孩子们衣、食、住样样不行，一定伤心透了。对一个做母亲的人，我想不出还有什么更痛苦的事！"

"是的，先生。我多么想使两个孩子有些娱乐，可怜他们被父亲逼着，从早到晚研究那要命的中国学问！"

"你在家里举行盛大的宴会，当然可以让他们快活一下，但说不定会养成他们挥霍的习惯；另一方面，他们的父亲也应该在冬天教他们来看你一两次呀。"

"逢着元旦和我的生日，他是带他们来看我的；那些日子，特·埃斯巴先生特别赏脸，和他们一起在这儿吃饭。"

"这种行为真是怪极了，"包比诺的神气好像完全相信侯爵夫人的话，"你有没有见过耶勒诺太太呢？"

"有一天，我的小叔为了关心他的哥哥……"

"啊！"法官打断了侯爵夫人的话，"这一位原来是特·埃斯巴先生的弟弟？"

特·埃斯巴骑士一声不出，弯了弯腰。

"特·埃斯巴先生素来关心这件事，有天带我上礼拜堂[1]，因为那女的是新教徒，到那儿去听布道的。我看到了她，觉得没有一点儿动人的地方，

---

[1] 此系指新教加尔文派在巴黎有名的礼拜堂。

完全像一个开肉铺子的；胖得异乎寻常，一张可怕的大麻脸，手脚长得像男人，眼睛斜视，反正是个妖怪。"

"简直想不通！"法官说着，那表情仿佛他是全国最傻的一位推事，"而那女的还住在这儿附近，住着一所公馆。那么一班真正的布尔乔亚都到哪里去了？"

"是的，一所公馆；并且她儿子住在里头开支浩大。"

"太太，我住在圣·玛梭城关，不知道这一类的费用。你说的开支浩大到底是怎么一个排场呢？"

"噢，"侯爵夫人说，"那包括一个马房，养着五匹马，备着三辆车，一辆轻便四轮车，一辆轿车，一辆双轮篷车。"

"这些是不是花费很大的？"包比诺很诧异地问。

"大得很呢！"拉斯蒂涅插嘴道，"这种场面，就是说马房、车辆和仆役的号衣等等，一年总得一万五六的开支。"

"你也认为这样吗，太太？"法官更诧异了。

"是的，至少要这个数目。"侯爵夫人回答。

"屋内的家具是不是花费更大？"

"要十万以上呢！"侯爵夫人看到法官这样无知，不由得微微地笑了。

老人又往下说："太太，当法官的全是多疑的，公家出了薪俸养他们，也是要他们多疑，而我便是这等人。如果事情属实，那么耶勒诺男爵和他的母亲把侯爵剥削得不像话了。据你估计，单是车马一项就得一万六一年。伙食，用人的工资，家里大笔的开销，更应当加倍计算，那一年要花到五六万了。你想这两个人从前那么穷苦，怎么会有偌大家私？一百万的本金才不过生四万法郎利息。"

"先生，他们母子俩把侯爵给的资金都照六折到八折的行市买了公债。我相信他们的进款总该有六万法郎以上。并且那儿子的薪水也很高。"

"倘若他们要花到六万一年，"法官说，"你又要花多少呢？"

特·埃斯巴太太回答："差不多要这个数目。"

骑士听了做了个手势，侯爵夫人脸一红，皮安训望着拉斯蒂涅；但法官的表情始终天真烂漫，把侯爵夫人骗过去了。骑士看到大势已去，便不再关心他们的谈话。

包比诺说："太太，这些人大可以送到特别法庭去。"

"我就是这个意思。"侯爵夫人挺高兴地回答，"一听到重罪法庭这几个字，他们就会让步了。"

包比诺又道："太太，特·埃斯巴先生离开你的时候，有没有给你一份委托书，使你有权处置你的产业？"

"我不了解你为什么要问这些话，"侯爵夫人的语气显得不耐烦了，"我认为，如果你考虑到我丈夫的精神失常使我所处的地位，你就应该多问问他，而不应该问我。"

"太太，咱们就要转到正文来了。倘若侯爵受到禁治产处分，那么在委托你或另外一个人管理财产以前，法院先要知道你对自己的财产管理得怎么样。倘若侯爵给过你委托书，就证明你得到他的信任，而法院对这一点是重视的。你究竟拿到委托书没有？你可有权调度资金，买卖不动产吗？"

"不，先生，勃拉蒙－旭佛雷家出身的人，绝对没有做买卖的事，"侯爵夫人因为贵族的傲气受了伤害，把正事给忘了，"我的产业原封不动，特·埃斯巴先生也没给我委托书。"

骑士听到嫂子的答复每一句都等于自杀，便把手蒙着眼睛，免得露出心中的难堪。包比诺虽然说话绕着弯儿，却始终抓着要点。他指着骑士说：

"太太，这一位没有问题是你的骨肉至亲；咱们当着这几位先生可以不必忌讳吧？"

"有话尽说吧。"侯爵夫人觉得这种谨慎小心很奇怪。

"太太，我相信你一年只花六万法郎；而这笔钱是运用得很好的，只要看你的车马、府第、大批的仆役，和气派远过于耶勒诺家的排场，就可以知道。"

侯爵夫人点点头表示同意。

法官又往下说："可是倘使你只有二万六千收入，咱们之间不妨老实说，你可能欠到十万法郎左右的债。这样，法院就很有理由相信，你请求对丈夫加以禁治产处分的动机，不免涉及个人的利害关系，想借此偿还债务，如果……如果……你负债的话。因为受了人家请托，我很关切你的处境；你自己酌量一下吧，我看还是一切实说的好。假如我没猜错，你现在还来得及补救，不至于在法院的判决书上受到谴责；倘若你不把你的地位交代清楚，那可是免不了的。我们一方面必须检查申请人的动机，一方面也得听被告的辩诉，追究申请人是否受到情欲的鼓动，有利令智昏的情形，因为很不幸这是极普遍的现象……"

侯爵夫人那时简直像殉道的圣·洛朗受着火刑一样。

法官又道："关于这一点，我需要你给我解释。太太，我并不要求和你算一笔笔的账，只是想知道要六万法郎才能应付的排场，你一向怎么支持的，而且支持了这许多年。在日常生活中办得到这一点的女人固然有的是，但你不是这等人。请你告诉我，你可能有很正当的办法，例如王上的恩赏，或是最近得到的公家津贴等等；可是在这种情形之下，你必须由丈夫授权才能领到款子。"

侯爵夫人只是一声不出。

包比诺接着又说："你想，特·埃斯巴先生可能起而自卫，他的律师可以名正言顺地探听你有没有欠债。这个内客室最近才换过家具，府上每间屋的动用器具都不是侯爵一八一六年上留给你的了。耶勒诺母子的家具，你刚才告诉我已经很贵，你的当然更贵，因为你是一位贵族太太。我虽则当了法官，到底是个人，可能错误的，请你给指点出来。要把一个年富力强的家长宣告禁治产，你该想到法律教我负的责任，想到法律限令我们作的严密的侦查。所以，侯爵夫人，请你原谅我所提出的那些问题，那在你是很容易解释清楚的。一个男人为了精神错乱而被禁治产以后，需要有个财产管理人。将来谁当这管理人呢？"

"他的弟弟。"侯爵夫人回答。

骑士行了个礼。大家静默了一会儿，那静默使在场的五个人都很窘。法官装聋作傻地把这女人的痛疮揭开了。他那副傻相原来是使骑士、侯爵夫人、拉斯蒂涅忍俊不禁的，此刻却在他们眼中显出了真面目。把他偷觑之下，三个人都发觉那张能言善辩的嘴巴的确千变万化，意义无穷。滑稽可笑的家伙一变而为目光犀利的法官。他早先估量内客室的用意，如今可显出来了：他好比座钟底下那头镀金的象，蹲在那里研究豪华的陈设，结果却看透了这女人的心事。

包比诺指着壁炉架上的摆设，说道："特·埃斯巴侯爵固然是对中国入迷了，但我很高兴看到中国的出品也一样能讨你喜欢。这些可爱的中国玩意儿也许都是从侯爵那儿来的吧。"他一边说一边指着贵重的小古董。

这几句挺风雅的讥刺使皮安训听着微笑，拉斯蒂涅愣了一愣，侯爵夫人却咬着她薄薄的嘴唇。

"先生，"特·埃斯巴太太说，"我处在两难的地位，不是坐视自己的财产和孩子受到损害，便是被人家认为与丈夫作对；现在你先生非但不来保护我，倒反控诉我，倒反怀疑我的用意。这种行为真有点儿莫名其妙……"

法官立刻接住了她的话："太太，法院对这一类案子特别郑重，它可能指派一个批判态度还没有我这样宽容的法官。再说，你以为侯爵的律师会乐意听人摆布吗？便是你的用意极纯正，没有一点儿私心，他不是也会加以中伤吗？你整个的生活，他都要翻来覆去地搜查，还不像我对你存着敬意而留些余地呢。"

"多谢你，先生，"侯爵夫人带着挖苦的意味，"即使我欠下三万五万的债，也不在埃斯巴和勃拉蒙－旭佛雷两家眼里；但倘使我丈夫精神失常，是不是因为我欠了债，就不能使他受禁治产处分？"

"那也并不。"包比诺回答。

侯爵夫人又说："我想不到，在只要坦白真诚就能知道全部事实的情形之下，一个法官会用狡猾的手段来盘问我，所以我现在认为不必再回答你的问题了；虽然如此，我仍可以老实告诉你，我在社会上的身份，为了保持社会关系所花的心血，对我都是很痛苦的。最初我杜门不出，过了几年幽居的生活；但为孩子着想，我觉得不能不代替他们父亲的职司。我招待朋友，接见宾客，欠了债，使他们的前途得到保障，替他们布置一些光明的远景，使他们将来不会缺少帮助和支持；以这种成就而论，不少精于计算的人，法官也罢，银行家也罢，都会毫不吝惜地付出我所花的代价的。"

"太太，我很佩服你爱护儿女的心，"法官回答，"那是你的荣誉，我怎么能责备你呢？法官是属于大众的；他什么都应该知道，什么都应该衡量。"

侯爵夫人凭着她的机智和判断人的习惯，看出无论用什么手段都不能影响包比诺。她本希望遇到一个有野心的法官，不料来的是个正人君子，便忽然想到用别的方法来达到目的了。那时仆役们正好端茶来。

包比诺看见下人预备茶水，便问："太太还有别的话跟我解释吗？"

"先生，"她很傲慢地回答，"你只管公事公办：讯问了特·埃斯巴先生以后，你就会同情我了，那是一定的……"

她抬起头来又高傲又放肆地向包比诺瞅了一眼；老头儿便恭恭敬敬地向她告辞了。

拉斯蒂涅对皮安训说："你的姑丈真是太和气了。难道他不明白吗？特·埃斯巴侯爵夫人是何等人物，在社会上有什么影响、什么潜势力，难道他一概不知道吗？明儿司法部长还要来拜望她呢……"

皮安训回答："朋友，教我有什么办法？我早告诉你了，他不是一个通世面的人。"

"不错，他这种人简直自寻死路。"

皮安训向侯爵夫人和那始终不作声的骑士行了礼，急急忙忙追出去；包比诺不愿意参加发僵的局面，早已在一间间的大客厅中往外走了。

法官一边踏上侄子的马车，一边说："我看这女人欠下十万法郎的债呢。"

"你觉得这件案子怎么样？"

"没把各方面的情形看清楚以前，我从来没有意见的。明天清早我就发传票，约耶勒诺太太下午四点钟到办公室来，要她解释一下关于她的事,因为她是有干系的。"

"我倒很想知道这桩案子的结果。"

"哎!天哪!你没注意到侯爵夫人被人利用吗?牵线的便是那个高大冷酷、自始至终没说过一个字的男人。他颇有该隐的气息,但这个该隐是想利用法院来害他的哥哥,不幸我们手里还有几把参孙的剑[1]。"

皮安训嚷道:"啊!拉斯蒂涅,你在这里头搅些什么名堂呢?"

"这些家庭之中的阴谋诡计,我们见惯了:宣告不受理的禁治产案子,每年都有。我们的风俗并不认为这种企图不名誉;另一方面,只要一个可怜的穷光蛋打破玻璃窗想抢金子,我们就把他送进苦役监。咱们的法律不是没有缺点的。"

"可是状子上所举的事实又是怎么回事呢?"

"孩子,你还不知道当事人要诉讼代理人编的谎话吗?倘若代理人只讲事实,他们盘进事务所的资金就没有利息可拿了。"

第二天下午四点,一个大胖女人,像一口披了衣衫、束了带子的酒桶,浑身大汗,上气不接下气地爬上法官包比诺家的楼梯。她好容易才从一辆绿色敞篷马车中走下来;那辆车和她配合得再恰当没有:你想到这女的就会联想到她的车,想到那辆车就会联想到这女的。

她站在办公室门口,说道:"亲爱的先生,我就是耶勒诺太太,被你老实不客气疑心做贼的。"

她用极普通的声音说了这几句极普通的话,因为害着哮喘病,说话中

---

[1]《旧约·创世纪》载:亚当与夏娃生子该隐与亚伯,亚伯祭物为耶和华所喜爱,该隐见而嫉妒,即杀害亚伯。参孙为古代以色列族之大力士,大法官。

"我就是耶勒诺太太,被你老实不客气疑心做贼的。"

间还夹着尖锐的嘶嘶声，最后又来一阵咳呛。

"先生，你才想不到我走过潮湿的地方多么难受。说句粗话，我这条命是不会长的。好啦，你找我干吗？"

法官一看见这个所谓女阴谋家，不由得呆住了。耶勒诺太太皮色通红，脸上窟窿多得数不清，额角很低，鼻子往上翘着，脸孔滚圆像一个球，因为这女人身上一切都是滚圆的，眼睛像乡下人一样有精神，讲话嘻嘻哈哈，神情坦白，栗色的头发笼在绿帽子底下的一顶软帽里面，帽上插着一束蔫了的莲馨花。膨脝的乳房教人看了又好笑，又担心它逢着咳呛的时候会哗啦啦地炸开来。那种粗大的腿，巴黎的顽童是拿两根木桩来形容的。耶勒诺寡妇穿着一件缀有灰鼠毛的绿衣衫，在她身上好比沾着油迹的新嫁娘的披纱。总而言之，她浑身上下都是跟"你找我干吗"这句话调和的。

"太太，"包比诺对她说，"有人疑心你用蛊惑手段勾引特·埃斯巴侯爵，拿到大量的金钱。"

"什么！什么！说我勾引？哎唷，我的好先生，你是一个规规矩矩的人，还当着法官，应该明理的，对我瞧瞧吧！请你说一声，我是不是勾引什么男人的人。我身子也弯不下去，鞋带也没法扣，二十年到现在不能再戴胸褡，要不然马上会闷死。十七岁的时候，我身腰瘦小，像一支芦笋，还长得很俏呢，老实告诉你！后来嫁了耶勒诺，一个挺好的男人，在盐船上当掌舵的。我生了个儿子，长得一表人才，替我很挣面子；我可以不客气地说，他是我最美丽的出品。我那小耶勒诺是拿破仑部下一个很体面的兵，在帝国禁卫军中吃粮。自从男人淹死之后，可怜我大变特变：害了一场天花，在房间里一动不动地躺了两年，等到出房门的时候就胖成现在这样子，又丑又倒霉，这一辈子就算完啦……你说，我凭什么去勾引男人？"

"那么,太太,为什么特·埃斯巴侯爵给你一笔……"

"对啦,给我一笔那么大的家私!可是我不能把理由说出来。"

"你不说出来是不对的。现在他的家属为这件事着了慌,把他告了一状。"

"哎啊!我的好天爷!"那女的猛地站起身来嚷着,"他竟为我受累吗?像他那样的好人,普天之下找不出第二个!要是他遇到什么伤心事,哪怕只是少掉一根头发吧,我们也宁可把收下的钱退回的。法官大人,请你把这话记下来。哎唷,我的天!我马上把事情告诉耶勒诺去。嚄!这还像话吗?"

矮胖的老婆子一说完,站起身子就走,三脚两步滚下楼梯,不见了。

法官心里想:"这女的倒不是扯谎。好吧,明天去看了侯爵,事情就可以水落石出了。"

凡是过了相当年龄,不再糊里糊涂过生活的人,都知道表面上无足轻重的行为对于人生大事所能发生的影响;他们绝对不会奇怪像下雨那种琐碎的事会有重大的后果。第二天,包比诺害着鼻腔感冒,疾病本身并无危险,俗语却很可笑地称为脑伤风。法官想不到把案子耽搁一下的严重性,觉得有点儿发烧,便留在家里,没有去讯问特·埃斯巴侯爵。这一天耽误对于这桩案子的关系,等于十七世纪时太后玛丽·特·美第奇为了喝汤而延迟了与王上的会见,使黎希留占先一着,赶到圣·日耳曼争回了路易十三的宠信。

我们在跟着法官和书记官进到侯爵寓所以前,对于这一位被妻子指为疯狂的家长,对于他住的屋子和经营的事业应当先瞧上一眼。

5

疯子

　　巴黎的某些区域还东一处西一处的剩下几所屋子，考古学家一看就觉得屋主人当初颇有装点城市的意思，并且为了爱护产业而特别注重建筑物的耐久。特·埃斯巴先生在圣·日内维岗街上住的屋子，便是用石头盖的古老建筑之一，式样相当讲究。但时间一久，石头变黑了，城市的变迁把它的内部与外观都改了样。自从大规模的宗教机构消灭以后，从前住在大学区内的名流也搬走了：现在这寓所的房客和他们经营的企业，跟当初建造时候的目标已经全不相干。上一个世纪，屋子里开过一家印刷所，把地板损坏了，护壁弄脏了，墙壁弄黑了，屋子内部的分配也破坏了。过去是红衣主教的府第，如今却住满了无名小卒。

　　建筑的风格，说明这屋子是在亨利三世、亨利四世和路易十三的朝代盖起来的；同一区内的弥浓府第、赛尔邦德府第、巴拉丁公主的府第和索尔篷纳，都属于那个时代。上了年纪的老人，还记得在上一世纪听见过人家把那幢屋子叫作杜北龙府。杜北龙是一位赫赫有名的红衣主教，屋子可能是他盖的，或者仅仅是住过的。院子的拐角儿上，进门口有一个台阶，一共有好几个磴级；屋子另外一面的正中央，还有一个通到花园去的台阶。两座台阶虽然破旧不堪，但建筑师在栏杆与台座上所花的功夫，证明他有心暗示业主的姓名；那种谐音的玩意儿在我们的祖先是常用的[1]。另外一个旁证是，屋子正面的拱梁上还能看出雕着红衣主教冠冕的残迹。

特·埃斯巴侯爵住着底层，无疑是为了要独用花园的缘故；那花园在本区里要算地方很大的了，并且是朝南向，这两点对孩子们的健康最重要。街名既叫作圣·日内维岗，顾名思义，坡度当然很陡峭，因为屋基也相当高，底层从来不至于被潮气侵入。特·埃斯巴先生付的租金大概很便宜；他为了要住在学校中心区就近监督孩子学业而搬来的时代，市面上房租本来很低；再加屋子很破旧，样样需要修理，房东自然更迁就了。所以侯爵不必冒挥霍的名，只花了少数的钱就能舒舒服服地安顿下来。房间的高度、分配，除了一些框子以外一无所有的板壁，天顶的布置，一切都显出大司祭们创造或经营的东西自有伟大的气概，那是现代的艺术家在一些吉光片羽中都能体会到的，不管那吉光片羽是一本书，还是一件衣服，一个书架，或是什么椅子。侯爵所挑选的油漆，是荷兰人和以前巴黎的布尔乔亚最喜欢的棕色，也是在今日的风景画家手中效果最完满的颜色。护壁板上糊着纯色的纸，跟油漆颜色很调和。窗帘料子并不太贵，但挑得很精，刚好配合周围的环境。家具不多而布置得体。屋子里鸦雀无声，清静之极，色调又那么朴素，统一，画家所谓的统一，使人走进去有一种柔和与恬适的感觉。许多小地方的高雅，家具的清洁，人与器物之间的和谐，教你看了自然而然会说出隽永二字。平日很少人能踏进侯爵和他两个儿子住的房间，而所有的邻居也觉得他们的生活很神秘。

---

[1] 屋主姓杜北龙，北龙二字与台阶的法文读音为谐音，故屋内建造两座台阶以影射屋主姓氏。

正屋侧面靠街的部分，四层楼上有三间房，破旧不堪，空无所有，完全是被当年的印刷所糟蹋以后的模样。这三间房那时就作为发行《插图本中国史》之用，一间是铺面，一间是办公室，一间是经理室；特·埃斯巴先生每天在那儿消磨一部分时间。从吃过中饭起到下午四点，侯爵在四楼的经理室内监督印刷事宜。来客通常总是在这里见他的。两个孩子放学回家也往往上办公室来。底层的住宅好比一个圣地，为父亲与儿子们从吃晚饭起到第二天早上隐居的地方。所以侯爵的家庭生活隐藏得很严密。仆役只有一个服务多年的厨娘，和一个在侯爵没结婚以前就服侍他的男当差，年纪已经有四十岁。和他们在一起的还有一个带领孩子的女管家。从管理屋子的周到上面，可以看出那女的在主持家务、管教儿童的时候，处处为主人着想，办事有条不紊，而且还有慈母一般的感情。这三个好人态度严肃，沉默寡言，似乎都懂得侯爵处理家庭生活的用意。他们的习惯和多数仆役的习惯比较之下，显得非常古怪，使这个人家蒙上一层神秘色彩，而在特·埃斯巴先生本身招的毁谤以外，更招来许多毁谤。

侯爵自有一些高尚的动机不愿意跟同居的房客来往。他在教育孩子的过程中要使他们完全与外人隔离，或许也想避免东邻西舍之间的麻烦。在进步思想特别盛行于拉丁区的时代，他那种身份的人有那种行为，当然要引起一般人嫉视的心理，那种幼稚无聊只有他们的卑鄙无耻可以相比；这种情绪使门房一流的人在侯爵和他的仆役背后造出许多谰言，一家家的传播开去。他的当差被认为阴险的坏蛋，厨娘是个奸刁的女人，管家妇又串通了耶勒诺太太榨取疯子的钱。所谓疯子，便是侯爵。

房客们慢慢地，不知不觉地，把侯爵的好些行事都叫作疯狂，因为他们推敲来推敲去，找不出一点说得过去的理由。大家既不信关于中国的出版物能够赚钱，碰巧那时他又像许多忙碌的人一样忘了付税而收到限期缴款的通知书；房东便信了众人的话，以为侯爵真的把钱搅光了。于是他一月一日就教人把收据送过去，要侯爵预付全年的房租；但收据被看门女人故意压了下来。半个月以后，法院送出催告公事，看门的又搁了几天才交给侯爵；侯爵以为出于误会，不信人家会要弄一个住了十二年的老房客。赶到他的当差把房租送给业主的时间，执达吏已经上门来执行了。这件扣押的事，被人添枝加叶告诉了跟侯爵有来往的商人。他们之中有几个风闻耶勒诺母子骗掉侯爵大宗款项，早就担心他付不了账，此刻更着了慌。而房客、房东和债权人的疑心，也差不多由埃斯巴先生家用的俭省给证实了。他的作风很像一个破产的人。仆役在街坊上买些零星的日用品都是现付的，仿佛根本不愿意赊账。并且毁谤的闲话在本区里影响极大，即使仆役想赊点儿什么，恐怕也会遭到拒绝。有些商人喜欢账目不清而跟他们来往亲密的主顾，却讨厌账目清楚而高不可攀的顾客。人就是这种脾气。在无论哪个阶级里，大家对于伤害自己尊严的高出一等的人，不管这高出一等在什么方式之下流露，绝不给他方便或通融；反之，对于自己的同党，或是奉承自己的卑鄙东西，大家倒很乐意帮助。所以一个小商人只要痛骂宫廷，就会有一批拥护他的喽啰。

再说，侯爵和他两个儿子的态度，也不免引起邻居的反感，使他们的恶意不知不觉地到一个程度，只要有机会伤害敌人，什么卑鄙手段都会拿出来。特·埃斯巴是一个世代簪缨的贵族，正如他的太太是一个名门望族的女子，这两种了不起的典型在法国非常少见，完满的例子已经屈指可数了。这等人物是以原始的观念，先天的信仰，和童年时代养成而现在社会上早已不存在的习惯，做他们的根基的。一个人要对于纯血统，对于得天独厚的种族抱有信心，要在思想上自以为高人一等，岂非从小就得把贵族与平民的距离估量出来吗？倘使觉得周围的人与你平等，你怎么还能发号施令？大人物未出母胎，造物先在他额上加了一个冠冕，感应他一些观念；教育不是应当把这些观念深深地灌输给他吗？如今这些观念，这种教育，在法国已经不可能有了；四十年来，社会上的贵族都是由时势造成的：它把一些人送到战场上去浴血，给他们荣誉，罩上天才的光轮；代管财产权，长子长孙的特权，都被取消了，遗产被分割得越来越小了；世袭的贵族不得不丢开国家大事而经营自己的产业；个人的伟大只能用长时间耐性的工作去争取：这完全是一个新时代了。特·埃斯巴在所谓封建那个大集团中已经是硕果仅存的分子；在这一点上，他是值得我们钦佩敬服的。固然他自信血统高人一等，但也相信贵族有贵族的责任；而贵族所应有的德行与魄力，他也无不具备。他用他的道德观念教育两个孩子，从摇篮时代起就把他阶级的信仰灌输给他们。对于自己的尊严所抱的深刻的观念，对于姓氏的骄傲，对于身为优秀种族的信心，在他们身上养成了一种天潢贵胄的傲气，尚侠的精神，和古代的诸侯们乐善好施的仁爱。跟他们的观念完全一致的风度，在王侯之间可能被认为极有格局，在圣·日内维岗街上却使每个人侧目而视；因为那区域仿佛真是一个平等的地方似的，何况大家还以为特·埃斯巴先生的家产完了，而在听让暴发户僭占特权的风气之下，从上到下没有谁再肯承认一个穷贵族还有什么资格享受特权。因此，这个家庭与外人之间不但物质上毫无接触，便是精神上也是完全隔膜的。

　　父亲与两个儿子一样，外表与心灵非常调和。五十岁左右的侯爵，大可作为十九世纪世袭贵族的模型。身材瘦削，头发淡黄，脸部的轮廓与一般的表情都气概非凡，一望而知是个心胸高尚的人物，但有心装出冷若冰霜的神气，未免太庄严了些。他的鹰爪鼻下端有点向左弯曲，这小小的缺点倒也不无风韵；眼睛是蓝的，高爽的脑门在眉毛部分向外突出，把眼睛藏在阴影里；这些都表示他头脑清楚，极有恒心，为人光明正大；但同时也使他眉宇之间有股特别的气息。额角的弯曲的确带些疯狂的征象；浓密而距离很近的眉毛，把这个显而易见的怪相格外加强了。一双手完全是世家子弟的手，又白净，又保养得好；脚很小。说话吞吞吐吐，不但咬音像有口吃病，便是思想也表现得不清不楚，使听的人觉得他翻来覆去，想东想西，老在小地方斤斤较量，手势做了一半会忽然中断，始终没有一个结果。这个纯粹表面的缺点，和他神态坚决的嘴巴、刚毅果敢的相貌，恰好成为对比。走路不大平稳的姿势，和他说话的方式很相配。所有这些古怪的特点，对于说他疯狂的流言都成为旁证。他虽是个漂亮人物，衣着却很俭朴；一件由当差刷得很到家的黑外套，直要穿到三四年之久。

两个孩子都出落得很美，妩媚之中带有贵族的傲气。旺盛的血色，雪亮的眼睛，透明的皮肤，无一不证明生活严肃，饮食有度，工作与游戏的有规律。两人全是黑头发、蓝眼睛，鼻子弯曲，像父亲；但也许母亲把勃拉蒙-旭佛雷家传的谈吐、目光和庄严的姿态传给了他们。声音像水晶般清脆，有动人心坎的力量，也有那种迷人的柔媚的味儿；总之那种声音是女人们看到他们火辣辣的目光以后极希望听到的。他们尤其有种狷介的纯朴、高洁的矜持、对人避之唯恐不及的态度，将来可能被认为有心做作的，因为他们越是落落寡合，人家越想认识他们。大的一个，格莱芒·特·奈葛勒北里斯伯爵，刚好过十五岁。两年以来，他已经不像兄弟加米叶·特·埃斯巴子爵那样穿美丽的英国短裤了。小伯爵最近半年脱离了亨利四世中学，打扮得像年轻人，正因为初穿漂亮衣衫而非常得意。父亲不愿意他再进一年不必要的哲学班，而要他研究高等数学，把各种学问融会贯通。侯爵同时教他学东方语言、爵徽学、欧洲外交史，并且根据宪章、重要文献、真实材料和诏书法令等等去研究历史。至于加米叶，最近才进中学的文科班。

包比诺预备去讯问侯爵的那天是星期四，学校放假的日子。早上九点左右，父亲还没醒，弟兄俩在花园里玩儿。兄弟从来没到过射击房，想去练习，非要哥哥在父亲面前帮他说情不可；哥哥不知道怎么拒绝。加米叶欺他软弱，常常喜欢跟他争。那天弟兄俩一边玩一边斗嘴，甚至像小学生一般打架了。他们在园子里追逐，大声嚷嚷，把父亲闹醒了，起来靠着窗口看他们；他们却闹哄得厉害，没有发觉。侯爵望着两个孩子像蛇似的扭作一团，精神充沛，眉飞色舞，脸又红又白，眼睛闪闪发光，四肢搅在一起像火烧的绳子；他们跌下去，爬起来，互相扑在怀里，仿佛杂耍场中两个角力的运动家，使父亲看了满心欢喜，觉得平时在紧张生活中所受的最剧烈的痛苦都有了补偿。

那时二楼和三楼上有两个人向园子里望着，说老疯子居然教两个孩子打架，给自己取乐，好几个人都从窗口探出头来，被侯爵看到了，便对孩子们说了一句话；他们立刻爬上窗子，跳进房间；格莱芒替加米叶向父亲提出要求，父亲答应了。但屋子里议论纷纷，说侯爵的疯狂又有了新的表现。

等到晌午时分，包比诺由书记官陪着到门上说要见特·埃斯巴先生的时候，看门女人带他们上四楼，一路把侯爵当天早上教两个孩子打架的事告诉包比诺，说那毫无心肝的家伙看见小的把大的咬出血来，居然笑了，大概还希望他们俩把命都拼掉呢。

然后她又补充说:"为什么要这样?哼!连他自己也说不上呢。"

这样断了一句,她已经把法官带到四层楼上一扇大门前面;门上装着小框子,粘着《插图本中国史》分期出书的广告。楼梯台上全是泥巴,栏杆脏得要命,大门上留着印刷所的污迹,破落的窗上和天花板上被学徒们拿蜡烛的烟熏满丑态百出的图形;或是由于故意,或是由于随便糟蹋的习惯,墙角堆满着垃圾;总之,这幅景象的一切细枝末节,恰好配合侯爵夫人在状子里所举的事实,所以法官虽是大公无私,对侯爵夫人的话也不由得信了。

看门女人说道:"这就是他的工场了;他在中国人身上花的钱,足够养活整个街坊呢。"

书记官微笑着望着包比诺,包比诺也不容易保持他一本正经的神气。两人走进第一间屋子;里面有个老人,大概是办公室的仆役,兼管铺面和银钱出纳的事,可以说是替中国打杂的。四壁的长搁板上堆着印好的图书。房间尽里头,用木条格子另外分出一个小间作为办公室,挂着绿布帘,有个授受银钱的窗洞说明那是账柜所在。

"特·埃斯巴先生在家吗?"包比诺问那个穿灰色工衣的人。

仆役听了,打开小间的门,让法官与书记官看到一个白头发的令人起敬的老头儿,衣服穿得很朴素,挂着圣·路易十字勋章,正坐在书桌前面校阅一批彩色图片。他停下工作瞧着两位来客。办公室陈设简单,放满着图书和校样;另外一张黑桌子大概是一个当时不在那儿的人办公用的。

"阁下可是特·埃斯巴侯爵吗?"包比诺问。

"不是的,先生。"老人站起身来回答,"你们找他有什么事?"他这样补了一句，向他们走过来，举动态度都显出是受过贵族教育的人。

"我们有些纯粹关于他私人的事和他谈。"

那人听了便走进最后一间屋子，向正在壁炉旁边看报的侯爵说："特·埃斯巴，有两位先生找你。"

这最后一间办公室铺着旧地毯，挂着灰布窗帘；家具只有几张桃木椅，两张靠椅，一张盖子可以上下推动的书桌，一张德龙兴式的书桌[1]；壁炉架上放着一个蹩脚座钟，两个旧烛台。老人走在来客前面，推出两把椅子让座，仿佛他是主人似的，侯爵也老实不客气让他这么做。双方行礼的时候，包比诺把所谓疯子打量了一下；侯爵不免问到两位客人的来意。包比诺向老人与侯爵很有意义地望了一眼，回答说：

"我觉得我的职务和今天的使命需要和你单独谈话，虽然根据法律的本意，在这个情形之下进行的侦查也得有同住的人在场。我是塞纳州初级法院推事，奉庭长之命来讯问一些事实，都是特·埃斯巴侯爵夫人在申请禁治产的状子里提到的。"

包比诺说完，那老人就退出去了。

---

[1] 德龙兴为十九世纪瑞士名医，创行一种很高的斜面的书桌，可以让人站着写字。

6

讯问

等到只有法官和当事人在场的时候,书记关上了门,径自走到德龙兴式书桌前面,铺上公文纸预备写笔录了。包比诺始终打量着特·埃斯巴先生,看他听了刚才的话有什么反应,因为那几句话对于一个理智健全的人是极残酷的。侯爵的脸,平日是像所有头发淡黄的人一样没有血色的,突然气得通红;他微微打了个寒噤,拿报纸放在壁炉架上,坐下来把眼睛低下了。不久他恢复了上流人物的尊严,望着法官,似乎想从他相貌上找出一些关于他性格的标记。

他问:"先生,这样重要的状子,法院怎么没给我一个副本?"

"侯爵,本案的被告既被指为失却理性,送达副本就变成多此一举了。法院的责任,首先在于把原告的陈诉调查清楚。"

"很对,"侯爵回答,"那么先生,请你告诉我应当怎办……"

"只要答复我的问题,任何细节都不要省略。不论你使侯爵夫人作为借口的某些行为有怎样不得已的苦衷,也不论这苦衷怎样的难于启齿,你尽管直说,不必顾虑。不消说,法院方面很明白它的责任,在这种场合自会保守秘密。"

La Comédie Humaine

"只要答复我的问题,任何细节都不要省略。"

侯爵的面部表情非常痛苦，他说："先生，倘若经过我解释以后，侯爵夫人的行事可能受到责备，那又会发生怎样的后果？"

"法院可能在判决书上对申请人的动机加以谴责。"

"这种谴责有没有伸缩性？如果我答复你问题以前向你要求，即使将来你的报告有利于我，判决书上也不说一句使侯爵夫人难堪的话，法院能不能加以考虑？"

法官望着侯爵，两人心照不宣，有些同样高尚的思想在精神上交流。

包比诺吩咐书记官："诺埃，你到隔壁屋里去。等我用到你的时候再叫你。"

书记走出以后，包比诺又对侯爵说："如果像我现在所推想的，这件事情中间有什么误会，那我敢答应你，根据你的请求，法院的行动可以留些余地。"法官停了一会儿，又道："我请你解释特·埃斯巴太太陈诉的第一件事，也是最重要的一件。据说你把大宗款子送给一个船夫的寡妇，耶勒诺太太，更确切地说是送给她的儿子耶勒诺上校，同时凭你在王上面前的宠遇竭力保举他，你对他的照顾甚至帮他攀了一门极好的亲事。原告的陈诉，似乎说这种友谊超过了一切感情的范围，连违背道德的感情也不到这程度……"

侯爵的脸和脑门突然涨得绯红，连眼泪都冒上来把睫毛沾湿了；然后他的傲气把这种在男人身上被认为懦弱的冲动压了下去。

他声音异样地回答说："真的，先生，你使我非常为难。我本来预备把我行为的动机带到坟墓里去的……因为提到这问题，我就得向你暴露家庭的一些丑史，还要提到我自己，这最后一点，你知道又是我极难启齿的。先生，希望一切只有你我两人知道。在公文的程式方面，你起草判决书的时候一定有方法不提及我告诉你的事实……"

"侯爵,在这种情形之下,无论什么事都办得到。"

特·埃斯巴又道:"先生,我结婚以后不久,因为太太挥霍无度,不得不借一笔款子。贵族家庭在大革命时期的境况,你是知道的。我没力量雇一个总管或经纪人。今日之下,差不多所有的贵族都得亲自料理产业。我家里财产的契据,多数是由我父亲从朗格陶克、普罗旺斯、公太几省带到巴黎来的,因为他很有理由害怕革命党人从田契和所谓特权执照上面追究业主。我们本姓奈葛勒北里斯。特·埃斯巴这个姓是我们在亨利四世的朝代,和特·埃斯巴家结了亲,连同财产一起承继下来的;那户人家是裴恩地方的一个大族,和我们联姻的条件便是要把他们的爵徽画在我们爵徽的中央。奈葛勒北里斯是一个小城,在宗教战争中跟我那些姓奈葛勒北里斯的祖先一样有名。和特·埃斯巴家结亲的时候,我们把奈葛勒北里斯的田地丢了。奈葛勒北里斯的职位是统领官,他损失了全部家产,因为新教徒痛恨蒙吕克[1]的朋友们,一个都不肯放过。王家对于这位牺牲惨重的奈葛勒北里斯很不公道,既不封他为元帅,也不给他一个缺分,或是对他的损失有何补偿。查理九世待他很好,可惜没有酬报他就死了;亨利四世替他撮合了特·埃斯巴家的亲事,让他承继他们的家业。可是奈葛勒北里斯的田产已经全部落在债主手里。我的高祖把妻子的财产花光了,只留下特·埃斯巴家的长房田给我曾祖,其中还得划出一部分作陪嫁。高祖死后,我的曾祖特·埃斯巴侯爵,像我一样年纪轻轻就当了家。他在宫廷里有一个差事,所以经济情形更窘。但路易十四对他特别宠幸,使他挣了一份很

---

[1] 蒙吕克为法国十六世纪将领,在宗教战争中以残杀新教徒闻名。

大的家私。那时我们家的爵徽就沾上了一个无人知道的、丑恶的、血迹斑斑的污点，我此刻正在想法洗刷。这秘密是我在有关奈葛勒北里斯田地的文契和家里的旧信中发现的。"

在这个庄严的时间，侯爵说话毫无口吃的现象，也没有平时语言重复的习惯。凡是在日常生活中有这两项缺点的人，一旦胸中有了强烈的感情，说话往往会极其流畅。

他又道："然后《南特敕令》被撤销了[1]。先生，也许你不知道路易十四的亲信借此机会发了多少财。凡是新教徒不按照公家规定出售的产业，都被路易十四没收，分给他的左右。像当时的传说一样，王上的宠臣都四出逐鹿，猎取新教徒的家产。我千真万确地知道，有两个侯爵的田地全是一些可怜的商人被充公的家私。逃亡的新教徒中有巨额财产需要带走的，到处遇到圈套；人家对他们用的怎样的手段，我用不着向你当法官的人解释。你只要知道，奈葛勒北里斯的田地，包括二十六个地方教区和对于各乡镇的特权，还有从前也属于我们的葛拉方日田地，都早已落入一个新教徒的手里。由于路易十四的恩赐，我的祖父把这两处产业收回了。但这恩赐的经过对另一方面是极不公道极残酷的。那两处田地的业主，把家属先打发到瑞士去，自以为日后还能回到祖国来，便假装卖掉田地，自己也打算逃往瑞士。他大概想尽量利用法定限期，留在法国料理买卖，不料被地方总督抓了起来；出面顶替、充他买主的人把事实招供了；可怜的商人结果被吊死，而我的父亲却到手了两处田地。我要不知道我祖父参加这

---

[1] 法国宗教战争（1562—1598）告终以后，亨利四世于一五九八年颁布敕令，史称《南特敕令》，保障新教徒之信仰自由，及与旧教徒之平等待遇。此项敕令被路易十四于一六八五年十月十八日下诏撤销，致大批新教徒流亡于英、荷、德诸国。

些阴谋诡计倒也罢了；无奈那位总督是他的舅父，不幸我又看到总督的一封信，教我祖父向台奥达多斯想办法，台奥达多斯是宫廷中的近臣背后称呼王上的暗号。信中取笑那个牺牲者的口吻，使我看了毛骨悚然。流亡在瑞士的家属寄钱回来替可怜的人赎命，总督收了钱，照旧要了商人的命。"

侯爵说到这儿停住了，仿佛这些回忆还把他压得喘不过气来。

然后他又接着说："那可怜虫叫作耶勒诺。单单这个姓就可以给你说明我的行为了。想到我的家庭有这样一段可耻的历史，我不由得痛苦万分。靠了这笔家私，我的祖父娶了拿伐兰–朗撒克家的女儿，那是小房的承继人，家业远过于大房。从此以后，我的父亲被认为国内数一数二的大地主，娶的是葛朗里欧家小房的女儿，便是我的母亲。那家私虽是不义之财，对我们倒是一本万利。因为决意要快快地补赎这桩罪过，我写信到瑞士去，直到把那家新教徒的踪迹访查明白了才安心。我打听到耶勒诺家潦倒不堪，已经搬回法国来了。以后我又发觉，那倒霉的一家的承继人是一个拿破仑部下的骑兵中尉。在我看来，耶勒诺一家的权利是很明白的。要确定时效问题，不是先得控告产业的持有人吗？但为了宗教而亡命的人，教他们向哪个法庭去陈诉呢？他们的法庭是在天上，或是在这里，"侯爵说着，拍了拍心窝，"我不愿意我的孩子们将来对我像我对祖先一样想法。我要传给他们一份没有污点的遗产，一个没有污点的爵徽；我不愿意贵族的品格在我身上变成自欺欺人的谎言。并且以政治观点来说，大革命时代逃亡出去的人既然都要求收回被充公的产业，他们自己怎么还能保留用罪恶的手段抢来的财产？耶勒诺先生母子俩老实得近乎迂执，据他们说来，我还是受他们剥削呢。我花了多少口舌，他们只肯收回路易十四时代的地价。我们把那地价议定为一百一十万法郎，可以陆续支付，不用加利息。为了张罗这笔款子，我必须有个很久的时期不能动用我的收入。事情到了这个阶段，我才如梦初醒，发觉我对太太认识错了。我向她提议离开巴黎，住到外省去；在那儿凭她收入的半数就能过着体体面面的生活，而且可以提早还清那笔债；我把事情告诉她，只是没说得怎么严重。不料她把我当作疯子。我这才发现了她的真性格：她可能问心无愧地赞成我祖父的行为，还会取笑新教徒呢。看她那么冷酷，对孩子们不关痛痒，居然毫无遗憾地让我带走，我不禁害怕起来，决意把我们共同的债还清以后，让她保留她那份财产。她说过她不能因为我发傻而跟着赔钱。既然我的收入不够开销，也没力量供给孩子们的教育费，我就打定主意亲自教育，希望他们成为勇敢的人，名副其实的绅士。我把进款买了公债，因为行市上涨，我还清地价的时期比预算的缩短很多。原来我留出了四千法郎家用以外，每年只能拨六万法郎，要十八年才能拨完；可是最近我把一百十万法郎统统归清了。我很运气，偿还了人家的损失，并没使孩子们吃一点儿亏。先生，这就是我把款子交给耶勒诺太太母子的理由。"

法官听着大为感动，硬压着感情问道：

"那么侯爵夫人对你隐居的理由是知道的了？"

"是的，先生。"

包比诺把腰板一挺，表示大吃一惊，猛地站起来打开办公室的门，招呼他的书记："喂，诺埃，你回去吧。"

接着又对侯爵说："先生，虽则你这番话已经使我完全明白，但状子上还提到一些别的事，我想听一听你的解释。比如说，你在这儿经营商业，这一点似乎跟你的身份不合。"

"这件事不便在这里谈。"侯爵说着，向法官做了一个手势请他出去；

然后又对着老人:"努维翁,我下去了;两个孩子快回家了,你等会来吃饭吧。"

"侯爵,"包比诺在楼梯口问,"你不住在这里吗?"

"不,先生。我为了出版事业特意租这几间屋子作办公室。你瞧,"他指着壁上的广告,"这部历史的发行人不是我,而是巴黎一家最有地位的书店。"

侯爵把法官让进底层的屋子:"先生,这才是我住的地方。"

屋内那股诗意毫无卖弄风雅的痕迹,包比诺一进去就悠然神往。那日天气极好,窗都开着,客室内布满了园中草木的香气;一道道的阳光把略带褐色的护壁照得格外光鲜。包比诺看到这个幽雅的环境,认为绝不是一个疯子所能创造出来的。

他心上想:"对啦,我就需要这样一所屋子。"接着又高声问:"你不久要搬走了吧?"

"希望能这样,"侯爵回答道,"可是我要等小儿子完成学业,等他们弟兄俩的个性完全成熟,再把他们带到社会上去,让他们接近母亲;并且,除掉已经给他们的实学以外,我还想加以补充,教他们游历欧洲各国的京城,见见世面,见见人物,把学的语言实地应用一下。"他请法官在客厅内坐下了,又道:"关于印行《中国史》的事,我不能在一个老世交面前和你谈。他是努维翁伯爵,大革命时代流亡在国外,回来连一点家私都没有了;我跟他一同办这件事,与其说为了我自己,不如说为了他。我并没告诉他我隐居的理由,只说我跟他一样把家产搅光了,可是还有些资本足够经营一桩买卖,他也可以从中出点力。我从小有个受业的老师,叫作葛罗齐埃神甫,由于我的保举,查理十世派他做阿尔直那图书馆馆员,那图书馆是今上当太子的时候就主管的。葛罗齐埃神甫对于中国极有研究，深知它的风俗习惯。我在一个人极容易对所学的东西入迷的年龄上承继了他的遗产，二十五岁就学会了中文。我承认我对这个民族的钦佩简直不能自已，因为它能把征略者同化，它的历史比神话的年代或圣经的年代还要古老，稳定的制度使它能保持领土的完整，纪念建筑伟大无比，行政机关完满无比，革命是不可能的；它认为理想的美是贫弱的艺术原则，它的工艺和珍贵的出品发展到登峰造极；我们无论在哪一点上都不能超过它，而我们自命为高人一等的成绩，他们却和我们并驾齐驱。可是，先生，即使我常常在谈笑中把欧洲各国的情形与中国的相比，我到底不是中国人，而是一个法国绅士。倘若你怀疑这个企业，我可以提出证明，这部附有插图与统计，涉及文学、宗教各方面的大书，已经得到普遍的赞许，预约的数目到了二千五百部，包括欧洲各国在内，法国只占到一千二。每部书要卖三百法郎；努维翁伯爵从中可以挣到一笔年息六七千法郎的款子，因为我办这个企业暗中的动机便是保障他的生活。至于我自己，只希望能挣些钱让两个孩子有点儿娱乐。我无意中赚的十万法郎可以作他们的特殊支出；凡是他们的衣着、马匹、看戏的钱，击剑和别的玩意儿的学费，随便涂抹的画布，喜欢的书，以及做父亲的极高兴让他们满足的一切小小的欲望，都有了着落。两个孩子读书那么用功，成绩那么优异，倘若我没力量供给他们这些享受，那我为了维持身家清白所做的牺牲，势必更加痛苦了。的确，先生，我关在家里教养儿子已有十二年之久，这十二年使宫廷把我完全忘了。我的政治生涯，我的世代簪缨的身份，自己可能挣到而传给孩子们的新的光荣，全部放弃了；但是我们姓埃斯巴的并没损失，孩子们将来一定是出众的人物。我固然没有进贵族院，但日后他们可以凭着为国效劳的功绩，光明正大地去争取，他们也必定能为祖国做出一些传世的事业。我把家声洗刷干净之后，等于替后人奠定了一个光荣的前途；虽然这番苦功是没人知道的，没有光华的，也不能不说是一件高尚的行为吧？先生，还有别的事要我解释吗？"

那时好几匹马的声音在院子里响起来。

侯爵说："他们回来了。"

一会儿两个少年进了客厅，衣着大方而朴素，穿着带有踢马刺的靴子，戴着手套，很高兴地扬着马鞭。兴奋的脸表示才吹过新鲜空气，精神抖擞，身体强壮。他们俩跟父亲握手，像朋友般彼此交换了一个温柔的眼风，又冷冷地向法官行了礼。包比诺觉得无须再问侯爵与儿子们的关系了。

"你们玩得好吗？"侯爵问。

"玩得很好，父亲。我初次出马，十二枪就打倒六个木人！"加米叶说。

"你们上哪儿散步的呢？"

"上布洛涅森林去的。我们还看见母亲呢。"

"她有没有停下来？"

"我们跑得那么快，她一定没看到。"格莱芒回答。

"可是你们为什么不过去招呼她呢？"

格莱芒低声说道："父亲，我觉得她不大乐意我们在公众地方接近她。"

法官耳朵相当灵敏，把那句话听到了；当时侯爵额上也堆起一些阴影。包比诺欣然看着这幅父子团聚的景象，眼神很感动地打量侯爵，觉得他的面貌、姿态、举动，简直是忠厚正直的德行最完满的表现，完全是一派风雅豪侠的贵族气息。

"先生，你……你瞧，"侯爵又恢复了口吃的毛病，"你瞧……法院可

包比诺欣然看着这幅父子团聚的景象。

以随时派……派人到这儿来……是的,随时派……派人到这儿来。假如有疯子的话……假如有疯子的话,那只有两个孩子对他们的父亲有点儿疯癫,还有做父亲的对孩子们疯得厉害;但那种疯狂,性质并不坏。"

那时,穿堂里传来耶勒诺太太的声音,她不管当差的拦阻,径自走进客厅,嚷道:

"我才不愿意绕圈子呢!"她说着向大家行了礼,"是的,侯爵,我一定要立刻跟你谈一谈。啊!我又来迟了一步,刑事法官已经先到了。"

"刑事!"两个孩子都叫起来。

"怪不得你不在家,原来在这儿!真是,若要事情糟,只要法官到。侯爵,我特意来告诉你,我们母子俩决意把你的钱全部奉还,因为我们的名誉受到危险了。我跟我儿子宁可还你钱,不愿意你有一点儿不如意的事。说句老实话,真要混账透顶的人才会想到把你来一个禁治产……"

两个孩子紧靠着侯爵的身子,嚷道:"把我们的父亲禁治产?什么事呀?"

包比诺插言道:"太太,别说了!"

"孩子,你们走开。"侯爵吩咐。

两个少年一声不出,往园子里去了,可是脸色很不安。

"太太,"法官说,"侯爵给你们的款子是他在法律上欠你们的,虽然这个偿还的行为是把诚实不欺的原则应用得极其广泛。一个人持有没收得来的产业,不管没收的方式如何,连用不老实手段的在内,倘若过了一百五十年仍应当归还原主,那么法国就很少合法的业主了。雅各·葛[1]的产业使二十几家贵族发了财。英国在占领一部分法国土地的时期滥行没

---

[1] 雅各·葛(1395—1456)为法国有名的富商,曾资助查理七世与英国作战的军费,后被人诬陷,财产均被没收。

收的产业，也增加了好几个诸侯的财富。根据我们的立法，侯爵尽可自由处置他的进款，谁也不能责备他挥霍。要把一个人加以禁治产处分，必须他行动毫无理性；而他现在给你的赔偿是完全出于最圣洁最高尚的动机。所以你尽可问心无愧地收下；社会要诬蔑这桩义举就让它诬蔑吧。最纯洁的德行在巴黎往往会受到最卑鄙的毁谤。不幸，发展到现阶段的社会，还要使侯爵的行为显得伟大。这一类的义举倘使不足为奇了，那才是国家的光荣呢。但目前的风俗人情，使我比较之下不得不认为：侯爵非但不该受到禁治产的威胁，还值得人家替他加上一个光荣的冠冕。在我服务司法界的几十年中间，我今天所看到的，所听到的，还是第一次看到，第一次听到。但在最优秀的阶级中，为善行义原是一种习惯，所以我们看到德行最美满的表现，也不必奇怪。——侯爵，我这样说明以后，你大概能相信我是绝对能守秘密的了，并且绝不会有禁治产的判决，假定要有判决的话。"

"啊，这才对啦，"耶勒诺太太说，"这才像一个法官！我的好先生，要不是我长得这么丑，我一定来拥抱你了；你说的话真是高深得很。"

侯爵向包比诺伸出手去，包比诺接在手里轻轻拍着，情意极深厚、眼神极柔和地瞅着这位私生活中的大人物；侯爵极有风度地对他微微笑着。两个这样笃厚这样宽宏的心灵，一个是近乎神明的布尔乔亚，一个是超凡入圣的贵族，发的是同一个声音，没有击撞，没有冲动，像两道纯洁的光似的融为一片。整个街坊上的慈父，觉得自己够得上跟这个出身与人品同样高贵的人握手；侯爵也有一种直觉，感到法官心中有的是广大无边的慈悲。

包比诺一边行礼一边补充："侯爵，今天听了你开头几句话，我就认为用不着我的书记了；我很高兴自己能有这点判断力。"

然后他又走近去把侯爵拉到一个窗洞底下，说道："先生，你应当搬回家了；我觉得这件事是侯爵夫人受了别人的影响。你要趁早把这影响消灭才好。"

包比诺一路出去，在院子里，在街上，回头望了好几次，心里对刚才的一幕非常感动。那种印象会深深地印在记忆中间，等一个人需要找些安慰的时候再像鲜花一般地开放出来。

他回到家里，想道："那屋子对我倒很合适。万一特·埃斯巴先生搬走的话，我一定把它租下来……"

包比诺当夜就把报告做好了，第二天早上十点左右，他上法院去打算赶快把案子秉公处理。他走进更衣室，正想穿上公服，戴上胸饰，值班的当差却说院长在办公室里等他。包比诺听了这话，马上过去了。

"你好，亲爱的包比诺，"院长招呼他，"我等着你呢。"

"院长，可有什么紧要公事吗？"

"噢，只是一点儿小事。昨天我很荣幸和司法部长一块儿吃饭，他把我拉到一边说了几句话。他知道你为了经办的案子在特·埃斯巴太太家喝过茶。照他的意思，你最好回避一下……"

"啊！院长，我向你保证，茶一端出来，我就告辞的；而且我的良心……"

"是的，是的，"院长说，"整个法院，还有高等法院、最高法院，谁都知道你的人格。我替你在部长面前说的话，也不必述给你听了；可是你知道：恺撒的妻子是不能被人怀疑的[1]……所以咱们不必把这件事当作纪律问题，只看作体统问题。你我之间不妨老实说，这还不是为了你，而是为了法院。"

---

[1] 此系恺撒休妻时语。后人引用，意为某些人物必须洁身自好，即受极小的嫌疑亦足为盛德之累。

"可是院长,倘若你知道了案情……"包比诺一边说一边想从口袋里把报告掏出来。

"我早知道你对这件案子一定大公无私。并且我在外省当推事的时候,和当事人一起喝茶的事也多得很;但只要司法部长提到了,只要有人谈到你了,法院就得设法不让外边多言多语。跟舆论界的摩擦对一个司法机关总是危险的,哪怕它理由十足也没用,因为双方的武器差得太远了。报纸可以信口开河,任意猜测;我们却为了尊严不能采取任何行动,连答辩都不行。我已经和你的庭长商量过:你马上去做一个申请回避的公事,我们决定派加缪索先生接办。这样,事情就在自己人中间了啦。再说,你回避了也算帮了我个人的忙;另一方面,你早该得到的荣誉团勋章,这一回我准定替你办到。"

那时一个刚从外省初级法院调到巴黎来的推事加缪索,走过来向院长和包比诺行着礼;包比诺见了不禁带着讥讽的神气略微笑了笑。这个淡黄头发、没有血色的青年,抱着一肚子的野心,满可以把人在刑架上吊上去、放下来,只要上头有命令。他要学的榜样是洛罢特蒙一流而不是莫莱一流[1]。包比诺向他们俩行了礼,退出去了,根本不屑揭穿人家中伤他的谎话。

一八三六年二月 巴黎

一九五四年一月 译

---

[1] 法官洛罢特蒙为十七世纪时黎希留的羽党,今成为徇私枉法的官吏之代名词。莫莱(1586—1656)则为法国史上有名的刚正不阿的法官。

人间喜剧 I

亚尔培·萨伐龙
Albert Savarus

LA COMÉDIE HUMAINE

在王政时代，特·华德维男爵夫人的府第，是勃尚松总主教来往而颇有感情的几处沙龙之一。这位太太，简括一句，算得勃尚松妇女界顶有势力的人物。

特·华德维先生是大名鼎鼎的华德维的侄孙。那位过去的华德维又是杀人犯和叛教徒中最幸福最显赫的一个，古古怪怪的轶事，讲起来未免太偏于掌故了。叔祖是捣乱得厉害，侄孙却安静到极点。在贡台这一郡里过着蛀虫在板壁里那样的生活之后，他娶了望族特·吕泼家的独养女儿。特·吕泼小姐把年收二万法郎的田产，和华德维岁入一万法郎的不动产联合了起来。瑞士贵族的盾徽（华德维祖籍是瑞士），给嵌入特·吕泼家老盾徽的中心。这件从一八〇二年就决定的婚事，直到一八一五年第二王政时代以后才履行[1]。特·华德维夫人生下一个女儿三年之后，母家的祖父母辈全都下世，遗产清算完了。华德维家便把老屋出卖，搬进州公署街

---

[1] 史家称法国大革命后拿翁失败波旁王族复政时期为王政时代：一八一四至一八一五年六月为第一王政时代；一八一五年七月至一八三〇年为第二王政时代。

特·吕泼家美丽的府第,大花园一直伸展到石梯街那边。华德维夫人在家时是虔诚的姑娘,婚后更其来得虔诚了。她是居士会里女后之一,这个社团给勃尚松的高等社会蒙上一副阴沉的面貌、一派假贞节的态度,跟这个城的性格正好调和。

特·华德维男爵先生是一个枯索的男人,没精打采的,迟钝的,好像疲乏已极,可不知给什么弄乏了的,因为他有的是颟顸愚昧的福气;但因他的太太是一个头发金褐色的女子,性格的冷酷变成了话柄("像华德维太太一样尖刻"这句话,至今还有人说),所以司法界里几个爱打趣的便说,男爵是给这块岩石弄乏了的。吕泼这个词,在拉丁文里的语源,确是岩石的意思。一般观察社会深刻的人,定会注意到洛萨莉是华德维和特·吕泼两家联姻后唯一的结晶。

特·华德维先生的生活,消磨在一所富丽的车床工场里,整天地车磨着。补充这生活的,是他欢喜集藏的脾气。一般研究疯狂的哲学家医生,认为这种收藏癖集中在零星小件上时,即是精神失常的初步。华德维男爵搜罗贝壳、昆虫和勃尚松地区的地质断片。有些好持异议的人,尤其是妇女,提到特·华德维先生时总说:"他真高尚呀!"从初婚起他就看到不能制胜妻子,便专心于机械的工作和讲究的饮食了。

特·吕泼的府第不乏相当的豪华,堪和路易十六的壮丽匹配,显出一八一五年上两大世家混合起来的贵族气息。府内闪耀着一种古老的奢华,够得上古董的资格。雕成树叶形的水晶挂灯、中国绸缎、大马士革的绫罗、地毯、金漆的家具,一切都跟古老的号衣古老的仆役调和。虽然用的餐具是家传的黝黑的银器,餐桌正中放着大玻璃盆,四面围着萨克司出品的瓷器,肴馔却精美非常。华德维先生为了消遣和调剂生活起见,躬自做厨房与酒窖的提调,他挑选的酒,在一州里颇负盛名。特·华德维夫人的财产是很重要的,因为她丈夫的一份,只是露克赛的田地,岁入一万法郎左右,从没增加过一笔遗产。无须特别提的,是特·华德维夫人和总主教间亲密的交情,使她府上常有教区里三四位优秀的有风趣的神甫出入,都不讨厌吃喝。

一八三四年九月初,在不知为了什么大庆而举行的一次盛宴中,正当太太们团团围在客厅炉架前面,先生们一组组地站在窗框前面时,仆役忽然通报特·葛朗赛神甫来到,他一出现,全场便起了一阵欢呼。

"唔,喂!那件官司呢?"有人对他嚷着。

"赢了!"这位副主教回答,"我们本已绝望的法院判决,您知道为什么……"

这句话是指一八三〇年以后的法院组织,正统派几已全部辞职。

"判决书宣告我们全盘胜诉,把初审的判决变更了。"

"大家以为你们是输定了呢。"

"没有我,的确输定了。我把我们的律师打发到了巴黎去,正当要上庭交手的时候,我找到一个新律师,靠了他才打赢了,一个了不起的人物……"

"在勃尚松吗?"特·华德维先生天真地发问。

"在勃尚松。"特·葛朗赛神甫回答。

"啊!不错,是萨伐龙。"坐在男爵夫人近旁的一位俊俏的青年,名叫特·苏拉的说。

"他花了五六夜工夫,吞下那些文件那些案卷;跟我商议了七八次,每次都是好几小时,"特·葛朗赛神甫——他从二十天以来还是初次在

La Comédie Humaine

仆役忽然通报特·葛朗赛神甫来到……

特·吕泼府上露面呢——接下去说,"终于,萨伐龙先生把我们的敌人从巴黎请来的名律师完全打败了。这个青年人真是奇妙,据推事们说。这样,僧侣会获得了双重的胜利。第一它在法律上得胜了,第二它战胜了市政府的辩护人,就是在政治上战胜了自由主义。我们的律师说:'我们的敌人不该以为毁坏总主教区的利益会到处受人欢迎……'庭长不得不迫令听众默静。所有的勃尚松人都拍手叫好。于是旧修道院的房产,仍归勃尚松大寺的僧侣会管理。萨伐龙先生并且在离开法院时邀请他的巴黎同僚吃饭。那位同僚接受之下,对他说:'谁得胜,谁荣耀呀!'还毫无怨恨地祝贺他的胜利。"

"您从哪儿觅来这个律师呢?"特·华德维夫人问,"我从没听人提过这名字。"

"可是您从这里就可望见他的窗子,"副主教回答,"萨伐龙先生住在石梯街,他的花园跟府上只隔一堵墙。"

"他不是贡台郡人。"特·华德维先生说。

"他什么地方的色彩都没有,简直不知是哪儿人。"特·夏洪戈夫人说。

"那么他是什么呢?"特·华德维夫人说着,一边挽着特·苏拉先生的胳膊向餐室走去,"假如他是外乡人,什么机缘会使他定居在勃尚松?在一个律师,这真是挺古怪的念头。"

"挺古怪的念头!"年轻的阿曼台·特·苏拉应声说。如今少不得要叙述一番这位特·苏拉的身世,才能令人明白这件故事。

历来法国和英国交换着一些虚浮的风气,因为连铁面无情的海关也阻拦不住,所以愈加持续不断。我们在巴黎称为英国式的时髦,在伦敦称为法国式,反过来也是如此。两个民族的敌忾,在两点上是消灭了,一是言语问题，二是服装问题。《神佑吾王》那支英国国歌，原是吕利[1]替哀斯旦或阿太莉的合唱部分谱的音乐。英国女子穿到巴黎来的裙撑[2]，是一个法国女子在伦敦发明的，就是那有名的朴茨茅斯公爵夫人，发明的经过大家知道；起先，人们把这裙撑当作笑柄，甚至第一个英国女子初次在蒂勒黎御园前面出现时，几乎被群众挤死；可是裙撑终究被接受了。这个风气控制了欧洲妇女有半世纪。一八一五年法国和列国讲和时，大家把英国的低腰身衣服嘲笑了一年，全巴黎的人都去瞧卜蒂哀与勃吕奈演出的《可笑的英国妇人》；但一八一六和一八一七年，法国女子的腰身，从一八一四年的紧扣乳房起，逐渐下降，直到显出腰部轮廓为止。近十年，英国又送了我们两件语言学上的小礼物。来源不甚清白的纨绔子弟这名词[3]，原已化出三个后身：怪物，妙人，漂亮哥儿；它们却被英文里的"花花公子"（Dandy）和"狮子"（Lion）先后代替了去。狮子可并不连带产生"母狮"之名。母狮是从阿弗莱·特·缪塞有名的诗句里来的："您曾否在巴塞龙那瞧见……那是我的情妇我的母狮。"在这两个名词和这两种主要观念之间，曾经有过一番融和，或者有过一番混淆，要是您爱这么说。胡闹也好，杰作也好，巴黎都尽多尽少吞得了；只消一桩胡闹的事叫巴黎人开怀之后，要外省人不来染指是不容易的。所以当狮子披着长发，挂着胡须，穿着背心，不用手帮忙而单靠面颊与眼眶的拘挛夹着眼镜，在巴黎大摇大摆时，某些省城里就可看到一些二等狮子，凭着连靴套长脚裤的风流典雅，对同乡们的不修边幅表示抗议。因此，一八三四年时，在阿曼台－西尔伐－

---

[1] 系法国十七世纪音乐家。

[2] 系十八世纪欧洲妇女用鲸鱼骨做的圆形架子，束在腰部，再穿裙子，使裙的外形特别饱绽圆满。

[3] petits-maîtres 一词，原指一度与波旁家争王位的公蒂亲王的党徒。

雅各·特·苏拉身上，勃尚松瞻仰到了狮子。苏拉这姓氏，在西班牙占领时代[1]写作苏勒耶士；勃尚松城内西班牙家庭出身的人，阿曼台·特·苏拉要算独一无二了。当初西班牙分发许多人到贡台来经营，却很少西班牙人住下。苏拉祖上的定居，是为了和红衣主教葛朗凡有联络之故。年轻的特·苏拉先生老讲着要离开勃尚松，凄凉的、佞神的、文学气息极薄的城，刀兵必经和长期驻兵的城；但它的风俗、动态、面目，都值得加以描绘。这个见解，便使这个前程渺茫的男子，在新街跟州公署街相接的地方，三间家具寥寥的屋内住下。

年轻的特·苏拉少不得有一头小老虎，这小老虎是他一个佃户的儿子，小厮十四岁，身材臃肿，名叫罢皮拉。狮子把小老虎打扮得很讲究：铁灰色的短布大褂，束着漆皮腰带，深蓝色瓦棱布短裤，红背心，上下半截颜色各别的漆皮长统靴，黑带镶边的圆帽，有特·苏拉徽记的黄纽扣。阿曼台给他白纱手套，供给洗衣费，伙食自理，三十六法郎一月的工资，这就教勃尚松的女工们大吃一惊：一年四百二十法郎给一个十四五岁的小厮，外快在外！所谓外快是旧衣服的出卖，肥料的出卖，苏拉把所蓄的两匹马中的一匹跟人交换时的酒资。用鄙吝的经济手段喂养的两匹马，统扯每年耗费八百法郎。从巴黎订购的化妆品、领带、身上佩带的小古董、成罐的鞋油、衣着，总计年需一千二百法郎。倘把小厮（或小老虎）、马匹、超等衣着，和每年六百法郎的房金加起来，可以得到三千法郎的总数。可是年轻的特·苏拉先生的父亲，只传下四千法郎一年的进款，靠几块贫瘠的

---

[1] 贡台地区在十七世纪前为西班牙领土，勃尚松为贡台的首府。贡台之成为法属领土，仅从路易十四朝中叶始。

分种田，还需花本钱去经营，经营的结果对收益又毫无把握。狮子的生活费、零用钱和赌本，统共派到近三法郎一天。所以他常常在旁人家里用晚餐，午餐则吃得特别俭省。逢着迫不得已要自己破钞用晚饭时，他就派小老虎到一家饭铺去叫两盘菜，从不花到二十五铜子以上。在大众眼里，年轻的特·苏拉先生是一个挥霍无度、穷奢极侈的阔少；哪知这可怜虫要把年头跟年尾拉拢起来所运用的机智和本领，直可替一个高明的管家妇博得荣名。涂在靴或鞋上的六法郎的油，偷偷地洗了又洗以便戴三倍长久的五十铜子的黄手套，一条好戴三个月的十法郎的领带，四件二十五法郎的背心，连靴套的长脚裤；所有这些衣饰在一个首府会令人怎样起敬，这个诀窍是无人懂得的，尤其在勃尚松！既然在巴黎我们看到一班傻瓜花了三百法郎弄来的空架子，连烫发和一件荷兰细布的衬衫在内，进到一些妇女家里，就能压倒最优秀的男子而博得她们的青眼，怎么又能教外省人不迷了心窍？

要是您觉得这个穷光蛋的成为狮子未免太便宜，那么得知道阿曼台·特·苏拉去过三次瑞士，而且坐着车，每天赶很少的路，巴黎去过二次，又从巴黎去过英国一次。他被认为见闻广博的游历家，能说："在我所到过的英国……"富孀们对他说："您这到过英国的人……"最远他到过龙巴地，环绕过意大利的几口湖。他阅读新出的书。还有当他在家洗手套的时候，小老虎罢皮拉总回报客人说："先生在工作。"因此人家说"这是一个思想很激进的人"，想借此减低阿曼台·特·苏拉的身份。阿曼台有本事用勃尚松派的俨然的样子，讲些流行的滥调俗套，使他有资格列为缙绅阶级中最博学的人物之一。他身上佩戴着流行的小古董，头脑里装着报纸检查过的思想。

一八三四年代，阿曼台是一个二十五岁的小伙子，中等身材，褐色头发，胸膛凸得很厉害，肩头也照样地显著，大腿带些圆形，脚已经发胖，手又白又肥，从两鬓到下颏，留着一圈络腮胡子，短髭够得上跟军营里的爷们媲美，一张红红的大胖脸，塌鼻子，褐色的眼睛没有表情；并且毫无西班牙人的模样。他大踏步向着肥胖的路上走，那是对他的抱负大不利的。他指甲干净，胡子修齐，衣饰最细小的部分都整饬如英国派。所以人家把阿曼台·特·苏拉看作勃尚松第一美男子。每天按时到府的一个理发匠（每年花费六十法郎的另一豪举！），预言他将是批评时装和风雅问题的权威。阿曼台起身很迟，梳洗完毕之后，约莫中午时分骑马出门，到他的一处分种田上打枪。对这件事情，他和晚年的拜伦一样重视。随后在三点左右回家，一路在马上给女工们和路人们瞻仰。他所谓的"工作"一直要做到四点，之后，他开始更衣，去赴人家的晚宴，把黄昏消磨在勃尚松贵族家里打韦斯脱，到十一点回家睡觉。再没一种生活更合时、更本分、更无疵点的了，因为星期日和节日的教堂仪式，他都准到。

要您懂得这种生活是如何阔绰，必得把勃尚松说明几句。没有一个城市比它对进步更深闭固拒的了。勃尚松的官吏、公务员、军人，凡是巴黎派来当一个什么差使的，一股脑儿被包括在"客帮"这个颇有意义的名词之内。客帮是个中立圈，好似教堂一般，是城里的贵族社会和中等社会相遇的唯一场合。在这个圈子内，为了一言半语、一瞥一视、一举一动，就能在中产妇女和贵族妇女之间，发动这一家对那一家的仇恨，保持到老死，把分隔两个社会的不可超越的鸿沟愈加扩大了。除了格莱蒙－圣－约翰、蒲弗勒蒙、特·赛、葛拉蒙几姓，以及住在贡台区田庄上的几个大族以外，勃尚松最早的贵族，也不过追溯到两个世纪以前，被路易十四征服

La Comédie Humaine

人家把阿曼台·特·苏拉看作勃尚松第一美男子。

的时代。这个社会本质上是司法界构成的,那种傲慢、那种顽固、那种严峻、那种实际,以及那种不能和维也纳宫廷[1]相比的高傲,因为勃尚松人在这一点上会模仿维也纳无耻的交际社会。什么雨果、诺第哀、傅立叶[2],替本地增光的人物,都谈不到,人家不理会这些。贵族之间的婚姻,当孩子们在摇篮里的时候已经定局,最重大和最细小的事都在那时确定了。从没一个外乡人、一个不速之客溜进这些家庭;那些校官或有爵位的军官在此驻防时,哪怕是法国最高的门第出身,也得费尽心机才能教当地的贵族予以接待;为此所用的外交手段,恐怕泰勒朗亲王[3]也会很欣幸地领教,以便拿到国际会议上去应用。一八三四年代,在勃尚松穿连靴套长裤的只有阿曼台一个。这已可说明年轻的特·苏拉先生的阔绰。再则,一件小故事可以使您彻底了解勃尚松。

我们这件故事开始的前些时候,州公署觉得需要为它的机关报从巴黎去请一位编辑,来抵制《大新闻报》在勃尚松发刊的《小新闻报》,和当年共和政府策动的《爱国报》。巴黎派来一个青年,完全不熟悉贡台的,一开场便串起《夏里伐里》派[4]的角色来。中间派的首领,一个市政厅里的人物,把这个记者叫了来,对他说:"告诉您,先生,我们是一本正经的,不只是正经,而且是惹人厌的,我们绝对不愿人家使我们开心,我们笑过之后就要懊恼得发怒。把文章写得像《两世界杂志》里最笨重的长篇大论一样地难消化,您还不过和勃尚松人的腔派仅仅合拍。"

---

[1] 维也纳宫廷乃欧洲最古老的贵族,勃尚松的后起贵族竭力加以模仿。
[2] 以上诸人皆生于勃尚松。
[3] 系拿破仑时代的外交大臣,后又与波旁家族沆瀣一气。
[4] 系一八三二年巴黎发刊的著名讽刺报。

编辑依了他的话，讲着最难懂的玄妙的土话，果然大受欢迎。

年轻的特·苏拉先生所以不曾丧失勃尚松上流社会对他的敬意，还是靠他们纯粹的虚荣心；贵族们很乐意装作适合潮流，能对那些到贡台来游历的巴黎贵族，提供一个和他们仿佛的青年。所有特·苏拉私下做的工作，骗人的玩意儿，表面的奢豪，骨子里的安分，都有着一个目的；否则这勃尚松的狮子早不在地方上了。阿曼台心想娶一个有钱的妻子，能有一天证明他的田庄并没抵押，证明他有着积蓄。他想教全城关心他，成为当地最美最风雅的男子，以便先获得洛萨莉·特·华德维小姐的注意，然后获得她的婚约！

一八三〇年，年轻的特·苏拉先生开始他花花公子的生涯时，洛萨莉才十四岁。一八三四年，特·华德维小姐的年龄，正到了少女们很易被阿曼台勾引大众注目的怪腔派吸引的时候。很多狮子是打了算盘，预备投机而做起狮子来的。华德维府上，十二年来每年有五万法郎的进款，支出却从不超过二万四，虽然他们每星期一、五两次地招待勃尚松高等社会，星期一是晚餐局，星期五是夜会。这样，十二年来怎会没有每年二万六千的储蓄，用着这些旧家所特有的神不知鬼不觉的手段存放在一边！外面很普遍地相信，特·华德维夫人因为田产已经很多，所以她的积蓄在一八三〇年上以三厘利存放着。由此，洛萨莉的奁资，总该在每年四万法郎上下的收益。五年以来，狮子像田鼠一般地苦干着，为的要把自己的地位维持在严厉的男爵夫人的敬意的顶尖上，一边还得装出讨好特·华德维小姐自尊心的姿态。阿曼台在勃尚松的地位赖以维持的那些巧妙，男爵夫人胸中雪亮，并且因此很看重他。她三十岁时，特·苏拉就依在她的翼下：他胆敢赞美她，奉她为偶像，甚至能对她——世界上只有他能——讲述几乎所有的虔诚妇女都爱听的粗野笑话,她们靠着崇高的德行,尽可凝视深渊而不致失足,观看魔鬼的陷阱而不会陷落。您懂得为何这狮子连最平常的把戏都不玩吗?他把自己的生活摊得明明白白,好像露天一样,谁都看得清楚,为的要在男爵夫人身畔扮作自甘牺牲的情人,好让她把不许肉体消受的罪恶,在精神上痛快一下。一个男人而能有特权把唐突的说话灌在一个虔婆耳里,便是她心目中可爱的人物。倘若这模范狮子对人心认识更深的话,他大可毫无危险地在勃尚松女工中间干几件风流事,她们看他像王一样呢:用这种办法来对付严厉而假贞节的男爵夫人,他的事情只会更加顺利。在洛萨莉前面,这位律身谨严的家伙,显出是花大钱的阔客:宣扬着豪华生活,让她窥见一位时髦太太在巴黎当漂亮角色的远景,那儿他是将来要以国会议员的资格前去的。这些高明的手段获得完满的成功。一八三四年时,组成勃尚松高等社会的四十个旧家的母亲,提起年轻的特·苏拉先生,一律认为是勃尚松最可爱的青年;在特·吕泼府上,谁也不敢跟这红人争座,全勃尚松都把他看作洛萨莉·特·华德维未来的丈夫。关于这个题目,男爵夫人甚至已和阿曼台谈过几句,男爵的装聋作哑,更替这谈判加了一重保障。

因为有一天会成巨富而身价大增的特·华德维小姐,自幼在母亲很少出门(因为她那样地爱总主教)的特·吕泼府邸里教养长大,受着清一色的宗教教育束缚,受着母亲严格的道德管教,和专制的压迫。洛萨莉实在一无所知。研究过哥德利著的地理、圣经、古代史、法国史、加减乘除,一切都经过一个老耶稣会徒的严密检查,这好算知道什么事情吗?绘画、音乐、跳舞是禁止的,仿佛那些是不能美化人生而要败坏人生的。凡是各种针线和零星女红,男爵夫人都教给女儿:缝衣啦,刺绣啦,编织啦。十七岁的洛萨莉，只念过《传教徒通讯录》和一些关于贵族徽章学的书。报纸从没污过她的眼目。每天早上她给母亲带到大教堂去做弥撒，回来吃中饭，在花园里散步一会儿之后，做着女红，坐在男爵夫人旁边招待来客，直到晚餐时分。然后，除了星期一、五之外，她陪着特·华德维夫人消磨黄昏，从不能超过母亲规定的发言量。十八岁时，特·华德维小姐是一个娇弱的少女，纤瘦的，平板的，黄头发，白皮肤，毫无表情。淡蓝的眼睛，在眼皮翻动时倒还美丽，眼皮往下一垂，有一团阴影罩在面颊上。轮廓整齐的额角，被几点红瘢损害了光彩。她的脸庞真像杜莱和班吕琪以前诸画家[1]笔下的圣女：同样肥肥的脸盘，虽然单薄些，同样由耽想造成的带忧郁性的细腻，同样严肃的天真。她身上的一切，连姿势在内，都令人想起那些处女，只在细心的识者眼里，才在神秘光彩之下显出美。她有好看的但是红色的手，有女庄主般最美的脚，平常她穿着纯棉料的长袍；但在星期日和节日，母亲准她穿绸。她在勃尚松裁制的服装，把她装扮得几乎丑了；可是她的母亲倒想从巴黎的时装上获取妩媚、华丽和风雅，靠着年轻的特·苏拉先生帮忙，她的装饰最细微的部分，都取法于巴黎。洛萨莉从没穿过丝袜或长筒靴，只穿纱袜和皮鞋。大宴会的日子，她穿着一件轻纱袍，垂着头发，脚上套了一双古铜色皮鞋。在洛萨莉的这种教育和谦卑的态度之下，藏着一副铁一般的性格。生理学家与深刻的人性观察家，会叫您大为错愕地告诉您，脾气、性格、性灵、天才，在家庭里会经过长时期的间隔而重现，跟所谓遗传病一般无二。因此才气和痛风症一样，有时会一跳两代。这种现象，我们可在乔治·桑身上找到一个著

---

[1] 系指文艺复兴早期的画家。

名的例子：撒克斯元帅的精力、气魄、观念，都在乔治·桑身上重现；因为她的父亲是撒克斯元帅[1]的私生子。鼎鼎大名的华德维的果断，传奇式的豪胆，重又降临在侄曾孙女身上，再加特·吕泼族的固执与自恃血统高贵的傲气，愈加强化了她的个性。但这些优点，或这些缺点，倘您喜欢这么说，埋在这颗外表柔弱的少女灵魂里，其隐藏之幽深，不下于火山未成形前丘陵之下的熔岩。特·华德维夫人或许已窥到这双重的血统遗产，所以把洛萨莉管得那么严，甚至有一天总主教埋怨她待女儿太苛时，她回答说："让我管教吧，大人，我是识得她的！躲在她皮肉底下的撒旦不止一个呢！"

男爵夫人对女儿的特别注意，尤其因为她认为这是她做母亲的荣誉攸关。再说她也无事可做。格罗底特·特·吕泼那时三十五岁，差不多是寡妇，因为丈夫车磨着各种木料的蛋盅，拼命要用硬木制造六根轴梗的轮盘，替他的宾客做烟罐，所以他的太太只能和阿曼台·特·苏拉毫无邪念地调调情。当这个青年人在她府上的时候，她忽而把女儿打发开，忽而把她叫回来，想从这颗年轻的心中发现一些嫉妒的动作，以便有驯服它们的机会。她模仿警察对付共和党人的办法，但她白费心力，洛萨莉绝不露出任何骚动。于是严峻的虔婆埋怨女儿没有心肠。洛萨莉对母亲的认识，足以知道如果她觉得年轻的特·苏拉先生"不错"的话，定会招惹一顿臭骂。所以对于母亲的一切挑逗，她只回答几句所谓耶稣会徒派[2]的句子，其实这俗称是不妥的，因为耶稣会徒是强者，而这些吞吞吐吐的省略句子

---

[1] 撒克斯元帅为波兰王的私生子，十八世纪时以武功仕法国，封授元帅。

[2] 耶稣会徒派这个形容词系指虚伪与狡黠的意思。

只是弱者藏身的铁丝架。于是母亲认为女儿装腔作势。倘使不幸而华德维和特·吕泼的真性格闪露一下时，母亲便提出儿女对父母应有的尊敬，迫令洛萨莉柔顺地服从。这种争斗是在日常生活最幽密的核心发生的，表面上绝对不露声色。副主教，这位亲爱的特·葛朗赛神甫，故总主教的朋友，无论以本区主教的资格而论是如何精明，却总猜不透这种争斗曾否煽动母女间的仇恨，是否母亲先存下妒意，是否阿曼台在母亲身上追求女儿的行为已经逾限。站在世交的地位上，他既不盘问母亲，也不盘问女儿。洛萨莉，为了年轻的特·苏拉先生，精神上太吃亏了，便如俗语所说的不耐烦他，当他对她说话，想逗引出她一些心腹话时，她总很冷淡。这种憎厌之心唯有母亲的眼睛看得见，永远被抓为训话的题目。

"洛萨莉，我不懂你为什么对阿曼台这么冷淡；是不是因为他是我们一家的朋友，我们，你的父亲和我都喜欢他的缘故……"

"唉！妈妈，"有一天那可怜的孩子回答道，"要是我待他好了，岂不罪过更大？"

"什么话？"特·华德维夫人嚷道，"你这是什么意思？你的母亲是不讲理的，也许，照你想来，母亲在无论哪一点上都不讲理？但愿从今以后，别再有同样的话从你嘴里出来，对你的母亲……"

这场拌嘴持续了三点三刻，而洛萨莉又把这一点提出了。母亲气得面孔发白，打发洛萨莉进了卧室。洛萨莉在那儿寻思这场争吵的意义，什么都寻思不出，她本是无辜的呀！因此，当勃尚松全城以为年轻的特·苏拉先生已十分迫近他追逐的目标，而他也为此领带潇洒，耗费了多少罐的鞋油，用掉了多少黑油使须髭发亮，穿旧了多少漂亮背心，用去了多少马蹄铁和绑腰（因为他穿着件皮马夹，狮子们的绑腰），其实阿曼台与对象之间的距离，比任何初入门的生客还要远，虽然他有尊严高尚的特·葛朗赛神甫撑腰。并且在我们这件故事开始的时候，洛萨莉全没有知道年轻的阿曼台·特·苏勒耶士是为她预备的。——现在我们再来叙述那天晚餐桌上的情形。

"夫人，"特·苏拉先生对男爵夫人说，一边等太热的汤冷却，一边想把他的叙述弄得曲折些，"有一天，驿车把一个巴黎人送进这里的国家旅馆，他看了几处房子，拣定石梯街上迦拉小姐那所屋子的二层楼。随后这外乡人径奔市政府，把实际住址和行使公权的住址备了案。接着他提出合格的证件在法院律师表上注了册，到他的新同僚那里，法院的僚属那里，推事那里，一切司法界人士那里，投了名片，上面印着：亚尔培·萨伐龙。"

"萨伐龙这个姓是出名的，"深通贵族徽章学的洛萨莉说，"萨伐龙·特·萨伐吕司这一族是比利时最老最贵最富的世家之一。"

"他是法国人而且是南方人，"阿曼台·特·苏拉接着说，"如果他要袭用萨伐龙·特·萨伐吕司的盾徽，他必得在上面加一条横线。在比利时勃拉防州现在只有一位萨伐吕司小姐，一个遗产甚富的待字的闺女。"

"横线其实是私生子的标识，"特·华德维小姐又接上来说，"但一个特·萨伐吕司伯爵的私生子依旧是贵族。"

"够了，洛萨莉！"男爵夫人说。

"您要她懂得盾徽学，"男爵插嘴道，"她的确很懂呀！"

"讲下去吧，阿曼台。"

"您懂得在一个样样分门别类、确切肯定、整理就绪、编号入册的像勃尚松这样的城里，亚尔培·萨伐龙毫无困难地被我们的那些律师接受了。各人只说：哦，一个全不知道勃尚松的可怜虫。哪个糊涂蛋劝他上这儿来的？他想来干什么？不亲自去拜会法官而光是投一张名片，真是大错特错！所以过了三天，再也不提萨伐龙。他雇用了故迦拉先生的贴身男仆，略知烹调的奚洛末做当差。谁也没见过或会过亚尔培·萨伐龙，所以更容易把他忘掉。"

"难道他不去做弥撒吗？"特·夏洪戈夫人问。

"他星期日上圣·彼得堂，但他去的是第一场，早上八点。他天天夜里一两点钟起来，工作到八点，用早餐，再工作，在花园里绕个五六十圈；然后进去用晚餐，在六点与七点之间睡觉。"

"您怎么知道这些的？"特·夏洪戈夫人问特·苏拉先生。

"第一，夫人，我住在石梯街转角上的新街，远远里望得见这位神秘角色所住的屋子；再则，在我的小老虎和奚洛末之间，天然有他们的交际。"

"这么说，您还跟罢皮拉谈天？"

"不然教我散步的时候怎么办？"

"唔，那么，您请律师怎么又会请一个外乡人？"男爵夫人这么一句又把发言权递还给副主教。

"首席庭长曾经捉弄这位律师，指定他在重罪法庭替一个近乎白痴的乡下人当义务辩护，这乡下人被控伪造罪。萨伐龙先生却使这可怜虫得到开释，证实他无罪，说他上了真正罪犯的当。不但他的论见获得胜利，并且逼得人家把两个证人扣押，坐实之后都判了罪；他的辩词打动了法院当局和陪审官。隔了一天，陪审官中有一个商人把一件颇为棘手的案子委托萨伐龙先生，又胜诉了。在我们当时的形势之下，裴里哀先生[1]既无法到

---

[1] 裴氏父子均为法国史上有名的律师。

勃尚松来，特·迦尔色诺先生便劝我请这位萨伐龙律师，预言我们一定胜利。等我一看见他，一听他谈话，我便信任他，而果然我没有看错。"

"难道他有什么了不得的地方？"特·夏洪戈夫人问。

"是的。"副主教回答。

"那么，请您解释给我们听听。"特·华德维夫人说。

"我第一次见他，"特·葛朗赛神甫说道，"他在过道隔壁的房内（从前迦拉老头的会客室）招待我，那间房给他全部漆成旧橡木色，装满了法律书，摆在漆着同样颜色的书架上。除了油漆和藏书以外，再没旁的华贵装饰，因为家具只有一张雕花旧木书桌、六张花绸面椅子、绿镶边的浅褐色窗帘，地板上铺着一张绿地毡。这间书屋靠着过道里的火炉取暖。我在等待的时候，完全没把我的律师想象作年轻的样子。这个特殊的背景同他的面貌调和得很，因为萨伐龙先生穿着西班牙毛织的黑晨衣，束着一根红腰带，穿着红软鞋、红法兰绒背心、红便帽。"

"魔鬼的号衣呀！"特·华德维夫人嚷道。

"是呀，"神甫说道，"但是一张气宇轩昂的脸：乌黑的头发已经有几根白丝，像我们画上圣·彼得与圣·保禄的头发，虬结的，亮晶晶的，其硬如毛，雪白的圆脖颈好似女人的一般，庄严的额上分布着气概不凡的纹缕，就像伟大的计划、伟大的思想、深沉的内省在巨人额上刻画下来的；橄榄色的皮肤隐约有些红瘢，方鼻子，火热的眼睛，深陷的面颊，刻画出充满痛苦的两条长长的皱痕，常带笑容的嘴，纤削的下颌太短了些；太阳穴里有着褶裥，凹陷的眼睛在眉毛浓密的眼眶下转动，像两颗火球；但虽然布满这些热情的标识，他依旧保持着一副非常隐忍的、镇静的神态；动人心坎的柔和的声音，出我意料地会在法庭上那样地运用自如，显出真正演说家的嗓子，时或音清而语黠，时或微言而多讽，忽而引吭如雷鸣，忽而跌宕作冷嘲，犀利无匹。萨伐龙先生是中等身材，不肥不瘦。一双手像大主教的[1]。我第二次上他家，他把我让进藏书室隔壁的卧房；一口窳劣的衣橱，一张窳劣的地毯，一张中学生用的卧床，窗上挂着洋布窗帘，当我看着这些陈设而错愕时，他对我微微一笑。他刚从另一间小书斋里出来，当我的面旋上了门锁，那是谁也不能进去的，据奚洛末说，他也只能在门上叩几下。第三次，他在书房里用着极菲薄的午餐；但这次因为他隔夜整晚地查阅我们的案卷，我又带了代诉人同去，需要在他家耽留很久，而代诉人奚拉台先生又欢喜絮聒，我便有了仔细打量这个外乡人的机会。当然这不是一个平常的人。这副威严而又温和、沉着而又烦躁、饱满而又虚弱的面具之下，藏着不少秘密。我发觉他微微有些伛背，好似一个肩负重任的人。"

"为什么这个能言善辩的人离开巴黎呢？他抱着什么计划到勃尚松来？外乡人在此很少成功的希望，难道没人告诉他吗？人家会利用他，但勃尚松人绝不让人利用他们。既然来了，他又为什么毫无活动，直等到庭长心血来潮才露头角？"那个俏丽的特·夏洪戈夫人这样问。

"当我把这副壮美的相貌仔细研究过后，"特·葛朗赛神甫接着说，一边狡黠地望着发问的对手，仿佛他还有什么话藏在肚里不说，"尤其当我今天听见他和那巴黎的大将舌战过后，我想这个三十五岁上下的人，将来定有一番惊天动地的表现……"

"您的官司赢了，您给了他报酬，我们还提他做甚？"特·华德维夫人

---

[1] 此系指多肉浑圆之手。

La Comédie Humaine

萨伐龙先生是中等身材，不肥不瘦。一双手像大主教的。

这样说，因为她发觉自从副主教讲着这件事情以来，她的女儿几乎目不转睛地盯住他的嘴唇。

于是谈锋换了方向，再也不提亚尔培·萨伐龙。

教区里最能干的副主教所描绘的这幅肖像，因为其中藏着一部真正的小说，所以对洛萨莉越显得有小说般的魔力。她破题儿第一遭遇到这种异事，这种奇迹，为一切青年幻想所企望的，为在洛萨莉的年纪上那么活跃的好奇心所纵身捕捉的。这个阴沉的、痛苦的、雄辩的、勤奋的亚尔培，给特·华德维小姐拿来跟那位肥头胖耳的、雄赳赳的、甜言蜜语、胆敢对着世代簪缨的特·吕泼大谈风雅的特·苏拉相比之下，真是如何理想的人物！阿曼台只让她挨骂受气，并且她也把他觑破了，不像亚尔培·萨伐龙浑身是谜，好让她细细地猜。

"亚尔培·萨伐龙·特·萨伐吕司。"她在肚里暗暗念着。

然后是要看见他，瞧见他！这是一个素无欲望的少女的欲望，她在心中、想象中、脑海中，把特·葛朗赛神甫所说的一句一句重新温过，因为每个字都发生了效果。

"美丽的额角！"她想道，眼望着饭桌上每个男人的额角，"我连一个美丽的额角都瞧不见……特·苏拉先生的那个是太饱满了；特·葛朗赛神甫的那个美固然美，但他年已七十，头发全秃，不知他的额角到哪儿为止。"

"你想什么呀，洛萨莉？你简直不吃东西……"

"我肚子不饿，妈妈。"她说，"手像大主教的一般……"她又往下想，"我记不起我们那丰神俊美的总主教了，虽然他替我行过坚信礼。"

她在幻想的迷宫中来回踯躅的时候，终于记起她偶尔半夜醒来，从床上瞥见两座贴邻花园的丛树中间，闪耀着一扇明亮的窗子。"原来就是他的灯光，"她私忖道，"我可以看见他！我一定要看见他。"

"特·葛朗赛先生，僧侣会的讼案算是完全结束了吗？"洛萨莉在大家静默的一刹那劈面问着副主教。

特·华德维夫人很快地和副主教交换了一个眼色。

"这对你有什么相干呢，亲爱的孩子？"她对洛萨莉说，那种假作温柔的语调使她的女儿从此留了心。

"人家还可上诉到最高法院；但我们的敌人得三思而行。"神甫回答。

"我真不会相信洛萨莉会把一桩官司想了一顿饭的辰光。"特·华德维夫人又补上一句。

"我自己也想不到。"洛萨莉说，说时那副迷惘的神态令人发笑，"可是特·葛朗赛先生那样地聚精会神，弄得我也关切起来。真是无心的呀！"

大家离开餐桌，宾主一齐回到客厅。洛萨莉整个黄昏静听着，要晓得人家还提不提亚尔培·萨伐龙；但除了每个来客对神甫祝贺他诉讼胜利以外，并无颂扬律师的话，也不再涉及本问题。特·华德维小姐不耐烦地等着夜阑人静。她立意要在二点到三点之间起来，瞭望亚尔培书斋的窗子。到了那时，对那几乎光秃的树隙间透过来的烛光凝睇之下，她差不多有种快感。凭了少女所特有的好眼光，再如好奇心为之扩展得更远的视线，她看见亚尔培在写作；她自以为辨出家具的颜色，好像是红的。壁炉的烟突在屋顶上吐着一缕浓密的黑烟。

"当大家酣睡的时分，他守护着……好似上帝！"她心里想。

女子教育包括着那么严重的问题，因为一个民族的前途靠在做母亲的身上，而这是法国的大学院久已不理会的。这儿便有一个问题：我们应该启发少女呢，还是压抑她们的思想？不消说宗教制度是压迫的：如果您启发她们，就会在未成熟的年龄上造出妖魔；如果您禁止她们思想，又会遇到出人意外的爆发，如莫里哀描写得那么真切的阿匿斯[1]，把这股平日压迫着的思想，那么新鲜、那么犀利、像野人一般迅速而往前直冲的思想，交给一件意外的事故摆布，就如谨慎的勃尚松僧侣会中最谨慎的教士之一，以不谨慎的叙述促成了特·华德维小姐致命的危机。

次日早晨，特·华德维小姐一边穿衣，一边不由得望着亚尔培·萨伐龙在特·吕泼家园贴邻的花园中散步。

"倘使他住在旁的地方，"她私忖道，"我又将怎么办？现在我能看见他。他在想什么呢？"

在洛萨莉一向见到的勃尚松人的面貌中，唯有这个奇人的脸相压倒一切而巍然独显；她远远地看见过后，一转念便想透入他的内心，刺探如许神秘的底蕴，一听这雄辩的声音，领受一下这对美目的瞥视。这些她心里都想要，可是如何得到呢？

整天她呆呆地全神贯注地做着绣作。就像阿匿斯一流的姑娘，装得一无所思的样子，其实对什么都想到家，使她的阴谋诡计，算无遗策。洛萨莉这次深思熟虑的结果，是决意要忏悔。次日早晨，弥撒完毕以后，她在圣母寺跟奚罗神甫谈了几句，把他灌了迷汤，忏悔给定在星期日早上七时半，在八点那场弥撒之前。她撒了一打左右的谎，以便能有这么一次，在律师去做弥撒的时间等在教堂里。末了她又对父亲大发孝心起来，到工场里去看他，问他无数关于车床技术的问题，最后劝他车大东西，车柱子。一朝怂恿父亲开始了螺旋柱子，做了车工上最难的技术之一以后，她又劝

---

[1] 系莫里哀名剧《女子学校》中主角，是一个天真无知的女子，常在人前说出极唐突的话。

他利用花园正中的一大堆石头，拿来造一座假山洞，洞顶盖一所瞭望塔式的小神堂，那么可以用到他的螺旋柱子，在客人面前炫耀了。

正当这个素被冷淡的可怜人为了这个计划而高兴时，洛萨莉拥抱着他说："最要紧别跟母亲说是谁给您出的这个主意；她会骂我的。"

"放心就是。"特·华德维先生回答，他在可怕的特·吕泼小姐淫威之下，和女儿一样喘不过气来。

由此，洛萨莉有把握看到很快就可造起的一所有趣的瞭望台，可以望到律师的书斋。世界上有些男人，尽管少女们为之使尽那样杰出的外交手腕，往往会像亚尔培·萨伐龙一样全不得知。

焦灼地期待着的星期日终于到了，洛萨莉细磨细琢地化妆，把伺候特·华德维母女的女仆玛丽爱德看得笑起来。

"小姐这样仔细地梳妆，我还是第一次看见呢！"玛丽爱德说。

"你教我想起，"洛萨莉一边说，一边对玛丽爱德瞥了一眼，害得她面孔通红，"你有些日子也比平常装扮得厉害。"

离开石级，穿过庭院，跨出门槛，走在街上，洛萨莉的心，跳得像我们预感有大事临头的时候一样。至此为止，她不知走在街上是怎么回事：她原以为母亲会从她脸上窥破她的计划，不许她去忏悔；她觉得脚里有一股新的血在流，急急地提起来，仿佛踏在火上一般！自然啰，她同忏悔师约的是八点一刻，对母亲说是八点，为的好在亚尔培身旁等待一刻钟。她在弥撒开始之前到了教堂，做了一番简短的祷告之后，走去瞧瞧奚罗神甫已否坐在忏悔亭里，借此在教堂里绕一个圈子。然后她拣了一个可以望见亚尔培进来的地方等着。

在好奇心替特·华德维小姐安排下的那种心境中，真要一个奇丑的男人才会显得不美。可是原已出众的亚尔培·萨伐龙，加上他的仪态、他的行动、他的姿势，连他的衣装在内，一切都有那种唯"神秘"一词可以形容的气氛，当然使洛萨莉的印象更加深刻了。他一进来，本是黝暗的教堂，洛萨莉觉得忽然明朗了。她迷着他迟缓得近乎庄严的步履，为肩荷整个世界的人所惯有的，他的举动、他的深沉的目光，都表现出他头脑里有一股扫荡一切的或控制一切的思想。洛萨莉至此才明白副主教一席话的边际。是呀，这对闪出一丝丝金色的半褐半黄的眼睛，的确遮掩着一股热情，闪闪烁烁地透露出来。洛萨莉，不顾玛丽爱德的注意，不辞唐突地兀自迎着律师走去，好和他四目相对一下；而这蓄意探索的目光，竟把她的血给换了，因为她的血沸腾激越，仿佛体热增加了一倍。亚尔培一坐下来，特·华德维小姐便也拣了一个座位，好让她在奚罗神甫未到以前完完全全望着他。当玛丽爱德说"奚罗神甫来了"时，洛萨莉觉得只过了几分钟。及至她从忏悔亭里出来，弥撒业已终场，亚尔培已经走了。

"副主教说得不错，"她想，"他痛苦着！为何这匹大鹰，他的眼睛就像鹰，降落在勃尚松？噢！我要全部知道，可是怎么办？"

在这簇新的欲火鼓动之下，洛萨莉一针不错地做着挑绣，心里做着种种盘算，面上装着天真的傻样，蒙蔽她的母亲。从星期日那天特·华德维小姐受到了一眼之后，或者如果您喜欢借用拿破仑的名句来形容一下爱情的话，从她受到了"火的洗礼"之后，她非常兴奋地推动着瞭望台计划。一等到有两根柱子车好之后，她便对母亲说：

"妈妈，父亲脑筋里有一个古怪的念头，想用园子中间的那堆石头搭一座瞭望台，他正在车磨这石台用的柱子；您赞成这个计划吗？我觉得……"

"你父亲所做的事情，我一概赞成，"特·华德维夫人冷冷地答道，"服从丈夫是女子的义务，纵使她在思想上不同意……在特·华德维先生觉得好玩的时候，干吗我要反对一件本身无所谓的事情？"

"但是从台上我们可以望到特·苏拉先生的屋子，而我们站在台上时，特·苏拉先生也可望见我们，恐怕人家会说……"

"洛萨莉，你有意来指导你的父母不是？你自以为对于人生对于体统，比父母懂得更多不是？"

"我不说了，妈妈。而且父亲说可以把假山洞当作小房间，很凉快的，可以在里面喝咖啡。"

"你父亲这个主意挺好呢。"特·华德维夫人回答，说着想去瞧瞧那些柱子。

她对男爵的计划表示赞同，在花园底上指定一块基地。这里不会被特·苏拉望见，却清清楚楚可以望到亚尔培·萨伐龙的屋内。一个承揽商给叫了来，承造一个山洞，通到洞顶的是一条三尺宽[1]的小径，石隙里种些雁来红、菖蒲、常春藤、白英、金银花、野葡萄藤。男爵夫人主张在洞内四面用粗木做护壁，当时正流行粗木做的花盆托，洞底上挂一面大镜子，放一张有床罩子的罗汉榻，一张留着树皮的镶嵌木桌。特·苏拉先生提议地下铺沥青。洛萨莉想出在顶上挂一盏粗木座子的挂灯。

"华德维家在园子里弄着有趣的玩意儿呢。"勃尚松城里有人说。

"他们有的是钱，尽可为一些想入非非的念头花上一千大洋。"

"一千大洋？"特·夏洪戈夫人问。

"是呀，一千大洋，"年轻的特·苏拉先生回答，"他们从巴黎请了一

---

[1] 此系法国旧尺，一尺约合三十三厘米。

个人来装饰内部，一切都是乡下式，但弄出来是怪好看的。特·华德维先生亲自做挂灯，正在雕花呢……"

"有人说倍尔盖给叫去挖地窖。"一个神甫插嘴道。

"不是，"年轻的特·苏拉先生接着说，"他在替山洞安排三合土的地基，防止潮湿。"

"他们家一点子大的事您都知道。"特·夏洪戈夫人酸溜溜地说，一面望着她大女儿中的一个，从去年起已经到了出嫁的年龄。

特·华德维小姐想着她的瞭望台的威风，颇为得意，觉得自己确比周围的谁都高明。谁也猜不到这件工程是单单为了一个被认为迟钝愚骏的小丫头，想从更近的地方瞧一下萨伐龙律师的书斋之故。

亚尔培·萨伐龙为僧侣会讼案所做的显赫的辩诉，因为惹动了律师们的妒忌，所以特别被人忘得快。而且萨伐龙厮守着他的隐居，哪儿都不露面。一个外乡人在勃尚松本来就容易被人遗忘；再加没有吹捧的帮闲，不见宾客，他愈益增加了令人遗忘的机会。虽然如此，他在商事裁判所辩护了三次，三件棘手的案子，结果都闹到法院。因此他得到了四个主顾，四个城里的商业巨头，承认他有识见，有外省人所谓的"好眼力"，把案子委托了他。华德维家的瞭望台揭幕那天，萨伐龙也树起他的纪念碑来。靠他和勃尚松富商巨贾的暗中联络，他创办了一份半月刊，叫作《东方杂志》，由每股五百法郎的四十股凑成，资本交给他第一批的六位主顾，教他们明白勃尚松是米罗士[1]与里昂[2]中间的联络站，是莱茵河与龙罗河中间

---

[1] 法国东北隅的首府。
[2] 法国中部偏东的首府。

的重镇,所以勃尚松的气运大有促进的必要。

倘使要跟东北隅的斯特拉斯堡竞争,勃尚松除了在商业上应居要镇以外,岂不也应该在文化上做个中心?而与东方各州利益有关的重大问题,只能在一份杂志上讨论。把斯特拉斯堡和第戎的文学势力抓过来,替法兰西东部做一番启明工作,防止巴黎集权化,那该是何等的光荣!亚尔培想出来的这些理由,从十几个巨商嘴里传出去,当作他们自己的主意。

萨伐龙律师并不抬出自己的名字,把财政交给他第一个主顾蒲希先生管理,他是由于太太的路线和宗教书籍的最大出版家之一有关系的;萨伐龙却保留着编辑权,和创办人应享的一部分利益。商会向各地去鼓吹:陶尔、第戎、萨冷、纽夏丹、汝拉、蒲葛、南都阿、龙·勒·梭尼哀,要求他们精神上的援助,要求皮越、勃莱斯德、贡台三州全部好学之士加入合作。凭着商业关系和同行情谊,凭着定价的低廉(每季定价只有八法郎),获得了一百五十份订户。为避免因投稿不用而伤害本地人的自尊心起见,律师把文学栏的编辑职务交给蒲希先生的长子阿弗莱,一个非常热衷,全不知文学事业的陷阱和苦闷的二十岁的青年。亚尔培暗中操着实权,把阿弗莱·蒲希造成了自己的信徒。在勃尚松,这位法庭之王只和阿弗莱一人有亲密的来往。每早阿弗莱到花园里来和亚尔培商量每期的内容。不消说,创刊号里有一篇阿弗莱的《感想录》,为亚尔培所认可的。谈话中间,亚尔培对阿弗莱暗示一些伟大的思想、文章的题目,给这青年去利用。因此,大商人的儿子自以为利用着这个大人物!在他眼里,亚尔培是一个天才,一个深刻的政治家。对刊物的成功大为高兴的商人们,只消缴纳股本的十分之三。再添二百份订户,杂志的股东就有五厘的红利可分,编辑费是不支的。而且这编辑费也非金钱所能支付。

到第三期上，杂志已办到和法国所有的日报交换，那本是亚尔培在家阅览的。这第三期内登着一篇中篇小说，署名A.S，大家猜是名律师的手笔。虽然勃尚松的高等社会认为这刊物有自由主义气息而很少注意，但仲冬时节，终于有人在特·夏洪戈夫人家里谈起贡台初次出现的那个中篇来了。

"爸爸，"洛萨莉说，"勃尚松有一份杂志了：你应该去订一份放在你那里，因为妈妈是不让我阅读的；但你可以借给我。"

为了急于服从他亲爱的洛萨莉，服从五个月以来对他表示温情的女儿起见，特·华德维先生亲自去订了一份全年的《东方杂志》，把先出的四期借给了女儿。夜里，洛萨莉一口气把那中篇，把那生平第一次读到的小说吞了下去；她觉得只活了两个月，从前的日子都是白过的！所以这件作品对她发生的作用，不能以普通的内容去判断。一个巴黎人把新兴文学的手法与光彩带到外省来的这篇作品，姑不必批评它真正的优劣，但在一个初次在文学作品中发挥处女的聪明和纯洁的心的少女眼中，总不能不算是一篇杰作。并且洛萨莉根据她听到的意见，直觉地构成一种观念，更特别抬高了这小说的价值。她希望从中觅得多少亚尔培的情操，或者他的一部分生活史。从最初几页起，这个意念便在她胸中证实了；读完之后，她更确信自己没有猜错。据夏洪戈沙龙里的批评家们说，亚尔培大概是模仿几个现代作家，因为不能创造，便讲述自身的悲欢离合，或生涯中一些神秘的事故。下面便是他心腹的剖白。

爱情造成的野心家

一八二三年，以游历瑞士为旅行主旨的两个青年，在七月里一个晴朗的早上，从吕赛纳出发，乘着一条三个划手的小艇，往弗吕仑前进，决意在四郡湖畔所有的名迹胜境都耽留一下[1]。吕赛纳到弗吕仑途中的环湖风景，千变万化，凡是最苛求的幻想所期望于高山的、大河的、湖泊的、巉岩的、幽溪的、绿草的、丛树的、急流的，无不具备。有的是萧条的荒野，有的是柔媚的山岬，有的是娇艳清新的溪谷，密林矗立在峻峭的花岗岩上如帽顶的羽饰，幽静凉爽的港湾张开着臂抱，盆地上的宝藏被幻梦的远景点缀得更美了。

在可爱的越梭镇前面经过时，两个朋友之中的一个尽望着一座木屋；木屋似乎刚造不久，四周围着栅栏，坐落在一个土岬上，快与湖水相接。小艇在屋前驶过的辰光，最高层的房间底上探出一张妇人的脸，想瞧一瞧湖上扁舟的景致。凝视木屋的青年，正和陌生女子无意的目光相遇。

"在这儿耽下来吧，"他对他的朋友说，"我们原把吕赛纳作为游历瑞士的大本营，但若我改变主意，让我留在这儿看守衣物，你不会觉得不行吧，雷沃博？你爱怎么办都可以，为我，我的游程已经完毕。——船家，把船靠岸，让我们在村上吃中饭。——我会到吕赛纳把我们的行李全部搬来，在你离开这儿以前，你可以知道我的住处，回来好找到我。"

"这里也好，吕赛纳也好，"雷沃博说，"没有什么分别，无须我来阻止你这下子的使性。"

---

[1] 吕赛纳在四郡湖之北端，弗吕仑在四郡湖之南端。

这两个青年是一对名副其实的朋友。他们俩同年同学，一同在法科毕业之后，一同在暑假里来一个照例的瑞士旅行。由于父亲的意志，雷沃博已经预定回去进巴黎某公证人的事务所。他的方正，他的柔和，冷静的感官和聪明，保证了他驯良的天性。雷沃博眼见自己将来是巴黎的公证人，他的生涯摆在面前，好似一条穿越法国平原的大路，整个的前程后果，他都抱着隐忍的情怀接受下来。

他的伙伴洛道夫，和他的性格正是一个对照，这相反的两极使他们的联系愈加密切。洛道夫是一个贵族的私生子；贵族早逝，来不及采取必要的措置，保障他所爱的女子和洛道夫的生活。洛道夫的母亲受了这一下命运的拨弄，不得不走英勇牺牲的一路。她把孩子的父亲慷慨赠予的东西全部出售，集了一笔十多万法郎的款子，作为自己的终身年金，以很高的利率存放着，每年约有一万五千法郎的进款，决心全部充作儿子的教育费，使他具备最能挣钱的本领，并且靠着历年撙节，预备好一笔资金，等他成年时应用。这是冒险的办法，完全依靠她的寿命[1]的办法；但非这样大胆，这位仁慈的母亲就没法过活，没法充分地教育这孩子——她唯一的希望，唯一的前途，唯一的快乐之源。母亲是一个魅人的巴黎女子，父亲是比利时勃拉防州一个优秀的世家子弟，父母相爱的热情简直不分轩轾；洛道夫便是这热情的结晶，赋有极度敏锐的感觉。从童年起他就处处显出强烈的热诚。在他身上，欲望竟是一股支配全生命的力和动机，是幻想的刺激素，是行动的意义。智慧通灵的母亲一发觉这种气质大为惶急，做着种种努力，

---

[1] 终身年金除存款人在世时可按年支取定额本利外，一俟存款人身故，全部本金皆告没收，故云依靠寿命。

但洛道夫对于欲望的执着,依旧如诗人之于幻想,学者之于计算,画家之于描绘,乐师之于作曲。他一方面温柔如母亲,一方面又挟着犷野的气势、固执的思想,追求他欲望的目标,恨不得把时间吞噬。幻想他的计划成就时,他永远把实现计划的步骤一笔勾销。母亲说:"将来我的儿子生了孩子,他是要他们一下子就长大的。"因为指导得当,这股美妙的热情使洛道夫学业优异,成为英国人所谓的完美的绅士。母亲对他很得意,却依旧替他担忧着什么重大的祸事,倘使这颗那么温柔那么善感、那么暴烈而又那么慈悲的心,一朝被爱情抓住的话。所以这位谨慎的太太,竭力鼓励雷沃博与洛道夫的友谊,她看到这位冷静而忠诚的公证人,万一她不幸而撇下洛道夫时,有资格做他的监护人,做他的知己,多少可以代替她的职司。洛道夫的母亲四十三岁,却风韵依然,使雷沃博为之倾倒。在这种情形之下,两个青年更形亲密了。

所以深知洛道夫的雷沃博,看见他为了楼上的一瞥而勾留在村上,放弃原来逛圣·高太的计划时,毫不惊奇。白鹅饭店替他们端整午餐时,两个青年在村里溜达了一趟,在那美丽的新屋附近,跟村民随意谈天的当儿,洛道夫发现一个小布尔乔亚的家庭,依照瑞士很流行的习惯,愿意招留他食宿。人家给他一个可以饱览湖景的房间,四郡湖上招引游客的秀丽的港湾历历在目。这座屋子和陌生女郎露面的那所,只隔一条十字岔道和一个小码头。

洛道夫只要花一百法郎一月,便什么生活的琐事都不用管了。但屋主史多弗夫妇一想到为他应付的开支时,便要求预付三个月。你一接触瑞士人,就看到一副高利贷的面孔。中饭之后,洛道夫拿着本来预备带往圣·高太去的简单衣物,立刻在房里安顿下来,眼看雷沃博本着严守纪律的精神重新出发，去为自己为洛道夫完毕游程。洛道夫坐在一块突出湖岸的岩石上，等到雷沃博的小艇完全消失时，便偷眼打量着新屋，希望瞥见那陌生女子。可是直到他回寓，屋子里始终没有动静。在晚餐桌上，他向史多弗夫妇询问邻舍街坊的琐事。史先生从前是纽夏丹城中的制桶匠；这些房东是无须你多请，就会把他们的唠叨倾箱倒箧背给你听的，所以洛道夫所要知道的有关陌生女郎的消息，完全打听明白了。

陌生女郎叫作法尼·勒佛雷斯。勒佛雷斯是英国历史悠久的一个大族；但理查逊用来创造了一个声名狼藉的人物，把所有同姓的人全连累了[1]。勒佛雷斯小姐为了父亲的健康住到湖上来，医生说吕赛纳郡的空气于他有益。这两个英国人来的时候没有仆从，只带一个十四岁的女孩子，对法尼小姐很忠心，一个会侍候的怪聪明的哑巴。他们在上年冬季之前，寄居在裴格曼先生家。裴先生从前在意大利大湖中美丽岛和母亲岛上，替鲍洛梅奥伯爵当园丁头。裴氏夫妇每年有三千法郎的进款，把楼上的房间租给勒佛雷斯家，年租两百法郎，租期三年。勒佛雷斯老人年纪九十开外，衰老得厉害，境况的艰难使他不能有什么消费，很少出门；人家说他的女儿翻译英国书和自己著书来养活他的。因此，乘船、骑马、雇向导去游历四周名胜的事，勒佛雷斯父女一样都不敢尝试。窘迫到这步田地，大大地引起了瑞士人的同情，尤其因为他们失掉了一个赚钱的机会。房东的厨娘以每月一百法郎的代价包下三位英国人的伙食。但越梭镇上都相信这个退职的园丁头，尽管想冒充布尔乔亚，还是借了厨娘的名从中渔利。裴格曼夫妇在宅子四周辟有美丽的花园，起了一所华丽的花房。鲜花啊，鲜果啊，奇

---

[1] 英国小说家理查逊名著《克拉利斯·哈罗》中有姓勒佛雷斯的人物，以放浪淫逸著称。

异的植物啊，使那位年轻的小姐经过越梭镇时拣中了这所屋子。人家猜法尼小姐十九岁，是老人最小的女儿，大概给他宠惯的。不到两个月以前，她从吕赛纳弄来一架出租钢琴，因为她似乎爱音乐爱得发疯。

"她爱花爱音乐，"洛道夫私忖着，"还没出嫁？多运气哇！"

第二天，洛道夫托人去要求参观在本地小有声名的花园和花房。园主并不马上答应，真是古怪！倒要讨洛道夫的护照看。他立刻送了去，到下一天才由厨娘送回，说主人们请他赏光参观。洛道夫上裴格曼家时，那种浑身打战的情绪，唯有感情强烈、会把有些人要使用一世的热情在一刹那间耗费精光的人才领会得。他认为老园丁夫妇是他的珍宝的守护者，特意在穿扮上讨好他们。他一边赏玩花坛，一边不时觑一眼屋子，可是非常谨慎：园丁老夫妇显然对他存着戒心。但不久他的注意力集中在那个哑巴的英国女孩身上了：虽然年轻，她的机灵却使他疑心是一个非洲女子，至少是西西里岛民。小姑娘皮色金黄，像一支哈瓦那雪茄，火辣辣的眼睛，亚美尼人的眼皮，长长的睫毛全然不是英国人的，头发比墨还要黑，而在此近乎橄榄色的皮肤下面，有着刚强的脾气和狂热兴奋的成分。她用刺探的目光瞅着洛道夫，全不知道害羞，紧盯着他每个小动作。

"这摩尔小姑娘是哪一家的？"他问可敬的裴格曼夫人。

"英国人家的。"裴格曼先生回答。

"她总不是生在英国的！"

"也许他们从印度带回来的。"裴格曼夫人说。

"人家说年轻的勒佛雷斯小姐欢喜音乐，在医生逼我住在湖上疗养的时期，要是她应许我和她一起玩音乐，我才高兴呢……"

"他们没有外客，也不招待外客。"老园丁说。

洛道夫咬咬嘴唇；出门之前，人家没请他进屋里去坐，也不曾给领到屋面和土岬之间的那部分园子中去。在那一边，屋子二层楼上有一条宽大的木回廊，上面有很深的屋檐遮着，好似瑞士木屋的式子，四周都有这样的屋檐。洛道夫把这幽雅的建筑夸奖了一番，只是枉然。当他辞别裴氏夫妇之后，不觉地呆住了，好似一切心思巧妙、想象丰富的人，满以为可操胜券而终于失败的情形一样。

傍晚他坐了小艇游湖，沿着土岬，一直到勃罗奈，到歇费兹，回来已是黑夜降临时分。远远里他瞥见窗子打开着，灯火大明，听到钢琴声和嗓音曼妙的歌声。于是他停下来，听着唱得出神入化的意大利曲调，悠然神往。歌声住后，洛道夫上岸把船和两个船夫打发了。他不怕弄湿脚，去坐在给湖水侵蚀的花岗石礁上，背后是有刺的皂角树排成浓密的篱垣，篱内是裴格曼家的一条走道，道旁种着还没长成的菩提树。一小时以后，他听见有人在头上一边走一边讲，但传到耳边来的是意大利语，两个女子，两个少女的口音。他趁谈话的人走在园中小径的一端时，无声无息地爬到另外一端。经过半小时的努力，他居然达到小径的尽头，拣了一个他可瞧见她们而她们迎面来时瞧不见他的地位。他发觉两个女子中的一个便是那哑巴，不禁大为诧怪，她和勒佛雷斯小姐讲着意大利语。那时正是晚上十一点。湖面上与屋子周围静悄悄的没有一点声息，两个女子自以为万分安全：越梭全镇只有她们俩的眼睛还未阖上。洛道夫认为小姑娘的哑巴是不得已的伪装。听她们讲意大利语的腔调，洛道夫猜她们便是意大利人，所谓英国人是假的。

"这是些亡命的意大利人喔，"他心里想，"一定害怕奥国的或撒地尼

La Comédie Humaine

湖面上与屋子周围静悄悄的没有一点声息……

亚的警察。那少女要到黑夜里才能太太平平地出来散步和谈话。"[1]

立刻他沿着篱垣躺下，蛇行着想从两株皂角树的根隙间找一条路。趁那冒充的法尼小姐和假装的哑巴走在小径另一头时，他顾不得弄坏衣服或刺伤背脊，穿过了篱垣；月色甚明，他正躲在阴暗里，当她们走近到只离他一二十步而无法看见他时，他蓦地站了起来。

"不用怕，"他用法语对意大利女子说，"我不是间谍。你们是逃亡者，我猜着了。我是法国人，被您瞧了一眼而在越梭耽下来的。"

说至此，洛道夫腋下给一件钢铁的东西击中了，痛得马上倒在地下。

"把他缚了石头往湖里丢。"那可怕的哑巴说。

"哟！奚娜。"意大利姑娘叫了起来。

"还好没打中要害，"洛道夫说着，从伤口拔出一支中在下肋骨上的短剑，"再高一些，就直进我心窝去了。怪我不好，法朗采斯加，"他记起奚娜说过好几遍的这个名字，"我不怨她，别责备她：能够同您交谈这种福气，的确值得受此一击！不过，请您引路，我得回史多弗家去。你们放心，我绝不声张。"

法朗采斯加惊疑定后，帮助洛道夫站起身子，对饱含着泪水的奚娜说了几句。两个女子硬要洛道夫坐在一张凳上，卸下外衣、背心、领带。奚娜揭开他的衬衣，把创口深深地吮吸了一会儿。法朗采斯加跑去拿了一大方英国绷带来蒙住了伤口。

"您这样可以回家了。"她说。

---

[1] 一八二〇至一八二一年间，意大利北部撒地尼亚邦发生革命，要求宪政，解除奥国束缚，终为撒王查利及奥国武力镇压。

她们俩每人扶着他一条胳膊，把洛道夫搀送到一扇小门口，钥匙就在法朗采斯加胸衣袋里。

"奚娜懂得法语吗？"洛道夫问法朗采斯加。

"不懂的。可是您别慌。"法朗采斯加说，稍稍带着不耐烦的口气。

"让我看您一看，"洛道夫感动地回答，"也许我要长久不能再来……"

他靠在小门的一根柱头上，端详着美丽的意大利姑娘，她也让他看了一会儿，在此最幽美的静寂里，在此瑞士诸湖中。

最美的湖上所遭逢的最美的良夜。法朗采斯加确是古典的意大利女子，就像你所幻想的、虚拟的，或者说是你所梦见的那种意大利女子。第一吸引洛道夫的是典雅妩媚而婀娜多致的身段，纤弱的外表掩藏不了结实的躯干。红里泛白的面色，表示她受着突然的刺激，但那双潮润的、绒样的乌黑眼睛，依旧流露出一股肉感。一双手，希腊雕塑家雕在光滑的石像上的一双最美的手，扶着洛道夫的胳膊；雪白的肤色映在黑衣服上格外分明。冒昧的法国人只窥见一张微嫌太长的椭圆脸，忧郁的嘴巴半开着，在两片宽阔鲜红的唇间露出一排光彩照人的牙齿。线条的美，保障了法朗采斯加这种光辉的持久性；但最使洛道夫动情的，乃是那种可爱的潇洒，乃是这姑娘整个儿沉浸于同情心时的意大利风的爽直。

法朗采斯加嘱咐了奚娜一句，奚娜便扶着洛道夫送到史多弗家门口，拉了门铃，一溜烟地逃了，赛似一只燕子。

"这些爱国党人下起手来可真辣！"洛道夫躺在床上觉得痛楚时这么想，"往湖里丢！奚娜要在我脖子里缚了石头沉在湖里呢！"

天亮之后，他派人到吕赛纳请最好的外科医生；医生来了，他要他严守秘密，说是名誉攸关。雷沃博游览回来那天，正逢他的朋友开始起床。

洛道夫对他编了一个故事，托他到吕赛纳去取行李信件。不料雷沃博带来了最凶恶最残酷的消息：洛道夫的母亲死了。当两个朋友从熊城到吕赛纳，再从吕赛纳向弗吕仑出发那天，雷沃博的父亲所写的这封报丧信就到在那里。虽然雷沃博有着预防，洛道夫仍旧受不住刺激，死去活来大发作了一场。未来的公证人一等朋友脱离险境，便揣着全权委托书动身回法国。这样，洛道夫可以留在越梭，世界上唯一可抚慰他的痛苦的地方。这法国青年的处境、绝望，以及使他的丧母特别难承受的情况，传遍了越梭镇，引起关切和同情。假装的哑巴每天早上来看一次法国人，把他的病况报告她的女主人。

　　洛道夫能够出门时，就去裴格曼家谢法尼·勒佛雷斯及其父亲的关切。自从搬进裴家以来，意大利老人还是第一遭放一个陌生人进门；洛道夫凭着新丧和教人放心的法国人资格[1]，受到极诚恳的招待。在这初次的夜会上，法朗采斯加在灯光之下显得那么娇艳，在这颗颓丧的心中无异射入了一道光明。她的笑容在他的哀伤上缀上一朵希望的蔷薇。她唱歌，却不唱快乐的曲调，而专挑一批适配洛道夫心境的庄严高远的音乐。他领会到这种体贴的用心。八点左右，老人让两个青年单独相对，没有一些疑虑的神色，径自回房去了。法朗采斯加唱歌唱乏了时，把洛道夫领到外边回廊上，对着壮丽的湖山，教他坐在一张粗木凳上，靠近着她。

　　"亲爱的法朗采斯加，我可以冒昧问您的年纪吗？"洛道夫说。

　　"足十九岁。"她答道。

　　"假如世界上能有什么东西可以减轻我痛苦的话，"他接着说，"那将

---

[1] 意国内战时，法国是赞助革命党的。

是希望从您父亲那边得到您。不管你们的经济状况怎样，我觉得像您这样慈悲，您比王者的女儿还更富有。我颤抖着吐露出您在我心中所引起的情操：那是深邃的，永久的。"

"嘘！"法朗采斯加把右手的一只手指放在唇边说，"别再往下说了：我已经不自由，我已出嫁了三年……"

他们之间深深地静默了一会儿。当意大利姑娘觉得洛道夫的姿势可怕时，发现他已晕过去了。

"可怜的！"她心里想，"我还当他是冷淡呢。"

她去找了盐来放在洛道夫的鼻孔前，把他救醒了。

"嫁了！……"洛道夫眼望着法朗采斯加说，眼泪直流。

"孩子，"她说，"还有希望。丈夫年纪……"

"莫非八十岁了？……"洛道夫问。

"不，"她微笑着回答，"六十五。他装作老态龙钟来瞒过警察的。"

"亲爱的，"洛道夫说，"再来几下这一类的刺激，我就要死了……非认识我二十年，绝不能知道我这颗心有何等威力，不能知道这颗心追扑幸福的热诚是何等性质。"他又指着栏外的茉莉树说，"这株树向阳光舒展时，并不比我一个月来对您的恋慕，会施展出更蓬勃的活力。我用专一的爱情爱着您。这专一的爱情将是我生命的内在的原则，我也许要为之而送命！"

"噢！法国人啊，法国人啊！"她微噘着嘴装作不相信的神气叫着。

"不是要从时间手里等着您、得到您吗？"他严肃地接着说，"可是您记住：如果您刚才的话是真诚的，那么我将忠实地等您，不让任何旁的感情进入我的心。"

她狡狯地望着他。

"什么都不让它进我的心,"他说,"连逢场作戏都不许。我得挣我的家业,应该为您富丽堂皇地端整一份,您天生是一位公主……"

听到此,法朗采斯加不禁微微一笑,在她脸上添了一重最迷人的表情,仿佛伟大的达·芬奇在《蒙娜丽莎》上描绘得那么奇妙的神气。这笑容使洛道夫停了一会儿。

"是的,"他继续说着,"您现在为了逃亡,不得不过窘迫的生活。啊!倘使您愿我比旁人更幸福,使我的爱情超凡入圣的话,请您当我作朋友看待。我不是也该成为您的朋友吗?我可怜的母亲留下六万法郎积蓄,您分一半去可好?"

法朗采斯加定睛望着他,目光直透入洛道夫的心底。

"我们什么都不需要,我的工作足够我们享受。"她用着严肃的声气回答。

"可是法朗采斯加工作,我受得了吗?"他嚷道,"一朝等您回到本国,收回您丢下的财产时……"说至此,法朗采斯加望着洛道夫。"您可把借我的钱还我。"他这么说着,又体贴地望了她一眼。

"不谈这个吧,"她说这话时的手势、目光、姿态,都显得高贵无比,"去挣一份显赫的家业,在您国内成为一个出类拔萃的人物,这是我的愿望。声名是一座活动的桥梁,可以令人飞渡深渊。鼓起您的雄心来,那是应该的。我相信您有卓越雄伟的能力;但您施展的时候,与其为了我,毋宁为了大众的幸福:您只会在我眼里显得更伟大。"

在这次持续两小时的谈话里,洛道夫发觉法朗采斯加对自由思想抱着一腔热忱,还有那促成那不勒斯、比特蒙、西班牙三重革命的对自由的崇拜。临走他由伪装哑巴的奚娜送到门口。十一点钟时,这村中已没有人闲荡,无须提防了;洛道夫把奚娜拉在一边,轻轻地用他勉强的意大利语问道:"孩子,你的两个主人究竟是谁?告诉我,我给你这块崭新的金洋。"

"先生,"孩子拿着钱答道,"男主人是米兰有名的书店主人郎波里尼,革命党领袖之一,奥地利一心要关在史比特堡[1]的煽动家。"

"一个书店主人的妻子?……唔,那倒更好,"他想,"我们是同等地位。"——"她又是什么出身呢?"洛道夫重新问奚娜,"她态度简直像王后一般。"

"意大利女子都是这样的,"奚娜高傲地回答,"她父亲姓高龙那。"

法朗采斯加低微的身世加大了洛道夫的胆子,他在小艇上张了天篷,在船尾放着靠枕。布置就绪,这位恋人便去邀法朗采斯加游湖。她接受了,无疑是为了在村人面前扮演帝国少女的角色;但她带着奚娜同走。法朗采斯加·高龙那最细小的动作,都透露出极优秀的教育和最高贵的身份。一看她坐在船端上的姿势,洛道夫觉得和她是多少隔离了;面对着贵族的真正高傲的表情,他预先盘算好和她亲昵的心思消散了。法朗采斯加目光一变,俨然是个公主模样,像中世纪的公主们一样有她的特权。她似乎已猜到这武士的心思,胆敢自命为她的保护人。在法朗采斯加接待洛道夫的客厅的家具上面,在她的装束上面,在那天端来侍候他的零星器具上面,洛道夫已经认出阀阅世家与富有资产的标识。如今这些印象统统给回想起来,而当他被法朗采斯加的尊严压倒之后,他不禁沉吟着思索起来。奚娜这尚未成年的心腹,偷偷地斜睨着洛道夫,好像也在暗中讪笑他。意大利姑娘

---

[1] 史比特堡为奥国境内一古堡名,以幽禁名人著称于世。

的身世显见与态度不符,这在洛道夫胸中又是一个新的谜,他怀疑其中还有像奚娜伪装哑巴一样的别的玄虚。

"您想往哪儿去呢,郎波里尼夫人?"他问。

"往吕赛纳。"法朗采斯加回答。

"好!"洛道夫私忖道,"她听我喊出她的姓氏并不诧怪,一定她早已料到我会打听奚娜,这刁滑的妮子!"

"您对我有什么不满呀?"他一边说一边终于坐到她身旁,做一个手势求她伸出手来,她却把手缩了回去。"您冷冰冰的,一本正经的,用我们的口语说是:别扭的。"

"不错,"她微笑着答道,"是我不对。这不应该,这是布尔乔亚气,你们在法文里说起来是:没有艺术家风度。的确,宁可痛痛快快地说个明白,却不要对一个朋友抱着仇视或冷淡的心思,何况您已对我证明您的友谊。也许我对您已经过了限度。您一定把我看作一个很普通的女子,"洛道夫再三做手势表示否认,她虽然看见,却毫不理会地接下去说,"是的,我发觉到这一点,便自然而然恢复了我的本来面目。唔,好吧,我将用几句最真心的话来结束一切。记住,洛道夫:凡是一种感情跟我对真爱情的观念和预见抵触的时候,我觉得有力量把这感情抑捺下去。像我们在意大利那样地爱,我也能够;但我知道我的责任,没有一种陶醉能使我忘掉。我自己不曾同意而就嫁了这可怜的老人之后,很可利用他慷慨地容许我的自由;但三年的婚姻等于接受了配偶的法律。所以最强烈的热情也不能引起我恢复自由的欲望,即使无意之间也不曾有过这种欲望。爱弥里奥识得我的性格,他知道,除了我的心是属于我自己而能委许于人之外,我不会给人家握我的手,因此我刚才拒绝您。我要被人家爱,教人家等,忠实地热烈地高尚地等,我只能报以无限的温情,温情的表现又不出我方寸之间,那里才是自由的园地。一朝把这些明白了解之后……噢!"她用着一种少女的姿态往下说,"我又可变成轻狂,爱说爱笑,疯疯癫癫,像一个不懂亲昵的危险的痴丫头。"

这场那么清楚、那么爽直的表白,所用的那种声气,那种语调,加以那种目光,使所说的内容显得句句是真心实话。

"一位高龙那公主也不能说得更好了。"洛道夫微笑着说。

"这是不是,"她高傲地答道,"对我出身卑微的一种责备?在你的爱情上面,是不是需要一个盾徽?米兰最有光彩的姓,史福查、加诺伐、维斯公底、德利维齐奥、于齐尼,写在店铺上面的有多少!有些姓亚尔钦多的还开着药铺;但是相信我,虽然我的身份不过是一个女店主,我却有着公爵夫人的情操。"

"责备?不,夫人,我是想恭维您的……"

"用一个比较来恭维吗?"她狡猾地问。

"啊!告诉您,"他答道,"为免得担心我的说话把情操歪曲起见,我得告诉您:我的爱是绝对的,包含无限的服从和尊敬。"

她满意地点点头,说:"那么阁下是接受了条件?"

"是的,"他说,"我懂得在女子强壮旺盛的机体里面,爱的机能是不会消失的,而您为了谨慎,想把它束缚起来。啊!法朗采斯加,在我这年纪,和一个像您这样高超、这样庄严秀美的女子共同培植的温情,竟是满足了所有的欲望。照您希望的那样来爱您,不就使一个青年免于卑下的情欲吗?不就使他把精力运用于他日后以之自傲的,只留下美丽的回忆的热情吗?您真不知您在比拉德与里琦山脉上,在此壮丽的盆地内,添加了何等的色彩，何等的诗意……"

"我很愿意知道呀。"她天真地说，但一个意大利女子的天真中间仍有多少狡黠的意味。

"哎，这个时间将照耀我一生，好比王后额上的一颗钻石。"

法朗采斯加把手放在洛道夫手上，代替了回答。

"噢！亲爱的，永久亲爱的，告诉我，您从没有爱过，是不是？"

"是的！"

"而您允许我高尚地爱您，一切都等上天安排？"

她温柔地点头。两颗巨大的泪珠在洛道夫的脸颊上淌着。

"喂，怎么啦？"她这样说的时候，不再像王后般的尊严了。

"我已没有母亲可以告诉她我是怎样的幸福，她离开了尘世，不曾看到能减轻她临终苦难的……"

"什么呢？"她问。

"不曾看到她的温情由另一股同等的温情替代了。"

"可怜的孩子。"法朗采斯加感动着说。过了一会儿她又道："相信我，一个女子知道她的爱人除了她，世界上便一无所有，看见他孤独的，无家可归的，心里只有对她的爱，总之一个女子知道自己把爱人整个地占有了时，那对她是何等甜蜜，是加强她的忠诚的极大的因素！"

两个情人这样地彼此倾吐以后，心中感到一种甘美的恬静，一种庄严的宁谧。确切的信念是人类情操所要求的基础，因为宗教情操就从不缺少这信念；人永远相信会获得神的酬报。唯有与神明之爱相似的时候，爱情才觉得稳固。所以必得把这两种爱情充分体验过来，才能了解这一刻的沉醉，人生独一无二的一刻，一去不返，如青春期的情绪一样。信任一个女子，把她当作个人的宗教，当作生命的意义，当作最微渺的思想的动力！这不就是一种再生么？……这时候，一个青年男子多少把他对母亲的爱掺入了爱情。洛道夫与法朗采斯加深深地静默了一会儿，彼此用友善的充满思想的目光对答着。周围的景色是自然界最美的景色之一，他们俩在其中彼此了解；外界的庄严璀璨，一方面因他们内心的庄严璀璨而获得印证，一方面也帮助他们把这唯一的一刻的最飘忽的印象，镌刻在心版上。法朗采斯加的行动全没轻狂的样子；一切都显得阔大、丰满、胸无城府。这种豪迈之气深深地打动了洛道夫，认为这是意大利女子跟法国女子不同之处。水面、陆地、天空、少女，一切都巍峨雄伟，无限温馨；在此大处浩瀚小处富丽的场面中，他们的爱情也兼有雄壮与温柔的情调；积雪的峰顶那么峭厉，蓝天衬托着山岗起伏的线条那么强劲，使洛道夫想起他的幸福就该是这种境界：积雪环绕之下的一片富饶的原野。

然而心头这股甜美的醉意，不免受着骚乱。一条小船从吕赛纳那边驶来；已经凝眸远瞩了一会儿的奚娜，没有忘记她扮哑巴的身份，做了一个快乐的姿势。小船渐渐驶近，等到法朗采斯加终究分辨出面貌的时候，她对一个青年喊道："蒂多！"她站起身子，不顾掉下水的危险，挥着手帕叫着："蒂多！"蒂多命令他的船夫划近，两条船拢在一条线上了。法朗采斯加和那男子用土话讲得那么起劲，使一个像洛道夫般只懂些书本上的意大利文而从未去过意大利的人完全没法了解，也没法猜测谈话的内容。蒂多的美貌，法朗采斯加对他的亲昵，奚娜的快活的神气，都教洛道夫闷闷不乐。而且没有一个爱人被对方为了无论何种原因而暂时丢在一旁时，会不觉得难过。蒂多使劲把一口小皮袋丢给奚娜，看模样是装满了金子，接着又有一包信件掷给法朗采斯加，她一边挥手和蒂多告别，一边就读起信来。

"赶快回越梭,"她吩咐船家,"我不愿让可怜的爱弥里奥多挨十分钟的苦难。"

"发生了什么事呀?"洛道夫等她读完最后一信时问道。

"自由啦!"她回答,兴高采烈得像艺术家。

"还有钱!"终于可以开口的奚娜像应声虫般答应着。

"是的,"法朗采斯加接着说,"苦难受完了!我工作到现在已经十一个多月,开始厌倦了。我绝不是一个干文学的女人。"

"那个蒂多又是谁?"洛道夫问。

"可怜的高龙那铺子里的财政部长,换句话说,是高龙那的儿子。可怜的家伙!他没法从圣·高太来,也没法走蒙·赛尼或桑·伯龙:他是从海路,走马赛,穿过法国来的。也罢,三星期内我们可以在日内瓦舒舒服服地过活了。喂,洛道夫,"她看见这巴黎人露出悲伤的神气说道,"日内瓦湖难道比不上四郡湖?……"

"让我对这座幽美的裴格曼庄子表示一番遗憾吧。"洛道夫指着土岬说。

"可怜的,来跟我们一起用晚餐,好增加您一些回忆,"她说,"今天是大庆,我们没有危险了。母亲告诉我,一年以内,我们或许会获得大赦。噢!亲爱的祖国!……"

这句话把奚娜听得哭了,说道:"再过一冬,我要死在这里了!"

"可怜的西西里小羊!"法朗采斯加一边说,一边抚摩奚娜的头,那种姿势和感情使洛道夫也愿给她这么抚摩一下,虽然其中并无爱的成分。

船一傍岸,洛道夫跳上沙滩,伸手挽着法朗采斯加,一直送她到裴格曼家门口,然后回去更衣,以便赶快再去。

书店主人和妻子坐在回廊上，洛道夫一眼瞥见九十老翁的面容因喜讯所致的变动，不禁做了个惊奇的姿势。他看到一个六十左右的人，保养得很好，冷冰冰的意大利人，身子笔直像个 I，虽然稀少却还乌黑的头发，露出一个白的脑袋，犀利的眼睛，牙齿雪白完整，一张恺撒型的脸，一张外交家式的嘴巴上堆着一副近乎嘲弄的笑容，差不多是虚伪的，就像一般有教养的人用来遮盖真情实意的笑容。

"这是我丈夫的本来面目。"法朗采斯加郑重地说。

"简直是初会面的新交了。"洛道夫错愕地回答。

"不错，"书店主人说，"我一向在串演喜剧，而且很会化装。啊！在帝政时代，我在巴黎玩过这一套，跟蒲里安纳、缪拉夫人、阿勃朗丹士夫人，还有别的……年轻时所费心学习的事情，即使是无聊的，对我们都有用处。如果我的太太不曾受过男子的教育——那在意大利是反常的——那么我非得去当樵夫就不能在这儿过活了。可怜的法朗采斯加！谁能说她有一天不会养活我？"

洛道夫听着这可敬的书店主人，那么自在，那么和善，那么健旺，相信其中还有什么别的玄虚，便像一个受骗的人那样一声不响地寻思着。

"怎么啦，先生？"法朗采斯加天真地问他，"我们的幸福教您不快活么？"

"您的丈夫是老少年。"他附在她耳边说。

她听了大笑起来，笑得那么坦白，那么撩人，弄得洛道夫更加愣住了。

"他只有六十五岁呀，"她说，"但我敢断言，这究竟还是……令人宽慰的事情。"

"在您提出的条件之下显得多么圣洁的爱情，我不愿您拿来开玩笑。"

"嘘！"她跺着脚道，一边望望她的丈夫是否听着，"永勿扰乱这亲爱的人的安静，像孩子一样纯洁的、我爱把他怎样就怎样的人。他是，"她又接着说，"在我的保护之下。您真不知为了我是自由党人之故，他以何等尊贵的精神把他的生命财产来冒险！因为他是不赞成我的政见的。这算不算爱，法国先生？但他们家里是这样的。爱弥里奥的兄弟，被他的爱人为了一个可爱的青年而欺骗时，他把剑插在自己的心窝里；十分钟前他对贴身的男仆说：我很可能杀死我的情敌；但这太使我的'女神'伤心了。"

这种高贵与俏皮、伟大与稚气的融和一片，使法朗采斯加这时成为世界上最动人的造物。晚餐和餐后的时间都非常快乐，在两个被解放的亡命者，这当然是应有的欢喜，但在洛道夫是可悲的。

"她会不会变成轻佻？"他在回到史多弗家的路上想，"她分担我丧母的哀痛，而我却不附和她的欢乐！"

于是他责备自己，替这个童心未褪的少妇作辩护。

"她没有一些虚假，全凭她的印象支配……"他心里想，"我难道要她变成一个巴黎女子不成？"

次日和以后的几天，总之在二十天内，洛道夫整日消磨在裴格曼家，无意之间观察着法朗采斯加。在某些心灵，赞赏之下绝不会没有明察。年轻的法国人在法朗采斯加身上看出轻率大意的少女成分，看出尚未驯服的妇人的真性格，有时和她的爱情挣扎着，有时又满怀乐意地在爱情中浮沉。老人完全像父亲对女儿一般地对她，法朗采斯加也对他表示十分真切的感激，显出她天生的高尚。这个局面和这个女子，为洛道夫是一个猜不透的谜，但要推究明白的心思使他越来越离不开他们。

这些前后的日子充满着幽密的欢欣，掺杂着哀愁、反抗、拌嘴，比洛道夫与法朗采斯加融洽无间的时候更可爱。总而言之，这种无思无虑的温情，对一些极其无谓的事情嫉妒（已经！）的温情，完全显露她的天真，越来越使洛道夫着迷了。

一天晚上，法朗采斯加表示希望早日离开越梭，因为她所需要的东西这里大都没有。

"您爱奢侈！"他对她说。

"我！"她说，"我爱奢侈，正像我爱艺术，爱拉斐尔的一幅画，爱一匹美马，爱一天晴好的日子，或那不勒斯的海湾。爱弥里奥，"她叫道，"我们在这儿过着艰难的生活，我有没有抱怨过？"

"那时您已不是原来的您了。"老书店主严肃地回答。

"话说回来，布尔乔亚羡慕豪华，不是挺自然的吗？"她说着对洛道夫和她的丈夫狡黠地瞟了一眼。"我的脚，"她伸出一双玲珑的小脚说，"是不是为劳苦生的？我的手……"她伸出一只手给洛道夫，"这双手配不配做活？您走开，"她对丈夫说，"我有话跟他讲。"

老人非常乐意地走开了：他对妻子很放心。

"我不愿您陪我们到日内瓦去，"她对洛道夫说，"日内瓦是一个多是非的地方。虽然社会上的闲言闲语绝对惹不到我的头上，我却不愿给人家飞短流长，并非为我，而是为他。他究竟是我的唯一的保护人，我要使他能以我为荣，这是我的志气。我们走后，您在这儿再留几天。到日内瓦来的时候，先来见我的丈夫，让他把您介绍给我。在大众眼前，且藏起我们永矢勿渝的深刻的爱。我爱您，您已经知道；但我用来证明我的爱的方式，是您永远不会在我的行为中间，发觉什么能引起您嫉妒的成分。"

她把他拉到回廊一角，捧着他的头，在他额上吻了一下，一溜烟跑掉了，让他待在那里。

下一天，洛道夫得知裴格曼家的房客拂晓已经动身。

从此他觉得越梭再也住不下去，便绕着最远的路向凡佛进发，一路上是不必要的匆忙。那意大利女郎等着他的湖在吸引他，十月底他到了日内瓦。为免得城里的不方便起见，他在城墙外活水镇上租了一间屋。安顿停当之下，他第一件事是打听房东，一个从前的珠宝商，问他最近有没有一批意大利的亡命者，一批米兰人，到日内瓦来。

"没有，据我所知，"他的房东回答道，"罗马的高龙那亲王和公主租着耶勒诺先生的别庄，湖边最美的庄子之一，订了三年租期。它坐落在狄沃大底别墅和拉芬·特·第安先生的庄子之间。拉芬·特·第安先生的庄子是租给鲍赛昂子爵夫人的。高龙那亲王是为了女儿和女婿来的，女婿是刚道斐尼亲王，那不勒斯人，或者如果您喜欢说，是西西里人，从前缪拉王的党徒，最近一次革命的牺牲者。新近到日内瓦的就是这几个，却都不是米兰人。凭着高龙那家在教皇那边所得的庇护与有力的斡旋，才得到国外列强和那不勒斯王的许可，让刚道斐尼亲王与公主住在这里。日内瓦绝不干使神圣同盟[1]不欢的事情。瑞士的独立就靠这个同盟保障的。我们的任务不在于批评外国朝廷。这儿有的是外国人：俄国人呀，英国人呀。"

"还有日内瓦人。"

"是呀，先生。我们的湖多美！拜伦勋爵在此住了近七年，在狄沃大底别墅，现在大家去走一走，好似去逛高贝和法尔奈[2]一样。"

---

[1] 即一八一五年奥相梅特涅克所发起的俄奥普三国同盟，用以压迫各小国的自由运动的。
[2] 后者为伏尔泰晚年所居，前者为斯太埃夫人流寓之处，皆在日内瓦湖畔。

"您能不能知道，一星期前是否来了米兰一个书店主人和他的妻子，姓郎波里尼，革命首领之一？"

"我到外宾俱乐部去时可以知道。"这位退休的珠宝商说。

洛道夫第一次散步的目标，自然是狄沃大底别墅，拜伦爵士的寓所，因为大诗人最近去世之故而招引了很多游客的：天才一死，即便成圣。从活水镇起的沿湖的路是很窄的，像瑞士所有的路一样；但在某些区处，就着山地形势的分配，留有相当空间，刚好给两辆车子迎面驶过。他离开耶勒诺庄子只有几步路了，还不知道前面便是耶勒诺庄子；那时他听见背后有车子的声音，站的地方是两山之间的窄道，他便爬在一块岩石顶上让车。不用说，他望着车子驶近，一辆华丽的敞篷四轮车，套着两匹精壮的英国马。车子上，装束如天神似的坐着法朗采斯加，旁边是一个僵硬若浮雕般的老妇；他一眼瞥见，不禁一阵眼花。一个浑身金线的小厮直立在车厢后面。法朗采斯加认出了洛道夫，看见他好似雕像站在底座上的神气，便微笑起来。洛道夫一面步上小坡，一面目送车子拐了弯，进入一所乡村别墅的门，他便也向着大门紧跟上去。

"谁住在这里呀？"他问园丁。

"高龙那亲王夫妇跟刚道斐尼亲王夫妇。"

"刚才回来的不就是他们吗？"

"是的，先生。"

顿时洛道夫眼前去了一层幕，过去的情形全明白了。

"但愿这是她最后的一套玄虚。"这个情人错愕之下想。

他生怕成为女孩子家使性的玩具，因为他听见讲过意大利姑娘们的使性是怎么回事。但把一个生为公主的公主当作布尔乔亚看待，把中世纪最有名的旧家之一的女儿当作书店主妇看待，那在女子的心目中该是何等罪过！洛道夫为了自己的过失，更加想知道他是否被误解，是否要被摈。他掏出名片来求见亲王，立刻被引见了；那个伪充的郎波里尼老人迎着他走来，对他非常客气，表示那不勒斯人惯有的殷勤，陪他沿着阳台散步，从阳台上可以远瞰日内瓦、于拉、别庄林立的山岗，以及辽阔的湖岸。

"您瞧，我的妻子始终离不开湖。"他把各处的风景对客人指点过后说，"今天晚上我们有一个音乐会，"他向华丽的耶勒诺庄子走回头时又这样说，"希望您能来，让我们——公主和我——高兴。两个月共忧患的生活，和悠久的友谊没有分别。"

洛道夫虽然满腹的好奇心，却不敢求见公主，只一路想着夜会，慢慢走回活水镇。他的爱情，不论过去已如何广大，几小时内为了他的焦虑，为了等待什么变故发生，越发无限止地扩大了。如今他懂得有成名的必要，以便在社会上和他的偶像骈肩。在他眼中，因了她在越梭所表现的朴实与洒脱的行动，法朗采斯加愈显伟大。高龙那公主天生的傲态教洛道夫发抖，他要与法朗采斯加的父亲跟母亲为敌，至少自己是这么想。刚道斐尼公主的再三嘱咐他谨慎将事，至此才显出是她一往情深的证据。在不愿危害前途的条件之下，法朗采斯加不是明明说过爱洛道夫吗？

终于，九点敲了，洛道夫可以跨上车子，用着我们不难了解的情绪说："到耶勒诺别庄，刚道斐尼亲王家！"终于，他踏入贵宾满堂的客厅，不得不站在门旁的一群人中间，因为那时场上正唱着罗西尼的一阕二部合唱。终于，他望见法朗采斯加了，却不曾被她瞧见。公主站在只离钢琴两步的地方。她的美妙的头发，那么浓那么长，用一个金箍拢着。烛光照耀之下的脸庞，映出意大利女子所特有的那种白色，只在灯光下面才充分发挥出它的效果。她穿着舞会服装，让人欣赏她的一对美艳的肩头，少女一般的腰肢，古典雕像上的胳膊。她的高雅庄严的美，这儿没有人可以匹配，虽然场中有着媚人的英国女子和俄国女子，有着日内瓦最美的妇人和旁的意大利闺阁，其中特别光彩照人的有那著名的华莱士公主，和这时正在演唱的女歌唱家丹底。洛道夫靠在门框上，瞅着公主，向她射着一道凝注的、固执的、撩人的目光，可以见出他全部的意志都集中在所谓"欲念"这个情操之上，有一股令人不得不注意的威力。法朗采斯加有没有受到这目光的火焰？有没有预备随时见到洛道夫呢？过了几分钟，她的视线溜到门这边来，仿佛受着这道爱的热流吸引，于是她的目光毫不迟疑地直注入洛道夫的目中去了。一阵轻微的颤抖，在这庄严娇艳的脸上和美妙的躯体上波动了一下：心灵的震撼起着反应了！法朗采斯加脸红了。在此疾如闪电的交流中，洛道夫仿佛过了整个的一生。他的幸福有什么可以相比？她爱着他啊！这位崇高的公主，在大庭广众之间，在幽美的耶勒诺别庄内，依旧信守着那个可怜的逃亡者所说的话，信守着那个寄居裴格曼家的任性女郎所发的诺言。此时此景的陶醉，使一个人甘愿做一世的奴隶！刚道斐尼公主趁着无人注意的时光，唇边浮着一副微妙的笑容，隽美而又俏皮，坦白而又得意，望着洛道夫，神气仿佛求他原谅她过去的隐瞒身份。一阕终了，洛道夫去找刚道斐尼亲王，亲王殷勤地把他领到他妻子前面。洛道夫跟高龙那亲王夫妇与法朗采斯加，经过正式的介绍，寒暄了一番。之后，要轮到公主去加入著名的四部合唱了：*Mi manca la voce*（《我声呜咽》），唱的人除她之外，还有丹底，还有男中音名歌家日诺凡士，以及那流亡的意大利亲王——他要不是一个亲王的话，凭他的嗓子也会成为一个艺术之王的。

"您在这儿坐吧，"法朗采斯加说着，把自己的椅子让给洛道夫，"哎哟！我想姓名弄错了：从刚才起，我是洛道斐尼公主了。"

说这句话时有一种风趣、一种魅力、一种天真，令人在这句隐藏信誓的笑话之下，回想起越梭的快乐日子。和她挨得这么近，绮罗的裙角和轻纱的飘带，几乎拂着他一边的面颊，听着疼爱的女子歌唱，洛道夫不禁有销魂荡魄之感。但当着这种情景，唱的又是《我声呜咽》的曲调，由意大利最美的歌喉表现，洛道夫的热泪盈眶自是不难想象的了。

在爱情里，像几乎所有的事情里一样，有些本身极其渺小的事实，是从前千百件零星小事的结果，它们的内容在继往开来的作用上变得广大无边。爱人的价值早已感觉到千百次；但一桩细事，譬如散步中间凭了一句话或出其不意的爱的表示，所致的心灵交融的接触，能把爱情激荡到最高峰。这种精神现象，可用人类原始时代就很熟悉的形象来说明：在一根长的锁链中，有些必不可少的交接点，它们的结合力特别牢固。那晚洛道夫同法朗采斯加在众人面前的确认，正是联系过去与未来的那种交接点，把实际的关联种在心坎中更幽深的地方。鲍舒哀[1]是一个极懂爱情而又把爱情藏得极深的人，他提起人生中幸福的时光如何难得时，也曾说到这种承前启后的交接点。

由自己来赞赏一个所爱的女子是一种快感，看到了她被大众赞赏又是一种快感：这两种快感洛道夫同时兼而有之。爱情是回忆的宝库，虽然洛道夫的那所已经琳琅满室，他又加入些珍贵的明珠：例如专诚为他的微笑，迅速的瞥视，以及法朗采斯加受他感应之后的歌声的抑扬，听众热烈的掌声甚至引起丹底的嫉妒。因此他整个欲望的威力，他心灵的这种特征，

---

[1] 鲍舒哀系法国十七世纪大文学家。

全都倾注在此美丽的罗马女子身上：他一切思想一切行为，都把她当作不变的原则和终极。洛道夫的爱，就像所有女子都梦想的那种爱，那样地强烈，那样地坚贞，那样地凝固，把法朗采斯加化为他的心的本体；他觉得她好似一道更纯洁的血融和在他的血里，好似一颗更完全的灵魂融化在他的灵魂里；在他生命的最微末的动作之下，她的作用好比地中海底金黄的沙隐在波涛之下。总之，洛道夫最微渺的憧憬也是一种活泼泼的希望。

几天之后，法朗采斯加也确认了这股广大无边的爱；但它那么自然，那么为两人同感，所以她并不惊奇：她正配受这种爱。

她和洛道夫在园子里平台上散步时，发觉他如多数的法国人一样，表白情愫时有些自鸣得意的动作，她便说：

"一个年轻美貌的女子，有相当的艺术天才可像丹底一般谋生，可以给虚荣心多少快感，您爱这样的一个女子有什么奇怪，有什么不可思议？哪个伧夫不因之一变而为情种？这些对我们都不成问题。我们需要的是：坚贞地、固执地、远远地、长时期地相爱，除了知道彼此相爱的欢乐以外，没有旁的欢乐。"

"哎哟！"洛道夫说，"您看见我埋头于野心勃勃的工作时，您不会觉得我的忠实减少价值吧？您相信我会乐意看见您有一天把刚道斐尼公主这美丽的姓氏，换上一个无名小子的姓氏吗？我要成为本国最优秀的人物之一，富有，伟大，使您对我的姓氏像对您高龙那的姓氏感到同样的骄傲。"

"倘我看不见有这样的情操存在您心中，我才大大地生气哩。"她露着一个迷人的笑容回答，"可是别把野心的工作过分苦您自己。得保持您的青春……人家说政治能把一个男人突然之间变老。"

女人们最难得的，是绝不妨害温情的那种快活的兴致。深挚的情操和少年的癫狂混合之下，使法朗采斯加这时候妩媚之上再加妩媚。她的性格的关键是：善笑也善感，兴奋过后能回复巧妙的俏皮，而且出之以洒脱自在的态度，使她成为魅力无边的女子，声名远播于意大利境外。在女性的爱娇下面，她藏有渊博的学识，得力于她在高龙那古堡所过的近乎修院的、极度单调的生活。这位遗产巨大的姑娘，最初被派定进修院，因为她是高龙那亲王夫妇的第四个女儿；但她的两个长兄和一个姊姊的去世，把她突然从隐遁生活中拉回到俗世，一变为罗马诸州内妆奁最富的闺女之一。她的姊姊原来许配给刚道斐尼亲王，西西里最大财主之一；姊姊死了，就把法朗采斯加嫁给他，免得两家的原定计划有所更动。高龙那和刚道斐尼两姓是世代姻亲。从九岁到十六岁，在一个家庭教士指导之下，法朗采斯加饱览家中的藏书，研究着科学、艺术、文学，让她热烈的幻想有所寄托。但学问养成了她对于独立和自由思想的爱好，使她和她的丈夫一同投身于革命。洛道夫还不知道法朗采斯加除了现代五种语言之外，也懂希腊文、拉丁文、希伯来文。这个可爱的女子深悟一个博学女子的主要条件，是深藏。

　　洛道夫整个冬天耽留在日内瓦。一冬过得像一天。春天来了，虽然厮伴着一个秀慧博学、年少痴憨的姑娘，洛道夫仍不免感到残酷的痛苦，他勇敢地忍着，但有时不由得在态度之间、眉目之间、言语之间流露出来，也许是因为他觉得对方并没分担他的痛苦之故。有时他对法朗采斯加的镇静佩服之余，竟至着恼，她像那些英国女子一样，以不动声色为尊严，淡泊宁静的态度大有摈斥爱情之概；洛道夫宁愿她骚乱不宁，所以埋怨她麻木，因为他存着世俗的偏见，以为意大利女子应该是狂热善变的。有一天洛道夫在这个问题上和她打趣时，她认真起来，严肃地说道：

"我是罗马女子啊！"

这答句的语调颇有深奥的含义，令人觉得它是生辣的讽刺，教洛道夫听了心悸。五月才开放出它嫩绿的宝藏，太阳有时已发出仲夏的威力。两个情人倚靠在石栏杆上，临着船艇上落的石级，那部分的平台刚好是从地面到湖面最陡峭之处。贴邻的别庄内也有一座相类的埠头，像天鹅般闪出一条快艇，挂着有飘带的旗子，张着暗红的天幔，下面一个妩媚的妇人懒洋洋地坐在红垫褥上，头上缀着鲜花，当船夫的是一个水手装扮的男人，他在这个妇人的目光之下划得特别优美有致。

"他们多幸福！"洛道夫辛酸地说，"克莱尔·特·勃艮第[1]，唯一能和法兰西王室竞争的名门望族中最后的一个女子……"

"噢！……她是私生子那支上传下来的，而且靠着……"

"她终究是鲍赛昂子爵夫人，并不……"

"并不踌躇！……对不对？那就老老实实地跟加斯东·特·奈伊先生隐遁了。"这位高龙那家的女儿说，"她是法国人，而我是意大利人呀，亲爱的先生！"

法朗采斯加离开了石栏，丢下洛道夫，一直走到平台的另一端，烟波浩渺，湖景辽阔的那一端；洛道夫望着她慢慢地走过去，疑心自己伤害了这颗那么天真又那么练达、那么高傲又那么谦卑的心灵。他觉得一阵寒冷，跟着法朗采斯加过去，也不理会她阻止他的手势，发觉她擦着眼泪，一个这样刚强的人的眼泪！

"法朗采斯加，"他握着她的手说，"你心里可曾有一点点的后悔？……"

---

[1] 早期法国史上曾有好几位君王出身于勃艮第族。

贴邻的别庄内也有一座相类的埠头，像天鹅般闪出一条快艇。

她一言不答,挣出那只拿着绣花帕子的手,重新擦着眼睛。

"原谅我。"他又说。冲动之下,他用亲吻来替她擦掉眼泪。

法朗采斯加激动得很厉害,竟没发觉他这个热情的动作。洛道夫以为是默契,便大着胆子搂着法朗采斯加的腰肢,把她紧抓在怀里,攫取了一吻;但她挣脱了他的臂抱;那个壮美的姿势显出是她的贞节起了反抗;她站在两步以外,并不发怒但很坚决地望着他说:"您今晚动身,不到那不勒斯不再相见。"

这命令虽然严厉,仍旧虔诚地给执行了,因为那是法朗采斯加的意志。

回到巴黎。洛道夫发现家里已摆着刚道斐尼公主的肖像,是名画家希奈作的,像希奈所做的一切肖像一样地美。这位画家经过日内瓦往意大利。因为他曾坚拒给好几位太太的画像,洛道夫不信刚道斐尼亲王虽然那样热望要一幅妻子画像,能够说服这位名画家;但大概是法朗采斯加把他迷住了,他居然破例作了两幅,一幅是原本,精心杰构之作,就是送给洛道夫的;一幅是临本,留给爱弥里奥的。这些是她在一封美丽动人的信里告诉他的。当面为了顾虑体统的拘束,在信里不存在了,她的思想可在此得到些补偿。洛道夫复了信去。从此两人之间开始了更无穷尽的通讯,他们所能容许的仅有的快乐。

洛道夫存着他的爱情应有的那股雄心,立刻着手他的事业。他先是想要财富,把他所有的精力,连同所有的资本,一齐投到一桩企业中去冒险;但他不得不毫无世故地和奸险的骗局奋斗,终于战败了。三年的时间、努力和勇气,在一桩巨大的企业中消耗掉了。

洛道夫倒台的时候,正是维兰内阁倒台的时候。顽强的爱人想向政治去要求实业所拒绝他的东西;但在投身于政治生涯的暴风雨之前,他带着浑身的创疤痛楚，先到那不勒斯去裹扎伤口，汲取勇气。那时节，当那不勒斯新王登极的时候，刚道斐尼亲王夫妇被召回国，没收的财产也发还了。在洛道夫的斗争中，这是甘美无比的休息，他充满着希望在刚道斐尼府邸逗留了三月。

洛道夫重新开始建造他的财富。他的才干已经显露，正当要实现野心的愿望，快要获得一个显要的职位来报偿他忠诚的服务时，一八三〇年七月的暴风雨爆发了，他的船又沉了。

她和上帝！这两个证人鉴临着一个优秀青年的最勇敢的努力，最大胆的尝试，但至今为止，照顾愚人们的上帝——幸运！——不曾来照顾他。而这再接再厉的运动家，靠了爱情的支持，受着永远友善的目光和永远忠诚的心烛照，再开始新的战斗！但愿普天下有情人都为他祈祷！

一口气吞完这篇故事时，特·华德维小姐双颊炽热，血管发烧，哭着，为了愤懑而哭着。受着当时流行的文学影响的这个中篇，是洛萨莉在这类作品中第一次读到的东西，其中描写的爱情，不说是出于大家的手笔，至少是一个似乎讲述亲身经历的人的文学；而故事的真实，即使写得不巧妙，也已能打动童贞未失的心。洛萨莉可怕的骚动、发热与眼泪，原因就在于此：她妒忌法朗采斯加·高龙那。她完全相信这诗意浓郁的小说底下所有的真诚：亚尔培在叙述他热烈的初恋时，大概是故意把姓名隐瞒起来的，也许连地方在内。洛萨莉被一股阴险的好奇心抓住了。哪个女人会不像她一样地要知道她情敌的真姓名呢？因为她已经在爱了！念着这些富有传染性的篇章时，一路在心中念着这个庄严的句子：我爱他！她爱着亚尔培，胸中感到一股辛辣的醋意，要把他夺过来，从那陌生的情敌手里把他劫下来。她想到自己不爱音乐，想到自己生得不美。

"他永远不会爱我的。"她私忖着。

这个念头使她愈要知道自己有没有猜错，是否亚尔培真的爱着一个意大利公主，是否她也爱他。在此生死关头的夜里，当年有名的华德维高人一等的果断的性格，在此女承继人身上全部施展了出来。她想出奇奇怪怪的计划；而且，凡是少女被毫无远见的母亲幽禁在孤独中间，忽然被一件重大的事故，为平时束缚她们的教育制度不曾料到也不曾阻止的事故刺激起来时，她们的想象都曾在一些想入非非的计划四周打转。她想从假山上用一座梯子爬到亚尔培的花园里，趁他睡熟的辰光，从窗里瞧一瞧他书斋的内部。她想写信给他，想破坏勃尚松社会的封锁线，把亚尔培引入特·吕泼家的沙龙。这件工作，连特·葛朗赛神甫也要叹为观止的奇迹，一念之间已经确定了。

"啊！"她想道，"父亲在露克赛田庄上有些争执呀，让我到那边去！倘没有讼案发生，我可以制造，那么他可以到我们的客厅里来了！"她一边嚷着一边从床上跳起，奔向窗子，去看那半夜里照着亚尔培的迷人的灯光。一点已经敲了，他还睡着。

"我可以看到他起来，说不定他会走到窗前来！"

这时候，特·华德维小姐看到一件事情使她有方法探到亚尔培的秘密。在幽微的月光中，她瞥见两支胳膊从假山顶上的亭子里伸出来，帮助亚尔培的男仆奚洛末爬过墙头，钻到亭子里去。洛萨莉立刻认出，奚洛末的那个共谋犯是玛丽爱德，她们的贴身女仆。

"玛丽爱德跟奚洛末！"她心里想，"玛丽爱德，一个那么丑的女人！他们俩都该害臊呀。"

玛丽爱德固然丑得可憎，而且年纪已经三十六，但她所得的遗产却有好几块田。她在特·华德维夫人家已服侍了十七年，很受主母看重，为了她的虔诚、她的忠实、她的服务的年代；不消说她把工资和外快撙节下来，存放出去。拿每年大约二百法郎来计算，连利息和遗产，大概一共值到一万五千法郎。在奚洛末眼里，一万五千法郎简直更改了视觉原理：他发现玛丽爱德有美丽的腰身，天花在那张枯索平板的脸上所留下的窟窿和疤瘢，他再也看不见了，歪斜的嘴巴，他觉得是笔直的；并且从萨伐龙律师雇用了他，使他跟特·吕泼公馆接近以来，他便正正经经进攻这个和主母一样古板一样假贞节的虔婆了，她跟所有丑陋的老姑娘一样，倒比最美的女子挑剔得更严。这小亭夜会的一幕，对于一般明察的人固然很易分析清楚，对洛萨莉却还不甚了了，倒反受到最危险的教训，给她一个坏榜样。一个母亲严格教育着的女儿，用她的羽翼庇护了十七年，却在一小时内被一个女仆把这件长久而艰苦的作业给毁了，有时不过由于一句话，往往不过由于一个动作！洛萨莉重新睡下，盘算着怎样充分利用这次的发现。下一天早上，玛丽爱德陪她上教堂做弥撒的时候（男爵夫人那天不舒服），洛萨莉抓着女仆的手臂，使她大吃一惊。

"玛丽爱德，"她说，"奚洛末得到他东家信任吗？"

"不知道，小姐。"

"别跟我假惺惺了，"洛萨莉冷冷地回答，"你昨天夜里让他在小亭下面拥抱。莫怪母亲想这样那样装饰亭子时，你极力地赞成！"

洛萨莉从玛丽爱德的手臂上感觉到她的颤抖。

"我对你并没什么恶意，"洛萨莉接着说，"放心好了，我不对母亲提一个字，你要看奚洛末多少次都可以。"

"可是，小姐，那完全是诚心诚意的。奚洛末除了娶我以外并无他念……"

"那么为什么你们要在夜里相会？"

玛丽爱德狼狈之下，一句都答不出。

"听我说，玛丽爱德，我也在爱，我！我暗中爱着，独个儿爱着。归根结底，我是父母的独养女儿；所以你对于我的希望，比对世界上任何人的希望都要大……"

"当然，小姐，您可以相信我们生死如一。"玛丽爱德对着这个意想不到的转圜大为高兴地说。

"第一，要不声张，大家都不许声张。我不愿嫁特·苏拉先生；但我要，绝对地要一样东西：你答应了我这个条件我才替你包庇。"

"什么东西呀？"玛丽爱德问。

"我要看萨伐龙律师教奚洛末送到邮局去的信。"

"做什么用呢？"玛丽爱德骇然地说。

"噢！不过读一遍罢了，过后你再替我投到邮局。这不过把信略为耽搁一下，如此而已。"

这时候，洛萨莉和玛丽爱德进了教堂，各人肚里转着念头，再没心绪念弥撒祭里的日祷文了。

"我的上帝！这些事情里有着多少的罪过呀？"玛丽爱德心里想。

洛萨莉的灵魂、头脑、心，都给那篇小说搅乱了，终于明白那故事是专诚为她的情敌写的。像一般孩子一样，老对一件事情思索的结果，她想到《东方杂志》一定由亚尔培寄给他的爱人的。

"噢！"她一边想一边跑着，像一个苦恼万分的人祈祷的姿态，"噢！

怎样能摆布我的父亲去翻阅杂志社的订户簿呢？"

午饭以后，她跟父亲撒着娇在花园里绕了一圈，把他带到亭子下面。

"我的小爸爸，你相信我们这份杂志会流传到国外去吗？"

"它才不过开头呢……"

"可是我打赌它已经寄到外国。"

"不见得。"

"那么你去瞧就是，把外国订户的名字记下来。"

两小时以后，特·华德维先生告诉他的女儿说："我没有猜错，还没外国订户。他们希望在纽夏丹，在伯尔尼，在日内瓦会有。固然他们现在有一份寄往意大利，但是赠阅的，寄给一位米兰的太太，住在大湖边上倍琪拉德的别庄。"

"姓名呢？"洛萨莉兴奋地问。

"阿琪奥洛公爵夫人。"

"您认识她吗，爸爸？"

"自然我听见人家提过。她未出阁前是索但里尼公主，翡冷翠人，一个门第极高的女子，跟她的丈夫一样有钱，丈夫在龙巴地有着最美的产业。大湖边上他们的别庄是意大利名胜之一。"

过了两天，玛丽爱德把下面的一封信交给洛萨莉。

亚尔培·萨伐龙致雷沃博·阿纳耿

啊！是的，亲爱的朋友，你以为我在旅行，我却到了勃尚松。没有一些成功的端倪时，我什么都不愿对你说，现在却已露出曙光来了。是的，亲爱的朋友，我消耗了我最纯洁的血，费掉了多少精力，糟蹋了多少勇气，经营着多少事情而都流产之后，我想学你的样：拣一条平凡的路，康庄大路，最长的，最稳当的。在你那张公证人的椅子上，我几曾看见你翻过筋斗？但别以为我内心生活有任何变化；那秘密，世界上只你一人知道，并且还在她给我指定的限度以内。朋友，过去我不曾对你说明，但我在巴黎的确厌倦得要死。我全部的希望所寄托的第一桩事业，弄得毫无结果，由于两个合伙人的恶辣手段，通同着来欺骗我，使我两手空空，不能再做左右全局的活动。那次的结局，使我不得不放弃寻觅金钱的幸运；可是我已为之蹉跎了三年的生活，其中一年消耗在辩护上。也许我的结果还要糟，倘使我二十岁上不曾被迫去学习法律的话。我又想成为一个政治家，单单为了能有一天名登贵族院，获致亚尔培·萨伐龙·特·萨伐吕司伯爵的头衔，把一个在比利时业已消灭的美丽的姓氏在法国复活起来，这姓氏不但在比利时已传不下去，而且我既不是一个合法的儿子，也不曾获得法律的追认。

"啊！我早就相信他是贵族！"洛萨莉叫着，把信掉在地下。

你知道我曾怎样用功读书，干着默默无闻的，但是忠诚的，但是有益的新闻事业，替那个在一八二九年上还对我忠实的政治家当过出色的秘书。正当我的名字开始显耀，正当我要以参事院咨议的资格，借着这必不可少的阶梯进入政治机构的时候，七月革命把一切都化为乌有，我又犯了忠于战败方面的错误，我为他们奋斗，他们消灭了，我还在奋斗。啊！为什么我那时只有三十三岁，怎么我不曾要求你替我造成候选资格？我把我一切的热忱和危险都瞒着你。为什么？我有着坚决的信仰！那时我们俩的意见绝不会一致。十个月前你看见我那样高兴、那样快乐地写着我的政论文章时，我正在绝望啊：我眼见自己到了三十七岁，全部的财产只有两千法郎，没有一些声名，刚刚在一件高尚的事业中失败下来，不去迎合当时的热情而只适应未来的需要的一份日报。我简直不知走哪一条路。可是我明明白白感觉到我的力量！忧郁而受伤之下，我在这个从我手里溜走的巴黎城中，拣些冷僻的地方闲荡，想着我受了欺骗的雄心，可是并没放弃。噢！那时我有多少愤懑不平的信写给她；写给我的这个第二意识，这另外一个我！有时候我对自己说："干吗要替自己的生活定下一个如是远大的计划？干吗我样样都要？干吗我不去做些近乎机械的事情来等候幸福？"

于是我目光转到一个可以糊口的位置。我正要去主持一份报纸，跟一个见识有限、野心勃勃而崇拜金钱的经理合作，忽然我害怕起来。

"她肯不肯要一个屈膝到这步田地的情人做她的丈夫？"我问着自己。

这个念头使我回到了二十二岁！噢！雷沃博，这些彷徨困惑把一个人的心灵消磨得多厉害！鹰隼被囚，雄狮受缚，真是何等的痛苦！它们感到拿破仑所感到的一切痛苦，不是在圣赫勒拿岛，而是在蒂勒黎河滨大道上，八月十日那天[1]，他眼见路易十六的懦弱不知自卫而愤懑，而反映出他拿破仑壮志未伸的苦恼，因为他是有镇压暴动的力量

---

[1] 系一七九二年八月十日，路易十六被囚，翌年一月二十三日被国民会议判死刑。

的，就像他以后在十月里在同一地方所表现的那样[1]。唉！拿破仑在那一天上所感受的痛苦，我已捱受了四年之久：这便是我过去的生活。我在布洛涅森林荒凉的走道上，做过多少次准备在国会讲坛上发表的演说！这些无裨实际的练习，至少训练了我的口才，养成了用言语表达思想的习惯。当我暗中受着这些磨难的时候，你却结了婚，付清了你受盘事务所的费用，在圣玛丽受了伤，得了十字勋章，当着你本区区公所的副区长。

听我说！我小时候捉弄金壳虫的辰光，这些可怜的虫有一个动作几乎使我浑身发烧。我看见它们再三努力想往上飞，虽然张开了翅翼，却始终飞不起来。我们那时说：它在计数！我看了心中难受，不知是为了同情心，还是为了这是我前程的一种幻影。噢！张开了羽翼而飞不起来！这便是我从那件美妙的事业失败以来的情形。使我憎厌的那件事业，现在却给四个家庭发了财。

七个月前，我决心在巴黎的法庭上露头角，因为眼见多少律师变了达官显宦，辩护士方面的人才一扫而空了。但我想起在报界里我有多少敌人，并且在此人才荟萃的巴黎舞台上，要得到无论什么成功都不容易，我便下了一个狠心，拣了一条有把握而比较最迅速的路。在我们的谈话中，你明白解释给我听勃尚松的社会组织，一个外乡人想要在那里出头，要想引起一些极其微末的注意，要想结婚，要想进入那边的社会，要想得到无论哪方面的成功，都不可能。但我还是拣了

---

[1] 系一七九五年十月五日巴黎群众为反抗国民会议独裁而起暴动，直扑蒂勒黎御园，卒为少年军官拿破仑荡平。

这个地方来树立我的大旗，很有理由想到在此可以避免竞争，可以单枪匹马地弄到议员资格。贡台不愿见外乡人，那么外乡人也不愿见贡台人好了！他们拒绝他进入他们的客厅，那么他永远不去就是！无论哪儿他都不露面，甚至连街上也不出去！但这里有一个制造议员的阶级，就是商人阶级。我要把我本来熟悉的商业问题再加特别研究，我将替人家打赢官司，调解争执，成为勃尚松最有权威的律师。过些时候，我再创办一份杂志保卫本地的利益，所谓本地的利益我可制造出来，教它存在或教它复活。等到我一票一票地赢得了相当的票数时，我的名字就可从投票匦中一跃而出。人家尽可在长久的时期内瞧不起一个无名律师，但自然会有机会给他出人头地，一件义务辩护啦，旁的律师不愿接受的案子啦。只要我开口一次，我便有十拿九稳的把握。

这样思索过后，亲爱的雷沃博，我便把藏书装了十一口箱子，买了些一朝可能用到的法学书，加上我全部的行李，连同家具，一并交给运输公司往勃尚松送。我拿了文凭，搜罗了一千法郎，便来跟你告别。驿车把我送到勃尚松，三天之内找到了一所小小的屋子，面临着花园，我华贵地布置了一间神秘的书斋，为我日夜不离的，其中闪耀着我的偶像的肖像——我把生命奉献给她的偶像，是她充实了我的生命，成为我努力的原则，我勇气的秘钥，我才具的因素。随后，当我的家具和书籍运到时，我雇了一个伶俐的男仆，于是我在家守了五个月，像一只土拨鼠过冬似的。其时我的名字早已登录在律师表上。终竟有一天，人家指定我在重罪法庭替一个可怜虫当义务律师，无疑是为了至少要听我开一次口！勃尚松最有势力的商人之一正在陪审官席内，他刚有一件棘手的案子。我替我的当事人花尽了心机，获得了最完满的成功。原来他是无辜的，我教庭上在证人栏中逮捕了真凶，经过的情形真像演戏一般。临了，庭上也和旁听的群众一样表示佩服。我还替预审推事遮了面子，说要发觉一桩组织那么严密的阴谋几乎是不可能的事。接着我就赚得了那个大商人的委托，替他打赢了官司。大寺的僧侣会又选中我担任一件跟市政府争了四年的讼案：我又得胜了。在三桩案子里我一跃而成为法朗希－贡台地域最大的律师。可是我把我的生活隐藏在最深沉的神秘中间，遮掩着我的抱负。我养成了使我无须接受人家邀请的习惯。人们只能在早上六点到八点之间来和我接洽，晚餐过后我就睡觉，再在夜里起来工作。把僧侣会初审业已败诉的案件来委托我的那位副主教，是一个颇有思想颇有势力的人，他自然言语之间表示谢意。我回答他说："先生，我可以替你们胜诉，但不愿收受公费，我要求的不只是公费……（神甫为之全身一震）得知道我出头跟市政府作对是大有损失的。我到这儿来，为的是要在离开的时候身为国会议员，所以我只愿接受商业案子；因为唯商人能制造议员，而假使我替教士们辩护的话，他们便要猜忌我，而你们在他们眼里确是教士啊。我肯接受你们的案件，因为我在一八二八年时当过某部长的私人秘书（神甫又做了一个惊讶的动作），以亚尔培·特·萨伐吕司的名字当过参事院咨议（又是一震）。我一向忠实于君主政体，但既然你们在勃尚松不是一个多数党，我不得不借助于中产阶级的票数。因此我向您要求的公费，是将来在适当的时机暗中替我张罗票数。我们彼此守着秘密，我将替本区里所有的教士当义务辩护。我过去的历史请您一字莫提，希望互相守信。"当案子结束，他来道谢时，给我一张五百法郎的钞票，附在我耳边说："票数还是有效的。"在我们五次会谈中，我相信已赢得这位副主教做朋友。现在，手头堆满了案件，我只接商人们的诉讼，借口说商务诉讼是我的专长。这个手段替我抓住了生意人，使我能够寻觅有权势的人物。因此，一切都顺利。再过几个月，我将在勃尚松买一所屋子来完成我的候选资格。在这件买卖上面，我要你帮忙，借资本给我。如果我死了，如果我失败了，损失也不致巨大到在你我之间成为问题。房租可以抵补你资本的利息，并且我要等候一个好机会，使你在这笔押款上面没有损失。

啊！亲爱的雷沃博，拿一个赌棍来譬喻吧，当他袋里带着所剩的全部家业走进国际俱乐部，在最后的一夜去孤注一掷，去拼个倾家荡产或成家立业的时候，他也不会有我在此野心赌博的最后一局里所听到的无时或息的耳鸣，手掌里的冷汗，头脑的昏沉骚动，以及浑身内部的颤抖。唉！亲爱的唯一的朋友，我奋斗快满十年了。这场与人与事的斗争，逼我继续不断地倾注我的精力，使我欲望的机括日趋迟钝，把我的精神消耗殆尽。表面上是年富力强，内里我是觉得崩溃了。多过一天，我的内心便多摧残一天。每逢重整旗鼓，做着新的努力时，我总感到下次是没有力量再来的了。要说力量，我只有享受幸福的力量了；倘使它不把蔷薇的花冠加在我的头上，我之为我便要消灭，我将变成一件衰败零落的东西，在世界上更无希冀，我也再不愿成为任何东西。你是知道的，权威与荣名，我所寻访的这个巨大的精神财富不过是次要的：那为我只是获取幸福的手段，迫近我偶像的阶石而已。

像古代的竞走者一样，在断气的时光到达终点！眼看财富与死亡同时在门口双双出现！在爱情熄灭的时分得到他的爱人！挣得了过幸福生活的权利时，再没精力来享受！噢！注定着这种命运的人有多少啊！

当塔尔这个野心的神,一定有一个时候会停下来,交叉着手臂,不愿再演那永远上当的角色,不把地狱放在眼里。哎哟,我就会到这步田地的,万一有什么事情使我的计划失败,万一当我爬在外省的灰土里,为了选举票而像饿虎一般在商人四周选举人四周匍匐之后,万一把我可在大湖边上望着她所望的湖水,睡在她的目光之下,听她说话的时间,去消磨在辩护那些乏味的讼案之后,而我仍不能跃登宝座攫取一个光荣的姓氏,来承继阿琪奥洛这个姓氏的话,那么,我就会到那步田地!不但如此,雷沃博,有些日子我竟懒洋洋地觉得浑身软化;从我心灵深处升起一股憎恨欲死的情绪,尤其当我长久地出神之后,在想象中预先体味着幸福的爱情的时候!欲望的力量是不是在我们心中只有一定的容量,欲望过度的膨胀会不会使它根本消灭?总之,这时候我的生活是美妙的,受着信仰的光辉照耀,受着工作与爱情的光辉照耀。再会,朋友。我拥抱你的孩子们。替我向你贤惠的太太致意。

你们的亚尔培

洛萨莉把这封信看了两遍,其中大概的意义都镌刻在她心里了。她一下子窥到了亚尔培过去的生活,因为她机灵的聪明替她解释了许多细节,给她瞭望到浩瀚的边际。把这封自白的信跟杂志上的小说参证之下,她对亚尔培整个的为人都了解了。这优美的心灵,这股坚强的意志,本已气势不凡,她自然还要加以夸张;于是她对亚尔培的爱恋一变而为激烈的热情了,再加她青年的锐气、孤独的烦闷、潜伏的魄力,益发火上添油,助长了这热情的猛烈之势。在一个青年人,恋爱本已是自然律的一种作用;但当爱情的需要把一个非凡的人物做了对象时，其中势必还要添入在年轻的脑中洋溢泛滥的狂热。所以特·华德维小姐几天之内便到了爱情高潮中非常危险而近乎病态的阶段。男爵夫人倒对女儿很满意，因为她一心一意转着自己的念头，不再和母亲别扭，仿佛用心做着各种女红，实现了母亲的理想，成为一个柔顺听话的女儿。

律师每星期出庭二三次。虽然忙得不堪，他对法院、商业纠纷、杂志，都能应付裕如，而且他深深地躲在暗里，懂得他的成功越是黯晦越是遮藏，越是来得实在。但他对无论哪条成功的路径都不曾疏忽，研究着勃尚松的选举人名单，探寻他们的利益所在，打听他们的性格、他们来往的朋友，以及他们嫌恶的对象。一个红衣主教觊觎教皇的宝座时，也不会像他这般设想周密！

一天晚上，玛丽爱德来替洛萨莉更衣去赴一处夜会时，授给她一封信；女仆心里对着这种背信的行为怀着鬼胎，而特·华德维小姐一见信封上的地址，也立刻气呼呼的，脸色忽红忽白起来。

    意大利　　倍琪拉德
      阿琪奥洛公爵夫人　　　　台鉴
      （前索但里尼公主）

在她眼里的这个地址，无异在伯沙撒王眼中闪耀的弥尼、提客勒、毗勒斯[1]。她藏起信，下楼随母亲上特·夏洪戈夫人家。这晚上她心里又是悔

---

[1] 见《旧约·但以理书》第五章。

恨又是焦虑。她对于刺探亚尔培给雷沃博信上的秘密，已经觉得羞愧。她好几次自问：倘若亚尔培知道了这桩罪行，因为非法律所能惩罚而格外卑鄙的罪行，这个高洁的男人还会不会爱她？她的良心坚决地回答说：不！她用苦行来补赎罪过：持着饿斋，跪在地下交叉着手臂，做着苦行，几小时地念着祷文。她也强迫玛丽爱德忏悔。热情中间添入了最真诚的禁欲苦修的成分，使热情变得格外危险。

"这封信我看不看呢？"她心里忖着，一边听着特·夏洪戈家姑娘们谈话。姑娘们一个十六岁，一个十七岁半。洛萨莉把这两个朋友看作小丫头，因为她们不曾暗地里爱什么人。她在是与否之间踌躇了一小时之后想道："要是我读这封信，当然也是最后一封了。既然我已费尽心机探听他写给朋友的话，为何我不能知道他写给她的信呢？就算这是一桩丑恶的罪行，可也不是爱情的证据吗？噢！亚尔培，我岂不是你的妻子吗？"

洛萨莉一上床，便拆开信来，那是一天一天接着写的，以便公爵夫人对亚尔培的生活和情绪获有真切的形象。

二十五日

亲爱的灵魂，一切都顺利。在以往的收获中，我新近又加上一桩最可贵的：我对选举运动中最有势力的人物之一帮了一次忙。好像那些只能制造荣名而永远不能自己登龙的批评家一样，他制造议员而永不能自为议员。那个好家伙想用低价来表示他的感激，简直连钱袋都不打开，只和我说："您愿意进国会吗？我能使您当选。"我假意回答道："如果我决定干政治，那将是为了效忠于贡台，表示我对它的感激，报答它对我的赏识。""好吧，我们来替您决定就是，那时我们可在国会里有一分势力，因为您一定会大显身手。"

这样看来，亲爱的天使，不论你怎么说，我的恒心终必获得胜利之冠。最近的将来，我将站在法兰西的讲坛上对我的国民说话，对全欧洲说话。我的名字将由法兰西报界无数的喉舌传到你的耳边！

是的，像你所说，我来到勃尚松时已经老了，而勃尚松使我更老了；可是一朝入选之后，我能立刻恢复青春，好似西施德五世[1]一样。那时我将开始我真正的生活，进入我的世界。那时我们俩不是骈肩平等了吗？萨伐龙·特·萨伐吕司伯爵，驻某某国大使，当然可以娶一个索但里尼公主，阿琪奥洛公爵的寡妇了！在继续不断的斗争中维护身心的人，能因胜利而恢复青春的。噢！我的生命！我多快活地从藏书室奔到书斋，在你的肖像前面，在写信之前把我这些成就先诉给你听！是的，我的票数，副主教的、将要受到我帮助的人的，还有上面所说的那个主顾的，业已使我有了当选的把握。

二十六日

自从那幸运的晚上，美丽的公爵夫人一瞥之下把流亡的法朗采斯加的诺言确认以来，已经到了第十二个年头了。啊！亲爱的，你三十二岁，我三十五岁；亲爱的公爵七十七岁，他比我们两人总加的年纪还大十岁，但仍是那样矍铄！请你替我祝贺他吧。我的耐性不减于我的爱情。并且我还需几年的光阴，才能把我的财产增高到堪和你

---

[1] 系一五八五至一五九〇年间的教皇。即位前老态龙钟，行不离杖。六十四岁被选为教皇时，立即投杖而起，健步如飞云。

的名字匹配。你瞧，我很快活，今天我简直笑了：这是希望的功用啊！我的忧郁或快乐，一切都是从你那边来的。登峰造极的希望，永远使我觉得第一次见到你，把你我的生命如土地之与阳光似的结合为一，还不过是昨日的事。这十一年真是何等的痛苦，今天又是十二月二十六了，我到你公斯当湖畔别庄上来的纪念日。十一年来我追求着幸福，受着你的照耀像一颗明星似的，可是你高高地挂在天空，不是凡人所能几及！

二十七日

不，亲爱的，不要到米兰去，留在倍琪拉德吧。米兰使我害怕。我也不喜欢可恶的米兰风气，天天晚上在斯加拉歌剧院跟一大伙人聊天，其中不免有人对你吐露一些温柔的字句。为我，孤独赛如那块琥珀，可使一条虫在它的核心保存它永远不变的美。一个女子的灵和肉，在孤独中间可以永久纯洁，不失她青春期的模样。

二十八日

你的塑像永远完不成的吗？我要你的大理石像，油画像，画在小古董上的工笔像，各色各种的肖像，来排遣我的不耐烦。我老等着倍琪拉德别庄南面的风景，回廊的风景：我所缺的就是这两幅。我今天特别忙，除了一个"无"字以外什么都无可奉告，但这"无"便是一切。上帝不是从无造出世界来的吗？这"无"是一句话，是上帝的一句话：我爱你！

三十日

啊！我收到你的日记了！谢谢你的准期！那么你真的高兴看到我们初会的细节用这种方式描写吗？哟！我一边掩饰情节一边还大大地担心你生气咧。我们不曾有过短篇小说，而一份没有短篇小说的杂志，等于一个没有头发的美女。我天性不会无中生有，无可奈何，我便运用了我灵魂中唯一的诗篇，我回忆中唯一的奇遇，用可以公开讲述的语气来叙述，一边写一边不住地想着你，这是我一生唯一的文学作品，不能说出之于我的笔下，只能说出之于我的心坎。犷野的索玛诺被我变成了奚娜，你不觉得好笑吗？

你问我身体怎样？比巴黎时好多了。虽然工作繁重，究竟清静的环境对心灵大有影响。亲爱的天使，令人疲倦、令人衰老的，乃是虚荣未遂的悲伤，乃是巴黎生活的不断的刺激，乃是和野心的敌手钩心斗角的挣扎。宁谧却是镇静的油膏。你的信，把你日常生活中琐琐碎碎的事情告诉我的长信，它所给我的喜悦是你所想不到的。你们做女子的，万万不知道一个真正的爱人对那些无聊的事情感到何等兴趣。你的新衣的样品，我看了十二分地高兴！知道你的穿着，难道为我是一件无足轻重的事吗？要知道的事多着哩；你的庄严的额角是否光彩奕奕？我们的作家能否给你解闷？诗人加拿利的歌唱是否教你兴奋？我读着你所读的书。联想到你在湖上游览我也怦然心动。你的信多美，和你的灵魂一样隽永！噢！你这朵天国之花，我日夜膜拜的花！没有这些可爱的信，我还活得成吗？十一年来，你的信在我艰苦的途程中支持着我，赛似一道光明，一缕香气，一支有规律的歌，一种神明的粮食，安慰生活、魅惑生活的一切！万万少不得啊！要是你知道我未接你来信时的怆痛，要是你知道一天的迟到所给我的苦恼！她病了吗？还是他病了？我简直在天堂和地狱之间来回，我疯了！亲爱的女神！希望你在音乐上用功，锻炼你的歌喉。我很高兴彼此对工作和时间的分配一致，使你我虽然隔着阿尔卑斯山，仍过着同样的生活。想到这点，我便心神欢畅，有了勇气。我还没告诉你，当我第一次出庭辩护时，我想象你在旁听，忽然之间我就有了使诗人高出凡人的那股灵感。如果我进了国会，噢！你一定要到巴黎来听我的处女演说！

三十日晚

天哪！我多爱你！可怜，我寄托在我的爱情和希望上面的事情太多了。万一有什么不测把这条过于沉重的小舟倾覆了时，我的生命也要给它带走的了！和你离别已经三年，而一转到往倍琪拉德去的念头，我的心便跳得那么厉害，使我不得不停止再想……看见你，听你那儿童般的抚慰人的声音！用眼睛来拥抱你象牙般的肤色，在阳光中那么灿烂，令人猜出里面藏着你高贵的思想的肤色！赏玩着你抚弄键盘的手指，在一瞥之中接受到你整个的灵魂，在一声"天哪！"或一声"亚尔培多！"的语调中接受到你整颗的心，在你家满缀鲜花的橘树前面一同散步，在这清幽绝俗的景色中消磨几个月……这才是人生！噢！追求权势、名誉、财富，多无聊！一切都在倍琪拉德呀：这里才有诗意，这里才有光荣！我真该替你当总管，或者逞着爱情的意志，在你家里当骑士，可是我们热烈的情绪不容许我们接受。再会吧，我的天使，眼前的这种喜乐，仿佛是希望的火把投射下来的一道光明，一向我当它是磷火的；倘使我以后有表示忧伤的时光，那么，请你看在眼前的喜乐分上原谅我吧。

"他多爱她!"洛萨莉叫着,听让这封信从手里掉下,仿佛重得拿不住,"过了十一年,还写这样的信?"

"玛丽爱德,"洛萨莉吩咐女仆道,"明天早上你去把这封信丢在邮局里;告诉奚洛末,我所要知道的事已全盘知道,教他忠心地服侍亚尔培先生。我们大家去忏悔这些罪过,可别说出那些信是谁的,寄给谁的。是我不好,是我一个人犯的罪。"

"小姐哭过了。"玛丽爱德说。

"是的,我却不愿给母亲发觉;替我去端些冰冷的冷水来。"

在热情奔放的暴风雨中,洛萨莉常常听从她的良心。两颗忠贞的心把她感动了,她做了祈祷,心想自己只有退让的份儿,只有尊重两个在德行上分不出高下的人的幸福,他们在命运之下低头,一切听凭上帝的意志,别说犯罪的行为,连恶意的愿望都没有。她受着青年人天然赋有的正直的感应,这样地决定过后,觉得自己高卓了些。下这决心的时候,也有少女的一种想法在鼓励她:她要为他牺牲!

"她不懂得爱,"洛萨莉想道,"啊!换了我,对一个这样地爱我的男人,我将牺牲一切。被爱!……什么时候轮到我呢?由谁来爱我呢?这个矮小的特·苏拉先生只爱我的财产;倘使我是一个穷人,他连睬都不会睬我。"

"洛萨莉,我的小乖乖,你在想什么呀?你绣到图样外面去了。"男爵夫人对她的女儿说,她正替父亲绣着软鞋。

一八三四到一八三五年间的冬天,洛萨莉心中老是思潮起伏,骚乱不

La Comédie Humaine

洛萨莉心中老是思潮起伏,骚乱不宁。

宁；但到了春天四月里她刚满十八岁的时候，她有时私忖道：打败一个阿琪奥洛公爵夫人究竟颇有意思。在静默与孤独中间，对于这场斗争的默想，把她的热情和恶念重复燃烧了起来。左一个计划，右一个计划，她预先培养着她传奇式的胆气。虽然像她这种性格是例外，洛萨莉型的女子不幸还是太多，这件故事之中的教训正好给她们一个榜样。那个冬天，亚尔培·特·萨伐吕司不声不响地在勃尚松有了大大的进展。存着十拿九稳的心，他焦灼地等着解散国会。他在中间派里面，征服了勃尚松一个幕后操纵的人物，很有潜势力的一个有钱的承揽商。

古代的罗马人曾经到处费过很大的心机，花过数目很大的款子，使他们帝国境内所有的城市都有清冽甘美的水做饮料。在勃尚松，罗马人喝的是亚西爱山上的泉水，离城相当遥远。在杜勃河环绕之下，勃尚松坐落在一块马蹄铁地形的中心。所以在一座受着杜勃河灌溉的城里，要重建古罗马人的输水大桥来饮用当年罗马人饮用的水这回事，只有在这严肃气氛最标准的外省，才会鼓动人心。他们会一本正经地重视些无聊的事情，重建输水大桥之举便属于这一类。如果这荒唐的念头深深地种在勃尚松人的心坎里，那势必要筹措一大笔经费，让地方上有势力的人从中取利。亚尔培·萨伐龙·特·萨伐吕司一口咬定杜勃河的水只配在大桥下边流，可充饮料的只有亚西爱的泉水。一篇篇的文章在《东方杂志》上登出了，表示勃尚松商界的意见。不分什么贵族和中产阶级，中间派和正统派，政府党和反对党，大家一致要求喝罗马人喝过的水，要求有一座穿空而过的输水大桥来赏玩赏玩。亚西爱泉水问题变成了勃尚松的口号。好似凡尔赛的两条铁路问题，好像那些借名敛钱的事业，在勃尚松有些暗藏的利益把这个主意格外闹得有声有色。反对这计划的通达事理的人，其实也不过是少数，都被认为傻瓜。大家所关切的只是萨伐龙律师的两个计划。做了十八个月的地下工作之后，这位野心家在法国这最迟钝最排外的城里，居然掀风作浪，像俗语所说的执掌着晴天雨天，从没出门却有了实际势力。他定下一个古怪的方案，就是有势力而不出名。这年冬季，他替勃尚松的教士们打赢了七场官司。所以他有时已预先闻到议会里的气息。他一想到将来的胜利，心房便膨胀起来。这个宏愿使他鼓起了多少兴致，发明了多少手段，把他紧张得没头没脑的精神所剩的最后一些力量，整个地吞吸了去。人家赞美他轻财仗义，主顾们给他公费，他从不争多论少。但这轻财仗义实在是精神上的高利贷，他等着比世界上所有的黄金更贵重的报酬。他面子上说是为了帮忙一个境况窘迫的商人，在一八三四年十月，用雷沃博·阿纳耿的资金买了一所能完成他候选资格的屋子。这笔便宜的买卖，绝不显出是期待已久寻访已久的目的物。

"您真是一个了不起的人物。"特·葛朗赛神甫对萨伐吕司说，他自然冷眼觑着律师，而且猜中他的心思。这次副主教是带一个修士来请教律师的。"您是，"他对萨伐吕司说，"一个变相的教士。"这句话使萨伐吕司心里一震。

至于洛萨莉方面，凭着她娇弱的少女的刚愎自用，决意要把萨伐吕司引到家里来，介绍给特·吕泼沙龙里那批贵客。这时她的欲望还不过是看看和听听亚尔培。可以说她这样是让步了，然而让步往往只是暂时的休战。

露克赛田产是华德维祖传的产业，每年的收入净得一万法郎；要是在别人手里，进益实在不止这一些。男爵的马虎，仗着妻子四万法郎的岁入，随便把露克赛交给一个老当差莫第尼哀经管。可是每当男爵和男爵夫人想起过一下乡村生活时，总上幽美如画的露克赛来。古堡、花园，全部出之于那个赫赫有名的华德维的经营,他在精神矍铄的晚年,在这块美丽的地方花过不少心血。

在阿尔卑斯的支脉上,有两座光秃的小山头,名叫大露克赛和小露克赛;两山的水到维拉峰为止,从一条峡口里往下流去,跟杜勃河的水源汇合。在两山之间,横跨着峡口,老华德维筑了一条巨大的堰,堰上留着两个出口,排泄过量的水。堰的上流形成了一口幽美的湖;堰的下流形成了两条瀑布,在几十步外汇合起来灌在一条小河里。从前被露克赛急流冲刷的荒芜的盆地,如今就靠这条小河灌溉。老华德维把这口湖、这块盆地、两座山,一股脑儿用围墙围起来;开掘河道及支流所得的泥土,把那条堰筑有三阿邦[1]宽,堰上起了一座别庄。当特·华德维男爵在上流筑成那口小湖的时候,他是两座露克赛山的业主,但用作湖面的盆地并不属于他的,而是大众走惯的路,像一块马蹄铁般的地形,直到维拉峰山麓为止。可是大家对这凶横的老人害怕得厉害,在他活着的时候,坐落维拉峰山阴的李赛村上,没有人敢对他哼个不字。男爵去世的当儿,他已在两座露克赛的斜坡和维拉峰山麓之间,迤逦筑了一堵坚固的墙,使得维拉山崖左右两边冲着峡口的盆地不致被山洪淹没。这样,他就占据了维拉峰。他的子孙也俨然以李赛村的保护人自居,直到今日。那个老凶手、老叛教徒、老教士华德维,把他晚年的生涯消磨在种树筑路上面,筑了一条出色的走道,从一座露克赛山的山腰起直达大路。附属于这个花园和庄子的,有些荒芜的田,有些两山之间的木屋,和从未砍伐过的树林。一片荒僻幽静的境界,听让大自然控制着,任凭野草野木随意滋长,却尽有些奇妙的胜

---

[1] 系古代量度名,比例不详。

境。如今你们可以想象出露克赛庄园的风光了。

至于洛萨莉怎样运用惊人的手腕,怎样发挥天赋的机智来暗中达到她的目的,可以无须细述,免得使这件故事累赘:只要知道她在一八三五年五月中间,听从了母亲的命令,坐着一辆轿车,驾着两匹租来的肥马,随着父亲往露克赛进发。

爱情使少女们了解一切。到露克赛以后第二天早上,洛萨莉一边起床,一边从窗里望见汪洋一片的水,水上浮着一缕烟雾似的水汽,飘入松柏的密林,沿着两旁的石壁,往山顶袅袅上升;她看了不禁惊叹一声,想道:

"他们是在湖畔相爱的啊!她此刻还是住在湖畔。爱情竟离不开湖。"一口有融雪灌注的湖是蛋白色的、透明的,仿佛一颗其大无比的钻石;但像露克赛湖那样坐落在满布松柏的两座花岗岩中间,笼罩着大草原般的静寂,那是谁见了都要像洛萨莉一样惊叫起来的。

"这是鼎鼎大名的华德维的赏赐。"她的父亲对她说。

"据我看,"女儿答道,"他是想教后人原谅他的过失。我们上船去溜一趟吧,到尽头为止,回头吃中饭可以胃口好一些。"

男爵招呼了两个会划船的园丁,带着总管莫第尼哀同去。湖面宽六阿邦,有些地方宽十阿邦到十二阿邦,长四百阿邦。不久洛萨莉一行便到了湖的尽头,维拉峰的山麓。

"我们到了,男爵,"莫第尼哀说着,指挥两个园丁把船系住,"您愿意去看看吗?"

"看什么?"洛萨莉问。

"噢!没有什么,"男爵回答道,"但你是一个谨慎的姑娘,我们有着共同的秘密,不妨告诉你使我操心的事:从一八三〇年以来,李赛乡为了维拉峰，跟我找麻烦，而我想不让你母亲得知，跟他们妥协，因为她固执成性，会像烈火似的烧起来，尤其当她一朝知道是李赛乡的乡长，那个共和党人，掀风作浪地策动这件争执来讨好乡民的话。"

洛萨莉竭力掩饰着心头的高兴，以便更能操纵她的父亲。

"什么争执啊？"她问。

"小姐，"莫第尼哀回答道，"李赛乡的人一向有权在他们那半边的山坡上放牧采柴。可是那一八三〇年份当选的乡长香多尼先生，却说整个维拉峰都是他一乡的公产，坚持一百几十年以前大家还打我们的田地上过……这样说来，我们变了不是在自己家里了，您明白。而且这个野人，甚至跟李赛乡上老一辈的人一样的说，湖面这块地是当初华德维神甫强占的。这简直是露克赛的末日了！"

"不幸，我的孩子，在自家人中间说，这都是实在的，"特·华德维先生天真地说，"这块地当初是强占得来，因为年代久远而含糊下来的。所以为一劳永逸起见，我想提议以友善的态度，在维拉峰这一边划定疆界，然后砌起一堵墙。"

"如果您对共和政府让步，它将来会把您吞掉。应该由您去威吓李赛呀。"

"昨天晚上我也这么对先生说，"莫第尼哀回答，"但为坚持这种主张起见，我提议请先生来瞧一瞧，在维拉峰这边或那边，无论山腰山脚，有没有什么围墙的痕迹。"

一百年以来，维拉峰业已成为李赛乡和露克赛的分界，双方尽量在山上垦荒，可是谁也不曾得到什么大好处，所以彼此从没走极端。争执中的目的物，一年倒有六个月盖着雪，自然而然使问题冷下来。直要一八三〇年的革命狂潮把平民的保护者煽动之下，才能旧案重提，给李赛乡乡长用来点缀一番他在此瑞士边境上的清静生涯,使他的治迹永垂不朽。香多尼,从他姓氏上就可看出,祖籍是纽夏丹[1]。

"亲爱的爸爸,"洛萨莉回到船上时说,"我赞成莫第尼哀。如果您要获得维拉峰做疆界,必须打起精神来周旋,设法弄到一个判决,教这香多尼奈何您不得。为什么您害怕呢?赶快去请那个出名的萨伐龙律师,别让香多尼先把他请了去。替僧侣会打败市政府的人,一定会给华德维打败李赛乡长!再说,露克赛有一天要成为我的产业的(当然越晚越好,我希望),唔,那么别留给我什么讼累。我喜欢这块地,我要常常来住,我要尽可能地加以扩充。在这些岸上,"她指着露克赛两山下的低地说,"我将筑起花坛,辟出几所赏心悦目的英国园亭来……我们上勃尚松去,把特·葛朗赛神甫、萨伐龙先生,还有母亲,倘她愿意的话,把一应人众邀齐之后,再回到这里来。那时您才好打定主意;可是换了我,主意早已打定的了。您姓了华德维,您却害怕斗争!倘使您诉讼失败,您瞧,我绝没半个字埋怨您。"

"噢!你既然取这种态度,"男爵说,"那我也很乐意,我去拜会律师便是。"

"并且,打一场官司是挺好玩的呀。那会使生活更有意思,来来去去,到处奔走。您将投奔无数的门路去接近那批法官,对不对?……我们岂不是有过二十多天没看见特·葛朗赛神甫,讼案忙得他什么似的!"

"但那是为了整个僧侣会的生存啊,"特·华德维先生说,"再则,总主教的良心、自尊心,教士们赖以生存的一切都牵涉在内!萨伐龙还没知

---

[1] 系瑞士州名。

道他对僧侣会帮的是怎样的忙！他简直救了它。"

"听我说，"她附在他耳边说道，"倘若您请到了萨伐龙帮您，您就会赢，是不是？好吧，让我来替您出个主意：您唯有托特·葛朗赛神甫才请得到萨伐龙先生。如果您相信我，那么让我们俩一同跟神甫谈一谈，别教母亲参加，因为我知道一个方法，可以教他答应去把萨伐龙律师请来。"

"要不跟你母亲说明是不容易的！"

"回头特·葛朗赛神甫会替您代庖，可是您得决定在下届选举中投萨伐龙律师的票，您就可见到他了。"

"参加选举！宣誓！"特·华德维男爵嚷道。

"对啦！"她说。

"那你母亲又怎么说？"

"说不定她会盼咐您这么办呢。"洛萨莉回答，她从亚尔培给雷沃博的信里知道副主教早已有约在先。

四天之后，特·葛朗赛神甫老清早溜进亚尔培的寓所，他隔夜已把这次的访问了解过。老教士这次是来替华德维家征服这位大律师的，这一个举动显出洛萨莉暗地里用了手腕和策略。

"我能给您帮什么忙呢，副主教？"萨伐吕司说。

神甫非常亲切地叙述了事由，亚尔培冷冷地听完了，答道：

"神甫，要我担任华德维家这件案子是不可能的，您可以明白为什么。我在此地的角色是要保守绝对的中立。我不愿沾染色彩，而且到选举前夜为止，我应当继续成为一个谜。为华德维家辩护，在巴黎毫无问题；但这里样样事情都被猜疑，在大众眼里我势必成为贵族阶级的御用人物。"

"啊，喂！"神甫说，"在选举的日子，当候选人们互相攻击的时候，

La Comédie Humaine

"那你母亲又怎么说?"

您以为还能躲着不让人知道吗？那时大家都将知道您姓萨伐龙·特·萨伐吕司，当过参事院咨议，王政时代的人物！"

"到了选举的日子，"萨伐吕司说，"我什么都可以不顾虑了。我准备参加预选会的演讲……"

"如果特·华德维先生和他的党派拥护了您，您还可以十十足足多添一百票，而且比您所预算的那些票数更可靠。以利益为主的阵营老是会动摇，但以信念为主的是分化不了的。"

"唉！要命！"萨伐吕司说，"我很敬爱您，肯帮您很大的忙，我的神甫！也许有法子跟魔鬼妥协。不论特·华德维先生的讼案怎样，我们可以交给奚拉台，指点他去办，把诉讼程序拖延到选举之后。我只能过了选举出庭辩护。"

"那么答应我一桩，"神甫说，"您到特·吕泼府上去一次；那边有一个十八岁的姑娘，将来有一天可有每年十万法郎的收入，您装作追求她的样子……"

"啊！那个我常常看见站在小亭上的女子……"

"正是，正是那位洛萨莉小姐，"特·葛朗赛神甫接着说，"您是有野心的；如果您博得她的欢心，您将成为一个野心家所期望的人：部长。在十万法郎的岁收之外，加上您惊人出众的才干，区区部长是不成问题的。"

"神甫，"亚尔培兴奋地说，"特·华德维小姐哪怕有三倍于此的财产，哪怕对我五体投地地崇拜，我也不可能娶她……"

"您已经结了婚？"特·葛朗赛神甫问。

"不在教堂，也不在市政府，"萨伐吕司回答，"但在精神上。"

"像您这样信誓旦旦的情形，精神上的结婚比什么都糟糕。凡是生米不曾煮成熟饭的事都可以不做的呀。明哲的人从不光着脚上路。切勿把您的财富、把您的计划建筑在女人的意志之上。"

"我们不谈特·华德维小姐,"亚尔培严重地说,"且把正事决定下来。为了您,为了我所敬爱的您,我答应给特·华德维先生辩护,但要过了选举以后。到那时为止,他的案子将由奚拉台依照着我的意见去办。我所能效劳的就是这样了。"

"但有些问题是要实地视察以后才能决定的。"副主教说。

"让奚拉台去就是,"萨伐吕司回答道,"在一个我认识非常清楚的城里,凡是性质足以损害我选举利益的行动,我都不愿意干。"

特·葛朗赛神甫离开萨伐吕司时,狡狯地望了他一眼,仿佛笑这个青年战士的毫不通融的政策,同时仍佩服他的坚决。

下一天,洛萨莉从父亲嘴里得知了亚尔培和特·葛朗赛神甫谈话的结果;她站在小亭上望着书斋里的亚尔培,想道:

"啊!我不惜把我父亲卷入诉讼!我花了那么大的气力想引你到我家来!啊!我不惜犯了该死的罪孽,而你竟不肯涉足特·吕泼的客厅,不让我听到你千变万化的声音?华德维和特·吕泼家求你帮忙,你胆敢提出条件!……唉!上帝知道,我本来只想得到一些小小的幸福来满足自己:看到你,听你讲话,和你一块儿上露克赛,使露克赛因你到过之后对我成为一块圣地。我原没有更大的愿望……但现在非做你的妻子不可了!好吧,你尽管望着她的画像,端详着她的客室、她的卧房、她的别庄四面的外景、她的花园里的景致。你还等着她的石像!好,让我把她本人替你变成了大理石吧……并且这个女人也不爱你。艺术、科学、文学、歌唱、音乐,把她的感官和聪明已夺去一半,何况她已经老了,三十岁出头了,我的亚尔培一定不会幸福的！"

"你待在那儿干什么，洛萨莉？"母亲这样喊着，把女儿的思索打断了，"特·苏拉先生在客厅里，已留意到你的姿态，显见你在胡思乱想，那在你的年纪上是不应该的。"

"特·苏拉先生难道憎恨思想不成？"她问。

"那么你真是在思想了？"特·华德维夫人说。

"可不是吗，妈妈。"

"啊！不，你并没思想。你望着律师的窗子，那种聚精会神的模样既不雅观，也不合礼，旁人见了已是难看，让特·苏拉先生发觉尤其不该。"

"哦！为什么？"洛萨莉说。

"喔，让你知道我们的用意也是时候了：阿曼台觉得你很好，而你做起特·苏拉伯爵夫人来也未必不快活。"

惨白像百合花，洛萨莉当下一句不答，情绪给刺激得那么厉害，竟把她呆住了。但面对着这个被她顷刻之间恨之入骨的男人，不知她怎样会装出一副像舞女对观客所扮的笑容。终竟她笑开了，竭力掩藏着渐趋平复的愤怒，因为她决意要利用一下这个又胖又蠢的青年。

"阿曼台先生，"她趁着男爵夫人走在前面、故意把一对青年留在花园里时说，"您竟不知萨伐龙先生是一个正统派？"

"正统派？[1]"

"一八三〇之前，他是参事院咨议，和首相有密切关系，受着太子和

---

[1] 拿破仑一世放逐后，法国拥护波旁王室长房的一派称为正统派；忠于王政时代的路易十八与查理十世，反对一八三〇年后的路易·菲利普王。

王妃的信任。您一向不说他坏话，真是您的好处；但您还要更好，倘使您今年去加入投票，把可怜的特·夏洪戈先生代表勃尚松的资格取消，把萨伐龙捧上台。"

"您又为什么突然对这萨伐龙关切起来？"

"亚尔培·特·萨伐吕司先生，是特·萨伐吕司伯爵的私生子（噢！您千万要守秘密），如果他当选了议员，就答应接受我们露克赛的案子。露克赛，爸爸告诉我，将来是我的产业，我愿意上那边住，好幽美的所在！当年伟大的华德维创造的这份基业一朝毁掉的话，我真要绝望哩……"

"该死！"阿曼台从特·吕泼府第走出去时想道，"这丫头并不傻。"

特·夏洪戈先生是保王党，有名的"二百二十一个"里面的一分子。所以从七月革命以后，他就宣传效忠新王的主张，提倡仿照英国保守党与自由党对垒的办法来跟政府斗争。正统派并不接受这种主张，他们失败之后，不惜意见分歧，宁愿一无动静，听天由命。失去了自己本党的信任之后，特·夏洪戈先生在中间派眼中变成最适当的人选；他们宁可让他温和的主张得胜，不愿见一个共和党人把狂热者和爱国者的票数一齐抓去。特·夏洪戈先生在勃尚松是一个很受尊敬的人物，出身于一个老司法界的家庭；年收一万五千法郎的资产，谁见了都不会眼红，何况他还有一男三女。在这样的负担之下，一万五千法郎的岁收简直不算什么。可是一个父亲在这种情形中仍能廉洁自守，自然教选民们肃然起敬了。他们崇拜着议会道德的优美理想，其热烈的程度，不下于戏池里的观客叹赏台上所表现而自己很少实行的慈悲。特·夏洪戈夫人那时四十岁，被列为勃尚松美女之一。在国会开会期间，她省吃俭用地住在一所小田庄上，以便凑出那笔特·夏洪戈先生在巴黎使花的款子。到了冬天，她体体面面地每星期二招待一次宾客，但她很懂持家之道。年轻的特·夏洪戈二十二岁，跟另一个青年绅士，特·伏希尔先生来往得非常密切；这青年并不比阿曼台更有钱，和他是中学同学。他们一同到葛朗伐尔去散步，一同打猎；大家公认他们是形影不离的伙伴，邀请他们乡居时也把三个一齐请的。洛萨莉跟特·夏洪戈的两位女儿也是同样的密友，所以知道那三位青年彼此无话不谈。她心里想，倘若特·苏拉先生有什么冒失的举动，泄漏什么话，那一定有他两个好友的份。而特·伏希尔先生，和阿曼台一样已给自己的婚事打好主意：他想娶特·夏洪戈家的长女维克多亚。她有一个老姑母，答应给她一块岁入七千法郎的田产，再加十万法郎的现款做陪嫁。维克多亚是这位姑母的教女，最受宠爱。所以年轻的夏洪戈和伏希尔，自然会向特·夏洪戈先生说出亚尔培的用心对他的不利。但洛萨莉还嫌这一着棋子不够，便用左手写一封匿名信给当地州长，下面用"路易·菲利普的一个朋友"做署名。信中揭穿亚尔培·特·萨伐吕司的秘密竞选计划，让州长感到一个保王党的演说家将来和裴里哀[1]勾结起来有何等危险，并且把律师两年来在勃尚松深谋远虑的布置和盘托出。州长是一个干练人物，天生是保王党的对头，一心忠于七月政府，一个教内政部长睡得着觉的人。他把匿名信读了，烧了，依着写信人的要求。

洛萨莉想教亚尔培选举失败，好留他在勃尚松多住五年。

那时候的选举实际是各党各派的斗争，为把握胜利起见，内阁在选择日期上用功夫。所以还要过三个月才实行选举。为一个等待选举等了一生的人，从召集选举社团的命令公布之日起，到实际施行之日为止，仿佛一

---

[1] 系当时名律师，小说家，正统派健将。

切的日常生活都告中止。因此洛萨莉懂得在此三个月中间还有多少余裕可用来对付亚尔培。她向玛丽爱德许愿（这是她以后自己讲出来的），将来把她和奚洛末一起雇用，教她把亚尔培寄到意大利去和意大利寄来的信，统统截留下来交给她。这个惊人的女子一面安排着她的计划，一面装着世界上最无邪的神气，绣着父亲的软鞋。她懂得无邪与坦白的神气对她如何有利，所以装得愈加无邪愈加坦白。

"洛萨莉倒变得可爱起来了。"特·华德维男爵夫人说。

选举前两个月光景，老蒲希先生家召集了一个会，出席的有指望承包亚西爱水管大桥的承揽商，有受过萨伐吕司好处而准备提他做候选人的葛拉奈先生，有诉讼代理人奚拉台，有《东方杂志》的印刷人，有商事裁判所主席。总之，这个集会包括二十七位外省人所说的"大头儿"。每个"大头儿"平均代表六票；但一经追问，六票便升到十票，因为人总爱夸张自己的势力。这二十七人中，一个是捧州长的，一个骑墙派的家伙，希望从政府方面替自己或亲属谋些好处。在这第一次的集会里，大家决定推萨伐龙律师做候选人，情况之热烈，在勃尚松是谁都不敢希望的。亚尔培在家等着阿弗莱·蒲希来带他去，一边跟非常关切他的雄心的特·葛朗赛神甫谈着话。亚尔培确认这位教士有极高明的政治手腕，教士也被这青年的请求感动了，很乐意在此生死关头的斗争里做他的参谋和向导。僧侣会方面不喜欢特·夏洪戈先生；因为他妻子的妹婿，法院院长，曾经在第一审时判决僧侣会败诉。

"您被出卖了，亲爱的孩子。"那个狡狯而可敬的神甫用着老教士惯有的那种柔和镇静的声音说。

"出卖了！……"他喊道，神甫的说话仿佛一支利箭直刺入这个情人的心窝。

"是谁干的，我也不知道，"神甫接着道，"州长得悉了您的计划，窥破了您的玄虚。如今我毫无意见可贡献。这类事情需要加以研究。至于今晚上，在这个集会里，您得挺身而出，准备接受人家的攻击。把您过去的生活一齐揭穿，这样之后，您的暴露真相，在勃尚松人心中可以减少许多作用。"

"噢！我本来就防这一着。"萨伐吕司声音异样地说。

"您当时不愿接受我的劝告，您曾有机会在特·吕泼府上露面，您不知那样可占得多少便宜……"

"什么便宜？"

"保王党员的一致，暂时蠲除私见，暂时团结起来对付选举……总之是一百多票！再加上我们所谓的'教会票数'，固然您还不能就当选，但您凭着再选的机会已经是大局的主人翁了。在这情形中，再斡旋一下，事情便成功了……"

阿弗莱·蒲希兴高采烈地跑来报告预选会的决议，一进门，发现副主教和律师都冷冷的，镇静的，态度肃然。

"再见，神甫，您的事情等选举过后再彻底谈吧。"

律师跟特·葛朗赛神甫握手时暗中示意，然后搀着阿弗莱的胳膊出发。神甫望着这个野心家的脸色，那种庄严肃穆的神态，有如听见战场上第一声炮响的将军。教士举眼望着天，一边出门一边想："他当起教士来真是一个了不得的人物！"

雄辩不在法庭上。一个律师很少在庭上施展出真正的心力，要不然他几年之中就会精疲力尽。雄辩如今也难得在教堂的讲坛上；但在国会某些集会中间倒还遇得到,譬如逢着一个野心家孤注一掷的时候,受尽了毒箭而突然奋起的时候。但当一般优秀之士,临着千钧一发的成败关头,不得不开口的当儿,那的的确确有雄辩出现。故而在这次集会里,当亚尔培·萨伐龙感到必须造成他的一班党羽的时候,便把他的才气精力全部施展了出来。他郑重地步入客厅,既不张皇,也不骄矜,既不懦弱,也不畏怯,发觉三十多人在场也只作若无其事。会场上嘈杂的声音和刚才的决议,已把一部分人催眠,像跟着铃声就跑的绵羊似的。在蒲希先生想先来几句介绍,要他演说之前,亚尔培做着一个手势要大家静下来,和蒲希握了握手,似乎通知他突然发生了意外一般。

"刚才我年轻的朋友阿弗莱·蒲希来告诉我的消息,使我感到非常荣幸。但在诸位把决议作为定案以前,"律师又接下去说,"我认为应当对大家说明你们所推的候选人是怎样的人,使你们还来得及更改主张,倘若我的自述使你们良心上有何不安的话。"

这一段开场白使全场顿时寂静无声。有几位觉得这是光明磊落的举动。

于是亚尔培说明他过去的生涯,报出他的真姓名,叙述他王政时代的事业,到勃尚松以来的改头换面的做人方法,以及对于将来的志愿等等。这篇即席的演讲,据说,把在场的人听得凝神屏息。野心家从胸坎里灵魂里沸沸腾腾涌出来的这场滔滔雄辩,把这批利害关系那么分歧的人收服了。钦佩赞叹阻止了思索。大家只懂得一样事情,便是亚尔培心想灌入他们脑子里的事情。

为一个城市着想,挑出一个命中注定来控制全社会的人,岂不比一个光是投投票的机械家伙强得多?一个政治家带来的是一份权势,一个平庸

在场的人听得凝神屏息。

而清廉的议员不过是一颗良心。普罗旺斯[1]的光荣，就因它在一八三〇年上便识得了七月革命以来唯一的政治家米拉鲍，把他送到了巴黎。

被这场雄辩屈服之下，所有的听众都承认，这种才具在这个代表身上大可成为一种奇妙的政治工具。他们把亚尔培·萨伐龙看作萨伐吕司部长的前兆。而那个精明的候选人也猜透了听众的打算，告诉他们一朝登台之后，他将首先为他们服务。

据那个唯一能批评萨伐吕司、而从此成为勃尚松干才之一的人说，这一次的披沥信念，宣布志愿、过去生涯和他的性格的自述，简直是手腕、情操、热诚的杰作，意味深长，引人入胜。这阵旋风把选举人包围了。从没有人获得类似的成功。不幸言语是一件贴身的武器，只有面对面时的直接作用。言语不曾把思想打败的时候，思想会把言语消灭的。如果当场投票，当然亚尔培的名字会从票瓯里一跃而出！当时当地，他是胜利者。但他还得这样地在两个月之间天天打胜仗。离场的时候，亚尔培心中忐忑地跳着。勃尚松人已经对他鼓掌叫好，他所获得的成就，是把他过去生涯所能引起的毁谤预先遏止。勃尚松的商界已举了萨伐龙·特·萨伐吕司律师做候选人。阿弗莱·蒲希的热烈，起先颇有影响，慢慢地却变得不讨巧了。

州长对着这个浩大的声势害怕起来，开始计算他政府党的票数，设法和特·夏洪戈先生秘密磋商了一次，以便为了共同的利益有所联络。蒲希小组会的票数一天天地减少下去，亚尔培也莫名其妙。选举前一个月，亚尔培发觉仅有六十票上下。什么都抵挡不住州长从容不迫的布置。三四个手段巧妙的人对萨伐吕司的主顾们说："当了议员，他还能替你们的案子

---

[1] 系法国东南部诸州的总称。

辩护、胜诉吗？他还能给你们做参谋吗？替你们订契约吗？当调解吗？如果你们不把他送进国会，只给他五年后可以进去的希望，岂不是还可有五年的工夫利用他？"这种计算对萨伐吕司尤其不利，因为有些商人的妻子已经对她们的丈夫说过这一套。一个狡黠的政府党人，对那般和亚西爱泉水及大桥问题有利害关系的人解释，说他们所需的支持要靠州公署，而非靠一个野心家，这等说辞他们听了委实有些心旌摇摇。多过一天，亚尔培就多一场败仗，虽然他一仗又一仗地天天指挥着，调兵遣将去作战，到处奔走，发动着言语与辞藻的斗争。他不敢上副主教那儿去，副主教也不到他这儿来。亚尔培白天黑夜，浑身灼热，满脑子烧着火。终于，到了第一次肉搏的日子，到了举行所谓预选会的日期；那时可以检点一下票数，候选人们可以预测一下他们的命运，一般有眼光的凭这一天的结果能预知成败。这是竞选运动的一幕，没有群众参加的，可是惊心动魄的：那时的情绪即使没有像英国那样的肉体表现，其深刻的程度也正不相上下。解决这些事情的方式，英国人用的是拳打足踢，法国人用的是舌剑唇枪。我们的邻居来一场全武行，法国人却用深谋远虑的冷静计划，来决定他们的命运。这件政治行为的演出，恰恰跟两个民族的性格相反。急进党的候选人提出了；特·夏洪戈先生露面了；随后是亚尔培，被左派和夏洪戈小组会指为极端的右派，裴里哀的化身。政府也有它的候选者，一个被牺牲的人，专门用来搜集纯粹政府党的票数的。票数这样一分散之后，便不会有什么结果了。共和党候选人得二十票，政府党五十票，亚尔培七十票，特·夏洪戈六十七票。但那虚伪的州长教手下最忠实的三十票投在亚尔培的阵营里，去欺弄他的敌人。特·夏洪戈先生的票数，加上州公署方面实在的八十票，再由州长从左派方面拉过几票来，就可定夺选举的大局。当时缺席的有一百六十票,是特·葛朗赛神甫的同正统派的。预选会之于选举,有如最后排演之于正式上演,是世界上最大的骗局。亚尔培·萨伐吕司回到家里,神色不变,可是心如死灰。他费了心思、天才,或者说靠了运气,在此最后的十五天内收服了两个最忠实的人,一个是奚拉台的岳父,一个是非常机巧的老商人,特·葛朗赛神甫介绍的。这两个好汉替他当着间谍,面子上在敌人的阵营里装作亚尔培的死冤家。预选会终了时,他们托蒲希通知萨伐吕司,说他的票数内有三十票是敌人骗他的。亚尔培从刚刚搏过他命运的会场上回家时所感的痛苦,连上刑场的罪犯的痛苦也相形见绌。绝望之中的情人,不愿由任何人陪他回来。在十一点和半夜之间,他独自在街上走着。

早上一点钟,三天不曾睡觉的亚尔培,坐在藏书室中伏尔泰式的靠椅内,脸色惨白像要咽气似的,垂着两手,颓然沮丧的姿态像圣女抹大拉的马利亚般动人。泪珠在长睫毛下打滚,那是只湿眼睛而不淌在面颊上的泪珠;思念把它们喝下了,心灵的火把它们烧干了!独自一人的时候,他可以哭了。于是他瞥见小亭下有一个白色的形象,使他想起法朗采斯加。

"三个月我没接到她的信了!她怎么了?我两个月不给她信,但我预先通知她的。她病了吗?噢!我的爱人!噢!我的生命!你会有知道我的痛苦的一天吗?我的身体真是该死!是不是生了动脉瘤呀?"他这么想,因为他觉得心跳得那么厉害,以致脉搏的声响,在静寂中听来,好似细沙撒在一口大箱子上。

这时候,悄悄的三下弹指声在亚尔培的门上响起来,他立刻走去开门,一见副主教露着快乐和得意的神色,他几乎高兴得发狂。他抓住特·葛朗赛神甫,一声不响,把他搂在怀中,紧挝着,让脑袋倒在老人肩上。他又回复了儿童的脾气，哭得像当年知道法朗采斯加·索但里尼已结了婚的时候一样。他只对这位面露一线曙光的教士，暴露他的弱点。教士风采潇然，高旷无比，而且法眼慧心，亦复犀利无匹。

"原谅我，亲爱的神甫，但您正遇到成人的意志消灭而至性流露的时间，请您别把我看作一个庸俗的野心家。"

"是的，我知道，"神甫接着说，"您曾写过《爱情造成的野心家》！唉！我的孩子，我也是为了情场失意而在一七八六年二十二岁上当教士的。一七八八年我当了神甫，我已拒绝了三次主教职位，我愿老死在勃尚松。"

"您来瞧瞧她可好？"萨伐吕司嚷道，一边端着蜡烛把神甫领到华丽的小书斋内，把烛光照着阿琪奥洛公爵夫人的画像。

"这是一个天生统治别人的女子！"副主教说，他懂得亚尔培这样默默无言的推心置腹，是对他表示何等的感情，"但这额角颇有高傲之气，顽强执着，得罪了她是永远不肯饶赦的！这是天使长米歇尔，是管执行的天使，不屈不挠的天使……宁为玉碎，毋为瓦全这两句话，便是这等天使型性格的铭赞。在这张脸上，有一股说不出的神明般的肃杀之气！……"

"您猜对了，"萨伐吕司叫道，"可是，亲爱的神甫；她主宰我的灵魂已经十二年多，而我从没一个对不起她的念头……"

"啊！要是您对上帝也这样虔诚的话？……"神甫天真地说，"现在且来谈谈您的事情。我为您已工作了十天。倘使您是一个真正的政治家，您这次定会听从我的劝告。如果您在我跟您说的时候就到了特·吕泼府上去，就不致到今日这步田地；但您还可以去，明天晚上我来替您介绍。露克赛田庄受威胁了，两天以内就得开庭……而选举还要三天以后举行。我们设法使投票事务所第一天上组织不成；我们将有好几次投票，您可以靠再选而成功……"

"用什么方法？"

"露克赛案胜诉之下，您可得到正统派的八十票，加上我有把握的三十票，总数是一百十。您在蒲希小组会至少还可有二十票，那么您统共可有一百三十。"

"哦！喂，"亚尔培说，"还缺七十五票呀……"

"不错，"教士说，"因为余下的票数都归了政府。但是，孩子，您可以有二百票，而州公署方面只有一百八十。"

"我可有二百票？……"亚尔培愕然站起，好比给一根弹簧抬起来似的。

"您还有特·夏洪戈先生的票数。"

"怎么会？"亚尔培说。

"您将娶西杜妮·特·夏洪戈小姐。"

"永远不！"

"您将娶西杜妮·特·夏洪戈小姐。"神甫冷冷地重复了一遍。

"可是您瞧？她是顽固执着的。"亚尔培指着法朗采斯加的肖像说。

"您将娶西杜妮·特·夏洪戈小姐。"神甫冷冷地说了第三遍。

这一次亚尔培明白了。在这桩对绝望的政治家终于露出一线希望的计划中，副主教不愿显出一些共谋的痕迹。再多说一句就会损害教士的尊严和诚实。

"明天您将在特·吕泼府上遇到特·夏洪戈夫人和她的第二位小姐，那时您将谢她对您的帮助，告诉她您的感激是无涯的，您将把身心一齐贡献给她，从此您的前途就是她家的前途，您是没有利害打算的，您有着坚强的自信，认为被任为国会议员就是一笔可观的陪嫁。您将跟特·夏洪戈夫人有一场争战，因为她一定要您答应一句。这一个晚上，我的孩子，便是您整个的前途。可是得知道，在这件事情里我是没有份的。我，我只负责正统派那条路线，我替您收服了特·华德维夫人，这就代表了勃尚松全部的贵族。阿曼台·特·苏拉和伏希尔都将投您的票，同时给您带来了年轻的一辈，特·华德维夫人给您张罗了年老的一辈。至于我那方面的票数是绝对不会动摇的。"

"那么又是谁游说了特·夏洪戈夫人呢？"萨伐吕司问。

"别盘问我这个，"神甫回答，"有三个女儿要出嫁的特·夏洪戈先生，没有方法增加他的财产。即算伏希尔娶了那个没有陪嫁的长女，为了有担负嫁费的老姑母之故，其余两个又怎么办？西杜妮十六岁，而您在您的野心里有着偌大一笔财富。某人对特·夏洪戈夫人说，与其打发她的丈夫到巴黎去虚耗金钱，毋宁把两个女儿嫁掉。这某人拉拢了特·夏洪戈夫人，特·夏洪戈夫人又拉拢了她的丈夫。"

"得了，亲爱的神甫，我懂得。一朝当了议员，我得替某人也挣一笔家产，等到这笔家产可观的时候，我就可解除我的诺言。我不会忘掉您慈父般的恩惠，我的幸福都是您的赐予。天哪！我有什么功绩够得上这样真切的友谊呢？"

"您替僧侣会得了胜利呀，"副主教微笑着说，"现在大家得保守秘密，至死勿渝。我们得装作一无作为。万一人们知道我们预闻选举的话，那些格外凶狠的左派清教徒，会把我们一口生吞，我们中间意欲包办一切的自家人，会把我们骂得体无完肤。特·夏洪戈夫人全没想到这些事情的幕后有我在内。我只信任特·华德维夫人，我们可以相信她像相信我们自己

La Comédie Humaine

"您将娶西杜妮·特·夏洪戈小姐。"

一样。"

"将来我要把公爵夫人带来见您，请您祝福！"野心家叫道。

把老教士送走之后，亚尔培在权势的美梦中睡下了。

次日晚上九点，像大家可能想象到的，特·华德维男爵夫人的客厅里，挤满了临时召集的勃尚松贵族。大家谈着为了讨好特·吕泼家女儿之故，要破例参加选举的事情。他们知道，前任参事院咨议，最忠心于王室长房的一个部长的秘书，要被介绍到这里来。特·夏洪戈夫人带着盛装的女儿西杜妮到场，至于大女儿，因为未婚夫已经毫无问题，也就不在装扮上用功夫了。这些小枝节在内地是很触目的。特·葛朗赛神甫探着他那张美妙的机灵的脸，从这一组到那一组，听着人家说话，好似什么都没有他的份，可是说些一针见血的话把问题归纳起来，支配着宾客们的谈话。

"倘使王室长房重新登台的话，"他对一个七十岁的退休的政治家说道，"又将行些什么政策呢？""孤零零的时候，裴里哀简直一筹莫展；但若有了六十票撑腰，他将随时随地跟政府为难，不知要给他掀倒多少内阁呢？""斐兹·詹姆斯公爵要当多罗士的议员了！""那您将使特·华德维先生打赢官司，倘使你们投萨伐吕司的票，共和党人大概也要学你们的样，而不去拥护中间派呢！"他说的尽是这一类的话。

九点已到，亚尔培还没来。特·华德维夫人认为这种迟到是傲慢无礼的表现。

"亲爱的男爵夫人，"特·夏洪戈夫人说，"我们最好别把一些小枝节搅在这么一件重大的事情里。也许靴子上了油不干……也许什么案子的接洽，把特·萨伐吕司先生耽误了。"

洛萨莉斜着眼对特·夏洪戈夫人睃了一眼。

"她对特·萨伐吕司先生好得很呢。"洛萨莉低声对她母亲说。

"可是,"男爵夫人微笑着答道,"那是关系到西杜妮和特·萨伐吕司的婚约呀。"

洛萨莉突然向着面临花园的窗框走去。十点钟了,特·萨伐吕司先生还没出现,酝酿中的雷雨爆发了。有些客人玩起牌来,觉得这个局面简直受不了。一筹莫展的特·葛朗赛神甫走向洛萨莉躲着的那个窗框,大为错愕地听见她自言自语地说着:"他大概死了吧!"副主教走到花园里,后面跟着特·华德维先生和洛萨莉,他们三个一同走上小亭。亚尔培家门窗都关得紧紧的,灯火全无。

"奚洛末!"洛萨莉看见那仆人在院子里时喊道。特·葛朗赛神甫对洛萨莉睨了一眼。"您的主人往哪儿去了?"那时仆人已走到墙根。

"走了,搭着邮车!小姐。"

"他完了,"特·葛朗赛神甫叫道,"再不然他是幸福了!"

洛萨莉得意扬扬的神气不曾遮盖得好,被只作若无其事的副主教瞧在眼里。

"洛萨莉在这件事情里能够干些什么勾当呢?"教士心里盘算着。

三人回到客厅,特·华德维先生报告了那古怪的、奇特的、令人吃惊的消息,说亚尔培·萨伐龙·特·萨伐吕司搭着邮车动身了,原因不明。十一点半时,客厅里的人只剩十五位,其中有特·夏洪戈夫人,特·高特那神甫,也是一位副主教,四十左右年纪而极想升任主教的,还有两位特·夏洪戈小姐和伏希尔先生,特·葛朗赛神甫,洛萨莉,阿曼台·特·苏拉,和一个退职的法官,勃尚松高等社会里最有势力的人物之一,极希望亚尔培·萨伐吕司当选的。特·葛朗赛神甫坐在男爵夫人旁边,以便注视洛萨莉，往常她的脸色是惨白的，此刻却兴奋得通红。

"特·萨伐吕司先生可能遇到什么事啊？"特·夏洪戈夫人说。

这时候，一个穿制服的仆人在银盘里托着一封信送给特·葛朗赛神甫。

"不客气，请看信吧。"男爵夫人说。

副主教读着信，瞥见洛萨莉顿时面白如纸。

"她认得他的笔迹。"他从眼镜上面睨了她一眼之后想。他折好了信，冷冷地纳入袋里，不做一声。三分钟内，洛萨莉望了他三次，他全明白了。"她爱着亚尔培·特·萨伐吕司！"副主教想道。他站起身来，洛萨莉浑身一震；他行过礼，往门走了几步，在第二间客室里被洛萨莉追上了，说道：

"特·葛朗赛神甫，这是亚尔培的信！"

"怎么您对他的笔迹那么熟悉，能够远远地辨认？"

这位沉溺在烦躁和愤怒的大湖里的姑娘，被他揭破之后，竟说出一句教神甫惊叹的话来。

"因为我爱他！他怎么了？"她停了一会儿说。

"他放弃了选举。"神甫回答。

洛萨莉把一根手指放在嘴唇上。

"我打听这个秘密好似打听一句心腹话似的，"她退回客厅之前又说，"倘使他放弃了选举，也就没有跟西杜妮结婚的事了！"

次日早晨，洛萨莉去做弥撒时，从玛丽爱德嘴里，探悉了促使亚尔培在危急存亡之秋悄然引退的一部分动机。

"小姐，昨天上午国家旅馆到了一位从巴黎来的老先生，坐着自己的车，驾着四匹马，前面坐着一个车夫和一个男仆。据眼看车子动身的奚洛末说，那准是位亲王或英国的勋爵。"

"车上有没有瓜棱式结顶的冠冕徽章？[1]"洛萨莉问。

"那不知道，"玛丽爱德回答说，"两点钟光景，他上萨伐吕司寓所来，投了一张名片，先生一看名片，据奚洛末说，立刻面无人色；随后他就叫请。因为他亲自锁上了门，所以这位老先生和律师之间说些什么话，无人得知；但他们一起大概有一小时；以后，律师陪着老先生出来，招呼他随带的当差进去。奚洛末看见这仆人出来的时候，捧着一个四尺长的大包，看模样是一张大油画。老先生手里拿着一大包纸张。律师的脸色比死还要难看，他平时是那么高傲那么尊严的，那时的神气真教人看了可怜……但他对老人的尊敬，差不离对王上一样。奚洛末和亚尔培·萨伐龙先生把这个老人一直送上车，四匹马都已齐齐整整地套好在那里。车子在三点钟上出发了。先生立即上州公署，从州公署到昂蒂莱先生那里，买了一辆故圣·维哀太太的破旧的旅行车，到驿站去定了两匹马，说定六点钟准要。然后他回家收拾行李；当然也写了好几个条子；最后他跟奚拉台先生俩交代事务，奚拉台先生一直留到七点。奚洛末送了一个字条到蒲希先生家，本来约好上那边去用晚餐的。以后，在七点半，律师动身了，给了奚洛末三个月工资，教他另外找事。他把钥匙交给由他陪送回去的奚拉台先生，就在他家喝了口汤，因为奚拉台先生七点半还没吃夜饭。当萨伐龙先生上车时，简直像死人一般。奚洛末当然向主人行礼告别，听见他吩咐车夫说：'上日内瓦。'"

"奚洛末有没有向国家旅馆打听陌生人的姓名？"

"因为老先生只是过路，所以人家没有请他留名。随带的仆役，大概

---

[1] 瓜棱式结顶的冠冕是亲王阶级的盾徽。

是奉了命令，装作不懂法语。"

"那么特·葛朗赛神甫深晚收到的信呢？"洛萨莉又问。

"这一定是奚拉台先生转送的；奚洛末说这位可怜的奚拉台先生，一向非常敬爱萨伐龙律师，也跟他一样地失魂落魄。房东迦拉小姐说，神秘莫测地来的人，神秘莫测地去了。"

洛萨莉自从听了这段叙述以后，老带着凝神壹志、深思默想的神气，谁都看得清清楚楚。萨伐龙律师的失踪在勃尚松所引起的议论，不在话下。人家说州长客气到不能再客气地给他当场签了一张往外国去的护照，因为他这样可以打发掉唯一的敌人。次日，特·夏洪戈先生以一百四十票的多数当选了。

"约翰两手空空地来了，两手空空地去了。"一个投票人得悉了亚尔培·萨伐龙出走的消息以后说。

勃尚松历来对外方人的偏见，像两年前对付共和党报纸的，从此又加强了一层。然后，过了十天光景，亚尔培·特·萨伐吕司的问题消灭了。只有三个人，代诉人奚拉台、副主教、洛萨莉，对这次的失踪担着严重的心事。奚拉台知道白发的外乡人是索但里尼亲王，因为他曾看到名片，告诉了副主教；但洛萨莉比他们俩知道更多，大约三个月以前就已得悉阿琪奥洛公爵的死讯。

一八三六年四月，谁也没接到亚尔培·特·萨伐吕司的信息，或听到有人提起他。奚洛末快跟玛丽爱德结婚了；但男爵夫人暗暗教她的女仆等着洛萨莉的婚事，把两桩婚礼同时举行。

"替洛萨莉完婚也是时候了，"男爵夫人有一天对丈夫说，"她已经十九岁，而且几个月来，她性情大变，教人害怕……"

"我不知道她是怎么回事。"男爵说。

"做父亲的不了解女儿的心事,做母亲的却猜得到,"男爵夫人说,"应当把她出嫁才是。"

"我也乐意呀,"男爵说,"我这方面,我给她露克赛的产业,好在法院已给我们和李赛乡公所调解妥当,在离维拉峰山麓三百米的地方划了界。我们在那边掘一条沟来承接山上的水,引导入湖。乡公所没有上诉,判决已经确定了。"

"您还没得知,"男爵夫人说,"这判决花了我给香多尼的三万法郎呢。这个乡下人除了钱什么都不理,神气似乎相信他案子必胜,所以敲了我们一笔好价钱,卖给我们一个太平。倘或您给了露克赛,您便一无所有了。"

"我没有什么需要,"男爵说,"我也快完了……"

"可是您胃口好得像吃人的魔鬼。"

"就为此呀:我吃也是白吃,两条腿越来越没劲了……"

"那是车床工作累了您。"男爵夫人说。

"我不知道。"男爵回答。

"我们把洛萨莉配给特·苏拉先生;倘若您给她露克赛,至少得保留居住权;我吗,我在总账上给他们二万四千法郎的岁收。孩子们住在这里,想来也不致怎样清苦了。"

"不,露克赛我是预备整个儿给他们的。洛萨莉欢喜露克赛。"

"您待您的女儿好不古怪——也不问问我爱不爱露克赛?"

洛萨莉立刻就被叫了来,得悉她将在五月上旬跟阿曼台·特·苏拉先生结婚。

"谢谢您,母亲,还有您,父亲,想到我的婚事,但我不愿结婚,我跟着你们很幸福……"

"废话！"男爵夫人说，"你不喜欢特·苏拉先生就是了。"

"如果你们要知道我的真意的话，那么，我永远不嫁特·苏拉先生……"

"噢！一个十九岁姑娘嘴里的永远！……"男爵夫人冷笑着回答。

"特·华德维小姐嘴里的永远，"洛萨莉加重着语调接着说，"我想，父亲不至于不得我的同意就把我出嫁吧？"

"噢！我吗，我不会的。"可怜的男爵温柔地望着女儿说。

"好吧！"男爵夫人斩钉截铁地说，胸中捺着一腔被女儿突然顶撞的怒火，"好吧，特·华德维先生，您去负责您女儿的婚事吧！洛萨莉，你去想一想：倘你不照我的意思结婚，那莫怪我在你将来出嫁的时候分文不给。"

特·华德维夫人跟特·华德维先生的不和，从他袒护女儿开场，越来越严重，甚至洛萨莉和她的父亲在特·吕泼府第里存身不住，不得不上露克赛去度那美妙的季节。于是勃尚松城里得悉特·华德维小姐干脆拒绝了特·苏拉伯爵。奚洛末和玛丽爱德结了婚，搬到露克赛来，预备日后顶补莫第尼哀的缺。男爵照着女儿的意思把庄子修葺过，改造过。这番工程花了六万法郎上下。洛萨莉父女俩又在建造一所花房，这些消息传到男爵夫人耳里时，她方才发觉女儿身上有着刁钻促狭的根子。男爵买了好几块外姓的田，和一处价值三万法郎的产业。人家对特·华德维夫人说，远离了她之后，洛萨莉显出当家小姐的样子，研究怎样可以增加露克赛的收入，学做男孩子家的模样，常常骑马；父亲被她哄得挺快活，不再抱怨身体不济了，人也胖起来，常常陪女儿出去玩。将近男爵夫人的圣名节的时候（她名叫路易士），副主教到露克赛来了，无疑是受了特·华德维夫人跟特·苏拉先生的嘱托,来替母女讲和的。

"洛萨莉那个小姑娘倒有她的那般蛮劲儿。"勃尚松城里有人说。

男爵夫人慷慨地付了露克赛的九万法郎开销,又给她丈夫每月一千法郎做露克赛的生活费,她不愿自己有甚理短的地方。父女俩也只想在八月十五那天回城,一直住到月底。副主教用过了晚饭,把洛萨莉带过一边,好谈她的婚姻问题,教她明白不能再指望亚尔培,他已经一年没有音信,说到此就被洛萨莉一个手势打断了。这个怪僻的姑娘搀着特·葛朗赛先生的胳膊,领他去坐在一张凳上,头顶上是一大片蹀躞的浓荫,树隙间可以望见湖面。

"听我说,亲爱的神甫,我爱您像爱我的父亲一样,因为您对我的亚尔培那么恳挚,我应当对您承认,我犯了想做他妻子的罪,而他也应该做我的丈夫……您瞧!"

她从袋里摸出一份报纸授给神甫,指着五月二十五日翡冷翠一栏里的一段消息:

前任大使晓里安公爵的长公子,兰多雷公爵,和前索但里尼公主,阿琪奥洛公爵夫人的婚礼,盛极一时。各方因庆贺新人而举行的节会,使翡冷翠顿形热闹。阿琪奥洛公爵夫人的产业是意大利最大的财富之一。因为已故的公爵把全部遗产都赠予了他的夫人。

"他所爱的人已经结婚,"她说,"我把他们分离了!"

"您?用什么方法?"神甫问。

洛萨莉正要回答,忽然一个身体掉下水去的声音,接着两个园丁大叫的声音,把她打断了;她站起来,一边跑一边嚷:"噢!爸爸……"男爵不见了。

特·华德维先生以为在一小块花岗岩上瞥见一个介壳类化石的痕迹,一件可能驳斥某些地质学理论的事实,他踏在一堆石子上想去拿来,失掉了平衡,一翻身便滚到湖里去了;暗礁下面往往是湖水最深的所在。园丁们花了九牛二虎之力,在湖水打转的地方插下竿去想授给男爵抓住;临了,终究把他浑身淤泥地捞了起来,他已经在湖底陷得很深,再加拼命挣扎,愈加在泥中陷得深了。特·华德维先生晚饭吃得很饱,胃里已开始消化,可是中途停顿了。当他给脱下衣服、擦洗干净、放到床上时,情形显见很危险,两个当差立刻骑上马,一个上勃尚松,一个就最近的地方去请一个内科医生和一个外科医生。出事以后八小时,特·华德维夫人带着勃尚松最好的两个内外科医生赶到,发觉特·华德维先生已经无望,虽然李赛的医生做过很好的急救工作。恐怖在他脑里引起了渗血症,再加上中途停止的消化,把可怜的男爵断送了。

据特·华德维夫人说起来,男爵住在勃尚松是不会死的;她一边显然夸张着她的痛苦和惋惜,一边把这次的丧事归咎于女儿当初对她的别扭,所以把她看作仇敌。她称男爵为"她的亲爱的绵羊"!华德维家这个最后的子孙,给葬在露克赛湖中一个小岛屿上,男爵夫人替他用大理石立了一座哥特式的小纪念碑,和巴黎拉雪兹神甫公墓上的那些名人墓一样。

这件事情发生一个月以后,男爵夫人和女儿在特·吕波府第里过着满怀恶意的静默生活。洛萨莉熬着极大的痛苦,面上一丝不露:她责备自己送了父亲的命,疑心还有一桩祸事,在她心目中显得更大的,的的确确是她一手造成的;因为奚拉台和特·葛朗赛神甫都没接到一些有关亚尔培命

特·华德维夫人把这次的丧事归咎于女儿当初对她的别扭。

运的消息。杳无音讯的静默使她毛骨悚然。在一次悔恨交迸、痛苦若狂的情形中，她觉得需要向副主教自首，揭穿她用着怎样的计谋，分离了法朗采斯加和亚尔培。那是简单不过的，但是骇人的计谋。她截留了亚尔培给公爵夫人的信，也截留了法朗采斯加给亚尔培的信。在那封信里，她通知爱人说丈夫病了，在服侍病人的期间，她不能再复他的信。因此当亚尔培忙着选举的时候，公爵夫人只给他两封信，一封告诉他阿琪奥洛公爵病势危急，一封报告她已身为寡妇，那是两封至诚而高洁的信，至今被洛萨莉保存着。洛萨莉费了几夜工夫，把亚尔培的笔迹模仿得一模一样。她截留了忠实的情人的真信，换上三封假信；她交给老教士看的假信的草稿，把作恶的天才表现得那么完满，以致他为之凛然。洛萨莉装着亚尔培的口吻，字里行间，让公爵夫人准备好接受他背约悔盟的假消息。对于报告阿琪奥洛公爵死耗的那封信，洛萨莉回复一封报告亚尔培和洛萨莉即将结婚的信。她计算好使两封信参商，而果然参商了。那些信件是她费尽阴险恶毒的心思写的，竟把副主教骇住了，不觉看了两遍。接到最后一封信时，法朗采斯加中了那个要在情敌心中斩灭爱根的女子之计，愤慨之下，答复了这么简单的一句："您请便吧，永别了。"

"纯粹道德上的罪恶，非人间法网所及的罪恶，是最丑恶的，最卑鄙的，"特·葛朗赛神甫严厉地说，"上帝往往就在此世加以惩罚：就因为此，常有些令人不解的可怖的苦难。在一切埋藏在私生活中的秘密罪过中间，最不名誉的一桩是拆人的信，或是不合法地偷看。无论是谁，无论为了什么原因，一朝有了这种行为，他的清白便沾上永远不能磨灭的污点。一个青年侍卫，被人诬告之下，拿着一封内有处死他的命令的信，毫无邪念地上路，忽然受到上帝的保护，把他奇迹地救了性命，这件故事的悲壮动人，神灵不爽，您可曾感觉到？……我们说，奇迹地，您知道什么叫作奇迹？德行背后的那道灵光，和无邪的圣婴背后的灵光一样强烈。我和您说这些话，并没劝诫您的意思，"老教士用着非常悲哀的语调说，"可怜！我在这里不是一个听人忏悔的主教，您也不是跪在上帝面前，我只是一个受惊的朋友，担忧着您的刑罚。他怎么了，这可怜的亚尔培？他不曾自杀吗？他镇静的外表下面藏着激烈非凡的性格。我懂得索但里尼老亲王，阿琪奥洛公爵夫人的父亲，是来讨回他女儿的信和肖像的。这便是落在亚尔培头上的晴天霹雳，他一定是去设法剖白的……但怎么十四个月之久，他没给一些信息？"

"噢！如果我嫁了他，他会那样地幸福……"

"幸福？……他不爱您。并且您也没有偌大的财产带给他。您的母亲恨透了您，您回答了她一句残忍刻毒的话，伤害了她而断送了您。"

"什么？"洛萨莉问。

"她昨天对您说，服从是补赎您罪愆的唯一的方法，她谈到阿曼台时又向您提及结婚的必要。'要是您这样喜欢他，您自己去嫁给他吧，母亲！'您有没有当她的面说过这样的话？有没有说过？"

"说过。"洛萨莉回答。

"那么，好，我识得她的脾气，"特·葛朗赛神甫接下去道，"不出几个月，她将成为特·苏拉伯爵夫人！当然她还要生孩子，把四万法郎的岁收送给特·苏拉先生；此外，她将给他许多利益，尽量在她的不动产里减少您的一份。她活着的时候，您就得过贫穷的生活，而她只有三十八岁！您全部的产业不过是露克赛的田地，以及您父亲的遗产清算之后所能剩下的一些，就是这个，也还得您母亲对露克赛的权利肯全部放弃！在物质利益上，您已把自己的生活弄得很糟；在情操方面，我认为尤其七颠八倒，不成体统……您不向您的母亲……"

洛萨莉恶狠狠地把脑袋扭了一下。但副主教依旧接着道：

"您不向母亲、不向宗教去请示，听他们在您心灵初次有所动作的时候就来点醒您，劝告您，领导您，您只顾独断独行，完全不识得人生而只听从激烈的热情！"

这篇那么明哲的谈话使洛萨莉听了害怕起来。

"那我应该怎么办呢？"她停了一会儿说。

"要补赎您的罪过，先得知道您罪过的范围。"神甫回答。

"那么我将写信给唯一能知道亚尔培生死下落的人，雷沃博·阿纳耿先生，巴黎的公证人，亚尔培从小的朋友。"

"除非为了剖白真相，您以后再勿写信，"副主教回答，"把真信假信一齐交给我，把一切细节向我供认出来，好似对您的忏悔师一样，然后再问我补赎您罪愆的方法，完全信任我。那时我看情形……因为第一，您应该让这可怜的男人在他奉为神明的人面前，还他的清白。即使已经失掉幸福，亚尔培一定还坚执着要洗刷自己。"

洛萨莉答应特·葛朗赛神甫听从他的劝告去做，心里希望她收拾残局的结果，说不定能把亚尔培拉回来。

洛萨莉吐露秘密以后不久，雷沃博·阿纳耿先生的帮办到勃尚松来，拿着亚尔培的全权委托书，先去见奚拉台先生，请他把萨伐龙先生买下的房子出售。奚拉台为了对亚尔培的友谊，接受了这件差使。那位帮办卖掉了家具，卖得的款子刚好偿清亚尔培欠奚拉台的债务；因为神秘地出走的时候，奚拉台给了他五千法郎，并答应代他收取人欠的账，当奚拉台问起他所关切的那位英勇的战士的下落时,帮办回答说只有他的东家知道,并说亚尔培·特·萨伐吕司先生最后的一信,使公证人大为伤心。

副主教得了这个消息,便写信给雷沃博。下面是那位正直的公证人的复信。

致勃尚松教区副主教特·葛朗赛神甫

可怜!先生,没有人再能教亚尔培回到红尘中来:他已舍弃浊世。现在他是格勒诺勃附近大修院中的修士。这座修院的大门是生死的分界,这一点我刚才知道,而您是应该比我知道更清楚的。预料到我会寻访得去,亚尔培把院长请出来,挡住了我们所有的努力。我对这颗高尚的心有充分的认识,可以知道他是牺牲者,做了卑鄙的、我们看不见的阴谋的牺牲者;可是一切业已完成。阿琪奥洛公爵夫人,现在是兰多雷公爵夫人了,我觉得她也过于残忍。亚尔培赶到倍琪拉德时,她已不在那里,但她留下话,教他相信她在伦敦。从伦敦,亚尔培又转到那不勒斯,从那不勒斯又转到罗马,在那边她已跟兰多雷公爵订了婚。亚尔培终于遇到她时,是在翡冷翠,正当她举行婚礼的辰光。我们可怜的朋友当场晕倒在教堂里,而且从没,虽然他曾不顾生命的危险,也从没获得和这个女人解释的机会,不知她是怎样的心肠。七个月中间,亚尔培仆仆旅途,追逐着那个残忍的造物,老跟他玩着捉迷藏戏:他不知到哪儿去抓她,也不知怎样去抓她。可怜的朋友路过巴黎时,我曾见到他!如果您那时也像我一样见到他的话,您定会觉得对他一字都不能提到公爵夫人,他会发疯。倘若他知道犯的是什么罪,他可能想出辩白的方法;但诬蔑他结了婚!那又怎么办?亚尔培是死了,对于世界,他的确死了。他但愿休息,那么我们希望在他自己投入的深沉的静默与祈祷中间,获得他另一种方式的幸福。您既然认得他,您定会替他叹息,也会替他的朋友们叹息!专此奉复……

一接到这封信,苦心的副主教立即写信给大修院院长,下面是亚尔培的复信。

亚尔培修士致特·葛朗赛神甫

在院长神甫刚才转达给我的说话中,我认出,亲爱的副主教,认出您温柔的灵魂和不老的心。我心坎中对尘世的最后一个愿望,给您猜着了:教那摧残我那么厉害的女子明白我的情操!但院长让我自由利用您的提议,要知道我的意念是否坚决;当他看见我决意与世永诀的时候,他慈祥地对我说出了他的意见。倘我对回俗的诱惑表示让步的话,修士的资格就要被取消。那一定是靠了神明的恩宠;但内心的争斗,纵使为时不久,其剧烈和残酷并没因之而减少分毫。这不足以使您明白我绝不再回到人间了吗?所以那犯了多少罪过的人要求我宽恕,我是完完全全、毫无遗憾地同意的。我将祈求上帝宽恕这位小姐,像我宽恕她一样,同时我也为兰多雷公爵夫人祈福。啊!死亡也罢,一个单相思的女子也罢,所谓命运的打击也罢,我们岂不该永远听命于上帝?苦难在某些灵魂中辟出一片无垠的荒漠,在荒漠里响亮着上帝的声音。此世生活和彼世生活的关系,我已认识太晚,因为我已心力交瘁。既不能为战斗的教会服务,我便把行将熄灭的生命的残灰余烬,献在殿堂脚下。这是我最后一次写信了。为了您,那么爱我而我也那么爱的您，我才破了进圣·勃吕诺修院时举世皆忘的戒律。您也将特别在我的祈祷之中。

修士亚尔培

一八三六年十一月

"也许这样倒是最圆满的解决。"特·葛朗赛神甫心里想。

当他把这封信交给洛萨莉，她在宽恕她的段落上虔诚地亲吻时，他对她说："那么！现在您对他已经绝望了，愿不愿跟您母亲讲和，嫁给特·苏拉伯爵？"

"那要亚尔培命令我才行。"她回答。

"您明明看见不可能再跟他商量了。院长不会答应的。"

"要是我去见他呢？"

"大修院是什么客都不见的。何况是女子，除了法国王后以外，谁都不能进去，"神甫说，"因此您再没理由不嫁特·苏拉先生。"

"我不愿造成母亲的苦难。"洛萨莉回答。

"你这个撒旦！"副主教嚷道。

这年冬季将尽的时候，善良的特·葛朗赛神甫死了。从此在特·华德维夫人和女儿之间，再没这个朋友替两个刚强如铁的人物折冲。副主教所预料的事情实现了。一八三七年八月，特·华德维夫人嫁了特·苏拉伯爵，在巴黎举行婚礼；上巴黎结婚是听着洛萨莉的怂恿，她这时待母亲很好了。特·华德维夫人当真相信女儿的好意；但洛萨莉的想到巴黎去，无非想找一个残酷的复仇机会来快意一下：她一心一念要磨折她的情敌来替亚尔培报复。

特·华德维小姐所受的监护给解除了，并且她不久就要满二十一岁。她的母亲为跟她清账起见，放弃了露克赛的权利；而女儿靠了父亲遗产的清算，也不再要母亲贴她生活费。洛萨莉且鼓励母亲去嫁特·苏拉伯爵，在财产上让他沾些利益。

"让我们各管各的自由吧。"她对母亲说。

特·苏拉伯爵夫人正在疑虑女儿的用意，对这番落落大方的处置更是奇怪起来；她在总账上划出六千法郎的岁收赠予洛萨莉，使自己良心上好交代。因为特·苏拉伯爵夫人有着四万八千法郎的田地进款，而且她也无法割让这笔利益来剥削洛萨莉的名份，所以特·华德维小姐还是一百八十万法郎的一头好亲事：露克赛略加整顿之下，除了居住的便利，租金、存款之外，可有每年二万法郎的收获。所以洛萨莉母女俩很快学会了巴黎的腔派和时髦，容容易易地跨进了上流社会。一百八十万法郎！这几个绣在洛萨莉胸衣上的大字，为特·苏拉伯爵夫人倒是一把金钥匙，比她装腔作势地以特·吕泼姓氏自豪，比她不得当的高傲，甚至比她转弯抹角攀认的亲戚都更有用。

一八三八年二月，被好几个青年人追得很热心的洛萨莉，把她来到巴黎的计划实现了。她一心要遇见兰多雷公爵夫人，瞧一瞧这个奇妙的女人，把她抛在天长地久的恨海里。所以洛萨莉想尽方法装扮，调情，以便和公爵夫人站在并肩的地位。初次的会面，是在一八四〇年起一年一度的捐募王室恩俸的舞会上。一个青年人受着洛萨莉的指使，过去对公爵夫人指着洛萨莉说："瞧这个了不起的女子，一个强项无匹的人物！她把一个前程远大的男人，亚尔培·特·萨伐吕司送进了大修院，断送了一生。那便是特·华德维小姐，勃尚松那个有名的独养女儿……"

公爵夫人面色惨白，洛萨莉奋激地和她交换了一眼，这种目光在女人之间是比男人们决斗的枪子更致命的。法朗采斯加·索但里尼，猜疑到亚尔培的无辜，马上退出了舞会。突然被丢下的青年，全然不知他怎样地伤害了美丽的公爵夫人。

如果您愿意多知道些关于亚尔培的事情，请您下星期二到歌剧院舞会中来，手执金盏花为号。

洛萨莉送去的这张匿名字条，把可怜的公爵夫人诱来了，洛萨莉交给她亚尔培全部的信，还有副主教写给雷沃博·阿纳耿的，雷沃博回复来的，以及她自己向特·葛朗赛神甫告白的信。

"我不愿一个人受苦，因为我们俩曾经一样残酷！"她对她的情敌说。

洛萨莉把公爵夫人俊美的脸上骇愕的神色玩味过后，溜走了，从此不再在交际场中露面，随着母亲回到了勃尚松。

特·华德维小姐独自住在露克赛田庄上，骑马，打猎，每年拒绝两三头亲事，冬季上勃尚松去四五次，一心开垦着她的田地，被认为一个古怪得出奇的人物。她变成了东部名人之一。

特·苏拉夫人生了两个孩子，一男一女；她年轻了，但年轻的特·苏拉大大地变老了。

"我的财产使我花了很高的代价，"特·苏拉对年轻的夏洪戈说，"不幸得很，非跟虔婆结婚，就不能彻底认识虔婆！"

特·华德维小姐的所作所为，真配得上奇女子的称号。人们说："她有她的疯癫！"她每年去瞻仰一次大修院的高墙。也许她想学曾叔祖的样，跳进修院围墙去找她的丈夫，好似当年的华德维跳出修院围墙来恢复他的自由。

一八四一年，她离开勃尚松，据人家说是为结婚去的；但至今无人知道这次旅行的真正原因；回来时的模样使她从此见不得人。由于特·葛朗赛神甫曾经暗示过的那种不测，她在卢瓦尔河上坐着轮船，汽锅爆炸之下，特·华德维小姐大遭蹂躏，失去了右臂和左腿；脸上留着丑恶的疤痕，剥夺了她的美貌；她的身体给可怕地毁伤过后，很少日子没有痛楚。总之，她现在再也不出露克赛庄子的门，常年过着诵经礼拜的生活。

一八四二年五月　巴黎

一九四四年二月　译竣

图书在版编目（CIP）数据

人间喜剧.第一卷，高老头 夏倍上校 奥诺丽纳 禁治产 亚尔培·萨伐龙/（法）巴尔扎克著；傅雷译. —— 南京：江苏凤凰文艺出版社，2022.4
ISBN 978-7-5594-5872-8

Ⅰ.①人… Ⅱ.①巴…②傅… Ⅲ.①中篇小说 – 小说集 – 法国 – 近代②长篇小说 – 小说集 – 法国 – 近代 Ⅳ.①I565.44

中国版本图书馆CIP数据核字（2021）第082066号

人间喜剧 第一卷 高老头 夏倍上校 奥诺丽纳 禁治产 亚尔培·萨伐龙

［法］巴尔扎克 著　傅雷 译

责任编辑	王　青
特约编辑	张媛媛　袁艺舒　郝晨宇　许明珠　蒋慧
装帧设计	墨白空间·陈威伸
出版发行	江苏凤凰文艺出版社
	南京市中央路165号，邮编：210009
网　　址	http://www.jswenyi.com
印　　刷	南京爱德印刷有限公司
开　　本	720毫米×1000毫米　1/16
印　　张	234
字　　数	4409千字
版　　次	2022年4月第1版
印　　次	2022年4月第1次印刷
书　　号	ISBN 978-7-5594-5872-8
定　　价	1280.00元（全六卷）

江苏凤凰文艺版图书凡印刷、装订错误，可向出版社调换，联系电话025-83280257